ULLSTEIN

Das Buch

Ägypten, 1917: Wieder einmal zieht es Amelia Peabody in das Land der Pharaonen. Zusammen mit ihrem Ehemann Radcliff Emerson, ebenfalls ein Archäologe, ihrem Sohn Ramses sowie dessen Frau Nefret bezieht sie ihr Haus in Luxor. Sie hofft, dass das Jahr 1917 der Welt das Ende des Krieges bringen und ihnen eine erfolgreiche Grabungssaison bescheren wird. Doch wie immer bewahrheitet sich Amelia Peabodys Befürchtung: Während ihrer Suche nach historischen Zeugnissen des alten Ägypten wird sie erneut in mysteriöse Mordfälle verwickelt. Und die Statue einer goldenen Göttin, die sie in einem Grab finden, wird die Zeugin des ersten Mordes.

Als hätte die Archäologin damit nicht schon genug Sorgen, wird auch noch ihr Sohn Ramses von der englischen Spionageabwehr zu einem Himmelfahrtskommando gepresst, ein Auftrag, den er trotz der inständigen Bitten seiner Ehefrau nicht ablehnen darf. Und ganz offensichtlich hütet Nefret ein schwerwiegendes Geheimnis ...

Die Autorin

Elizabeth Peters studierte und promovierte am berühmten Orient-Institut der Universität von Chicago. Für ihre historischen Romane wurde sie mehrfach ausgezeichnet, unter anderem mit dem Anthony Award und dem Edgar Award. Sie lebt in Maryland, USA.

Von Elizabeth Peters sind in unserem Hause bereits erschienen:

In der Reihe um Amelia Peabody (chronologisch):

Im Schatten des Todes
Der Fluch des Pharaonengrabes
Der Mumienschrein
Im Tal der Sphinx
Der Sarkophag
Verloren in der Wüstenstadt
Die Schlange, das Krokodil und der Tod
Der Ring der Pharaonin
Ein Rätsel für Ramses
Die Hüter von Luxor
Der Fluch des Falken
Der Donner des Ra
Der Herr der Schweigenden

Weitere Romane von Elizabeth Peters:

Der blutrote Schatten
Der geheimnisvolle Schrein
Kreuzfahrt ins Ungewisse
Der letzte Maskenball
Die Straße der fünf Monde

Elizabeth Peters

Die goldene Göttin

Roman

Aus dem Englischen
von Beate Darius

Ullstein

Besuchen Sie uns im Internet:
www.ullstein-taschenbuch.de

Für Tracey

Umwelthinweis:
Dieses Buch wurde auf chlor- und säurefreiem Papier gedruckt.

Ullstein Verlag
Ullstein ist ein Verlag der Ullstein Buchverlage GmbH.
1. Auflage Mai 2004

Published by Arrangement with Dr. Barbara Mertz.
Titel der amerikanischen Originalausgabe: *The Golden One*
(William Morrow, New York)
Übersetzung: Beate Darius
Umschlaggestaltung: Thomas Jarzina, Köln
Titelabbildung: AKG, Berlin
Druck und Bindearbeiten: Ebner & Spiegel, Ulm
Printed in Germany
ISBN 3-548-25839-5

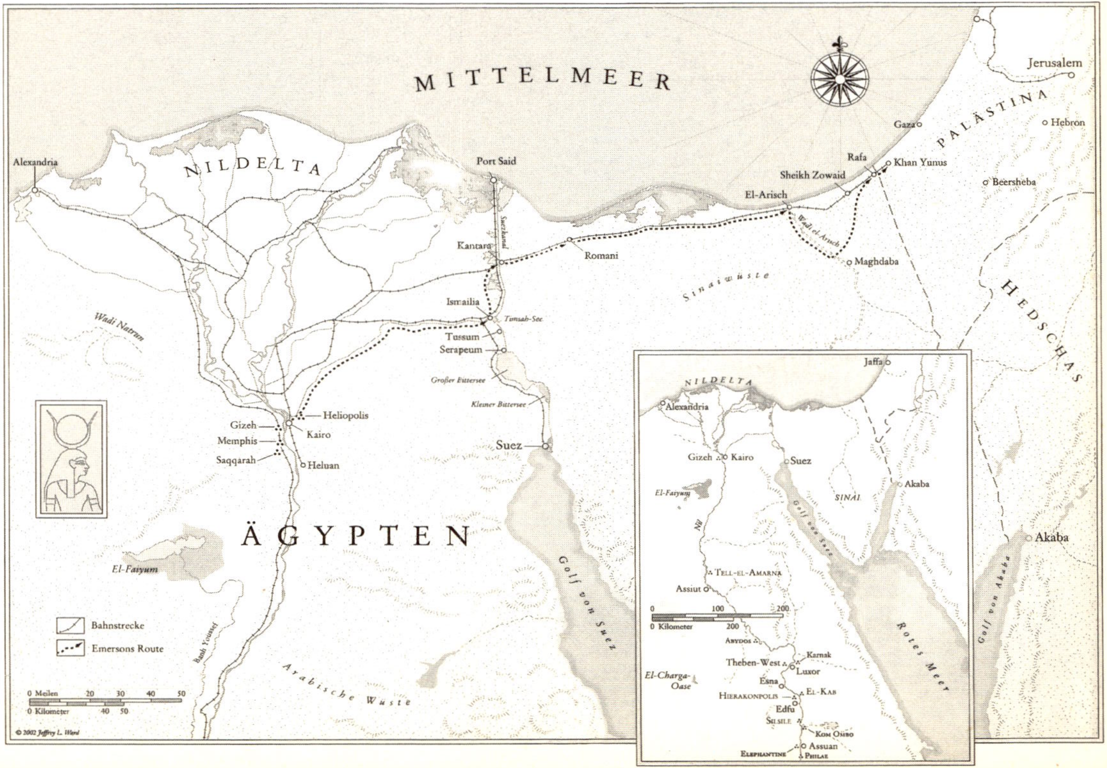
MITTELMEER
NILDELTA
ÄGYPTEN
PALÄSTINA
HEDSCHAS
Jerusalem
Hebron
Gaza
Beersheba
Rafa
Khan Yunus
Sheikh Zowaid
El-Arisch
Wadi el-Arisch
Maghdaba
Romani
Sinaiwüste
Port Said
Suezkanal
Kantara
Ismailia
Timsah-See
Tussum
Serapeum
Großer Bittersee
Kleiner Bittersee
Suez
Golf von Suez
Akaba
Golf von Akaba
Alexandria
Wadi Natrun
Heliopolis
Gizeh
Kairo
Memphis
Saqqarah
Heluan
El-Faiyum
Bahr Youssef
Arabische Wüste
Bahnstrecke
Emersons Route
0 Meilen 20 30 40 50
0 Kilometer 40 50
© 2002 Jeffrey L. Ward
NILDELTA
Jaffa
Alexandria
Gizeh
Kairo
Suez
El-Faiyum
SINAI
Akaba
Golf von Suez
Rotes Meer
Nil
Tell-el-Amarna
Assiut
0 100 200
0 Kilometer 200
Abydos
Karnak
Theben-West
Luxor
El-Charga-Oase
Esna
Hierakonpolis
El-Kab
Edfu
Silsile
Kom Ombo
Assuan
Elephantine
Philae

Wir preisen die goldene Göttin,
Herrin des Himmels, Muse der Düfte,
Auge der Sonne, die große Gottheit,
Gebieterin über alle Götter,
Dame der Türkise, Spenderin der Freude, Schutzpatronin der Musik.
Möge sie uns prachtvolle Kinder schenken,
Glück und einen guten Gemahl.

Epitheta der Hathor
Eine Zusammenstellung aus mehreren Quellen

Vorwort

Die Herausgeberin ist erfreut, ein weiteres Tagebuch von Mrs Amelia Peabody Emerson, Ägyptologin, Abenteurerin, Ehefrau und Mutter, vorzulegen. (Sie würde, so glaubt die Herausgeberin, für diese Reihenfolge plädieren.) Die Sichtung ihrer Prosa ist keine leichte Aufgabe, da der Originaltext einige Falschinformationen, viele Wiederholungen und eine gewisse Lückenhaftigkeit aufweist. Um Letzteres zu beheben, hat die Herausgeberin, wie schon zuvor, Teile aus Manuskript H eingefügt, mit dem Ramses Emerson schätzungsweise im Alter von sechzehn Jahren begonnen hat und das er und seine Frau nach der Heirat fortgesetzt haben. Besagtes Dokument veranschaulicht Ereignisse, an denen Mrs Emerson keinen Anteil hatte, und es vertritt Standpunkte, die sich von den ihren ganz erheblich unterscheiden. Sie war eine überaus eigenwillige Dame.

Der Rest der Emerson-Papiere wird weiterhin gesichtet, geprüft und bearbeitet. Material aus diesen Quellen ist in früheren Bänden publiziert worden (und findet möglicherweise auch in Zukunft Verwendung), für den vorliegenden Titel war es indes ohne Belang.

TEIL I

Der Friedhof der Affen

1

Wenn ich philosophischer Stimmung bin, frage ich mich häufiger, ob alle Familien so schwierig sind wie meine.

Ich erfreute mich einer solchen Stimmungslage, als ich mich für das Dinner am vorletzten Abend unserer Reise ankleidete. In zwei Tagen sollten wir in Alexandria anlanden, immer vorausgesetzt natürlich, der Dampfer würde nicht vorher noch von einem deutschen Torpedo versenkt. Eine winterliche Schiffsreise von England nach Ägypten ist nie angenehm; aber in jenem schicksalhaften Dezember 1916, nach mehr als zwei Jahren Krieg, war die Möglichkeit eines U-Boot-Angriffs ebenso denkbar wie ein Unwetter auf See.

Ich dachte weder an besagte Gefahr – ich habe mir angewöhnt, mich nicht über Dinge aufzuregen, auf die ich ohnehin keinen Einfluss nehmen kann – noch an die Schwierigkeit, nicht zu stolpern, während der Kabinenboden sich hob und senkte und die Öllampen an ihren Haken heftig hin und her schaukelten – denn ich stehe über solchen Petitessen –, gleichwohl berührten mich diese Erwägungen vielleicht mehr, als ich zugeben wollte, und gaben meiner normalhin positiven Ausstrahlung einen pessimistischen Zug.

Bitte verstehen Sie mich nicht falsch: Ich hatte wirklich keine Veranlassung, mich über meine Familie zu beschweren. Mein Gatte, Radcliffe Emerson, ist der berühmteste Ägyptologe seiner und auch jeder anderen Ära. Seine saphirblauen Augen, das Grübchen beziehungsweise die Spalte in seinem markanten Kinn, sein kräftiges schwarzes Haar und seine trainierte, athletische Statur ziehen mich gleichermaßen an, aber, so muss ich leider sagen, auch zahllose andere Frauen.

Er hat einige wenige, winzige Verschrobenheiten: sein ungehobelter Umgangston, der ihm den ägyptischen Spitznamen Vater der Flüche eingebracht hat, sein hochexplosives Temperament, seine eigenwilligen Verhandlungsmethoden mit den Beamten der Antikenverwaltung, die in der Vergangenheit dazu geführt haben, dass uns die meisten der interessanten ägyptischen Ausgrabungsgebiete versperrt sind ...

Überdies hätte keine stolze Mutter sich einen besseren Sohn als meinen wünschen können. Ramses war nach seinem Onkel Walter benannt, doch alle riefen ihn mit seinem Spitznamen, den sein Vater ihm schon in frühester Kindheit gegeben hatte. Er war anziehend und intelligent wie sein Vater, idealistisch, nett und verwegen ... Ein bisschen zu verwegen, vielleicht? Er war eines der grässlichsten Kinder, die ich kenne, und seine unverbesserliche Missachtung von Gefahren, wenn er glaubte, moralisch im Recht zu sein, war ein Charakterzug, den ich nie auszumerzen vermochte. Sein schrecklichstes Abenteuer fand im Winter 1914/15 statt, als er im Geheimauftrag des Kriegsministeriums tätig war. Er und sein bester Freund, David, hatten ihre Mission erfolgreich beendet, waren jedoch beide ernsthaft verletzt, und die Agenten der Zentralmächte hatten Ramses' wahre Identität aufgedeckt. Ich hatte gehofft, dass seine Heirat ihn läutern würde, doch obschon er so leidenschaftlich an seiner bildhübschen Frau hing wie Emerson an meiner Wenigkeit, hatte Nefret nicht den von mir erhofften mäßigenden Einfluss. Sie hätte sich vor einen angreifenden Löwen geworfen, wäre Ramses seine bevorzugte Beute gewesen, mir hingegen schwebte jemand vor, der ihn in erster Linie daran hinderte, Löwen zu provozieren.

Bevor sie unseren Sohn heiratete, war Nefret unser Mündel gewesen und uns lieb wie eine eigene Tochter. Als entschiedene Befürworterin der Gleichberechtigung der Frau bewunderte ich die Entschlossenheit, mit der sie ihr Ziel, Chirurgin zu werden, trotz aller Widrigkeiten erreichte. Da ich hohe moralische Wertvorstellungen habe, konnte ich ihr nur empfehlen, einen Teil ihres riesigen Vermögens in den Bau eines Krankenhauses zu investieren, für die ärmsten und verachtungswürdigsten Frauen in Kairo. Wenn sie doch nur zur Ruhe fände – ihre sprühende Energie der Medizin und der Archäologie widmen würde, und Ramses – und vielleicht ...

Das Schiff schlingerte bedenklich und ich ließ den Ohrring

fallen, den ich gerade befestigen wollte. Mit einem gedämpften »Verflucht« tastete ich mich auf Händen und Knien über den Boden, ohne – ich muss dies schwerlich erwähnen – den Faden meiner mentalen Betrachtungen zu verlieren.

Ich sollte ehrlicherweise zugeben, dass mein Sohn und meine (Schwieger)tochter nicht die Einzigen waren, auf die es gewisse Zeitgenossen abgesehen hatten. Emerson und ich neigten ebenfalls dazu, solche Individuen anzuziehen wie der Kompost die Fliegen. Über die Jahre hinweg hatten wir es geschafft – erfolgreich, auch dies kaum erwähnenswert –, Mörder, Fälscher, Grabräuber und Kriminelle unterschiedlichster Spezies dingfest zu machen. Einige davon sogar mit uns verwandt.

Als ich in Verfolgung des verschwundenen Ohrrings unter den Toilettentisch kroch, fiel mir etwas ein, was Emerson über meinen Familienzweig gesagt hatte, nämlich dass ihm jegliches Verantwortungsbewusstsein fehle. Das klingt brutal, ist aber zweifellos korrekt. Einer meiner Neffen war – zum Glück kann ich mich hier der Vergangenheitsform bedienen – so ein zutiefst abstoßender Mensch gewesen. Sennia, seine kleine Tochter mit einer Kairoer Prostituierten, die er grausam verstoßen hatte, war inzwischen ein Teil unserer Familie.

Der Dampfer schlingerte erneut, und meine Schädeldecke machte schmerzhaft Bekanntschaft mit der Unterseite des Toilettentischs. Da ich allein war, mich also niemand hörte, erlaubte ich mir einige eher harmlose Flüche. Ich halte nichts von diesen unflätigen Äußerungen, die alle anderen Familienmitglieder jedoch großzügig einstreuen. Das ist Emersons Fehler. Er kann oder will sich nicht beherrschen, und die Kinder imitieren ihn natürlich. Gelegentlich ist Nefrets Ausdrucksweise so ...

Der verfluchte Ohrring blieb unauffindbar, aber wie gewöhnlich beschloss ich, es positiv zu sehen. Emersons Verwandtschaft war einzigartig: sein Bruder Walter, ein begnadeter Wissenschaftler und Gentleman; Walters Frau, meine Busenfreundin Evelyn; und ihre wohlgeratenen Kinder, zu denen ich auch den Mann ihrer Tochter Lia zähle. David, ein begabter Künstler und ausgebildeter Ägyptologe und Ramses' bester Freund, war der

Enkel unseres geschätzten, verstorbenen Rais Abdullah. Im letzten Jahr hatten wir ihn empfindlich vermisst – in professioneller wie persönlicher Hinsicht.

Emerson hatte jedoch noch einen weiteren Bruder.

Die Tür sprang auf und Emerson stakste herein. Ein Blick auf meine Haltung und er stieß einen Entsetzensschrei aus, fasste mich um die Taille und hob mich hoch. »Bist du gefallen, mein Schatz? Dieses verdammte Schiff trudelt wie ein Gummiball. Sprich mit mir, Peabody.«

Ich war gerührt, dass er meinen Mädchennamen verwendete – ein Zeichen seiner Wertschätzung und Zuneigung – und zärtlich besorgt wirkte, indes zwang mich eine gewisse Unannehmlichkeit zu leisem Protest. »Ich kriege keine Luft mehr, Emerson, du zerquetschst mich ja.«

»Oh.« Emerson lockerte seinen Griff und umklammerte den Türrahmen.

»Ich habe einen Ohrring fallen lassen«, erklärte ich nach einem tiefen Atemzug. »Bitte, lass mich runter, Schatz. Ich möchte ihn nicht verlieren, du hast mir dieses Paar zu Weihnachten geschenkt.«

»Ich werde ihn schon finden.« Emerson deponierte mich auf dem Bett und begann, in der Kajüte herumzurobben. »Bleib still liegen, sonst stößt du dir noch den Kopf. Aha – da ist er ja, mein Schatz.«

Das Schmuckstück glitzerte und funkelte in seiner riesigen, gebräunten Hand. Für gewöhnlich mache ich mir nichts aus Diamanten – ein antiker Skarabäus oder der Perlenschmuck einer Mumie sind weit mehr nach meinem Geschmack –, aber Emerson hatte Steine und Fassung ausgesucht. Nachdem ihm aufgefallen war, dass anderen Frauen Diamanten wohl gefielen – dafür hatte er nur dreißig Jahre gebraucht –, entschied er, dass auch ich welche haben sollte.

»Warum bist du so formell gekleidet?«, wollte er wissen. »Das macht heute Abend keiner, die See ist viel zu rau.«

»Man muss die Etikette wahren, besonders in Zeiten wie diesen. Hast du vergessen, welcher Tag heute ist?«

»Ja«, grummelte Emerson, in dem – so nahm ich an – verzweifelten Versuch, meinem Vorschlag zuvorzukommen, dass er gefälligst Abendgarderobe anziehen solle. Emerson verabscheut einengende Kleidung, und ich muss unumwunden zugeben, dass seine beeindruckende Gestalt nie besser ausgesehen hat als in den zerknitterten Baumwollhosen und aufgeknöpften Hemden, die er bei seinen Exkavationen trägt. Allerdings sah ich mich in diesem Fall genötigt, auf meinem Standpunkt zu beharren.

»Wir schreiben den 31. Dezember, Emerson. Wir müssen auf das neue Jahr anstoßen und darauf hoffen, dass 1917 besser wird.«

»Pah«, schnaubte Emerson. »Das ist lediglich ein bedeutungsloses Datum. Das einzig Wichtige am 1. Januar ist die Tatsache, dass wir einen Tag näher an Alexandria sind. Du bist schick genug für uns beide. Das Kleid steht dir, meine Liebe. Ist es neu?«

Es war nicht neu, und das wusste er genau – zumindest dachte ich das, denn bei Emerson kann man nie sicher sein. Er übersieht geflissentlich, was er bemerken soll, und nimmt die Dinge wahr, die ihn nichts angehen.

Ein Blick in den Spiegel konnte sein Kompliment kaum bestätigen, da mein Erscheinungsbild von dem Schlingern und den tanzenden Schatten verzerrt wurde. Gleichwohl kenne ich mein Äußeres gut genug – eine vielleicht etwas rundlichere Figur als in der Vergangenheit, ein ziemlich vorstehendes Kinn, stahlgraue Augen und schwarzes Haar, das lang und kräftig ist, aber nicht seidig glänzend, trotz der hundert Bürstenstriche jeden Abend. (Auf den Seiten meines persönlichen Tagebuches werde ich einräumen, dass der Naturfarbe künstlich etwas nachgeholfen wurde. Emerson weiß nichts von diesem kleinen Trick, und ich sehe keine Veranlassung, ihn darüber aufzuklären.) Kurz gesagt, schön bin ich nicht – außer in den Augen meines Göttergatten.

Aufgrund seines Kompliments milde gestimmt, lächelte ich ihn zärtlich an. »Nein, Emerson, du wärst der Einzige, der nicht in Abendgarderobe erscheint. Bei einem solchen Anlass ist es besonders wichtig, Contenance zu zeigen und –«

»Hölle und Verdammnis!«, brüllte Emerson.

Mit meiner Hilfe und viel Murren tat er, wie ihm geheißen. Dann bot er mir seinen Arm, und der letzte Rest seiner Übellaunigkeit versiegte, als ich mich bei ihm unterhakte. Emerson mag das. Ich tue es nicht sehr oft, bezweifle jedoch, ob ich mich ohne seine Unterstützung an jenem Abend auf den Beinen hätte halten können.

Wir hatten noch nicht allzu viel von unseren Mitreisenden gesehen – es waren ohnehin weniger als in der viel gelobten Vergangenheit. Das grässliche Wetter hatte die meisten Passagiere an ihre Kojen gefesselt. Dank des maßvollen Genusses von Whisky-Soda, was unter anderem auch ein hervorragendes Mittel gegen Seekrankheit ist, hatten wir keinerlei Probleme, trotzdem war es wenig vergnüglich, über leergefegte Decks zu schlendern.

An jenem Abend kamen mehr Passagiere als sonst zum Dinner. Die Silvesterparty war zweifellos der Auslöser, indes schienen die Wenigsten in Feierlaune. Die fest zugezogenen Vorhänge vor den Fenstern im Speisesaal waren ein stummer Hinweis auf den Krieg, das ständige Rollen und Schlingern des Schiffes wirkte beunruhigend. Vielleicht, dachte ich hoffnungsvoll, fahren Unterseeboote bei schlechtem Wetter nicht hinaus. Danach sollte ich mich wirklich einmal erkundigen.

Die anderen waren bereits an unserem Tisch versammelt; als wir im Zickzackkurs auf sie zusteuerten, erhob sich Ramses, eine Hand lässig auf seinen Sesselrücken gelegt, um sein Gleichgewicht zu halten. Ich war angenehm überrascht, ihn in einem korrekten schwarzen Abendanzug vorzufinden; Nefret sah besonders hübsch aus in dem matten Blauton, der zu ihren Augen passte und ihr rotgoldenes Haar unterstrich. Das fünfte Mitglied der Runde saß fest zwischen die beiden geklemmt, damit sie nicht aus ihrem Stuhl herauskatapultiert würde. Sennia hätte in ihrer Kabine mit Basima, ihrer Kinderfrau, sein sollen, war es doch reichlich spät für eine Siebenjährige, doch Basima fühlte sich nicht gut, und Sennia hatte den Jahreswechsel mit Ramses feiern wollen – und sie hatte ihren Willen bekommen, wie so oft.

Es war nicht verwunderlich, dass viele Leute das Kind meines Neffen für Ramses' illegitime Tochter hielten, denn sie hatte meine dunkelgrauen Augen und seinen Teint geerbt. Ramses hatte schon immer mehr Ähnlichkeit mit einem Ägypter als mit einem Engländer: gewelltes, schwarzes Haar, schwarze Augen und dichte, dunkle Wimpern, seine Haut um einiges dunkler als auf unserer Insel üblich. (Ich kann es nicht erklären und sehe auch keinen Grund, warum ich es tun sollte.) Er sieht eben fabelhaft aus, und ich versichere Ihnen, werte Leser, dass seine liebevolle Mutter nicht das einzige weibliche Wesen ist, das so denkt.

Er setzte sich irgendwie überstürzt hin und fing Sennia auf, die seitlich kippte. Sie stieß ein schrilles Lachen aus, das in der gedämpften Atmosphäre des Speisesaals ausgesprochen laut klang. Mehrere Personen drehten sich lächelnd zu uns; andere verzogen missbilligend ihr Gesicht; dennoch nahm dieses kindliche Gelächter zweifellos etwas von der Spannung, die über dem Raum lag.

»Gefällt es dir, kleine Taube?«, erkundigte sich Emerson liebevoll.

»Oh ja, es macht einen Riesenspaß, so auf und nieder zu schaukeln. Und wenn ich Suppe auf mein Kleid kleckere, kann Tante Amelia nicht sagen, dass ich unachtsam bin.« Sie schenkte mir ihr Grübchenlächeln, und ich lächelte zurück, froh, dass sie noch zu jung war, unsere allgemeine Skepsis zu teilen. Wir hatten lange und intensiv überlegt, ob wir sie den Gefahren der Seereise aussetzen sollten, statt sie in der fürsorglichen Obhut von Walter und Evelyn zu lassen; Sennia hatte keinen Gedanken darauf verwendet, sondern schlichtweg angenommen, dass sie mitkommen würde, und jeder Versuch, sie daran zu hindern, hätte zu Konsequenzen geführt, die laut und unangenehm gewesen wären. Emerson konnte es nicht ertragen, sie weinen zu sehen, und das kleine Biest wusste das ganz genau. Die Erinnerung an die Umstände, wie sie zu uns kam, war immer noch schmerzvoll, und welche Freude bereitete sie uns allen jetzt! Sie war wie ein Enkelkind ... das Einzige ... bislang ...

Nefret ertappte mich dabei, dass ich sie anstarrte, und errötete. »Ja, Mutter?«, fragte sie. »Habe ich einen Schmutzfleck auf der Nase?«

»Aber nein, mein Schatz. Ich habe gerade sinniert, wie gut dir dieses Blau steht.«

Dieses heikle Thema hätte kein sensibler Mensch berührt, und ich war mir ohnehin gewiss, dass ich die Erste wäre, die es erfahren würde.

Nach Ramses, selbstverständlich.

Ein Großteil der Suppe wurde verschüttet – und nicht nur von Sennia. Die meisten Teilnehmer harrten indes bis zum Ende aus, und nachdem Sennia ihr leichtes, von mir zusammengestelltes Menü beendet hatte, wurde sie zappelig und sah sich um. Wie sie so viele von den anderen Passagieren kennen lernen konnte, war mir schleierhaft, da wir sie nie aus den Augen gelassen hatten, doch mehrere Leute erwiderten ihr Winken und Lächeln. Einer davon, ein hoch aufgeschossener, grauhaariger Gentleman, war mir ein oder zwei Mal an Deck aufgefallen; sein verschlossenes Gesicht verzog sich zu einem Lächeln und er winkte zurück. Noch auffälliger reagierte ein Herr am Kapitänstisch. Er hatte ein rundes Gesicht, so rot und verschrumpelt wie ein eingelagerter Winterapfel, und er hüpfte winkend in seinem Sessel auf und nieder, bis der junge Mann neben ihm rigoros eine Hand auf seinen Arm legte. Er war so steif wie der Ältere – sein Vater? – freundlich war. Brillengläser verliehen ihm das Aussehen eines Intellektuellen, gleichwohl war er geckenhaft elegant gekleidet, sein Haar sorgfältig frisiert.

»Wer sind sie?«, fragte ich Sennia.

»Sie sind Amerikaner. Kann ich ein Eis haben?«

»Darf ich ein Eis haben. Ja, du darfst.«

»Ist die Dame seine Frau?«, erkundigte sich Nefret. »Gute Güte, seht euch dieses Kleid an *und die* Diamanten *und die* Rubine.«

»Unverschämt groß.« Ich rümpfte die Nase.

»Ich finde sie sehr schön«, sagte Miss Sennia. »Ich durfte sie mir einmal ansehen – es war in ihrem Salon –, aber nur, weil Mr Albion es erlaubt hat. Sie ist nicht so nett wie er, und ihr Sohn ist überhaupt nicht nett.« Sie hielt ihren Eiskelch fest und tauchte ihren Löffel in die rosafarbene Masse. »Mr Albion wollte euch kennen lernen, aber ich habe ihm erklärt, dass ihr niemanden kennen lernen wollt.«

»Braves Mädchen«, lobte Emerson.

Während sie ihr Eis löffelte, erzählte Sennia uns von dem grauhaarigen Gentleman, der in Alexandria in ein Unternehmen eintreten wollte, und von einigen anderen Passagieren. Der Sturm ließ nach, der heulende Wind war nicht mehr so laut, das Schlingern des Schiffes nicht mehr ganz so heftig; dennoch waren wir vermutlich alle froh, als die Stewards den Champagner auftrugen und der Kapitän sich erhob, um einen Toast auszusprechen. Er war ziemlich langatmig. Ich erinnere mich nur noch an das Ende.

»Auf die Gesundheit Seiner gnädigen Majestät und auf den Sieg 1917!«

Von daher überraschte es mich nicht, als ich eine mir vertraute Stimme vernahm: »Auf den Frieden«, sagte Ramses. Darauf tranken wir.

* * *

Wie sich zeigte, erreichten wir Alexandria ohne Torpedobeschuss und wurden dort von Selim und Daoud empfangen. Selim hatte seinen Vater Abdullah als Rais oder Vorarbeiter ersetzt; er und sein Onkel Daoud waren wie Familienmitglieder und unverzichtbare Mitstreiter bei unseren sämtlichen Unternehmungen. Sie halfen uns, die arme Basima und Gargery, unseren Butler, ein bisschen aufzumuntern – beide hatten die ganze Zeit entsetzlich unter der Seekrankheit gelitten – und Sennias Katze, die zwar nicht seekrank gewesen war, aber aufgrund des langen Eingesperrtseins in einem ständig schaukelnden Raum noch übellauniger als sonst. Es wäre unmöglich gewesen, das hinterhältige Biest zurückzulassen, denn Sennia und – bis zu einem gewissen Grad auch – Nefret waren die einzigen, die mit ihm zurechtkamen. Horus war der einzige Haustiger, der uns in jenem Jahr begleitete. Seshat, Ramses' frühere Gefährtin und Beschützerin, hatte ihre berufliche Karriere gegen ein Hauskatzendasein eingetauscht. Vielleicht hatte sie das Gefühl, dass Nefret jetzt auf ihn aufpasste.

Basimas Gesicht hellte sich auf, sobald sie wieder festen Boden unter den Füßen hatte, und Gargery, immer noch etwas wacklig auf den Beinen, verschwand mit Daoud, um nach unserem Gepäck zu sehen. Diesmal hatten wir eine Menge mehr dabei als sonst, da wir auf unbestimmte Zeit blieben. Normalhin reisen wir im Herbst nach Ägypten und beenden unsere Ausgrabungssaison, bevor die Sommerhitze einsetzt. Emerson, der nach eigener Aussage weder Mann noch Maus, Tod oder Teufel fürchtet, hatte bereits erklärt, dass seine Nerven nicht mitspielen würden, wenn wir anderen ständig hin und her reisen müssten, solange die Bedrohung durch einen U-Boot-Krieg bestand.

»Es wird noch schlimmer, bevor es besser wird, denkt an meine Worte«, hatte er erklärt. »Es ist mir egal, ob jemand auf uns schießt oder uns in Pyramiden einsperrt oder mit schweren Gegenständen traktiert – soll heißen, es gefällt mir zwar nicht, aber ich habe mich daran gewöhnt. Aber ein verfluchtes Schiff, das von einem verdammten U-Boot versenkt wird, ist etwas völlig anderes. Nennt mich einen Feigling, wenn ihr wollt ...«

Keiner von uns tat das; wie Ramses treffend darlegte, hätte dies keiner auf diesem Planeten gewagt. Ich wusste, wie Emerson fühlte, denn ich habe die gleichen Bedenken vor Luftangriffen. Wir alle waren mehr als einmal mit tödlichen Gefahren konfrontiert und fühlten uns ziemlich kampferprobt im Umgang mit ganz gewöhnlichen Widersachern der menschlichen Spezies. Sicher, auch Flugzeuge und Unterseeboote werden von Menschen gelenkt, da man diese aber nie sieht, neigt man dazu, die Maschine selber als Feind zu betrachten – eine sozusagen technische Bedrohung.

Um nichts in der Welt hätte ich Emersons Planung in Frage gestellt, denn wir hatten uns immer schon gewünscht, durchgehend in Ägypten arbeiten zu können, statt wie jedes Jahr im März oder April die Grabungen einzustellen, manchmal, wenn die Exkavation am interessantesten wurde. Während der letzten Ägyptenaufenthalte hatten unsere archäologischen Aktivitäten unter Familienangelegenheiten und unter Ramses' Agententätigkeit für das Kriegsministerium gelitten. Und in dieser Saison hatte man Emerson den Firman für ein Gebiet in Luxor zugebilligt. Von allen Gegenden in Ägypten war uns diese Stadt am liebsten – der Schauplatz einiger unserer glanzvollsten Entdeckungen, unsere Heimat für viele glückliche Jahre, und auch die unserer lieben Freunde, der Vandergelts, die sich ebenfalls auf eine lange Exkavationssaison eingestellt hatten.

Dieses großartige Unterfangen hatte nur einen Nachteil. Ich denke dabei nicht an den glutheißen Sommer in Luxor – ein Einwand, der Emerson nie in den Sinn gekommen wäre, weil er die Konstitution eines Kamels hat –, sondern an den Umstand, dass wir für Gott weiß wie lange unsere geliebte Familie verlassen mussten. Dem werten Leser wird nach meinen früheren Ausführungen zu diesem Thema gewiss schwanen, dass ich nicht die Verwandtschaft meinerseits meine.

»Unfug«, knurrte Emerson, als ich selbiges zu bedenken gab. »Du bist hoffnungslos melodramatisch, Peabody. Es ist doch kein Abschied für immer, sondern diesmal nur für länger. Die Umstände können sich ändern; wir sind ja nicht aus der Welt!«

Er hatte indes bereitwillig zugestimmt, dass wir Weihnachten gemeinsam mit unseren Lieben feiern müssten, und wir versuchten das Beste, eine schöne Zeit zu haben, vor allem wegen der Kinder – Sennia und Lia und Davids kleine Dolly, seit kurzem im Krabbelalter. Alle unsere (überlebenden) Nichten und Neffen waren da: Raddie und seine neue Frau, die Witwe eines Freundes, der in Frankreich gefallen war; Margaret, frisch verlobt mit einem jungen Offizier; sogar Willie war auf Heimaturlaub aus Frankreich, und der liebe Junge bemühte sich nach Kräften, doppelt so lustig zu sein, um das Fehlen seines Zwillingsbruders zu kompensieren, der im Vorjahr an der Front gefallen war. Wir weinten und lachten, lastete der Krieg doch sehr auf uns; aber ich glaube, wir konnten ihn zeitweise verdrängen, und es gab einen Moment wirklicher Ausgelassenheit, als Emerson David fragte, ob er später in der Saison zu uns stoßen werde.

»Selbstverständlich, wenn du meinst«, sagte er hastig. »Dolly ist gesund und munter, und Lia –«

»Geht es hervorragend«, beendete Nefret seinen Satz. »Unter den gegebenen Umständen jedenfalls.«

Sie lächelte zu David, dessen aufrichtiges Gesicht Erleichterung über ihre Einmischung spiegelte. Es fiel ihm schwer, Emerson auch nur irgendetwas abzuschlagen, und er hatte nicht gewusst, wie er die gute Nachricht vermitteln sollte.

Ich hatte es natürlich sofort bemerkt, als ich Lia sah.

Emersons Kinnladen fiel nach unten. »Oh, gütiger Himmel!«, wetterte er. »Nicht schon wieder! Genau wie ihre Mutter! Das muss ein Erbleiden sein –«

»Emerson!«, entfuhr es mir.

Das genügte, denn Emerson ist wirklich der verständnisvollste aller Männer. Es gelang ihm, sich ein paar beglückwünschende Worte abzuringen, indes hatten alle seinen Einwurf gehört, und die meisten wussten, worauf er anspielte. Selbst Evelyn, die seit Johnnys Tod kaum gelacht hatte, musste sich hinter dem Weihnachtsbaum verstecken, um ihre Belustigung zu verbergen. Sie war sich sehr wohl bewusst, dass Emerson ihr nie so ganz verziehen hatte, dass sie eine viel versprechende Karriere als Kopistin ägyptischer Szenen für die Freuden der Mutterschaft aufgegeben hatte.

Wir würden David und Lia vermissen, und nicht nur wegen ihrer angenehmen Gesellschaft; David war einer der besten Künstler und Epigrafiker auf diesem Gebiet, und Lia hatte genug über die Ägyptologie erfahren, um uns eine wertvolle Assistentin zu sein. Ihre Abwesenheit in jener Saison würde zu einem personellen Engpass führen. Aber darüber wollte ich mir jetzt nicht den Kopf zerbrechen. Wir würden gewiss eine Lösung finden. Im Hafen von Alexandria überwältigte die gewohnte Wiedersehensfreude jede Faser meines Körpers. Wir stiegen mitsamt Gepäck in den Zug nach Kairo, und nur die Gegenwart des Katers stiftete etwas Verwirrung. Horus musste zwischen Sennia und Nefret sitzen, da er sonst niemanden neben sich duldete.

Weitere Mitglieder unserer ägyptischen Familie erwarteten uns am Bahnhof von Kairo. Schon bald standen wir inmitten einer lärmenden, jubelnden Menschenmenge, die nicht nur unsere Freunde, sondern praktisch jeden Ägypter einschloss, der zufällig dort war. Alle begrüßten uns mit unseren ägyptischen Namen. Emerson verabscheute formelle Titel und wollte nicht, dass unsere Arbeiter ihn mit Effendi anredeten, stattdessen sonnte er sich in seinem wohlverdienten Spitznamen Vater der Flüche. Viele Ägypter nannten mich weiterhin Sitt Hakim, obwohl ich keine Ärztin war; allerdings schätzte man in meiner Frühzeit in Ägypten, als die Fellachen praktisch keine medizinische Versorgung erhielten, selbst meine marginalen medizinischen Kenntnisse. Der Titel hätte Nefret zugestanden, aber sie hieß schon seit langem Nur Misur, »Licht von Ägypten«; und Ramses war der Bruder der Dämonen – ein Tribut an seine scheinbar übernatürlichen Kräfte.

Emerson war schon bald umringt von der jubelnden Menge, sodass nur noch sein Kopf (wie üblich ohne Hut) die Einheimischen überragte, von denen einige ihn zu umarmen versuchten, während andere ehrfürchtig um seinen Segen (und um Bakschisch) baten.

Unvermittelt erhob sich Emersons Stimme zu einem unflätigen Fluch. »Haltet ihn!«, brüllte er, schnellte herum und verscheuchte seine Bewunderer mit rudernden Armen. »Wo ist er hin?«

»Aber, Emerson, was ist denn?«, erkundigte ich mich und eilte an seine Seite.

Puterrot und wutschnaubend rief Emerson den Schöpfer in einer Weise an, die ich zutiefst ablehne. »Vor einer Sekunde war er noch hier. In Lumpen gekleidet, stinkend wie ein Kamel, mir zu Füßen kauernd ... Wo ist er?«

»Verschwunden«, sagte ich, während die Menge wieder näher kam. »Hat er mit dir gesprochen?«

»Oh ja, das hat er. ›Willkommen zurück, Bruderherz! Und danke‹«, stieß Emerson zwischen zusammengebissenen Zähnen hervor. »Ich hatte ihm gerade fünfzig Piaster gegeben.«

* * *

Emersons anderer Bruder. Streng genommen war er sein Halbbruder, der Sohn von Emersons Vater und einer Dame, die das Pech hatte, nicht mit diesem Gentleman verheiratet zu sein. Erst vor kurzem hatten wir die wahre Identität des Mannes aufgedeckt, der viele Jahre lang unser gefährlichster Widersacher, ein Meister der Tarnung und der Kopf eines Verbrecherringes, spezialisiert auf Grabraub und Antiquitätenfälschung, gewesen war; darüber hinaus hatten wir die gleichermaßen verblüffende Feststellung machen müssen, dass Sethos, so sein Pseudonym, einer der kompetentesten britischen Geheimagenten war. Diese Enthüllungen zwangen uns, unsere Einstellung zu dem Mann zu überdenken, der uns unerbittlich verfolgt hatte. Wie ich gegenüber Emerson betonte, konnte man einen Menschen nicht völlig ablehnen, der sein Leben für uns und für sein Land riskiert hatte.

Ich wies meinen zornigen Gatten erneut darauf hin, als er in dem vergeblichen Versuch, den dreisten Bettler zu stellen, hektisch um seine eigene Achse trudelte. Ramses und Nefret stürmten zu uns, wollten wissen, was passiert sei. Einige wenige erklärende Sätze genügten; die beiden kannten Sethos' Tarnungsgeschick und seinen bizarren Sinn für Humor zur Genüge. Ramses' verschlossene Miene blieb ungerührt bis auf eine kaum merkliche Falte zwischen seinen Brauen, Nefrets Grübchenlächeln dagegen sprach Bände. Sie hatte eine gewisse Schwäche für den Mann. Wie die meisten Frauen, was Sethos zuweilen sehr gelegen kam.

In dem Gedränge war es unmöglich, ihn zu lokalisieren, also bugsierte ich Emerson mit Hilfe der Kinder in eine Kutsche und überzeugte ihn davon, jede weitere Diskussion zu diesem Thema bis zu unserer Ankunft im Hotel zu vertagen.

Obwohl er es kaum erwarten konnte, nach Luxor zu kommen, hatte Emerson einem mehrtägigen Aufenthalt in Kairo zugestimmt, um sich auf den neuesten Informationsstand zu bringen. Die Pressezensur war so streng, dass wir nur eine vage Vorstellung hatten, was in diesem Teil der Welt vorging. Wir logierten im Shepheard's, und mich umfing begreiflicherweise ein Hauch von Nostalgie, wieder in dem Ambiente zu sein, das den Rahmen für so viele Schlüsselerlebnisse geliefert hatte. Der Schurke Vincey (und seine Katze), der im Schlafraum unser Gepäck durchwühlt hatte; der Meisterverbrecher, alias Sethos, alias (hätte ich das bloß gewusst!) mein Schwager, der meinem Wein im Speisesaal ein Schlafmittel beimischte ...

»Was führt er jetzt wieder im Schilde?«, blökte Emerson, als die Bediensteten unser Gepäck ins Hotel trugen und der Manager uns willkommen hieß.

»Schrei doch nicht so, Emerson«, flehte ich. »Warte, bis wir unter uns sind.«

Wir hatten wieder unsere gewohnten Zimmer im zweiten Stock. Als wir uns schließlich alle häuslich niedergelassen und ich Sennia überzeugt hatte, dass sie, gemeinsam mit Basima, ein zeitiges Abendessen serviert bekäme, statt uns in den Speisesaal zu begleiten, wurde es bereits dunkel und die Lichter von Kairo schimmerten in der Dämmerung. Die Vier-Augen-Diskussion, die ich Emerson versprochen hatte, würde noch ein wenig warten müssen, denn Gargery ließ sich einfach nicht abschütteln. Völlig wiederhergestellt und wie üblich dienstbeflissen, war er fest entschlossen, seine Pflichten als Diener zu erfüllen. Emerson brauchte weder einen Diener, noch sollte der werte Leser mutmaßen, dass wir unter normalen Umständen etwas so Nutzloses wie einen Butler auf eine archäologische Ausgrabung mitgenommen hätten. Vielleicht war Gargery mehr oder weniger gar kein Butler; er hatte an einigen unserer kriminalistischen Nachforschungen teilgenommen und bereitwillig jedwede Verteidigungsmethode angewandt, um uns zu schützen – und ganz besonders Sennia.

Ich beendete meine Toilette und zog mich in den Salon zurück, wo ich eine Reihe von Mitteilungen und Briefen vorfand, die der Sufragi abgegeben hatte. Ich überflog sie, untermalt von Fluchen aus dem Ankleidezimmer. Schließlich tauchte Emerson auf, verdrießlich und doch sehr anziehend mit schwarzem Kummerbund, und nachdem seine Arbeit bewundert worden war und er meinen Zuspruch erhalten hatte, zog Gargery sich zurück.

Emerson sagte: »Also, Peabody, verflucht noch mal –«

»Nein, mein Lieber, nicht jetzt. Wir wollen doch hören, was die Kinder dazu zu sagen haben.«

Nefret und Ramses trafen verspätet im Speisesaal ein, deshalb nutzte ich die Zeit, um zu sehen, ob jemand anwesend wäre, dem ich nützliche Informationen entlocken könnte. Die Quellen, so Emerson, schienen dünn gesät. Viele unserer Archäologen-Freunde hatten Ägypten wegen des Krieges verlassen. Ich hatte gehofft, Howard Carter zu treffen, der eine Art Nomadendasein pflegte und zwischen Luxor, wo er nur noch gelegentlich tätig war, und Kairo, wo er irgendwelche geheimnisvollen Aktivitäten für das Kriegsministerium übernahm, hin und her pendelte. Leider war er nicht da.

Unter den Anwesenden entdeckte ich ein vertrautes Gesicht, das ich lieber übersehen hätte. Er sah mich direkt an, und ich war nicht schnell genug, um den Augenkontakt zu vermeiden; die dünnen Lippen zwischen einer vorstehenden Nase und einem ebensolchen Kinn verzogen sich zu einem Lächeln, und er erhob sich.

»Verflucht!«, zischte Emerson. »Es ist dieser Bastard Smith.«

»Das ist doch nur sein Agentenpseudonym, Emerson.«

»Sein was?«

»Du weißt genau, was ich meine. Ich finde es sehr gelungen.«

Emersons Miene signalisierte, dass er anderer Meinung war. »Sein Name ist Boisgirdle-Bracedragon«, fügte ich hinzu. »Oder war es Bracegirdle-Boisdragon? Es fällt mir so schwer, mir das zu merken, weil ich den Burschen absolut abscheulich finde. Es ist eine wohl bekannte psychologische –«

»Lass die Psychologie aus dem Spiel, Peabody. Für meine Begriffe klingt der Name verdammt lächerlich. Wenn wir schon mit ihm reden müssen, reicht Smith völlig aus. Er wird doch nicht etwa so dreist sein, uns anzusprechen, oder?«

Falls Smith die Absicht hatte, belehrte ihn Emersons finstere Miene eines Besseren. Er sank zurück auf seinen Stuhl. Trotzdem beobachtete ich ihn aus meinem Augenwinkel, und als Ramses und Nefret wenige Minuten später eintrafen, erhob er sich erneut, und diesmal verbeugte er sich in unsere Richtung.

Ramses entgeht sehr wenig, und diese Geste wäre schwerlich zu übersehen gewesen. Sein unergründlicher Gesichtsausdruck veränderte sich nicht, aber Nefret stieß einen gedämpften Fluch aus. Sie sah sehr schön aus in ihrem kornblumenblauen Lieblingskleid mit Perlen und Saphiren als Schmuck, ihr rotgoldenes

Haar in einem Flechtenkranz um ihren Kopf frisiert; indes mutete ihr hübsches Gesicht unvermittelt so finster an wie Emersons.

»Was macht der denn hier?«, wollte sie wissen.

»Vermutlich zu Abend essen«, erwiderte Ramses knapp.

»Hier?«

Damit hatte Nefret den Nagel auf den Kopf getroffen. Das Shepheard's war nicht mehr das Hotel, das die Elite von Kairo favorisierte. »Smith« war ein Mitglied jener Gruppe einfältiger Frauen und aufgeblasener Offiziere, von denen die meisten nicht von seinen Geheimdienst-Aktivitäten wussten und ihn für einen Beamten im Propaganda-Ministerium hielten. An besagtem Abend speiste er allein.

Für Insider wäre es nicht schwierig gewesen, unser Ankunftsdatum und unsere Hoteladresse ausfindig zu machen. Einige dieser interessierten Gruppen saßen in London, und ich hatte keinerlei Zweifel daran, dass ihr besonderes Interesse meinem Sohn galt. Im Auftrag seiner Vorgesetzten hatte Smith schon einmal versucht, Ramses für eine heikle Mission anzuwerben. Würde er es wieder probieren? Oder – fiel es mir siedend heiß ein – hatte seine Anwesenheit etwas mit dem Wiederauftauchen von Emersons Bruder zu tun? Auf jeden Fall hatte Sethos irgendwie mit der von Smith befehligten Gruppe in Verbindung gestanden. Die Verschwiegenheit ist solchen Menschen in Fleisch und Blut übergegangen; sie mögen dies für erforderlich halten, weiden sich aber nach meinem Dafürhalten an ihrer Geheimnistuerei.

»Zum Teufel mit Smith«, erklärte mein Mann. »Was ich wissen will, ist – verflucht, junger Mann, was machen Sie da?«

»Den nächsten Gang servieren«, sagte ich, als der junge Kellner mit den Tellern jonglierte. »Das ist sein Beruf, Emerson. Hör auf, ihn zu verunsichern.«

»Oh. Aber sicher. Entschuldigung, mein Junge«, versetzte er mit einem Blick zu dem Kellner, der bleich vor Entsetzen wurde.

Ich stöhnte auf. »Und entschuldige dich nicht bei ihm!«

Es hat sich als zwecklos erwiesen, Emerson ein angemessenes Verhalten in punkto Personal zu vermitteln. Er macht keinen

Unterschied zwischen Baron und Bauer, Korbträger und Archäologe – soll heißen, er brüllt alle an, wenn er gereizt, und entschuldigt sich, wenn er ungerecht gewesen ist. Der Kellner hätte im angemessenen Umgang mit Emerson geschult sein müssen, dessen Eigenheiten dem Hotelpersonal bestens bekannt waren, aber er war noch sehr jung und hatte sich die Warnungen offenbar nicht zu Herzen genommen.

Mithilfe des Oberkellners gelang es ihm, die Suppenteller abzuräumen und den Fisch aufzutragen, und Emerson, der sich keiner Schuld bewusst war, nahm den Gesprächsfaden wieder auf. »Was macht Sethos in Kairo? Was war der Grund für dieses unverschämte Zusammentreffen? War es Provokation oder Warnung oder –«

»Warum sollte es?«, wandte Nefret ein. »Wir haben seit Monaten nicht mehr von ihm gehört, und er kann sich sicher denken, dass wir in Sorge um ihn sind. Vielleicht wollte er uns damit nur vermitteln, dass er gesund und munter ist.«

»Pah!«, schnaubte Emerson.

Nefret lachte, und ich sagte: »Aber Emerson, mein Lieber, du musst doch keinen Groll gegen ihn hegen.«

»Groll! Es ist zweifellos kleingeistig, sich über einen Mann aufzuregen, nur weil er versucht hat, mich zu töten und meine Frau zu verführen und meine Artefakte an sich zu bringen.«

»Das war in der Vergangenheit. Die Dienste, die er uns und seinem Vaterland in den letzten Jahren erwiesen hat, zeugen von seiner Läuterung, und seine anschließende – äh – Beziehung mit einer anderen Dame sollte Beweis genug sein, dass er gewisse Bestrebungen aufgegeben hat, die ohne Zweifel gleichermaßen aus seiner Verärgerung über dich als aus seinem Interesse an mir resultierten.«

Ich brach ab, um tief einzuatmen, und Emerson, der in seinem Fisch herumgestochert hatte, legte seine Gabel aufs Tischtuch. »Peabody«, sagte er milde, »das war ja noch bombastischer und pedantischer als deine üblichen Ausführungen. Dennoch kann die Komplexität deiner Syntax nicht über die Ungenauigkeit deiner Schlüsse hinwegtäuschen. Er hat sich nicht geändert. Das hat er selber im letzten Jahr gesagt. Was seine Beziehung mit

Miss Minton angeht, so weißt du lediglich, dass sie so rasch zu Ende war, wie sie begonnen hatte. Deine Bemühungen, mit dieser Dame zu kommunizieren, sind fehlgeschlagen, stimmt's? Streite jetzt nicht ab, dass du es versucht hast, denn ich weiß es ganz genau.«

An diesem Punkt musste *er* innehalten, um Luft zu schnappen. »Ha!«, entfuhr es mir. »Du hast es genauso versucht. Und du hast genau wie ich erfahren, dass sie nach mehreren Monaten Isolation als Kriegsberichterstatterin nach Frankreich gegangen ist. Du hast auch versucht, vom Kriegsministerium Informationen über ihn zu beziehen – erfolglos, wie dir schon vorher hätte klar sein müssen. Warum gibst du nicht zu, dass du dich um ihn sorgst? Schließlich ist er dein –«

»Mutter, bitte!«, warf Nefret ein. »Echauffier dich nicht so. Und du auch nicht, Vater. Vielleicht dürfen wir auch unsere Meinung beisteuern.«

»Und?«, fragte Emerson seine Tochter. »Was hast du dazu zu sagen?«

»Eigentlich nichts.«

»Ah«, meinte Emerson. »Ramses?«

Er hatte schweigend verharrt und nur unmerklich gelächelt, während er von einem Diskussionsteilnehmer (Emerson) zum anderen (mir) blickte. Jetzt zuckte er die Schultern. »Spekulationen über die Motive meines Onkels sind sicherlich Zeitverschwendung. Man weiß nie, was er geplant hat, solange er nicht in Aktion tritt.« Glühend vor Zorn wollte Emerson widersprechen. Ramses hob seine Stimme ein wenig. »Bislang hat er nichts weiter getan, als dich zu begrüßen. Die Art und Weise passt zu seiner seltsamen Art von Humor, und eine offene Konfrontation durfte er nicht riskieren, jedenfalls nicht, wenn er noch als Geheimagent arbeitet.«

»Das interessiert mich zum Teufel noch mal nicht«, erklärte Emerson aufgebracht und grammatikalisch unschön. »Was ich wissen will, ist, ob er noch im Antiquitätengeschäft mitmischt. Ramses, ich schlage vor, du und ich machen heute Abend die Runde durch die Kaffeehäuser und befragen die Händler. Wenn ›der Meister‹ wieder im Geschäft ist –«

»Werden sie es *dir* nicht auf die Nase binden«, fiel ich ihm ins Wort.

»Nein«, bekräftigte Nefret. Nachdem der Kellner die Teller ohne jeden Zwischenfall (Emerson war anderweitig abgelenkt) abgeräumt hatte, stützte sie ihre Ellbogen auf dem Tisch auf und beugte sich vor, ihre blauen Augen leuchteten. »Deine Methoden sind zu direkt, Vater. Erinnerst du dich noch an Ali die Ratte und an seinen – äh – jungen Freund?«

Emerson verschluckte sich an seinem Wein, und ich wandte skeptisch ein: »Ramses kann nicht mehr Ali die Ratte sein, Nefret. Seine Tarnung ist aufgeflogen.«

»Aber die fraglichen Leute sind tot«, wandte Nefret ein. »Und ich habe einen sehr hübschen Jungen abgegeben, was, Ramses?«

Sie drehte sich zu ihm, sah ihn fest an. Er reagierte nicht direkt. Dann sagte er gleichmütig: »Sehr hübsch. Ich möchte Ali lieber nicht riskieren, für den Fall, dass noch irgendwo ein paar von der alten Truppe rumhängen, aber wir könnten das Ganze etwas abwandeln.«

Ich hatte es schon befürchtet, allerdings nicht erwartet, dass sich die Sache so rasch zuspitzen könnte. Nefret war so mutig und kompetent wie ein Mann, und sie hing sehr an Ramses. Bei unserem Sohn verhielt es sich nicht anders, und ich konnte mir vorstellen, welchen inneren Kampf er mit sich ausgefochten hatte, bis sie an seinen Abenteuern und Gefahren teilhaben durfte. Natürlich unterstützte ich ihre Forderung nach Gleichberechtigung voll und ganz; hatte ich dies nicht auch von Emerson verlangt und (mehr oder weniger) zugesprochen bekommen? Das bedeutete aber noch lange nicht, dass mir Nefrets Aktivitäten behagten. Prinzipien lassen sich freilich nicht aufrecht erhalten, wenn persönliche Zuneigung im Spiel im.

Zu meiner Erleichterung fuhr Ramses fort: »Aber nicht heute Abend. Ich brauche eine Weile, bis ich die entsprechende Tarnung besorgt habe.«

»Nein, nicht heute Abend«, bekräftigte ich. »Es war ein langer Tag. Wir sollten früh schlafen gehen.«

»Ein fabelhafter Vorschlag«, grinste Emerson.

»Ja, Mutter«, sagte Ramses.

Emerson und ich hatten noch ein kurzes, persönliches Gespräch, wir saßen gemütlich vor dem verglühenden Kaminfeuer im Salon und schlürften einen letzten Whisky-Soda. Ich resümierte es mit den Worten: »Dann ist es also beschlossene Sache, dass wir Kairo so bald als möglich verlassen?«

Emerson nickte begeistert zustimmend. »Es ist schon Nerven aufreibend genug, dass Ramses die Souks und Kaffeehäuser auf der Jagd nach irgendwelchen Halunken durchstreift, auch ohne dass sie ihn begleitet.«

»Nicht so Nerven aufreibend wie der Umstand, dass er einen weiteren miesen Auftrag für das Kriegsministerium annehmen könnte. Smiths Gegenwart heute Abend war im höchsten Maße verdächtig, Emerson.«

»Unfug«, knurrte Emerson. »Allerdings ... Gütiger Himmel, mit dem Geheimdienst und meinem hinterhältigen Bruder ist Kairo bestimmt kein Ort für eine Familie harmloser Archäologen. Trotzdem regst du dich unnötig auf, mein Schatz. Um nichts in der Welt würde Ramses sich auf eine weitere Geheimmission einlassen.«

Emersons zärtlich-beschwichtigende Worte jagten mir einen wohligen Schauer über den Rücken. »Hölle und Verdammnis, Peabody«, wetterte er, »wenn du wieder eine deiner berühmten Vorahnungen hast, so will ich nichts davon hören! Komm sofort ins Bett.«

* * *

Während unseres Frühstücks im Hotelzimmer ging Emerson die Post durch (diverse andere Zerstreuungen hatten ihn bislang davon abgehalten) und stieß dabei auf einen Brief von Cyrus Vandergelt, der ihn so ärgerte, dass er aufsprang, zur Tür stürmte und – hätte ich ihn nicht festgehalten – im Morgenmantel hinausgerannt wäre.

»Um Himmels willen, Emerson, wo willst du hin?«

Emerson fuchtelte mit den eng beschriebenen Seiten vor meiner Nase herum. »Sie haben es wieder einmal geschafft. Ein weiteres Grabmal. Ausgeraubt. Die Kunstgegenstände befinden sich bereits bei Händlern in Luxor. Zum Henker! Ramses –«

»Wenn du es Ramses mitteilen möchtest«, schloss ich aufgrund meiner jahrelangen Erfahrung mit seinen unzusammenhängenden Kommentaren, »werde ich den Sufragi schicken, ihn und Nefret zu uns zu bitten. Setz dich, Emerson, oder zieh dich an, wenn dir das lieber ist. Ein paar Minuten Aufschub können eine Situation nicht verschlimmern, die ohnedies –«

»Teufel noch«, grummelte Emerson auf dem Weg ins Ankleidezimmer. Den Brief nahm er mit. An das aufbrausende Naturell meines Gatten gewöhnt, schickte ich den Zimmerkellner los und widmete mich wieder meinem Frühstück.

Die Kinder waren wohl schon auf und fertig angezogen, denn sie kamen umgehend. »Stimmt irgendwas nicht?«, erkundigte sich Ramses.

»Warum solltest ausgerechnet du diese Frage stellen?«, erwiderte ich, die aufgebrachten Beschimpfungen aus dem Nebenraum überstimmend. Einige hatten damit zu tun, dass er seine Hemden nicht fand, deren Aufbewahrungsort (in der zweiten Schublade des Sekretärs) ich ihm am Vorabend gezeigt hatte.

»Eine Aufforderung zu so früher Stunde –«

Emerson schoss aus dem Ankleidezimmer, bekleidet mit Hemd und Hose. »Ah, da seid ihr ja. Gut. Hört euch das an.«

»Beende dein Frühstück, Emerson.« Kurz entschlossen riss ich ihm die zerknüllten Seiten aus der geballten Faust und reichte sie Ramses.

Ich will kurz zusammenfassen, was Ramses auf meine Bitte hin laut vorlas.

Einige Monate zuvor hatte sich das Gerücht verbreitet, dass von den unermüdlichen Grabdieben in Luxor ein bis dahin unbekanntes Grab entdeckt worden sei. Es hatte einzigartige Objekte von hohem Wert enthalten: königliche Diademe, Gefäße aus Ton und wertvollem Metall, erlesene Schmuckstücke. Zum ersten Mal erwiesen sich diese Gerüchte als korrekt. Cyrus, der im November, kurz nach seiner Ankunft, davon erfuhr, hatte kurzerhand den Laden unseres alten Bekannten Mohammed Mohassib aufgesucht, der seit dreißig Jahren im Antiquitätengeschäft tätig war. Der durchtriebene alte Gauner, der so scheinheilig dreinblickte, wie es nur die Händler in Luxor vermögen, leugnete jedes Wissen um den fraglichen Schatz. Wie stets, war doch allgemein bekannt, dass er viele der berühmten Funde verhökert hatte. Ein Einschreiten war zwecklos, da er die Artefakte nie in seinem eigenen Haus aufbewahrte, sondern sie unter seinen vielen Verwandten verteilte; während der Verkaufsverhandlungen traf er private Absprachen mit den Interessenten, die ihn niemals angeschwärzt hätten, weil sie die Kunstgegenstände unbedingt erstehen wollten.

Da er diese Eigenheit des guten alten Mohassib kannte, hatte Cyrus so lange auf ihn eingeredet, bis Mohassib schließlich damit herausrückte, dass er zufällig gerade ein interessantes Objekt erworben hätte – natürlich nicht von einem Grabräuber! Es erwies sich als ein massives Goldrelief, ungefähr sechs Zentimeter lang, mit fünf kleinen, sitzenden Katzen, von denen zwei fehlten; die anderen drei waren aus Gold und Karneol. Cyrus kannte seine Artefakte zu gut, um lange an der Identität zu zweifeln. *Das goldene Glied gehörte zu einem Frauenarmband,* hatte er geschrieben. *Es musste zu einem weiblichen Geschmeide gehören, wegen der Katzen. Es zeigte die Kartuschen von Thutmosis III. Sie besagen, dass drei Bestattungen in dem Grab vorgenommen wurden, Leute – Königinnen oder Prinzessinnen, die mit Thutmosis III. verwandt sind.*

Bemüht (vergeblich, wie ich Cyrus kenne), seine Nervosität zu verbergen, hatte er Mohassib kurzerhand ein Angebot gemacht. Der alte Gentleman hatte bedauerlicherweise abgelehnt. Ein anderer Kunde sei interessiert, und er müsse diesem den Vortritt lassen. Was könne ein Ehrenmann anderes tun?

So liegen die Dinge, schloss Cyrus seinen Brief. *Ich bin ziemlich sicher, dass dieser andere Kunde Howard Carter ist, der als Mittelsmann für Carnarvon oder für irgendein gottverflixtes Museum auftritt. Und Mohassib will den Preis hochtreiben, indem er die Mitbietenden gegeneinander ausspielt. Sie kommen besser her und reden mit Mohassib, Emerson; er ist ein durchtriebenes altes Stinktier und Sie der Einzige, vor dem er Respekt hat.*

»Wir verlassen Kairo auf der Stelle«, tönte Emerson.

Ramses tauschte verstohlene Blicke mit seiner Frau aus. »Entschuldigung, Vater, aber ich sehe keinen Grund für eine solche Eile. Das Grab wurde bereits geplündert, und Mohassib wird nichts zugeben, nicht einmal dir gegenüber. Es wäre sinnvoller, mit Carter zu sprechen. Arbeitet er nicht für das Kriegsministerium? Vielleicht ist er derzeit in Kairo.«

»Hmph«, meinte Emerson nachdenklich.

»Wir können nicht umgehend aufbrechen«, wandte Nefret ein. »Ich muss noch ins Krankenhaus. Ich war seit Monaten nicht mehr dort, und ich muss einiges mit Sophia klären, bevor ich wieder abreise.«

»Hmph«, wiederholte Emerson. Emersons Schnaufer sind recht aufschlussreich, wenn man sie zu differenzieren weiß. Dieser hier signalisierte Widerspruch und Protest. Das Krankenhaus, das Nefret für die gefallenen Mädchen von Kairo eingerichtet hatte, befand sich in einem der übelsten Stadtteile; sie war davon ausgegangen, dass sich die unglückseligen Geschöpfe, denen sie helfen wollte, niemals in eine angesehenere Gegend vorwagen würden.

»Keine Sorge, Vater«, schaltete sich Ramses ein. »Du denkst doch nicht etwa, dass ich meine hilflose, furchtsame kleine Frau allein nach El-Wasa gehen ließe?«

Nefret streckte Ramses die Zunge raus. Sie hatte solche kindischen Gesten nie ganz abgelegt. Und diese schien Ramses ausgesprochen zu amüsieren.

»Na dann.« Emersons Gesicht hellte sich auf. »Gut. Was ist mit dir, Peabody? Begleitest du sie?«

»Ich habe andere Pläne«, erwiderte ich und faltete meine Serviette.

Emersons Augen verengten sich zu saphirblauen Schlitzen. »Oh nein, das hast du nicht, Peabody. Du kommst mit mir. Oder«, setzte er rasch hinzu, »anders gesagt, ich komme mit dir.«

Die Kinder verließen uns, und ich bat Emerson, sich fertig anzukleiden. Da ich wusste, dass dieser Vorgang ihn eine Weile beschäftigen würde, sah ich nach, wie Sennia und ihr Gefolge zurechtkamen. Sie und Basima und Gargery – und der Kater –

saßen noch beim Frühstück. Sennia hatte einen erstaunlichen Appetit für eine so kleine Person. Als sie mich sah, ließ sie ihre Toastscheibe fallen – die Marmeladenseite nach unten, rannte mit ausgebreiteten Armen auf mich zu und wollte wissen, wo wir an jenem Tag hingingen.

»Du und Gargery und Basima müsst euch heute ohne uns vergnügen«, erwiderte ich in einem Ton, der keinen Widerspruch duldete. »Der Rest von uns hat etwas zu erledigen. Ich schlage einen Museumsbesuch vor, aber vielleicht wollt ihr lieber eine Kutsche mieten und nach Gizeh fahren.«

»Ich glaube nicht, dass das eine gute Idee ist, Madam«, sagte Gargery, heftig blinzelnd, seine Stirn bedenklich in Falten gelegt. »Nach dem, was im letzten Jahr passiert ist –«

»Das war letztes Jahr, Gargery. Die für diesen Zwischenfall Verantwortlichen können uns nichts mehr anhaben.«

»Aber Madam! Sie wird den ver- den Kater mitnehmen wollen.«

Stirnrunzelnd blickte er zu Horus, der auf Sennias Stuhl saß und sich putzte. Horus revanchierte sich mit einem herablassenden Fauchen. Das können alle Katzen, Horus indes besser als die meisten anderen. Er hatte einen sehr großen Kopf und die dunklen Streifen in seinem Gesicht verliehen ihm etwas hässlich Groteskes.

»Sollen wir nach Atiyeh fahren?«, erkundigte sich Basima. »Die anderen Familienmitglieder werden die kleine Taube sehen wollen.«

»Und du ganz sicher deine Verwandtschaft.« Warum hatte ich daran nicht schon eher gedacht? Basima war eine zurückhaltende und zuverlässige Frau, die selten um irgendetwas für sich selber bat. In der Tat war dies eine fantastische Idee; das Dorf bei Kairo, wo ein Teil von Abdullahs Familie lebte, war nicht weit weg, und Sennia wäre unter ständiger Aufsicht von unzähligen, liebenswerten Freunden, die sie vor allem Ungemach beschützen würden. Ich erklärte mich einverstanden, und Gargery schloss sich mir unumwunden an. Keiner fragte Horus um seine Meinung.

»Wo geht Ramses hin?« Sennia blieb wie üblich hartnäckig.

»Irgendwohin, wo du ihn nicht begleiten kannst. Wir werden rechtzeitig zum Tee zurück sein.«

Ich ließ Sennia schmollend zurück. Gargery fingerte an einem Gegenstand in seiner Jackentasche herum, und ich hoffte, dass es keine Pistole wäre, obwohl ich das befürchtete. Er nahm seine Pflicht als Sennias Bewacher sehr ernst.

Nachdem ich Emerson eingesammelt, ihm Weste und Krawatte aufgeschwatzt und meine Bluse gewechselt hatte, auf der mehrere klebrige Fingerabdrücke prangten, verließen wir das Hotel. Den diensteifrigen Droschkenkutschern abwinkend, schlenderten wir entlang der Muski.

»Wohin gehen wir?«

»Warum so zurückhaltend, Peabody?«, wieherte Emerson. »Du willst in den Souk, oder etwa nicht, um die Antiquitätenhändler zu drangsalieren, zu piesacken und über Sethos auszuhorchen.«

»Ich dachte, ich könnte einigen Leuten ein paar Fragen stellen, das ist richtig. Wäre das nicht wünschenswerter, als die Kinder nach Einbruch der Dunkelheit durch die Stadt stromern zu lassen, mit Nefret als Ramses' – äh – als sein – ähm –«

Emerson zuckte mit den Achseln. »Großer Gott, ja. Aber – aber es war ihr doch nicht Ernst damit, oder?«

»Oh doch, das war es.«

Es ist ein netter, erquickender Spaziergang vom Shepheard's zum Khan el-Khalili, entlang der Muski und durch die alte Fatimidenstadt mit ihren Moscheen und Toren. Aber wie sich der Charakter der Stadt verändert hatte! Automobile und Motorräder fuhren in riskanten Schlangenlinien um Pferdedroschken und Eselkarren und Kamelkarawanen. Überall Uniformen, deren Träger so unterschiedlich aussahen wie ihre Dienstabzeichen: hoch aufgeschossene, stämmige Australier und bärtige Sikhs, dunkelhäutige Nubier und rotwangige englische Kadetten, frisch vom Land.

Es war ein deprimierender Anblick. Diese Männer, jetzt so fröhlich und mit glänzenden Augen, waren für die Schlachtfelder von Palästina und Europa bestimmt, von denen die meisten nie zurückkehren würden.

Wenigstens hatte sich der Khan el-Khalili nicht verändert – dieselben engen Gassen, mit Matten bedeckt und von winzigen Geschäften gesäumt, die von Seide über Teppiche bis hin zu Silber alles nur Erdenkliche feilboten. Fahrende Händler und Verkäufer von Süßigkeiten bahnten sich ihren Weg durch die Menschenmassen; ein Kellner, der ein Tablett mit kleinen Mokkatassen trug, eilte zu dem Ladenbesitzer, der dies bestellt hatte.

Nicht weit von der Moschee des ehrenwerten St. Hussein befinden sich die Stände der Buchhändler, und exakt hier hoffte ich, mich der liebenswürdigen, aber störenden Begleitung meines Gatten zu entledigen. Zu meiner Verblüffung hatte er kaum Einwände.

»Vermutlich gehst du zu Aslimi«, sagte er.

»Und vielleicht zu ein paar anderen.«

»Sehr gut.« Emerson nahm seine Taschenuhr heraus. »Ich gebe dir drei Stunden, Peabody. Wenn du dann nicht wieder hier bist, komme ich dich suchen.«

»Alles, nur das nicht!«, entfuhr es mir scherzhaft.

Emerson grinste. »Nichts für ungut. Viel Vergnügen, mein Schatz, und kauf keine Fälschungen.«

Aslimi handelte mit gefälschten Antiquitäten, genau wie sein Vater, der einige Jahre zuvor auf widrigste Art den Tod gefunden hatte – in seinem eigenen Geschäft. Zunächst erkannte ich ihn nicht. Er hatte enorm zugenommen und war fast so dick wie sein verstorbener Vater. Auf einer Mastaba-Bank vor seinem Laden sitzend, animierte er Passanten auf traditionelle Weise und in einem Gemisch aus mehreren Sprachen: »Oh, Effendi, ich habe wunderschöne Antiquitäten! Monsieur et Madame, écoutez-vous!«, und so fort. Als er mich sah, brach er abrupt ab und richtete sich keuchend auf.

»Guten Morgen, Aslimi«, rief ich. »Bleib ruhig sitzen.«

Aslimi schluckte. »Der Vater der Flüche –«

»Ist nicht bei mir.«

»Ah.« Aslimi presste seine Hände auf seine Magengegend und seufzte schwer. »Er bereitet mir Probleme, Sitt Hakim.«

»Es ist alles Gottes Wille«, sagte ich feierlich. Worauf Aslimi mir einen Blick zuwarf, der darauf schließen ließ, dass er eher geneigt war, sein Leiden Emerson und nicht Allah zuzuschieben. Gleichwohl beeilte er sich, die ungeschriebenen Gesetze der Höflichkeit zu achten, mir Kaffee oder Tee und einen Sitzplatz auf der Mastaba-Bank anzubieten. Dann gingen wir zum Geschäftlichen über.

Anderthalb Stunden später verließ ich den Laden, mit diversen Päckchen. Das Handeln beansprucht viel Zeit, und die subtile Befragung, die ich durchführe, noch länger. Da ich genügend Zeit hatte, besuchte ich noch einige andere Geschäfte, erfuhr kaum mehr als von Aslimi, kaufte aber eine ganze Reihe von Dingen, die wir für unser neues Zuhause brauchten: ein hübsches Topfset aus Kupfer, dreißig Meter blaue, silberdurchwirkte Seide aus Damaskus und zwei elegante Teppiche, dies alles ließ ich direkt ins Hotel schicken.

Ich entdeckte Emerson, umgeben von schlecht gebundenen Folianten und Manuskriptbergen und einigen gebildeteren Buchhändlern, mit denen er hitzig debattierte. Allmählich keimte in mir der Verdacht auf, dass sie es nur darauf anlegten, ihn zu provozieren, denn seine Ansichten zur Religion – zu allen Religionen – waren unorthodox und eloquent formuliert. Mit meinem Auftauchen endete die Diskussion, und nach einem allgemeinen Austausch von Höflichkeiten zerrte ich Emerson weiter.

»Warum tust du das?«, schimpfte ich. »Es ist ausgesprochen unhöflich, die religiösen Anschauungen anderer zu kritisieren. Überdies besteht nicht die geringste Chance, dass einer von ihnen konvertiert.«

»Warum sollten sie?«, fragte Emerson erstaunt. »Der Islam ist so gut wie jede andere Religion. Ich plädiere weder für die Christenheit noch für das Judentum oder den Buddhismus.«

»Das weiß ich sehr wohl, Emerson. Ich nehme nicht an, dass du etwas Aufschlussreiches erfahren hast?«

»Es war sehr aufschlussreich, ich habe mehrere kritische Punkte berührt ...« Er bemerkte meine Päckchen und nahm sie mir ab. »Und was hast du da erstanden?«

»Pack sie nicht hier aus«, warnte ich, denn Emerson in seiner ganzen Impulsivität zerrte schon an den Kordeln. »Während du deine Zeit damit vertrödelt hast, über Theologie zu debattieren, bin ich der Sache nachgegangen, wegen der wir die Altstadt aufgesucht haben. Aslimi hat mir einige bemerkenswerte Dinge gezeigt, Emerson. Er erklärte mir, er hätte nie mit einem so immensen Warennachschub gerechnet. Er bezieht Kunstgegenstände aus ganz Ägypten, einschließlich Luxor.«

»Was zum Teufel ...!« Emerson blieb mitten auf der Straße stehen. Er fing an, das größte Päckchen auszuwickeln, das Kamel völlig ignorierend, das schwerfällig auf ihn zusteuerte. Dem Kutscher, der Emerson erkannte, gelang es, das widerspenstige Tier anzuhalten, bevor es in meinen ebenso widerspenstigen Gatten hineinrannte. Auf Emersons bitterböse Miene reagierte das Trampeltier mit dem ihm eigenen, tief empörten Blick. Ich verbiss mir das Lachen, denn Emerson hätte bestimmt nichts Lustiges an seinem Bemühen gefunden, ein Kamel in Grund und Boden zu starren.

Irgendwie gelang es dem Kutscher, das Tier an Emerson, der sich keinen Millimeter von der Stelle gerührt hatte, vorbei zu manövrieren. Ich nahm ihm das Päckchen weg.

»Es passt gar nicht zu dir, so unvorsichtig zu sein, Emerson«, rügte ich. »Unvorsichtig mit Kunstgegenständen, meine ich. Komm von der Straße weg. Ich werde die Verpackungen so weit entfernen, dass du einen kurzen Blick erhaschst.«

Vorsicht war wirklich geboten, da zwei der eingepackten Objekte zerbrechlich waren – beziehungsweise schon leicht abbröckelten. Ich zeigte Emerson eine Alabasterscheibe mit einem dünnen Goldrand.

»Keine Hieroglyphen«, grummelte er. »Trotzdem, eine hübsche Arbeit. Das ist ein Deckel von einem Topf oder Tiegel.«

»Ein überaus wertvoller Topf«, versetzte ich. »Den habe ich im übrigen auch – ein erlesenes Stück aus Alabaster, sehr wahrscheinlich für Kosmetik. Sollen wir jetzt ins Hotel zurückkehren, wo wir uns alles genauer ansehen können?«

»Hmmm, ja, sicher.« Emerson sah mir zu, wie ich den Deckel wieder einpackte. »Entschuldige, meine Liebe. Du hattest ganz Recht, mich zu kritisieren. Was hast du noch?«

»Nichts, was so interessant wäre wie der Kosmetiktiegel«,

sagte ich, »aber ich glaube, sie stammen alle aus demselben Grab – das, wovon Cyrus uns geschrieben hat.«

»Dann hat Mohassib also nicht alles bekommen.« Die Hände in den Taschen vergraben, schritt Emerson neben mir aus. »Woher hat Aslimi diese Objekte?«

»Nicht von Sethos.«

»Ich nehme an, du hast ihn ohne Umschweife danach gefragt«, seufzte Emerson. »Aslimi ist ein begnadeter Lügner, Peabody. Woher weißt du, dass er dir die Wahrheit sagt?«

»Ich brauchte ›den Meister‹ nur zu erwähnen, und er wurde erbsengrün im Gesicht. Das Ganze wäre ziemlich spaßig gewesen, wenn er sich nicht so fürchterlich aufgeregt hätte; händeringend sagte er in einem fort: ›Aber er ist tot. Er ist tot, ganz bestimmt. Sag mir, dass er diesmal wirklich tot ist, Sitt!‹«

»Hmmm«, meinte Emerson.

»Komm jetzt nicht auf die Idee, so zu tun, als wärest *du* ›der Meister‹, Emerson.«

»Warum denn nicht«, erwiderte Emerson eingeschnappt. »Du erzählst mir dauernd, dass ich mich nicht effektiv tarnen kann. Das ist verflucht kränkend. Also – von wem hat Aslimi diese Artefakte erworben?«

»Er beteuerte, er habe den Mann nie zuvor gesehen.«

»Ich gehe davon aus, dass du ihm eine Beschreibung entlockt hast?«

»Selbstverständlich. Groß, kräftig, schwarzer Vollbart.«

»Kaum hilfreich. Selbst wenn es stimmt.«

»Aslimi würde *mich* nicht anlügen. Emerson, bitte geh nicht so schnell.«

»Ha«, schnaubte Emerson. Aber er ging langsamer und bot mir seinen Arm. Wir hatten die Muski mit ihrem lärmenden Verkehrschaos und den europäischen Geschäften erreicht. »Wir haben gerade noch Zeit, uns für das Mittagessen frisch zu machen«, fügte er hinzu. »Meinst du, die Kinder sind schon zurück?«

»Keine Ahnung. Ich hoffe nur, dass sie nicht schon wieder in Schwierigkeiten stecken.«

»Wie kommst du denn darauf?«

»Langjährige Erfahrung.«

Aus Manuskript H

Der berüchtigte Rotlichtbezirk von Kairo befand sich erschreckend nah an den Ezbekieh-Gärten und den Luxushotels. In den Bordellen von El-Wasa boten ägyptische, nubische und sudanesische Frauen ihre Dienste unter schlimmsten hygienischen Bedingungen an. Theoretisch erhielten sie von Amts wegen eine medizinische Betreuung, doch das einzige Anliegen der Regierung war die Überwachung von Geschlechtskrankheiten. Es gab keinen Platz für die Frauen, die Misshandlungen oder verpfuschte Abtreibungen oder andere Krankheiten erlitten hatten. Noch schwieriger war es, die Bordelle in dem angrenzenden Gebiet von Wagh el-Birka zu kontrollieren, die von europäischen Frauen bevölkert und von europäischen Zuhältern betrieben wurden. Diese waren Ausländer und unterstanden deshalb einzig der Amtsgewalt ihrer Konsulate. Ramses hatte gehört, dass Thomas Russell, der stellvertretende Kommandeur der Kairoer Polizei, die Vorschriften verfluchte, die ihm untersagten, diese Etablissements zu schließen.

In den Gassen von El-Wasa war es um diese frühe Stunde noch recht ruhig. Es stank permanent; selbst ein heftiger Regenschauer wühlte den Straßenmüll nur auf und trieb ihn zu schmierigen Pfützen zusammen, wo er liegen blieb, sobald das Wasser verdunstete. Es gab keine Abwasserkanäle. Ramses spähte zu seiner Frau, die entschlossen durch den Unrat schritt, wobei sie darauf achtete, den übelsten Stolperfallen auszuweichen, und er wunderte sich nicht zum ersten Mal, wie sie das aushielt. In seinen Augen war sie immer wunderschön, doch in diesem Licht erstrahlte sie wie ein gefallener Stern, ihr rotgoldenes Haar am Hinterkopf zu einem Knoten aufgesteckt, ihre Miene fröhlich.

Anfangs war die Klinik von den Bewohnern des Rotlichtbezirks argwöhnisch gemieden worden, und Nefret und die mit ihr befreundete Ärztin Sophia hatten es für ratsam gehalten, keine Werbung zu machen. Jetzt stand sie unter dem Schutz der Kairoer Polizei. Russell schickte häufiger Streifen vorbei und verfolgte jeden, der Probleme machte. Auch Emerson war einigen

Gegnern aufs Dach gestiegen, die nicht gewusst hatten, dass die Erbauerin die Tochter des berühmten Vaters der Flüche war. Seitdem wussten sie es. Nefret hatte einen weiteren, unerwarteten Befürworter in Ibrahim el-Gharbi gefunden, dem nubischen Transvestiten, der die Freudenhäuser von El-Wasa kontrollierte. Mittlerweile prangte der Zweck der expandierten Räumlichkeiten in polierten Bronzelettern über dem Eingangsportal und der Bereich ringsum wurde regelmäßig von Müll und Tierkadavern gesäubert.

»Diesmal komme ich nicht mit rein«, sagte Ramses, als sie das Gebäude erreichten.

Nefret bedachte ihn mit einem provozierenden Lächeln. »Gefällt dir wohl nicht, Sophia und mir hinterher zu trotten, was?«

Das traf exakt zu; er fühlte sich nutzlos und unfähig und häufig ärgerlich, weil er dem Elend nicht abhelfen konnte. Diesmal hatte er eine glaubwürdige Entschuldigung.

»Ich habe jemanden gesehen, mit dem ich reden möchte«, erklärte er. »Ich hol dich später ab.«

»In Ordnung.« Sie fragte nicht, wen; sie war in Gedanken bereits bei den Aufgaben, die sie im Krankenhaus erwarteten.

Er nahm den Rückweg durch die Gasse, trat eine tote Ratte beiseite und versuchte, den tieferen Dreckspfützen auszuweichen. Der Mann, den er gesehen hatte, saß auf einer Bank vor einem der gepflegteren Häuser. Er schlief mit offenem Mund, sein Kopf war in den Nacken zurückgesackt. Die über sein Gesicht krabbelnden Fliegen störten ihn nicht in seinem Schlummer; er war daran gewöhnt. Ramses rüttelte ihn sanft, und er spähte schlaftrunken auf.

»Salam aleikum, Bruder der Dämonen. Also bist du zurück, und es stimmt, was sie sagen – dass der Bruder der Dämonen ohne Warnung aus dem Nichts auftaucht.«

Ramses machte Musa nicht darauf aufmerksam, dass dieser bei seiner Ankunft tief und fest geschlafen hatte, kam ihm doch sein Ruf, mit den Dämonen auf Du und Du zu stehen, sehr gelegen bei den abergläubischen Ägyptern. »Du bist gesellschaftlich abgestiegen, seit ich dich zuletzt gesehen habe, Musa. Hat el-Gharbi dich entlassen?«

»Hast du nicht davon gehört?« Der verschlafene Blick des Mannes wurde etwas lebhafter. Es erfüllte mit persönlichem Stolz, wenn man der Erste war, der eine gute oder eine schlechte Nachricht überbrachte, überdies rechnete er mit einem Bakschisch. Er sah aus, als könnte er Geld gebrauchen. Als Liebling von el-Gharbi war er gepflegt und wohlgenährt und elegant gekleidet gewesen. Die Lumpen, die er jetzt trug, verhüllten kaum seinen abgemagerten Körper.

»Ich werde es dir erzählen«, fuhr er fort. »Setz dich her, komm, setz dich zu mir.«

Er rutschte beiseite, um Ramses Platz zu machen. Letzterer lehnte jedoch dankend ab. Fliegen waren nicht die einzigen Insekten, die Musa und seine Kleider bevölkerten.

»Wir wussten, dass die verdammten Engländer eine Razzia machten und die Frauen ins Gefängnis steckten«, hub Musa an. »Sie errichteten ein Lager in Hilmija. Aber mein Gebieter hat nur gelacht. Er hätte ausreichend Freunde in hohen Ämtern, sagte er. Keiner könnte ihm etwas anhaben. Und so war es auch – bis eines Abends zwei Männer kamen, vom Mudir der Polizei persönlich geschickt, die meinen Herrn fortholten, in seinen wunderschönen weißen Gewändern. Es heißt, dass Harvey Pascha bei seinem Anblick sehr wütend geworden ist und ihn beschimpft hat.«

»Das überrascht mich nicht«, murmelte Ramses. Harvey Pascha, der Chef der Kairoer Polizei, war grundehrlich, extrem zugeknöpft und ziemlich borniert. Vermutlich wusste er nicht einmal von el-Gharbis Existenz, bis jemand – Russell? – ihm dargelegt hatte, dass er den größten Fang verpasst hatte. Ramses konnte sich Harveys Miene bildhaft vorstellen, als el-Gharbi hereingewatschelt gekommen war, in Frauenkleider gehüllt und mit Schmuck behängt.

Musa fing einen Floh und knackte ihn fachmännisch zwischen seinen Daumennägeln. »Jetzt ist er in Hilmija, mein bedauernswerter Gebieter, und ich, sein unseliger Diener, bin so tief gesunken. Diese Welt ist grausam, Bruder der Dämonen.«

Noch grausamer für die Frauen, deren einzige Verfehlung darin bestanden hatte, ihren Zuhältern und ihren Kunden zu Willen zu sein – viele von ihnen Soldaten aus England und dem Empire. Offen gestanden hätte Ramses nicht zu sagen vermocht, ob er el-Gharbi bedauerte, gleichwohl war ihm schmerzlich bewusst, dass sich die Situation nach der Festnahme des Zuhälters vermutlich verschlimmert hatte. El-Gharbi hatte das Rotlichtviertel mit eiserner Hand regiert und seine Frauen verhältnismäßig gut behandelt; zweifellos hatten einige andere, kleinere Zuhälter, deren Methoden weniger human waren, sein Geschäft übernommen. Dieses schmutzige Gewerbe ließ sich einfach nicht ausmerzen.

»Mein Herr möchte mit dir reden«, sagte Musa. »Hast du eine Zigarette?«

Also hatte Musa *bewusst* nach ihm Ausschau gehalten. Leicht abgelenkt hielt Ramses ihm das Zigarettenetui hin. Musa nahm es, fischte eine Zigarette heraus und steckte das Etui klammheimlich in die Falten seiner Robe.

»Und wie soll ich das anstellen?«, erkundigte sich Ramses.

»Sicherlich brauchst du Harvey Pascha nur darum zu bitten.«

»Ich habe keinen Einfluss auf Harvey Pascha, und selbst wenn, würde ich ihn nicht nutzen, um el-Gharbi einen Gefallen zu tun. Möchte er etwa, dass ich seine Freilassung arrangiere?«

»Ich weiß es nicht. Hast du noch eine Zigarette?«

»Du hast alle eingesteckt, die ich hatte«, sagte Ramses.

»Ah. Möchtest du eine?« Er holte das Etui hervor und bot es ihm an.

»Danke, nein. Behalte sie«, versetzte er.

Die Ironie entging Musa, der ihm überschwänglich dankte und vielsagend die Hand aufhielt. »Was soll ich meinem Herrn sagen?«

Ramses drückte ihm ein paar Münzen in die Hand und überging schnöde Musas weiteres Betteln. »Dass ich nichts für ihn tun kann. Lass el-Gharbi ruhig ein paar Monate in dem Lager schmachten. Er ist ohnehin zu fett. Wie ich ihn kenne, hat er selbst in Hilmija Anhänger und Lakaien und Methoden, all das zu bekommen, was er will. Wie hat er sich eigentlich mit dir in Verbindung gesetzt?«

»Es gibt immer Mittel und Wege«, murmelte Musa.

»Da bin ich mir ganz sicher. Na, dann richte ihm mein ...« Er suchte nach dem treffenden Begriff. Was ihm in den Sinn kam, war indes zu freundlich oder zu höflich. Andererseits war der Zuhälter in der Vergangenheit eine nützliche Informationsquelle gewesen und würde es vielleicht auch wieder werden. »Sag ihm, dass du mich getroffen hast und dass ich mich nach ihm erkundigt habe.«

Er gab ihm noch ein paar Münzen und machte sich auf den Rückweg ins Krankenhaus. Dr. Sophia begrüßte ihn wie üblich freundlich-reserviert. Ramses bewunderte sie sehr, fühlte sich aber nie recht wohl in ihrer Gegenwart, obwohl er erkannt hatte, dass ihre unterkühlte Haltung nichts mit ihm persönlich zu tun hatte. Sie musste sich Tag für Tag mit den üblen Folgen auseinandersetzen, wie Männer Frauen ausbeuteten. Es hätte ihn nicht überrascht, wenn sie allen Männern negativ gegenüber gestanden hätte.

Er traf auf die neue Chirurgin, eine stämmige, grauhaarige Amerikanerin, die ihn aus kühlen braunen Augen maß, bevor sie ihn mit einem so festen Händedruck begrüßte wie mancher Mann. Ramses wusste, dass Nefret heilfroh war, Dr. Ferguson gefunden zu haben. Chirurginnen waren rar gesät. Andererseits gab es auch nicht viele Anstellungen für Frauen. Ferguson hatte in den Slums von Boston, Massachusetts, gearbeitet, und war nach Nefrets Aussage mehr daran interessiert, misshandelte Frauen zu retten als Männer, die dumm genug seien, sich freiwillig erschießen zu lassen. Vermutlich kamen sie und Sophia gut miteinander zurecht.

Wie von Ramses kaum anders erwartet, entschied Nefret, für den Rest des Tages in der Klinik zu bleiben. Sie war in ihrem Element, mit zwei überzeugten Berufskolleginnen, und Ramses empfand einen leichten Anflug von unbegründeter Eifersucht. Er küsste sie zum Abschied und sah, wie ihre Augen sich erstaunt und erfreut weiteten; normalhin zeigte er in der Öffentlichkeit keine Gefühle. Er nahm an, dass dies eine Demonstration seines Besitzanspruchs gewesen sei.

Während er mit gesenktem Kopf, die Hände in den Hosentaschen vergraben, zum Hotel zurückschlenderte, setzte er sich mit seinen Emotionen auseinander und schalt sich für seinen Egoismus. Wenigstens hatte er nicht darauf beharrt, dass sie auf ihn warten sollte, damit er sie wieder zum Hotel begleiten könnte. Das hätte sie rundweg abgelehnt. Keiner in El-Wasa hätte es gewagt, sie anzurühren, trotzdem war ihm nicht wohl bei dem Gedanken, dass sie allein durch diese verkommenen Gassen streifte, zu einer Tageszeit, da die einschlägigen Häuser ihren Geschäftsbetrieb aufnahmen und die Frauen Obszönitäten mit den Männern austauschten, die sie durch die offenen Fenster angafften.

Seine Eltern waren bereits wieder im Hotel, und als er sah, was seine Mutter an jenem Morgen erstanden hatte, vergaß er für eine Weile seine Bedenken. Der kleine Salbentiegel war fast völlig intakt, und er war geneigt, ihr zuzustimmen, dass die Schmuckfragmente – Perlen, Glieder eines Goldarmbands und eine kunstvoll gearbeitete Uräusschlange – aus demselben Grab aus der 18. Dynastie stammten, von dem Cyrus ihnen berichtet hatte.

»Und Aslimi hat beteuert, den Hehler nicht zu kennen?«, erkundigte er sich. »Das ist ziemlich merkwürdig. Er hat seine vertrauten Quellen und wäre sicher misstrauisch bei Fremden.«

»*Mich* würde Aslimi nicht anlügen«, behauptete seine Mutter und sah ihren Gatten herausfordernd an. Emerson wagte keinen Widerspruch. Er hatte anderes im Kopf.

»Äh – ich nehme an, du und Nefret habt die Idee aufgegeben, die Kaffeehäuser zu besuchen?«

»Ich war sowieso nicht begeistert von dieser Idee«, erwiderte Ramses.

»Hmmm. Ein solcher Aufwand ist augenblicklich auch unnötig; deine Mutter hat die Händler befragt, und keiner wusste auch nur irgendetwas von einer Rückkehr des Meisters. Bereitet euch darauf vor, dass wir den morgigen Zug nehmen, hm?«

»Das hängt von Nefret ab. Vielleicht möchte sie nicht so rasch abreisen.«

»Oh. Ja, sicher. Ist sie noch in der Klinik? Ich gehe davon aus, du hast dafür gesorgt, dass sie sicher nach Hause kommt?«

»Nein, Sir, das habe ich nicht.«

Emerson runzelte die Stirn, doch bevor er etwas erwidern konnte, sagte seine Frau: »Ist irgendetwas Ungewöhnliches an diesem Salbentopf, Ramses?«

Er hatte ihn in seinen Händen gedreht und mit seinen Fingern die Rundungen nachgezeichnet. Jetzt grinste er, froh über ihr taktvolles Einschreiten und ihre schnelle Auffassungsgabe. »Da ist eine raue Stelle, hier an der Wölbung. Alles andere ist makellos glatt.«

»Lass mal sehen.« Emerson nahm ihm das Behältnis ab und trug es zum Fenster, wo das Licht besser war. »Zum Henker, du hast Recht«, sagte er sichtlich verstimmt. »Keine Ahnung, wie ich das übersehen konnte. Irgendwas ist da weggeschabt worden. Ein Name? Eine Inschrift?«

»Die Stelle hat ziemlich genau die Größe für eine Kartusche«, meinte Ramses.

»Kannst du irgendwas sehen?«

»Ein paar feine Kratzer.« Helles Sonnenlicht spiegelte sich auf dem blassen, durchschimmernden Stein. »Sieht aus, als hätte jemand sorgfältig den Namen des Besitzers entfernt.«

»Sicher nicht der Dieb«, sagte seine Mutter, auf den Tiegel spähend. »Eine Inschrift würde einen höheren Preis erzielen.«

»Stimmt.« Emerson rieb sich sein Kinn. »Nun, es wäre nicht das erste Mal. Ein Widersacher, der dem Besitzer den schicksalhaften Tod der Namenlosen wünscht, oder ein Dieb in der Frühzeit, der seinen eigenen Namen einritzen wollte und es nicht mehr geschafft hat.«

Nachdem er die Angelegenheit zu seiner Zufriedenheit geklärt hatte, konnte er sich wieder seiner heimlichen Sorge um Nefret zuwenden. Er kritisierte Ramses nicht laut, blickte aber immer wieder auf die Uhr und murmelte Unverständliches. Zum Glück kam sie, ehe Emerson völlig durchdrehte.

»Ich hoffe, ich komme nicht zu spät zum Tee«, sagte sie ein wenig kurzatmig. »Bleibt mir noch Zeit zum Umziehen?«

»Was für eine Frage.« Ramses musterte sie von oben bis unten. Nicht einmal Nefret hätte die Straßen von El-Wasa passieren können, ohne Spuren davonzutragen. »Wie war es?«

»Hervorragend. Ich erzähl dir später davon.«

Während des Tees, den sie auf der Terrasse einnahmen, bestritt sie so ziemlich die gesamte Unterhaltung. Sogar Sennia fand es schwierig, zu Wort zu kommen.

* * *

Ramses schien mir irgendwie bedrückt, und ich vermutete, dass es mit der Klinik zu tun habe, doch Nefret erwähnte mit keinem Wort, dass sie unglücklich über den Stand der Dinge sei. Im Gegensatz zu meinem Sohn verbirgt Nefret ihre Gefühle nicht. Mit leuchtenden Augen, ihre Wangen hübsch gerötet, erzählte sie, und als Sennia nachdenklich einwarf: »Ich würde gern mitkommen und dir helfen, die kranken Damen gesund zu machen, Tante Nefret«, lachte sie und tätschelte dem Kind die Wange.

»Eines Tages, kleine Taube. Wenn du älter bist.«

»Morgen bin ich älter«, beharrte Sennia.

»Nicht alt genug«, sagte Emerson, bemüht, seine Nervosität zu verbergen. »Wie dem auch sei, wir müssen uns schleunigst auf den Weg nach Luxor machen. Nefret, wann kannst du fertig sein?«

»Morgen noch nicht, Vater. Vielleicht übermorgen.«

Sie erklärte uns, dass sie mit Dr. Sophia und der neuen Chirurgin, Miss Ferguson, zum Abendessen verabredet sei. Die verschlossene Miene meines Sohnes hellte sich unmerklich auf, als sie andeutete, dass sie ihn gern dabei hätte. Er nickte schweigend, doch Emerson lehnte die Einladung rigoros ab. Die Vorstellung, einen Abend mit drei dermaßen couragierten Damen zu verbringen, eklige Krankheiten und grausige Verletzungen zu diskutieren, sprach ihn nicht sonderlich an.

Daraufhin nahmen wir ein frühes Abendessen mit Sennia ein, was ihr sehr gefiel. Horus absolut nicht, da wir ihn in Sennias Zimmer einschließen mussten, wo er (wie der Sufragi uns später informierte) die ganze Zeit wie ein Schakal heulte. Als wir den Speisesaal verließen, begrüßte uns eine Person, in der ich den Gentleman mit den Apfelbäckchen wiedererkannte, einer unserer Mitreisenden auf See. Seine Gattin wirkte noch herausgeputzter mit ihren Juwelen und in Seide gehüllt. Sennia wäre stehen geblieben, aber Emerson schob sie weiter, und der Gentleman, behindert von seinem riesigen Teller und einer noch größeren Serviette, war nicht schnell genug, um uns aufzuhalten.

»Verflucht«, schnaubte mein Gemahl, »wer sind diese Leute? Nein, sag jetzt nichts, ich will es gar nicht wissen.«

Nachdem wir Sennia zu Basima gebracht hatten, die vor Horus in den Speisesaal für Bedienstete geflüchtet war, machte ich es mir mit einem schönen Buch bequem – allerdings ließ ich Emerson nicht aus den Augen. Ich weiß genau, wenn er wieder irgendwas im Schilde führt. So auch diesmal – nachdem er eine Viertelstunde lang so getan hatte, als würde er lesen, sprang er auf und erklärte, er wolle einen Spaziergang machen.

»Bemüh dich nicht, mein Schatz«, sagte er. »Du wirkst sehr entspannt.«

Und weg war er, ohne dass ich ihm überhaupt geantwortet hatte.

Ich ließ zehn Minuten verstreichen, dann schloss ich mein Buch. Eine weitere Verzögerung schloss sich an, als ich versuchte, mich aus meiner Abendrobe zu schälen, die im Rücken geknöpft ist; gleichwohl hatte ich es nicht eilig. Ich wusste, wo ich Emerson finden würde, und ging davon aus, dass er eine Weile brauchen würde, um dorthin zu gelangen. Nachdem ich mich aus dem Kleidungsstück gezwängt hatte, zog ich meine Arbeitsgarderobe an – Hose, Stiefel und eine großzügig mit Taschen besetzte Jacke –, nahm meinen Schirm, verließ das Hotel und hielt eine Droschke an.

Da ich annahm, dass Emerson zu Fuß gegangen sei, hielt ich Ausschau nach seiner unübersehbaren Gestalt, indes keine Spur von ihm. Im Khan el-Khalili bat ich den Fahrer zu warten und stürzte mich in die engen Gassen des Souks.

Aslimi schien gar nicht glücklich, mich zu sehen. Er informierte mich, dass er soeben schließen wollte. Ich erwiderte, dass ich keine Einwände hätte, betrat den Laden und nahm mir einen Stuhl.

Aslimi schlurfte umher, schloss und verriegelte die Läden, bevor er sich in einen gewaltigen Lehnstuhl im Empirestil sinken ließ, seine Lehnen und Beine goldverziert, und mich frustriert musterte. »Ich habe dir alles gesagt, was ich weiß, Sitt. Was willst du noch?«

»Erwartest du jemanden, Aslimi?«

»Nein, Sitt, ich schwöre es.«

»Ich auch. Vermutlich wird er bald hier sein.«

Wir schwiegen. Schweißperlen rollten über Aslimis Gesicht; sie schimmerten wie poliertes Elfenbein. Ich wollte ihm schon mein Taschentuch anbieten, als ein leises Geräusch von der Tür zum Hinterzimmer des Ladens drang.

Aslimi bewahrte seine wertvollsten Artefakte in diesem Hinterzimmer auf, von wo aus es zu einem engen Durchgang neben dem Geschäft hinausging. Seine Augen weiteten sich dermaßen, dass ich das Weiße rings um die dunklen Pupillen sah. Für Augenblicke kämpfte seine Feigheit mit Besitzgier. Die Besitzgier siegte; ächzend richtete er sich auf. Als er seine Fettmassen in Bewegung setzte, war ich schon durch die Tür gestürmt, meinen gezückten Schirm in der Hand.

Der Eindringling fixierte mich. Durch die geöffnete Tür hinter mir fiel genügend Licht ein, um seine große, stattliche Gestalt und seinen schwarzen Vollbart zu erkennen. Es war derselbe Mann, den Aslimi mir bei meinem Besuch beschrieben hatte! Der Hehler der gestohlenen Artefakte war zurückgekehrt! Aslimi schrie und plumpste ohnmächtig zu Boden. Ich drehte am Griff meines Schirms und zog die darin verborgene Schwertklinge heraus.

»Bleiben Sie, wo Sie sind!«, schrie ich auf Arabisch.

Mit einer unvermittelten Armbewegung stieß der Mann die Klinge beiseite und nahm mich in seinen schmerzhaften Klammergriff.

2

Wie oft habe ich dir schon gesagt, du sollst einen Gegner nicht mit diesem verdammten Schirm angreifen?«, schnaubte Emerson.

»Ich habe dich nicht angegriffen, sondern du mich!«

Emerson schob mich in die Droschke und setzte sich neben mich. Er trug noch immer den Bart und die Kleidung, die er sich aus Ramses' Kostümfundus geliehen hatte.

»Es war Selbstverteidigung, Peabody. Ich kann einfach nie vorher ahnen, was du in einer deiner kämpferischen Stimmungen tun wirst. Du hast mich nicht erkannt, stimmt's?«

»Selbstverständlich wäre ich ohne Provokation nie zum Angriff übergegangen«, versetzte ich.

»Ach komm, Peabody, sei ehrlich. Gib zu, dass du mich nicht erkannt hast.«

»Ich habe dich in dem Augenblick erkannt, als du mich packtest.«

»Das will ich doch hoffen!« Er legte seinen Arm um mich, was ich billigte; als sich aber sein Gesicht dem meinen näherte, bog ich den Kopf zur Seite.

»Das ist ein ausgesprochen kratziger Bart, Emerson.«

»Ja, verflucht, aber ich kann ihn nicht einfach abnehmen; der Kleber löst sich erst in Verbindung mit Wasser.« Emerson erfreute sich weiterhin bester Stimmung, und ich konnte mich des Eindrucks nicht erwehren, dass er mir eins auswischen wollte. »Ich habe dir doch gesagt, dass Aslimi dich belogen hat.«

»Hast du dich deshalb so verkleidet wie der Mann, den er mir beschrieben hat?«

»Nein, ich habe es gemacht, weil ich es so wollte«, kicherte Emerson. »Die Beschreibung, die ich ihm letztlich entlockt habe, war das genaue Gegenteil von der, die er dir gegeben hat: mittelgroß, schlank, jung.«

»Und Aslimi unbekannt.«

»Die Beschreibung passt auf keinen der mir bekannten Diebe oder Mittelsmänner. Nun, was soll's!«

Der Bart gab ihm einen besonders arroganten Anstrich, das musste ich zugeben. Nachdem ich Aslimi aus seiner Bewusstlosigkeit aufgerüttelt hatte, kam er nicht gleich darauf, wer der Eindringling war: ein Dieb, der ihn ausrauben und töten wollte; oder der Vater der Flüche, der etwas ähnlich Unangenehmes vorhatte; oder beides in Personalunion. Mit Sicherheit war er zu benommen und entsetzt, um zu lügen.

Wir erreichten das Hotel ohne irgendwelche interessanten Zwischenfälle und mussten feststellen, dass die Kinder noch nicht von ihrem Dinner zurückgekehrt waren. Emerson hatte zwar Turban und Kaftan abgelegt, doch der Vollbart stiftete eine gewisse Verwirrung an der Rezeption; bei jedem anderen außer mir hätte man vermutlich die Identität des Burschen angezweifelt, den ich mit in meine Suite nahm.

»Der Portier hat mich auch nicht erkannt«, erklärte Emerson süffisant.

»Haha.«

Emerson saß vor einer Waschschüssel, Kinn und Mund in das Wasser getaucht, atmete er durch die Nase, und ich genoss einen belebenden Whisky-Soda, als es klopfte. Ich antwortete, und Nefret steckte den Kopf ins Zimmer. »Wir sind nur vorbeigekommen, um zu sagen ...«, fing sie an; bei Emersons Anblick riss sie die Tür sperrangelweit auf und stürzte an seine Seite. »Vater! Bist du verletzt?«

»Nein«, sagte Emerson gurgelnd. Er spuckte einen Mund voll Wasser aus.

Ramses' Gesicht zuckte in dem verzweifelten Versuch, seine Belustigung zu verbergen. »Es ist der Bart«, platzte er heraus.

»Ich denke, das war's«, murmelte Emerson. Er riss den Bart ab und griente Nefret fröhlich an.

»Halt ihn über die Waschschüssel, Emerson«, riet ich, als Wasser aus dem klatschnassen Gegenstand auf den Teppich strömte.

»Was? Oh.« Stirnrunzelnd versuchte er den Bart auszuwringen. »Hoffe, ich hab ihn nicht ruiniert, mein Junge. Ich hätte dich ja gefragt, ob du ihn mir leihst, aber die Idee kam mir erst nach eurem Aufbruch, und ich musste umgehend handeln.«

»Ist schon in Ordnung, Sir«, erwiderte Ramses. »Darf man fragen ...«

»Gewiss, gewiss. Ich werde euch alles erzählen. Macht es euch gemütlich.«

Da er augenscheinlich vorhatte, bis ins letzte Detail zu gehen, griffen die Kinder seinen Vorschlag auf, setzten sich zusammen auf das Sofa und lauschten gespannt. Keiner von beiden unterbrach ihn, bis Emerson genüsslich erzählte, wie ich das Schwert gezückt hatte.

»Großer Gott, Mutter!«, entfuhr es Ramses. »Wie oft habe ich dir schon gesagt –«

»Sie hat mich nicht erkannt, musst du wissen.« Emerson strahlte. »Sie würde es zwar nie zugeben, aber es ist so.«

»Ich habe dich nicht direkt erkannt«, gestand ich. »Aber der Raum war dunkel und Aslimi schrie wie am Spieß, und ich hatte nicht einkalkuliert, dass du diesen Weg wählen würdest. Nefret, mein Schatz, lachst du etwa?«

»Tut mir Leid. Ich habe mir nur gerade vorgestellt, wie ihr zwei euch in Aslimis Hinterzimmer bekriegt. Und keiner von euch beiden wurde verletzt?«

»Nein«, sagte ich, während Emerson weiterhin und auf besonders unangenehme Art grinste. »Allerdings wird es ein Weilchen dauern, bis Aslimi sich wieder erholt hat.«

»Er hat eingestanden, dass seine ursprüngliche Beschreibung grundfalsch war«, sagte Emerson süffisant. »Der Hehler trug einen Bart, das tun freilich die meisten Ägypter – aber er war jung, schlank und mittelgroß.«

Ramses fiel ebenfalls niemand ein, auf den diese Beschreibung gepasst hätte. »Jemand Neues im Geschäft«, meinte er nachdenklich.

»Jemand, der vor kurzem in Luxor war«, fügte Emerson hinzu. »Einmal angenommen, die Artefakte stammen aus dem Grab der Prinzessinnen. Er hat sie direkt von einem der Grabräuber erstanden, der sie dem Rest der Bande vorenthalten hat. Diese Halunken hauen sich doch gegenseitig übers Ohr.«

»Und jetzt hast du es natürlich noch eiliger, nach Luxor zu kommen und die Diebe dingfest zu machen«, sagte Nefret, zog ihre Füße unter sich und schmiegte sich an Ramses.

»Du möchtest noch ein paar Tage im Krankenhaus arbeiten, nicht?«, erkundigte sich Emerson.

»Ja, sicher; aber ich möchte nicht, dass ihr eure Pläne meinetwegen ändert.«

Ich muss es meinem geliebten Emerson hoch anrechnen, aber er war zu feinfühlig, um zuzugeben, dass er es nur ihr zuliebe tat. »Das Grab ist bereits geplündert und die Beute verteilt«, erklärte er. »Und ich schätze, jeder kennt die Räuber – die Abd er Rassuls oder eine der anderen Familien in Gurneh, die auf solche Dinge spezialisiert sind. Es ist trotzdem merkwürdig, dass manche Objekte in Kairo auftauchen. Die einheimischen Burschen arbeiten für gewöhnlich mit Mohassib oder einem anderen Händler in Luxor zusammen. Ramses, bist du sicher, dieser Salbentiegel ist 18. Dynastie?«

»Nein, natürlich nicht«, verteidigte sich Ramses. »Ich bin kein Fachmann für Marmorgefäße. Dieselben Formen und Materialien sind über einen langen Zeitraum verwendet worden. Wenn du es für wichtig hältst, können wir das Museum aufsuchen und sehen, welche Stücke sie dort haben.«

»Wenn wir sie finden«, brummte Emerson. »Dieses Museum ist ein einziges Chaos!«

Emerson beschwerte sich ständig über das Museum und so ziemlich alles, was nicht seiner Ägide unterstand. Ich betonte, dass Mr Quibell, der Direktor, sein Bestes versuchte, unter den gegebenen, schwierigen Bedingungen. Emerson nickte verdrossen.

»Zweifellos. Vermutlich sollten wir ihn aufsuchen. Oder wir könnten eine unserer kleinen archäologischen Abendgesellschaften geben, Peabody. Mit den Quibells und Daressy, alle anderen kannst du aussuchen.«

Meine Abendgesellschaften, zur Feier unserer Rückkehr nach Ägypten, waren überaus beliebt gewesen. In den letzten Jahren hatte ich sie allerdings nur ungern gegeben; es war zu schmerzlich, die ständig kleiner werdende Gesellschaft zu sehen und sich das Schicksal derjenigen vorzustellen, die nicht mehr unter uns weilten: unsere deutschen und österreichischen Kollegen, die vielen französischen und englischen Ägyptologen, dezimiert von Tod oder Militärdienst. Dennoch hatte ich bereits Willkommensgrüße von denen erhalten, die noch in Kairo waren – die Nachricht von unserer Ankunft sprach sich natürlich rasch herum. Emersons Vorschlag löste das Problem, wie ich auf all jene Grüße und Einladungen reagieren sollte; trotzdem verblüffte er mich nicht wenig, da er gesellschaftliche Ereignisse verabscheute und Kairo außerdem so rasch als möglich verlassen wollte.

Eine kurze Phase der Reflexion erklärte seinen Sinneswandel. Der Brief von Cyrus und die Entdeckung der Artefakte bei Aslimi hatten seine Neugier beflügelt; Cyrus' Erwähnung, dass Howard Carter involviert sein könnte, weckte verständlicherweise den Wunsch, ebendiesen Herrn zu befragen. Es gab noch einen anderen Grund, dass er freiwillig einen längeren Aufenthalt in Kairo auf sich nahm: Er hoffte auf eine weitere Kommunikation mit seinem Bruder. Er hatte tagtäglich gewissenhaft die ganze Post durchwühlt und war tief enttäuscht, dass er nichts Entsprechendes fand. Ich gestehe, ich war auch ein wenig empört über Sethos. Was war der Auslöser für diese kurze Begegnung gewesen?

Leider gelang es mir nicht, den fraglichen Archäologen aufzuspüren. Howard Carter war nicht in Kairo. Keiner wusste, wo er war. Als sich die kümmerliche Gästeschar indes am nächsten Abend bei uns einfand, war er das Hauptgesprächsthema. Aufgrund der kurzfristigen Einladung waren die Quibells die Einzigen, die zugesagt hatten.

»Ihr habt ihn einfach verpasst«, sagte Annie Quibell. »Er ist vor ein paar Tagen aus Luxor zurückgekehrt und wieder abgereist, ohne dass ihn einer von uns zu Gesicht bekommen hätte. James war außer sich.«

Sie lächelte zu ihrem Gatten, dessen gleichmütiges Naturell hinreichend bekannt war und der ganz ruhig erwiderte: »Schätze, es hing mit seinen Aufgaben für das Kriegsministerium zusammen, wenngleich ich gehofft hatte, mehr von seiner neuerlichen Arbeit in Luxor zu erfahren.«

»Und seinen Geschäften mit Mohassib?«, erkundigte sich

Emerson und bedeutete dem Bediensteten, James' Weinglas erneut zu füllen.

»Woher wissen Sie das?«

»Von Cyrus Vandergelt«, erwiderte ich. »Stimmt es denn?«

James zuckte die Schultern. »Auch ich habe das Gerücht gehört, bezweifle aber, dass Carter es mir gegenüber bestätigen würde, selbst wenn es wahr wäre. Er hat mehrere Monate in den südwestlichen Wadis zugebracht, wo das Grabmal der Prinzessinnen entdeckt wurde; als er Anfang Dezember für einige Tage in Kairo war, hat er mir in kurzen Zügen darüber berichtet. Haben Sie schon davon gehört, dass er ein weiteres Grab von Hatschepsut gefunden hat? Dieses hier wurde für sie errichtet, als sie Königin war, also noch nicht den Pharaonentitel angenommen hatte. Es war leer bis auf einen Sarkophag.« Er nahm sein Glas und nippte genießerisch an dem Wein.

»Wo?«, wollte Emerson wissen.

»Oben in einer Felsenschlucht, in einem der Westwadis«, sagte Annie. Sie und ihr Mann waren keine großen Befürworter von Howard; nach seinem Ausscheiden aus der Antikenverwaltung hatte er angefangen, mit Antiquitäten zu handeln, und das machte ihn nicht gerade beliebt bei seinen Kollegen. Etwas boshaft-belustigt fügte sie hinzu: »Er hat Hatschepsuts Grab nicht gefunden, James. Das waren ein paar Gurnawis. Er hat ihnen lediglich nachspioniert.«

»Pah«, schnaubte Emerson abfällig. »Da stellt sich mir doch die Frage, was er sonst noch gemacht hat.«

»Mir auch«, bekräftigte James.

* * *

Nachdem Howard unauffindbar blieb, wollte Emerson Luxor umgehend verlassen. Jedoch, es sollte nicht sein. Wir beendeten gerade das Frühstück en famille in unserem Salon, als ein Bote mit einem Brief für Emerson eintraf. Es war eine reizende kleine, häusliche Szene: Sennia drängte Ramses, ihr Unterricht in Hieroglyphen zu geben, Horus fauchte Gargery an, Emerson las die *Egyptian Gazette* und rauchte Pfeife, während Nefret mir von den neuen Absprachen im Krankenhaus berichtete. Als ich den Umschlag mit dem Behördensiegel sah, war es, als wäre die Sonne hinter einer Wolke verschwunden.

»Von wem ist er?«, erkundigte ich mich.

Emerson überflog stirnrunzelnd die Epistel, die er so hielt, dass ich ihm nicht über die Schulter sehen konnte. »Von Wingate. Er möchte, dass ich ihn so bald wie möglich in seinem Büro aufsuche.«

»Sir Reginald Wingate? Was will der Sirdar vom Sudan von dir?«

»Er hat im letzten Monat MacMahon als Hochkommissar ersetzt«, entgegnete Emerson. »Er führt nicht näher aus, was er von mir will.«

Wir schwiegen alle, bis auf Sennia, die keine Ahnung hatte, wer der Hochkommissar war, und die das auch nicht kümmerte. Emerson blickte zu seinem Sohn. »Äh – Ramses ...«

»Ja, Sir. Wann?«

»Später. Er schreibt *so bald wie möglich.* Es ist mir im Moment nicht möglich.«

Sennia begriff schnell. »Dann hat Ramses Zeit, mir Unterricht zu geben«, erklärte sie. Sennia hatte die Angewohnheit, uns mit Entscheidungen zu konfrontieren, statt Fragen zu formulieren; für gewöhnlich funktionierte das.

Ramses erhob sich grinsend. »Dann aber fix. Lass uns auf dein Zimmer gehen, wo uns niemand stört.«

Die Tür schloss sich hinter ihnen – und Horus, der Sennia auf Schritt und Tritt folgte, sofern man ihn nicht gewaltsam daran hinderte. Sobald Sennia verschwunden war, ruhten Emersons gestrenge blaue Augen auf Gargery, der breitbeinig und mit verschränkten Armen hartnäckig verharrte. »Gehen Sie, Gargery«, sagte Emerson.

»Sir –«

»Ich sagte, Sie sollen gehen.«

»Aber Sir –«

»Wenn es etwas gibt, das Sie wissen müssen, Gargery, werde ich Sie zu gegebener Zeit informieren«, fiel ich ihm ins Wort. »Das wäre dann alles.«

Gargery stapfte hinaus, knallte die Tür zu, und Nefret sagte kleinlaut: »Muss ich auch gehen?«

»Nein, natürlich nicht.« Emerson lehnte sich in seinem Sessel zurück. »Diesmal ist es nicht das Militär oder der Geheimdienst, Nefret. Wingate will uns vermutlich für irgendeinen stinklangweiligen Bürojob.«

»Werdet ihr annehmen?«

»Das kommt drauf an.« Emerson sprang auf und ging nervös auf und ab. »Ob es mir gefällt oder nicht – und mir gefällt es weiß Gott nicht –, aber wir können die Tatsache nicht ignorieren, dass es diesen verfluchten Krieg gibt. Sie werden mir kein Gewehr in die Hand drücken und Ramses bestimmt auch nicht, aber es gibt genug andere Dinge, die wir tun können, und dem dürfen wir uns nicht entziehen.«

»Du und Ramses«, wiederholte Nefret, ihre Lippen leicht gekräuselt. »Männer. Nie Frauen.«

»Du hast deine Dienste als Ärztin angeboten, oder etwa nicht?«

»Doch.« Nefrets Augen blitzten. »Aber das Militär akzeptiert keine Ärztinnen. Auch wenn es Leben gerettet hätte und nicht ...«

»Es gibt andere Möglichkeiten, Leben zu retten oder wenigstens Schmerzen zu lindern. Du kannst ihn nicht ständig aus allem heraushalten, Nefret; ich habe die Zeichen gesehen, und du auch. Er fühlt sich schuldig, weil er meint, dass er seinen Teil nicht erfüllt.«

»Er hat seinen Teil erfüllt, sogar mehr als das«, ereiferte sich Nefret. »Da war nicht nur diese grässliche Mission vor zwei Jahren, sondern auch die Sache im letzten Winter; wenn er nicht schon zweimal sein Leben riskiert hätte, hätte das Kriegsministerium seinen besten Spion verloren, und ein deutscher Agent wäre ungeschoren davongekommen. Was wollen sie denn noch von ihm?«

Mir schien, dass sie meine und Emersons Emotionen unterschätzte, aber ich erwähnte nichts dergleichen; wenn es um ihren Mann ging, war Nefret sehr rigoros. In ihren Augen schimmerten Tränen der Wut. Emerson trat zu ihrem Stuhl und legte eine Hand auf ihre Schulter.

»Ich weiß, mein Schatz«, sagte er beschwichtigend. »Aber

ich nehme nicht an, dass sie uns wieder dazu verdonnern, Spione zu jagen. Die Situation ist eine andere geworden. Seit der Verdrängung der Türken aus dem Sinai ist der Kanal nicht länger in Gefahr, und die Senussi sind auf dem Rückzug. Es liegt nichts an, was Ramses' außergewöhnliche Talente erfordern würde oder«, setzte er grinsend hinzu, »meine.«

»Es sei denn«, räumte ich ein, »es hat mit Sethos zu tun.«

Emerson warf mir einen vorwurfsvollen Blick zu, indes hatte ich nur laut ausgesprochen, was wir alle dachten.

»Es gibt kein weiteres Lebenszeichen von ihm?«, erkundigte sich Nefret. Ich schüttelte den Kopf.

»Wenn Ramses seinetwegen in Schwierigkeiten gerät, bringe ich ihn um«, zischte sie.

An jenem Morgen ging sie nicht ins Krankenhaus. Sie wollte das Hotel nicht verlassen, obschon ich zu bedenken gab, dass Emerson und Ramses vermutlich nicht vor dem Mittagessen zurück sein würden. Schließlich konnte ich sie zu einem Spaziergang in den Ezbekieh-Gärten überreden, mit Sennia und mir. Nach meinem Dafürhalten gibt es nichts Besseres als die Schönheiten der Natur, will man sich von unangenehmen Überlegungen ablenken. In dem Park stehen seltene Bäume und Gehölze, und die Luft ist erfüllt von Vogelgezwitscher. Sennia war eine beinahe noch größere Zerstreuung; zu zweit mussten wir sie im Auge behalten, während sie kreuz und quer über die kiesbestreuten Wege lief. Es tat Nefret gut, glaube ich. Als wir den Rückweg antraten, wir beide hielten Sennia fest an der Hand, sagte sie zerknirscht: »Du denkst, dass ich mich wie ein blöder Angsthase verhalte, oder?«

»Vielleicht ein bisschen. Aber ich verstehe dich. Weißt du, man gewöhnt sich an alles«, fuhr ich fort. »Es gefällt einem zwar nicht, doch irgendwann findet man sich damit ab.«

»Ich weiß, dass ich ihn nicht aus Schwierigkeiten raushalten kann«, seufzte Nefret. »Es ist nur diese spezielle –«

»Kleine Krüge haben große Ohren«, warnte ich.

»Wenn du auf mich anspielst«, sagte Sennia überaus würdevoll, »meine Ohren sind überhaupt nicht groß. Ramses sagt, dass ich schöne Ohren habe. Ist er in Schwierigkeiten?«

Nefret lachte und hob sie hoch. Wir waren im Begriff, die Straße zu überqueren, auf der starker Verkehr herrschte. »Nein, kleine Taube. Und wir werden dafür sorgen, dass er keine bekommt, nicht wahr?«

Wir hatten fast eine Stunde lang gewartet, als sie zurückkehrten. Sennia las uns laut aus einem schmalen Bändchen mit ägyptischen Märchen vor, doch sobald die Tür aufsprang, ließ sie es fallen und stürmte auf sie zu. Sie warf ihre Arme um Ramses' Taille und fragte besorgt: »Bist du in Schwierigkeiten?«

»Nein, es sei denn, du brichst mir eine Rippe«, seufzte Ramses betont gequält. »Wer hat das gesagt?«

»Lasst uns zum Essen gehen«, warf ich ein.

»Ja, ich sterbe vor Hunger«, verkündete Sennia und verdrehte dramatisch die Augen. »Ich wollte dir nicht wehtun, Ramses.«

Emerson löste sie von Ramses und schwang sie sich auf die Schulter. »Wir wollen runtergehen.«

Ich ließ ihnen den Vortritt. »Nun, Ramses?«, bohrte ich.

»Du solltest das Kind nicht beunruhigen, Mutter.«

»Es war nicht Mutter, sondern ich.« Nefret fasste seinen Arm. »Tut mir Leid.«

»Ist schon in Ordnung.« Er bot mir seinen anderen Arm und erstattete uns auf dem Weg in den Speisesaal Bericht.

»Er wollte lediglich ein beratendes Gespräch. Er ist neu in dieser Funktion, und offenbar hat es niemand für nötig befunden, ihn über gewisse Dinge aufzuklären. Die Militär- und die Zivilverwaltung waren sich noch nie grün. Er hat einiges über unsere Aktivitäten erfahren und wollte die Fakten wissen.«

»Das ist alles?«, fragte Nefret. »Nichts über ...«

»Er wurde nicht erwähnt.« Ramses grinste. »Unter keinem seiner Pseudonyme. Vater hat zugestimmt, noch einen oder zwei Tage in Kairo zu bleiben und sich nochmals mit Wingate zu treffen. Das müsste dir zusagen; dann hast du mehr Zeit für die Klinik.«

Aus Manuskript H

Das zweite Treffen mit Wingate war kürzer als das erste, der Ton stellenweise härter. Wingate wollte mehr Details über eine Reihe von Leuten, die Emerson nicht diskutieren wollte, und über deren Bedeutung; als er sich nach ihrer Beziehung zu einem »gewissen Gentleman namens Smith« erkundigte, platzte Emerson der Kragen. (Er hatte sich schon eine ganze Weile beherrschen müssen.)

»Zum Henker, wenn Sie nicht wissen, wer dieser Bastard ist und was er vorhat, wie sollen wir es dann wissen? Komm, Ramses; wir haben genug Zeit darauf verschwendet, Leuten Dinge zu erklären, die sie eigentlich schon wissen müssten, und Fakten durchzukauen, die entweder einleuchtend oder irrelevant sind.«

Der neue Hochkommissar verkraftete diese Tirade besser als von Ramses vermutet. Inzwischen um die Sechzig, hatte er eine lange, schillernde Karriere als Gouverneur im Sudan hinter sich, und Ramses beschlich der Eindruck, dass er es schwieriger fand, mit seinen Vorgesetzten in Kairo zu verhandeln als mit den rebellischen Sudanesen. Als Emerson aus dem Raum rauschte, sagte Wingate freundlich: »Danke, meine Herren, dass Sie mir Ihre Zeit geopfert haben«, und wandte sich wieder seinen Akten zu.

»Das war's dann«, erklärte Emerson. »Es wird höchste Zeit, dass wir aus dieser verfluchten Stadt herauskommen. Ist Nefret reisefertig?«

Am Morgen ihrer Abreise frühstückten Nefret und Ramses – ihm kam es entsetzlich früh vor – allein in ihrem Zimmer.

»Ich brauche jede Minute für das Krankenhaus«, führte sie aus. »Da Vater unbedingt heute abreisen will.«

»Er hätte es noch einmal verschoben, wenn du ihn darum gebeten hättest.«

»Das konnte ich doch nicht tun. Er ist versessen darauf, nach Luxor zu kommen und ein paar Grabräuber zu stellen. Du brauchtest doch nicht so früh aufzustehen. Du musst mich nicht begleiten.«

»Wäre es dir lieber, wenn ich nicht mitkäme?«

»Du kannst gern mitkommen.« Die Stirn kaum merklich gekraust, konzentrierte sie sich auf die Toastscheibe, die sie gerade durchschnitt. »Allerdings ist es langweilig für dich. Du hast neulich Abend kaum ein Wort gesagt, als wir mit Sophia und Beatrice essen waren.«

»Entschuldige«, meinte er gedehnt.

»Du sollst dich nicht entschuldigen, verflucht noch mal!« Sie legte ihr Messer beiseite und bedachte ihn mit einem geknickten Lächeln. »Du musst dich nicht rechtfertigen, Schätzchen. Es war doch nicht als Vorwurf gemeint. Du wärst ohnehin nicht zu Wort gekommen! Es war unhöflich von uns, dich nicht in die Unterhaltung miteinzubeziehen.«

»Ist schon in Ordnung.« Die Pronomen stießen ihm unangenehm auf. Uns und dich. »Wenn es dir nichts ausmacht, komme ich mit. Ich möchte jemanden aufsuchen, das heißt, wenn ich ihn finde.«

»Wen?«

Während sie durch die elegante Hotelhalle ins Freie strebten, beschrieb er ihr seine Begegnung mit Musa.

»Das hast du mir gar nicht gesagt«, maulte Nefret, dann fasste sie lachend seinen Arm. »Du bist nicht zu Wort gekommen, stimmt's? Sophia hat mir von el-Gharbis Verhaftung erzählt. Wusstest du, dass er immer wieder betont hat, dass man uns keine Schwierigkeiten machen soll?«

»Ich könnte es mir zumindest vorstellen.«

»Ich hätte nie gedacht, dass ich die Festnahme des schlimmsten Zuhälters von Kairo bedauern könnte.« Ihr Gesicht verfinsterte sich. »Und Sophia sagt weiter, dass sich die Situation zugespitzt hat. Mehr Misshandlungen, und immer weniger Frauen kommen zu uns.«

»Musa möchte, dass ich mich für el-Gharbi einsetze. Soll ich versuchen, ihn rauszuholen?

»Könntest du das?«

»Möchtest du, dass er freikommt?«

»Oh, ich weiß nicht«, sagte Nefret skeptisch. »Was ist das kleinere von zwei Übeln? Halte dich da besser raus, Schätzchen. Ich will nicht, dass du wieder mit der Polizei zu tun bekommst.

Russell würde versuchen, dich für irgendeinen miesen Job anzuheuern, und das lasse ich nicht zu.«

»Russell steckt momentan bis zum Hals in stinknormaler Polizeiarbeit. Es gibt eine neue militärische Geheimorganisation – besser gesagt, es wird sie geben, wenn sie es jemals hinkriegen. Sie schieben Leute hin und her. Clayton und das Arabische Büro sind jetzt –«

»Wie hast du das erfahren?« Ihre Augen wurden schmal, ihr Ton scharf.

»Von Wingate, größtenteils. Und das eine oder andere Gerücht und Geschwätz.«

»Oh, sehr informativ. Ramses, es interessiert mich nicht, wer was mit wem tut, solange es nicht dich betrifft. Versprich mir, dass du dich von ihnen fern hältst. Von allen!«

»Ja, Ma'am.«

Ihre verkniffenen Lippen verzogen sich zu einem bezaubernden Grübchenlächeln, und als weiteres Zeichen ihres guten Willens erzählte sie ihm, dass sie rechtzeitig zum Mittagessen zurück sein werde. Ramses sah ihr nach, als sie leichtfüßig die Treppen hinauflief und im Innern verschwand, dann machte er kehrt.

Konnte er el-Gharbi da rauspauken? Vermutlich nicht. Es sei denn ... der Gedanke war ihm erst gekommen, als Nefret ihn darauf angesprochen hatte. Sehr wahrscheinlich war es Thomas Russell gewesen, der ihn hinter Schloss und Riegel gebracht hatte. Wenn er Russell überzeugen könnte, dass el-Gharbi Informationen hatte, die ihm nützlich sein ...

Die Antwort lautete weiterhin Nein. Russell würde nicht mit jemandem verhandeln, den er so tief verachtete wie diesen Zuhälter. Blieben trotzdem zwei Fragen, die Ramses gern beantwortet bekommen hätte: der Aufenthaltsort seines nervtötenden Onkels und die Identität des Mannes, der die Artefakte an Aslimi verkauft hatte. El-Gharbi hatte ehemals seine Finger in sämtlichen illegalen Aktivitäten in Kairo gehabt, aber Drogen und Prostitution waren seine Hauptinteressen; gestohlene Antiquitäten und Spionage kamen für ihn nur in Frage, wenn sie sein Kerngeschäft förderten.

Musa blieb unauffindbar, deshalb wanderte Ramses für einige Stunden durch die Grünanlagen der Ezbekieh-Gärten, um den Gestank von El-Wasa abzuschütteln. Kurz nach Mittag kehrte er ins Hotel zurück. Nefret war nicht da, also schaute er im Zimmer seiner Eltern vorbei. Er fand seine Mutter allein im Salon, wo sie friedlich an einer Stickerei arbeitete. Verwundert, was sie zu dieser ungewöhnlichen Tätigkeit veranlasst hatte – sie verabscheute Handarbeiten und war auch nicht sonderlich geschickt darin –, gesellte er sich zu ihr auf das Sofa.

»Wo ist Vater?«, erkundigte er sich.

»Er ist mit Sennia spazieren gegangen, damit sie ein wenig müde wird. Bist du fertig mit dem Packen?«

»Nein«, gestand Ramses. »Nefret wollte, dass ich ihr das überlasse, weil ich immer nur Chaos anrichte.«

»Genau wie dein Vater. Für ihn bedeutet Packen, den Inhalt einer gesamten Kommode in einen Koffer zu stopfen und dann wirft er seine Stiefel noch oben drauf.«

»Was ist daran falsch?«, fragte Ramses, was sie mit einem Schmunzeln quittierte.

»Ich werde Gargery bitten, das zu übernehmen«, versprach sie.

»Schön, Nefret meinte, dass sie noch vor dem Mittagessen wieder hier ist. Ich vermute, ihr seid bereits reisefertig?«

»Selbstverständlich.« Sie musterte Ramses forschend. »Ist irgendwas? Du wirkst so nachdenklich?«

»Nein, es ist nichts. Tut mir Leid, wenn ich ...« Ihre stahlgrauen Augen blieben auf ihn fixiert, und er hatte das plötzliche Bedürfnis, sich ihr anzuvertrauen. Der Blick seiner Mutter hatte diese Wirkung häufiger auf andere Menschen.

»Ich bin eifersüchtig – nein, nicht auf einen anderen Mann, es ist noch schlimmer. Eifersüchtig auf die Klinik und die Zeit, die sie dort verbringt. Es ist gemein, nicht wahr, dass ich Nefret um ihre Fähigkeiten und Interessen beneide?«

»Recht verständlich«, erwiderte seine Mutter ruhig. Sie steckte ihre Nadel in den Stoff, schimpfte leise, und wischte sich ihren Finger am Rock. Ramses gewahrte die Blutspuren auf Rock und Stickerei. »Möchtest du, dass sie ihre Arbeit als Ärztin aufgibt?«

»Um Gottes willen, nein! Ich würde ihr übel nehmen, wenn sie es meinetwegen täte. Ich würde es mir selber übel nehmen, wenn sie es täte.«

»Dennoch wird sie sich entscheiden müssen. Als wir in Gizeh gearbeitet haben, konnte sie einen Teil der Zeit im Krankenhaus verbringen, aber so wie es aussieht, werden wir für länger in Luxor bleiben.«

»Einer wird sich entscheiden müssen.«

Seine Mutter ließ die Handarbeit sinken und maß ihn fassungslos. »Das heißt doch nicht etwa, dass du die Ägyptologie an den Nagel hängen willst?«

»Nicht so extrem. Ich kann immer eine Anstellung bei Reisner bekommen, in Gizeh.« Sie schien so entsetzt, dass er seine Hand auf die ihre legte. »Ich möchte mit keinem anderen als Vater arbeiten, das weißt du. Aber ich muss bei ihr sein, und ich möchte, dass sie glücklich ist. Warum sollte ich von ihr verlangen, dass sie ihren Beruf aufgibt, wenn ich nicht bereit bin, einen vernünftigen Kompromiss vorzuschlagen?«

»Also ehrlich, Ramses.« Seine Mutter sah ihn entgeistert an. »Ich würde selbstverständlich erwarten, dass mein Sohn die Talente und Neigungen von Frauen anerkennt, aber du treibst es mit der Fairness doch ein bisschen zu weit. Was führt dich zu der Annahme, dass Nefret die Archäologie aufgeben will? Hast du sie gefragt?«

»Nein, ich wollte nicht ...«

»Das Problem heraufbeschwören? Mein lieber Junge, Nefret ist keine Frau, die mit ihrer Meinung hinterm Berg hält. Du ziehst voreilige Schlüsse und quälst dich mit Dingen, die nie eintreten werden. Das ist eine schlimme Angewohnheit von dir.«

»Meinst du wirklich?«

»Ich bin sicher.« Sie zögerte, aber nicht lange. Unentschlossenheit gehörte beileibe nicht zu den Schwächen seiner Mutter. »Sie hat mir irgendwann einmal etwas gesagt, das du vielleicht erfahren solltest. ›Ich würde der Klinik für immer den Rücken kehren, wenn ich ihn nur in Sicherheit wüsste.‹«

»Das hat sie gesagt?«

»Ich will mich nicht festlegen, ob ich mich an den exakten Wortlaut erinnere, aber so war zweifellos ihre Aussage. Gütiger Himmel, Ramses, sieh mich nicht so entgeistert an. Wenn dir tatsächlich nicht bewusst ist, wie tief Nefrets Gefühle für dich sind, dann widmest du ihr einfach nicht die entsprechende Aufmerksamkeit.«

Er fragte nicht, was sie damit meinte. Ihre treffenden Umschreibungen amüsierten ihn stets, dennoch sagte er einsichtig und ohne die Spur eines Grinsens: »Du hast wie immer Recht, Mutter. Ich habe ihr nichts gesagt und werde es auch nie tun. Bitte erzähl ihr nichts davon.«

»Aber, Ramses, ich würde das Vertrauen eines Menschen nie missbrauchen.« Sie tätschelte seine Hand. Als er eine Grimasse schnitt, kreischte sie entsetzt auf. »Gute Güte. Ich vergaß, dass ich ja noch die Nadel in der Hand halte. Saug daran.«

Ramses gehorchte pflichtschuldig. »Was machst du da eigentlich?«, erkundigte er sich. Es gestaltete sich schwierig, das Muster von den Blutspuren zu unterscheiden.

»Es ist nur, um meine Hände zu beschäftigen. Gräm dich nicht, mein lieber Junge, ich werde mit Nefret reden. Taktvoll.«

Sie bohrte die Nadel in den Stoff und faltete die Handarbeit. »Es wird höchste Zeit für das Mittagessen. Emerson verspätet sich, wie üblich!«

Er tauchte ein paar Minuten später auf, mit Sennia, und ließ sich ziemlich ermattet in einen Sessel sinken. Emerson konnte vom Morgengrauen bis in die Abenddämmerung unter der heißen oberägyptischen Sonne arbeiten, ohne Anzeichen von Erschöpfung zu zeigen, doch ein paar Stunden mit Sennia strapazierten ihn aufs Äußerste. »Seid ihr fertig zum Mittagessen?«, wollte er wissen.

»Nefret ist noch nicht zurück«, sagte seine Frau.

Ramses hatte ständig auf die Uhr gesehen. Es war nach eins. Sein Vater musterte ihn skeptisch. »Wartet sie vielleicht auf dich, dass du sie abholst?«

»Nein«, sagte Ramses und fuhr rasch fort, bevor sein Vater kundtun konnte, was er von Männern hielt, die ihre Frauen ohne

Begleitung durch die Gassen von El-Wasa ziehen ließen. »Vermutlich wurde sie aufgehalten und verspätet sich deshalb. Geht ihr schon nach unten, ich laufe schnell zum Hospital.«

Er war nicht beunruhigt – nicht wirklich –, gleichwohl wusste sie, dass sie an diesem Abend abreisen wollten, und sie hatte gesagt, dass sie noch vor dem Mittagessen zurückkäme.

Er ging den kürzesten Weg zum Krankenhaus, der, den sie immer nahmen, und rechnete an jeder Straßenecke damit, dass sie auf ihn zugeschossen käme. Die stinkenden Gassen waren menschenleer, die Bewohner während der heißen Tagesstunden in ihren Häusern. Der Ärger, erwachsen aus seiner Besorgnis, beschleunigte seine Schritte. Sie hatte kein Recht, ihn so zu beunruhigen, nachdem er ihr zugebilligt hatte, ohne seine Begleitung zurückzukehren.

Er hatte die Klinik fast erreicht, als ihm ein Mann in den Weg trat. »Du musst mit mir kommen, Bruder der Dämonen.«

»Verschwinde, Musa. Ich hab keine Zeit, mir el-Gharbis Gejammer anzuhören.«

»Du musst!«, wiederholte sein Gegenüber. Er streckte seine Hände aus. Auf seinen Handflächen lag der dünne Schal, den Nefret am Morgen um den Hals getragen hatte.

Als er Ramses' Gesichtsausdruck gewahrte, wich Musa einige Schritte zurück und fing an zu lamentieren. »Schlag mich nicht, Bruder der Dämonen, sie ist unverletzt, sie ist in Sicherheit, ich bringe dich zu ihr.«

»Das wirst du verdammt noch mal tun.« Ramses' Hände schossen vor, umklammerten Musas sehnigen Arm mit einem schmerzhaften Griff. »Wo ist sie?«

»Komm. Komm mit mir, es ist nicht weit. Sie ist unverletzt, wirklich. Würde einer von uns wagen, Hand an sie –«

»Schweig. Welche Richtung?«

Sich dessen bewusst, dass ihm momentan keine Gewalt drohte, jammerte Musa: »Du tust meinem Arm weh, Bruder der Dämonen. Ich kann schneller gehen, wenn du mich loslässt. Ich werde nicht weglaufen. Man hat mir befohlen, dich zu ihr zu bringen.«

Ramses verkniff sich die Frage, wer den Befehl gegeben hatte. Er lockerte seinen Griff und wischte die unternehmungslustigen Flöhe weg, die bereits seine Hand eroberten. »Wo?«

»Diese Richtung, diese Richtung.« Musa trottete voraus, um die Ecke und durch einen Haufen Obstschalen, die er mit seinen nackten Füßen zerquetschte. »Diese Richtung«, wiederholte er und drehte sich bekräftigend nickend zu Ramses. »Hast du eine Zigarette?«

»Treib es nicht zu weit, Musa.«

Gleichwohl war er nicht länger besorgt um Nefret. Der Mann, der dafür verantwortlich zeichnete, würde ihr nichts tun. Sie landeten dort, wo Ramses es erwartet hatte: in einer besonders verdreckten Gasse hinter dem Haus, das el-Gharbi früher bewohnt hatte. Musa ging zu der kleinen, unauffälligen Tür, die Ramses von früheren Besuchen her kannte. Die Polizei hatte sie mit dicken Brettern verbarrikadiert, indes hatte irgendjemand die meisten Nägel entfernt; Musa schob die Dielen beiseite und schlüpfte durch die Öffnung.

Das Haus, früher einmal von Musik und den bunt schillernden Begleiterscheinungen jenes schändlichen Gewerbes erfüllt, war finster, verlassen und verdreckt. Die Fenster waren zugenagelt, die Möbel entfernt oder dem Zerfall preisgegeben. Durch die Ritzen in den Holzbrettern fiel nur wenig Licht ein. Als sie den Raum betraten, in dem el-Gharbi Hof gehalten hatte, gewahrte Ramses einen gewaltigen Schatten, der auf den vermoderten Kissen thronte. Nefret saß neben ihm. Ein Sonnenstrahl schimmerte auf ihrem Haar.

»Verzeih mir«, kicherte sie. »Ich hab es wieder getan.«

Vor Erleichterung zitterten Ramses die Lippen. »Diesmal war es nicht deine Schuld. Ein weiterer, erschwerender Punkt gegen dich, el-Gharbi. Was hast du dir dabei gedacht?«

»Aber, aber, mein junger Freund, welche Wahl blieb mir denn?« Die Stimme war das ihm vertraute, schrille Gewinsel, doch sobald sich seine Augen an das Dämmerlicht gewöhnt hatten, sah Ramses, dass der Zuhälter anstelle seiner eleganten weißen Gewänder eine zerlumpte Galabiya trug. An Gewicht schien er dagegen nicht verloren zu haben. Schuldbewusst hin und her rutschend, fuhr er fort: »Du wärst nicht ins Lager gekommen. Und du wärst auch nicht hergekommen – also habe ich deine reizende Gattin eingeladen. Wir haben uns blendend unterhalten. Setz dich doch. Leider kann ich keinen Tee anbieten –«

»Was willst du?«, fuhr Ramses ihm ins Wort.

»Aber, aber, das Vergnügen, dich zu sehen und deine reizende –«

»Dafür habe ich keine *Zeit*«, sagte Ramses ziemlich laut. »Du kannst uns nicht gegen unseren Willen hier festhalten, das weißt du.«

»Ja, das weiß ich.« Der Zuhälter seufzte. »Ich besitze nicht mehr den Einfluss, den ich früher einmal hatte.«

»Also, was willst du?«

»Willst du dich nicht setzen? Nun, auch gut. Es ist das Lager, verstehst du? Das ist kein Ort für eine kultivierte Person wie mich.« Ein angewiderter Schauer durchzuckte die massige Gestalt. »Ich will raus.«

»Du bist draußen«, sagte Ramses, trotz seiner Verärgerung irgendwie belustigt. El-Gharbi war unverbesserlich.

»Nur für ein paar Stunden. Falls ich heute Abend nicht zurückkehre, wenn sie ihre Runden machen, wird dieser brutale Kerl namens Harvey jeden Polizisten in ganz Kairo auf mich hetzen. Ich habe nicht vor, den Rest meines Lebens auf der Flucht vor der Polizei zu verbringen. Das ist mir zu ungemütlich.«

»Ja, das sollte es auch sein. Kannst du mir einen guten Grund nennen, warum ich mich für dich einsetzen sollte, selbst wenn ich dazu in der Lage wäre?«

»Aber mein lieber junger Freund, denk doch an die vielen kleinen Gefallen, die ich dir getan habe –«

»Und ich dir. Ich denke, es steht unentschieden.«

»Dachte mir bereits, dass du es so sehen würdest. Was ist mit zukünftigen Gefälligkeiten? Ich stehe dir immer zu Diensten.«

»Ich will nichts von dir. Nefret, lass uns gehen. Die Eltern machen sich nur unnötig Sorgen.«

»Ja, sicher.« Sie erhob sich. »Auf Wiedersehen, Mr el-Gharbi.« Sie sprach Englisch, vermutlich, weil die arabischen Grußfloskeln ein Kompliment oder einen Ausdruck der Hochachtung impliziert hätten. El-Gharbi entging dies nicht. Er kicherte ausgelassen.

»Maas salameh, meine geschätzte Dame. Und auch dir, meinem hübschen, jungen Freund. Bedenke meine Worte. Es mag die Zeit kommen ...«

»Bei Gott, ich hoffe nicht«, grummelte Ramses, als sie den Raum verließen. »Nefret, alles in Ordnung mit dir?«

»Musa war sehr höflich. Nicht eine Schramme, Schätzchen, außer ...« Sie kratzte sich am Arm. »Wir müssen uns beeilen. Inzwischen ist Vater bestimmt fuchsteufelswild, und ich werde von Flöhen verspeist.«

»Dann wären wir schon zwei.«

»Mein armer Schatz. Was du für mich leiden musst!«

Die schmale Hintertür war weiterhin unverbarrikadiert. Ramses machte sich nicht die Mühe, die Holzplanken wieder vorzuschieben.

Die elegante Lösung wählend, schickte er einen Bediensteten in den Speisesaal, um ihre Rückkehr anzukündigen, dann suchten sie umgehend ihr Zimmer und das Bad auf. Als er herauskam, lediglich in ein Badetuch gewickelt, saß sein Vater in einem Sessel und rauchte Pfeife.

»Wo ist sie?«, wollte er wissen.

»Sie badet noch. Ich sag ihr, dass du hier bist.«

»Oh«, murmelte Emerson, sich verspätet seines Eindringens in ihre Privatsphäre bewusst. »Oh. Äh –«

Die Tür zum Bad öffnend, rief Ramses hinein, dass sein Vater gekommen sei. Wasser plätscherte und Nefret rief zurück: »Ich bin in ein paar Minuten bei euch, Vater.«

Es kam nicht oft vor, dass Ramses seinen Vater in Verlegenheit bringen konnte, und eigentlich genoss er diese Augenblicke. Emerson wurde rot im Gesicht. »Du warst verdammt lange weg«, beschwerte er sich. »Du weißt doch, dass wir in ein paar Stunden abreisen wollen.«

»Das ließ sich leider nicht ändern.« Beim Ankleiden berichtete Ramses seinem Vater, was geschehen war. Er rechnete mit einem Wutanfall; Emerson verabscheute sämtliche Zuhälter und el-Gharbi ganz besonders. Statt zu brüllen wirkte Emerson plötzlich nachdenklich.

»Ich frage mich, ob er etwas weiß über – ähm – Sethos.«

»Ich hab ihn nicht gefragt. Ich möchte nicht in seiner Schuld stehen, und ich hatte es eilig, wieder fortzukommen. Es ist höchst unwahrscheinlich, Vater. Der illegale Handel mit Antiquitäten war nur ein Nebenerwerb, und er hat für viele Wochen in Hilmija eingesessen.«

»Hmmm, ja.« Emerson grübelte.

Die Tür zum Bad sprang auf und Nefret erschien, eingehüllt in Dampf. Sie trug einen langen Morgenmantel, der sie vom Kinn bis zu den nackten Füßen bedeckte, trotzdem flüchtete Emerson unter gemurmelten Entschuldigungen.

* * *

Meine Familie in den Zug zu bekommen – egal in welchen – ist ein Unterfangen, das selbst meine sprichwörtliche Engelsgeduld auf eine harte Probe stellt. Emerson hatte Selim und Daoud schon einige Tage vorher nach Luxor geschickt; sie sollten das Ausgrabungsgebiet inspizieren und die entsprechenden Vorkehrungen treffen. Blieben wir noch zu siebt, die Katze nicht mitgezählt, die mehr Ärger machte als wir alle zusammen. Auf dem Bahnhof herrscht immer ein Riesenchaos: Menschen und Gepäck und Pakete und die eine oder andere meckernde Ziege, lautes Stimmengewirr, hektisch rudernde, winkende Arme. Dazu ein fauchender, randalierender Horus in seinem Korb, und Sennia, die sich von Gargery und Basima loszureißen suchte, um auf dem Bahnsteig nach Bekannten Ausschau zu halten, und Emerson, der misstrauisch jeden Mann, jede Frau, jedes Kind beäugte, die in seine Nähe kamen – meine Aufmerksamkeit war also im höchsten Maße gefordert.

Der Zug hatte natürlich Verspätung. Nachdem ich alle in den Zug und in das richtige Abteil verfrachtet hatte, war ich mehr als bereit für einen Schluck Whisky-Soda. Ich nahm die Flasche, das Sodasiphon und die Gläser aus dem Picknickkorb und lud Emerson auf ein Glas ein.

Wie ich ihm auf den Kopf hätte zusagen können – und das hatte ich in der Tat getan –, war es Zeitverschwendung gewesen, nach Sethos Ausschau zu halten. Er wendete nie zweimal den gleichen Trick an, und er hätte reichlich Zeit gehabt, mit uns zu kommunizieren, wenn er dies gewollt hätte.

Emerson schnaubte nur »Pah« und goss sich einen weiteren Whisky ein.

Ich hatte Telegramme an die Vandergelts und an Fatima, unsere Haushälterin, geschickt und sie über unseren geänderten Zeitplan informiert; da ich die gemächliche Arbeitsweise des Telegrafenamtes in Luxor aber zur Genüge kenne, war ich keineswegs erstaunt, als uns am Bahnhof niemand erwartete. Zweifellos würden die Telegramme erst im Laufe des Tages ausgeliefert. Unser Eintreffen blieb nicht unbemerkt. Auf dem Bahnhof tummeln sich immer Leute, die jemanden erwarten oder verabschieden oder schlichtweg ihre Zeit vertrödeln. Ein Wahnsinnsgebrüll erhob sich, als die Herumlungerer die unverwechselbare Statur von Emerson entdeckten, der – ich glaube, ich darf das unangefochten sagen – der berühmteste, meist gefürchtete und respektierte Archäologe in ganz Ägypten war. Manche rotteten sich zusammen, andere spurteten davon, in der Hoffnung, die Ersten zu sein, die die Neuigkeit verbreiteten. »Der Vater der Flüche ist zurückgekehrt! Ja, ja, ich habe ihn mit meinen eigenen Augen gesehen, und die Sitt Hakim, seine Frau, und sein Sohn, der Bruder der Dämonen, und Nur Misur, das Licht von Ägypten, und die kleine Taube!«

Es dauerte eine gewisse Zeit, bis wir unsere »Siebensachen«, wie Emerson sie nannte, abgeladen und vom Bahnhof zum Ufer und auf die Boote transportiert hatten, die uns über den Fluss bringen sollten. Ich sorgte rasch dafür, dass Sennia in einem Boot war, zusammen mit Basima und Gargery als Aufsichtspersonen – sie musste mindestens zwei Leute um sich haben, die ihren Sturz über Bord verhinderten –, und Emerson und ich in einem anderen. Bei dieser Gelegenheit wollte ich allein mit meinem geliebten Gatten sein.

»Ah«, entfuhr es mir. »Wie herrlich, wieder in Luxor zu sein.«

»Das sagst du immer«, knirschte Emerson.

»Ich empfinde auch jedes Mal so. Und du auch, Emerson. Atme die reine, klare Luft ein«, drängte ich. »Betrachte das Spiel des Sonnenlichts auf dem flirrenden Wasser. Genieße wieder den Blick vor uns – die Erhebungen der thebanischen Berge, gigantische Wächter über die stummen Gräber der vor langer Zeit verstorbenen Herrscher des –«

»Ich schlage vor, du verfasst einen Reiseführer, Peabody, und schreibst dir alles von der Seele.« Gleichwohl glitt sein Arm um meine Taille und seine gestählte Brust wölbte sich, da er einen tiefen, zufriedenen Atemzug nahm.

Es gibt eben keinen Ort, der mit Theben vergleichbar wäre. Ich sagte das nicht, da es Emerson lediglich zu einer weiteren unflätigen Bemerkung provoziert hätte, gleichwohl wusste ich, dass er meine Empfindungen teilte. Die moderne Stadt Luxor liegt am Ostufer, mit den berühmten Tempeln von Karnak und Luxor. Am Westufer befindet sich die riesige Stadt der Toten – die Grabstätten der vor langer Zeit verstorbenen Herrscher des altägyptischen Reiches (das hatte ich noch hinzufügen wollen, als Emerson mich schnöde unterbrach), ihre Grabtempel und die Gräber der Adligen und Bürgerlichen, eingebettet in eine Kulisse von unvergleichlicher Schönheit. Der Landstrich, der den Nil säumt, fruchtbar aufgrund der alljährlichen Überschwemmungen und der Bewässerungskanäle, war grün von der wachsenden Saat. Dahinter lag die Wüste, die sich bis zum Fuß der libyschen Berge erstreckte – ein hohes, zerklüftetes Plateau, durchschnitten von unzähligen Schluchten und Wadis. Wir hatten viele Jahre lang in Westtheben gelebt und gearbeitet, und das von uns gebaute Haus erwartete uns bereits. Ich rückte näher an Emerson heran, und sein Arm umschlang mich fester. Er sah unbeirrt geradeaus, sein markantes Profil gemildert von einem Lächeln, sein schwarzes Haar windzerzaust.

»Wo ist dein Hut, Emerson?«, fragte ich.

»Keine Ahnung.«

Die hat er nie. Als ich ihn schließlich gefunden und meinen Gatten überredet hatte, diesen aufzusetzen, legten wir an.

Fatima hatte unser Telegramm nicht erhalten. Nicht dass dies auch nur irgendetwas ausgemacht hätte; sie erwartete uns schon seit Tagen ungeduldig, und das Haus war wie üblich in einem tadellosen Zustand. Ich muss sagen, unsere Beziehung zu Fatima und den anderen Mitgliedern von Abdullahs Familie, die für uns arbeiteten, war ein wenig ungewöhnlich; sie waren Freunde und auch Bedienstete, und Letzteres implizierte keineswegs einen Verlust an Würde oder eine untergeordnete Stellung. Ich glaube sogar, dass Fatima uns für nicht ganz richtig im Kopf hielt und sich für die Verantwortliche über unseren verrückten Haufen.

Meine erste Tat, nachdem wir Fatima liebevoll begrüßt hatten, bestand darin, unsere neuen Räumlichkeiten zu inspizieren. Eine bemerkenswerte archäologische Entdeckung im letzten Winter hatte es erforderlich gemacht, dass wir einige Monate in Luxor blieben. Unser altes Haus wurde seinerzeit von Yusuf bewohnt, dem Oberhaupt des in Luxor lebenden Familienzweigs von Abdullah, aber er hatte sich freundlicherweise bereit erklärt, mit seinen Frauen und Kindern in das Dorf Gurneh umzuziehen. Schon bald darauf stellte ich fest, dass das Haus nicht mehr ausreichend Platz hatte für uns alle und von daher nicht die nötigen Annehmlichkeiten für ein friedliches Miteinander bot. Deshalb gab ich mehrere Anbauten in Auftrag. Trotz Emersons mangelhafter Kooperationsbereitschaft waren die Bauarbeiten vor unserer Abreise in vollem Gange, gleichwohl blieb mir nichts anderes übrig, als die letzten Details Fatima und Selim zu überlassen.

Ich lud Fatima ein, mich auf meinem Rundgang zu begleiten. Selim, der ebenfalls unserer Ankunft geharrt hatte, kam mit, nicht aus freien Stücken, sondern weil ich darauf bestand. Wie schon sein Vater war er sich nie richtig schlüssig, wie ich auf seine Bemühungen reagieren würde. Abdullah neigte eher zum Sarkasmus, was mein für ihn unbegreifliches Sauberkeitsverständnis anging. »Die Männer kehren die Wüste, Sitt«, hatte er einmal angemerkt. »Bis wie weit vom Haus müssen sie gehen?«

Der geschätzte Abdullah, ich vermisste ihn noch immer. Zumindest hatte er sich an der Haushaltsführung versucht, und das war mehr, als Emerson je getan hatte.

Offen gestanden gab es kaum etwas zu bemängeln, und Selims skeptische Miene verzog sich zu einem Grinsen, als ich die beiden mit Lob überhäufte. Der neue Flügel, der Sennia und ihr Gefolge beherbergen sollte – Basima, Gargery und den Kater –, bestand aus einer Reihe von Zimmern, die sich um einen kleinen Innenhof gruppierten, mit einer Schatten spendenden Arkade an einer Seite und einem reizenden kleinen Springbrunnen in der Mitte. Die neuen Möbel, die ich bestellt hatte, waren angeliefert worden, und während wir dort standen, huschte eines der Mädchen mit einem Stapel Leinenlaken herein und fing an, die Betten zu beziehen.

»Hervorragend«, rief ich. »Jetzt brauchen wir nur noch – äh – hmmm – na ja, eigentlich nichts, außer vielleicht ein paar Topfpflanzen im Hof.«

»Wir dachten, das sollten wir dir überlassen, Sitt«, sagte Selim.

»Ja, ganz recht. Ich liebe meine Gartenarbeit.«

Ich plante noch einige weitere Verschönerungen, aber das konnte warten.

Die anderen waren noch im Salon, mit einigen weiteren Familienmitgliedern, die inzwischen aufgetaucht waren, darunter auch Kadija, Daouds Frau; alle redeten auf einmal, keiner tat irgendetwas Sinnvolles. Ich machte einige unmissverständliche Bemerkungen in punkto Gepäck, auf die niemand einging, schickte Selim weg und bat Nefret, mich und Fatima auf dem weiteren Rundgang zu begleiten.

Sie hatte nur den Rohbau des zweiten Hauses gesehen, das ein paar Hundert Meter weiter weg stand. Die Freifläche sollte mit blühenden Pflanzen, Gehölzen und Bäumen bepflanzt werden, sobald ich mich dieser Sache widmen könnte. Noch war sie wie eine Wüstenlandschaft, doch das Haus selbst sah sehr hübsch aus, überlegte ich, seine Mauern aus Nilschlammziegeln in einem schönen blassen Ockerton getüncht. Man hatte sich an meine Anweisungen gehalten; das Hausinnere war so modern und komfortabel, wie man es sich nur wünschen konnte, einschließlich eines eleganten Badezimmers und eines kleinen, abgeschlossenen Innenhofs. Während wir von Zimmer zu

Zimmer schlenderten, redete ich unaufhörlich und nahm mir kaum Zeit für eine Atempause; ich wies auf die Annehmlichkeiten hin und erklärte in epischer Breite, dass jede gewünschte Veränderung schnell und problemlos vorgenommen werden könnte. Nefret lauschte schweigend und nickte gelegentlich, ihre Miene ernst. Schließlich sagte sie ruhig: »Es ist alles in Ordnung, Mutter«, und ich hielt mein Plappermaul im Zaum (bildlich gesprochen).

»Gute Güte«, sagte ich ein wenig einfältig. »Ich klinge wie ein Makler, der hofft, ein Haus zu verkaufen. Verzeih mir, mein Schatz.«

»Du brauchst dich nicht zu entschuldigen. Du hast es für uns getan, nicht wahr – für Ramses und mich. Du hast mir letztes Jahr nichts von deinem Vorhaben erzählt.«

»Meine Pläne sind nicht relevant, Nefret. Es liegt einzig an euch. Wenn ihr, genau wie früher, lieber auf der Dahabije leben wollt, dann ist das euer gutes Recht. Aber ich dachte ... Es steht in einiger Entfernung von unserem Haus, weißt du, und sobald ich die Pflanzen gesetzt habe, werden sie eine zusätzliche Privatsphäre schaffen, und wir kämen nicht im Traum auf die Idee – keiner von uns – ungeladen bei euch vorbeizuschauen ...«

»Kannst du dir vorstellen, dass Vater auf eine Einladung wartet?«, fragte Nefret ernst. »Oder Sennia?«

»Ich werde dafür sorgen, dass sie es tun«, versicherte ich.

»Ein wunderschönes Haus. Aber vielleicht ein bisschen groß für zwei Leute?«

»Meinst du wirklich? Ich finde –«

»Oh, Mutter!« Sie strahlte über das ganze Gesicht. Sie legte ihren Arm um mich, und Fatima, die unserer Unterhaltung nervös gelauscht hatte, grinste breit. Nefret umarmte auch sie.

»Es ist ein wunderschönes Haus«, wiederholte sie. »Danke – euch beiden –, dass ihr so hart daran gearbeitet habt, es vollkommen zu machen.«

Aus Manuskript H

Das Auftauchen von Sethos, am Bahnhof von Kairo, hatte Ramses mehr beunruhigt, als er sich selber eingestehen wollte. Er wäre der Erste gewesen, der zugegeben hätte, dass seine Gefühle für seinen Onkel zwiespältig waren. Man musste den Mut und die Intelligenz dieses Mannes einfach bewundern; man durfte die Tatsache nicht verdrängen, dass er einem immer einen oder zwei Schritte voraus war. Zuneigung – ja, sie war vorhanden, beiderseitig, dachte er – ein spätes Verständnis für die Tragik, die Sethos zu einem Kriminellen hatte werden lassen, Bewunderung für die Risiken, die er für sie in Kauf genommen hatte und für das Land, das ihm seine Geburtsrechte verweigerte ... Ramses war sicher, dass er auch weiterhin solche Gefahren einginge. War er aufgetaucht, um sie zu begrüßen, weil er im Begriff stand, eine Mission zu übernehmen, von der er vielleicht nicht zurückkehrte? Das mochte weit hergeholt sein, aber Ramses war selber einmal ein Mitspieler im »Großen Spiel« gewesen und von daher bestens vertraut mit jenen fatalistischen Gemütern.

Er erwähnte dies nicht, auch nicht gegenüber seiner Frau. Es würde sie und die anderen nur beunruhigen, sein Vater eingeschlossen. Ramses ließ sich von Emersons vorgeschobener Gleichgültigkeit nicht beirren. »Bastard« war einer von Emersons Lieblingsbegriffen. Doch fiel auf, dass er diesen nie im Zusammenhang mit seinem illegitimen Bruder benutzte.

Allerdings hatten sie seither kein Lebenszeichen von Sethos erhalten und auch keinen Hinweis darauf, dass er wieder im Antiquitätengeschäft tätig war. Ramses war erleichtert über den Entschluss seines Vaters, Kairo zu verlassen. Wenn Nefret darauf bestanden hätte, ihn auf einem Rundgang durch die Kaffeehäuser zu begleiten, hätte er ihr dies nicht abschlagen können; sie beanspruchte für sich, eine gleichberechtigte Partnerin bei all seinen Unternehmungen zu sein, und sie hatte es weiß Gott verdient. Er meinte auch, glaubwürdiges Entgegenkommen gezeigt zu haben, trotzdem standen ihm noch immer die Haare zu Berge bei der Vorstellung, sie mit Dieben und Mördern konfrontiert zu sehen.

Wie dem auch sein mochte, er zog Luxor Kairo vor und die thebanischen Grabfelder denen des antiken Memphis. Emerson war es gelungen, eine offizielle Genehmigung für die Exkavation des frühzeitlichen Dorfes bei Deir el-Medina zu bekommen, und Ramses freute sich auf eine lange, friedliche Periode ausschließlich archäologischer Arbeit. Sie würden weder vergrabene Schätze noch verschollene Grabstätten finden, und das war ihm nur recht. Was die kürzliche Entdeckung anbelangte, die Cyrus Vandergelt so brennend interessierte, so hoffte Ramses, seinen Vater zu überzeugen, sich aus dieser Sache herauszuhalten. Im Jahr zuvor hatten sie gerade genug Ärger mit Grabräubern gehabt.

Das Haus war wegen der umfassenden Veränderungen seiner Mutter kaum wiederzuerkennen. Ringsum standen neue Anbauten. Die schattige Veranda war zum Glück erhalten geblieben, genau wie der Salon mit seinen schönen alten Teppichen und den vertrauten Möbeln. Nefret strebte sogleich zum Klavier und ließ ihre Finger über die Tasten gleiten.

»Ist es verstimmt?«, fragte Fatima besorgt. »Ich werde jemanden finden –«

»Ich kann mir nicht vorstellen wo«, kicherte Nefret. »Eigentlich klingt es noch recht gut, unter den gegebenen Umständen.«

»Für mich klingt es hervorragend«, erklärte Emerson, dem jedes musikalische Gehör abging. Er sah sich mit einem Ausdruck tiefer Zufriedenheit um. »Hilf mir, diese Bücher auszupacken, Nefret. Immer eins nach dem anderen.«

Sie waren noch nicht sehr weit gekommen, als sich Besucher ankündigten. Die Nachricht von ihrer Ankunft hatte Gurneh schon vor ihnen erreicht. Abdullahs vielköpfige Familie zählte fast fünfzig Personen, und Ramses gewann den Eindruck, dass die meisten Hals über Kopf gekommen waren, um sie willkommen zu heißen. Die Mädchen servierten Kaffee und Pfefferminztee, und eine ausgelassene Unterhaltung schloss sich an. Sennia war in ihrem Element, ließ sich von einem Arm zum anderen weiterreichen, und Emerson sprach mit mehreren Leuten gleichzeitig.

Ramses sah sich suchend nach Nefret um und entdeckte sie

angeregt plaudernd mit Daouds Gattin, Kadija, eine hoch aufgeschossene, sehr würdevolle Frau nubischer Herkunft. Laut Nefret hatte Kadija einen ausgeprägten Sinn für Humor, was alle anderen vorbehaltlos glauben mussten, da sie ihnen keine ihrer Geschichten erzählte. Offenbar gab sie soeben etwas aus ihrem Repertoire zum Besten; Nefret lachte verschmitzt. Ramses gesellte sich zu ihnen. Er war enttäuscht, aber keineswegs überrascht, als Kadija den Kopf senkte und davonhuschte.

»Was war denn so lustig?«, erkundigte er sich.

Nefret hakte sich bei ihm unter. »Ach, nichts Besonderes. In der Übersetzung würde es ohnehin an Witz verlieren.«

»Ich verstehe das Arabische.«

»Aber nicht Kadijas Humor.« Sie lachte ihn an, und er dachte, wie so viele Male jeden Tag, dass sie wunderschön war und dass er sie über alles liebte. Darüber vergaß er Kadija.

»Yusuf ist nicht hier«, sagte sie, ihr Lächeln wich leiser Bestürzung. »Das ist ziemlich merkwürdig. Als Oberhaupt der Familie müsste er uns schon aus reiner Höflichkeit willkommen heißen.«

»Selim sagt, er fühlt sich nicht gut.«

»Vielleicht sollte ich zu ihm gehen und nachsehen, ob ich ihm irgendwie helfen kann.«

»Ich denke nicht, dass deine medizinischen Kenntnisse irgendwas ausrichten können, mein Schatz.« Das Leben des bedauernswerten Yusuf hatte im letzten Jahr eine tragische Wendung genommen, als er seine beiden geliebten Kinder verlor. Jamil, der hübsche, verzogene jüngste Sohn war ausgerissen, nachdem er sich mit einer Bande professioneller Diebe eingelassen hatte. Seitdem fehlte jede Spur von ihm. Jumana, seine Schwester, hatte es besser getroffen; überaus ehrgeizig und intelligent, war ihr Berufswunsch, Ägyptologin zu werden, von den Vandergelts und von Ramses' Eltern gefördert worden.

Nefret begriff. »Mir war gar nicht bewusst, dass der arme alte Bursche so sehr darunter leidet.«

»Mir auch nicht, dennoch überrascht es nicht. Eine Tochter zu haben, die sich über die väterliche Autorität hinwegsetzt, die eine vorteilhaft arrangierte Heirat ausschlägt und weggeht, um eine fortschrittliche Frau zu werden – gebildet, unabhängig und europäisch –, muss ein beinahe ebenso harter Schlag für ihn gewesen sein wie die Entdeckung, dass sein über alles geliebter Sohn Probleme mit dem Gesetz hat.«

»Vielleicht war das sogar noch härter für einen Mann mit so traditionellen Wertvorstellungen«, gab Nefret zu bedenken. »Stimmt es, dass er sie enterbt hat und sie nicht mehr sehen will?«

»Wer hat dir das gesagt?«

»Kadija. Sie hat versucht, ihn zur Vernunft zu bringen, aber er wollte nichts davon hören.«

»Selim hat sich ähnlich geäußert. Es ist wirklich jammerschade. Nun, wir werden Mutter zu ihm schicken. Wenn sie ihn nicht zur Vernunft bringen kann, dann kann es keiner.«

»Was ist mit Jamil?«

»Laut Selim ist er spurlos verschwunden. Komm jetzt nicht auf die Idee, ihn aufspüren zu wollen. Es gibt ein altes Sprichwort über schlafende Hunde.«

»Schon gut; verlier jetzt nicht die Beherrschung.«

»Ich dachte, das gefällt dir.«

»Nur wenn wir allein sind und ich entsprechend reagieren kann.«

Bevor er darauf eingehen konnte, kehrte seine Mutter zurück und übernahm alles Organisatorische. Die Frauen der Familie trugen Sennia und das Gepäck in ihr neues Quartier. Sein Vater verweigerte ihr den Gehorsam – er amüsierte sich viel zu gut mit den Exkavationsplänen für die kommende Saison. Ramses und Selim durften dabei natürlich nicht fehlen, indes schlug sich Nefret auf die Seite der Mutter. Die beiden verschwanden mit Fatima.

»Also Selim«, sagte Emerson. »Hast du die Mannschaft zusammen? Ich hoffe, du hast Vandergelt nicht unsere besten Leute überlassen.«

»Er hat Abu, den Sohn eines Cousins von meinem Vater als Rais angeheuert, aber wir werden eine gute Mannschaft zusammenbekommen, Emerson. Im Augenblick gibt es hier nicht viel Arbeit.«

Emerson erkundigte sich nicht nach Yusuf. Er war zu vertieft in seine Pläne für die Grabungsarbeiten, mit denen sie tags darauf beginnen wollten.

Anhaltendes schrilles Gekiekse von den Kindern, die auf der Veranda spielten, kündigte weitere Gäste an.

»Ich hätte wissen müssen, dass Sie uns nicht einmal ein paar Stunden Ruhe gönnen können«, grummelte Emerson. Trotzdem lief er dem Ankömmling sogleich entgegen, seine Hand zum Gruß ausgestreckt.

Cyrus Vandergelts wettergegerbtes Gesicht legte sich in unzählige Lachfältchen. Der Amerikaner war wie stets elegant gekleidet, weißer Leinenanzug und blitzblank polierte Stiefel. »Ja, das hätten Sie«, grinste er. »Zwecklos, unbemerkt in diese Stadt reisen zu wollen – habe Ihr Telegramm vor kurzem erhalten, hatte aber bereits gehört, dass Sie eingetroffen sind. Schön, Sie zu sehen. Hier ist noch jemand, der es nicht erwarten konnte, Sie zu begrüßen.«

Er trat beiseite, um sie eintreten zu lassen. Sobald sie im Innern war, lehnte sie sich an die Wand und beobachtete die anderen, wachsam wie ein scheues Tier. Emerson, stets der Gentleman im Umgang mit Frauen, fasste ihre kleine Hand und drückte sie fest.

»Jumana! Schön, dass du gekommen bist, mein Kind. Äh – wie bist du gewachsen in diesen letzten Monaten!«

Anders als du meinst, dachte Ramses bei sich. Sie war ein winziges Geschöpf, kaum eins fünfzig groß, mit dem olivfarbenen Teint und den großen dunklen Augen der Damen auf den persischen Miniaturen, aber ihre Kleidung war eindeutig westlich angehaucht – hübsche kleine Stiefel und ein Hosenrock, unter einem Männerhemd und einem Sportjackett. Nachdem sie die Frühjahrs- und Sommermonate mit ihnen in England verbracht und das ihr vermittelte Wissen wie ein Schwamm aufgesogen hatte, war sie mit den Vandergelts im November nach Ägypten zurückgekehrt.

Was war nur los mit ihr? Für gewöhnlich leuchtete ihr kleines Gesicht vor Aufregung, und sie konnte jeden in der Familie in Grund und Boden reden – was bestimmt nicht einfach war. Jetzt erwiderte sie Emersons Begrüßung mit einem stummen Nicken und blickte sich unbehaglich im Zimmer um.

»Wo ist Nefret?«, wollte sie wissen.

»Sie und Mrs Emerson sehen sich das neue Haus an«, erklärte Emerson.

»Ich möchte mitgehen. Bitte? Darf ich?«

Ohne eine Antwort abzuwarten, stürmte sie aus dem Raum. Sie hat bestimmt irgendwas auf dem Herzen, überlegte Ramses. Nun, was kümmerte ihn das? Seine Mutter rühmte sich damit, für jedes Problem eine Lösung zu wissen; sollte sie sich doch der Sache annehmen.

Sie rauschte wenige Minuten später herein, strebte direkt zu Cyrus und streckte ihm ihre Hände entgegen. »Jumana hat mir erzählt, dass Sie hier sind. Sind Katherine und Bertie nicht mitgekommen?«

»Bertie wäre ja gern, aber Katherine hatte noch verschiedene Aufträge für ihn«, antwortete Cyrus.

Das überraschte Ramses nicht. Katherine missfiel die Schwärmerei ihres Sohnes für das hübsche ägyptische Mädchen.

»Sie hoffte, ihr würdet heute Abend zu uns zum Dinner kommen«, fuhr Cyrus fort.

»Pah«, schnaubte Emerson. Darauf brach Cyrus in schallendes Gelächter aus und strich sich über seinen Spitzbart.

»Ich weiß, alter Knabe, Sie haben keine Zeit für gesellschaftlichen Schnickschnack. Aber es ist nichts Formelles, wir sind unter uns, kommen Sie, wie Sie sind.«

Emerson zögerte, doch seine Frau war schneller. »Aber gewiss, Cyrus, wir nehmen natürlich gern an. Ramses, Nefret braucht dich. Sie ist im neuen Haus.«

»Was? Ach ja, richtig.«

Ihn beschlich eine Empfindung, die seine Mutter sicher mit »dunkler Vorahnung« umschrieben hätte. Warum war ihm das nicht klar gewesen? Selbstverständlich hatte sie das Haus für Nefret und ihn bauen lassen. Es war wieder einmal typisch für sie, dass sie sie nicht vorher informiert hatte. Und wenn sie jetzt noch ablehnten, dann würde das grob, undankbar und egoistisch klingen. Nefret mochte seine Mutter zu sehr, als dass sie ihr das ins Gesicht hätte sagen können. Sie würde es auf ihn abwälzen!

Er vermutete, seine Frau im Hauseingang vorzufinden, bebend vor Zorn. Sie war nicht dort. Er machte sich auf die Suche, sah dabei in jedes Zimmer. Der Bau war recht ansprechend, ohne Frage – große Räume mit niedrigen Decken, die von ihm so sehr geschätzten, kunstfertig holzgeschnitzten Blenden vor den Fenstern, Fliesenböden, Bücherregale an vielen Wänden. Ansonsten war das Haus leer bis auf ein paar Tische und Stühle und Sofas. Sie hatte immerhin so viel Feingefühl, dass sie die Wahl der Möbel und Accessoires ihnen überließ. Wirklich nicht übel, alles in allem. Wenn es nach ihm ginge ...

Wenn es nach ihm ginge, würde er lieber in einer Felsenhöhle hausen als seiner Mutter erklären müssen, dass ihm dies hier nicht gefiel.

Er fand Nefret auf der Schatten spendenden Veranda, die auf den kleinen Hof hinausging. Jumana war bei ihr, sie hatten die Köpfe zusammengesteckt.

»Es tut mir Leid, Nefret«, fing er an.

»Du entschuldigst dich zu oft.« Es war ein alter Scherz zwischen ihnen, doch als sie aufsah, bemerkte er ihre ernste Miene.

»Es ist gar nicht so übel, oder?«, räumte er ein. »Sie hat es gut gemeint, und es ist ein ziemliches Stück vom Haupthaus entfernt, und –«

»Es ist schön«, sagte Nefret ungehalten. »Vergiss das Haus, Ramses. Jumana muss dir was erzählen.«

Auf der Veranda standen Korbstühle und ein, zwei Tischchen. Er setzte sich. »Und?«

Augenscheinlich hatte sie sich Nefret freimütig anvertraut, doch bei ihm schwieg sie eisern und knetete nervös ihre Hände.

»Was ist es denn?«, drängte Ramses. »Irgendwas wegen Bertie? Mach dir deshalb keine Gedanken, Jumana, ab jetzt bleibst du bei uns. Das war so abgemacht.«

»Bertie? Er ist nicht das Problem. Nein. Ich muss dir etwas sagen, aber ...« Sie schluckte gequält. »Ich habe Jamil gesehen.«

»Mein Gott.« Ramses schnappte nach Luft. »Wo? Wann?«

»Vor zwei Wochen.« Nachdem sie sich ein Herz gefasst hatte, sprudelten die Worte über ihre Lippen. »Ich ging zum Luxor Tempel, als Mrs Vandergelt im Souk Einkäufe erledigte und Mr Vandergelt bei Mohassib war. Bertie wollte mich begleiten, aber Mrs Vandergelt sagte –«

»Verstehe«, murmelte Ramses. »Jamil war im Tempel?«

Sie nickte. »Er hatte tagelang gewartet, mich endlich allein anzutreffen. Er wollte Geld. Er hat gesagt, er hätte ein prachtvolles Grab entdeckt, aber die anderen hätten ihn übers Ohr gehauen, und er fluchte und schimpfte und drohte ihnen mit Vergeltung. Und er hat gesagt, dass er dafür Geld braucht ... ich habe ihm alles gegeben, was ich hatte.«

»Das hättest du nicht tun dürfen«, wandte Nefret ein. »Für Jamil wäre es am besten, wenn er sich stellen würde.«

Ihre Lippen zuckten, wie bei einem Kind, das den Tränen nahe ist. »Er ist mein Bruder. Wie könnte ich ihm etwas abschlagen? Und er hat gesagt ... Oh, ich hatte solche Angst! Ich wusste nicht, was ich tun sollte. Aber jetzt seid ihr hier, ihr werdet es dem Vater der Flüche berichten, und er wird nicht zulassen, dass Jamil –« Ihr versagte die Stimme.

»Ist ja schon gut«, meinte Ramses beschwichtigend. Er nahm ihre kleinen zitternden Hände in seine. »Er wird nicht zulassen, dass Jamil dir etwas antut. Hat er damit gedroht? Dass er dir übel mitspielt, wenn du jemandem erzählst, dass du ihn gesehen hast?«

»Nein, oh nein!« Verzweifelt hielt sie seine Hände umklammert und sah zu ihm auf. »Du bist derjenige, auf den der Vater der Flüche aufpassen muss. Dich hasst Jamil am meisten. Er hat gesagt, wenn ich es jemandem erzähle, bringt er dich um.«

3

Pah«, schnaubte Emerson.

Wir saßen auf der Veranda und tranken Tee. Die im Westen stehende Sonne warf ihr mattgoldenes Licht auf die Rosen, die sich um die offenen Arkaden rankten. Es war wieder wie früher, als wir uns so oft an diesem schattigen Plätzchen eingefunden hatten; die Korbstühle und Sofas und Tische noch genauso abgenutzt, und Ramses hatte seine alte Sitzhaltung eingenommen, hingegossen auf dem Mauersims, den Rücken an einen Pfeiler gelehnt. Nefret saß neben ihm, ihre Hand in seiner. Fatima hatte es sich nicht nehmen lassen, Sandwiches und Teegebäck zu servieren, trotz des Umstandes, dass wir in Kürze aufbrechen und mit den Vandergelts zu Abend essen würden. Um die Frau nicht zu enttäuschen, knabberte ich das eine oder andere Gurken-Sandwich.

Nachdem ich von Jamils erneutem Auftauchen erfahren hatte, hielt ich einen privaten Kriegsrat für unerlässlich. Sennia, die sich auf die gemeinsame Teezeit mit uns gefreut hatte, wurde fortgeschickt und ließ sich nur damit gnädig stimmen, dass Emerson ihr – noch bevor ich eingreifen konnte – den ganzen Teller Kekse mitgab. Sobald sie außer Hörweite war, wiederholte Nefret, was Jumana berichtet hatte, und Emerson reagierte in der für ihn charakteristischen Weise.

»Das ist wenig konstruktiv, Emerson«, tadelte ich. »Man kann eine Drohung nicht einfach unter den Teppich kehren!«

»Diese Drohung ist doch hanebüchener Unfug«, konterte Emerson. »Wie kann dieser miese kleine Feigling eine Gefahr für Ramses sein?« Er bedachte seinen hoch gewachsenen Sohn mit einem anerkennenden Blick, und Ramses erwiderte das unterschwellige Kompliment mit einem unmerklichen Hochziehen seiner Brauen.

»Wie kommt es dazu, Ramses?«, fuhr Emerson fort. »Ich werte es als Affront, dass er nicht mich bedroht hat. Gedenkst du, alle Gurken-Sandwiches allein zu verdrücken, Peabody?«

»Ich denke«, sagte Nefret, Emerson die Platte reichend, »dass in Jamils Augen Ramses der Held dieser Geschichte im letzten Jahr gewesen ist. Oder der Halunke, aus Jamils Sicht! Nicht, dass ich dich irgendwie herabwürdigen will, Vater – oder dich, Mutter –«

»Du hast ganz Recht, mein Schatz«, sagte ich gönnerhaft. »Wir haben das uns Mögliche getan, aber wenn Ramses nicht gewesen wäre –«

»Du solltest es als Kompliment werten, Vater«, sagte Ramses. Er unterbricht mich nur selten, kann es aber nicht ausstehen, wenn man ihn lobt. »Jamil fände es unter seiner Würde, eine Frau zu bedrohen, und er hält mich ganz offensichtlich für weniger gefährlich als dich. ›Kein Mann wagt es, den Vater der Flüche zu bedrohen!‹«

»Was für eine ärgerliche Entwicklung!«, sinnierte ich. »Ich hatte gehofft, dieser missratene Bengel hätte das Weite gesucht oder einen tödlichen Unfall erlitten.«

»Das ist ziemlich kaltblütig, Mutter«, sagte mein Sohn.

»Deine Mutter ist eine praktisch veranlagte Frau«, erklärte Emerson. »Ich vermute, jetzt werden wir ihn aufspüren und der Polizei überstellen müssen, und das wird verflucht unangenehm für alle Betroffenen, besonders für seinen Vater. Wir haben ihn in Ruhe gelassen, aber statt zu verschwinden, besitzt er die Dreistigkeit, uns zu provozieren! Der Junge muss verrückt sein.«

»Oder verrückt nach Vergeltung«, meinte Nefret.

»Nein«, entschied ich. »Dafür ist er viel zu feige. Allerdings ist sein wahres Motiv unschwer zu erkennen. Einer seiner ausgeprägtesten Charakterzüge ist Besitzgier. Außerdem hat er einen untrüglichen Instinkt für das Aufspüren verschollener Gräber. Und deshalb hat er Luxor nicht verlassen. Er hofft darauf, ein weiteres Grabmal zu finden; gute Güte, vielleicht hat er das schon längst!«

Ein mir überaus vertrautes Glitzern trat in Emersons saphirblaue Augen, doch dann schüttelte er bedauernd den Kopf. »Eine reine Mutmaßung, Peabody, zurückzuführen auf deine lebhafte Fantasie. Es ist eher wahrscheinlich, dass er nicht den

Mumm hat, sein familiäres Umfeld zu verlassen und sich auf eigene Faust durchs Leben zu schlagen. Der Prinzessinnen-Schatz hat ihm genügend eingebracht, um für eine Weile angenehm leben zu können; schätze, er hat das Geld verprasst und Jumana war seine letzte Rettung. Er wird es nicht wieder versuchen. Und ein Angriff auf Ramses – völliger Blödsinn!«

»Ja, aber er könnte versuchen, wieder an Jumana heranzutreten«, gab ich zu bedenken. »Vor allem, wenn er erfährt, dass sie seinen Aufenthaltsort ausgeplaudert hat. Vermutlich wird sie nicht glauben wollen, dass ihr Gefahr von ihm drohen könnte, also müssen wir ihr klar machen, dass sie nicht allein herumstreifen darf. Katherine und ich haben uns darauf geeinigt, dass sie wieder bei uns wohnen soll; wir werden sie heute Abend mit zurückbringen. Ich werde Fatima bitten, ein Zimmer für sie herzurichten. Davids altes Zimmer, denke ich; es liegt neben deinem, Emerson, mit Fenstern, die alle in den Hof hinausgehen. Das macht es schwierig zu ihr zu gelangen – und sie kann sich nicht unbeobachtet hinausstehlen.«

»Wollen wir Cyrus und Katherine von Jamil erzählen?«, erkundigte sich Nefret.

»Ich bin froh, dass du diesen Punkt erwähnst, Nefret. Ich werde ihnen die Situation darlegen, aber ich glaube, heute Abend wäre das nicht ratsam. Die Wände haben Ohren und die Bewohner von Luxor tuscheln für ihr Leben gern. Wir wollen doch nicht, dass Jamil herausbekommt, dass seine Schwester über ihn geplaudert hat.«

»Wie ich sehe, versuchst du aus einer Mücke einen Elefanten zu machen«, wetterte Emerson. »Je eher Jamil erfährt, dass wir von seinen miesen Drohungen wissen, umso besser, würde ich sagen, wenn ihr meine unmaßgebliche Meinung hören wollt. Er wird sich nicht wieder blicken lassen.«

»Nach deiner Meinung?«, wiederholte ich. »Unmaßgeblich? Sicherlich stimmst du mir zu, dass wir Selim und Daoud informieren müssen. Dieser unselige Bengel mag ja harmlos sein, aber er ist ihr Cousin – irgendwelchen Grades – und –«

»Da fährt Cyrus' Kutsche vor«, sagte Nefret rasch. »Seid ihr fertig? Mutter, wo ist dein Hut?«

Cyrus' Kutsche war ein hübscher, offener Landauer, gezogen von zwei prächtigen Schimmeln. Ein strahlender Sonnenuntergang zog über den westlichen Himmel hinweg, und auf der anderen Seite des Nils schimmerte das Lichtermeer von Luxor. Als die Kutsche in den schmalen Pfad bog, der zum Tal der Könige führte, erhoben sich rings um uns herum die Wüstengebirge und blendeten das letzte Abendrot aus. Nur wenige Fleckchen auf dieser Erde sind so geheimnisumwittert wie das Tal; dies hängt zum einen mit der großartigen Landschaft zusammen, zum anderen mit seiner faszinierenden Geschichte. Im diffusen Zwielicht konnte man sich leicht vorstellen, dass die von den Kutschlampen erzeugten Schatten die schemenhaften Gestalten der toten Fürsten wären und dass das Heulen in den Bergen aus der Kehle des göttlichen Schakals Anubis stammte, dem Gott der Friedhöfe.

»Nachdem wir jetzt für länger bleiben, müssen wir uns ernsthaft mit dem Gedanken an eine eigene Kutsche befassen«, bemerkte ich. »Ich möchte nicht von Cyrus abhängig sein oder von den Klapperkisten, die man auf den Docks mieten kann.«

Emerson murmelte irgendetwas Unverständliches, worauf ich sagte: »Wie bitte?«, und Emerson antwortete: »Ein Automobil.«

Dieses Thema schien für alle von Interesse, und wir hatten eine hübsche, kleine Auseinandersetzung, die den ganzen Weg bis zum Schloss dauerte. Ich wies darauf hin, dass der Nutzen solcher Vehikel vom Zustand der Straßen abhinge, und Emerson konterte, dass das Militär sie einsetzte und dass die neuen Ford-Automobile in den Wüstengebieten hervorragende Leistung brachten. Nefret und Ramses steuerten nur wenig bei. Offen gestanden hatten sie auch nicht die Chance, viel zu sagen.

Cyrus' thebanischer Prachtbau hieß das »Schloss« und machte seinem Namen alle Ehre. An manchen Stellen erinnerte es mich an das Mena House Hotel; es war fast so groß wie dieser hervorragende Hotelbetrieb und hatte die gleichen, mit Blenden versehenen Balkone, attraktiv angeordnet vor den einzelnen Etagen. Um das gesamte Anwesen zog sich eine gewaltige Mauer; an besagtem Abend standen die schweren Tore einladend offen, brennende Fackeln säumten die Auffahrt zum Haus, wo Cyrus uns bereits erwartete.

Er hatte, wie versprochen, keine weiteren Gäste eingeladen. Ich erkundigte mich nach William Amherst, der im Vorjahr für Cyrus gearbeitet hatte, und erfuhr, dass er aufgehört hatte.

»Schließlich ist er doch noch der Armee beigetreten«, sagte Cyrus nicht ohne einen gewissen Neid. »Irgendein Bürojob. Seitdem bin ich verflucht knapp an Personal«, fügte er hinzu. »Aber Abu ist ein guter Rais, und Bertie macht sich ganz prächtig.«

Katherine bedachte ihren Sohn mit einem liebevollen Blick. Sie hatte ein bisschen zugelegt, doch die überzähligen Pfunde waren nach meiner Ansicht vorteilhaft. Sie trug ein langes, weites Gewand im ägyptischen Stil und ein Smaragdcollier, das zu ihren Augen passte. Jetzt, da sie befreit war von der Sorge um ihren Sohn, der im Vorjahr bei einer Kampfhandlung schwer verwundet worden war, hatte ihr Gesicht den verbitterten Zug verloren, und sie ähnelte wieder der gutmütigen, rundlichen Katze, an die sie mich bei unserer ersten Begegnung erinnert hatte.

Auch Bertie sah gut aus. Er hatte das Studium der Ägyptologie aufgenommen, um seinem Stiefvater eine Freude zu machen, in erster Linie jedoch, um Pluspunkte bei Jumana zu sammeln. Überdies ist die anstrengende Tätigkeit des Archäologen optimal geeignet, eine gesunde Gesichtsfarbe und eine kräftige Statur zu bekommen. Als er zu uns trat, um uns zu begrüßen, fiel mir auf, dass er ein Bein noch immer ein wenig nachzog. Ich hatte gehofft, dies würde mit der Zeit ganz ausheilen. Offenbar nicht. Was soll's, dachte ich bei mir, dann muss er wenigstens nicht zurück zum Militär.

Außer uns war noch Jumana dort, sie verhielt sich so still wie ein Mäuschen, bis Emerson zu ihr trat. Alle redeten und lachten; ich glaube, ich war die Einzige, die hörte, was er zu ihr sagte.

»Du hast das einzig Richtige getan, mein Kind. Ich nehme mich der Sache jetzt an, das ist alles völlig unproblematisch.«

Ich konnte nur hoffen, dass er Recht behielt.

Nicht lange, und Cyrus brachte die Unterhaltung auf das Thema, das für ihn augenscheinlich zu einer fixen Idee geworden war. »Ich will unbedingt diesen Schatz sehen«, erklärte er. »Emerson, Sie werden mir mit Mohassib helfen müssen.«

Ramses schaute zu mir. Seine dunklen Brauen zuckten in einem Anflug amüsierter Skepsis, und ich intervenierte, ehe Emerson antworten konnte.

»Aber Cyrus, Sie wissen doch genau, dass Emerson der Letzte wäre, dem Mohassib sich anvertrauen würde. Emerson hat ihm einfach zu oft und zu deutlich zu verstehen gegeben, was er von Antiquitätenhändlern hält. Ich würde gern mehr über diese Sache erfahren. Wie wurde das Grab entdeckt, hat man gezielt danach geforscht, warum hat die Antikenverwaltung keine Schritte eingeleitet?«

Das sollte Emerson für eine Weile ruhig stellen, dachte ich selbstzufrieden.

Cyrus zögerte nicht lange und hielt uns einen Vortrag, der noch bizarrer war als die üblichen Geschichten von solchen Entdeckungen – und das, werte Leser, will schon etwas heißen.

Es regnet nicht oft in Luxor, aber wenn es regnet, dann sintflutartig. Ein solches Unwetter hatte im letzten Jahr gewütet, Häuser weggeschwemmt und tiefe Kanäle durch das Land getrieben. Die gewieften Diebe von Luxor wussten, dass ebensolche Wassermassen effektiver waren als das Wegschaufeln von Schuttbergen und die zufällige Freilegung von Grabeingängen. Auf ihren Klettertouren rund um die Klippen hatten sie eine Stelle gefunden, wo ein reißender Wasserfall in einem Felsspalt verschwand und vierzig Meter weiter wieder zum Vorschein kam.

Was sie sahen, als sie sich durch den engen Zugang in die Grabkammer zwängten, muss selbst diesen hartgesottenen Halunken die Sprache verschlagen haben. Unversehrte Gräber findet man nicht alle Tage, und ebenjenes war ein besonders lukratives Exemplar. Ihre Verblüffung nahm ihnen nichts von ihrer Effizienz; innerhalb weniger Stunden war der Schatz gehoben und bei Mohassib eingelagert, der sie in Goldmünzen auszahlte. Das Geld wurde unter den Missetätern geteilt, die es umgehend verjubelten.

»Dieser alte Volltrottel Mohammed Hammad hat sich eine junge Ehefrau gekauft«, schmunzelte Cyrus. »Das hat sich als ein Fehler herausgestellt. Die Neuigkeit von dem Grabfund hat wie üblich die Runde gemacht, und ein paar Wochen später kamen der örtliche Gendarm und seine Leute ins Dorf. Mohammed versteckte den Rest seines Geldes in einem Korb Getreide und schickte das Mädchen damit fort, aber sie flirtete mit den Polizisten, und einer von ihnen schlug ihr den Korb vom Kopf. Nun Leute, ihr könnt euch vorstellen, was dann passierte: Dorfbewohner und Polizei prügelten sich um die Goldstücke. Mohammed blieb schließlich nichts mehr, nicht einmal das Mädchen. Sie riss mit dem Gendarmen aus.«

»Widerlich«, murmelte Katherine.

»Ausgleichende Gerechtigkeit«, sagte Emerson hämisch grinsend. »Mohammed muss sich schwer gebeutelt fühlen. Vielleicht lässt er sich überzeugen, mir die Fundstelle zu zeigen. Sie können das Grab nicht komplett ausgeräumt haben.«

»Oh, die Stelle ist bekannt«, räumte Cyrus ein. »Im Wadi Gabbanat el-Qirud – der Friedhof der Affen. Ich habe mir schon überlegt, ob ich nicht ein wenig Zeit investiere und dort nach weiteren Gräbern forsche.«

»Sie sollten in Medinet Habu arbeiten«, sagte Emerson mit einem gestrengen Blick zu seinem Freund. »Und nicht irgendwelchen Luftschlössern nachjagen.«

»Sie haben gut reden«, entrüstete sich Cyrus. »Sie hatten Ihre großen Funde, aber was ist mit mir? All die Jahre im Tal der Könige und trotz der Plackerei kein verdammtes Grab für meine Wenigkeit! In den südwestlichen Wadis müssen noch weitere sein. Mit Carters Fund sind es nun schon zwei Gräber von königlichen Damen in diesen Wadis. Was ich mir vorstelle, ist, dass dieses Gebiet früher einmal eine Art Königinnen-Friedhof gewesen sein könnte.«

»Die Möglichkeit besteht durchaus«, pflichtete Ramses ihm bei.

Cyrus' Gesicht hellte sich auf, aber Emerson blieb hart. »Sie verschwenden Ihre Zeit, Vandergelt. Carter hat besagtes Grab von Hatschepsut nicht aufgespürt, sondern einer Gruppe von

Einheimischen nachgestellt, die es entdeckt hatten. Sie hören besser auf, nach den Sternen zu greifen, und widmen sich stattdessen Ihrer Arbeit, genau wie ich. Sie haben den Firman für Medinet Habu, und darüber können Sie verdammt froh sein. Es ist einer der besterhaltensten Tempel am Westufer.«

»In Deir el-Medina gibt es wenigstens noch einige Gräber«, grummelte Cyrus.

»Privatgräber«, erklärte Emerson. »Und ich werde keine weiteren lokalisieren. Ich habe vor, das Gebiet in seiner Gesamtheit freizulegen. Archäologisch betrachtet ist das wesentlich wichtiger als jedes verfluchte Königsgrab. Ausgrabungen von Ruinenstädten sind selten, und wir werden wertvolle Informationen erhalten über das Alltagsleben, die Beschäftigungsstruktur, die Vergnügungen der Arbeiterklasse ...«

Es gibt einige Aspekte der Ägyptologie, die Emerson absolut nicht interessieren, und in diesem Fall überspielte er tapfer eine gewisse Enttäuschung und Entrüstung. Er hatte schon immer an einem so berühmten Tempel wie dem in Medinet Habu arbeiten wollen. Offen gestanden war ich auch nicht sonderlich erpicht auf die Ruinenstadt, aber wir hätten selbst diese nicht bekommen, wenn der Inhaber des entsprechenden Firmans nicht im Vorjahr der Polizei überstellt worden wäre. Laut Emerson waren seine Exkavationsmethoden extrem oberflächlich, und so war es gut möglich, dass wir auf Artefakte stoßen würden, die er übersehen oder für wertlos erachtet hatte.

Und ich könnte mich schlicht nach weiteren Privatgräbern umschauen. Einige davon waren hübsch ausgestattet, und zwei hatten noch die ursprünglichen Grabbeigaben enthalten – nicht so prächtig wie die der Prinzessinnen, aber trotzdem höchst aufschlussreich.

Emerson schloss mit den Worten: »Ich vertraue darauf, Vandergelt, dass Sie sich auf Medinet Habu konzentrieren. Sie können nicht erwarten, dass die Antikenverwaltung es tolerieren wird, wenn Sie irgendwelchen Hirngespinsten nachjagen.«

Als wir aufbrachen, war die Kutsche überladen. Jumana saß auf der Bank, gemeinsam mit Ramses und Nefret, doch ihre Kisten und Kästchen brauchten unendlich viel Platz. Bei unserer Ankunft zeigte ich dem Mädchen ihr Zimmer. Ich hatte den starken Verdacht, dass sie die Annehmlichkeiten nicht beeindruckten. Als Gast in Cyrus' Haus hatte sie vermutlich mehr Komfort genossen.

Trotzdem lobte sie alles sehr artig. Schließlich teilte ich ihr mit, dass Emerson mit ihr reden wolle.

»Worüber denn?«, wollte sie wissen.

»Ich denke, du weißt worüber, Jumana. Um Himmels willen, Kind, du siehst ja aus wie ein verschrecktes Kaninchen. Du hast doch sicher keine Angst vor ihm.«

»Nicht vor ihm«, murmelte Jumana kaum hörbar. »Ich habe nichts Verwerfliches getan, Sitt Hakim.«

»Das habe ich auch nie behauptet. Komm mit.«

Wir hatten uns zuvor darauf geeinigt, dass Emerson und ich ein vertrauliches Gespräch mit Jumana führen würden, von daher verblüffte mich, dass die Kinder noch im Salon waren.

»Wir haben nur gewartet, um Gute Nacht zu sagen.« Nefret gab mir einen Kuss.

»Ich hoffe, das Haus gefällt euch«, sagte ich, an Ramses gewandt, der mir seine Meinung bislang vorenthalten hatte. »Und dass ihr alles habt, was ihr für heute Nacht braucht.«

»Solange ein Bett drin steht«, murmelte mein Sohn und brach leise jaulend ab, da Nefret ihm ihren Ellbogen in die Rippen stieß.

»Ich will in der Morgendämmerung aufbrechen«, sagte Emerson entschieden.

»Ja, Sir«, erwiderte Ramses.

»Frühstück hier um sechs«, sagte ich.

»Ja, Mutter«, erwiderte Nefret.

Jumana sah ihnen mit großen Augen nach, als sie Arm in Arm, die Köpfe zusammengesteckt, verschwanden. Oder war es Ramses, den sie mit schmachtendem Blick verfolgte? Sie war in dem Alter, in dem Mädchen sich in die unpassendsten Personen verlieben, und Ramses verfügte über sämtliche Attribute, die sie sich von einem zukünftigen Ehemann erhoffen durfte (einmal abgesehen von der störenden Tatsache, dass er bereits verheiratet war). Wenn Jamil von ihrer Schwärmerei wusste oder auch nur ahnte, würde das erklären, warum er sich Ramses als Vergeltungsobjekt ausgesucht hatte.

»Ach übrigens«, sagte ich zu Emerson, »du hast Cyrus nichts von den Artefakten erzählt, die ich in Kairo gekauft habe. Ich hatte fest damit gerechnet, du würdest sie ihm zeigen.«

»Ganz im Gegenteil«, entgegnete Emerson. »Dann würde er nur noch in Kairo herumlungern, auf der Suche nach weiteren von diesen verdammten Dingern. Er sollte sich auf seine Exkavation konzentrieren.«

Er verstummte, beschäftigte sich mit seiner Pfeife. Nachdem der Augenblick jetzt gekommen war, reute ihn sein Vorschlag bereits, Jumana auf den Zahn zu fühlen; er fürchtete, dass sie in Tränen ausbrechen könnte. Emerson ist hoffnungslos feige in Sachen Frauen.

Er wusste nicht, wie er anfangen sollte. Bevor wir etwas sagen konnten, setzte sich Jumana kerzengerade auf und schob trotzig ihr Kinn vor. »Es war furchtbar töricht von mir«, erklärte sie. »Jamil kann doch nichts Schlimmes tun ... oder?«

»Nein«, sagte Emerson. »Außer vielleicht dir.«

»Er würde mir nichts tun.«

Ich war angenehm überrascht, dass sie sich beruhigt hatte – ängstliche Frauen sind mir ein Gräuel – gleichwohl war ihr Selbstvertrauen irgendwie alarmierend.

»Er wird keine Gelegenheit bekommen«, bekräftigte ich. »Hör mir zu, Jumana. Du hattest Recht, Ramses vor Jamil zu warnen, aber du täuschst dich, wenn du meinst, er ist harmlos. Ich möchte dein Wort darauf, dass du nicht mehr allein umherstrolchst, und wenn Jamil versuchen sollte, Kontakt zu dir aufzunehmen, dann musst du uns das umgehend mitteilen.«

»Was wollt ihr mit ihm machen, wenn ihr ihn findet?«

Diesmal war Emerson zu schnell für mich. »Ihn einsperren. Du siehst doch hoffentlich ein, dass wir nicht billigen können, dass er irgendwelche Leute bedroht und ... Warum starrst du mich so an, Peabody?«

»Ich starre dich nicht an, Emerson«, sagte ich und zwang mich zu einem Lächeln. »Es ist nur ... ich glaube, dass ich unsere Intentionen besser darlegen kann als du. Jumana, wenn Jamil zu uns käme und Reue zeigte, würden wir alles tun, um ihm zu helfen.«

»Ganz bestimmt?«

»Ja«, erwiderte ich entschieden. Sie liebte diesen missratenen Burschen noch immer und glaubte vermutlich, dass sie ihn läutern könnte. Eine bei Frauen weit verbreitete Illusion.

Schließlich hatte ich mich nicht definitiv geäußert. Nach meiner Einschätzung wäre Jamil am besten zu helfen, indem man ihn in eine Zelle steckte – eine hübsche, saubere, annehmbare Zelle natürlich –, wo er die Vorzüge eines rechtschaffenen Lebens erwägen könnte.

Ich hatte vermutet, dass Emerson am folgenden Morgen direkt in sein Ausgrabungsgebiet aufbrechen wollte. Das war mir nur recht; rings um das Haus gab es viel zu tun, und Emerson war eher Hindernis denn Hilfe, pausenlos maulend und murrend. Als wir uns an den Frühstückstisch setzten, fiel mir jedoch auf, dass er und Ramses für unwegsames Gelände gekleidet waren, in alten Tweedjacken und kräftigen Stiefeln. Ich musste nicht lange überlegen, um auf ihr Ziel zu schließen. Ich hätte es wissen müssen! Der scheinheilige Vortrag, den mein Göttergatte Cyrus gehalten hatte, diente nur dazu, Letzteren exakt von dem abzuhalten, was Emerson für diesen Tag geplant hatte. Die südwestlichen Wadis sind entlegen und schwer zu erreichen.

Ich versuchte vergeblich, Blickkontakt mit Emerson aufzunehmen; er schaute auf die Zuckerdose, die Kaffeekanne, den Salzstreuer – nur nicht zu mir. »Emerson«, sagte ich schließlich laut und vernehmlich, »ich hoffe, du hast die Höflichkeit besessen, Fatima noch gestern Abend mitzuteilen, dass sie uns ein Lunchpaket einpacken soll?«

»Lunchpaket? Uns?« Emersons dichte schwarze Brauen zogen sich missmutig zusammen. »Sieh mal, Peabody –«

»Ich sag es ihr rasch«, seufzte ich. »Zum Glück ist ihre Vorratskammer immer gut gefüllt. Nehmen wir Selim und Daoud mit?«

»Ja. Nein. Ach, verflucht«, brummte Emerson.

»Was ist mit Jumana?«, drängte ich.

»Nein«, sagte Emerson bestimmt.

»Ich finde, wir sollten sie nicht allein zurücklassen.«

»Sie ist nicht allein. Hier sind zig Leute ... Hölle und Verdammnis. Du denkst doch nicht etwa, dass sie sich wegschleicht, um diesen kleinen Satansbraten zu treffen? Sie hat mir versprochen –«

»Nein, das hat sie nicht. Ich für meinen Teil vertraue ihr jedenfalls nicht. Sie klettert seit frühester Kindheit in diesen Klippen herum, sie wird mit uns mithalten können, genau wie die anderen.«

»Wenn du daraus eine durchgeplante Forschungsexpedition machen willst –«

»Du wärst aufgebrochen und hättest nicht mal deine Wasserflasche mitgenommen«, konterte ich. »Ich werde meine Stiefel wechseln und meinen Schirm holen und mich kurz mit Fatima austauschen.«

Emerson unternahm einen letzten, und wie ihm hätte klar sein müssen, vergeblichen Versuch, mich loszuwerden. »Aber, Peabody, ich dachte, du wolltest heute hier bleiben. Es gibt eine Menge zu tun, auspacken und –«

»Ja, mein Schatz, ganz recht. Es wird warten müssen. Ich bleibe ja nicht lange weg.«

Ich redete kurz mit Fatima und schickte eines der Mädchen, Jumana in den Salon zu bitten. Ich brauchte eine Weile, bis ich meine Stiefel fand, versteckt unter einem Berg Garderobe von Emerson. Der wichtigste Teil meiner Ausstattung lag schon bereit. Obschon meine Arbeitskleidung aus Hose und Tweedjacke mit vielen Taschen bestückt ist, habe ich mich nie von meinem unschätzbaren Utensiliengürtel trennen können. Über die Jahre hinweg hatte ich diese Accessoires ergänzt und optimiert: eine Pistole und ein Messer, eine Seilrolle, eine kleine Flasche Brandy, Kerzen und Streichhölzer in einer wasserdichten Schachtel und andere nützliche Gegenstände. Auf einer Expedition wie dieser konnte man nicht vorsichtig genug sein. Nachdem ich ein kleines Erste-Hilfe-Set und eine Bürste an den beiden leeren Ösen befestigt hatte, kehrte ich in den Salon zurück, wo ich Jumana mit den anderen vorfand.

Emerson, der meinen Gürtel mit den scharfen oder sperrigen

Objekten ablehnt, bedachte mich mit einem angesäuerten Blick, enthielt sich jedoch eines Kommentars. Ich wandte mich an Nefret.

»Kommst du mit, mein Schatz, oder willst du lieber hier bleiben und dich in deinem neuen Domizil häuslich einrichten? Ich habe Gardinenstoff gekauft – ein sehr schönes Blau, mit Silberfäden durchwirkt – aber ich habe keine Bediensteten eingestellt, da ich annahm, dass du sie selber aussuchen möchtest. Einer der Cousins von Yusufs Bruder hat bereits bei mir vorgesprochen ...«

»Ja, Mutter, das sagtest du bereits. Ich komme natürlich mit. Dachtest du, ich würde meinen armen hilflosen Gatten ohne meinen Schutz gehen lassen?«

Jumana sah sie verwundert an, und Ramses' Lippen verzogen sich zu einem Grinsen. Sicherlich hatte er Nefret in der Nacht von dem Plan erzählt. Sie hatte ihn wahrlich besser erzogen als ich Emerson!

Fatima rauschte mit zwei voll gepackten Körben herein, und wir gingen zum Stall, wo Daoud bereits mit dem Stallknecht plauderte und Selim mit den Pferden. Er war ein hervorragender Reiter und hatte sich während unserer Abwesenheit um die prächtigen Araber gekümmert. Risha und Asfur waren Geschenke von einem befreundeten Beduinen an Ramses und David. Die Zahl ihrer Nachkommen, darunter auch Nefrets Stute Moonlight, war mit den Jahren beträchtlich angewachsen.

»Nehmen wir die Pferde?«, erkundigte ich mich. Ich kannte die Antwort, noch ehe Emerson den Kopf schüttelte. Er hatte sich mit Selim und Daoud im Stall verabredet, damit ich sie nicht sehen sollte! Trotzdem schienen sie keineswegs überrascht über mein Auftauchen. Selim begrüßte mich mit einem wissenden Lächeln. Er und Daoud hatten Seilrollen umgeschlungen. Und mich beschlich das unangenehme Gefühl, dass wir diese Seile auch brauchen würden, wenn die von Emerson ausgesuchte Strecke selbst für die Pferde zu beschwerlich war.

Ich habe die thebanischen Berge schon viele Male bestiegen, bei Tag und bei Nacht. Diese Klettertour ist herrlich bei Vollmond – die zerklüftete Silhouette wie eine Symphonie von Silber und Schatten. Der erste Teil des Aufstiegs war mir vertraut und nicht schwierig – von der Ebene hinter Deir el-Bahari hinauf zum Scheitelpunkt des Plateaus und über den Weg, der vom Arbeiterdorf ins Tal der Könige führte. Wie oft hatte ich schon dort gestanden und auf das Panorama von Tempeln und Dörfern hinabgeschaut, Wüste und Kulturland, die Wasser des Nils funkelnd im Sonnenlicht! Es war ein geheiligter Ort; denn als unser geschätzter und inzwischen verstorbener Rais Abdullah älter wurde, hatte ich nach dem Aufstieg häufig Erschöpfung vorgegeben, sodass er Halt machen und zu Atem kommen konnte. Wenn ich gelegentlich von ihm träumte, sah ich ihn stets vor dieser Kulisse.

Schwierig sich vorzustellen, dass eine dermaßen unwirtliche Felsenlandschaft wie die Wadis der Westwüste von Wassermassen geschaffen wurde, die über die Klippen des hohen Plateaus in die Ebenen strömen. Ich glaube, ich kann den werten Lesern besagtes Gebiet (das nichts gemein hat mit den Sandwüsten der Sahara) am besten beschreiben, indem ich das Plateau mit einem Pflaumenkuchen vergleiche, den man auf eine Tortenplatte gelegt hat (das Niltal). Stellen Sie sich nun vor, dass irgendein Ungeheuer seine gewaltigen Krallen in diese Leckerei gebohrt und wieder herausgezogen hat und dabei Bruchstücke und Krümelhaufen hinterlässt.

(Als Emerson zufällig diese Passage meiner Aufzeichnungen las, merkte er an, dass – nach seinem Dafürhalten – kein rational denkender Mensch einen so absurden Vergleich ziehen könnte. Nach meinem Dafürhalten handelt es sich um ein gutes und durchaus aufschlussreiches Beispiel.)

Pfade schlängeln sich kreuz und quer durch die Ebenen und über den Gebel; manche sind relativ leicht zu überwinden, andere eher geeignet für Ziegen. Allerdings folgten wir diesen Letzteren, denn wann immer Emerson die Wahl hat zwischen einer leichteren, längeren Strecke und einer beschwerlicheren Direktroute, entscheidet er sich für das Zweite. Ich musste seiner Führung vertrauen, da ich diese Wege nicht kannte, aber diverse Anhaltspunkte vermittelten mir einen generellen Eindruck von unserer Marschroute. Über uns erhob sich der pyramidenförmige Gipfel des Qurn; daneben, darunter und dahinter befanden sich Schluchten jeder Größenordnung, wie auch das Tal der Könige und das der Königinnen. Als wir weitergingen, über abschüssige Abhänge und klaffende Klüfte kraxelten, wurde die Landschaft wilder und faszinierender, aber selbst in dieser entlegenen Gegend hatte die Menschheit – sowohl des Altertums als auch der Neuzeit – ihre Spuren hinterlassen: ein Stück Zeitung, vermutlich die Umhüllung irgendeines Lunchpakets, Geröll von verfallenen Hütten, Tonscherben und Tierknochen.

Nach einem einstündigen Gewaltmarsch überzeugte ich Emerson von einer kurzen Rast und einem Schluck Wasser. Die Aussicht war atemberaubend, wenn auch eintönig – Steine, Geröll und Felsen, das Blau des Himmels der einzige Farbtupfer.

»Emerson, bist du auch ganz sicher, dass du diesen Weg kennst?«, erkundigte ich mich, mein verschwitztes Gesicht abwischend.

»Ganz sicher.« Emerson schien verblüfft. Er führte aus: »Wir befinden uns nur noch drei Kilometer von Medinet Habu entfernt. Kopf hoch, Peabody, von nun an geht's bergab; zum nächsten Wadi gibt es einen kinderleichten Weg und von dort ist es nur ein Katzensprung bis zum Friedhof der Affen.«

Als wir das Ende des »kinderleichten Weges«, der natürlich alles andere als das war, erreichten, stand die Sonne hoch am Himmel. Ein langer, relativ niedriger Felskamm trennte das erste Wadi von dem zweiten, obwohl ich besagte Passage wahrlich nicht als Katzensprung bezeichnet hätte. Der Boden war extrem uneben, mit Felsbrocken und archäologischem Geröll übersät – Fragmente aus rotem Ton, Feuersteine und so fort.

Erhitzt, außer Atem und mit diesem frustrierenden Anblick konfrontiert, machte ich meinem Herzen Luft. »Aha, das ist vermutlich das Wadi, wo die Prinzessinnengruft lokalisiert wurde. Würdest du mir jetzt bitte erklären, was zum Kuckuck wir hier sollen? Du hast Cyrus dargelegt, er würde nur Zeit verschwenden, wenn er hier nach Gräbern sucht.«

»Hmph«, meinte Emerson. »Meine Bescheidenheit verbietet mir zu erwähnen, dass ich vielleicht ein bisschen qualifizierter bin als Vandergelt. Allerdings ist das nicht mein vorrangiges

Ziel. Ich – äh – möchte mir diese Prinzessinnengruft nur kurz anschauen. Diese Bastarde können sie nicht komplett ausgeräumt haben.«

»Oh doch, das können sie. Ich garantiere dir, Emerson, du wirst nichts Interessantes finden – wie sollen wir es überhaupt exakt lokalisieren? Das Grab war gut verborgen, und in diesem Gestein gibt es Dutzende von Spalten und Ritzen.«

»Vielleicht finden wir irgendwelche Hinweise«, beharrte Emerson. »Wassermarken, frisch aufgeworfenes Geröll, womöglich sogar winzige Splitter von den Grabbeigaben. Fällt dir irgendwas auf, Ramses?«

»Nein, Sir.« Ramses bückte sich und hob einen bearbeiteten, mit Patina überzogenen Stein auf. Er warf ihn fort. »Paläolithisch.«

Die Felswände zu beiden Seiten taxierend, bahnten wir uns langsam den Weg durch das holprige Wadi-Gelände. Dort gab es noch mehr Schutt, in Form von Tonscherben und Steinsplittern. Ich blieb vor einem gähnenden Loch stehen und kreischte aufgeregt: »Emerson! Ein Schachtgrab, nicht wahr? Und hier –« Ich tastete nach einem Objekt, halb verborgen von Geröll – es war etwas metallisch Glänzendes. »Hier ist – oh.«

Es war eine zerknüllte Zigarettenschachtel.

»Carter«, fluchte Emerson.

»Woher willst du das wissen?«

»Die Einheimischen können sich keine europäischen Zigaretten leisten«, knurrte Emerson. »Ist doch seine Marke, oder?«

Als wir weitergingen, wurde der Boden unter unseren Füßen immer unwegsamer; es schien, als hätte jemand eine ziellose, aber umfassende Exkavation vorgenommen. Emerson fluchte. »Entweder hat Carter auch noch den letzten Rest seines archäologischen Ethos verloren, oder die Einheimischen haben hier gebuddelt, auf der Suche nach Grabstätten.«

»Sicherlich Letzteres«, murmelte Ramses. »Carter hat jedes Recht, hier zu sein, Vater; er hat nichts Verbotenes getan.«

»Hmph«, knurrte Emerson, der dies zwar nicht leugnen konnte, der aber im Grunde seines Herzens ganz Ägypten für sein persönliches Eigentum hielt – archäologisch betrachtet.

Wir hatten das Ende der Schlucht fast erreicht, als ich schwach einen unangenehmen Geruch wahrnahm. Ich sah in der Erwartung auf, über mir jene geflügelten Jäger kreisen zu sehen, die sich von Aas ernähren; doch der Himmel war nur ein Meer aus Licht.

Jumana war die Erste, die auf einen der von uns gesuchten Anhaltspunkte stieß. Sie lief flink und sicher über den unebenen Boden voraus und blieb unvermittelt stehen. »Seht doch!«

Das Objekt, das sie hoch hielt, war eine winzige, goldene Perle.

»Holla«, meinte Emerson. »Gut gemacht, Jumana. Ja, genau wie ich erwartet habe. Das Grab muss teilweise von Felsgestein verschüttet worden sein, das sich von Wänden und Decke gelöst hat. Die Schurken haben nicht mehr entfernt als unbedingt nötig, dabei aber zwangsläufig ein paar Dinge verloren. Meine Güte, das sieht aus wie ein Knochen.«

Als er den Gegenstand aufhob, zerfiel er zu Staub. »Verwest aufgrund der Feuchtigkeit«, knurrte Emerson und fing an, in dem Schutt herumzuwühlen.

»Das Grab muss dort oben sein«, sagte Ramses, seine Augen mit einer Hand überschattend. »Direkt über uns, in dieser Felsspalte.«

Emerson sprang auf. Irgendeine sonderbare Verwandlung ging in ihm vor. Er straffte die Schultern, reckte den Kopf und schnüffelte. »Haben es die Einheimischen wieder mit ihrem alten Trick versucht – nämlich einen Tierkadaver in den Stollen geworfen, um andere Interessenten abzuschrecken? Erinnerst du dich noch an die Abd er Rassuls und die Königliche Kartusche?«

»Warum sollten sie sich die Mühe machen, wenn das Grab leer ist?«, fragte ich und hielt mir die Nase zu.

»Genau.« Emerson wirkte sehr selbstzufrieden. »Ich werde mir das einfach mal ansehen.«

Wir waren am hinteren Ende des Tales angelangt und mit einer steilen Klippe konfrontiert, die ich auf über dreißig Meter Höhe schätzte. Etwa zehn Meter über uns erspähte ich eine Felsspalte, die tief in das Gestein hineinragte.

»Emerson«, sagte ich, sorgsam auf meine Wortwahl achtend, »es ist ein gewagter Abstieg von dort oben bis zum Fuß der Klippe. Wenn du dir unbedingt einen Arm oder ein Bein oder das Genick oder alles drei brechen willst, dann such dir doch besser eine Stelle, die näher an unserem Haus gelegen ist, damit wir dich nicht so weit transportieren müssen.«

Emerson fletschte grinsend die Zähne. »Genieß nur ruhig deine sarkastischen Seitenhiebe, Peabody. Ich werde es schon schaffen.«

»Nein, Sir, das glaube ich nicht«, schaltete sich Ramses ruhig, aber entschieden ein. »Ich würde es auch nicht riskieren. Ich gehe zurück und mache den Aufstieg mit dem Seil, dann lasse ich mich von der Spitze herunter, genau wie die Diebe.«

Ich seufzte erleichtert auf. Ramses widersprach seinem Vater nur selten, aber wenn, dann befolgte Emerson seinen Rat – ein Kompliment, dass nur wenigen Leuten zuteil wurde, darunter auch mir.

»Ach so.« Emerson rieb sich sein Kinn. »Hmph. Na gut, mein Junge. Sei vorsichtig.«

»Ja, Sir.«

»Ich komme mit«, schlug Daoud vor. »Ich halte dir das Seil.«

Er schlang eine Seilrolle über seine Schulter, und die beiden strebten zum Eingang des Wadis, wo die Klippen niedriger und leichter zu bezwingen waren. Es war eine gewagte Klettertour bis zum Gipfel, aber da hatte ich keinerlei Bedenken; Ramses war der beste Felsenkletterer in unserer Familie und Daoud seit Kindesbeinen mit diesen Gesteinsformationen vertraut. Er würde dafür sorgen, dass Ramses die entsprechenden Sicherheitsvorkehrungen traf.

Ich nutzte die Zeit, um ein paar Eintragungen zur Lokalisierung der Grabstätte vorzunehmen, während Emerson in dem Schutthaufen herumwühlte, so glücklich wie ein Hund auf der Suche nach einem verbuddelten Knochen. Nefret ging nervös auf und ab und spähte von Zeit zu Zeit zu dem Klippenplateau. Die Sonne stand jetzt direkt über uns, und es war sehr heiß. Ich entledigte mich meiner Jacke, legte sie ordentlich gefaltet neben mich und widmete mich wieder meinem Tagebuch. Der Gestank schien mir nicht mehr ganz so penetrant. Der Geruchssinn stumpft recht schnell ab.

Obwohl Nefret ständig nach oben spähte, entdeckte Jumana sie zuerst. Sie hopste freudig herum und winkte. Die beiden Gestalten, winzig klein in der Ferne, vergegenwärtigten mir, wie hoch die Klippe war und wie gefährlich der Abstieg. Ich fragte mich, ob das Seil überhaupt lang genug wäre und ob sie einen entsprechenden Gegenstand finden würden, an dem sie es befestigen könnten, und ob Ramses so viel Verstand besäße, sich nicht allein auf Daouds Kräfte zu verlassen. Er verfügte über Bärenkräfte, aber ein Ausgleiten oder ein Schlangenbiss und er würde seinen Griff lockern, wenn auch nur für eine Sekunde ...

Das Seil baumelte nach unten, und eine der beiden winzigen Gestalten begann mit dem Abstieg – viel zu schnell für mein Verständnis. Es war Ramses – wie ich es mir schon gedacht hatte. Selbst im strahlenden Sonnenlicht war es nicht einfach, seine Silhouette zu verfolgen, da seine staubige Kleidung mit der Farbe des Gesteins verwischte, aber sein unbedeckter, schwarzer Schopf war klar unterscheidbar. Ungefähr fünfzehn Meter über uns verharrte er, die Füße gegen die Felswand gestemmt, und winkte.

»Halt dich gut an dem verfluchten Seil fest!«, brüllte ich.

Er hörte mich. Ein leises und zweifellos spöttisches »Ja, Mutter« schwebte zu uns hinunter. Dann verschwand er.

»In die Schlucht«, knurrte Emerson. »Wie lange ...«

Es dauerte nur wenige Minuten, bis Ramses wieder auftauchte. Statt erneut aufzusteigen, sah er nach oben und brüllte irgendwas zu Daoud. Offenbar war das Seil nicht lang genug, um den Boden zu erreichen; nachdem Daoud es losgebunden hatte, zog Ramses es hinunter und tat rasch etwas, das ich nicht sehen konnte – es wieder festbinden, nahm ich an, da es sich kurz darauf wieder abrollte und das Ende unweit der Stelle über dem Boden baumelte, wo wir standen. Es war in regelmäßigen Abständen geknotet – eine einfache, aber wirkungsvolle Methode, um zu verhindern, dass der Kletterer den Halt verlor.

Ramses schwang sich auf den Felsgrat und begann mit dem

Abstieg. Noch bevor ich sein Gesicht sah, wusste ich, dass etwas im Argen lag.

»Es ist kein Tier«, klärte er uns auf. »Es ist ein Mensch. Das heißt, es war einmal einer.«

Nefret griff nach dem Seil. Ramses fasste sie an den Schultern, zerrte sie zurück und drehte sie zu sich um.

»Er ist tot, Nefret. Du kannst nichts mehr für ihn tun.«

»Ich kann feststellen, wie er gestorben ist.« Sie versuchte sich ihm zu entwinden, doch er verstärkte seinen Griff.

»Nefret, hör mir zu! Ich rede nicht von einer hübsch einbalsamierten Mumie. In der Kammer steht noch immer Wasser, und er liegt seit Tagen, womöglich seit Monaten dort oben.«

Ihr Gesicht war gerötet von Hitze und Erregung. »Verflucht, Ramses, ich habe mehr Leichen untersucht als du!«

»Du wirst diese nicht untersuchen.«

»Wer sollte mich daran hindern?«

»Äh-hm«, räusperte sich Emerson.

Ich stieß ihn mit meinem Schirm. »Du jedenfalls nicht, Emerson. Nefret, mäßige dich und denk nach. Ich teile dein Interesse an Leichen voll und ganz, aber ich sehe keinen sittlichen Nährwert darin, diese hier und jetzt zu untersuchen.«

Der Geruch schien sich seit Ramses' Ankündigung intensiviert zu haben. Ich presste ein Taschentuch auf meine Nase, und Emerson musterte mich entgeistert.

»Heißt das, du bestehst nicht darauf, ihn zu inspizieren, und das Grab auch nicht? Gütiger Himmel, Peabody, fühlst du dich nicht gut?«

»Ganz hervorragend, mein Lieber, danke der Nachfrage, und das soll auch so bleiben.«

Die Kinder, die einander aggressiv angefunkelt hatten, drehten sich zu uns. Erfreut stellte ich fest, dass meine vernunftgeprägten Äußerungen die Gemüter etwas besänftigt hatten. Nefrets Mundwinkel zuckten, und die Zornesröte wich von Ramses' Gesicht. Seine Hände glitten von ihren Schultern zu ihren Armen, eine kaum merkliche Liebkosung. »Bitte«, sagte er.

Nefret warf den Kopf zurück und sah ihm fest in die Augen. »Wenn du es so siehst ...«

Emerson entfuhr ein Stoßseufzer. »Sehr gut. Wir werden ihn ohnehin hinausschaffen müssen, wenn wir das Grab inspizieren wollen.«

»Die Pietät erfordert, dass er von dort oben fortgeschafft wird«, räumte ich ein. »Und ein anständiges Begräbnis bekommt. Ich tippe auf einen Unfall, während er auf Grabplünderungstour war.«

»Es war kein Unfall. Man hat ihn in Sitzhaltung vor der Stollenwand aufgerichtet, und damit er nicht umfällt ...« Ramses zögerte, bevor er fortfuhr. »... hat man ihm einen Eisennagel durch die Kehle und in eine Felsritze getrieben.«

4

Bevor wir die Proviantkörbe öffneten, marschierten wir noch ein Stück durch das Wadi. Da kein Lüftchen ging und es kaum Schatten gab, legten wir so viele Kleidungsstücke ab, wie es gerade noch schicklich war. Voller Neid sah ich von Ramses zu Emerson, beide mit freiem Oberkörper, und zu Selim und Daoud, die sich in ihren verhüllenden, aber weiten Gewändern sehr wohl zu fühlen schienen.

Ich wusste, dass ich mich noch mit Emerson würde auseinander setzen müssen, was das weitere Procedere anbelangte. Er war fest entschlossen, in dieses verflixte Grab vorzudringen.

»Wir haben nicht die entsprechende Ausrüstung, um einen verwesenden Leichnam zu bergen«, gab ich zu bedenken, während ich eine Orange schälte. »Wie wollen wir ihn überhaupt transportieren? Du denkst doch hoffentlich nicht, dass wir uns reihum abwechseln und ihn über diese Klippen schleppen?«

Emerson ist der eigensinnigste Mensch, den ich kenne, aber selbst er wusste darauf erst einmal nichts zu erwidern. Er biss in einen Hähnchenschenkel und kaute mit vollen Backen. Seine blauen Augen nahmen einen nachdenklich-verträumten Ausdruck an, seine edle Denkerstirn blieb unbewegt; aber ich wusste genau, dass er nur auf Zeit spielte, bis er meinen logischen Erwägungen einen Dämpfer verpassen könnte.

»Zugegebenermaßen schwierig, wenn nicht sogar unmöglich«, räumte Ramses ein, der seinen Vater ebenso gut einzuschätzen wusste wie ich. »Ich schlage vor, wir brechen nach Gurneh auf und versuchen seine Freunde oder seine Familie zu finden. Vielleicht hat ihn jemand als vermisst gemeldet.«

»Bei der Polizei?«, schnaubte Emerson. »Unwahrscheinlich, bei dieser Bande.«

»Sie werden uns die Wahrheit sagen, oder wenigstens Selim«,

entgegnete Ramses. »Wir werden auf jeden Fall wieder herkommen müssen. Mutter hat Recht.«

»Na gut.« Emerson hatte sein Hühnerbein abgenagt und sprang auf. »Ich werde nur eben einen kurzen Blick riskieren, bevor –«

»Nein, das wirst du nicht! Du siehst doch, was bei deinen Plänen herauskommt, Emerson. Wir hätten uns vor unserer Exkursion informieren sollen. Wenn du auch nur einmal auf mich hören würdest –«

»Pah«, schnaubte Emerson.

Selim hatte mehrfach versucht sich einzuschalten. Jetzt sagte er: »Ich denke, ich weiß, wer der Mann sein könnte, Vater der Flüche. Wenn du mich gleich gefragt hättest –«

»Du nicht auch noch, Selim«, blökte Emerson. »Ich lasse mich nicht von meiner Frau *und* von meinem Rais kritisieren. Einer nach dem anderen, aber nicht beide gleichzeitig.«

Dennoch siegte die geballte Argumentation von Ramses, Selim und mir an jenem Tag. Emerson ist störrisch, aber er ist nicht gänzlich unvernünftig – und er rechnete ohnehin fest damit, irgendwann in dieses verfluchte Grab vorzudringen.

Diesmal entschied sich Emerson für eine andere Route: schnurgeradeaus bis zum Ende des Wadis und durch eine andere, engere Schlucht ging es immer bergab. Diese Strecke war sicher weniger beschwerlich als die erste, gleichwohl musste man auf seine Schritte achten, bestand doch erhebliche Unfallgefahr, und Emerson gab ein so rasches Tempo vor, dass jede Unterhaltung unmöglich war. Allerdings hinderte mich dies alles nicht daran, meinen Überlegungen nachzuhängen.

Für meine Ratio stand zweifelsfrei fest, dass das unselige Individuum, dessen sterbliche Überreste Ramses entdeckt hatte, ermordet worden war. War es Zufall, dass Jamil noch in der Gegend weilte, außer sich vor Zorn über die Männer, die ihm, wie er behauptete, seinen Anteil unterschlagen hatten? Wenn ich an den gelangweilten, unsicheren Jugendlichen zurückdachte, den ich gekannt hatte, fiel es mir schwer zu glauben, dass Jamil ein Mörder sei. Nun, irgendjemand hatte Schuld auf sich geladen, und es oblag uns, entsprechend zu reagieren.

Ich hatte die letzte Anhöhe bewältigt, und vor mir lag die thebanische Ebene, die sich von der Wüste bis hin zu den fruchtbaren Ufern des Nils erstreckt. Ich bat Emerson anzuhalten, während wir durstig unsere letzten Wasservorräte leerten. Er gönnte uns jedoch keine Rast oder Zeit zu einem Gedankenaustausch.

»Wenn wir noch vor Einbruch der Dunkelheit zu Hause sein wollen, gehen wir am besten weiter«, riet er.

Ich betupfte mein verschwitztes Gesicht mit meinem Taschentuch. »Uns bleiben noch etliche Stunden Tageslicht. Wo sind wir hier eigentlich?«

»Eine Meile oder so von Medinet Habu entfernt.« Er gestikulierte wie wild. »Ich dachte, wir könnten die Strecke über Deir el-Medina nehmen, uns einen kurzen Überblick verschaffen und sehen ...«

»Aber nicht heute, Emerson.« Ich kannte Emersons »kurzen Überblick« und »eine Meile oder so«. Ich fuhr etwas schärfer fort: »Warum haben wir diesen Pfad nicht auf dem Hinweg genommen? Wir hätten die Pferde mitbringen können – bis Medinet Habu zumindest.«

»Das andere ging schneller.« Emerson rieb sich sein Kinn und maß mich betreten. »Du bist doch nicht etwa müde, oder?«

»Gütiger Himmel, nein«, erwiderte ich mit einem hohlen Lachen.

In diesem Punkt muss ich Emerson Recht geben: Seine Meile oder so war in der Tat kaum mehr als eine Meile. Der Pfad verbreiterte sich schon bald zu einer relativ verkehrsreichen Straße, und kurz darauf gewahrte ich die gigantischen Pylone des Tempels von Ramses III. Als wir den Eingang passierten, tauchte ein Mann auf. Er stutzte kurz, dann kam er auf uns zu.

»Warte, Emerson. Da ist Cyrus.«

Emerson hatte ihn natürlich gesehen und fühlte sich selber ertappt. Sobald Cyrus zu uns strebte, tönte Emerson: »Immer noch hier? Ich dachte, Sie wollten gegen Mittag aufhören. Ich bewundere Ihren Ehrgeiz. Ich – äh –«

»Ich habe mir Ihre kleine Lektion zu Herzen genommen«, erwiderte Cyrus in seinem stets sanften, leicht gedehnten Tonfall, doch seine Miene war weder sanft noch erfreut. »Heiliges Kanonenrohr, Emerson, wo waren Sie denn? Bestimmt nicht in Deir el-Medina, wo Sie eigentlich sein sollten; Sie kommen aus der falschen Richtung. Haben Sie etwa die verdammte Frechheit besessen, mir diese Königinnengräber auszureden, um dann hinter meinem Rücken selber auf Entdeckungstour zu gehen?«

Der Rest der Männer strömte aus dem Tempel, gefolgt von Abu und Bertie. Letzterer eilte sogleich in unsere Richtung. Abu warf einen Blick auf Emersons zornesrotes Gesicht und auf die finstere Miene seines Arbeitgebers und machte sich diskret aus dem Staub.

»Guten Abend«, sagte Bertie, seinen Tropenhelm abnehmend. Im Eifer des Gefechts hatte Cyrus das glatt versäumt. Er bemerkte seine Unterlassungssünde sofort und bedachte mich mit einem ziemlich zerknirschten Blick.

»Ich bitte um Verzeihung, Amelia, auch Sie, Miss Nefret. Schätze, ich hätte mich nicht so aufregen dürfen.«

»Aufregen?«, wiederholte Bertie. »Worüber denn? Liegt irgendwas an?«

»Nein«, sagte Ramses, während Nefret Cyrus' Entschuldigung mit einem Lächeln quittierte. »Zwei so alte Freunde wie Cyrus und mein Vater würden sich nie ernsthaft über triviale Dinge streiten.«

Emerson grinste und kramte in seinen Hosentaschen. Jeder andere Mann hätte jetzt ein Taschentuch gesucht, um sich den Schweiß von der Stirn zu wischen, aber Emerson spürt weder die Hitze noch findet er jemals sein Taschentuch. Er holte seine Pfeife hervor, betrachtete sie voller Genugtuung und startete eine erneute Suche nach seinem Tabaksbeutel.

»Nicht jetzt, Emerson«, wies ich ihn zurecht. »Wir müssen nach Hause.«

»Will die Sache erst noch aus der Welt schaffen«, grummelte Emerson. »Vandergelt hat ja irgendwie Recht. Vielleicht sollte ich darauf hinweisen, dass wir nicht auf der Suche nach neuen Gräbern waren, sondern uns lediglich die Prinzessinnengruft ansehen wollten.«

Das war zwar kaum Rechtfertigung, aber Cyrus wusste, dass es für Emerson schon ein enormes Zugeständnis war.

»Und, was haben Sie gefunden?«, wollte er wissen.

»Sie werden es nie erraten«, sagte Emerson mit einem Augenzwinkern.

»Hör sofort damit auf, Emerson«, entfuhr es mir. »Wir werden Ihnen alles berichten, Cyrus, aber können wir nicht unterwegs weiterreden – oder, noch besser, warten, bis wir zu Hause sind, wo es gemütlicher ist?«

Cyrus bestand darauf, dass ich seine Stute Queenie nahm und Bertie bot Nefret sein Pferd an. Sie lehnte ab, aber Jumana, die seit der Entdeckung des Toten kaum zu Wort gekommen war, nahm schließlich dankend an. Cyrus und Emerson gingen neben uns her, und Letzterer gab Cyrus eine Zusammenfassung unserer Aktivitäten. Ich muss leider sagen, dass Cyrus' erste Reaktion Belustigung war.

»Jedes Jahr eine weitere Leiche, wie Abdullah zu sagen pflegte«, schmunzelte er.

»Der Zynismus steht Ihnen nicht, Cyrus«, schalt ich scherzhaft. »Ein Mann ist tot – grausam ermordet.«

»Das weißt du doch gar nicht«, knurrte Emerson. »Und selbst wenn es so wäre, hat er es womöglich kommen sehen. Verschon uns mit deinen hanebüchenen Spekulationen, Amelia. Warte, bis wir diese Geschichte mit den anderen diskutieren können.«

Da man mir sozusagen den Mund verboten hatte, setzte ich meine Spekulationen mental fort.

Als wir unser Haus erreichten, war ich so weit, meine Argumentation schlüssig zu formulieren; indes stand Sennia auf der Veranda und beschwerte sich lautstark, sie wäre den ganzen Tag »allein« gewesen und hätte »nichts zu tun« gehabt. Natürlich konnten wir einen grausigen Leichenfund oder die unseligen Spekulationen nicht in ihrem Beisein erörtern.

»Warum wäschst du dir nicht Gesicht und Hände und ziehst eines deiner guten Kleider an?«, schlug ich vor. »Wie du siehst, sind Bertie und Mr Vandergelt mitgekommen; wir werden eine kleine Party feiern. Jumana, bitte sag Fatima, dass wir Gäste haben und – ähm – mach dich ein bisschen frisch.«

Mir war klar, dass Sennia sich wenigstens eine Viertelstunde lang herausputzen würde; sie war ein eitles kleines Geschöpf und liebte Geselligkeit. Weniger überzeugend war der Vorwand, unter dem ich Jumana weggeschickt hatte. Wir alle hatten dringend eine Säuberungsaktion nötig, aber mein Erfindungsreichtum versagte, und ich wollte nicht in ihrer Gegenwart über die Möglichkeit diskutieren, dass ihr Bruder ein Mörder sein könnte.

Selim ließ sich nicht täuschen. Sein Blick folgte der schlanken Silhouette des Mädchens, als dieses sich zurückzog. Dann schaute er zu mir. »Warum hast du sie weggeschickt?«

»Ihr Bruder ist in Luxor«, sagte ich. »Jamil.«

»Wirklich?« Selims Augen weiteten sich erstaunt.

Ich wiederholte, was Jumana uns erzählt hatte. »Wir hatten vor, euch alle zu gegebener Zeit zu informieren, aber nach meiner Ansicht bestand kein Grund, seine Drohungen ernst zu nehmen. Unsere heutige Entdeckung stellt die Sache in ein völlig anderes Licht. Selim, du hast doch gesagt, du weißt, wer – äh – der Tote gewesen sein könnte?«

Selim ließ sich Zeit mit seiner Antwort. Er schien über etwas nachzudenken. »Die Frau von Abdul Hassan hat ihn gesucht. Er war einer der Männer, die die Prinzessinnengruft gefunden haben.« Dann platzte er heraus: »Warum habt ihr mir nicht erzählt, dass Jumana Jamil getroffen und mit ihm gesprochen hat?«

»Wir haben es erst gestern erfahren.« Emerson geht nur ungern in die Defensive. Er konterte mit einer Gegenfrage. »Wie kommt es, dass du nicht von seiner Rückkehr erfahren hast, schließlich respektieren dich alle in Gurneh?«

»Nicht die Grabschänder und Diebe. Es gab Gerüchte ...« Selim sah auf, seine Miene bestürzt. »Ich dachte, es sind Lügen, nichts von Belang. Ich habe mich geirrt. Bitte entschuldigt.«

»Aber, aber, Selim, keiner macht dir einen Vorwurf«, sagte ich beschwichtigend. »Lasst uns auf das Wesentliche zurückkommen. Ich habe Jumana weggeschickt, weil sie meiner Meinung nach noch nicht bereit ist zu akzeptieren, dass ihr Bruder ein hinterhältiger Schurke und vielleicht sogar ein Mörder ist. Wenn wir ihn in ihrem Beisein beschuldigen, stiehlt sie sich womöglich aus dem Haus, um ihn zu warnen.«

»Ich sage«, stammelte Bertie. »Also, ich sage ...« Aber er kam nicht weiter; seine Entrüstung verschlug ihm die Sprache.

»Niemand kreidet ihr irgendetwas an, es sei denn Loyalität am falschen Ort«, erklärte ich ihm. »Unsere vorrangige Sorge gilt ihr, Bertie, aber wir können die Möglichkeit nicht ausschließen, dass Jamil Gewalt gegen andere einsetzt – uns eingeschlossen.«

»Korrekt.« Cyrus, der aufmerksam zugehört hatte, zündete sich ein Zigarillo an. »Aber, Amelia, ich denke, Sie übertreiben ein bisschen. Jamil ist nie ein großer Held gewesen. Täte mir Leid um ihn, wenn er so dumm sein sollte, sich mit uns allen anzulegen, von Daoud ganz zu schweigen.«

Wir waren in der Tat eine beeindruckende Gruppe. Mein Blick folgte dem Cyrus', von Emersons stattlicher Gestalt zu der von Ramses, der sich über Nefrets Sessellehne beugte, schlank und geschmeidig wie ein Panther. Keinem von ihnen wäre Jamil gewachsen gewesen. Mir freilich auch nicht.

»Ich glaube, wir haben die wesentlichen Punkte abgedeckt«, befand ich. »Selim, du sprichst mit deiner Familie und deinen Freunden in Gurneh; vielleicht werden einige von ihnen auf direkte Drohungen – Fragen, meine ich – reagieren. Bliebe noch, Gargery über den Vorfall in Kenntnis zu setzen.«

»Gütiger Himmel«, murmelte Emerson mit finsterer Miene. »Du denkst doch nicht etwa, dass Sennia in Gefahr ist, oder?«

»Ich weiß nicht, Emerson, aber wir gehen besser kein Risiko ein. Fatima und Basima müssen wir ebenfalls warnen.«

Wir einigten uns darauf, am nächsten Tag ins Tal der Affen zurückzukehren, nachdem wir in Gurneh die Familie des Vermissten und die anderen Grabdiebe befragt hätten. Für eine weitere Diskussion blieb keine Zeit; Sennia platzte herein und übernahm das Regiment. Sie wies Ramses einen Platz auf dem Sofa zu, sodass sie sich neben ihn setzen konnte. Horus, der ihr dicht auf den Fersen war, fläzte seinen massigen Körper neben sie, und Nefret musste sich einen anderen Sitzplatz suchen, was sie widerspruchslos tat. Unsere Adoptivtochter hatte mir irgendwann einmal gestanden: »Sie wollte ihn selber heiraten, wenn sie älter wäre. Ein weniger liebenswertes Kind würde mich gar nicht tolerieren.«

Cyrus und Bertie blieben nicht lange. Selim folgte ihnen kurz darauf; seine grimmige Miene dokumentierte, dass er sein vermeintliches Fehlverhalten so bald wie möglich wieder gutmachen wollte.

Sennias Gegenwart erinnerte mich daran, dass ich die Vorkehrungen für ihre weitere Ausbildung nicht mehr allzu lange vor mir herschieben durfte. In Luxor gab es eine hervorragende Mädchenschule, die der amerikanischen Mission unterstand, aber sie dort hinzuschicken, hätte unüberwindbare Schwierigkeiten in Form von Emerson bedeutet. Die amerikanischen Stiftsdamen waren wertvolle Menschen, das stritt er nicht ab; ein wesentlicher Teil ihres Lehrplans war jedoch der Religionsunterricht, und davon hält Emerson absolut nichts. Auf meine Bitte hin versuchte er, seine ketzerischen Ansichten im Beisein von Sennia für sich zu behalten, doch wenn sie aus der Schule heimgekommen wäre und uns aus der Bibel zitiert hätte, wäre Emerson früher oder später an die Decke gegangen.

Jetzt gab es einen weiteren Beweggrund, sie mehr ans Haus zu binden. Jamils Drohung hatte sich gegen Ramses gerichtet; aber wer konnte schon ahnen, welche Formen sein böser Wille annehmen würde?

Also unterbrach ich Miss Sennia mitten in einem langen Monolog mit der Ankündigung, dass ihr Unterricht am kommenden Tag beginnen werde. Sie musterte mich verärgert und schüttelte ihre schwarzen Locken. »Aber, Tante Amelia, ich hab sooo viel zu tun!«

»Du hast dich eben noch beschwert, dass du nicht genug zu tun hast«, versetzte ich. »Ich habe alles in die Wege geleitet. Mrs Vandergelt erklärt sich freundlicherweise bereit, dich in den Hauptfächern zu unterrichten – Geschichte (englische Geschichte, versteht sich), englische Grammatik und Aufsatz, Mathematik und Botanik.«

»Pflanzen und so?« Sennias hübscher kleiner Mund verzog sich zu einer gelungenen Imitation von Emersons Grimassen. »Ich will nichts über langweilige Pflanzen lernen, Tante Amelia, ich möchte etwas über Tiere und Mumien und Knochen erfahren.«

»Biologie«, sagte ich. »Hmmm, das wird warten müssen. Mrs Vandergelt diskutiert nicht gern über Mumien und Knochen.«

»Was ist mit Tante Nefret? Sie weiß alles darüber.« Sie bedachte Nefret mit einem schmachtenden Augenaufschlag, und diese schmunzelte über die offenkundige Schmeichelei.

»Ich weiß nicht, wie gut ich mich zur Lehrerin eigne, Sennia, aber ich könnte es versuchen. Zwei oder drei Stunden pro Woche vielleicht.«

»Und wann bekomme ich meinen Hieroglyphenunterricht bei Ramses?«, lautete die nächste Frage. Das kleine Biest hatte den gesamten Stundenplan schon ausgearbeitet und wusste genau, wie sie ihr Ziel erreichte. Emerson ging widerstandslos darauf ein, sie in altägyptischer Geschichte zu unterweisen, und nachdem das Wesentliche zu ihrer Zufriedenheit geregelt war, erklärte sich Sennia gnädigerweise bereit, dreimal in der Woche zu Katherine zu gehen – für die weniger wichtigen Fächer. Dann machte sie sich über den Plätzchenteller her.

* * *

Jumana tauchte nicht wieder auf. Nachdem Fatima das Abendessen angekündigt hatte, ging ich auf die Suche nach dem Mädchen. Ich fand sie in ihrem Zimmer, ihren schwarz glänzenden Schopf über ein Buch gebeugt.

»Schön, dass du dich deinem Studium widmest«, lobte ich sie, denn bei besagtem Buch handelte es sich um den vierten Band von Emersons *Ägyptischer Geschichte*. »Trotzdem darfst du nicht unpünktlich sein bei den Mahlzeiten. In wenigen Minuten wird das Essen serviert.«

Lange Wimpern überschatteten ihre Augen. »Wenn es dir recht ist, würde ich lieber mit Fatima und den anderen essen.«

»Von mir aus«, sagte ich freundlich, aber bestimmt. »Du bist ein Mitglied unseres archäologischen Stabs. Möchtest du diese Position aufgeben?«

»Nein. Es ist ein Privileg, eine Ehre, mit Ramses und dem Vater der Flüche zusammenzuarbeiten ... und mit dir«, fügte sie hastig hinzu.

»Dann komm.«

»Ja, Sitt Hakim. Ich komme sofort.«

Selbstverständlich redeten wir während des Essens nicht über den Leichenfund – dies ist kein erbauliches Thema bei Tisch, und Jumanas Verhalten bestärkte mich in meinen ihr gegenüber gehegten Zweifeln. Sie redete nur, wenn sie gefragt wurde, und sie hielt den Blick auf ihren Teller gesenkt. Selbst wenn sie unser Gespräch nicht belauscht hatte – was keineswegs ausgeschlossen war –, wäre sie zu intelligent gewesen, die Verflechtungen zu ignorieren, die sich aus unserer Entdeckung ergaben. Jamil hatte mehr oder weniger zugegeben, dass er an der Plünderung des Prinzessinnengrabes beteiligt gewesen war, und er hatte die anderen des Betruges beschuldigt. Ich beschloss, sie rundheraus zu fragen, ob sie und Jamil ein weiteres Treffen geplant hätten, entschied dann aber zu warten und ihr die Gelegenheit zu einem Geständnis zu geben. Natürlich immer vorausgesetzt, dass sie etwas zu gestehen hatte.

Und, mit etwas Glück, würde Jamil irgendetwas tun, was ihr die Augen öffnete – ein weiterer Mord vielleicht oder ein Anschlag auf einen von uns.

Die Kinder verabschiedeten sich gleich nach dem Essen, und ich erklärte, ich wolle sie begleiten, da noch ein paar Dinge mit dem neuen Haus zu klären seien, die ich gern mit ihnen besprechen würde.

»Ihr habt noch nicht die Zeit gefunden zu überlegen oder zu entscheiden, ob ihr weiteres Mobiliar braucht«, stellte ich fest. »Und wie ich Emerson kenne, wird er euch auch keine ruhige Minute gönnen. Wenn ich irgendwie helfen kann –«

»Das ist sehr nett von dir, Mutter«, sagte Nefret.

Ramses sagte: »Danke, Mutter.«

Wir inspizierten Zimmer für Zimmer. Ich machte mir eine Menge Notizen und den beiden einige wenige Vorschläge. Ich hatte nicht erwartet, dass Ramses eine große Hilfe wäre, und meine Einschätzung bestätigte sich.

»Also dann«, sagte ich nach einem Blick auf meine Liste. »Was ist mit einer Haushaltshilfe? Fatimas Mädchen putzen zwar hier, aber es wäre ratsam, wenn ihr zwei von ihnen dauerhaft beschäftigen würdet. Wenn ihr gelegentlich ohne uns essen wollt, wäre eine Köchin –«

»Über eine Köchin zerbrechen wir uns ein anderes Mal den Kopf, oder?« Nefret spähte zu ihrem Gatten, der versonnen in eine ungewisse Ferne starrte. »Was die Hausmädchen angeht, so überlasse ich das Fatima. Eine der jungen Frauen, die hier gearbeitet hat, hat mich gestern gefragt, ob sie nicht auf Dauer hier bleiben kann; sie ist sehr fleißig, wenn auch ein bisschen scheu. Ich habe ihr zugesagt. Ihr Name ist Najia.«

»Ach ja, Mohammed Hammads Nichte. Oder ist sie seine Stieftochter? Einerlei. Das arme Mädchen ist etwas unsicher; das liegt vermutlich an dem Geburtsmal.«

»Uns stört das nicht«, meinte Nefret.

»Natürlich nicht. Was den Garten anbelangt ...«

Schließlich sagte Nefret: »Ich denke, das war alles, Mutter. Vermutlich werden wir nach Kairo fahren müssen, um einige Dinge zu besorgen, aber ich werde mit Abdul Hadi reden, dass er uns einige Stühle und Tische zimmert. Er ist der beste Zimmermann in Luxor.«

»Und der langsamste«, gab ich zu bedenken.

Nefret lächelte. »Ich werde ihm schon Beine machen.«

Ich bemerkte, dass Ramses gähnte, und verstand den Wink. Trotz meiner Einwände beharrte er darauf, mich zurückzubringen.

»Was soll mir schon passieren, auf dem kurzen Stück?«, erklärte ich.

»Man kann nie wissen, du hast keinen Schirm dabei«, erwiderte Ramses.

* * *

Beim Frühstück am nächsten Morgen zog ich Gargery ins Vertrauen, während Sennia sich auf den Aufbruch vorbereitete. Er und Fatima servierten uns abwechselnd die Mahlzeiten; dies war ein von mir vorgeschlagener Kompromiss, um ihre ständigen Streitereien zu beenden, wer die älteren Rechte habe. An besagtem Morgen war er an der Reihe, und er verfolgte meinen wohl durchdachten Bericht mit solcher Spannung, dass ich ihn mehrfach darauf hinweisen musste, das Servieren nicht zu vergessen. Dann richtete er sich zu seiner vollen Länge auf – schätzungsweise ein Meter sechzig – und nahm Haltung an. Seine Erscheinung war alles andere als beeindruckend: Er war hager, sein Gesicht faltig, und er kämmte sich sein Haar in die Stirn, in dem wenig überzeugenden Versuch, eine beginnende Glatze zu kaschieren. Er sah aus wie ein Butler, was er ja auch war, gleichzeitig besaß er eine Reihe von Attributen, wie sie in diesem Berufsstand nur selten anzutreffen sind. Augenblicklich war er ein sehr zufriedener Butler. Wie er mir gegenüber schon einmal bemerkt hatte: »Wenn Mord im Spiel ist, Madam, kann uns das nur recht sein.«

»Ich verlasse mich darauf, Gargery, dass Sie gut auf Miss Sennia aufpassen, wenn Sie sie zum Unterricht von Mrs Vandergelt aufs Schloss bringen. Ich wage zu bezweifeln, dass Anlass zur Besorgnis besteht, trotzdem sollte man jedes Risiko vermeiden.«

»Ganz meine Meinung, Madam«, erwiderte Gargery, steif wie ein Zinnsoldat und breit grinsend.

»Schön, dass Sie das sagen, Gargery. Wo zum Teufel steckt das Mädchen überhaupt? Gargery, bitte gehen Sie und ... Ah, da bist du ja, Jumana. Setz dich und iss rasch noch etwas.«

Wir wollten Daoud und Selim in Gurneh treffen und von dort aus zum Friedhof der Affen aufbrechen, ausgestattet mit der erforderlichen Ausrüstung für die makabre Aufgabe, die noch vor uns lag. Da keiner darauf versessen war, die grässliche Last weiter zu tragen als unbedingt nötig, hatten wir uns für den längeren Weg entschieden, entlang der Straße, wo ein Eselkarren den Toten weitertransportieren könnte.

Der Karren stand schon bereit, als wir Selims Haus erreichten; er erwartete uns gemeinsam mit Daoud und Hassan, ein weiterer Arbeiter von uns. Ich sah ihren Gesichtern an, dass man sie vor der anstehenden Aufgabe gewarnt hatte, und konnte ihre gedrückte Stimmung durchaus nachvollziehen.

»Ich habe alles, was wir brauchen«, erklärte Selim. »Aber ich denke, dass du vor unserem Aufbruch noch mit Mohammed Hammad reden willst. Er ist hier.«

»Ah«, sagte Emerson. »Der gehörnte Bräutigam. Habt ihr ihm von unserer gestrigen Entdeckung erzählt?«

»Nein, Vater der Flüche«, erwiderte Selim so ergeben, wie man es diesem stattlichen jungen Mann mit dem langen schwarzen Bart kaum zugetraut hätte.

Emerson lachte laut auf und klopfte ihm auf den Rücken. »Gut. Es wird ein noch größerer Schock für ihn, wenn er es von mir erfährt.«

Mohammed Hassan war ein drahtiger kleiner Mann mit einem Gesicht, verschrumpelt wie eine Rosine, und einem ergrauten Bart. Wie die meisten ägyptischen Fellachen war er vermutlich jünger, als er aussah. Mangelernährung, unhygienische Lebensbedingungen und das Fehlen entsprechender medizinischer Versorgung lassen Menschen schneller altern. Nun, dachte ich bei mir, solche Fälle könnten Nefret interessieren und ihr ermöglichen, ihr medizinisches Fachwissen an dem Ort einzusetzen, wo sie meiner Meinung nach gut aufgehoben wäre – in einer Klinik am Westufer, um ganz gewöhnliche Erkrankungen wie Parasitenbefall und Infektionen zu behandeln. Keine sonderlich reizvolle Aussicht für eine ausgebildete Chirurgin, aber eins könnte zum anderen führen und ...

Für den Augenblick verdrängte ich diese Erwägungen und konzentrierte mich auf unseren Verdächtigen. Damit rechnend, sich von Emerson einen Vortrag zum Thema Prinzessinnengrab anhören zu müssen, und fest entschlossen, alles abzustreiten, begrüßte er uns ziemlich reserviert. Emerson kam gleich zur Sache.

»Wir haben gestern einen deiner Freunde gefunden, in dem von euch geplünderten Grab. Tot. Ermordet.«

Es war eine wirkungsvolle, wenn auch etwas brutale Methode, um Mohammed zu einem Geständnis zu provozieren. Für Augenblicke glaubte ich, der arme Mann erlitte einen Schlaganfall oder einen Infarkt. Schließlich brachte er mühsam ein Wort heraus: »Wer ...«

»Das müsstest du doch besser wissen als wir«, schnaubte Emerson. »Selim berichtet mir, dass man Abdul Hassan seit einer Woche nicht mehr gesehen hat. Er war einer von eurer ... Hölle und Verdammnis«, fuhr er in Englisch fort. »Der kippt gleich aus den Latschen. Gib ihm einen Brandy, Peabody.«

Mohammed akzeptierte den Brandy (ein unverzichtbares Utensil an meinem Gürtel) mit einer Bereitwilligkeit, ungebührlich für einen guten Moslem (für den ich ihn nie gehalten hatte). Er war bereit zu reden; die Worte sprudelten nur so aus seinem Mund, und wir erfuhren eine erschreckende Geschichte.

Von den ursprünglichen Dieben waren zwei mittlerweile tot. Der andere Tote war einem Unfall zugeschrieben worden; der Leichnam war am Fuß der Klippen gefunden worden, und man mutmaßte, dass er gestürzt sei.

»Der Fluch der Pharaonen.« Emerson konnte es einfach nicht lassen. »Tod denjenigen, die die Gräber schänden.«

Der Brandy hatte Mohammeds Nerven beruhigt. Er maß Emerson zynisch. »Die Pharaonen haben sich viel Zeit gelassen, Vater der Flüche. Abdul hat seit seiner Kindheit Gräber ausgeraubt.«

»Der raubt jetzt nichts mehr«, tönte Emerson. »Wer waren die anderen?«

Mohammed rasselte bereitwillig die Namen herunter. Sie waren allen im Dorf bekannt, auch den Rivalen in diesem Gewerbe, von daher war es sinnlos zu schweigen. Er verlangte freilich ein extra hohes Bakschisch für seine Gefälligkeit. »Das ist alles, was ich weiß, Vater der Flüche. Kann ich jetzt gehen?«

»Du hast mir nicht alles gesagt«, erwiderte Emerson. »Du hast mir sechs Namen genannt. Ihr wart aber sieben Leute, nicht wahr?«

»Er war keiner von uns«, murmelte Mohammed.

»Ich weiß, wer er war.«

»Der Vater der Flüche weiß alles«, bekräftigte Daoud.

Emerson quittierte diese Ehrbezeigung mit einem huldvollen Nicken und fuhr fort: »Hat Jamil das Grab aufgespürt?«

»Nein, wir alle haben es entdeckt! Wir haben mit ihm geteilt – wir waren großzügig.«

Mohammeds Stimme überschlug sich beinahe vor gespielter Entrüstung. Seine Behauptung war ganz offensichtlich eine Lüge. Jamil war kein ständiges Mitglied ihrer kleinen Bande; sie hätten nie mit ihm geteilt, hätte er nicht das Grab gefunden.

»Hast du ihn seitdem gesehen oder von ihm gehört?«, bohrte Emerson.

Berechnung, gepaart mit Furcht, verhärtete Mohammeds Züge. »Nein, Vater der Flüche.« Er presste die Hände auf seinen Brustkorb, verdrehte die Augen. »Ah! Der Schmerz!«

Sein Leiden hielt ihn indes nicht davon ab, seine Hand auszustrecken. Emerson drückte ihm ein paar Münzen hinein. »Du bekommst noch mehr, Mohammed, wenn du uns Neuigkeiten von Jamil überbringst. Sag es auch den anderen – und warne sie, dass sie sich vor Unfällen hüten!«

»Hmmmm.« Mohammed kratzte sich den Nacken. »Unfälle.«

»Du hättest ihn bitten sollen, Abduls Familie die Nachricht mitzuteilen, Emerson«, sagte ich, nachdem Mohammed gegangen war.

»Das macht er so oder so«, meinte Emerson. »Lass uns aufbrechen, bevor sich die vermaledeite Familie auf uns stürzt.«

Letztlich gibt es nichts Erhebenderes für die Seele als einen frühmorgendlichen Ritt durch die kühle Wüstenluft. Wir ritten, bis der Weg zu beschwerlich für die Pferde wurde, und dabei verblasste sogar der Gedanke an die grässliche, vor uns liegende Aufgabe. Zugegeben, der schlimmste Teil der Sache würde mich nicht betreffen. Ich fragte mich, was Abdullah davon gehalten hätte. Er würde vermutlich angemerkt haben, dass der Bursche es nicht anders verdiente und dass wir es seiner Familie überlassen sollten, den Leichnam zu bergen. Gleichwohl hätte Abdullah gewiss genauso gehandelt als wir.

Ich hatte schon lange nicht mehr von ihm geträumt. Es waren seltsame Träume, nicht vergleichbar mit den meisten anderen, sondern so real und überzeugend wie eine Begegnung mit ihm. Ich bin bestimmt nicht abergläubisch, doch ich war zu der Überzeugung gelangt, dass die tiefe Zuneigung, die Abdullah und ich füreinander empfunden hatten, die Grenzen des Todes überschritt, und ich freute mich auf diese Träume, als sähe ich einem Treffen mit einem weit entfernt lebenden Freund entgegen. Nachdem ich nun wieder in Luxor war, wo wir so viele unvergessliche Erfahrungen geteilt hatten, würde Abdullah mir vielleicht erneut erscheinen.

Nachdem wir Medinet Habu passiert hatten, verengte sich die Straße zu einem Pfad in die Berge. Es war Ramses, der unsere kleine Karawane stoppte und als Erster absaß. Wir anderen folgten seinem Beispiel.

Es war noch über eine Meile bis zum Ende des Wadis. Wir ließen Karren und Pferde dort zurück und gingen zu Fuß zu der Stelle, wo die breite Öffnung der Schlucht sich verjüngte, das Gebirge anstieg und den südlichen Ausläufer des Wadis von einem weiteren trennte, der nach Norden führte. Ramses streifte seine Jacke ab und schulterte eine der geknoteten Seilrollen.

Am Abend zuvor hatten wir uns auf eine Vorgehensweise geeinigt, die Emerson indes nicht sonderlich behagte.

»Jetzt bin ich an der Reihe«, beharrte er. »Ihr wart bereits in dem stinkenden Loch. Einmal reicht.«

Ramses kniff verärgert die Lippen zusammen. Ich wusste, wie er sich fühlte; wenn eine unangenehme Aufgabe vor einem liegt, will man sie so schnell wie möglich hinter sich bringen. Er wollte seinem Vater dies ersparen, der wiederum wollte seinen Sohn verschonen, und keiner von beiden würde kampflos aufgeben. Dann sagte Bertie, der ein wenig abseits stand, unvermittelt: »Ich werde gehen.«

Verblüfft spähten wir alle zu ihm. Auf meinen skeptischen Blick hin lachte er. »Ich habe schon Schlimmeres gesehen, wissen Sie.«

Das war gewiss nicht von der Hand zu weisen. Er hatte fast zwei Jahre in französischen Schützengräben zugebracht, bevor er als Kriegsversehrter in die Heimat zurückkehrte, krank und verbittert. Ich hatte Geschichten gehört ...

»Du bist kein guter Kletterer«, meinte Jumana schnippisch. »Ramses ist wesentlich besser.«

Ich hätte das Mädchen schütteln können. Bertie errötete, peinlich berührt, und Cyrus wollte soeben seine väterliche Besorgnis zum Ausdruck bringen, als Ramses ihm das Wort abschnitt.

»Also gut. Dann geh.« Er reichte Bertie das Seil und nickte

unmerklich zu Daoud. Sie brachen auf, Daoud hielt sich dicht neben Bertie, gefolgt von Hassan in kurzem Abstand.

»Ramses«, sagte ich. »War das klug?«

»Er wird es schon schaffen, Mutter.« Die Hände in die Hüften gestemmt, beobachtete er den Aufstieg der Männer.

»Er hat doch dieses schlimme Bein«, meinte Cyrus skeptisch.

»Was er für diese Aufgabe braucht, sind trainierte Arm- und Schultermuskeln«, sagte Ramses. »Und gute Nerven. Die hat er. Daoud weiß, was er zu tun hat.«

Wir marschierten zum Ende des Tals und zu der Felsformation mit dem versteckten Grab. Das Seil, an dem Ramses sich tags zuvor hinuntergelassen hatte, hing noch dort, gleichwohl hatten wir entschieden, dass es sicherer für die Männer sei, sich von oben heranzupirschen, statt den glatten Felsen zu erklettern. Sie würden den Toten hinunterlassen und dann sich selber.

Der erste Teil verlief planmäßig. Sein weißes Taschentuch auf sein Gesicht gepresst, verfolgte Cyrus tief besorgt jede Bewegung der winzigen Gestalten hoch oben auf der Klippe. Er liebte Katherines Kinder über alles, und Bertie hatte diese Zuneigung erwidert, indem er Cyrus' Namen annahm. »Haben sie etwas dabei, um ihre Gesichter zu bedecken?«, wollte er wissen, seine Stimme von dem Taschentuch gedämpft. »Und Handschuhe? Und –«

»Daoud weiß, was er zu tun hat«, wiederholte Ramses. Auch er verfolgte das Ganze mit sorgenvoller Miene. Jumana schien das alles kaum zu berühren; sie hatte sich auf einen Felsblock gesetzt, stillte ihren Durst und summte leise.

Bertie stieg als Erster hinab, und ich stellte erleichtert fest, dass er von Daoud hinuntergelassen wurde und nicht, wie Ramses, mit den Händen am Seil nachfasste. Er verschwand in der Schlucht, darauf folgte Hassan, der ein gefaltetes Stück Segeltuch und eine Seilrolle bei sich trug.

Ich vermute, es dauerte nicht mehr als zehn Minuten, bis sie ihre Mission erledigt hatten, doch mir erschien es wesentlich länger. Das Erste, was ich sah, war der blütenweiße Turban von Hassan. Ziemlich hektisch packte er das Seil und glitt zu Boden.

»Hölle und Verdammnis«, brüllte Emerson, und seine Stimme hallte von den Klippen wider. »Hast du ihn allein dort oben gelassen?«

»Ist schon in Ordnung«, rief Bertie. »Passt auf.«

Das in Segeltuch gewickelte Bündel wurde abgesenkt, schwankte und prallte mehrfach heftig gegen das Gestein. Der Gestank war wirklich grauenvoll, aber nicht einmal Cyrus wich zurück. Er ließ Bertie nicht aus den Augen, der breitbeinig dort oben stand und Seil nachließ. Ramses' Einschätzung war korrekt; dafür hatte er genug Kraft. Das Bündel war nicht sehr groß.

Es klatschte so schwungvoll auf den geröllbedeckten Untergrund, dass ich es lieber nicht beschreibe, und Bertie begann unmittelbar mit dem Abstieg. Ramses zog sein Messer, zerschnitt das Seil und hätte den Leichnam für Bertie aus dem Weg geräumt, wäre Selim ihm nicht zuvorgekommen. Hassan half ihm sogleich, das Bündel auf die provisorische Pritsche zu heben und fortzutragen.

»Gut gemacht!«, sagte ich, den ersten tiefen Atemzug nach mehreren Minuten nehmend. »Gott sei Dank haben wir das hinter uns gebracht. Und jetzt lass uns ... Nefret? Nefret, wo willst du hin?«

Sie war Selim und Hassan gefolgt und stoppte die beiden, weit genug weg, sodass der entsetzliche Gestank nicht mehr zu uns drang.

»Hölle und Verdammnis«, wetterte Emerson. »Sie ist doch nicht ... Sie will doch sicher nicht ...«

Die Männer setzten die Trage zu Boden. Emerson stieß einen noch wüsteren Fluch aus und schickte sich an, zu ihnen zu stürmen.

»Nein, Vater«, sagte Ramses.

»Aber – hat sie dir gesagt, dass sie – willst du sie nicht aufhalten?«

Ramses schüttelte den Kopf. »Sie hat mir nichts gesagt, aber ich habe damit gerechnet, und nein, ich werde sie nicht aufhalten. Ich habe lange genug den herrischen Ehemann gespielt. Ich hätte es nicht tun sollen. Es ist ihre Entscheidung und ihr gutes Recht. Bitte, misch dich nicht ein.«

Er gesellte sich zu Nefret, beobachtete ihr Tun, die Hände in den Hosentaschen vergraben. Sie sah zu ihm auf und sagte rasch etwas, bevor sie sich wieder ihrer grässlichen Aufgabe widmete.
»Was macht er da?«, wollte Emerson wissen.

»Einfach bei ihr sein«, klärte ich ihn auf. »Die Unannehmlichkeiten auf die ihm einzig mögliche Weise mit ihr teilen. Es ist wirklich ganz reizend, Emerson.«

»Reizend, eine solche Erfahrung«, knurrte Emerson. »Ach verflucht, ich kann auch nicht mehr tun. Ich werde mich zu ihnen gesellen und –«

»Nein, Emerson, das wirst du nicht. Wie wär's mit einem Happen zu essen, während wir warten? Bertie, Sie haben Ihre Sache wirklich gut gemacht. Möchten Sie ein Käsesandwich?«

Bertie hatte das Tuch entfernt, das seinen Mund und seine Nase bedeckte. »Gute Güte, Mrs Emerson, ich ... Na ja, gern, wenn es Ihnen nichts ausmacht, aber sie – Nefret – es ist wirklich ein entsetzlicher Fund, wissen Sie, und der Anblick von Speisen –«

»Kümmern Sie sich nicht um Nefret«, sagte ich.

Cyrus schüttelte nur den Kopf. Er kannte Nefret länger als Bertie.

Obschon ich Leichen in allen Stadien der Verwesung gewöhnt bin, von unlängst gemeuchelt bis urlange mumifiziert, war ich nicht sonderlich erpicht darauf, diese zu inspizieren oder gar aus der Ferne zu betrachten. Ich hielt den Blick gesenkt, bis Selim und Hassan das Bündel wieder zusammenschnürten und auf die Trage hoben. Als Nefret und Ramses zurückkehrten, gewahrte ich, dass ihre Hände und Unterarme rot waren, nicht von Blut, sondern von dem körnigen Sand, mit dem sie sie gereinigt hatte. Sie wirkte vollkommen gefasst – anders als Ramses, dessen Züge nicht so kontrolliert waren wie sonst. Auf mein Anraten nahm er eine mitgebrachte Flasche Alkohol und goss diesen über ihre Hände. Dann setzte sie sich und bat um ein Sandwich.

Die anderen betrachteten sie mit einer Mischung aus Bewunderung und Bestürzung. Jumanas Augen schienen riesenhaft in einem Gesicht, das seine gesunde Farbe eingebüßt hatte. »Wie konntest du ...?«, jammerte sie.

»Es ist mein Beruf«, sagte Nefret ruhig. »Kein erstrebenswerter Beruf in Situationen wie dieser, aber das bin ich gewohnt. Ich wusste, dass die Familie keine fachmännische Autopsie billigen würde, und es war meine einzige Chance, die Todesursache des Mannes festzustellen.«

»Und?«, erkundigte sich Emerson. »Hast du?«

Nefret nahm einen tiefen Schluck aus der Wasserflasche, bevor sie antwortete. »Schädelbruch. Sein Hinterkopf ist ... Ich möchte nicht ins Detail gehen.«

»Danke«, murmelte Cyrus, angeekelt sein Sandwich beäugend.

»Eine Reihe von Knochenbrüchen«, fuhr Nefret fort. »Ich habe nach einer Kugel oder Messerstichen gesucht, doch es war nicht einfach ... Aber auch das möchte ich nicht vertiefen. Die Kopfverletzung reichte schon, um seinen Tod herbeizuführen.«

»Sturz oder stumpfer Gegenstand?«, forschte ich.

Nefret zuckte die Schultern. »Schwer zu sagen. Ich habe mein Bestes getan, aber ohne die entsprechenden Instrumente –«

»Ja, sicher«, meinte Emerson.

Selim kehrte mit der Auskunft zurück, dass Hassan sich mit dem Karren und seiner Fracht auf den Weg gemacht habe, und wir setzten unser Mittagsmahl fort. Daoud stieß bald darauf zu uns. Er hatte die längere Route genommen, da er Klettertouren an einem Seil ablehnte.

»Befinden sich noch weitere Gräber in diesen Klippen?«, erkundigte sich Bertie und nahm ein weiteres Sandwich.

»Zweifellos«, erwiderte Ramses. »Wenn dieses Gebiet für die Bestattungen der adligen Damen in der 18. Dynastie gewählt wurde, was wahrscheinlich ist, denn es gibt eine ganze Reihe von bekannten Königinnen, deren Mumien nie entdeckt wurden, und nur der Himmel weiß, wie viele unbekannte Prinzessinnen und Nebenfrauen von Königen.«

»Gar nicht zu erwähnen die Prinzen«, versetzte Nefret, ihre Augen sprühend vor archäologischer Verve. »Und die Mütter und Schwestern von Königen und –«

»Die Cousinen und Tanten«, schmunzelte ich, an eines meiner musikalischen Lieblingsstücke von Gilbert und Sullivan erinnert.

Die anderen quittierten meinen kleinen Scherz mit Schmunzeln und Nicken, außer Emerson, der hingegossen wie eine Statue in eine ungewisse Ferne starrte, und Selim, der immer nervöser wurde.

»Die Pferde werden nicht weglaufen«, sagte er. »Nicht unsere Pferde. Trotzdem sollten wir sie nicht zu lange unbeaufsichtigt lassen.

Emerson sprang auf. »Ganz recht. Ganz recht. Ich werde – äh – es dauert nur eine Minute.«

Ich hatte damit gerechnet, dass Emerson in dieses verfluchte Grab hinuntersteigen wollte. Ich war nicht die Einzige, die ihn zur Vernunft zu bringen versuchte, aber er wischte alle Einwände beiseite. »Ich will doch nur einen Blick riskieren.«

»Setz deinen Tropenhelm auf, Emerson«, rief ich ihm nach.

»Ja, ja«, brummte mein Göttergatte, tat es aber nicht.

Er begann, das Seil zu erklettern, und bewegte sich mit einer Geschmeidigkeit, bemerkenswert für einen Mann von seiner Statur. Er war noch nicht sehr weit gekommen, als ein lang gezogener, schriller Schrei die Stille durchbrach. Es war kein Tier. Keine ägyptische Kreatur hätte einen solchen Laut von sich gegeben. Emerson ließ das Seil los, sprang zu Boden und schwankte ein wenig, bevor er sein Gleichgewicht wiederfand.

»Was zum Teufel –«, hub er an.

»Er ist dort oben.« Ramses reichte seinem Vater die Brille, die er aufgehoben hatte. Jetzt sah ich die Gestalt, oben auf der Klippe. Aufgrund der Entfernung konnte ich keine Details ausmachen, aber sie hopste und hüpfte, schwenkte die Arme und schleuderte die Beine wie in einem grotesk anmutenden Tanz. Geröll rieselte über den glatten Felsen.

Sobald ich Emersons Brille aufgesetzt hatte, nahm die diffuse Silhouette Konturen an. Ihr einziges Kleidungsstück war ein kurzer Rock oder Kilt. Der Körper war der eines Menschen. Der Kopf indes nicht. Spitze Ohren und vorstehende Nüstern waren mit struppigem braunem Fell bedeckt, Reißzähne schimmerten im Kiefer.

Ramses rannte zu der Klippe. Ich wusste, was er vorhatte, und war mir recht sicher, dass Emerson ihm folgen würde. Nefret die Brille in die Hand drückend, zog ich meine kleine Pistole aus dem Holster, zielte und feuerte ab.

Ich ging nicht davon aus, dass ich die Kreatur treffen würde. Offensichtlich gelang mir das auch nicht, denn ein lang gezogenes, spöttisches Lachen, beinahe so schauerlich wie der Schrei dieser Bestie, folgte, und das Ungeheuer verschwand von der Bildfläche.

»Komm sofort zurück, Ramses«, brüllte ich. »Emerson, wenn du versuchst, an diesem Seil hoch zu klettern, werde ich – werde ich dir ins Bein schießen.«

»Komm bloß nicht auf die Idee, diese verdammte Pistole noch einmal abzufeuern«, tobte Emerson und rannte zu mir. »Gib sie mir.«

»Ich hätte nicht wirklich auf dich geschossen, Emerson«, sagte ich, als er die Waffe behutsam aus meiner Umklammerung löste. »Aber mal ehrlich, Emerson, sei doch vernünftig. Wie kannst du eine Klippe besteigen, wenn oben jemand steht, der dich mit ein paar gezielten Steinwürfen vom Seil katapultieren kann?«

»Das klingt plausibel«, räumte Emerson ein.

»Genau«, bekräftigte Ramses, der offenbar eine andere Idee hatte. »Wir nehmen den anderen Weg. Nein, du nicht, Bertie, du hast heute schon genug geleistet.«

»Du auch nicht, Peabody«, versetzte mein Gatte. »Bleib hier – und wehr ihn ab, wenn er runterkommt.«

»Dann gib mir meine Pistole zurück«, brüllte ich, als er und Ramses in Begleitung von Selim wegstapften. Emerson blieb nicht stehen, aber seine Antwort war klar und deutlich. »Verdresch ihn mit deinem Schirm.«

Ich klopfte Nefret aufmunternd auf die Schulter. »Keine Sorge, mein Schatz. Wenn sie den Gipfel erreichen, ist er längst über alle Berge.«

»Und warum machen sie sich dann die Mühe?«, wollte Nefret

wissen. »Oh, ich verstehe; es ist Vater, natürlich. Er ist fest entschlossen, in dieses verfluchte Grab vorzudringen, koste es, was es wolle.«

»Hmm, das dürfen Sie ihm nicht verübeln«, sagte Cyrus. »Im Innern muss es irgendetwas geben, und dieser Bursche will nicht, dass wir es finden. Sonst hätte er nicht versucht, uns abzuschrecken.«

»Es war ein Geist, ein Dämon«, murmelte Jumana, nervös ihre schlanken, braunen Hände knetend.

Sie lieferte keine sonderlich überzeugende Vorstellung, aber Daoud, der völlig ohne Arg war, tätschelte beschwichtigend ihren Arm. »Wo der Vater der Flüche geht, dorthin wagt sich kein Geist.«

»Das war kein Geist, es war ein Mensch, der eine Art Maske getragen hat«, bemerkte Bertie sachlich. »Wie konnte er nur denken, dass eine dermaßen alberne Vorstellung uns vertreiben würde?«

Das hatte ich mich auch schon gefragt.

Wohl wissend, dass es eine Weile dauern würde, bis Emerson dieses widerwärtige Grab zur Genüge inspiziert hätte, fand ich einen (vergleichsweise) bequemen Sitzplatz und lud die anderen ein, meinem Beispiel zu folgen. Wir vermochten einige ihrer Aktivitäten zu beobachten, wie Zuschauer in einem Theater oder Opernhaus, doch nachdem sie in die Schlucht gestiegen waren, sahen wir nichts mehr. Auch niemand anderen. Das hatte ich auch nicht erwartet.

Als sie schließlich wieder auftauchten und sich an dem Seil herunterließen, waren alle drei entsetzlich verdreckt. Emerson natürlich am schlimmsten. Er hatte seine Jacke am Vormittag ausgezogen; jetzt trug er nicht einmal mehr sein Hemd. Ich erkannte dieses Kleidungsstück in dem Bündel, das unter seinem Arm steckte. Die bronzefarbene Haut seines Oberkörpers war mit einer ekligen Kruste überzogen – eine Mischung aus Staub, Schweiß, Fledermausexkrementen und Blut von zahllosen Kratzern und Schrammen, und seine Hände sahen noch grauenvoller aus. Er roch auch nicht besonders gut.

»Gütiger Himmel, Peabody, du wirst es nicht glauben, was für ein Chaos sie in dieser letzten Ruhestätte angerichtet haben«, entfuhr es ihm. »Der Boden der Grabkammer ist ein einziger Müllhaufen, verfaultes Holz und verweste Knochen und Geröll.«

Er setzte sich auf der Stelle hin und fing an, sein Bündel aufzuschnüren. Selim, bei weitem manierlicher als mein Gatte, fing an, sich Hände und Arme mit Sand zu scheuern.

»Wenn das Grab leer war, was habt ihr dann die ganze Zeit dort oben gemacht?«, erkundigte sich Nefret, Ramses ein feuchtes Taschentuch reichend.

»Vermessen und Notizen gemacht.« Er wischte sich den Mund, bevor er fortfuhr: »Vater hat ein paar Kleinigkeiten mitgebracht.«

Weiterhin auf dem Boden kauernd, untersuchte Emerson den von ihm gesammelten Krimskrams, darunter eine Scherbe von einem Tongefäß, Goldstaub und einige Schmuckfragmente, wie Perlen und Intarsien und Kettenglieder. Tief versunken in den Anblick dieser wenig beflügelnden Artefakte zuckte er nicht einmal zusammen, als ich meine Flasche Alkohol entkorkte und die Flüssigkeit auf seinen geschundenen Rücken träufelte. Ich glaube ernsthaft, dass ich Emerson eine seiner Extremitäten amputieren könnte, ohne dass er irgendwas merkte, wenn er etwas archäologisch Interessantes entdeckt hat.

»Wir hatten einige Schwierigkeiten, in den abschüssigen Stollen vorzudringen«, führte Ramses aus. »Er war mit Steinen versperrt, und die Grabräuber haben nur so viele entfernt, dass sie sich hindurchquetschen konnten. Für Vater war es eine ziemliche Tortur.«

»Und für dich«, warf Nefret ein. »Wenigstens warst du so vernünftig, deine Jacke zu tragen.«

»Ich hatte Schreibmaterialien und eine Taschenlampe in meiner Jacke«, erwiderte Ramses. Er fischte einen zerknüllten Papierwust aus seiner Jackentasche.

»Du kannst deine Notizen heute Abend detailliert zu Papier bringen«, befand Emerson ohne aufzublicken. »Verflucht, Peabody, was machst du da eigentlich?«

»Deine Brust ist auch voller Kratzer«, krittelte ich. »Lehn dich zurück.«

»Kein Stück brauchbares organisches Material«, grummelte Emerson. »Holz, Mumienumhüllungen, Knochen – Autsch.«

»Ich bezweifle, dass wir die Sarkophage oder die Mumien hätten retten können«, wandte Ramses ein.

»Wir hätten es versuchen können«, brummte Emerson. »Zur Hölle mit diesen Bastarden! Wer weiß, wie viele historische Daten ihrem Vandalismus zum Opfer gefallen sind!«

»Was geschehen ist, ist geschehen, und Hadern und Klagen lässt viele verzagen«, sinnierte ich laut.

»Nein, das ist es verflucht noch mal nicht«, schnaubte Emerson. »Lass mich mit deinen Aphorismen in Ruhe.«

»Was ist deiner Meinung nach –«

»Mutter«, sagte Nefret sanft, aber bestimmt, »du und Vater könnt euch den ganzen Heimweg über Aphorismen streiten, wenn ihr mögt. Ich denke, wir sollten umkehren.«

»Ein ausgesprochen konstruktiver Vorschlag, mein Schatz«, bekräftigte ich. Mir war klar, dass sie darauf drängte, Ramses nach Hause zu bringen, wo sie seine Schürfwunden im Gesicht und an den Händen säubern und desinfizieren könnte. »Emerson, gib mir meine Pistole wieder.«

»Nur über meine Leiche, Peabody. Wenn geschossen werden muss, dann erledige ich das.«

Nichts dergleichen wurde erforderlich, obwohl wir auf dem Rückweg Augen und Ohren offen hielten. Sobald die Sonne sank, wurden die Schatten länger und spendeten ein wenig Erleichterung von der Hitze, indes war ich mir unangenehm bewusst, dass sich ein möglicher Verfolger besser verbergen könnte. Gleichwohl erreichten wir die Stelle, wo unsere Pferde warteten, ohne jeden Zwischenfall, und wir nahmen die Straße nach Hause. Daoud ging neben Jumana, ununterbrochen auf sie einredend, um sie aufzumuntern. Genau wie wir war Selim nicht so nachsichtig mit dem Mädchen.

»Sie weiß, wo er ist«, murrte er. »Wir müssen sie dazu bringen, es uns zu sagen.«

»Lass ihr ein bisschen Zeit«, riet Emerson.

Selims Augen waren hart wie Obsidian. »Jamil hat die Familie in Verruf gebracht. Es ist eine Sache der Ehre.«

Ach herrje, herrjemine, dachte ich bei mir – Probleme über Probleme! Männer haben überaus eigentümliche Ehrvorstellungen und noch komischere Ideen, was sie diesbezüglich tun können. Inoffiziell war Selim das Oberhaupt der Familie, genau wie sein Vater vor ihm. Yusuf war zu alt und wankelmütig für diese Rolle, die eigentlich ihm zustand. Wenn Selim für die Familie sprach und sie waren einer Meinung ... Das waren sie natürlich. Die Männer jedenfalls.

»Selim, wir wissen nicht, ob es Jamil war«, gab ich zu bedenken. »In der Tat wissen wir nicht einmal, dass er irgendeine kriminelle Handlung begangen hat, einmal abgesehen von einigen Grabplünderungen. Ich bezweifle, dass irgendein Gericht ihn dafür belangen würde. Schließlich tun es alle in Gurneh.«

»Unsere Familie nicht.« Selim bleckte die Zähne. »Mein Vater –«

»Ich weiß, was Abdullah getan hätte«, warf Emerson ein. »Ich verspreche dir, die Familienehre wird wieder hergestellt. Wenn Jamil auch nur einen Funken Verstand besitzt, wird er zu mir kommen, und ich werde ihm die Gelegenheit zur Läuterung geben. Der Vater der Flüche bricht sein Wort nicht!«

»Du brauchst doch nicht so zu brüllen, Emerson«, entfuhr es mir.

»Hmph«, zischte Emerson. »Ach verflucht«, setzte er gereizt hinzu. »Ich habe viel zu viel Zeit mit diesem Unfug verplempert. Morgen fangen wir mit der Arbeit in Deir el-Medina an!«

* * *

An besagtem Abend aßen wir etwas verspätet, da Emerson es sich nicht nehmen ließ, noch vor seinem Bad die mitgebrachten Scherben und Splitter zu sortieren. Sie wirkten ziemlich verloren auf den Regalen in unserem Lagerraum – als einzige Artefakte, die wir bislang gefunden hatten. Emerson war dennoch zufrieden und redete während des Essens von nichts anderem. Das Dinner war hervorragend. Wir hatten einen neuen Küchenchef, Maaman, einen von Fatimas Cousins; unser früherer Koch Mahmud war nach langer Überzeugungsarbeit in den Ruhestand getreten. Viele Jahre hatte er unser Zuspätkommen mit angebrannten Suppen und verbrutzeltem Fleisch bestraft.

Nach dem Abendessen, als wir uns in den Salon zurückgezogen hatten und Jumana zum Lernen in ihr Zimmer, gelang es mir, Emerson von dem Thema Archäologie abzubringen. »Ich hoffe, du konntest Selim überzeugen, dass er Jamil uns überlassen muss. Wenn er und die anderen Männer dem Jungen etwas antäten, würde das die Familie auseinander reißen. Nicht alle nehmen die Sache so ernst wie Selim; manch einer sympathisiert vielleicht sogar mit Jamil.«

»Was meinst du, warum ich so lautstark mit Selim diskutiert habe? Ich wollte, dass die anderen, besonders Jumana, alles mit anhören. Der Junge hat nichts getan, außer seine Schwester einzuschüchtern und uns zum Narren zu halten – wenn er es war, den wir gesehen haben. Wir wissen es nicht einmal. Wir wissen auch nicht, ob er diesen Burschen getötet hat oder ob es tatsächlich ein Mord war! Es könnte ebenso gut ein Unfall gewesen sein oder ein Versehen. Diese Grabräuber balgen sich doch ständig. Wir wissen lediglich, dass eine uns unbekannte Person den Toten in diese Haltung gebracht hat, möglicherweise als Warnung oder als Drohung, vermutlich auch nur, um ihn zu verstecken.«

»Das ist ja alles gut und schön, Emerson, aber zwei der ursprünglichen Diebe haben einen gewaltsamen Tod erlitten. Im Zuge der kriminalistischen Ermittlung –«

»Dies ist keine kriminalistische Ermittlung«, stieß Emerson zwischen zusammengebissenen Zähnen hervor. »Wir haben keinen Beweis für einen Mord.«

Unerschütterlich fuhr ich fort. »Und wie erklärst du dir die Haltung des Toten? Es handelt sich um ein schwer zugängliches Versteck. Wie hat Jamil – oh, pardon, wer auch immer – den Leichnam dorthin transportiert?«

Emerson reagierte mit einer rhetorischen Frage. »Wie haben die frühzeitlichen Arbeiter diesen verfluchten Sarkophag von Hatschepsut in ihr Felsengrab transportiert? Ihr Grab ist noch unzugänglicher als dies hier, und ein Steinsarkophag erheblich schwerer als ein Mensch.«

»Vielleicht sollte es uns und andere warnen, sich von der Stätte fernzuhalten.«

»In dem Grab war nichts Wertvolles mehr«, erwiderte Emerson. »Außerdem weiß Jamil genau, dass er *mir* nicht drohen kann.«

Draußen im Gebüsch raschelte es, und Horus sprang durch das geöffnete Fenster herein. Er trug etwas in seinem Maul.

»Ach du meine Güte«, entfuhr es mir. »Es ist keine Maus – dafür ist es zu groß. Eine Ratte. Igitt. Emerson –«

Emerson war zu langsam. Horus schoss an ihm vorbei und legte die Beute vor Nefrets Füße. Dann setzte er sich und fixierte sie.

»Es ist auch keine Ratte«, sagte Ramses. Er griff nach unten und hob das reglose Etwas auf. »Es ist eine Katze – ein Katzenjunges. Tut mir Leid, aber es ist ...«

Ein schwaches, aber unüberhörbares Schnurren strafte seine Vermutung Lügen. Das winzige Geschöpf war so schmutzig, dass ich seine Fellzeichnung nicht zu erkennen vermochte.

Nefret sagte sanft: »Katzen schnurren gelegentlich, wenn sie Angst oder Schmerzen haben. Wenn ihm nicht mehr zu helfen ist, erlösen wir es besser von seinem Leiden.«

Die Salontür sprang auf. Sennia stand auf der Schwelle und rieb sich die Augen. »Horus hat mich aufgeweckt. Er hatte ... Oh!«

Emerson hielt sie sanft zurück. »Nein, mein Kind, rühr es nicht an. Es ist krank oder verletzt oder ...«

Sennia schmiegte sich an Emerson. Sie sah bezaubernd aus, ihr Haar vom Schlaf zerzaust, unter dem Saum ihres weißen Nachthemds lugten kleine braune Füße und Knöchel hervor. »Wenn es krank ist, wird Tante Nefret es wieder gesund machen.«

»Oh, Sennia ...« Nefret betrachtete das reglose Wesen, zusammengerollt in Ramses' Händen. »Ich werde es versuchen. Ich tue mein Bestes. Geh wieder schlafen, Schätzchen.«

»Ja, Tante Nefret. Horus, du bist ein guter Junge. Komm jetzt ins Bett, Tante Nefret wird sich um das Kätzchen kümmern.«

Horus erwog den Vorschlag. Mit einer Bewegung, die verdächtig nach einem zustimmenden Nicken aussah, sprang er auf und folgte Sennia hinaus.

»Oha«, seufzte ich. »Nefret, meinst du wirklich, du kannst ... Was hat es denn?«

»Ich weiß es noch nicht.« Nefret zuckte hilflos die Schultern. »Aber ich muss es herausfinden, nicht wahr? Komm, wir nehmen es mit zu uns, Ramses.«

Wie nicht anders zu erwarten, saß Sennia am nächsten Morgen als Erste am Frühstückstisch. Gargery versuchte soeben, sie dazu zu bringen, ihren Porridge zu essen – keine leichte Aufgabe –, als wir ins Esszimmer kamen. Sie sprang auf und kam zu mir gelaufen. »Wie geht es dem Kätzchen? Wann darf ich es sehen?«

»Ich weiß nicht, Sennia. Ramses und Nefret sind noch nicht hier. Setz dich wieder hin und iss dein Frühstück. Wo ist Horus?«

»Unter ihrem Stuhl«, bemerkte Gargery grimmig. »Wie üblich, Madam, was war das mit dieser anderen Katze? Wir brauchen keine mehr. Wir brauchen nicht einmal *diese* da«, versetzte er mit einem vernichtenden Blick auf Horus.

»Es ist nur eine kleine Katze«, klärte Sennia ihn auf. »Sie ist krank, aber Tante Nefret macht sie wieder gesund.«

Ihr strahlendes, zuversichtliches Gesicht versetzte mir einen Stich. Was sie in ihrer kindlichen Naivität erwartete, war vielleicht unmöglich, selbst für Nefret. Emerson räusperte sich. »Äh – Sennia, die Katze war – äh – sehr krank. Mag sein, dass sie nicht ...«

»Da sind sie!« Wieder sprang Sennia auf und stürmte zu ihnen. Ungestüm schlang sie ihre Arme um Nefrets Taille. »Wieso hast du das Kätzchen nicht mitgebracht, Tante Nefret?«

»Es braucht Ruhe«, japste Nefret. »Aber es geht ihm schon viel besser.«

Emersons Miene spiegelte Erleichterung. Er ist derart sentimental bei Kindern, dass er es nicht ertrug, Sennia enttäuscht zu sehen. Er äußerte nicht einmal Einwände, als sich die gesamte Unterhaltung nur noch um die Katze drehte, denn Sennia redete von nichts anderem. Sie verlangte eine genaue Diagnose.

»Unterernährung und Austrocknung«, erklärte Nefret. »Mit den begleitenden Infektionen. Das kleine Geschöpf hat jedoch einen starken Lebenswillen. Als Erstes stakste es zu dem von uns hingestellten Futter und verschlang es. Dann versuchte es, an Ramses' Bein hochzuklettern.«

Sennia lachte. »Hat es dich gekratzt, Ramses?«

»Nicht besonders. Seine Krallen sind nicht länger als deine Wimpern.«

»Es hält Ramses für seine Mutter«, meinte Nefret. Sennia giggelte, und Nefret versetzte: »Er hat es fast die ganze Nacht auf dem Schoß gehalten.«

»Es brauchte Wärme«, murmelte Ramses verschämt. »Und es wollte nicht in seinem Korb bleiben.«

»Ich werde es mir jetzt anschauen«, tönte Sennia. »Du möchtest es doch auch sehen, oder, Gargery?«

Gargery sann fieberhaft auf eine Ausrede, ohne dass er damit das Kind enttäuschte. Vergebens. »Ja«, seufzte er resigniert.

Das Kätzchen erfüllte einen sinnvollen Zweck. Ich wollte Sennia am ersten Tag unserer Exkavation nicht mitnehmen, und sie hätte vor lauter Langeweile darauf beharrt mitzukommen. Nefret bot an, ihr nach der Visite des Patienten die erste Biologiestunde zu geben, und Sennia versprach, das Kätzchen für den Rest des Tages in Ruhe zu lassen. Ein Rekonvaleszent erholt sich nicht besonders, wenn ein quirliges kleines Mädchen ihn dauernd herumträgt, mag das Kind es auch noch so gut meinen, überdies ging ich davon aus, dass das Tier nicht stubenrein war.

Natürlich blieb Ramses bei ihnen, und Sennia erklärte sich gnädigerweise einverstanden, Jumana an ihrem Biologieunterricht teilhaben zu lassen. Sie sollten die Pferde mitbringen und uns später in Deir el-Medina treffen, wo Selim und Daoud bereits auf uns warteten, gemeinsam mit den von ihnen angeheuerten Männern.

Nur wenige Touristen besuchen die Stätte, die in einem kleinen Tal im Gebirge am Westufer versteckt liegt. Die einzige Attraktion für sie ist der Ptolemäische Tempel am Nordrand des Tales. Auf seine Weise ist es ein wirklich hübscher Tempel, aber uns interessierte er aufgrund seiner späten Datierung nicht. Die

Touristen, die ihn besuchen, folgen der Route, die weitere bekannte Sehenswürdigkeiten umfasst, von Deir el-Bahari nach Medinet Habu.

Es gibt noch einen anderen Pfad zu dieser Stätte, der über einen der Berge führt und ständig ansteigend über den Tempeln von Deir el-Bahari verläuft und in den Platz der Wahrheit mündet, wie das Tal der Könige in der Frühzeit hieß. Wir waren dieser Route schon häufiger ein Stück gefolgt, über den Hügel hinter dem Tempel und weiter zum Tal – oder, wie wir es vor zwei Tagen exerziert hatten, via haarsträubender Kletterpartie über das Plateau.

Dies war beileibe nicht der einfachste Weg, um nach Deir el-Medina zu kommen, aber Emerson schlug ihn an jenem ersten Morgen vor. Er wolle sich ein Bild machen, in welchem Zustand der südliche Teil des Weges sei, erklärte er. Ich war ziemlich sicher, dass er sich exakt in demselben Zustand befand wie im vorigen und in all den Jahren davor, äußerte dies indes nicht. Als wir das Plateau über Deir el-Bahari erreicht hatten, verweilten wir kurz, wie Abdullah und ich es so häufig getan hatten.

Ich wusste, dass auch Emerson an Abdullah dachte, als wir dort oben standen und über das Land blickten. Die Luft war klar an jenem Morgen; wir konnten die winzigen Silhouetten der Tempel am Ostufer ausmachen und dahinter das Gebirge. Dennoch war seine einzig wahrnehmbare Gefühlsregung ein lautes Räuspern.

Statt nach Süden in Richtung Deir el-Medina zu wandern, setzte Emerson den Weg ins Tal fort. Er war noch nicht weit gegangen, als er zufrieden seufzend stehen blieb. Ich konnte nicht sehen, was der Auslöser dafür war; er betrachtete etwas, das wie eine Reihe umgestürzter Steine anmutete, halb verweht vom Sand.

»Emerson, was tust du da?«, forschte ich, als er sich niederkniete und anfing, den Sand wegzukratzen. »Hör sofort auf. Du trägst nicht einmal Handschuhe.«

Emerson erhob sich, nicht, weil ich ihn dazu angehalten hatte, sondern weil er eine glorreiche Idee hatte. »Sie müssen fachmännisch freigelegt werden.«

»Diese Steine? Wozu?«

»Gütiger Himmel, Peabody, was ist aus deinem geschulten Exkavatorenblick geworden? Das ist eine Mauer oder was davon übrig ist, und ringsherum verstreut sind noch weitere. Ich habe sie schon vor einiger Zeit bemerkt, sah aber keine Veranlassung, sie näher zu inspizieren.«

»Ich sehe keine Veranlassung, es jetzt zu tun.«

»Denk mal genau nach. Es ist eine ziemliche Entfernung vom Tal nach Deir el-Medina. Wäre es nicht sinnvoll für eine Gruppe von Arbeitern, hier vorübergehend zu kampieren, unweit ihrer Arbeit? Ein paar kleine Hütten, wie es diese hier wohl waren, sind schnell gebaut.«

Seine Augen leuchteten. Emerson gehört zu den wenigen Exkavatoren, die sich für die kleinen Randerscheinungen der Archäologie genauso begeistern können wie für beeindruckende Tempel und prachtvolle Grabstätten. Wenn er richtig tippte, würde sich ein winziges Teilchen in das frühzeitliche Puzzle einfügen lassen – und für gewöhnlich irrte er nicht.

»Nun, mein Lieber, das ist überaus interessant«, sagte ich. »Aber gehen wir jetzt nicht besser weiter? Niemand wird dir deine – äh – Hütten streitig machen.«

Emerson riss sich von seiner Entdeckung los. Der Pfad war recht belebt; wir trafen auf Ziegen und ein paar Ägypter zu Fuß oder auf Eselrücken. Emerson begrüßte sie mit Namen (ausgenommen die Ziegen), blieb jedoch nicht stehen, obwohl mir klar war, dass der eine oder andere gern ein bisschen geschwatzt und getratscht hätte. Die Nachricht von den Ereignissen am Vortag musste sich mittlerweile überall am Westufer herumgesprochen haben. Wir waren indes noch nicht weit gegangen, als wir auf Individuen ganz anderer Art stießen. Sie waren zu neunt, sechs Eseltreiber und drei Personen in europäischer Kleidung, und als sie uns freundlich zunickten, konnten wir unmöglich weitergehen. Ich erkannte die amerikanische Gruppe, auf die wir an Bord des Schiffes und später in Kairo getroffen waren.

Mrs Albions aufgeschossene, spindeldürre Gestalt war in Kleidung gehüllt, die vermutlich die aktuellen amerikanischen

Vorstellungen von sportlicher Damengarderobe widerspiegelte. Ihr Leinenjackett hatte den modischen Militärschnitt und ihre Röcke waren wadenlang. Ihr Haupt war derart von Schleiern verhüllt, dass ihre Gesichtszüge nur schemenhaft erkennbar waren. Sie saß seitwärts auf dem Esel, ihre hübschen Stiefelchen baumelten herunter. Eine echte Dame würde freilich eher stürzen als im Damensitz zu reiten. Vermutlich erforderte es zwei Treiber, um sie im Sattel zu halten, selbiges galt für Mr Albion, der von einer Seite auf die andere schwankte, worauf die Treiber ihn jedes Mal im Sattel zurechtrückten. Das schien ihm großes Vergnügen zu bereiten; sein Gesicht war puterrot vor Hitze und Lachen, als die kleine Karawane anhielt. Der Teint des jüngeren Mannes war ebenfalls gerötet, allerdings von einem Sonnenbrand. Er lüftete seinen Hut und betrachtete mich neugierig-distanziert.

Emerson wäre nicht Emerson, wenn er nicht zuerst die Ägypter begrüßt hätte. »Salam aleikum, Ali, Mahmud, Hassan ... Guten Morgen, äh-hm –«

»Albion«, half ihm besagter Gentleman, während sein Sohn uns aufmerksam beäugte. »Wir haben uns auf dem Dampfer kennen gelernt.«

»Nein, das haben wir nicht«, erwiderte Emerson.

Albion hüstelte. Sein Gesicht nahm einen noch tieferen Rotton an. »Aber nicht durch mein Verschulden. Habe auch versucht, Sie in Kairo zu kontaktieren, leider erfolglos. Dachte mir, wir würden früher oder später ohnedies aufeinander treffen. Wie geht es Ihrer Familie?«

»Sehr gut«, schaltete ich mich ein. »Danke der Nachfrage. Wohin wollen Sie heute Morgen?«

»Nur ein kleiner Ausritt«, entgegnete Mr Albion. Er nahm ein großes weißes Taschentuch und wischte damit über sein Gesicht. »Sagen Sie mal, könnten Sie uns nicht mit ein paar Grabräubern bekannt machen?«

Emerson war langsam zurückgewichen. Diese denkwürdige Bitte ließ ihn abrupt verharren. »Was haben Sie eben gesagt?«

»Nun, wir sind Sammler«, sagte Albion ruhig. »Besonders mein Sebastian hier. Er ist verrückt nach dem alten Ägypten.«

Wenn ich die Bedeutung dieses Adjektivs richtig verstand, so passte sie beileibe nicht auf den jungen Mr Albion. Er sah nicht aus wie ein Mann, der »verrückt« nach irgendetwas sein könnte. Seine stechenden Augen waren weit auseinander stehend und frostig wie mit einer Eisschicht bedecktes Wasser, und eine solche Farbe hatten sie auch.

»Ja, Sir«, fuhr sein Vater unbekümmert fort. »Wir sammeln schon eine ganze Weile. Deshalb sind wir diesen Winter hergekommen, wir suchen noch ein paar schöne Stücke.«

Emerson starrte ihn an, seine Verblüffung inzwischen von Erheiterung überlagert. Ich fürchtete, dass ebendiese alsbald von Verärgerung verdrängt würde, wenn er – genau wie ich – begriff, dass Albion es absolut ernst meinte.

»Die gebräuchliche Methode, Antiquitäten zu sammeln«, sagte ich leicht sarkastisch, »ist die, dass man von Händlern kauft. Mohassib in Luxor –«

»Da war ich bereits«, sagte Albion. »Tschuldigung, dass ich Sie unterbreche, Ma'am, aber ich wollte Ihre Zeit nicht unnötig strapazieren.«

»Vielen Dank«, erwiderte ich süffisant.

»Keine Ursache, Ma'am. Also, Mohassib hat ein paar schöne Sachen, aber er hat sich vor mir als Händler aufgespielt und versucht, den Preis in die Höhe zu treiben. Meines Erachtens ist es am besten, direkt an die Leute heranzutreten, von denen er das Zeug hat. Und den Zwischenhandel zu umgehen, was?«

Nachdenklich blickte ich zu Mrs Albion, ob sie vielleicht empört wäre über die unverfrorene Argumentation ihres Gatten. Sie hatte ihre Schleier gelüftet. Es bestand kein Zweifel daran, wem ihr Sohn ähnlicher war. Sie hatte das gleiche lange Gesicht, die dünnen Lippen und die blassgrauen Augen. Sie waren mit einem Ausdruck tiefer Bewunderung auf Mr Albion fixiert.

»Also?«, sagte Mr Albion hoffnungsvoll. »Sie würden natürlich Ihren Anteil bekommen.«

»Wir sind keine Hehler«, wandte Emerson ein. »Und ich muss Sie warnen, Mr Albion. Was Sie mir vorschlagen – ohne jeden Hintergedanken, nehme ich an –, ist nicht nur ungesetzlich, sondern auch gefährlich.«

»Gefährlich?« Mrs Albions Blick schweifte zu Emerson. Ihre Lippen wurden schmal, ihr Blick frostig »Welche Gefahr könnte uns schon drohen? Wir sind amerikanische Staatsbürger.«

»Die Gefahr«, entgegnete Emerson, »bin ich. Wenn Sie noch nicht genug über mich erfahren haben, um den Sinn meiner Worte zu verstehen, dann fragen Sie mal Ihre Führer. Lass uns gehen, Peabody.«

Ich hielt es für das Beste, seinen Rat zu befolgen. Emerson hatte sich zwar bemerkenswert gut im Griff – wenn ich das von seinem Sprachduktus auch nicht behaupten konnte –, dennoch stand er kurz vor einem Wutausbruch, wenn die Albions so weitermachten. Wir gingen weiter, ließen drei Leute stehen, die uns nachgafften, und sechs andere, die ihr Grinsen hinter schmutzigen Händen verbargen.

»Sehr gut, Emerson«, tönte ich. »Du hast nicht geflucht – und das trotz der nicht unerheblichen Provokation.«

»Sprich nicht mit mir, als wäre ich Sennia«, grummelte Emerson. Seine wohl geformten Lippen zuckten, und kurz darauf wieherte er los. »Man kann solchen Menschen einfach nicht böse sein. Ich, ein angesehener Archäologe, soll diese Witzfigur ein paar Grabräubern vorstellen!«

»Der Junge hat keinen Ton gesagt«, sagte ich.

Emerson erfreute sich weiterhin erstaunlich guter Laune. »Er ist kein Junge mehr. Scheint mir ungefähr im gleichen Alter wie Ramses zu sein. Seine Zurückhaltung kommt dir wohl verdächtig vor, was?«

Wieder kicherte er, und ich mit ihm; um nichts in der Welt hätte ich ihm diesen kleinen Scherz verderben wollen. Trotzdem war mir Mr Albion jr. nicht geheuer. Entweder stand er völlig unter dem Pantoffel seines Vaters oder er ließ sich nicht dazu herab, seine eigene Meinung zu äußern. Und wieso hatte dieses seltsam zusammengewürfelte Trio diese unwegsame Strecke gewählt? Woher waren sie gekommen und warum? Es war möglich, wenn auch nervenaufreibend, mit einem Esel den steilen Pfad vom Tal der Könige hinaufzureiten, aber ich hätte nie vermutet, dass Mr Albion oder seine elegante Gattin darauf versessen wären. Der abschüssige Rückweg war indes noch heikler auf einem Eselrücken, genau wie die Senke hinter Deir el-Bahari.

Unsere Route blieb relativ gleichförmig, bis wir die Anhöhe erreichten, die das kleine Tal von Deir el-Medina überblickte. Dort hielten wir an, um das Panorama zu genießen.

Die Gräber von Deir el-Medina waren schon seit langem bekannt und freigelegt. Sie waren relativ unspektakulär, mit einem Stollen, der in die jeweilige Grabkammer führte, und wurden von kleinen Kapellen mit winzigen Ziegelpyramiden überragt. Letztere waren zumeist verfallen und die Ruinen der Kapellen in sehr schlechtem Zustand. Allerdings waren die unterirdischen Grabkammern oft wunderschön geschmückt. Es handelte sich um die Grabstätten von den Bewohnern des darunter liegenden Dorfes, das in weiten Teilen noch unerforscht war. Das verwitterte, teilweise freigelegte Mauerwerk inspizierend, blökte Emerson: »Zum Teufel mit diesem faulen, inkompetenten Halunken! Sieh dir nur an, was er hier angerichtet hat!«

Damit meinte er Mr Kuentz, unseren Vorgänger, der im Vorjahr verhaftet worden war (dank unserer Mithilfe). »Er hat noch nicht viel gemacht«, bemerkte ich in der Hoffnung, meinen verdrossenen Gatten zu beschwichtigen. »Schätze, er war zu beschäftigt mit seinen anderen Aktivitäten – Spionage und Grabraub. Das braucht Zeit.«

»Er hat seinen verdammten Schuttabladeplatz mitten in dem Gelände angelegt«, schnaubte Emerson. »Ich werde wieder ganz von vorn anfangen müssen.«

Das sagte er immer.

Wir kraxelten die Anhöhe hinunter. Selim folgte uns, und Emerson fing an, Befehle herunterzurasseln. Die Männer verteilten sich. Emerson zog seine Jacke aus und rollte die Ärmel hoch. »Wo ist Ramses?«, wollte er wissen.

»Sie werden bestimmt bald eintreffen. Wenn du mit dem Rundgang beginnen willst, bin ich sehr gut in der Lage –«

»Sehr nett von dir, Peabody, aber ich glaube, ich werde auf Ramses warten. Warum richtest du nicht einen deiner – äh – kleinen Rastplätze ein?«

Das hatte ich ohnehin beabsichtigt. Meines Erachtens erhöhen Phasen der Ruhe und Stärkung die Effizienz. Es ist schwierig, ein kühles Plätzchen zu finden, wenn die Sonne direkt über einem steht, und um diese Tageszeit brauchten wir – und unsere treuen Pferde – dies am dringendsten. Ich ziehe Gruften aller Art natürlich jedem anderen Schattenspender vor, aber leider war von dem Oberbau der kleinen Gräber auf dem hügeligen Gelände nicht mehr viel erhalten. Ich entschied, dass der Tempel am Ende des Dorfes am besten geeignet sei.

Einige Gottheiten hatten dort Schreine, gleichwohl war er vor allem Hathor geweiht, einer der bedeutendsten ägyptischen Göttinnen. Großzügig im Denken, wie die alten Ägypter waren, übernahm Hathor im Laufe der Jahrhunderte eine ganze Reihe von Aufgaben und wurde häufig mit anderen Göttinnen identifiziert, indes war sie in erster Linie Ernährerin und Beschützerin der Lebenden und der Toten. Der Verliebte flehte um ihren Beistand bei der Eroberung der Herzdame; die Kinderlose bat sie um einen fruchtbaren Schoß. Hathor wurde mit Musik und Tanz verehrt, und die Lobeshymnen auf sie umfassten einige ganz reizende, liturgische Phrasen: *Gebieterin über alles Leben, Herrin des Maulbeerfeigenbaums, Goldene Göttin.*

Ich schlenderte eine Weile umher, inspizierte einige der Reliefs. Einer unserer Berufskollegen hatte den Tempel vor einigen Jahren teilweise restauriert, und es gab einen anheimelnden kleinen Winkel in dem Vestibül – für meine Zwecke wie geschaffen. Wie nicht anders zu erwarten, brachte Selim prompt die von mir benötigte Ausstattung, darunter auch ein großes Stück Segeltuch. Er spurtete zu dienstbeflissen hinter Emerson her, als dass er mir hätte assistieren können, deshalb brachte ich einen der anderen Männer dazu, mir bei dem Ausrollen der Teppiche, dem Aufstellen von Stühlen und Tischen zu helfen, und neben dem Mauerwerk ein provisorisches Dach aus dem Segeltuch aufzuspannen, als Schattenspender für die Pferde. Ich hatte diese essentielle Aufgabe gerade beendet, als die anderen eintrafen. Emerson, der seine Augen überall hat, brüllte »Ramses!«, und nach einem Nicken zu mir trottete Ramses davon.

Ich landete wie üblich auf dem Schuttabladeplatz.

Ich will die Bedeutung dieser Aufgabe nicht herabwürdigen,

ist es doch das Ziel eines kompetenten Exkavators, jede Scherbe aufzuspüren, mag sie auch noch so belanglos scheinen. Unsere Männer waren sehr gut ausgebildet, dennoch, wenn man Sand und Geröll wegschaufelt, übersieht man leicht etwas. Von daher war es meine Aufgabe, den Inhalt der Körbe zu sieben, die die Arbeiter mir brachten. Dies stellte sich als interessanter heraus als für gewöhnlich, da der vorherige Exkavator nachlässig gewesen war. Ich fand einige aufschlussreiche Scherben, Täfelchen aus Kalksandstein mit hieratischen Symbolen. Ich setzte ein paar zusammen, als ich mich unbeobachtet wähnte, konnte aber nur wenige Zeichen deuten. Als wir unsere Mittagsrast einlegten, händigte ich sie Ramses aus.

Die altägyptische Sprache war sein Spezialgebiet, so wie die Exkavation für Emerson, und er reagierte genauso überschwänglich wie mein Göttergatte angesichts seiner verfluchten Hütten. Während des Essens brachten wir kein Wort aus ihm heraus. Nefret musste ihn mehrmals anstupsen, damit er das Kauen nicht vergaß.

»Was sagen die Scherben aus?«, erkundigte ich mich.

»Hmmmm?«, war seine einzige Reaktion.

Nefret schob ihm eine Locke aus der Stirn, und er bedachte sie mit einem abwesenden Lächeln, bevor er sein Augenmerk wieder auf die Tonscherbe richtete. Ich verstand ihre zärtliche Geste. Versunken in eine Aufgabe, die ihn beflügelte und begeisterte wie keine andere, wirkte er so glücklich wie ein Kind mit einem neuen Spielzeug. Dies war seine Berufung, also genau das, was er für den Rest seines Lebens tun sollte, ungeachtet von Verbrechen und Krieg.

Allerdings kannte ich meinen Sohn und wusste, dass die Chancen dafür gering standen, und ich tröstete mich mit dem Gedanken, dass es nicht allein meine Schuld war, wenn er ständig in Schwierigkeiten geriet. Nach den neuesten psychologischen Erkenntnissen brauchte er wohl einen gewissen Nervenkitzel, sonst hätte er sich nicht so bereitwillig auf Gefahren eingelassen. Jedenfalls war dies eine Abwechslung von den Hieroglyphen.

Nach einem langen, harten Tag Arbeit hatten wir Kuentz'

Schutthaufen abgetragen, und Emerson begann mit dem Vermessen des Geländes. Dabei handelte es sich um ein beschwerliches und zeitaufwändiges Verfahren, welches manche Archäologen vernachlässigten, das Emerson aber für unumgänglich hielt. Falls Kuentz etwas Vergleichbares gemacht hatte, so hatte er jedenfalls keine Aufzeichnungen hinterlassen. (Emerson hätte ohnehin alles neu dokumentiert.)

Jumana war wieder guter Dinge, freundlich, interessiert und hilfsbereit, und selbst Ramses räumte ein, dass sie eine große Unterstützung sei. Eigentlich brauchte sie während der Vermessungsarbeiten nur einen Zollstock zu halten; dies war eine ziemlich langweilige Aufgabe, und trotzdem befolgte sie gewissenhaft alle Anweisungen.

Natürlich hatte ich ein wachsames Auge auf sie. Es gab zwei mögliche Erklärungen für ihre wiederhergestellte gute Laune; entweder hing sie nicht so sehr an ihrem Bruder, wie ich geglaubt hatte, oder sie war durchtriebener als von mir vermutet und rechnete damit, wieder von ihm zu hören.

Als wir den Heimweg antraten, hatte ich mehrere hübsche Inschrifttäfelchen für Ramses gesammelt.

Aus Manuskript H

Ihr Schlafzimmerfenster ging zu den Stallungen hinaus, doch diese lagen etwas weiter entfernt, und wären sie nicht hellwach gewesen, hätten sie die gedämpften Geräusche nicht wahrgenommen. Sie waren spät zu Bett gegangen, da Ramses erst noch von seinen »hübschen Inschrifttäfelchen« weggelockt werden musste. Nachdem Nefret seine ungeteilte Aufmerksamkeit hatte, interessierte ihn nichts anderes mehr, trotzdem war er derjenige, der die Geräusche hörte und nicht sie. Sich der Zärtlichkeit seiner Lippen und Hände hingebend, wurde sie aus ihrem sinnlichen Trancezustand gerissen, als er unvermittelt aufsprang und zum Fenster strebte.

»Hölle und Verdammnis«, setzte sie an.

»Pssst. Es ist Jumana. Sie führt eines der Pferde hinaus.«

Er schickte sich an, aus dem Fenster zu steigen. »Zieh erst

was an«, murmelte Nefret und tastete nach den verstreuten Kleidungsstücken.

»Verdammt, dann gib mir irgendwas – egal was –, ich darf ihr nicht zu viel Vorsprung lassen.«

Er riss ihr die Hose aus der Hand und streifte sie über, dann verschwand er, über den Fenstersims und in die Finsternis. Nefret zog sich einen Kaftan über den Kopf und fand ein Paar Stiefel, die sich als ihre entpuppten. Sie würde sie brauchen; ihre Füße waren nicht so abgehärtet wie seine. Sie holte ihn ein, als er Risha, ohne Sattel und Zaumzeug, aus dem Stall führte.

»Warte auf mich«, zischelte sie.

»Keine Zeit.« Er sprang auf Rishas Rücken, und trotz ihrer Nervosität und Besorgnis stockte ihr bei der geschmeidigen Anmut seiner Bewegung der Atem. Ihr gelang das auch, manchmal, aber nie so scheinbar mühelos und fließend. Er drehte Risha mit leichtem Druck seiner Knie, worauf der Hengst sogleich reagierte und zum Galopp ansetzte. Sie erinnerten an Figuren vom Parthenon-Fries, der schlanke, trainierte Reiter verschmolz mit seinem Pferd.

»Verflucht«, schnaubte Nefret. Sie hatte wertvolle Sekunden verloren, weil sie ihm nachgaffte wie ein verliebtes Schulmädchen. Was konnte sie dafür, dass er so verdammt gut aussah?

Und wenn sie ihn nicht einholte, würde sie ihm nicht helfen können, sollte Jumana auf dem Weg zu ihrem Bruder sein, was sehr wahrscheinlich war. Welchen anderen Grund könnte sie sonst haben, dass sie sich nachts davonstahl?

Moonlight reckte neugierig ihren Kopf über die Stalltür; sie war es gewohnt, Risha zu folgen. Nefret führte sie hinaus.

Keine akrobatischen Übungen, nicht in einem langen Gewand mit nichts darunter. Sie benutzte den Aufsteigeschemel, zog eine Grimasse, als ihre nackten Schenkel Moonlights Fell streiften, und stopfte die Stoffmassen unter sich.

Moonlight war zu erfahren und zu gutmütig, um nervös herumzutänzeln, doch sobald Nefret ihr das Kommando gab, preschte sie los. Die Hände in die Pferdemähne gekrallt, überließ Nefret ihr die Führung, wohl wissend, dass sie dem Hengst folgen würde.

Anfangs war die Straße in relativ gutem Zustand, sie stieg an und fiel ab und schlängelte sich durch die Anhöhen, die sich aus der Ebene erhoben. Nefret näherte sich den Ausläufern des Kulturlandes und den im Dunkel liegenden Tempelruinen, als sie Risha entdeckte. Ramses hatte abgesessen und wartete auf sie. Er empfing sie mit einem Grinsen.

»Ich darf gar nicht daran denken, was Mutter zu diesem Ensemble sagen würde, aber mir gefallen die Stiefel und die entblößten –«

»Wo ist Jumana?«

»Sie ist zu Fuß weitergegangen.« Er gestikulierte, und sie bemerkte die Stute, die Jumana geritten hatte. »Wir lassen die Pferde besser auch hier.«

»Danke, dass du auf mich gewartet hast.«

»Wenn nicht, hättest du mir eine heiße Verfolgungsjagd geliefert.« Er hob sie von Moonlight und zupfte fürsorglich ihr Gewand zurecht. »Sie scheint nicht zu merken, dass sie verfolgt wird, und dabei möchte ich es gern belassen.«

»Was hast du vor?«

»Ihn zu stellen und diesem Unfug ein für alle Mal ein Ende zu machen, damit wir unsere Arbeit fortsetzen können. Mal sehen, ob wir uns nah genug heranpirschen können, um ihre Unterhaltung zu belauschen.«

Die Mauern des Ramesseums ragten schemenhaft vor ihnen und zu ihrer Rechten auf. Der Tempel war halb verfallen, aber immerhin besser erhalten als die Fels- und Ziegelhaufen, die sich nördlich von ihnen erstreckten – die Überreste der einst so stolzen Totentempel anderer Pharaonen. Westlich von Ramses' Tempel war der Boden mit zertrümmerten Gesteinsbrocken übersät, vermutlich die früheren Wirtschaftsgebäude des Tempels.

»Wie sollen wir sie in diesem Chaos finden?«, hauchte Nefret, bemüht, lautlos aufzutreten.

»Pssst.« Ramses verharrte, lauschte mit gerecktem Kopf. Er musste etwas gehört haben, denn er fasste ihren Arm und zog sie weiter, zu einem der Geröllberge. Sie hatten diesen fast erreicht, als auch Nefret die Stimmen vernahm.

»Du hast dich verspätet«, flüsterte Jumana. »Geht es dir gut?«

»Hast du das Geld mitgebracht?«

»Alles, was ich auftreiben konnte. Es ist nicht viel.«

»Es ist zu wenig. Ich brauche mehr. Nimm es von den Engländern und bring es mir morgen Abend.«

»Von ihnen stehlen? Nein, das werde ich nicht tun, Jamil. Der Vater der Flüche hat gesagt, dass er dir helfen will. Geh zu ihm, erzähl ihm, dass du –«

»Was kann der Vater der Flüche schon für mich tun – mich als Korbträger einstellen? Warum sind sie in Deir el-Medina?«

»Zur Exkavation – was sonst? Sie vertrauen mir. Sie unterrichten mich in dem, was ich lernen möchte.«

»Aber sie waren auf dem Friedhof der Affen. Ich dachte, sie wollten dort arbeiten.«

»Du hast ihnen nachspioniert!«

»Sie beobachtet«, korrigierte Jamil. »Was ist daran verwerflich?«

»Nichts ...« Sie stockte. »Jamil, sie haben die Leiche von Abdul Hassan in dem Grab gefunden. Hast du ... Du warst doch nicht etwa derjenige, der ihn umgebracht hat, oder?«

»Es war ein Unfall. Er ist gestürzt.« Jumanas erschrecktes Seufzen drang zu Nefret, und Jamil erkannte, dass er einen Fehler gemacht hatte. Seine Stimme wurde sanft und einschmeichelnd. »Jumana, ich hab es nicht ernst gemeint, als ich damit drohte, den Bruder der Dämonen umzubringen. Ich will niemandem etwas Böses! Liebste Schwester – ich weiß, wo noch ein anderes Grab ist. Es ist im Gabbanat el-Qirud. Siehst du nun, wie sehr ich dir vertraue? Ich brauche nur genug Geld, um mich so lange über Wasser zu halten, bis ich einige kleinere Grabbeigaben verkaufen kann. Das ist kein Verbrechen. Die Gräber gehören nicht den Engländern, sondern uns!«

Ramses raunte Nefret ins Ohr: »Ich schleiche mich von hinten an. Ich bezweifle, dass er bewaffnet ist, aber wenn, dann komm ihm nicht in die Quere.«

Er drückte sie kurz und verschwand. Ein Schakal heulte in den Bergen, und die Dorfhunde kläfften zur Antwort. Behutsam setzte Nefret einen Fuß vor den anderen. Sie konnte sie jetzt sehen, dunkle Konturen vor einer aufragenden Ruine. Jamil bewegte sich; er trug ein Gewand in einer gedeckten Farbe, dunkelblau oder -braun, doch sein Turban zeichnete sich hell vor der Ziegelfassade ab. Jumanas zierliche Gestalt war in bleiches Sternenlicht getaucht. Sie versuchte weiterhin, ihn zur Aufgabe zu bewegen, schien jedoch unschlüssig geworden. Jamil forderte nicht mehr, er bettelte und flehte. Er legte einen Arm um sie, und sie schmiegte sich an ihn.

Der Boden war ein irritierendes Gewirr von Geröll und Mauerwerk, von gespenstischen Schatten und diffusem Licht, aber Nefret konnte einen Pfad ausmachen, der sich schmal und gewunden von dem Zugang, wo sie stand, bis zu der Ruine schlängelte. Es war der schnellste und leichteste Weg aus dem Gelände, aber sicher nicht der einzige.

»Komm morgen Abend wieder«, drängte Jamil. »Auch wenn du das Geld nicht mitbringen kannst, dann kann ich dich wenigstens sehen. Du hast mir gefehlt.«

»Ich werde es versuchen«, wisperte Jumana. »Ich habe dich auch vermisst und mir Sorgen um dich gemacht, Jamil, bitte, willst du denn nicht –«

»Wir werden morgen darüber reden.« Er befreite sich aus ihrer Umarmung und strebte davon, über den Pfad, den Nefret bemerkt hatte, und in ihre Richtung.

»Jamil!« Ramses hatte gewartet, bis der Junge sich ein Stück von seiner Schwester entfernt hatte. Jetzt trat er hinter dem verfallenen Mauerwerk hervor. Obwohl Nefret ahnte, dass er irgendwo dort sein musste, schrie sie bei seinem plötzlichen Auftauchen unwillkürlich auf. Wie von unsichtbarer Hand geschlagen, schrak Jamil zusammen, dann schnellte er herum und stieß einen noch lauteren Schrei aus, als er Ramses auf dem Geröllberg postiert sah – wie ein ausgesprochen attraktiver Geist, dachte Nefret bei sich.

»Bleib stehen«, befahl Ramses. »Wir wollen nur mit dir reden.«

Für ein, zwei Schrecksekunden verharrte der Junge, dann rannte er los, Ramses ihm dicht auf den Fersen; indes gewann er eindeutig an Vorsprung, denn Ramses musste über den Schutthaufen klettern, der ihn von dem Weg trennte. Nefret trat aus der Dunkelheit.

»Jamil, bleib stehen!«, gellte sie. »Wir wollen dir nichts tun.«

Er war ungefähr drei Meter von ihr entfernt, nah genug, dass Nefret den Schal bemerkte, der seine untere Gesichtshälfte verdeckte. Er bückte sich, als wollte er sich hinknien, und sie dachte schlagartig, jetzt haben wir ihn.

Sie ignorierte die Warnung. Jamil straffte sich, und das Wurfgeschoss flog in ihre Richtung. Sie hatte gerade noch Zeit, sich umzudrehen und ihre Arme schützend vor ihren Körper zu werfen, sodass der Stein ihre Schulter statt ihrer Brust traf. Sie fiel zur Seite, ihre andere Schulter und ihre Hüfte prallten auf den harten, unebenen Boden. Der Sturz presste ihr den Atem aus den Lungen, und sie wand sich vor Schmerz, als Jamil vorbeispurtete. Ramses musste ihm dicht auf den Fersen sein; Augenblicke später nur spürte sie seine unverwechselbare Berührung. Sie rollte sich in seine Armbeuge.

»Geh ihm nach«, stöhnte sie.

»Zum Teufel mit ihm. Bleib still liegen. Wo tut es weh?«

»Überall.« Ihr gelang ein Lächeln. »Ist schon in Ordnung, Schätzchen, keine Knochenbrüche.«

Er reagierte mit einem kläglichen Grinsen. »Du würdest mich doch nicht anlügen, oder?«

»Nicht bei einem gebrochenen Bein.« Sie stöhnte auf, als seine Hände ihre Arme und Schultern abtasteten. »Au! Ich hab ein paar Prellungen, das ist alles.«

Sie gewahrte, dass Ramses nicht der Einzige war, der sich um sie kümmerte. Kniend, ihre Augenhöhlen dunkel in dem schmalen Gesichtsoval, zupfte Jumana ihr Gewand zurecht, zog es schicklich über ihre Waden. Es war eine überflüssige Geste, doch das Mädchen schien eindeutig unter Schock zu stehen.

Allerdings war sie nicht so schockiert, dass es ihr die Sprache verschlagen hätte. »Es war mein Fehler. Er hätte dein Gesicht treffen können, es war ihm völlig egal, ob du verletzt würdest. Ich werde zu meinem Vater zurückgehen.«

»Nein, das wirst du nicht.« Ramses hob Nefret in seine Arme

und stand auf. »Du wirst uns folgen und Moonlight führen. »Und du« – er blickte zu seiner Frau hinunter – »kommst mit mir, auf Risha.«

»In Ordnung«, sagte Nefret kleinlaut.

Seine dichten schwarzen Brauen zogen sich zusammen. »Du bist verletzt!«

»Zumeist an Stellen, die kaum erwähnenswert sind.« Sie streichelte seine Wange. »Im Damensitz zu reiten, ohne Hose, ist etwas, das ich in nächster Zeit nicht mehr versuchen werde.«

5

Emerson und ich und Sennia waren fast fertig mit dem Frühstück, als die Kinder auftauchten, gefolgt von dem Kätzchen. Ich stellte unumwunden fest, dass Nefret sich nicht mit der ihr eigenen Anmut bewegte – sie bemühte sich tapfer, nicht zu hinken. Sennia schoss aus ihrem Stuhl hoch und lief zu ihnen; bevor sie Nefret stürmisch umarmen konnte, hob Ramses sie hoch und wirbelte sie im Kreis, bis sie vor Vergnügen kreischte.

»Ist irgendetwas passiert?«, erkundigte ich mich.

Nefret ließ sich äußerst behutsam in den Sessel sinken, den Emerson ihr hinschob, und schaute mich warnend an. »Nur ein Sturz, nichts weiter. Guten Morgen, kleine Taube. Du beeilst dich besser mit deinem Frühstück, sonst kommst du zu spät zum Unterricht.«

»Ich denke, ich werde heute nicht hingehen«, tat Sennia kund. »Ich denke, ich werde hier bleiben und mich um Tante Nefret kümmern.« Sie hockte sich auf den Boden und fing an, das Kätzchen zu streicheln.

»Ich denke, das wirst du nicht tun«, erwiderte ich. »Trödel nicht rum. Du darfst Mrs Vandergelt nicht warten lassen.«

Nach einigem Hin und Her hatten wir Sennia umgestimmt; es war nicht so sehr der Unterricht, den sie »nur irgendwie langweilig« fand, sondern eher der Wunsch, bei uns zu bleiben. Emerson lenkte wie üblich ein und versprach, dass sie tags darauf mit uns nach Deir el-Medina kommen könne.

»Wir müssen aufbrechen«, drängte er. »Wo ist Jumana? Verflixt und zugenäht, das Mädchen ist immer die Letzte.«

»Ich habe sie gebeten, erst dann zu uns zu stoßen, wenn Sennia weg ist«, führte Ramses aus. »Ich glaube, da kommt sie.«

Als sie ins Zimmer schlüpfte, war mir klar, warum Ramses nicht gewollt hatte, dass Sennia sie so sah. Dem Mädchen fehlte jede Selbstkontrolle; ihre Miene und ihre Bewegungen waren ein Spiegel ihrer Empfindungen. Augenblicklich sah sie aus wie eine gebeugte, alte Frau, mit gesenktem Kopf und schlurfenden Schritten.

»Ist sie ebenfalls gestürzt?«, erkundigte ich mich.

»Nein!« Jumana hob den Kopf, ihre Augen dunkle Seen voller Tragik. »Ich habe Unrecht begangen. Großes Unrecht. Ich wollte weglaufen, aber ich konnte nicht, weil ich wusste, dass ich bestraft werden müsste. Macht mit mir, was immer ihr –«

»Hör auf zu jammern und setz dich«, sagte ich unwirsch. »Mal wieder irgendwas mit Jamil, vermute ich. Nein, ich wünsche keine weiteren Dramen. Emerson, sei jetzt still. Ramses?«

Er schilderte uns in kurzen Zügen das Vorgefallene; und Emersons Mitgefühl für Jumana, das den scharfsichtigen Blick seiner blauen Augen gemildert hatte, wich blankem Zorn.

»Großer Gott«, erboste er sich. »Er hätte euch umbringen können! Nefret – Ramses – warum habt ihr mich nicht geweckt?«

»Dafür blieb uns keine Zeit, Vater«, sagte Ramses. Damit hatte er gewiss Recht; Emerson braucht mindestens zehn Minuten, bis er seine fünf Sinne beisammen hat, wenn man ihn aus dem Schlaf reißt. Ramses fuhr mit derselben nüchternen Stimme fort: »Ich habe mich verschätzt. Ich hätte Nefret dort nicht allein lassen dürfen.«

»Hinterher ist man immer schlauer«, räumte ich ein, wohl wissend, dass er zu Selbstvorwürfen neigte, wenn etwas schief ging, ob es nun seine Schuld war oder nicht. Offen gestanden trug er häufig die Schuld, aber davon konnte in diesem Fall keine Rede sein.

Emerson war neben Nefret getreten. Er streckte seine Hand aus und zuckte zurück. »Der Stein hat dich an der Schulter getroffen?«

»Ja.« Lächelnd drehte sie den Kopf zu ihm und stöhnte auf. »Ich habe ein paar Prellungen, weiter nichts.«

Ich räusperte mich. »Dein medizinisches Fachwissen ist erheblich besser als meins, ganz klar, aber wenn du möchtest, dass ich –«

»Danke, Mutter, aber das ist nicht nötig. Es ist alles in Ordnung«, setzte sie leise hinzu.

»Na schön«, murmelte ich. »Und was unternehmen wir wegen Jamil?«

Das bewog Jumana zu einem weiteren Redeschwall, in dem sie schwor, dass sie Jamil nie wieder vertrauen werde, und vorschlug, wir sollten sie ruhig schlagen und bei Wasser und Brot einsperren oder mit dem widerlichen Nuri Said verheiraten, der bei ihrem Vater schon des Öfteren um ihre Hand angehalten habe. Sie verdiene es nicht besser. Sie verdiene das von uns beschlossene Schicksal und werde sich darin fügen.

Ich hätte sie liebend gern geschüttelt, hielt mich jedoch zurück. Als sie schließlich nach Luft japsend abbrach, schwammen ihre Augen in Tränen. Ich hatte keinen Zweifel daran, dass sie zutiefst aufrichtig war, andererseits suhlte sie sich in ihrem Elend.

»Aber, aber«, sagte Emerson gerührt, »es wird alles wieder gut. Zum Kuckuck, heul nicht.«

»Wie könnt ihr mir jemals verzeihen?«, schniefte sie, untermalt von dramatischen Schluchzern.

»Wir haben Jamil eine zweite Chance gegeben. Wie können wir bei dir anders handeln, wo du dich doch lediglich unangebrachter Liebe und Loyalität schuldig gemacht hast?«

»Ganz recht«, sagte ich, bevor es noch melodramatischer wurde. »Und jetzt, Jumana, solltest du dich wie – na ja, wie Nefret und ich verhalten. Tränen und Selbstvorwürfe sind typisch weibliche Eigenschaften, um sich aus der Verantwortung zu stehlen. Und so etwas dulde ich hier nicht. Du bist – im übertragenen Sinne – so stark wie ein Mann, und deshalb musst du –«

»Peabody«, sagte Emerson ernst, doch aus seinen blauen Augen blitzte der Schalk.

»Ja, ganz recht. Ich glaube, ich habe mich deutlich genug ausgedrückt, Jumana. Du hast dich töricht verhalten, und ich vertraue darauf, dass du deine Lektion gelernt hast. Du hast mir meine Frage noch nicht beantwortet. Hast du eine weitere Verabredung mit Jamil?«

Ramses antwortete für sie. »Ich bezweifle, dass er diese jetzt noch einhalten wird. Sie war für heute Abend geplant. Wieder in den Ruinen, Jumana?«

»Ja. Wir haben als Kinder dort gespielt. Aber Ramses hat Recht; er wird nicht kommen, inzwischen glaubt er bestimmt, dass ich ihn verraten habe. Er hat ein weiteres Grab entdeckt. Es ist auf dem Friedhof der Affen. Aber –« Sie spähte zu Nefret. »Aber das weißt du ja. Du hast uns belauscht!« In ihrer Stimme schwang ein leiser Vorwurf.

»Du kannst froh sein, dass wir das getan haben«, versetzte Ramses. »Jumana, du musst dir nichts vorwerfen. Du hast ihm erklärt, dass du nicht für ihn stehlen würdest, und ihn zu überzeugen versucht, dass er sich stellen soll. Und jetzt hast du dich aus freien Stücken zu deinem Tun bekannt.«

»Sofern sie uns alles gebeichtet hat«, versetzte ich, denn Jumana hatte sein Lob mit einem selbstgefälligen Lächeln erwidert. Die Jugend ist eben unbekümmert, was nur gut ist, wäre es doch reine Zeitverschwendung, sich über vergangene Fehler den Kopf zu zerbrechen; andererseits wollte ich das Mädchen nicht so leicht davonkommen lassen. »Wir sind bereit, dir eine zweite Chance zu geben, Jumana, aber wenn ich erfahren sollte, dass du uns noch irgendetwas verheimlicht hast –«

»Nein. Nein, ich schwöre es!«

»Dann hat er also noch ein weiteres Grab entdeckt?«, sinnierte Emerson. »Talentiertes Bürschchen.«

Ich maß Emerson vorwurfsvoll, da er sich viel zu schnell von archäologischen Spekulationen ablenken lässt, und fuhr mit meiner Befragung des Mädchens fort.

»Wie hat er sich mit dir in Verbindung gesetzt?«

»Ich habe eine Nachricht bekommen – nur ein Fetzen Papier, mit ein paar hingekritzelten Wörtern –, gestern, als wir in Gurneh waren. Von Mohammed Hammad.«

* * *

Wortreich fluchend stimmte Emerson zu, dass wir auf dem Weg zu unserem Exkavationsgelände einen Zwischenstopp in Gurneh einlegen und Mohammed Hammad auf den Zahn fühlen müssten. Im Dorf herrschte rege Betriebsamkeit und man begrüßte uns freundlich. Indes, als wir nach Mohammed

Hammad fragten, stellten wir fest, dass der Vogel ausgeflogen war. Seine Frau – seine ältere Frau – sagte, er habe in Koptos zu tun. Sein Sohn beteuerte, er sei in Kairo. Einer seiner Freunde war aufrichtiger. »Er ist geflüchtet, Vater der Flüche, als er von Abdul Hassans Tod erfahren hat.« Mit einem gewissen Bedauern setzte er hinzu: »Ich war nicht dabei, als sie das Grab plünderten.«

»Dafür solltest du Allah danken«, erwiderte Emerson. »Und besser auf seine Gebote achten. Du siehst, wie er Missetäter bestraft.«

»Im Koran steht nichts über Grabraub, Vater der Flüche.«

In Emersons grimmiges Mienenspiel schlich sich Neugier. Er liebt nichts mehr, als über religiöse Fragen zu streiten. Aber bevor er auf dieses Thema umschwenken konnte, schaltete ich mich ein. »Hat Mohammed gesagt, wovor er Angst hat?«, erkundigte ich mich.

Der Bursche zögerte, sein Blick auf Emersons Hand fixiert, die in seine Jackentasche gewandert war. Er wusste, er würde mehr Bakschisch herausholen können, wenn er einen Namen nannte; er wusste auch, dass er mit einer Lüge den Zorn des Vaters der Flüche heraufbeschwören würde.

»Er musste nichts sagen. Ein Tod mag ein Unfall sein, aber zwei sind eine Warnung. Jamil hatte ihnen gedroht, und sie lachten nur.« Schulterzuckend hielt er seine Hände weit auf. »Inzwischen ist ihnen das Lachen vergangen.«

»Hmmm«, brummte Emerson. »Es gibt eine Belohnung für den Mann, der uns sagen kann, wo der Junge sich versteckt hält.«

»Eine hohe Belohnung?« Der Bursche dachte nach und zuckte wieder die Schultern. »Ein Toter kann mit Geld nichts mehr anfangen, Vater der Flüche.«

»Er ist ein richtiger Philosoph, was?«, bemerkte Emerson auf Englisch. Er ließ einige weitere Münzen in die ledrig braune Handfläche gleiten und wandte sich ab.

Das Gespräch hatte auf der Straße stattgefunden, wenn man sie so nennen wollte; anders als das antike Arbeiterdorf mit seiner planmäßig angelegten Bebauung lagen die Häuser des neueren Gurneh überall verstreut – am Berghang, rings um die Gräber der Adligen des Alten Reiches. Einige der weniger bedeutenden Gräber ohne Inschriften waren bewohnt; der jeweilige Säulenhof, wo den geschätzten Verblichenen geopfert worden war, diente inzwischen schnöde als Stall für die Reittiere der Grabbewohner. Vor vielen dieser Grabhöhlen standen zylindrische Ziegelgebilde wie überdimensionale Pilze, mit den Rändern nach oben. Sie dienten als Getreidespeicher und als Schlafquartiere. Die Mulde am oberen Ende ist sicher vor Skorpionen, und die an Eierbecher erinnernden Ausbuchtungen an diesen Stelen halten Wasserkrüge – eine interessante und ungewöhnliche Anpassung an die örtlichen Gegebenheiten, die ich zur Erbauung der werten Leserschaft erwähne.

Nachdem er ein paar Schritte gegangen war, blieb Emerson abrupt stehen. »Mohammed kann die Nachricht nicht direkt von Jamil bekommen haben.«

Ich hätte ihm – so wie er mir des Öfteren – vorwerfen können, dass er voreilige Schlüsse zog, aber in diesem Fall musste ich ihm zustimmen. »Der Gedanke ist mir gar nicht gekommen«, gestand ich anerkennend. »Eher unwahrscheinlich, dass Jamil im Dorf auftaucht und das Risiko eingeht, sich von einem Mann anschwärzen zu lassen, dem er gedroht hatte.«

»Er könnte heimlich gekommen sein, in der Nacht, und ein Haus aufgesucht haben, wo ihn zumindest eine Person willkommen heißt«, gab Emerson zu bedenken.

Eine kurze, ziemlich unangenehme Pause schloss sich an. Jumana wich nicht von meiner Seite; sie fühlte sich ganz offensichtlich unwohl in ihrem Heimatdorf. Wie hätte es auch anders sein können, denn so wie sie gekleidet war, zog sie neugierige und feindselige Blicke auf sich, vor allem die der anderen Frauen.

»Meint ihr damit meinen Vater?«, fragte sie.

»Ja.« Emerson nickte. »Wie steht er eigentlich zu Jamil?«

»Ich habe nicht mehr mit meinem Vater geredet, seit er gesagt hat, ich soll sein Haus verlassen und nie mehr zurückkommen.«

Dem war wenig hinzuzufügen. Ihr harter, abweisender Ton offenbarte mir, dass Mitgefühl nicht erwünscht war.

»Ich wollte ohnehin mit Yusuf sprechen«, sagte ich. »Sollen wir jetzt zu ihm gehen?«

Emerson schaute auf seine Taschenuhr und seufzte: »Wir sind spät dran.«

»Dann schlage ich vor, du gehst schon voraus«, versetzte ich. »Du und Jumana. Nefret und ich werden uns nach seinem Wohlbefinden erkundigen und ihm unsere medizinische Hilfe anbieten. Ramses begleitet uns. Nein, Emerson, so ist es sicher am besten. Du würdest in sein Haus stürmen und den alten Mann bedrängen, bis er alles und jedes eingesteht. Meine Methoden der Befragung –«

»Ich weiß, wie sie sind«, sagte Emerson mit einem Blick auf meinen Schirm, den ich als Spazierstock benutzte. »Na gut.«

Er stapfte davon. Jumana warf mir einen dankbaren Blick zu und trottete Emerson nach. Wir anderen gingen den Hügel hinauf zu Yusufs Haus, das zu den schönsten im Dorf gehörte, und während wir dem gewundenen Pfad folgten, vorbei an Mausoleen, Mauerwerk und Müllhaufen, wurde ich den Gedanken nicht los, welch fabelhaftes Terrain dies für ein Versteckspiel wäre – oder für einen Flüchtigen, der jede Biegung des Pfades und jeden verborgenen Grabeingang kannte.

Unser Auftauchen geschah keineswegs inkognito; wir wussten uns von einer Schar neugieriger Zeitgenossen verfolgt, von denen einige vorausrannten, um unsere Ankunft zu vermelden. Als wir schließlich den Hof vor dem Haus erreichten, erwarteten uns bereits sämtliche Bewohner zum Willkommensgruß. In der Mehrzahl waren es Frauen und Kinder; die Männer, erfahrene Arbeiter wie die meisten von Abdullahs Familienmitgliedern, waren für uns oder für Cyrus tätig.

Die Gesetze der Höflichkeit verlangten, dass wir Erfrischungen zu uns nahmen und die formellen Begrüßungsfloskeln austauschten, dann erst konnte ich mit meiner Vernehmung beginnen. Als ich mich nach Yusuf erkundigte, reagierte zunächst niemand. Dann sagte Yusufs Hauptfrau Mahira – eine faltige, kleine, alte Dame, die aussah, als würde ein starker Windstoß sie umpusten, von der ich indes wusste, dass sie Lasten tragen konnte, die mich glatt umhauten: »Er ist in der

Moschee, Sitt Hakim. Er wird untröstlich sein, dass er dich verpasst hat.«

»Jetzt ist nicht die Stunde zum Gebet«, merkte Ramses an.

»Er ist immer im Gebet«, lautete die Antwort. »In der Moschee, hier oder sonstwo. Möchtest du noch etwas Tee, Sitt?«

Wir verabschiedeten uns höflich und brachen auf.

»Ich dachte, du wolltest sie nach Jamil fragen«, meinte Nefret auf dem Rückweg über den Hügel.

»Unwahrscheinlich, dass sie mehr wissen als wir«, erwiderte ich. »Jamils Mutter ist lange tot, und vermutlich sind die Mütter von Yusufs anderen Söhnen insgeheim froh, dass der Lieblingssohn des alten Mannes in Ungnade gefallen ist. Er würde keinen von ihnen um Hilfe bitten.«

»Ich frage mich, wofür Yusuf betet«, sinnierte Nefret.

»Dreimal darfst du raten«, sagte Ramses trocken. »Vielleicht sind wir auf dem Holzweg, Mutter. Ist dir schon einmal der Gedanke gekommen, dass Jamil und Yusuf Analphabeten sind?«

»Bist du sicher?«

»Bei Yusuf bin ich ganz sicher. Als Jamil für uns arbeitete, hat er nicht zu erkennen gegeben, ob er lesen und schreiben kann«, räumte Ramses ein, »vielleicht besaß er nur rudimentäre Kenntnisse, und das war ihm peinlich, oder er hat sie inzwischen erworben.«

Er legte die Hände zusammen und half mir in den Sattel.

»Auch gut«, seufzte ich, »mehr können wir im Augenblick nicht tun, und spekulieren bringt uns nicht weiter. Vielleicht hat dieser neuere Vorfall Jamil letzthin davon überzeugt, Luxor zu verlassen.«

Je länger ich darüber nachdachte, umso mehr Zweifel kamen mir, dass Jamil ein kaltblütiger Mörder sein könnte. Der Angriff auf Nefret war nicht geplant gewesen; er hatte in Panik reagiert, wie ein bedrängtes Tier. Was den Toten in dem Grab anbetraf, so gab es keinen Beweis, dass Jamil irgendeine Schuld traf, genauso wenig wussten wir, wie der Mann überhaupt gestorben war. Vielleicht hatte man ihm eins auf den Schädel gegeben oder ihm einen Stoß versetzt, möglicherweise war es aber auch ein Unfall gewesen. (Wenngleich Letzteres nach meinem Dafürhalten eher unwahrscheinlich war.)

Der bedenklichste Aspekt der ganzen Geschichte war Jamils Behauptung, dass er ein weiteres Grab entdeckt hätte – nicht weil ich ihm das abnahm, sondern weil ich befürchtete, dass Emerson ihm vorbehaltlos glaubte. Jamil war ein Aufschneider und ein Lügner, und ich vermochte mir durchaus vorzustellen, dass er uns und seine Schwester ins Bockshorn jagen wollte. Nach meiner Auffassung wäre es das Beste gewesen, sein Gerede über die Schluchten in den Westwadis zu ignorieren. Er mochte in seiner Borniertheit glauben, dass er uns abschrecken könnte, wahrscheinlicher aber war, dass er uns dazu bewegen wollte, ihm zu folgen. Und wenn er sich nun zu Eigen gemacht hatte, Leute über Klippen zu katapultieren ...

Bei unserem Eintreffen in Deir el-Medina nahm ich Emerson als Erstes beiseite und weihte ihn in meine Überlegungen ein. Er hörte mir nachdenklich zu, doch sobald ich ihm berichtete, dass eine Unterredung mit Yusuf nicht zustande gekommen sei, winkte er unwirsch ab. »Ich habe ohnehin nicht damit gerechnet, dass ihr irgendwas von ihm erfahren würdet, Peabody. Zum Henker mit ihm und Jamil.«

Gegen Ende der Woche hatten wir das Gelände vermessen und in Planquadrate unterteilt. Emerson war selbstverständlich der Ansicht, dass er das von unserem Vorgänger erforschte Gebiet erneut freilegen müsse, und dies erwies sich als weiser Entschluss. Wir entdeckten eine Reihe interessanter Objekte, darunter auch einen Korb voller Papyri. Sie waren in einem sehr schlechten Zustand, dennoch leuchteten Ramses' Augen bei diesem Fund, und er arbeitete mehrere Abende in dem kleinen Labor, das er sich in dem Haus eingerichtet hatte, und restaurierte sie fachmännisch.

Sennia hatte uns zwei Mal begleitet und sich damit vergnügt, von einem zum anderen zu laufen und jedem zu »helfen«. Nach selbigen Exkursionen zog es Gargery gleich nach unserer Heimkehr ins Bett. Ich erklärte ihm, dass er ihr nicht auf Schritt und Tritt folgen müsse; das Gebiet war umfriedet, Dutzende von

Menschen arbeiteten dort, und ich hatte ihr strikt untersagt, auf den Bergen herumzuklettern.

Er schüttelte den Kopf. »Sie wissen doch, wie sie ist, Madam, sie verschwindet von einer Sekunde auf die andere, und sie ist überall und nirgends. Was, wenn dieser junge Unhold Jamil ihr auflauern oder sie in eine frisch ausgehobene Grube fallen würde?«

Ich hielt es für eher wahrscheinlich, dass Gargery ein solches Missgeschick passieren könnte, dennoch ließ er sich nicht umstimmen. Seine selbst auferlegten Pflichten waren noch weitaus komplexer, aufgrund seines Argwohns gegenüber Jumana; für ihn waren wir hoffnungslos naiv, dass wir an ihre Besserung glaubten, und er versuchte sowohl sie als auch Sennia im Auge zu behalten. Wenn Sennia bei uns war, ging es sehr turbulent zu. Und Horus war ein weiterer Störfaktor. Wir konnten ihn nicht zu Hause lassen, da er auf die Hausmädchen losging und die Möbel zerkratzte. Die Entschiedenheit, mit der er Sennia überallhin folgte, führte zu einigen unangenehmen Szenen zwischen ihm und Gargery.

Die andere Katze war wesentlich umgänglicher. Sie hatte sich bemerkenswert rasch erholt, und nachdem ihr Fell sauber war, entpuppte sie sich als ein recht hübsches Tier, schwarz gefleckt, mit einem gestromten Schwanz; aber auch sie wollte nicht allein zu Hause bleiben. Sie trottete hinter Ramses her und mauzte jämmerlich, wenn er zur Exkavation aufbrach. Ramses duldete nicht, dass sie in einen Käfig eingesperrt wurde, und verschlossene Türen und Fensterläden waren für sie kein Hindernis. Ich hatte keine Ahnung, wie sie entwischen konnte, aber Sennia wartete rasch mit einer Erklärung auf. »Es ist die Große Katze des Re«, verkündete sie. »Sie hat magische Kräfte.«

Ramses' Brauen schossen fragend nach oben, während er das winzige Wesen auf seinem Knie maß, und Sennia beeilte sich hinzuzufügen: »Ich weiß, sie ist noch nicht sehr groß, aber sie wird wachsen.«

Nefret wollte sie Osiris nennen, da sie quasi von den Toten zurückgekehrt war, aber von da an hieß sie die Große Katze des Re und hörte schon bald auf ihren Namen. Emerson, der Katzen liebt und über einen gelegentlich kindlichen Humor verfügt, hatte seinen Spaß daran, diese bombastische Bezeichnung zu brüllen, worauf auch prompt ein winziges, quirliges Kätzchen angesprungen kam. Anfangs war Horus fasziniert von dem Geschöpf. Von einem irgendwie unpassenden mütterlichen Instinkt geleitet, putzte er es, bis es kreischte, und schleppte es am Nackenfell herum. Doch das langweilte ihn schließlich. Dies ist keine Seltenheit, selbst bei unseren Artgenossen.

Gegen Ende der Woche schlug Emerson vor, die Arbeit früher einzustellen und nach Medinet Habu aufzubrechen, um Cyrus' Fortkommen zu inspizieren. Wir nahmen die Katze mit; sie war noch so klein, dass sie in Ramses' Jackentasche passte, und ich muss sagen, es war ein niedlicher Anblick, wie sie, die Pfötchen über den Taschenrand gekrallt, neugierig in die Welt blinzelte. Unsere Katzen waren kleine Berühmtheiten in Ägypten, da man ihnen übernatürliche Kräfte nachsagte. Vermutlich würde diese keine Ausnahme bilden.

Zur Zeit der Pyramiden waren die Totentempel der jeweiligen Monarchen in die Grabanlage integriert gewesen. Als die Pharaonen der 18. Dynastie beschlossen, ihre Grabstätten in die Schluchten der westlichen Wüstengebirge zu verlegen, mussten die Tempel an anderer Stelle errichtet werden. Vor langer Zeit hatten sie den Rand des Kulturlandes gesäumt. Die meisten befanden sich inzwischen in einem tragischen Zustand des Verfalls, aber Medinet Habu, der Tempel von Ramses III. (nicht zu verwechseln mit Ramses II.), war recht gut erhalten und sehr aufschlussreich. Die gewaltigen Pylone, durch die man den Tempelbezirk betrat, spiegelten die kriegerischen Auseinandersetzungen jener Zeit wider; im Innern fanden sich jedoch einige reizende Szenen von seiner Majestät im Getändel mit den Hofdamen. (Lassen Sie mich rasch hinzufügen, dass keine Obszönitäten abgebildet waren.) Der erste riesige Eingangspylon war fast intakt, seine Fassade und die Fassaden der Höfe und Kolonnaden mit Reliefs und Inschriften bedeckt. Der Ort war sowohl Residenz als auch religiöse Kultstätte gewesen; eingestürzte Ziegelmauern zeugten von der Stelle, wo einst ein Palast gestanden hatte. Neben den Monumenten von Ramses III. gab es noch zwei weitere Bauwerke, eines, begonnen in der frühen 18. Dynastie, war von späteren Herrschern in der römischen Periode vollendet worden. Ein anderer, kleinerer Komplex war den Gemahlinnen des Gottes Amun geweiht, der im Theben der späten Dynastien nahezu königlichen Status genoss. Und diese Kultstätte wollte Cyrus freilegen.

Wir schritten durch die Eingangspylone in den riesigen, offenen Hof. Emersons scharfer Blick sondierte die Umgebung, von dem kleineren Tempel zu unserer Rechten vorbei an den gewaltigen Pylonen von Ramses III. und nach links, wo die Kapellen der Gottesgemahlinnen standen. Seine anziehenden Züge spiegelten seine Emotion: Neid, schlicht und ergreifend. Wenn Emerson eine besondere ägyptologische Leidenschaft hat, dann für Tempel, so wie ich für Pyramiden, und er hatte jahrelang darauf gehofft, Medinet Habu in Angriff nehmen zu können. Allerdings hatte er mir erst im letzten Jahr gestanden, dass es ein Lebenswerk werden würde. Er wiederholte dies, derweil er sich versunken umschaute – ein Mann, der sich Tatsachen zu stellen sucht, die er eigentlich nicht wahrhaben mag.

»Wir haben zu wenig Arbeiter«, sagte ich wie schon damals. »Und es besteht keinerlei Hoffnung, dass wir derzeit erfahrene Leute anheuern können. Viele der jüngeren Kollegen sind in der Armee.«

»Verfluchter Krieg«, grummelte Emerson. »Aber mit Lia und David, und mit Walter und Evelyn –«

»Ja, mein Schatz, das wäre fabelhaft, und ich hoffe von ganzem Herzen, dass sie sich uns irgendwann wieder anschließen. Bis dahin müssen wir das Beste aus unserem Schicksal machen, dankbar sein für das Positive und das Negative mit Fassung tragen.«

»Papperlapapp«, sagte Emerson und stapfte zu dem mit Seilen eingegrenzten Gelände, wo Cyrus' Männer arbeiteten.

Cyrus begrüßte uns vergnügt und bot Tee an, den Emerson schnöde ablehnte. »Ich möchte mich erst einmal umsehen, Vandergelt.«

»Sie sind vergebens gekommen, wenn Sie meinen, ich könnte Ihnen auch nur irgendwas Neues zeigen«, sagte Cyrus mit Grabesstimme, dennoch führte er uns zu einem kleineren Monument. Auf dem Eingangsbogen befanden sich mehrere Reihen mit Hieroglyphen, die Ramses mit Kennerblick inspizierte. Die Katze, die auf seine Schulter geklettert war, beugte sich vor und starrte so intensiv darauf wie er. Ich verspürte nicht übel Lust, sie nach einer Übersetzung zu fragen.

»Was steht da?«, erkundigte ich mich stattdessen bei Ramses.

»Es handelt sich um eine Aufforderung an die Besucher, für die Bewunderer der Göttin Amenirdis und für ihren Nachfahren zu beten, der diese Kapelle für sie errichtet hat. *O Ihr Lebenden auf Erden ... wenn Ihr Eure Kinder liebt und Ihnen Eure Titel, Eure Hoffnungen, Eure Seen und Eure Kanäle überlassen wollt ... dann sagt ... Das übliche Gebet, das Brot und Bier und alles Schöne und Gute zur Erbauung der Dame erbittet.*«

»Wie reizend!«, entfuhr es mir.

Ramses musterte mich belustigt. »Eher nicht. Die Dame bittet zwar sehr liebenswürdig, aber die Inschrift endet genau genommen mit einer Drohung. Wenn ein Besucher nicht die richtigen Worte spricht, werden er und seine Gattin von einer Krankheit heimgesucht.«

Der offene Innenhof, mit Säulen auf beiden Seiten, führte zu einem angeschlossenen Sanktuarium. Zur Rechten dieses Monuments, das zugleich Grabstätte und Totentempel war, standen drei kleinere Kapellen, einer Königin und zwei weiteren Gottesgemahlinnen geweiht. Diese Damen hatten mich schon immer fasziniert, denn ihr Status war höchst ungewöhnlich. Allesamt Königstöchter, waren sie nicht die Gemahlinnen von Königen, sondern die des Gottes Amun, der offenbar seine Manneskraft eingebüßt hatte, anders als in der 18. Dynastie, wo er die Königin in Gestalt ihres Gatten aufgesucht und den Thronfolger gezeugt hatte. Diese Gottesgemahlinnen, die auch den Titel Bewunderinnen des Gottes trugen, bekamen keine Kinder, sondern adoptierten ihre Nachkommen. Es gab praktische politische Erwägungen für diese Taktik; die Spätzeit war eine von Umsturz geprägte Ära; der Thron von Ägypten ging von Pharao über Usurpator zu Eroberer und zurück; viele dieser Männer, die im Norden residierten, schickten königliche Töchter nach Theben, die die regierende Gottesgemahlin beerben und damit Kontinuität und eine gewisse Legitimation erreichen sollten.

Die Position war ausgesprochen ehrenvoll, die Inhaberin von Luxus und Prestige umgeben; gleichwohl hatte ich mich des Öfteren über diese Frauen gewundert. Zu lebenslangem Zölibat verurteilt, die Freuden der Mutterschaft verwehrt, war ihnen nicht einmal das Vergnügen vergönnt, dies mit Macht zu kompensieren, denn es ist mehr als wahrscheinlich – Männer sind eben Männer –, dass diese Damen schlichtweg Marionetten waren, kontrolliert von dem König und den mächtigen Adligen in Theben.

Allerdings wäre ich die Letzte, die abstreiten würde, dass das Zölibat Vorteile hat, wenn die Alternative eine Standesehe mit einem ungeliebten Mann ist. Was die Freuden der Mutterschaft angeht ... ich spähte zu Ramses, der, in die Inschriften vertieft, weiterschlenderte. Wir benutzten Taschenlampen, da die ummauerte Innenkammer stockfinster war. Das diffuse Licht betonte seine anziehenden Züge und das kleine Lächeln, das seine völlige Versunkenheit bewies. Ja, es war die Sache wert gewesen, auch wenn ich zeitweilig ernsthafte Bedenken gehegt hatte. Allerdings entwickeln sich nicht alle Kinder so prächtig wie er.

Wir inspizierten die anderen Kapellen, die nicht so gut erhalten waren. Im Boden von einer klaffte ein gezacktes Loch, da man dort die Steinquader entfernt hatte.

»Verflucht, hier unten ist rein gar nichts«, beschwerte sich Cyrus.

Emerson maß ihn finster. »Zum Teufel, Vandergelt, ich habe Ihnen doch gesagt, dass die Grabkammern leer sind. Sie setzen die Bodenplatten besser wieder ein, bevor irgendein saublöder Tourist in das Loch fällt.«

»Vielleicht hat es noch eine weitere Bestattung gegeben«, verteidigte sich Cyrus. »Schließlich gibt es vier Kapellen und fünf Gottesgemahlinnen.«

»Mehr als fünf«, räumte Ramses ein. Er rasselte die Namen herunter. Sie hatten einen exotischen, beinahe poetischen Klang. »Karomama, Taschakheper, Schepenupet, Amenirdis, Nitokris, Anch-nes-nefer-ib-Re.«

»Und wo sind die alle?«, erkundigte sich Cyrus. »Und die Sarkophage und Mumien der hier Bestatteten?«

»Jumana hat mich das auch schon gefragt«, gestand Ramses. »Sie hatte die romantische Vorstellung, dass sie versteckt wurden, um sie vor Grabräubern zu schützen.«

»Unfug«, knurrte Emerson.

»Wir wissen, wo zwei der Sarkophage sind beziehungsweise waren«, bemerkte ich. »Bei Deir el-Medina, in Grabschächten hoch oben in den Bergen. Dort wurden sie von Leuten hingeschafft, die sie für ihre eigenen Bestattungen benutzen wollten. Einer war bereits mit dem neuen Namen und den Titeln versehen von – äh –«

»Pamontu«, kam mir Ramses zu Hilfe. »Ein Priester aus der ptolemäischen oder frühen römischen Periode, schätzungsweise fünfhundert Jahre nachdem die letzte Gottesgemahlin gestorben und bestattet war.«

»Das wollte ich gerade sagen, Ramses.«

»Verzeih mir, Mutter.«

»Von daher ist es nicht unwahrscheinlich«, fuhr ich fort, seine Entschuldigung mit einem Nicken registrierend, »dass die ursprünglichen Grabkammern hier in Medinet Habu im ersten Jahrhundert nach Christus leer waren, bis auf die Sarkophage. Sie waren zu schwer und wertlos für gewöhnliche –«

»Ja, ja, Peabody«, unterbrach mich Emerson. »Vandergelt, Sie sind genauso schlimm wie Jumana. Ihr muss man das nachsehen, aber Sie sollten es doch wirklich besser wissen. Der Geröllhaufen westlich von hier könnte die Ruine einer fünften Kapelle sein.«

»Abu und Bertie arbeiten derzeit dort.« Cyrus deutete vage nach Westen. »Bislang ohne Erfolg. So langsam habe ich es wirklich satt, Emerson.«

»Was denn, die saitischen Kapellen? Sie spielen doch hoffentlich nicht mit dem Gedanken, in ein anderes Gebiet umzuziehen? Ihnen fehlen geschulte Leute, um die größeren Tempel anzugehen.«

»Das weiß ich selber!« Er spähte zu Ramses, der mit Nefret sprach, und senkte die Stimme. »Fakt ist, Emerson, dass keiner von uns das Potenzial für diese Aufgabe mitbringt. Sicher, wir können die Stätte freilegen und ordnungsgemäß vermessen, aber was wir wirklich brauchen, ist jemand, der die Inschriften und Reliefs überträgt.«

»Ramses können Sie nicht haben«, versetzte mein Gatte.

»Emerson«, murmelte ich.

»Nein, kann er auch nicht! Ich weiß, ich habe gesagt, der Junge kann tun, was ihm Spaß macht, und arbeiten, für wen er will, aber – äh – verdammt, Vandergelt, einem anderen den Mitarbeiterstab abzuwerben ist eine der miesesten, niederträchtigsten –«

»Zum ... Donnerwetter, Emerson, so was würde ich nie tun!«

Ihre aufgebrachten Stimmen ließen Ramses aufmerken. »Irgendwelche Probleme?«, erkundigte er sich.

»Keine Probleme«, versetzte Cyrus. »Hm – sehen Sie, Emerson, ich dachte nur gerade ... Wie wäre es, wenn wir tauschen würden? Sie übernehmen Medinet Habu und ich Deir el-Medina.«

Emerson öffnete den Mund, um einen Protestschrei loszulassen. Dann glätteten sich seine Züge. Er kratzte sich sein Kinn. »Hmmm«, sagte er.

»Cyrus, das ist ja ein ungeheuerlicher Vorschlag«, entfuhr es mir. »Sie können archäologische Stätten doch nicht tauschen wie Küchengerät!«

»Ich sehe nicht, wer uns davon abhalten sollte«, beharrte Cyrus. »Die Antikenverwaltung hat zu viel um die Ohren, als dass sie sich mit zwei renommierten Exkavatoren wie uns anlegen würde. Was meinen Sie, Emerson, alter Knabe?«

Emersons Gesicht verzog sich zu einem Grinsen. »Sie wollen diese Gräber in Deir el-Medina?«

»Jedes Grab ist besser als gar keins«, konterte Cyrus. »Und hier ist keins. Was mir vorschwebt, ist eine Expedition zum Friedhof der Affen, aber –«

»Sie würden sich den Hals brechen, wenn Sie durch diese Wadis kletterten«, erklärte Emerson ungehalten. »Und Ihre Zeit verschwenden. Die beste Methode, Gräber in diesem Gebiet zu lokalisieren, ist die, den Gurnawis zu folgen – oder nach einem heftigen Gewitter loszuziehen, wie diese Burschen es tun.«

»Es sieht aber nicht nach Regen aus. Kommen Sie schon, Emerson, diese Aufgabe ist ganz nach Ramses' Geschmack. Sehen Sie sich den Jungen doch an.«

Er schien in seinem Element. Er und Nefret waren ganz in Anspruch genommen von den Reliefs – und voneinander. Sie hielten Händchen und diskutierten leise, während sie die Wand abschritten. Blitzschnell, wie es meine Art ist, erwog ich das Für und Wider von Cyrus' Angebot. Einiges sprach dafür. Die Reliefs mussten übertragen werden, bevor der Zahn der Zeit und Vandalen sie zerstörten. Dies war der perfekte Ort für die fotografische Kopiertechnik, die Ramses entwickelt hatte, und Nefret würde an seiner Seite arbeiten – in seiner Nähe, in einem schönen, sicheren, eingegrenzten Gelände. Und während sie das taten, konnte Emerson nach Herzenslust in den Ruinen herumbuddeln. Allerdings ...

»Einverstanden?«, fragte Cyrus erwartungsvoll.

»Einverstanden womit?«, wandte Nefret sich an ihn.

»Kommen Sie mit und nehmen Sie den Tee mit Bertie und mir ein, und wir werden Ihnen alles erzählen«, schlug Cyrus vor.

Als wir die Kapelle verließen, warf ich noch einen raschen Blick auf die Inschrift. *Eine Opfergabe, die der König darbringt, tausend Brote und Bier und alles Schöne und Gute ...*

»Hast du etwas gesagt, Mutter«, forschte Ramses.

»Äh – ich habe bloß eine kleine Melodie gesummt, Ramses.«

»Was führt Vater jetzt wieder im Schilde?«

»Ich überlasse es ihm, euch alles zu erklären, mein Schatz.«

Und das tat er, ohne einen Einwurf oder auch nur einen einzigen Vorbehalt zuzulassen. Nachdem ich die Angelegenheit reiflich erwogen hatte, waren mir gewisse Bedenken gekommen. Monsieur Lacau, der Maspero als Direktor der Antikenverwaltung ersetzt hatte, würde unsere Zuwiderhandlung vermutlich eine ganze Weile nicht bemerken; er war zum Kriegsdienst nach Frankreich zurückgekehrt und hatte seinem Stellvertreter Georges Daressy das Feld überlassen. Daressy war ein großartiger Mensch, den wir seit Jahren kannten, aber selbst ihn könnte unser unerlaubtes Vorgehen brüskieren.

Solche Überlegungen hatte Emerson erst gar nicht. Er hatte stets getan, wonach ihm der Sinn stand, und nachher die Konsequenzen getragen (allerdings mit großem Gezeter). Als ich gewahrte, dass Ramses mich durchdringend musterte, die Brauen skeptisch gefurcht, fielen mir einige dieser Konsequenzen ein, unter anderem auch, dass wir für immer aus dem Tal der Könige verbannt werden sollten, nachdem Emerson Maspero und jeden, der ihm in die Quere kam, beleidigt hatte.

Ich räusperte mich. »Vielleicht sollten wir uns die Sache noch einmal durch den Kopf gehen lassen, bevor wir uns entscheiden, Emerson.«

»Warum denn?«, maulte Emerson. »Die Idee ist einfach grandios. Ramses freut sich wie ein Schneekönig, dass er die Inschriften kopieren kann –«

»Ich würde lieber in Deir el-Medina weiterarbeiten, Vater«, sagte Ramses höflich, aber bestimmt. Emerson sah ihn verblüfft an, und ich bedachte Ramses mit einem anerkennenden Nicken. Er hatte lange gebraucht, um den Mut aufzubringen, seinem Vater zu widersprechen. »Das Gebiet ist einzigartig«, fuhr Ramses fort. »Weißt du eigentlich, welche Aufschlüsse wir dort gewinnen können? Wir haben bereits mehrere Papyrusrollen und die Tontäfelchen; sie bestätigen meine Vermutung, dass die Bewohner jenes Dorfes Handwerker und Künstler waren, die an den Pharaonengräbern im Tal der Könige mitgearbeitet haben.«

»Sie waren Diener am Ort der Wahrheit«, unterbrach Emerson. »Einige Wissenschaftler glauben, dass sie Priester waren.«

»Ihre Titel deuten auf etwas anderes. Zeichner, Architekt, Vorarbeiter ...«

»Das klingt ja alles sehr interessant«, fiel Emerson ihm ins Wort, der schlagartig jegliches Interesse verloren hatte. »Ähhm ... deine Einschätzung ist mir natürlich wichtig, mein Junge. Wir wollen später darüber diskutieren, was?«

Er hatte sich auf seinen Plan versteift und nicht die Absicht, davon abzuweichen. Als Cyrus ihn daran erinnerte, dass wir am Abend an einer seiner beliebten Soireen teilnehmen würden, fluchte er nicht einmal.

Ich wandte mich an Bertie, der zu grübeln schien, denn er hatte nach der Begrüßung keinen Ton mehr gesagt.

»Was meinen Sie, Bertie?«

Sein braunes Haar war von der Sonne gebleicht, seine Haut leicht gebräunt. Er war kein Adonis, sein freundliches, offenes Lächeln indes sehr anziehend. »Mir ist alles recht, Mrs Emerson. Ich bin nur ein angelernter Handlanger, wie Cyrus sagen würde.«

»Sie wirken so nachdenklich«, bohrte ich. »Fühlen Sie sich auch wohl hier?«

»Oh ja, Madam. Danke der Nachfrage.«

»Sie haben sich für die Archäologie entschieden, um Cyrus einen Gefallen zu tun«, sagte ich und tätschelte seine Hand. »Das war nett von Ihnen, Bertie, aber er würde Sie gewiss nicht zwingen wollen, wenn es Ihnen nicht zusagt.«

»Ich würde noch mehr für ihn tun.« Bertie errötete leicht, wie jeder Engländer, wenn er seine Emotionen preisgibt. »Er war sehr gut zu mir, wissen Sie. Ich wünschte mir nur ...«

»Was denn, Bertie?«

»Oh – dass ich etwas wirklich Einzigartiges für Cyrus entdecken könnte. Eher unwahrscheinlich«, fügte er wenig selbstbewusst hinzu. »Ich bin wirklich fleißig, Mrs Emerson, aber ich werde nie so gut werden wie Ramses. Oder wie Sie, Madam.«

»Man kann nie wissen«, erwiderte ich. »Viele große Entdeckungen beruhen auf Zufällen. Von daher ist nicht einzusehen, warum Sie nicht genauso erfolgreich sein sollten wie die anderen.«

Nach der Teezeit kehrten wir nach Deir el-Medina zurück, um Selim und Daoud zu konsultieren. Daoud hatte keine Meinung zu diesem Thema – Emersons Entscheidungen waren für ihn Gesetz. Selim verschränkte die Arme und musterte Emerson mit gestrengem Blick.

»Wir haben hier einen guten Anfang gemacht, Emerson.«

»Cyrus und Bertie können die Arbeit fortsetzen«, erwiderte Emerson ungerührt. »Der Junge entwickelt sich zu einem recht guten Exkavator.«

Selim spähte zu Jumana, die Ramses half, die am Morgen entdeckten Inschrifttäfelchen einzusammeln. »Wollt ihr sie hier bei Effendi Vandergelt lassen?«

Emerson grinste. »Stört sie dich?«

»Sie redet immer sehr laut. Und ich traue ihr nicht.«

»Du wirst schon genauso zynisch wie dein Vater«, schmunzelte ich. »Ich bin sicher, Jumana würde uns erzählen, wenn Jamil wieder mit ihr Kontakt aufzunehmen versuchte. Eure Nachforschungen in Gurneh haben nichts Neues ans Licht gebracht, oder?«

»Nein«, räumte Selim ein.

»Also, wenn du keine weiteren Einwände hast, Selim, werden wir unseren Plan umsetzen«, mischte Emerson sich ein. »Du und Daoud mit uns in Medinet Habu, und Jumana natürlich auch.«

»Effendi Vandergelt wird hier nach Gräbern suchen wollen«, murrte Selim verdrossen.

»Zweifellos.« Emerson griente. »Was ist daran schlimm?«

* * *

Cyrus' Soiree war wie alle seine Partys – elegant und vornehm. Als überaus aufgeschlossener Gastgeber lud er immer jeden ein, dessen er habhaft werden konnte, sodass sich eine bunt gewürfelte Gesellschaft einfand: Freunde, die das ganze Jahr in Luxor lebten, Touristen, einige Kollegen – zu wenige, leider, in diesen schrecklichen Zeiten – und Angehörige des Militärs. Ich war an dem Punkt angelangt, wo mich allein der Anblick einer Uniform depressiv stimmte, und ich betete, dass endlich der Tag kommen möge, an dem die Männer diese ablegen und wieder ein normales Leben führen könnten.

Diejenigen, die überlebt hatten.

Ich nahm einen Schluck von dem Champagner, den Cyrus mir reichte, und sagte mir: Kopf hoch! Kein Schatten zeichnete Cyrus' faltiges Gesicht, und in der Tat war er einer der glücklichsten Männer. Reich und respektiert, glücklich verheiratet, konzentriert auf die geliebte Arbeit, hatte ihm nur eines gefehlt, und Bertie hatte es ihm gegeben – die tiefe Zuneigung eines Sohnes, der auch sein Mitstreiter bei der Arbeit war.

»Was überlegen Sie, Amelia?«, fragte Cyrus. »Sie wirken so nachdenklich. Ist dieser junge Halunke Jamil wieder aufgetaucht?«

»Nein, wir haben nicht mehr von ihm gehört. Tut mir Leid, wenn ich den Eindruck erweckt habe, dass ich mich nicht amüsiere. Ich bin natürlich gern bereit, Ihre Gäste zu unterhalten, Cyrus. Ist jemand darunter, der besänftigt, erheitert oder provoziert werden müsste?«

Cyrus schmunzelte. »Vor allem Letzteres. Ganz wie Sie möchten, Amelia; aber wenn Sie sich jemanden herauspicken wollen, dann würde ich Joe Albion vorschlagen. Vor Jahren war er ein geschäftlicher Konkurrent von mir, und er besitzt eine der weltweit besten privaten Antiquitätensammlungen. Ich möchte ungern raten, wie er das eine oder andere Stück erworben hat.«

»Ich wusste nicht, dass er ein Bekannter von Ihnen ist«, sagte ich, die rundliche Gestalt und das dralle rote Gesicht von Mr Albion unter den Gästen registrierend. »Er und seine Familie waren auf demselben Schiff wie wir, und sie sind uns neulich in der Nähe von Deir el-Bahari über den Weg gelaufen. Eine offen gestanden merkwürdige Familie. Mr Albion bat uns, ihn doch mit einigen Grabräubern bekannt zu machen.«

Cyrus gab einen inbrünstigen amerikanischen Stoßseufzer von sich. »Heiliger Strohsack! Das klingt mir ganz nach Joe.«

»Ich dachte, er würde scherzen. Er ist so ein juxiger, kleiner Mann.«

»Juxiger Joe.« Cyrus grinste, strich dann aber betreten über seinen Spitzbart. »Nichts für ungut, Amelia. Er genießt den Ruf, über Leichen zu gehen.«

»Seine Gattin scheint ihm treu ergeben zu sein.«

»Es ist eine sonderbare Ehe«, gestand Cyrus. »Sie stammt aus einer der besten Familien in Boston, und Joe ist ein Niemand. Keiner konnte sich erklären, warum sie ihn geheiratet hat; aber jetzt lebt sie wie eine Königin – und der Junge wuchs heran wie ein Prinz.«

Ich hatte kein sonderliches Interesse, mit irgendeinem von

den Albions zu plaudern, also ging ich von einer Gruppe zur anderen und kümmerte mich besonders um die, die fremd waren oder sich nicht zu amüsieren schienen. Es war meine Pflicht, aber ich kann nicht sagen, dass ich sie gern erfüllte; die meisten Gentlemen redeten ohnedies von nichts anderem als dem Krieg. Emerson hatte Recht behalten; die Deutschen hatten einen U-Boot-Krieg angekündigt, auf alle Schiffe der alliierten und neutralen Nationen. Dies brachte die derzeitigen Touristen in eine etwas prekäre Lage. Einer von ihnen, ein hoch aufgeschossener, zurückhaltender Amerikaner namens Lubancic, betrachtete die Sache philosophisch.

»Sie können es nicht lange durchhalten. Das wird die amerikanische Regierung aufbringen, und es würde mich nicht wundern, wenn wir schon ziemlich bald mit drinsteckten. Egal«, fügte er lächelnd hinzu, »es ist gar nicht so übel, in Ägypten festzusitzen. Hier gibt es viel zu sehen und zu tun, und die Preise sind niedrig, nachdem der Tourismus zum Erliegen gekommen ist. Meinen Sie, es besteht die Möglichkeit, dass ich ein bisschen mitgraben kann, Mrs Emerson? Schätze, es gibt jede Menge Einheimische, die sich anwerben lassen.«

Es war eine häufig gestellte Frage; die wenigsten Ägyptenbesucher wussten um die diesbezüglichen Vorschriften, und viele glaubten ganz naiv, dass man nur graben müsste, um einen prächtigen Schatz zu finden. Ich fand es zwar schade, Mr Lubancic die Illusion nehmen zu müssen, denn er schien mir ein ganz passabler Bursche, dennoch sah ich mich veranlasst, ihn aufzuklären.

»Man muss eine Genehmigung der Antikenverwaltung vorweisen können, und alle Exkavationen müssen von einem erfahrenen Archäologen überwacht werden. Momentan gibt es davon nicht viele.«

»Die Engländer und die Franzosen haben anderes im Kopf als die Archäologie«, warf ein anderer Gentleman ein. »Der Krieg an dieser Front scheint allerdings erfolgreich zu verlaufen. Die Senussi ziehen sich zurück, und die Türken wurden aus dem Sinai vertrieben.«

»Aber die britische Vorhut hat vor Gaza Halt gemacht«, wandte Mr Lubancic ein.

»Es ist nur eine Frage der Zeit, bis wir Gaza besetzen«, sagte ein Militärbeamter und zwirbelte seinen gewaltigen Schnurrbart. »Diese Kümmeltürken sind doch keine Bedrohung für uns.«

Seine Dienstabzeichen wiesen ihn als Stabsmitglied aus, und seine massige Statur und das gerötete Gesicht legten die Vermutung nahe, dass er den Krieg hinter einem Schreibtisch in Kairo ausgefochten hatte. Ein weiterer, jüngerer Offizier musterte ihn mit kaum verschleierter Verachtung. »Diese Kümmeltürken waren eine ziemliche Bedrohung in Rafa, und Gaza wird auch nicht leicht einzunehmen sein. Rings um die Stadt befinden sich Schützengräben, und sie haben überall Festungswälle angelegt – von Gaza bis Beersheba.«

Das Gespräch mündete in eine Strategiediskussion, und ich entschuldigte mich. Die entlegene Stadt Gaza interessierte mich nun wirklich nicht.

Aus Manuskript H

Cyrus' Soiree war wie alle seine Partys – elegant, vornehm und voller anödender Leute. Ramses hielt Cyrus für einen kompetenten Gesprächspartner, wenn keine Fremden zugegen waren; er konnte nicht verstehen, wie ein Mann freiwillig eine derart versnobte Bande um sich ertrug, ja sie sogar einlud. Er hatte keine Lust zu reden. Seine Familie hatte sich zerstreut; seine Mutter plauderte mit Katherine. Nefret »vergnügte« sich, und sein Vater, dessen gesellschaftliche Umgangsformen seine Frau verzweifeln ließen, ignorierte alle Anwesenden und strebte geradewegs zu Bertie. Sein wildes Gestikulieren und Berties respektvolle Haltung vermittelten Ramses, dass sein Vater ihre Exkavation in Deir el-Medina schilderte und wie im Weiteren zu verfahren sei.

Jumana war mitgekommen, sehr hübsch in einem blassgelben Kleid, das ihre braune Haut und ihr glänzendes schwarzes Haar unterstrich. Ramses fragte sich, wie ihr solche Feste gefallen mochten. Selbst ihr ausgeprägtes Selbstbewusstsein musste inmitten so vieler Fremder einen leichten Dämpfer bekommen, denn viele ignorierten oder brüskierten sie. Das hätten sie bei keinem anderen von Cyrus' Gästen gewagt, aber sie war augenscheinlich Ägypterin, und man war es nicht gewohnt, gesellschaftlich mit »Einheimischen« zu verkehren.

Seine Augen schweiften wie gewöhnlich zu seiner Frau. Sie sah ihn und zwinkerte ihm kaum merklich zu, bevor sie sich wieder auf ihre Gesprächspartnerin konzentrierte, eine große, stattliche, mit Schmuck behängte Person; als sie den Kopf drehte und Nefret auf irgendetwas oder irgendjemanden aufmerksam machte, wusste er, dass er sie schon einmal gesehen hatte, aber nicht mehr wo.

Ramses gefiel sich in seiner Rolle als heimlicher Beobachter, als jemand ihm auf die Schulter tippte und er sich umdrehte. Das Gesicht, das ihn anstrahlte, kam ihm irgendwie bekannt vor, indes konnte er den Burschen nicht zuordnen.

»Albion, Joe Albion. Wir haben uns auf der Schiffspassage kennen gelernt.«

Ramses widersprach ihm nicht. »Gewiss, ich erinnere mich, Sir«, sagte er höflich.

Der kleine Mann lachte schallend. »Nein, das tun Sie nicht, junger Mann. Habe zwar versucht, Sie kennen zu lernen, aber Sie sind uns aus dem Weg gegangen. Haben Ihre Ma und Ihr Pa erzählt, dass wir uns neulich auf dem Pfad ins Tal der Könige getroffen haben?«

»Äh – nein, Sir.«

»Ich habe Ihren Pa gefragt, ob er mich mit ein paar Grabräubern bekannt machen kann«, fuhr Albion fort. »Er hat abgelehnt. Schien mir ein bisschen verstimmt.«

»Ma« und »Pa« waren schon schlimm genug gewesen; nach dieser infamen Äußerung verschluckte sich Ramses an seinem Champagner. Albion klopfte ihm auf den Rücken.

»Sollten nicht gleichzeitig reden und trinken, junger Mann. Brauche ohnehin keinen Tipp von Ihnen; hier gibt es genug Burschen, besonders in diesem Dorf – Gurneh. Hab neulich mit einigen von ihnen geplaudert.«

»Mit wem?«, erkundigte sich Ramses.

»Einem Burschen namens Mohammed.« Albion kicherte. »Aber so heißen hier ja wohl alle.«

Ramses hatte sich wieder gefasst, war sich aber immer noch unschlüssig, ob der Mann ihn nicht hochnahm. »Ich denke, ich kenne diesen Mohammed. Sie können in ernste Schwierigkeiten geraten, wenn Sie sich auf ihn und seine Freunde einlassen, Mr Albion.«

»Lassen Sie das mal meine Sorge sein.« Er grinste breit, doch für Augenblicke trat ein Ausdruck in seine tief liegenden Augen, der Ramses zweifeln ließ, ob Albion wirklich so naiv und harmlos war, wie er tat.

»Kommen Sie, ich mache Sie mit meinem Sohn bekannt«, fuhr der kleine Mann fort. Seine teigige Hand packte Ramses' Arm, und Ramses ließ sich zu einem jungen Mann schleifen, der mit hängenden Schultern etwas abseits von den anderen stand und ein Glas Champagner umklammerte, seine Miene distanziert. Vermutlich genau wie meine, dachte Ramses bei sich. Entweder befand der junge Mr Albion die Anwesenden seiner Aufmerksamkeit nicht würdig, oder er war schüchtern.

Er richtete sich zu seiner vollen Länge auf, etwas unter eins achtzig, als sein Vater mit Ramses auftauchte. Sein schmales, reserviertes Gesicht und die Brille erinnerten an einen Wissenschaftler, gleichwohl schien er gut trainiert, wenn auch ein bisschen füllig um die Taille. Seine herben Züge entspannten kaum merklich, als sein Vater Ramses vorstellte.

»Kann mir vorstellen, dass ihr zwei jungen Typen viele Gemeinsamkeiten habt«, fuhr der Senior etwas kurzatmig fort. »Da muss man sich doch kennen lernen, was? Steh nicht besonders auf Konventionen. Die Leute nennen Sie Ramses, nicht? Ist wohl ein kleiner Scherz, schätz ich. Ramses – Sebastian. Sebastian – Ramses.« Er grölte. »Hab den britischen Sinn für Humor noch nie kapiert.«

Er stapfte davon, und Sebastian sagte: »Freut mich, Sie kennen zu lernen. Ich habe mir Ihr Buch über die ägyptische Grammatik angesehen; schien mir recht plausibel, aber ich gebe offen zu, ich bin kein Sprachgenie. Die ägyptische Kunst ist mein Spezialgebiet.«

»Wo haben Sie studiert?«, erkundigte sich Ramses.

»Harvard.«

Natürlich, dachte Ramses, wo sonst? Der Akzent war unmissverständlich und völlig anders als der seines Vaters. Albion war das, was seine Mutter als »ganz normalen kleinen Mann von der Straße« bezeichnet hätte. Ramses mochte »ganz normale« Menschen, aber er fragte sich, wie der lustige, ignorante Albion einen dermaßen überheblichen, selbstgefällig-intellektuellen Pedanten hervorgebracht hatte. Sebastian schienen die Manieren seines Vaters nicht zu stören, was ein Punkt zu seinen Gunsten war.

Indes der einzige. Der junge Albion monologisierte weiter. Und weiter. Er sei nicht geneigt, es Amerikas ältester Universität zuzuschreiben, dass er ein zugegebenermaßen belesener Mann sei. »Es wird nicht viel getan für die ägyptische Kunst als solche«, konstatierte er. »Ich musste mir vieles selber aneignen. Ich habe alles verschlungen, was das Metropolitan Museum und das Boston Museum of Fine Arts anzubieten haben. Ein Winter in Ägypten schien mir der logische nächste Schritt.«

»Und der Aspekt des Grabraubs?« Ramses gelang es schließlich, ihn zu unterbrechen. »Ich vertraue darauf, dass es ein kleiner Scherz Ihres Vaters war. Eine Reihe von Leuten, darunter auch *mein* Vater, fänden das keineswegs vertretbar.«

»So etwas passiert doch ständig, oder?«

»In einem gewissen Rahmen; aber –«

»Ja, ja«, erwiderte Sebastian gönnerhaft. »Ich weiß, was Menschen wie Sie darüber denken. Und nun zu *meinem* Buch –«

Ramses erhaschte Nefrets Blick und zog eine frustrierte Grimasse, auf die sie grinsend, mit einem angedeuteten Nicken, reagierte.

Sebastian faselte ungerührt weiter. Natürlich würde sein Gegenüber ein Buch schreiben, dachte Ramses. Eines jener Bücher, die nie fertig gestellt werden, weil der Autor immer wieder neues Material hinzuzieht. Ramses kannte einige solcher Wissenschaftler; er hatte stets vermutet, dass der eigentliche Grund für das ständige Hinauszögern ihrer Publikation aus der Angst vor Kritik resultierte. Sebastian erklärte, er plane, sich weltweit jedes ägyptische Artefakt anzuschauen. Es würde das definitive

Werk über die ägyptische Kunst werden – wenn er es abgeschlossen habe.

»Was machen Sie dann in Luxor?«, wandte Ramses ein. »Das Museum in Kairo –«

»Ja, ja, ich weiß. Ich werde das Museum demnächst aufsuchen, wollte mir aber die Grabmalereien in situ ansehen, also vor Ort – Fotos machen, Skizzen und so weiter. Ich bin Hobbysammler, und ich hatte gehofft, hier ein paar gute Stücke zu finden.«

Ramses musste sich mäßigen, Sebastian nicht über den Mund zu fahren. »Wenn Sie mich bitte entschuldigen«, hub er stattdessen an. »Meine Frau –«

»Das ist sie, nicht wahr?« Sebastian drehte den Kopf. »Reizende Frau. Hoffe, es macht Ihnen nichts aus, wenn ich das so sage.«

Ramses machte es etwas aus, vor allem Sebastians leicht herablassender Ton, als er fortfuhr: »Dieses bezaubernde kleine Geschöpf. Ist sie für alle zu haben, oder hält Vandergelt sie nur für sich und Bertie aus?«

Einen ungeheuerlichen Augenblick lang glaubte Ramses, der Bursche meine Nefret. Dann gewahrte er, dass Sebastian zu Jumana spähte.

Nefret war auf dem Weg zu ihnen, als sie sah, wie Ramses' Miene gefror. Sein Gesichtsausdruck war Vorbote eines unbeherrschten Zorns, der die Vernunft und alles andere außer Kraft setzte – mit Ausnahme des primitiven Instinkts, handgreiflich zu werden. In zwei langen Schritten war sie bei ihnen, hakte sich bei ihrem Mann unter und fasste seine Hand. Unter dem Druck ihrer Finger entkrampften seine allmählich. »Sie müssen Mr Sebastian Albion sein«, sagte sie beiläufig. »Ich habe vorhin mit Ihrer Mutter geplaudert. Ich bin Nefret Emerson.«

»Angenehm.« Albion war Ramses' Reaktion nicht entgangen. Er trat einen Schritt zurück.

»Katherine möchte dich etwas fragen, Ramses«, fuhr Nefret fort. »Würden Sie uns bitte entschuldigen, Mr Albion?«

»Nur noch eine Minute«, sagte Ramses. »Wir müssen noch eine Sache klären, Albion. Die Dame, auf die Sie sich beziehen, ist eine Schutzbefohlene von Mrs Vandergelt und ein Mitglied unserer Familie.«

»Ihrer Familie? Aber sie ist doch sicher –«

»Ein Mitglied unserer Familie«, wiederholte Ramses. »Und ein unbescholtenes junges Mädchen. Woher zum Teufel haben Sie die fixe Idee, dass jede ägyptische Frau Freiwild ist? Aus den Bordellen in Kairo?«

»Ramses«, murmelte Nefret.

Albion war kreidebleich geworden. Er murmelte etwas, das nach einer Entschuldigung klang, nickte knapp zu Nefret und trollte sich.

»Was in aller Welt hat er denn gesagt?«, wollte Nefret wissen. »Du warst ja drauf und dran, ihn zu verprügeln!«

»Das war ich, was?« Seine Finger verhakten sich mit den ihren. »Irgendwie schade, dass du mir dazwischengefunkt hast.«

»Es hätte Cyrus' Party ruiniert«, stellte Nefret sachlich fest. »Ich habe dich beobachtet und gesehen, wie du zunehmend aufgebrachter wurdest. Irgendwas wegen Jumana?«

»Das kannst du dir doch denken.«

»Ja. Diese Missgeburt«, zischte sie.

»Über was hast du denn mit seiner Mutter geredet?«

»Über ihn. Und seinen Vater. Das ist alles, worüber sie sich unterhalten kann! Den alten Knaben nennt sie ›meinen Mann, Mr Albion‹. Ich dachte, das wäre seit fünfzig Jahren aus der Mode.«

In ihrer unbekümmerten Art tat sie die Albions als exzentrische Störenfriede ab, und damit hatte sie Recht. Ramses schämte sich fast, dass Sebastian ihn hatte provozieren können. »Und wie nennt sie diese Missgeburt?«

Nefret giggelte. »Er ist einzig und allein ›mein Sohn Sebastian‹. So wie sie es betont, klingt es wie ein Fürstentitel.«

»Wann können wir heimgehen?«

Nefret drückte seinen Arm. »Wann du willst, mein armer Schatz. Du warst ein guter Junge und musst belohnt werden.«

Er lächelte, und ihr Herz setzte für Sekundenbruchteile aus, wie immer, wenn er sie so ansah. Ich bin hoffnungslos verliebt, dachte sie. Absolut hoffnungslos, und ich bin froh darüber.

Emerson war noch nicht bereit zum Aufbruch. Er habe noch ein paar Dinge mit Bertie zu klären, und dann müsse er die ganze Sache wiederum mit Cyrus durchsprechen, der zu der Gruppe gestoßen war.

»Geht ruhig schon vor«, sagte er großzügig.

»Kann ich mit euch gehen?«, bat Jumana.

»Natürlich«, sagte Nefret und schalt sich insgeheim, dass sie das Mädchen vernachlässigt hatte. Bei Anlässen wie diesem brauchte es jede nur mögliche Unterstützung.

Ramses bot Jumana galant seinen Arm und verzog keine Miene, als sie sich kichernd an ihn hängte. Er wollte sie für die Kränkung entschädigen, von der sie glücklicherweise nicht einmal ahnte, und seine Frau wurde einmal mehr daran erinnert, wie sehr sie ihn liebte.

Sie fasste seinen anderen Arm, und gemeinsam strebten sie zur Tür. Dann spürte sie, wie sich die Muskeln unter ihrer Hand anspannten. Sebastian trat ihnen in den Weg.

»Es war ein Missverständnis«, murmelte er. »Ich bitte um Entschuldigung.«

Wen?, überlegte Nefret. Er hatte Ramses angesprochen, sie oder Jumana indes keines Blickes gewürdigt.

Ramses nickte knapp und führte die Damen zu der wartenden Kutsche.

»Wer war das?«, erkundigte sich Jumana neugierig. »Er war sehr höflich.«

»Irgendein Tourist«, erwiderte Ramses. »Sehr langweilig, wie Sennia sagen würde.«

Lachend fing Jumana an zu plaudern und wiederholte, was Emerson über Deir el-Medina berichtet hatte. Sie hatte ein ausgezeichnetes Gedächtnis.

Nefret lehnte sich zurück und ließ sie erzählen. Der junge Albion musste wirklich Nerven haben! Warum hatte er sich überhaupt die Mühe gemacht, sich zu entschuldigen? Um sich und seine Familie bei den Emersons einzuschmeicheln? Jumana zu ignorieren, war vermutlich das Vernünftigste, was er tun konnte.

Er durfte doch wohl kaum erwarten, einem Mädchen vorgestellt zu werden, das er zu verführen hoffte – und schon gar nicht von dem Mann, der ihn bereits gewarnt hatte.

* * *

Während des Frühstücks redete Emerson über seine Pläne. Er beabsichtigte, sich mit Cyrus und Bertie in Deir el-Medina zu treffen, um die ganze Sache noch einmal durchzusprechen. Nichts von dem, was Ramses und ich einwandten, zeitigte auch nur die geringste Wirkung auf seinen Dickschädel, und als ich begriff, dass es ihm tatsächlich ernst war mit seinem hanebüchenen Vorhaben, musste ich mich wirklich beherrschen. Ich hatte nicht vor, dieses zu billigen, aber eine lautstarke Auseinandersetzung bei Tisch wäre unfein gewesen, vor allem in Sennias Gegenwart.

»Wenn du das vorhast, brauchst du mich ja nicht«, verkündete ich. »Ich fahre nach Luxor. Nefret, du könntest mich doch gut begleiten. Dank der Egozentrik gewisser Personen hast du noch keine Gelegenheit gefunden, irgendetwas für euer Haus einzukaufen.«

Statt mir zu widersprechen, schien Emerson erleichtert. Genauso wenig wie ich von ihm wollte er einen Vortrag von mir hören. Ich hatte noch eine kurze Unterredung mit Miss Sennia, die an unserem Einkaufsbummel teilnehmen wollte, aber letztlich schüttelte ich sie alle ab. Nefret und ich schlenderten darauf zu ihrem Haus, wo ich ihr einige konstruktive Vorschläge machen konnte.

Alles schien in Ordnung. Das war mir klar, da Fatima nach dem Rechten sah, und ich entdeckte nichts Auffälliges. Najia werkelte bereits im Salon, wischte Staub und fegte. Das Geburtsmal war nicht wirklich entstellend – nur ein rötlicher Fleck, der eine Wange bedeckte –, dennoch hielt sie ihr Gesicht während unseres Gesprächs abgewandt. Sie hatte ungeschickt versucht, es mit einer weißlichen Paste zu kaschieren, was nach meinem Dafürhalten noch mehr auffiel als der Geburtsmakel. Ich nahm mir fest vor, Nefret zu fragen, ob es nicht irgendeine Kosmetik gäbe, die besser wirkte.

Das andere Mädchen, Ghazela, war ihre Cousine; in gewisser Weise waren sie allesamt Cousinen. Der Name war nicht besonders passend; sie war keine feingliedrige Gazelle, sondern eine pausbäckige, stämmige Jugendliche von vielleicht vierzehn Jahren. Sie freute sich, dass sie für Nefret arbeiten durfte, und das berichtete sie mir sehr ausführlich. Wie die meisten aus der jüngeren Generation – auch die Mädchen –, verfügte sie über eine marginale Schulbildung. Wir plauderten über ihre Pläne und Vorhaben – unterdessen brachte ich einige kleine, behutsame Vorschläge zur Herdreinigung an –, als Nefret, die ihre Handtasche und einen kleidsameren Hut hatte holen wollen, hereinkam.

»Ich dachte mir, dass ich dich hier finden würde, Mutter. Ist alles zu deiner Zufriedenheit?«

»Wie ich sehe, habt ihr den Herd benutzt.«

»Nur für den Frühstückskaffee. Najia macht ihn hervorragend.«

»Dann bist du also mit den Mädchen zufrieden?«, erkundigte ich mich, nachdem wir aus dem Haus gegangen waren.

»Oh ja. Was sehen wir uns heute an?«

»Hast du denn keine Liste?« Ich wedelte mit meiner.

»Ich habe alles im Kopf«, kicherte Nefret. »Es macht sowieso mehr Spaß, etwas zu entdecken, von dem man gar nicht gewusst hat, dass man es braucht.«

Als Erstes suchten wir das Geschäft von Abdul Hadi auf, denn je eher er anfinge, umso besser. Nefret hatte wirklich alles mental gespeichert; sie gab einige Möbelstücke in Auftrag – Stühle und Tische und Truhen – und zeichnete grobe Skizzen davon, einschließlich ihrer Abmessungen. Abdul Hadi lief geschäftig umher, seine Knie knackten jedes Mal, wenn er sich bücken musste, und er versicherte ihr, dass die Ehre ihrer Kundschaft ihn dazu ansporne werde, Tag und Nacht zu arbeiten. Wir ließen ihn knackend und katzbuckelnd zurück und Nefret sagte: »Zwei Wochen.«

»Er hat eine Woche gesagt.«

»Das war nur seine übliche Floskel. Aber ich denke, ich kann einiges in vierzehn Tagen bekommen, wenn ich nicht locker lasse.«

Sämtliche Händler kannten uns und zauberten das Beste hervor, darunter auch einen wunderschönen handgewebten Stoff, aus dem Nefret Kissen für den Salon genäht haben wollte. Ich halte mich für eine effiziente Einkäuferin, war aber noch nie so schnell von einem Geschäft ins andere und von Souk zu Souk gefegt wie an diesem Tag. Schließlich landeten wir bei einem Töpfer, wo Nefret Tongefäße in allen Formen und Größen erstand.

»Einige sind für den Innenhof«, erklärte sie. »Ich möchte Hibiskus und Zitronenbäume und Rosen, und Bougainville.«

»Dann«, sagte ich und musste mich räuspern. »Dann ... gefällt euch das Haus? Es ist nach eurem Geschmack?«

»Ja, Mutter, selbstverständlich. Hast du daran gezweifelt?«

Das hatte ich nicht – nicht wirklich –, aber ich hatte ihnen auch kaum eine Wahl gelassen! Und bei zwei so eigenwilligen Geschöpfen kann man nie sicher sein. Jetzt wusste ich, dass ich sie geködert hatte. Eine Frau kauft keine neuen Möbel für ein Haus, wenn sie dort nicht bleiben will.

Wir gönnten uns ein Mittagessen im Winter Palace, wo wir uns angeregt unterhielten. Es gibt keinen besseren Gesprächspartner als Emerson – wenn er guter Laune ist –, trotzdem ist es unmöglich, Haushaltsangelegenheiten im Beisein von Männern zu diskutieren. Nach dem Essen schlug ich vor, bei Mohassib vorbeizuschauen.

»War das der eigentliche Grund, weshalb du nach Luxor wolltest?«, forschte Nefret, ihre Stirn leicht gekraust.

»Aber nein, mein Schatz. Es ist mir eben erst eingefallen. Wir haben noch viel Zeit, und wer weiß, wann wir wieder nach Luxor kommen, und ich habe Cyrus versprochen, ich würde ein Schwätzchen halten mit Mohassib und über –«

»Hast du das wirklich?«

»Ihm versprochen? Mein Ehrenwort.«

»Verstehe. Also gut, Mutter. Aber mich verkaufst du nicht für dumm. Du willst Jamil stellen.«

»Einer muss es schließlich tun«, seufzte ich. »Emerson hat das Interesse verloren – das war mir ohnehin klar, nachdem er seine Arbeit aufgenommen hat – und den missratenen Bengel nimmt ja sonst keiner ernst.«

Die Scharen von Dragomanen und Fremdenführern, welche die Stufen zum Hotel besiedelten, teilten sich vor uns wie das Rote Meer. Wir schlenderten weiter, vorbei am Luxor Tempel. Ich konnte diese prachtvollen Säulen nie passieren, ohne einen Blick zu riskieren, aber Nefret schien sie gar nicht zu bemerken. Sie schritt aus, mit gesenktem Kopf, ihre Hände hinter dem Rücken verschränkt, und sagte: »Ist dir schon mal der Gedanke gekommen, dass Jamil derjenige gewesen sein könnte, von dem Aslimi diese Artefakte bekommen hat, die du in Kairo gekauft hast?«

»Ich habe daran gedacht, ja. Die Beschreibung passt. Er hat die fraglichen Gegenstände heimlich auf die Seite gebracht, während sie das Grab ausräumten – du musst wissen, sie betrügen einander, wo sie nur können –, und ist von seinem Geldanteil nach Kairo gefahren. Jamil ist nicht übermäßig intelligent, aber er konnte sich ausrechnen, dass ihm die Händler in Kairo bessere Preise zahlen würden als Mohassib.«

»Ja, ganz recht«, murmelte Nefret. »Du bist entsetzlich fixiert, wenn du eine Spur verfolgst, Mutter.«

»Überhaupt nicht, mein Schatz. Ich habe keinerlei Schwierigkeiten, mich gleichzeitig auf mehrere Dinge zu konzentrieren.«

Ihre Stirn glättete sich, ihre Mundwinkel zuckten belustigt. »Solange du keine deiner berühmt-berüchtigten Vorahnungen hinsichtlich Jamil hast.«

Diese Empfindung als Frühwarnsymptom oder Vorahnung zu bezeichnen, wäre nicht ganz korrekt gewesen. Sie beruhte eher auf langjähriger Erfahrung mit der kriminellen Spezies und einer gesunden Portion Zynismus. Erfahrungsgemäß mutieren Kriminelle nicht plötzlich zu rechtschaffenen Menschen. Nach wie vor brauchte Jamil Geld, und er war nicht gut zu sprechen auf uns. Daran hatte sich nichts geändert, und je häufiger wir seine Pläne durchkreuzten, umso unberechenbarer würde er.

Mohassib war der bekannteste und meist geschätzte Antiquitätenhändler in Luxor. Er kämpfte seit mindestens zehn Jahren mit dem Tod und lag in ebendiesem Augenblick im Sterben, wie uns sein wachhabender Diener informierte.

»Dann wird er mich vor seinem Ableben bestimmt noch sehen wollen«, erwiderte ich und drückte ihm das erwartete Bakschisch in die Hand.

Er lag im Bett, auf Kissen aufgepfropft, und wirkte wie ein biblischer Patriarch mit seinem schneeweißen Rauschebart; aber er war nicht allein. Ich blieb abrupt stehen, als ich die Albions bemerkte.

»Verzeihung«, sagte ich. »Der Diener hat mich nicht darauf hingewiesen, dass du noch andere Gäste hast.«

»Das macht gar nichts«, entgegnete Mr Albion, der die Angewohnheit zu haben schien, jedes Gespräch an sich zu reißen. »Wir wollten ohnehin gerade gehen. Nett, Sie zu sehen, Mrs Emerson – und Mrs Emerson. Hoffe, Sie sind nicht hergekommen, um für Mohassibs Schätze zu bieten. Ich habe ihm bereits ein Angebot gemacht.«

»Tatsächlich?« Ich nahm mir einen Stuhl, dokumentierte damit meine Absicht zu bleiben. »Ich hatte den Eindruck, dass Sie einen Grabräuber suchen und nicht von Händlern kaufen wollen.«

Mrs Albions Lippen teilten sich, wie ein klaffender Riss in einem Eisblock. »Mr Albion beliebt zu scherzen, Mrs Emerson. Er hat einen wunderbaren Sinn für Humor.«

»Das stimmt«, sagte ihr Gatte aufgeräumt. »Ich bin ein richtiger Witzbold, Mrs Emerson. Man sieht sich.«

Der jüngere Mr Albion, schweigsam wie immer, folgte seinen Eltern.

Nachdem wir die üblichen Höflichkeitsfloskeln ausgetauscht und uns nach unserem jeweiligen Befinden erkundigt hatten, bestellte Mohassib Tee für uns und sagte: »Sind das Freunde von dir, Sitt?«

»Nur Bekannte.«

»Gut.«

»Warum sagst du das?«, erkundigte ich mich, hellhörig geworden.

»Es sind merkwürdige Leute. Ich verfüge über eine gute Menschenkenntnis, Sitt Hakim, und würde diesem launigen kleinen Mann nicht trauen. Er will zu viel für zu wenig.«

»Was wollte er denn?«, schaltete Nefret sich ein. »Einen Teil von dem Prinzessinnen-Schatz? Oder gleich alles?«

»Schatz?«, wiederholte Mohassib und riss die Augen auf. Kein Heiliger hätte unschuldiger dreinblicken können. »Ah – ihr habt also auch das Gerücht gehört von einem reichen Fund am Gabbanat el-Qirud? Die Männer von Luxor sind unverbesserliche Lügner. Vielleicht gab es gar keinen Schatz.«

»Komm schon, Mohammed«, sagte ich. »Du weißt, dass es einen solchen Fund gegeben hat, und ich weiß, dass die Diebe ihn dir verkauft haben, und du weißt, dass ich das nicht beweisen kann, und ich weiß, dass es, selbst wenn ich das könnte, kaum wahrscheinlich ist, dass man dir ein Verbrechen anhängt. Warum sprichst du nicht offen zu mir, deiner alten Freundin? Effendi Vandergelt würde gut bezahlen für solche Objekte, wenn sie den Beschreibungen entsprechen.«

Mit dem größten Vergnügen ließen wir uns auf den üblichen Austausch von Andeutungen und Tipps, Kopfschütteln und Nicken, geschürzten Lippen und skeptisch gehobenen Brauen ein. Ich war richtig stolz auf mich, dass ich diese Form der Kommunikation beherrschte, die Emerson rundweg ablehnte. Mohassib erklärte schließlich nachdenklich, dass, wenn er von solchen Artefakten erfahren sollte, er seinen Freunden natürlich gern einen Gefallen erweisen würde.

»Hervorragend«, sagte ich, wohl wissend, dass ich nicht mehr erwarten durfte. Mohassib spielte immer das naive Unschuldslamm, aber diesmal hatte das Geschäft Wellen geschlagen, und ich vermutete, dass er die Artefakte erst dann wieder anpreisen würde, wenn sich die Wogen geglättet hätten.

Wir trennten uns in aller Freundschaft. Augenzwinkernd trug Mohassib mir Grüße für Emerson auf, dessen Meinung von ihm er nur zu gut kannte. An der Tür blieb ich stehen und drehte mich um, als wäre mir plötzlich noch etwas eingefallen. Allerdings war mir diese Frage schon die ganze Zeit im Kopf herumgeschwirrt.

»Ist Jamil hier gewesen?«

Völlig unvorbereitet, da in der festen Überzeugung, dass das Gespräch vorüber sei, erlitt Mohassib einen heftigen Hustenanfall. Ich wusste, dass dieses Phänomen nur dazu diente, Zeit zu gewinnen, also ließ ich nicht locker.

»Tu nicht so, als wüsstest du nicht, wen ich meine. Jamil, Yusufs jüngster Sohn. Hat er versucht, dir Artefakte aus dem Prinzessinnen-Grab zu verkaufen?«

Mohassib schüttelte heftig den Kopf. »Nein«, röchelte er. »Nein, Sitt Hakim. Ich dachte, er hätte Luxor verlassen.«

»Ich hoffe, du sagst die Wahrheit, Mohassib. Zwei der anderen Grabräuber sind unter mysteriösen Umständen zu Tode gekommen, und Jamil hegt einen Groll gegen alle, die in diese Geschichte verwickelt sind.«

Mohassibs Husten war wie weggeblasen. »Willst du damit sagen, dass Jamil sie umgebracht hat?«

»Ich wiederhole nur den neuesten Klatsch, alter Freund«, antwortete ich. »Da du nichts mit den fraglichen Artefakten zu tun hast, hast du auch keinen Grund zur Besorgnis, oder?«

Mohassib seufzte. Er überlegte kurz, dann sagte er: »Jamil hat mir nichts aus dem Grab der Prinzessinnen gebracht. Mein Ehrenwort, Sitt Hakim.«

Er presste die Lippen so fest zusammen, dass sie in seinem Bart verschwanden. In dem Bewusstsein, dass ich diesem widerspenstigen alten Knaben nicht mehr entlocken könnte, wiederholte ich meine guten Wünsche, und wir verließen das Haus.

»Meinst du, er hat die Wahrheit gesagt?« Nefret winkte eine Droschke weiter, die angehalten hatte.

»Über Jamil? Im übertragenen Sinne, ja. Er hat nicht abgestritten, dass er den kleinen Gauner gesehen hat. Meine Warnung – denn als solche war sie gemeint und so hat Mohassib sie auch aufgefasst – hat ihn zwar überrascht, aber weder zu einer Indiskretion verleitet noch sonderlich beunruhigt. Er ist sicher in seinem Haus, hinter diesen dicken Mauern und gut bewacht. Na ja, es war einen Versuch wert.« Wir schlenderten weiter, nickten grüßenden Passanten zu, und ich fuhr fort: »Was ich interessant fand, war seine Einschätzung von Mr Albion. Wir treffen ständig mit ihnen zusammen, nicht wahr? Glaubst du, dass sie uns verfolgen, weil sie uns Böses wollen?«

Nefret lachte und hakte sich bei mir unter. »Nun kling nicht gleich so hoffnungsvoll, Mutter. Allerdings ist es wirklich ein merkwürdiges Trio.«

»Was hältst du von dem jungen Mr Albion?«

Sie antwortete mit einer Gegenfrage. »Hat Ramses dir erzählt, was er auf Cyrus' Soiree gesagt hat – über Jumana?«

»Nein.«

Sie wiederholte die Bemerkung des jungen Mannes. Ich schüttelte den Kopf. »Abgeschmackt, aber keineswegs erstaunlich. Ich schätze, Ramses hat dem jungen Mann ordentlich den Kopf gewaschen.«

»Ramses hätte ihn um ein Haar verdroschen. Du kennst doch diesen Gesichtsausdruck von ihm – weiß um den Mund, die Augen schmal? Ich bin zu ihm gehechtet und habe ihn gerade noch rechtzeitig am Arm gepackt, um Schlimmeres zu verhindern; aber er hat einige wohl überlegte Kommentare zum Besten gegeben. Wollen wir eine Feluke nehmen? Es ist so ein schöner Tag.«

»Es ist ein überaus angenehmer Tag gewesen, mein Schatz. Ich hoffe, die anderen hatten es genauso schön wie wir.«

Aus Manuskript H

»Die sind wir los«, sagte Emerson mit Genugtuung in der Stimme, als seine Frau in Begleitung seiner Schwiegertochter das Haus verließ. Er und Ramses hatten sich heimlich im Garten herumgedrückt – anders konnte man es nicht nennen. »Jetzt können wir unsere Ausrüstung holen.«

Er hatte Jumana nach Deir el-Medina vorausgeschickt, wo sie die anderen vorwarnen sollte, dass sie sich eventuell verspäten könnten. Selim und Daoud waren bereits dort; sie konnten das Gelände ebenso gut erklären wie er.

Da Emerson der festen Überzeugung war, dass niemand eine Sache besser machen könnte als er, schwante Ramses, dass sein Vater irgendetwas vorhatte. Er musste ihn nicht einmal fragen. Als sie ihre Rucksäcke schulterten und mehrere schwere Seilrollen, sagte er nur: »Wir gehen zu Fuß? Es ist ein langer Marsch bis zum Friedhof der Affen.«

»Eine gute Stunde zu Fuß«, erklärte Emerson. »Es hat keinen Sinn, die Pferde zu nehmen, wir müssten sie ohnehin unterwegs zurücklassen, und ich will die armen Tiere nicht stundenlang der prallen Sonne aussetzen.«

»Soll heißen, du willst Deir el-Medina nicht zu nahe kommen, weil du Bedenken hast, dass Cyrus uns entdecken und fragen könnte, wohin wir wollen. Vater, was soll das Ganze?«

»Ich will nur eine vorbereitende Begutachtung vornehmen.«

Der ausweichende Ton hätte seine Frau gewiss im höchsten Maße misstrauisch gestimmt. »Vorbereitend wofür? Du willst doch nicht etwa Deir el-Medina *und* Medinet Habu zugunsten der Westwadis aufgeben, oder? Und was ist mit Cyrus? Er wird sich nicht mit einfachen Arbeiterbehausungen zufrieden geben, während wir Gräber von Königinnen suchen.«

Emersons Miene nahm einen hochmütig-selbstgerechten Ausdruck an. »Cyrus ist nicht in der Lage, eine derartige Begutachtung vorzunehmen. Er könnte sich verletzen. Das hätte uns gerade noch gefehlt.«

»Also tun wir ihm damit einen großen Gefallen, richtig?«

Emerson betrachtete sein ernstes Gesicht und lachte schallend. »Schön, dass du mir zustimmst, mein Junge. Ich habe mich noch nicht entschieden, wo wir arbeiten werden. Ich möchte mich noch ein bisschen umsehen. Ohne«, setzte er scharf hinzu, »ein halbes Dutzend Leute, einschließlich deiner Mutter, die mir in die Quere kommen.«

Emerson gab ein ordentliches Tempo vor; er hatte darauf bestanden, die schwerere Last zu tragen, was ihn nicht im Geringsten zu beeinträchtigen schien. Obschon er nicht stehen blieb, grüßte er jeden Passanten und beantwortete bereitwillig ihre Fragen. Mehrere erkundigten sich, wohin sie gingen. Emerson sagte es ihnen. Während er mit den langen Schritten seines Vaters mithielt, dämmerte Ramses, dass Emerson eigentlich gar nicht damit rechnete, Jamils Grab selber aufzuspüren. Stattdessen hoffte er, dass Jamil wieder auftauchen werde.

»Glaubst du, dass er dort erscheinen wird?«, fragte er.

»Wer? Oh. Hmph. Er ist da gewesen. Er wird früher oder später einen Fehler machen, und dann sind wir am Zug.«

»Du weißt doch gar nicht, ob er der maskierte Dämon war.«

»Wer denn sonst? Die Gurnawis erlauben sich keine so makabren Scherze.«

»Mutter wird es herausbekommen, das weißt du – vor allem wenn Jamil einen von uns mit einem Felsbrocken treffen sollte.«

»Höchst unwahrscheinlich«, brummelte Emerson. »Andererseits ... Es gibt keine bessere Gefährtin als deine Mutter – wenn sie guter Laune ist –, aber Frauen sind einem manchmal im Weg. Insbesondere deine Mutter.«

Ramses grinste, sparte sich indes den Atem für eine Antwort. Er litt nicht unter falscher Bescheidenheit, was seine körperliche Fitness betraf, aber mit seinem Vater mitzuhalten, fiel selbst ihm schwer. Emerson musste sich für einen seiner berühmt-berüchtigten »Rundwanderwege« entschieden haben, denn sie erkletterten bereits einen steilen, gewundenen Pfad, der sie schließlich im weiten Bogen um Deir el-Medina und das Tal der Königinnen führen würde.

Sie waren spät aufgebrochen und Emerson von daher in Eile. Sobald sie den höchsten Punkt des Pfades erreicht hatten, kamen sie auf dem relativ ebenen Felsplateau schneller voran. Gedankenversunken folgte Ramses seinem Vater.

Er wollte weder hier noch in Medinet Habu sein. Wenn es nach ihm gegangen wäre, hätten sie sich in dieser Saison auf Deir el-Medina konzentriert. Er hatte das nicht explizit erwähnt, und offenbar machte die Faszination für Tempel seinen Vater blind gegen das, was Ramses sah: eine einzigartige Gelegenheit, mehr über das Leben der gewöhnlichen Ägypter zu erfahren, nicht über Pharaonen und Adlige, sondern über Männer, die hart arbeiteten für ihren Lebensunterhalt, und ihre Frauen und Kinder. Die entdeckten Materialien mit den Hieroglyphen enthielten Arbeitsanweisungen und Vorratslisten und aufschlussreiche Verweise auf familiäre Beziehungen, freundliche und weniger freundliche, die sich über viele Generationen erstreckten. Er war sicher, dass sich noch weitere Papyri finden ließen; einer der Männer hatte berichtet, dass vor Jahren eine ähnliche Kartusche aufgespürt worden sei, unweit der

Stelle, wo diese aufgetaucht war. Wenn sein Vater ihn dort graben ließe ...

Er wollte nicht hier sein, aber ihm blieb keine Wahl. Hatte Emerson erst einmal Witterung aufgenommen, dann ließ er sich nicht mehr davon abbringen, und allein durch die Westwadis zu streifen war gefährlich, selbst für einen alten Hasen wie seinen Vater. Überall Trampelpfade, manche flankiert von Steinhaufen, die auf Ruinen frühzeitlicher Hütten deuteten, bewohnt von den Wächtern der Nekropole oder von Arbeitern. Ramses konnte sich nur wundern über Emersons exakte Kenntnis von dem Gelände; er überlegte nicht lange, bevor er in einen abschüssigen Weg bog und der östlichen Kammlinie eines tiefen Wadis folgte. Als er schließlich verharrte, waren sie nur wenige Meter von der Talsenke entfernt, und Ramses sah eine Treppe aus grob behauenen Steinen, die nach unten führte.

»Ruh dich ein bisschen aus«, sagte Emerson und streifte seinen Rucksack ab. Er zog seine Jacke aus, warf sie zu Boden, setzte sich darauf und kramte seine Pfeife aus der Tasche. Ramses folgte seinem Beispiel, bis auf die Pfeife. Während sein Vater mit seinen Rauchwaren herumhantierte, nutzte er die Gelegenheit, sich umzuschauen und zu orientieren.

Die letzte halbe Stunde waren sie zügig in südwestliche Richtung marschiert und mussten sich jetzt nahe dem Eingang von einem der Wadis befinden, die sich nördlich der Ebene ausdehnten. Es war nicht der, den sie schon zweimal aufgesucht hatten; die Bodenbeschaffenheit war ganz anders als die auf dem Friedhof der Affen. Es gab reichlich Beweise für frühzeitliche Besiedlungen: mehrere tiefe Schächte, zu auffällig, als dass neuzeitliche Grabräuber sie übersehen hätten, und weitere Überreste altägyptischer Steinhütten.

Sobald seine Pfeife brannte, öffnete Emerson seinen Rucksack und wühlte darin herum. »Hmph«, sagte er, als wäre ihm schlagartig etwas eingefallen. »Schätze, ich hätte Wasser mitbringen sollen. Bist du durstig, mein Junge?«

»Ein wenig.« Es war die Untertreibung des Tages; sein Mund war so trocken wie Sandpapier. Er löste seinen eigenen Rucksack. »Ich habe Fatima um ein paar Flaschen Wasser gebeten. Und ein Paket Sandwiches.«

»Gut mitgedacht. Nein, nein –« Emerson schob die Flasche von sich. »Du zuerst.«

Ramses nahm einen langen Schluck und beobachtete, mit welch verblüffender Hektik sein Vater den Rucksack durchforstete. Er hatte seinen Tropenhelm beiseite geworfen, und die Sonne brannte auf seinen entblößten, schwarzen Schopf. Seine Pfeife lag neben ihm; sie glühte noch immer, und Ramses fiel eine Geschichte ein, die seine Mutter ihm irgendwann erzählt hatte, über Emerson, der eine glimmende Pfeife in seine Tasche gesteckt hatte. Sie hatte das sehr lustig gefunden.

»Aha«, murmelte Emerson und zerrte eine dicke Papierrolle aus seinem Rucksack. »Hier ist es. Halt dieses Ende fest.«

Sobald das entrollte Dokument von Steinen beschwert auf dem Boden lag, sagte Emerson: »Ich habe sie vor ein paar Jahren angefertigt. Ziemlich grob, wie du selber sehen kannst.«

Es war eine Karte von dem Gelände, mit Emersons kühner Handschrift versehen, und obwohl sie offenbar nicht maßstabgetreu war, wurde der Verlauf der Wadis deutlich. Sie ähnelten den Fingern einer Hand, die nach Norden wiesen und tief in das Wüstengebirge vordrangen; unter der flacheren »Handfläche« war ein breiter Eingang, der sich zu der darunter liegenden Ebene hin öffnete. Emerson hatte die einzelnen Wadis mit ihren arabischen Namen beschriftet.

»Wir sind hier«, fuhr Emerson fort, mit seinem Pfeifenmundstück das Papier malträtierend. »Als Erstes werden wir uns das Tal Siqqet e Zeide ansehen. Hatschepsuts Grab befindet sich am hinteren Ende davon.«

»Was ist mit diesen Kreuzen?«

»Flecken, die ich irgendwann inspizieren wollte.«

»Du hast es nie geschafft?«

»Es bleibt nicht genug Zeit!« Emerson hob die Stimme. »Es ist nie genug, selbst wenn ich zehn Leben hätte!«

»Nimm ein Sandwich«, sagte Ramses mitfühlend. »Ich weiß, wie du dich fühlst, Vater. Wir müssen unser Bestes tun.«

»Red nicht wie deine Mutter«, knurrte Emerson. Er nahm ein

Sandwich, doch statt hineinzubeißen, starrte er auf den Boden und sagte unvermittelt: »Weißt du, ich schließe mich deiner Argumentation an. Der wichtigste Aspekt unseres Berufs ist die Dokumentation. So rasch wie die Monumente verfallen, wird nicht mehr viel erhalten sein, wenn deine Kinder erwachsen sind.«

Wenn man bedenkt, dass sie nicht einmal geboren sind, kann das noch lange dauern, überlegte Ramses.

Nefret und er mieden das Thema Kinder, und der Rest der Familie folgte ihrem Beispiel. Einige von ihnen, darunter auch seine Mutter – und er selber – wussten, dass das Problem, nicht wieder schwanger zu werden nach der Fehlgeburt, die sie vor einigen Jahren erlitten hatte, Nefret mehr zusetzte, als sie zugab. Auch er wollte ein Kind, aber seine Empfindungen waren nicht maßgebend, verglichen mit ihren.

Sein Vater schien den Fauxpas nicht bemerkt zu haben – wenn man ihn überhaupt als solchen bezeichnen konnte. Er fuhr zunehmend hitziger fort: »Aber, verflucht noch mal, unentdeckte Gräber dem Gnadenakt von Dieben zu überlassen, lädt nur zu weiterer Zerstörung ein. Sie als Erster zu finden, ist auch eine Variante der Erhaltung, oder?«

»Ja, Sir.«

»Stimm nicht allem zu, was ich sage!«, polterte Emerson.

»Nein, Sir.«

»Da, schon wieder.«

»Ja ...« Er ließ das »Sir« weg. Emersons verdrießliche Miene demonstrierte, dass er momentan keinen Spaß verstand. Ramses fuhr fort: »In diesem Fall haben wir ein weiteres, gleichermaßen vertretbares Motiv für die Erforschung dieses Gebiets. Man könnte es auch Selbstverteidigung nennen.«

Es gelang ihm nicht, seinen Vater aufzuheitern. Emersons Miene verfinsterte sich zusehends. »Es ist einfach grotesk«, brummte er. »Ich lehne es ab, meine Zeit zu verschwenden, nur um eine miese kleine Ratte wie Jamil aufzuspüren.«

Ramses konnte ihm das nachempfinden. In der Vergangenheit hatten sie es mit ganz anderen Widersachern zu tun gehabt. Von einem derart schwachen Gegner wie Jamil angegriffen zu werden, kam für seinen Vater einer verfluchten Beleidigung gleich. Allerdings ist es leichter, einen Löwen zu fangen als eine Ratte. Er beschloss, diesen tröstlichen Vergleich nicht laut zu äußern. Es hätte zu sehr nach einem Aphorismus seiner Mutter geklungen.

»Wir werden ihn finden, Vater«, sagte er stattdessen.

»Hhmmm. Ja. Äh ...« Sein Vater klopfte ihm abwesend auf den Arm. »Du wirst noch Gelegenheit für deine Kapellen bekommen, mein Junge. Versprochen.«

»Aber, Vater, ich will doch gar nicht –«

»Hier entlang.«

Sie lokalisierten zwei Schachtgräber, die bereits in der Frühzeit geplündert worden waren, viele Tonscherben und eine Reihe von hieratischen Inschriften, in das Felsgestein geritzt von den Friedhofs-Inspektoren, die dieses Gebiet zu Zeiten der Pharaonen besucht hatten. Mehrere Namen waren ihm von ähnlichen Inschriften im Tal der Könige bekannt. Es war ein weiterer Beweis, dass dort in den Wadis verschollene Gräber waren, vermutlich sogar Königsgräber. Zu Emersons extremer Verärgerung fanden sie auch Zeitgenössisches: die Initialen *H. C.* und das Datum *1916*.

»Carter, zum Henker mit ihm«, schnaubte er.

»Du kannst ihm nicht verübeln, dass er vor dir hier war«, beschwichtigte Ramses ihn.

»Ich war vor dreißig Jahren hier«, versetzte Emerson. »Aber ich habe meinen Namen nicht überall hingekritzelt.«

»Es ist eine Geste der Höflichkeit, Vater, ein Hinweis für alle Interessierten, dass er diese Inschriften kopiert hat. Das nehme ich doch an, oder?«

»Ich würde ihn fragen, wenn ich den Burschen endlich zu fassen bekäme«, zischte Emerson. »In Kairo war er nicht, und in Luxor ist er auch nicht! Wo zum Teufel steckt dieser Mann?«

»Irgendwo unterwegs im Auftrag des Kriegsministeriums, schätze ich. Er sagte doch, dass er für den Nachrichtendienst arbeitet.«

»Pah«, entfuhr es Emerson. »Ramses, ich möchte Kopien dieser Felsinschriften. Carter versteht die Sprache nicht. Deine sind mit Sicherheit exakter.«

»Soll ich sofort damit anfangen?«, erkundigte sich Ramses.

»Nein, wir haben nicht genug Zeit. Ein anderes Mal.«

Ein anderes Mal, ein anderer Vorwand, dachte Ramses, seinen Unmut verbergend. Es gab keinen Menschen, den er mehr bewunderte als seinen Vater, aber manchmal ging ihm Emersons Halsstarrigkeit gehörig auf die Nerven. Ich werde ihn noch einmal auf Deir el-Medina ansprechen, nahm er sich vor. Vielleicht habe ich es nicht energisch genug versucht. Vielleicht, wenn ich ihm erkläre ... Er feilte noch an dem genauen Wortlaut, als er ein sonderbares Geräusch hörte. Hell und hoch wie das Zwitschern eines Vogels, aber ein Singvogel hier im Gebirge?

Er erhob sich und drehte sich langsam um, maß die Klippen mit zusammengekniffenen Augen. Die Sonne stand hoch und beeinträchtigte die Sicht.

»Was –«, hub Emerson an.

»Hör doch.«

Diesmal vernahm Emerson es auch. Er sprang auf.

»Dort.«

Die Gestalt war zu weit entfernt, um deutlich erkennbar zu sein. Ohne den Blick abzuwenden, kniete er sich hin und nahm seine Brille aus dem Rucksack.

»Jamil?«, fragte Emerson hoffnungsvoll.

»Nein.« Ramses fokussierte die schmächtige Gestalt. »Verflucht! Es ist Jumana. Was zum Teufel –«

Emerson legte die Hände trichterförmig um seinen Mund und stieß einen markerschütternden Schrei aus, dessen Nachhall von herunterprasselndem Geröll begleitet wurde.

»Hat sie mich gehört?« Er hob seine Jacke auf und schwenkte sie wie ein Banner.

»Die gesamte westliche Wüstenpopulation hat dich gehört«, erwiderte Ramses. »Sie hat uns gesehen. Sie kommt. Gute Güte, sie wird sich das Genick brechen, wenn sie ihr Tempo nicht drosselt. Komm, wir gehen ihr entgegen.«

Ihre Sachen zurücklassend, eilten sie den Pfad hinauf, über den sie noch vor kurzem hinuntergestiegen waren. Jumana kletterte noch flinker, schwankte und rutschte, ruderte mit den Armen, um ihr Gleichgewicht zu halten. Ungefähr drei Meter über ihnen hüpfte sie den letzten Abhang hinunter, direkt in Emersons ausgestreckte Arme.

»Beeilt euch«, keuchte sie. »Schnell. Wir müssen ihn finden.«

Ihr Gesicht glühte vor Hitze und Erschöpfung. Stirnrunzelnd hielt Emerson sie auf Armeslänge von sich, und Ramses sah, dass sie einen Gürtel trug wie den seiner Mutter, bestückt mit diversen schweren, sperrigen Gegenständen. Identifizieren konnte er indes nur die Wasserflasche.

»Wen?«, fragte er, denn seinem Vater schien es die Sprache verschlagen zu haben. »Jamil?«

»Nein.« Sie strich sich ihre Haare aus den Augen. »Ich folgte ... ich wusste ja nicht ... dass ihr hier seid ...« Sie schnappte nach Luft.

»Verflucht«, zischte Emerson. Er hob sie in seine Arme und fluchte erneut, als ihm etwas – vermutlich die Wasserflasche – in die Rippen stieß. Er trug sie zu der Stelle, wo sie ihre Rucksäcke zurückgelassen hatten, setzte sie auf seine Jacke und bot ihr die Wasserflasche an.

»Ich hab selber eine«, sagte sie stolz und löste diese von ihrem Gürtel. »Und andere nützliche Dinge. Wie die Sitt Hakim.«

»Na prima.« Emerson rieb sich seinen Rippenbogen. »Und jetzt erzähl uns, wem du gefolgt bist. Cyrus?«

»Bertie.« Sie wischte sich ihr Kinn und befestigte die Wasserflasche wieder an ihrem Gürtel. »Ich weiß nicht, wie lange er schon weg war, bis es mir auffiel. Ich fragte einen der Männer; er sagte, er hätte gesehen, wie Bertie sehr zielstrebig über die Landstraße von Deir el-Medina nach –«

»Woher weißt du, dass er nicht nach Hause wollte?«, wandte Emerson ein.

»Ohne seinen Vater oder Rais Abu zu informieren? Er hat sich davongestohlen, wie ein Dieb!«

»Aber warum hier?«

»Er sprach pausenlos davon, dass er sich wünschte, etwas Phänomenales für Mr Vandergelt aufspüren zu können. Als ihr nicht kamt, haben wir uns gefragt warum, und Mr Vandergelt sagte ...« Sie stockte und überlegte, und als sie fortfuhr, waren es Cyrus' Worte in einer recht guten Imitation seines Akzents. »›... verflucht, er findet besser nicht heraus, dass du hinter seinem Rücken nach Königinnengräbern geforscht hast.‹ Es war ein Scherz, aber –«

»Hmph, ja«, murmelte Emerson schuldbewusst. »Dieser verrückte kleine Idiot! Du hast keine Spur von ihm entdecken können?«

»Nein. Ich habe mich umgesehen und gerufen, immer und immer wieder.« Sie erhob sich und glättete ihren Rock. »Wir müssen ihn finden. Vielleicht ist er gestürzt. Beeilt euch!«

»Eine Minute noch!« Emerson überlegte. »Es hat keinen Sinn, ziellos umherzustreifen. Was meinst du, Ramses?«

Er musste nicht näher ausführen, was er dachte, kannten sie das Gelände doch genauso gut wie er. Kilometerweit nur Felsgestein, Schluchten und Steilhänge, in allen Variationen. In dieser bizarren Bergwelt einen Mann zu lokalisieren würde höllisch schwierig werden, vor allem, wenn er gestürzt und verletzt war.

»Ich denke nicht, dass er wie Jumana über den Gebel gegangen ist«, antwortete Ramses. »Wahrscheinlich hat er den selben Weg wie neulich genommen; er kennt keine andere Route. Er hat diese Verzweigung des Wadis nicht betreten, sonst hätten wir ihn gesehen. Es sei denn, er wäre vor uns hier gewesen ... Vater, warum lässt du nicht deinen Bassbariton erschallen?«

Emerson gehorchte. Nicht einmal ein Vogel antwortete. Jumana tänzelte ungeduldig umher, aber Emersons stimmgewaltiges Organ ließ sie abrupt zusammenfahren. Nach zwei weiteren ergebnislosen Rufen sagte er: »Wenn er hier irgendwo wäre, hätte er mich gehört. In Ordnung, wir können weitergehen.«

»Der Friedhof der Affen«, murmelte Ramses. »Ja, das ist es. Ich könnte mich treten, dass ich diese schlauen Bemerkungen über verschollene Königinnen gemacht habe. Welchen Weg nehmen wir? Ich kann hochsteigen und über das Plateau gehen, während du –«

»Nein«, sagte Emerson, ohne zu zögern. »Du hattest Recht,

er würde denselben Weg wie zuvor nehmen.« Er schulterte seinen Rucksack und strebte über die grob behauenen Stufen. »Du gehst als Nächste, Jumana. Pass auf, wo du hintrittst.«

Unten angelangt, durchquerten sie die weite Senke des Wadis und bogen in den Pfad, der in die nächste, enge Verzweigung führte. Jumana wäre vorausgeeilt, aber Emerson hielt sie fest. Alle paar Minuten blieb er stehen und brüllte Berties Namen. Sie waren eine Weile durch das zu beiden Seiten stetig ansteigende Felsmassiv marschiert, als sie eine Reaktion vernahmen, schwach und gedämpft, aber ganz eindeutig eine menschliche Stimme.

»Gott sei Dank«, seufzte Ramses inbrünstig. Er wölbte seine Hände um seinen Mund und schrie: »Bertie, bist du's? Du musst weiter rufen!«

Bertie gehorchte, dennoch brauchten sie eine Weile, um ihn aufzuspüren. Das Echo seiner Rufe hallte verzerrt durch die Schluchten, und sie fanden keine Spur von ihm.

»Er muss irgendwo dort oben sein«, sagte Emerson und deutete auf einen ausgezackten Felsvorsprung, der über ihnen gähnte. »Ja ... dort ist er entlang geklettert.« Er entdeckte frische Abdrücke von Stiefeln, helle Kratz- und Schleifspuren auf dem verwitterten Stein. Er brüllte erneut. Die Stimme klang jetzt ganz nah, die Worte deutlich.

»Mein Fuß ist eingeklemmt. Ich kann nicht ...«

»Alles klar, ich komme«, brüllte Ramses. Er streifte Rucksack und Jacke ab und griff sich eine der Seilrollen. »Nein, Jumana, du bleibst hier. Lass sie nicht aus den Augen, Vater.«

»Wenn sie versucht, dir zu folgen, werde ich sie am anderen Ende des Seils aufknüpfen«, meinte Emerson ungerührt. »Sei vorsichtig.«

Ramses nickte. Es war ein einfacher Aufstieg, mit vielen Felsvorsprüngen zur Absicherung und nur leicht ansteigend. Die sich verjüngende Gesteinsspalte schien ungefähr sechs Meter über ihm zu enden, und er suchte nach einer Stelle, breit genug, um sich hinunterlassen zu können. Der Felsboden war fast horizontal und nur wenige Meter tief, wie eine kleine, natürliche Plattform.

»Hier unten«, rief Bertie.

Ramses schaltete seine Taschenlampe an und leuchtete nach unten. Alles, was er sah, war Berties Gesicht. Sein Körper steckte in dem engsten Teil der Spalte, wie ein Korken in einer Flasche. »Mein Gott«, seufzte er. »Wie hast du das denn gemacht?«

Berties verschwitztes Gesicht war schmutzig und blutverschmiert, dennoch grinste er zerknirscht zu ihm hoch. »Bin ausgerutscht. Der Aufstieg war nicht allzu schwierig; könnte ich jederzeit wiederholen.«

Ramses lachte. Keine leichte Aufgabe, Bertie dort herauszuholen, gleichwohl war es beruhigend, ihn lebend und relativ unversehrt und völlig gefasst vorzufinden. »Wenn ich das Seil hinunterlasse, kannst du dich dann daran festhalten?«

»Ich habe einen Arm frei.« Bertie winkte lässig. »Der andere ist eingeklemmt. Genau wie mein Stiefel.«

»Lass es uns versuchen.« Ramses knotete das Ende des Seils zu einer Schlinge und ließ es hinunter. Bertie steckte seinen Arm hindurch und Ramses zog an dem Seil, bis der Knoten fest saß. »Fertig?«

»Lass das Seil ein bisschen locker, dass ich es packen kann. Eine Minute noch. Bist du irgendwie gesichert? Wenn ich hier herausgeschossen komme, verlierst du vielleicht die Balance.«

Es gab nichts, womit er sich sichern konnte, kein Felsvorsprung, um den er das Seil hätte binden können. Er schlang es um seine Taille und verknotete es. »Alles in Ordnung. Los geht's.«

Er musste die Taschenlampe wegstecken, um die Hände frei zu haben für das Seil. Er konnte Bertie nicht sehen, vernahm aber seinen gepressten, keuchenden Atem. Zuerst gewahrte er Widerstand und einen Schmerzensschrei von dem Mann dort unten, aber Ramses wagte nicht, das Seil nachzulassen, spürte er doch eine Aufwärtsbewegung. Mit beiden Händen fasste er nach und zog das Seil stramm.

»Das war's«, stöhnte Bertie. »Beide Hände sind frei ...«

»Gut«, seufzte Ramses, bemüht, sein Gleichgewicht zu halten. Er wäre fast vornüber gekippt, denn das Seil hatte unvermittelt nachgegeben. Berties Hände kamen in Sicht. Seine Fingerknöchel und ein Handrücken waren aufgeschürft.

Ramses half ihm auf die relativ ebene Plattform und beugte sich dann vor. Das Gebrüll seines Vaters, der positive, detailgenaue Auskünfte wünschte, erreichte einen ohrenbetäubenden Geräuschpegel und harmonierte mit Jumanas schrillem Sopran.

»Alles in Ordnung. Wir kommen runter«, rief Ramses.

»Danke«, sagte Bertie.

»Wofür?«

Bertie hatte die Seilschlinge abgestreift. Er wühlte in seiner Jackentasche nach einem Taschentuch und wischte sich sein schmutzverkrustetes Gesicht. »Dafür, dass du mich da rausgeholt hast. Und dass du dir solche Kommentare verkniffen hast wie ›Ich lass den armen Idioten besser gleich da unten‹.«

»Das bist du nicht. Aber wenn du so weitermachst, lass ich dich sofort wieder runter.«

»Nein, ich hab mich heut schon einmal verflucht lächerlich gemacht, das reicht völlig. Woher hast du gewusst, dass ich hier bin?«

Er hätte sich die Antwort lieber erspart. Das Ende des Seils haltend, entschied Ramses, dass er es ihm besser unverblümt erzählte. »Jumana. Sie bemerkte, dass du verschwunden warst, und dachte sich, dass du diesen Weg wählen würdest. Vater und ich haben ihr Rufen gehört.«

»Oh.« Bitter setzte er hinzu: »Nett von ihr, zu meiner Rettung zu eilen.«

»Das hätte doch jedem passieren können«, sagte Ramses. »Und jetzt komm.«

»Warte. Ich will nicht, dass du mich für einen Volltrottel hältst. Ich hätte den Aufstieg nie allein riskiert – ich weiß, dass ich kein guter Kletterer bin –, aber ich habe ihn gesehen. Genau hier hat er sich vorgebeugt und zu mir hinuntergesehen. Er hat mich nicht gestoßen«, fügte Bertie schnell hinzu, Ramses' Gedankengänge ahnend. »Ich möchte nicht, dass sie das denkt.«

»Zum Teufel mit dem, was sie denkt«, sagte Ramses wütend. »Verflucht, Bertie, du kannst doch nicht irgendwelche Felsformationen hochkraxeln, wenn dort oben jemand ist, der dich nicht mag. Ich hätte das nicht riskiert.«

»Doch, das hättest du – wenn du gesehen hättest, was ich gesehen habe. Er hat gelacht, Ramses, und irgendeinen Gegenstand geschwenkt. Ich konnte ihn nicht richtig erkennen, aber er glänzte. Wie pures Gold.«

6

Ich kann mich nicht entsinnen, Cyrus Vandergelt schon jemals so aufgebracht erlebt zu haben. Selbst Emerson saß schweigend da und schaltete sich nicht ein, als unser alter Freund auf und ab stapfte und unzusammenhängende amerikanische Verwünschungen ausstieß.

Nefret und ich trafen kurz nach den anderen zu Hause ein. Wie ich seiner Schimpftirade entnehmen konnte, hatte Cyrus die anderen vier auf dem Heimweg getroffen. Er hatte Bertie und Jumana über Stunden gesucht, nachdem er feststellen musste, dass beide aus Deir el-Medina verschwunden waren, und war in Medinet Habu angelangt, als Bertie, gestützt auf Ramses und Emerson, auftauchte.

Die Erleichterung schlug in Erzürnung um, nichts Ungewöhnliches in solchen Fällen. Als Cyrus erfuhr, wo sie gewesen waren, richtete sich sein Zorn in erster Linie gegen Emerson. Auf Anraten meines Gatten hatten sie Bertie umgehend in unser Haus gebracht und ganz offensichtlich nicht die Zeit oder die Idee gehabt, sich zu erfrischen. Ihre staubigen, verschwitzten Sachen waren der eindeutige Beweis für einen problematisch gearteten Tag, doch eine rasche, indes eingehende Bestandsaufnahme vermittelte mir, dass Bertie der einzige Verletzte war. Er hatte seinen Fuß auf einen Schemel gestellt, und Kadija bestrich diesen mit ihrer berühmten giftgrünen Heilsalbe. Fatima rückte mit Platten voller Speisen an – ihre Standardlösung für sämtliche Katastrophen; Gargery drängte darauf zu erfahren, was passiert war – Jumana versuchte, es ihm zu schildern; und Cyrus tobte. Es ging ausgesprochen laut und hektisch zu.

Nefret trat zu Ramses. Er schüttelte lächelnd den Kopf, als Reaktion auf ihre bedenkliche Miene. Ich setzte meinen Hut ab, legte ihn behutsam auf den Tisch und beeilte mich, Ordnung in das Chaos zu bringen.

»Cyrus!«, sagte ich ziemlich eindringlich.

»Verflixt und zugenäht ...« Er stockte und starrte mich entgeistert an. »Amelia. Wo sind Sie gewesen? Wieso waren Sie nicht hier? Wissen Sie, was diese hinterhältige, schamlose Bande hinter unserem Rücken getrieben hat?«

»Allmählich gewinne ich eine Vorstellung. Setzen Sie sich und hören Sie auf zu brüllen, Cyrus. Fatima, bringst du uns bitte das Teetablett? Danke. Und jetzt möchte ich eine komplette Schilderung, von ...« Jumana riss ihren Arm hoch und schnippte mit den Fingern, wie eine eifrige Schülerin, die unbedingt etwas vortragen will. Ich bemerkte, dass die scheppernden Geräusche, die ihre Bewegungen untermalten, auf die an ihrem Gürtel befestigten Utensilien zurückzuführen waren. Ich fühlte mich zwar irgendwie geschmeichelt, aber nicht geneigt, ihr das Wort zu erteilen; sie wirkte mir ein bisschen zu selbstgefällig.

»Emerson«, sagte ich. Jumana kapitulierte schmollend.

Im Verlauf von Emersons Epistel musste ich Cyrus mehr als einmal zur Ruhe gemahnen, indes hatte das göttliche Getränk, das ich allen Anwesenden aufdrängte, wie stets beruhigende Wirkung – selbst auf mich. Emersons Doppelspiel schockierte mich über die Maßen. Indes beschränkte sich meine Empörung auf einige wenige vorwurfsvolle Blicke, die Emerson geflissentlich ignorierte.

»Ende gut, alles gut, was Peabody?«, schloss er.

»Hmmm«, seufzte ich. »Nefret?«

Sie unterhielt sich mit Kadija. »Keine Knochenbrüche«, konstatierte sie. »Er hat Glück gehabt. Aber er wird den Fuß für einige Tage nicht belasten dürfen.«

»Glück gehabt!«, platzte Cyrus heraus. »Er hatte kein Recht, sich einfach so davonzustehlen. Er –«

»Er ist nicht der Einzige unter den Anwesenden, der unüberlegt gehandelt hat«, unterbrach ich.

Ramses bedachte mich mit einem breiten, schuldbewussten Grinsen, dann wurde er ernst. »Wir hätten ihn letztlich gefunden, Cyrus, auch ohne Jumana.«

Das Mädchen musste sich an diesem Tag noch aufsässiger benommen haben als sonst, andernfalls hätte er ihre Bemühungen bestimmt nicht so heruntergespielt. Wir hätten gewiss nach

Bertie gesucht, ihn aber vielleicht nicht rechtzeitig gefunden. Vermutlich verdankte der junge Mann ihr das Leben.

»Wer hat seine Hand verbunden?«, erkundigte sich Nefret.

»Ich wünschte, ihr würdet aufhören, ständig in der dritten Person von mir zu reden«, sagte Bertie steif. »Jumana –«

»Ja, ich war's!« Sie sprang unter Geklirr und Geschepper auf. »Wie ihr seht, habe ich auch einen Utensiliengürtel, genau wie die Sitt Hakim! Ich habe seine Hand gesäubert und bandagiert und mich um ihn gekümmert. Es war sehr dumm von ihm, allein dort hinzugehen.«

Bertie lief rot an, bekam aber keine Gelegenheit, sich zu rechtfertigen; er hatte noch nicht realisiert, dass man in unserem Zirkel brüllen muss, will man sich Gehör verschaffen. Emerson übernahm es für ihn. Männer rotten sich immer zusammen, wenn Frauen einen von ihnen kritisieren.

»Und auch von dir, Jumana.« Emerson knallte seine Tasse auf den Unterteller. »Alle, ob Männer oder Frauen – und seien sie auch noch so erfahren – könnten sich in diesem Gelände verletzen und zu Tode kommen, bevor man sie findet. Nein, junge Dame, widersprich mir nicht! Warum hast du Vandergelt nicht gesagt, wo du hinwolltest?«

Jumana senkte den Kopf. »Ich wollte ihn selber finden«, murmelte sie.

»Verstehe.« Emersons Stimme wurde sanfter und Berties Gesicht noch eine Spur dunkler. Männer sind so naiv; sie hielten ihre Äußerung für einen Beweis ihrer Zuneigung. Ich, die ich Jumana einmal erklärt hatte, dass der wohlhabende und einflussreiche Cyrus Vandergelt jedem wohlgesonnen sei, der sich um seinen Adoptivsohn kümmerte, hatte als vorrangiges Motiv ihren Egoismus in Verdacht.

»Schluss mit den gegenseitigen Anschuldigungen«, sagte ich. »Wir müssen –«

»Ich bin noch nicht fertig«, erklärte Cyrus. »Verdammt, noch lange nicht. Ich bitte um Verzeihung für meine Ausdrucksweise, meine Damen, aber ich habe noch ein paar Takte zu reden, mit diesem Herrn hier. Emerson, alter Knabe, Sie haben mir vorsätzlich und hinterhältig Deir el-Medina abgetreten, um genau das zu tun, wovon Sie mir dringend abgeraten haben! Und beim Allmächtigen, dort oben ist ein Grab! Jetzt haben wir den Beweis!«

Betreten dreinblickend trank Emerson aus seiner angeschlagenen Tasse.

»Wenn wir irgendwas Interessantes gefunden hätten, Vandergelt, hätte ich Sie das selbstverständlich wissen lassen«, grummelte er. »Ich wollte Ihnen doch nur – ähm – Zeit und Mühen sparen.«

»Oh. Na dann«, sagte Cyrus besänftigt. »Aber jetzt, da wir wissen, dass es ein Grab gibt –«

»Ich fürchte nein, Cyrus«, wandte Ramses ein. »Jamil mag nicht der intelligenteste Gegner sein, aber er ist auch nicht so dumm, dass er die Fundstelle des Grabes preisgibt – wenn es eins gibt.«

»Das Gold, das Bertie gesehen hat –«, fing Cyrus an.

»Er meinte, dass es wie Gold geglänzt hat«, unterbrach Ramses ungeduldig. »Ist Ihnen nicht der Gedanke gekommen, dass der Bursche uns vorsätzlich irregeführt hat?«

»Ich habe selbstverständlich daran gedacht«, sagte ich.

Ramses' ernste Miene entspannte sich zu einem Grinsen, und Emerson schnaubte leise. »Und wo ist dann das Grab?« Cyrus ließ nicht locker.

»Wie Ramses bin auch ich nicht von dessen Existenz überzeugt«, erwiderte ich. »Ich kann mir eine Reihe von Beweggründen vorstellen, warum Jamil uns ins Bockshorn jagen will. Vielleicht will er uns nur provozieren, weil er genau weiß, wie demotivierend das ist. Er könnte uns aber auch in eine Falle locken wollen. Dies ist ein unwegsames Land, und Berties heutiger Unfall ist ein bitterer Vorgeschmack auf das, was passieren kann, wenn er auf einen von uns allein trifft.«

Jumana reckte ihr Kinn und maß mich trotzig. Die recht zusammengewürfelte Utensiliensammlung an ihrem Gürtel klirrte, als sie ihr Gewicht verlagerte. Ich fragte mich, ob sie wohl auch einen Schirm erstanden habe.

»Er wollte Bertie nicht verletzen«, erklärte sie. »Es war ein Unfall.«

»Das stimmt«, pflichtete Bertie ihr rasch bei.

»Vielleicht hatte er das nicht vor«, wandte ich ein. »Dennoch hätte es in eine Katastrophe münden können. Er beobachtet uns – spioniert uns nach.«

»Hölle und Verdammnis!«, wetterte Emerson. »Jumana – Bertie – ihr alle – geht bloß kein weiteres Risiko mehr ein, habt ihr mich verstanden? Selbst wenn Jamil mit der Doppelkrone und den königlichen Insignien eines Pharaos daherkommt und Kusshändchen wirft, folgt ihm nur ja nicht.«

»Potzblitz!«, brüllte Cyrus mit leuchtenden Augen. »Meinen Sie, er hat ein Königsgrab entdeckt?«

»Gute Güte, Vandergelt, ist das alles, woran Sie denken können?« Emerson grinste ihn mitleidig an. »Zugegeben, ich habe auch daran gedacht. Aber in diesem Gebiet wird es kein verfluchtes Pharaonengrab mehr geben. Ich weise ausdrücklich darauf hin, dass sich keiner von uns allein auf entlegenes Terrain begeben darf. Es ist zu gefährlich, wie Bertie heute am eigenen Leib erfahren musste.«

»Oh.« Schuldbewusst blickte Cyrus zu Bertie. »Tschuldigung, mein Sohn, ich hatte deinen Fuß vergessen. Schätze, ich bringe dich jetzt besser nach Hause. Ich gehe zum Schloss und schicke die Kutsche.«

»Ich kann reiten.« Bertie versuchte sich aufzurichten.

»Nimm Risha«, sagte Ramses, bevor Einwände laut wurden. »Jamad kann dich begleiten und ihn zurückbringen. Komm, ich helf dir.«

»Verlagere dein Gewicht nicht auf diesen Fuß«, riet Nefret, als sie den Raum verließen. Bertie humpelte, auf Ramses' Arm gestützt. Keiner von beiden antwortete. Eingeschworene Bande, dachte ich bei mir. Eingeschworene Bande, diese Männer!

»Darf ich Ihnen einen Rat geben, Cyrus?«, hub ich an.

Er hatte ihnen folgen wollen. Er verharrte und drehte sich zu mir um. Nach seinem Gesichtsausdruck und dem meines Gatten zu urteilen, vermutete ich, dass einer von beiden eine sarkastische Bemerkung machen würde, also fuhr ich ungerührt fort und ließ ihnen keine Gelegenheit dazu. »Behandeln Sie ihn nicht wie ein Kind. Er ist ein erwachsener Mann und muss seine eigenen Entscheidungen treffen. Er hat es für Sie getan, müssen Sie wissen.«

»Ich weiß.« Cyrus zupfte an seinem Spitzbart. Mit herausfordernder Miene wandte er sich an Emerson. »So, alter Freund, wo gehen wir morgen hin?«

Emerson murmelte irgendetwas Unverständliches.

»Was?« Cyrus legte eine Hand hinter sein Ohr.

»Nein«, sagte ich, »nicht zum Friedhof der Affen. Wir treffen Sie morgen in Deir el-Medina, Cyrus. Wir alle.«

* * *

Nach Cyrus' Aufbruch verschwand Emerson fluchtartig im Bad. Er wusste genau, dass dies nur ein vorübergehender Rückzugsort war; nachdem ich einige Haushaltsangelegenheiten geklärt hatte, folgte ich ihm. Ich wollte mich auf den Wannenrand setzen, aber er spritzte dermaßen mit Wasser, dass ich mich stattdessen an die Wand lehnte. Emerson grinste mich freundlich an.

»Hattest du einen angenehmen Tag, mein Schatz?«, erkundigte er sich.

»Recht angenehm. Emerson, warum tust du so etwas? Du weißt, dass ich letztlich alles herausfinde.«

»Sicher, aber es macht mir Spaß, dich zu provozieren, Peabody. Und dir gefällt es, meine heimtückischen Pläne auszubaldowern und mich zu maßregeln.« Er erhob sich.

Ich behaupte immer, es gibt nichts Besseres für einen gestählten Körper als ein Leben in der freien Natur. Emerson hatte sich seit unserer ersten Begegnung kaum verändert – mit Ausnahme des fehlenden Bartes natürlich, der seine markante Kinnpartie bedeckt hatte. Seine stattliche Statur war durchtrainiert, seine breiten, muskulösen Schultern immer wieder ein Blickfang.

»Ich lasse mich nicht ablenken«, informierte ich ihn.

»Nein?« Er trat aus der Wanne und griff nach mir. Er hat ausgesprochen lange Arme.

Nach einer Weile sagte ich: »Dreh dich um, dann trockne ich dir den Rücken ab.«

»Ich kann mir noch etwas anderes vorstellen –«

»Nein, Emerson! Ich bin ohnehin schon klatschnass, und wir haben für den morgigen Tag noch einige Vorbereitungen zu treffen. Ich habe Selim eine Notiz geschickt und ihn zum Abendessen eingeladen.«

»Gute Idee«, sagte Emerson zerstreut und ließ mich los. »Ich frage mich, was er zu dieser neuerlichen Entwicklung sagen wird.«

Neben mir sitzend – ein Gunstbeweis, den ich ihm gewährte, wann immer er uns mit seiner Gesellschaft beehrte –, lauschte Selim andächtig schweigend Emersons Schilderung von den aktuellen Ereignissen. Schließlich schüttelte er den Kopf.

»Es erstaunt mich, Emerson, dass du so unüberlegt gehandelt hast«, kritisierte er. »Die Tempel und das Arbeiterdorf sind wichtiger als die Suche nach Gräbern in diesem problematischen Terrain. Und du, Ramses, hättest das nicht billigen dürfen.«

Emerson hatte sich an Selims gelegentliche Kritik gewöhnt, dennoch schien er vorübergehend sprachlos. Ramses räumte kleinlaut ein: »Du hast absolut Recht, Selim, aber wenn der Vater der Flüche befiehlt, gehorcht der gesamte Globus.«

»Puh«, sagte Selim, genau wie Abdullah es getan hätte. Er überlegte und lenkte dann ein: »Nun ja, vielleicht hat es so sein sollen. Wärt ihr nicht dort gewesen, hätten Mr Bertie und dieses törichte Mädchen vielleicht ernsthaft Schaden genommen.«

»Exakt so muss man es sehen«, bekräftigte Emerson, unterdes funkelte Jumana ihren Cousin an.

»Was Jamil angeht«, fuhr Selim fort, Jumanas Blick ungerührt erwidernd, »so hat er genug Schaden angerichtet. Überlasst ihn mir.«

Selbst Emerson schwieg nach dieser entschiedenen Forderung, die mit der gleichen Würde und Autorität vorgetragen wurde, wie Abdullah sie verströmt hatte. Selim wurde seinem Vater zunehmend ähnlicher, seine anziehenden, markanten Züge umrahmt von einem gepflegten Vollbart. Von daher mag es wenig überraschen, dass ich in jener Nacht von Abdullah träumte.

Er erwartete mich an der Stelle, die wir beide so gern mochten, auf dem Felsplateau über Deir el-Bahari, dort, wo der Pfad ins Tal der Könige weiterführt, und die Sonne erstrahlte über den östlichen Gebirgsrücken. Während ich das letzte, steile Stück bezwang, überlegte ich in meinem Traum, warum ich den Aufstieg allmählich genauso anstrengend fand wie im wachen Zustand. Sollte dies ein Ausblick auf die Realität sein, so konnte ich darauf gut verzichten. Ich war extrem kurzatmig, als Abdullah mir seine Hand reichte und mich das letzte Stück hochzog.

»In England geht es allen gut«, sagte er. »Mein nächstes Enkelkind wächst und gedeiht im Schoß seiner Mutter.«

»Wird es diesmal ein Mädchen?«, forschte ich.

Abdullah nickte. »Setz dich, Sitt, und ruh dich aus. Ja, es ist ein Mädchen; so viel steht fest.«

»Ähm – da wir gerade von Enkeln sprechen, Abdullah ...«

Er warf den Kopf zurück und lachte herzerfrischend. In meinen Träumen war er stets jugendlich agil, sein Bart ohne einen silbergrauen Faden, sein Lachen so ausgelassen wie Selims.

»Was ist damit, Sitt?«

»Du willst es mir nicht sagen, nicht wahr?«

»Alles hat seine Zeit, Sitt Hakim. Wenn die Zeit reif ist, wirst du zu den Ersten gehören, die es erfahren. Wie könnte es anders sein?«

Obschon ärgerlich über seine Unkerei, konnte ich mir ein Lächeln nicht verkneifen. Er hatte »wenn« gesagt und nicht »falls«! Das klang vielversprechend. »Das hoffe ich doch«, konterte ich. »Wie könnte es anders sein?«

»Lass mich dir von anderen Dingen berichten: Der Junge in Frankreich ist weiterhin in Sicherheit, aber David hadert mit seinem Gewissen, weil er meint, er müsse bei euch sein. Lasst ihn nicht kommen. Die Unterwasserboote werden in diesem Winter viele Schiffe versenken. Ihr tut gut daran, in Ägypten zu bleiben, bis diese Gefahr vorüber ist.«

Wieder zu Atem gekommen, erhob ich mich von dem scharfkantigen Felsblock und trat neben ihn, betrachtete die in morgendliches Sonnenlicht getauchte Landschaft. Die Säulenreihen vom Tempel der Hatschepsut schimmerten matt wie Elfenbein.

»Ich versuche ja erst gar nicht, dich zu bedrängen, wenn du

kein Sterbenswort herausrücken willst«, maulte ich. »Aber du hast dich noch nicht zu unseren derzeitigen Plänen geäußert. Wo ist dieser missratene Bengel, Abdullah, und was sollen wir mit ihm machen?«

»Es beschämt mich, dass Jamil ein Mitglied meiner Familie ist.« Abdullahs Gesicht war unbeweglich wie eine Bronzemaske. »Er wird bestraft werden, Sitt, aber nicht von dir. Überlass ihn mir. Geh kein Risiko ein, weder hier noch woanders.«

»Wo sollte ich denn sonst sein? Wenn du auf die Gefahr durch U-Boote anspielst – wir haben bereits entschieden ... Verflucht, Abdullah, du versuchst schon wieder, mich vom Thema abzubringen. Wo ist dieses vermaledeite Grab?«

»Es würde die Geschicke der Zukunft berühren, wenn ich dir das enthüllte«, sagte Abdullah entrückt. »Und, Sitt, du sollst nicht fluchen. Am Ende wird alles gut, wenn auch vielleicht nicht so, wie du es erwartest.«

Er fasste meine Hand und drückte sie kurz. Dann wandte er sich zum Gehen.

»Warte«, rief ich. »Bitte.«

»Keine weiteren Fragen, Sitt. Ich habe dir alles gesagt, was ich preisgeben darf.«

»Ich würde gern wissen, wie dir dein neues Grab gefällt.«

Abdullah drehte sich zu mir um. »Es ist ganz gut geworden.«

»Ist das alles, was du dazu zu sagen hast? David hat den Bau entworfen, weißt du, und Selim hat die Männer zur Arbeit angehalten, sobald du mich darum gebeten hattest.«

»Ich hätte es nicht tun sollen.« Abdullah klang so eingeschnappt wie Sennia.

Das passte zu ihm – es war so menschlich – so typisch Mann! Ich lachte und umarmte ihn stürmisch. Es war das erste Mal, dass ich das machte, und zum ersten Mal hielt er mich fest – nur für einen Moment, dann löste er sich sanft aus meinem Klammergriff und trat zurück.

»Gibt es noch etwas, das du haben möchtest?«, erkundigte ich mich.

»Nein.« Seine Mundwinkel zuckten, als er sagte: »Es ist ein sehr schönes Grab, Sitt. Prachtvoll genug für einen Pascha.«

Ich folgte ihm nicht. Das hatte ich nie getan. Etwas hielt mich zurück; vielleicht war es das sichere Wissen, dass ich ihn wiedersehen würde, oder der Trost, den mir diese Gespräche boten, selbst wenn er stets irritierend vage blieb.

»Auf Wiedersehen für heute«, rief ich ihm nach. »Mas salameh, mein Freund.«

* * *

Ich hatte natürlich eine plausible Lösung für unser Dilemma gefunden, oder – besser gesagt – für Emersons und Cyrus' indiskutablen Plan. Freilich sagte ich Emerson nichts dergleichen, nachdem er mein Vertrauen derart sträflich missbraucht hatte. So befand er sich in einem Zustand unbekümmerter Ignoranz, als wir in Deir el-Medina eintrafen, wo Cyrus und Abu und ihre Crew bereits auf uns warteten. Bertie war nicht dort; wie nicht anders zu erwarten, wollte Katherine ihn für ein paar Tage unter ihre Fittiche nehmen. Sennia war weniger widerstrebend als sonst zum Unterricht gegangen, weil sie sich darauf freute, »auf Bertie aufzupassen«.

Wir sammelten uns um Emerson – ein ansehnliches Publikum: Selim und Daoud, Cyrus und Abu, Jumana, Nefret, Ramses und natürlich die Große Katze des Re, die auf Ramses' Schulter gesprungen war und Emerson aus ihren runden grünen Augen fixierte. Ich wartete, bis Emerson tief Luft holte und den Mund aufmachte, bevor ich sprach.

»Die Lösung für unser Problem ist offenkundig.«

Sozusagen eiskalt erwischt verlor Emerson den Faden. »Ich ... Ach verflucht, Peabody, wovon redest du überhaupt? Was für ein Problem? Wir haben kein Problem. Wir –«

»Mehrere Probleme, um genau zu sein. Zum einen die große Wahrscheinlichkeit, dass unser Plan Monsieur Daressy aufbringen wird, mit dem Ergebnis, dass man uns eine weitere Tätigkeit in Ägypten schlichtweg untersagt. Zum zweiten die Tatsache, dass Bertie zwar ein kompetenter Aufseher ist, er aber keine Ahnung von hieratischen Texten hat und die von uns entdeckten Inschriften nicht kopieren kann. Drittens Ramses'

Wunsch, weiterhin hier zu arbeiten. Stehst du den Empfindungen deines Sohnes so gleichgültig gegenüber, Emerson, dass du ihn schnöde überfährst? Für so unsensibel hatte ich dich eigentlich nicht gehalten.«

Ich schaffte es, meinen Vortrag ohne jede Unterbrechung zu halten, da ich mir einen Trick angeeignet hatte, um Atem zu schöpfen – nicht am Ende des Satzes, sondern in willkürlichen Intervallen, mit denen die Zuhörer nicht rechneten. Emerson hätte dies nicht zurückgehalten, aber wie er mir später darlegte, war er durch meinen Tonfall gewarnt gewesen. Und als ich endete, dokumentierte mir sein veränderter Gesichtsausdruck, dass ebendieser letzte Punkt die gewünschte Wirkung gezeigt hatte.

Er wandte sich mit großer Ernsthaftigkeit an seinen Sohn. »Hast du wirklich den Wunsch, Ramses? Du weißt, ich würde nie ... Warum hast du mir nichts gesagt?«

»Das hat er doch«, empörte ich mich. »Du hast ihm nicht zugehört.«

»Ist schon in Ordnung, Vater«, sagte Ramses rasch. »Vielleicht habe ich mich nicht deutlich genug ausgedrückt.«

»Immerhin deutlich genug, dass ich es begriffen habe«, zischte ich. »Einerlei. Meine Lösung ist ausgesprochen simpel. Cyrus leidet genauso unter Personalmangel wie wir. Ich schlage vor, wir tun uns zusammen, konzentrieren uns auf ein Gebiet – dieses hier – und teilen die Verantwortung. Cyrus kann die Gräber haben; wir nehmen das Dorf. Monsieur Daressy hat sicherlich keine Einwände dagegen, dass wir unsere Effizienz auf diese Weise erhöhen.«

Cyrus, der in brütendes Schweigen verfallen war, weil er schon sämtliche Hoffnungen schwinden sah, strahlte mich an. »Ist das Ihr Ernst?«

»Selbstverständlich.« Ich erwiderte sein Lächeln. »Natürlich werden wir einander zur Hand gehen, sollte etwas besonders Interessantes entdeckt werden, das zusätzliche Helfer erfordert.«

Emerson war am Boden zerstört. Er liebte seinen Sohn über alles – auch wenn ich mich nicht erinnern kann, dass er das jemals gesagt hätte – und war bereit, jede von mir ersonnene Strafe zu akzeptieren, bis ich jenen letzten Satz äußerte. Er lebte förmlich auf und brüllte mich an.

»Verflucht, Amelia! Ich durchschaue dich. Du hast es satt, Geröll zu sieben. Du bist selber hinter diesen Gräbern her.«

»Ich habe soeben vorgeschlagen, Cyrus diesen Teil der Konzession zu übertragen, Emerson«, betonte ich. »Bist du damit einverstanden?«

»Oh.« Emerson rieb sich sein Kinn. »Nun ...«

»Eine teuflisch gute Idee«, erklärte Cyrus. »Genau das, womit ich aus Ihrem Mund gerechnet hätte, Amelia. Was meinen Sie, altes Haus? Schlagen Sie ein?«

Statt Cyrus' ausgestreckte Hand zu nehmen, wandte Emerson sich an seinen Sohn. »Ist das annehmbar für dich, Ramses? Sei ehrlich.«

»Ich halte das für einen hervorragenden Plan, Vater. Ganz ehrlich«, setzte er hinzu.

»In diesem Fall ...« Emerson schüttelte Cyrus energisch die Hand. »Also abgemacht.«

»Vielleicht sollten wir das schriftlich fixieren«, schlug ich vor. »Für den Fall, dass Monsieur Daressy sich danach erkundigt.«

»Nein, Madam, das wird nicht nötig sein«, befand Cyrus. »Emersons mündliche Zusage reicht mir voll und ganz.«

»Das Wort des Vaters der Flüche«, meinte Daoud, »ist bindender als jeder Schwur.«

Ich glaube, man wird mir vergeben, dass ich recht euphorisch war. Ramses war zufrieden und Cyrus auch; Nefret war glücklich, weil Ramses glücklich war; sogar Selim beeilte sich, mir beizupflichten. Emerson schien als Einziger nicht übermäßig erfreut über das weitere Vorgehen, aber das bestimmt nur deshalb, weil er nicht als Erster daran gedacht hatte.

Ich will Emerson zugute halten, dass er nicht nachtragend ist. Nachdem er sich einverstanden erklärt hatte, fing er sofort an, Anweisungen zu geben.

»Vandergelt, Ihre erste Aufgabe besteht darin«, erklärte er, »eine exakte Vermessung des Geländes und der Grabstätten vorzunehmen und eine schriftliche Dokumentation anzulegen. Guter Gott, allein damit leisten Sie schon einen wesentlichen Beitrag. Alle – von Wilkinson bis Schiaparelli – haben Gräber entdeckt –«

»Der königliche Architekt Kha«, murmelte Cyrus sehnsüchtig. »So sehr ich mir wünsche, ein Königsgrab zu finden, ich würde mich auch mit einem solchen Fund zufrieden geben. Versiegelt und seit mehr als dreitausend Jahren unangetastet, die Holztür noch immer fest in ihren Angeln, vollgepackt mit Möbeln und Leinen und ...«

»Hören Sie zu«, sagte Emerson unwirsch. »Die Dokumentation hat oberste Priorität. Unsere verfluchten Vorgänger haben ihre Aufzeichnungen nie publiziert, wenn sie überhaupt welche gemacht haben, also müssen Sie ganz von vorn anfangen. Ein paar von den Gräbern sind bekannt und offen, und ein Teil ist freigelegt ...«

Cyrus wurde nervös, und ich sagte: »Ganz recht, Emerson, wir haben verstanden.«

»Und«, Emerson hob die Stimme, »Sie werden Ihre Ausgrabungen in Medinet abschließend sichern müssen. Alles, was Sie gefunden haben, ist Witterung und Vandalen ausgesetzt. Wir gehen später dorthin und entscheiden, was getan werden muss.«

Wir ließen Selim als Verantwortlichen zurück und brachen nach dem Mittagessen zu dem Tempel auf. Es war ein milder, friedlicher Nachmittag, mit strahlendem Sonnenschein und einer leichten Brise; eine von Mr Cook's Reisegesellschaften machte einen Nachmittagsausflug, die Touristen schlenderten durch die Tempelruinen und fotografierten mit ihren Kameras. Emerson maß sie mit finsterer Miene. Sie sahen in der Tat ein bisschen albern aus mit ihren Pseudo-Tropenhelmen und Schleiern, ihre Gesichter krebsrot vom Sonnenbrand. Manche waren mit Feldstechern, Wasserflaschen, Kompassen und anderen Accessoires ausstaffiert und kamen sich vermutlich sehr professionell vor.

»Wahrscheinlich haben einige sogar Acetylen- oder Magnesiumlampen dabei«, murrte Emerson. »Verflucht, wissen sie denn nicht, dass sie diese nicht benutzen dürfen?«

»Vermutlich nicht«, erwiderte ich.

»Dann werde ich es ihnen erklären. Komm, lass uns nachsehen, ob diese Ignoranten in unseren Tempel eingedrungen sind. Die Wände verräuchern, ihre verfluchten Namen einritzen ...«

Grummelnd steuerte er auf eine Gruppe zu, die auf die gähnenden Fensternischen im Obergeschoss des Turms starrte, und während ich ihm folgte, bemüht, eine unangenehme Szene zu vermeiden, vernahm ich den Vortrag des Fremdenführers. »Dieser Turm, meine Damen und Herren, war der Harem des berühmten Ramses, wo er sich mit seinen wunderschönen Konkubinen amüsierte. Die Böden sind eingestürzt, sodass Sie die Wandreliefs leider nicht begutachten können, aber sie zeigen den König, ruhend auf einer bequemen Ottomane, währenddessen liebkosen die Konkubinen –«

»Falsch!«, brüllte Emerson. »Verflucht, Nazir, und das weißt du ganz genau! Warum tischst du diesen Volltrotteln solche Lügen auf?«

Unter den Touristen erhob sich verblüfftes Gemurmel; mehrere Damen traten hinter ihre Ehemänner. Der Anblick von Emerson, wutschnaubend und in Riesensätzen auf dem Vormarsch, jagt furchtsamen Gemütern einen Mordsschrecken ein. Nazir, der seine Launen gewohnt war, grinste nur und schüttelte den Kopf.

»Aber genau das wollen sie doch hören, Vater der Flüche«, bemerkte er auf Arabisch.

»Pah«, schnaubte Emerson. »Verbiete ihnen, diese verdammten Magnesiumlampen zu benutzen. Mehr will ich ja gar nicht.«

Er schob sich durch die Menge und strebte geradewegs zu den saitischen Kapellen, wir anderen ihm dicht auf den Fersen. Schockiert gewahrte ich, dass seine Befürchtungen gerechtfertigt waren. Mehrere Personen hatten die Absperrseile und die Verbotsschilder rings um das Ausgrabungsgelände einfach ignoriert und gingen in der Kapelle ein und aus. Im Innern zuckte ein Lichtblitz auf, als eine Magnesiumlampe aufflammte. Emerson fing an zu rennen.

»Beeil dich und halt ihn auf, Ramses«, stammelte ich. »Lass nicht zu, dass er handgreiflich wird!«

»In Ordnung, Mutter.« Ramses war als Einziger von uns so

behände wie sein Vater. Nur gut, dass ich das Schlimmste angenommen hatte; wir fanden sie im Innern der hübschen kleinen Kapelle von Amenirdis, in Konfrontation mit einem Touristentrio. Ramses hatte sich zwischen sie und seinen Vater gestellt, der lautstark fluchte.

»Verdammt!«, zischte ich. »Schon wieder diese entsetzlichen Albions. Was wollen sie?«

»Eine kleine Besichtigungstour, sollte man annehmen«, antwortete Nefret. Sie ging zu Emerson und hakte sich bei ihm ein. »Guten Tag allerseits.«

Die Albions schien Emersons Tirade nicht zu stören. Nach seinem breiten, schrumpeligen Apfelbäckchen-Grinsen zu urteilen, hatte Mr Albion jedes einzelne Wort genossen. »Der kann wirklich fluchen«, stellte er bewundernd fest. »Wenn es auch nicht schicklich ist in Gegenwart einer Dame.«

Mrs Albion, ihre Hände gefaltet und ihre Miene gefasst, hüstelte vornehm. Emerson schaute ein wenig betreten drein. »Ich habe nichts gesagt, was –«

»Was hat Sie denn so aufgebracht?«, erkundigte sich Albion neugierig.

Emerson atmete tief ein. Eine weitere Tirade befürchtend, sagte Ramses rasch: »Sir, zu diesem Gelände haben Touristen keinen Zutritt. Haben Sie die Verbotsschilder nicht gesehen?«

»Ich wollte die Reliefs begutachten«, sagte Sebastian Albion. Er lehnte daran, eine weitere archäologische Todsünde in Emersons Publikation.

»Stellen Sie sich gerade, Mr Sebastian«, herrschte ich ihn an. Er gehorchte umgehend, sein Blick verständnislos. Ich fuhr fort: »Das Berühren der Wände oder das Daranlehnen schadet der Farbe. Magnesiumlampen sondern Rauch ab, der die Reliefs zerstört. Sie riskieren einen schlimmen Sturz, wenn Sie hier in der Dunkelheit herumspazieren. Cyrus, ich dachte, Sie wollten den Boden restaurieren.«

»So weit war ich noch nicht«, gestand Cyrus. »Dachte, die Hinweisschilder würden die Leute abschrecken.«

»Wir nahmen an, dass das Verbot für uns nicht gilt«, sagte Mrs Albion kühl.

»Sie haben sich geirrt«, erwiderte Emerson. »Raus, alle!«

»Die Cook's Reisegruppe bricht auf«, fügte ich hinzu. »Sie beeilen sich besser.«

»Wir sind nicht mit Cook's gekommen.« Albion hüpfte ungelenk über das Seil, worauf Emerson, bestrebt, seine Unhöflichkeit gegenüber einer Dame wieder wettzumachen, es für Mrs Albion hinunterdrückte. Er bekam nicht ein Wort des Dankes zu hören, wohingegen der jüngere Mr Albion die Schultern straffte und anfing, sich zu exkulpieren.

»Sie haben völlig Recht, Madam, im Gegensatz zu anderen sollte ich wirklich so viel Verstand besitzen zu wissen, dass die Reliefs leicht Schaden nehmen können. Es war auch nicht richtig von uns, die Absperrungen zu ignorieren, aber, sehen Sie, wir hatten gehört, dass Sie in Medinet Habu arbeiten, doch als wir eintrafen, war niemand hier und mein Vater –«

»Hmmm, ja«, sagte Emerson, den Senior missbilligend beäugend.

Wir strebten zurück zum Tor, Emerson scheuchte Mr und Mrs Albion vor sich her, und Nefret begleitete sie, für den Fall, dass Emerson sich nicht beherrschen könnte. Ich folgte mit Jumana und Ramses und Mr Sebastian Albion.

»Ich würde es überaus schätzen, wenn ich diese Reliefs genauer inspizieren und vielleicht auch fotografieren dürfte«, meinte Letzterer. »Wenn Sie dies den anderen nahe legen könnten, wäre ich Ihnen sehr verbunden. Natürlich nur, wenn es Ihnen nichts ausmacht.«

»Wir arbeiten für eine Weile woanders«, räumte ich ein. Er hatte Ramses angesprochen, nicht mich, aber die verschlossene Miene meines Sohnes suggerierte mir bereits, dass er nicht kooperationswillig wäre. »Wie lange gedenken Sie in Luxor zu bleiben?«

»Auf unbestimmte Zeit, Mrs Emerson. Ich nehme an, Sie haben von der Wiederaufnahme der submarinen Kampfhandlungen gehört? Wir hatten ohnedies geplant, den gesamten Winter in Ägypten zu verbringen. Ich denke, ich werde mich an der einen oder anderen Exkavation versuchen.«

»Das schlagen Sie sich besser aus dem Kopf«, entgegnete ich.

»Es sei denn, Sie können eine Genehmigung von der Antikenverwaltung vorweisen.«

»Ist dergleichen wirklich notwendig? Zurzeit arbeitet doch kaum jemand hier. Das Tal der Könige beispielsweise –«

»Das steht völlig außer Frage«, sagte ich scharf. »Augenblicklich finden nur wenige Feldexpeditionen statt, aber die meisten Gebiete sind bereits vergeben. Lord Carnarvon besitzt den Firman für das Tal der Könige, und ich versichere Ihnen, dass die Behörden jeden hart angehen, der hier unberechtigt Ausgrabungen vornimmt.«

Statt konsterniert zu wirken, bedachte uns der junge Mann mit einem blasierten Lächeln. »Danke für Ihren Rat. Das wollen wir doch sehen, nicht wahr?«

»Jedenfalls wollen wir nicht sehen, dass Sie im Tal arbeiten«, konterte Ramses. »Letztlich würde nicht nur die Antikenverwaltung hart mit Ihnen ins Gericht gehen.«

Ein Schulterzucken war Albions einzige Reaktion.

»Gute Güte, Ramses, was warst du schroff zu dem jungen Mr Albion«, bemerkte ich, nachdem das Trio in Richtung Hotel aufgebrochen war und wir unsere edlen Reittiere bestiegen hatten.

»War er? Gut«, lobte Emerson. »Kann nicht ausstehen, wenn solche Leute uns belästigen.«

Ramses spähte zu Jumana, die mit Nefret plauderte. »Ich habe euch noch gar nicht erzählt, was er neulich Abends über Jumana gesagt hat.«

Er wiederholte die abfällige Äußerung. Cyrus lief zornesrot an und Emerson knurrte: »Zum Teufel mit der miesen Ratte! Warum hast du mir das verschwiegen? Ich hätte –«

»Ich auch, aber Nefret hat mich daran gehindert«, führte Ramses aus. »Ich habe es auf mich genommen, die Fronten zu klären. Es ist nichts Schlimmes passiert.«

»Und dabei wollen wir es auch belassen«, bekräftigte Cyrus.

»Ganz recht«, räumte ich ein. »Was haltet ihr von seinem irrwitzigen Vorhaben, im Tal der Könige zu graben?«

»Es hat mich verblüfft«, gestand Ramses. »Besucher verfallen zwar gelegentlich dem Irrglauben, dass sie überall graben können, aber er sollte es doch wirklich besser wissen. Wollte er uns vielleicht nur provozieren?«

»Sie sind beinahe so misstrauisch veranlagt wie Ihre Mutter«, sagte Cyrus.

»Meine *Ma*«, korrigierte Ramses. »So hat Mr Albion sie jedenfalls neulich Abend genannt. Vater, wie würde es dir gefallen, wenn ich dich mit Pa anredete?«

»Nicht besonders«, raunzte Emerson.

»Ihr nehmt sie zu ernst«, konstatierte ich. »Sie sind ziemlich ignorant und irgendwie Nerven aufreibend, und wir wollen so wenig wie möglich mit ihnen zu tun haben. Hast du schon eine Idee, wie du hier im Weiteren verfahren willst, Emerson?«

»Wie ich hier im Weiteren verfahren will?«, sagte Emerson mit Grabesstimme. »Ich werde das ganze Gelände verbarrikadieren und jeden verfluchten Touristen erschießen, der einzudringen versucht. Ja, ja, Peabody, ich weiß, der Vorschlag ist indiskutabel. Sie haben Skizzen von dem Mauerwerk angefertigt, das Sie westlich von der Kapelle entdeckt haben, Vandergelt? Die Männer decken es besser ab, sonst klettern diese verrückten Touristen noch darauf herum und zerstören das Wenige, das noch erhalten ist.«

»Was ist mit der Restaurierung des Bodens?«, wandte Cyrus ein. Er war nicht sonderlich versessen auf diese Arbeit, aber er war ein gewissenhafter Mensch.

»Lassen Sie ihn, wie er ist«, riet Emerson. »Sollen sich diese dämlichen Touristen doch ruhig den Hals brechen.«

Wir traten den Rückweg zur Pferdekoppel an, wo wir unsere Reittiere zurückgelassen hatten. Nach wie vor schmunzelnd über Emersons scherzhafte Bemerkung – ich denke, sie sollte scherzhaft sein –, bemerkte Cyrus: »Bertie war heute Morgen ganz schön sauer. Er hasst es, zurückgelassen zu werden. Gibt es irgendeinen Grund, warum er morgen nicht mitkommen kann?«

»Gott bewahre«, erwiderte Emerson. »Wir können jede helfende Hand gebrauchen, und wenn er nur Feldbeobachtungen macht.«

»Sicher, wir könnten für einen Stuhl und einen Schemel sorgen«, sinnierte ich. »Aber nach meinem Dafürhalten sollte Bertie noch ein paar Tage das Haus hüten.«

»Das hält er nicht durch«, sagte Ramses. »Ich kenne Katherine; sie wird ihm keine Ruhe lassen, und dann dreht er durch und tut irgendwas Unüberlegtes.«

»Du sprichst aus persönlicher Erfahrung, nicht?«, erkundigte ich mich und lächelte zum Beweis, dass dies einer meiner kleinen Scherze war.

Er erwiderte mein Lächeln und küsste mich rasch auf die Wange. »Nicht wirklich, Mutter. Du hast doch nichts dagegen, wenn Nefret und ich vorausreiten?«

Risha war kaum zu bändigen, genau wie Moonlight; der gemächliche Gang von Cyrus' braver Stute war ermüdend für solche Rassepferde. Ich nickte, und die beiden jungen Leute galoppierten davon.

»Sie sind wirklich ein schönes junges Paar«, sagte Cyrus bewundernd. Nefret hatte die noch verbliebenen Haarnadeln aus ihrem Haar gezogen; es wehte wie ein schimmerndes Banner, als Risha lospreschte und Moonlight seinem Beispiel folgte. »Früher war ich fast neidisch auf euch, aber jetzt nicht mehr«, fuhr er fort. »Bertie ist wie ein Sohn für mich. Ich werde ihn zu meinem Erben machen, Amelia.«

»Hervorragend, Cyrus«, stimmte ich ihm zu. »Er hat Ihre Anerkennung verdient. Allerdings würde ich das nicht publik machen, sonst umgarnen den Jungen noch sämtliche Mitgiftjägerinnen in ganz Ägypten. Und wenn er davon erfährt, wird er die Motive jeder jungen Dame beargwöhnen, die Interesse an ihm zeigt.«

»Ein guter Rat, den ich befolgen werde«, bekräftigte Cyrus.

Emersons entrückter Blick bewies mir, dass er nicht mehr zuhörte. Er hält mich für viel zu direkt, als dass ich sensible Ratschläge geben könnte, und Gespräche über die junge Liebe widerstreben ihm. »Ein Stock«, sagte er unvermittelt. »Geben Sie dem Jungen einen guten, kräftigen Stock und lassen Sie ihn machen, was er will.«

»Sei nicht albern, Emerson«, versetzte ich.

* * *

Auf Cyrus' Vorschlag hin speisten wir zwanglos im Schloss. Bertie freute sich, uns zu sehen, und war hellauf begeistert, als er von einer möglichen Rückkehr an unsere gemeinsame Exkavationsstätte erfuhr. Ich untersuchte seinen Knöchel; er sah schon viel besser aus; die Schwellung war zurückgegangen, bis auf einen kleinen Bluterguss. Alle schrieben das Kadijas wundersamer Heilsalbe zu, und das mochte auch zutreffen, obschon ich mich gelegentlich fragte, ob ihre Wirkung nicht mit der mentalen Einstellung des Patienten zusammenhing.

Nach dem Abendessen hinkte der junge Mann, gemeinsam mit den anderen, in die Bibliothek. Ich blieb mit Katherine zurück, um auch die letzten Zweifel auszuräumen.

»Ich habe ein hübsches kleines, schattiges Plätzchen eingerichtet, wo Bertie sich ausruhen kann, und wenn er tatsächlich an anderer Stelle arbeiten muss, werden wir dafür sorgen, dass er sich nicht überanstrengt. Jumana wird sich persönlich um ihn kümmern.«

Letzteres war vielleicht nicht das, was Katherine hören wollte. Nach meiner Einschätzung waren ihre Bedenken hinsichtlich einer ernsthaften Beziehung genauso grundlos wie voreingenommen. Bertie interessierte sich zwar für das Mädchen, doch sie schien seine Gefühle nicht zu erwidern; sie behandelte ihn eher wie ein begriffsstutziges Kind. Ich hielt Katherine einen kleinen Vortrag zu diesem Thema und setzte hinzu: »Letztlich, Katherine, gibt es nichts Destruktiveres für die Romantik als ständige Nähe.«

Katherine spitzte die Lippen. »Bei Ramses und Nefret hat dies auch nicht funktioniert.«

»Das ist ein Ausnahmefall. Bedenken Sie meine Worte, die gemeinsame Arbeit wird Bertie und Jumana noch früh genug auseinander bringen.«

Ich hatte ein wenig übertrieben, aber im Verlauf der nächsten Tage wurde Bertie zunehmend ungeduldiger mit Jumana. Typisch Mann, wollte er sie mit seinem Fachwissen beeindrucken; typisch Jumana, nutzte sie seine vorübergehende Behinderung, um ihn zu bemuttern. Indem wir seinen Stuhl und seinen Tisch an den entsprechenden Punkten des Geländes aufstellten, ermöglichten wir ihm, an der Dokumentation mitzuwirken, eine Aufgabe, in der er geschult war, gleichwohl verbrachte er einen Großteil der Zeit damit, untätig herumzusitzen. Zu beobachten, wie Jumana herumwirbelte, mühelos die Abhänge hochkletterte und wieder hinuntersprang, um ihn in den Schatten zu stellen, strapazierte sein Nervenkostüm gewaltig. Einzig sein ausgeglichenes Naturell und seine hervorragenden Manieren verhinderten einen Temperamentsausbruch.

Ein leicht beunruhigender Vorfall zeichnete die produktive Arbeitseuphorie der nächsten Tage. Es hatte nichts mit Jamil zu tun, obwohl sich der werte Leser sicher denken kann, dass ich ihn nicht vergessen hatte. Ich nahm nicht an, dass Jumana von ihm gehört hatte, denn ich ließ sie keine Sekunde aus den Augen, aber dass er sie so völlig mied, beunruhigte mich allmählich. Er brauchte Geld, und wenn auch nur für das nackte Überleben. Woher bekam er welches?

Wenn es von Freunden und Verwandten in Gurneh stammte, so würde dies keiner von ihnen zugeben. Selims Nachforschungen prallten auf eine Mauer des Schweigens.

»Einige sagen die Wahrheit, denke ich«, hatte er berichtet. »Aber anderen lähmt es die Zunge. Es ist genau wie früher, als der Meister den illegalen Antiquitätenhandel kontrollierte und alle Männer seinen Zorn fürchteten.«

»Könnte das sein?«, erkundigte Emerson sich bei mir, nachdem Selim seiner Wege gegangen war.

»Unmöglich, Emerson.«

»Wieso? Wir haben seit Wochen nichts mehr gehört von dem ... von ihm. Verflucht, wir wissen nicht einmal, wo er sich aufhält.«

»Er würde niemals in unsere Arbeit eingreifen oder einen miesen Burschen wie Jamil tolerieren.«

Wir hatten nur selten Besucher. Allerdings, als ich eines Morgens eine verfallene Kapelle auf der Anhöhe inspizierte – und Cyrus' bei seiner Skizzierung der Grabanlage half, wie ich Emerson erklärt hatte –, sah ich zwei herannahende Reiter. Beide trugen das triste Oliv der Militäruniformen. Ich kletterte hastig den Abhang hinunter, in der Hoffnung, sie abzulenken, bevor sie auf Emerson stießen.

Ich war zu langsam oder Emerson zu schnell. Als ich sie erreichte, hatten die beiden Männer bereits abgesessen und bemühten sich, ein höfliches Gespräch mit meinem Gatten in Gang zu halten. Es verlief eher schleppend.

»Ich darf wiederholen, dass es hier nichts zu sehen gibt«, erklärte Emerson, die Hände an den Hüften, breitbeinig, seine Miene düster. »Dies ist eine archäologische Ausgrabung, und Sie stören mich bei meiner Arbeit.«

»Aber, Sir ...« Einer der Offiziere – denn als das wiesen ihre Abzeichen sie aus – wandte sich sichtlich erleichtert an mich. Er war etwa mittlerer Größe, stämmig, breites Gesicht, besonders die Kinnpartie. Seine Haare, die zum Vorschein kamen, als er seinen Tropenhelm herunterriss, waren von einem undefinierbaren Braunton, etwas dunkler als sein sorgfältig gestutzter Schnauzbart.

»Mrs Emerson!«, entfuhr es ihm. »Ich wage nicht zu hoffen, dass Sie sich an mich erinnern – ich hatte das Vergnügen, Ihnen letztes Jahr in Kairo vorgestellt zu werden, von meinem Kollegen Woolley vom Arabischen Büro.«

»Aber gewiss doch, Major Cartright«, erwiderte ich, bevor Emerson sich ungebührlich über das Arabische Büro äußern konnte. »Mr Woolley ist ein alter Freund. Ich habe mit Betroffenheit erfahren, dass die Osmanen ihn gefangen genommen haben.

»Die Unwägbarkeiten des Krieges, Madam, ein Kriegsschicksal.«

»Ignoranz und Inkompetenz«, wetterte Emerson. »In dieser protzigen Jacht entlang der Küste zu segeln, in dem Bestreben, vor den Augen der Türken Agenten an Land zu schleusen. Früher oder später wäre der doch fällig gewesen.«

Cartright wurde rot vor Zorn, hielt sich jedoch zurück. »Ja, Sir. Gestatten Sie, dass ich Ihnen einen weiteren Bewunderer von Ihnen vorstelle – Leutnant Algernon Chetwode.«

Ich habe noch nie einen so prototypischen Engländer gesehen. Haare und Bart waren flachsblond; die Wimpern um seine blauen Augen waren so blass, dass sie kaum auffielen, und seine Wangenhaut so zart wie bei einem Mädchen. Errötend stammelte er eine Reihe von unzusammenhängenden Höflichkeitsfloskeln.

»Es ist mir ein Vergnügen ... eine solche Ehre ...«

»Ja, angenehm«, erwiderte ich, und da sie keinerlei Anstalten machten zu gehen, fuhr ich fort: »Ich würde Sie ja gern herumführen, meine Herren, aber wie von meinem Gatten bereits erwähnt, gibt es hier nichts Interessantes zu sehen. Schätze, Sie haben dienstfrei in Kairo? Darf ich Ihnen das Tal der Könige oder den Tempel in Medinet Habu empfehlen, beides ist nicht weit von hier.«

»Sehr liebenswürdig von Ihnen, Mrs Emerson«, sagte Cartright, und sein Lächeln bewies mir, dass er meine wahren Motive durchschaut hatte. »Wir wollten lediglich unsere Aufwartung machen. Wir hatten gehofft – das heißt – ist Ihr Sohn bei Ihnen?«

Emersons Augen wurden schmal, und mir krampfte sich schmerzhaft der Magen zusammen. Natürlich und notwendigerweise waren Ramses' Aktivitäten für das Kriegsministerium ein wohl gehütetes Geheimnis geblieben. Wäre sein aufopfernder Einsatz bekannt geworden, hätte man einen Helden aus ihm gemacht; da das nicht der Fall war, hielten ihn viele von unseren Bekannten in Kairo für einen Feigling und Pazifisten. Kaum ein Offizier in Kairo hatte im letzten Jahr mit ihm geredet – und hier standen plötzlich zwei, die sich nach ihm erkundigten.

Ich war versucht zu lügen, aber vergebens; Ramses hatte uns gesehen und strebte zu uns. Es hätte auch nicht zu ihm gepasst, einer Konfrontation aus dem Weg zu gehen. Nefret hielt seinen Arm umklammert. Sie nagte an ihrer Unterlippe, ein sicheres Anzeichen von Besorgnis oder Unmut.

Hatte der junge Leutnant Chetwode sich vor uns fast verborgen, so tat er dies jedenfalls nicht vor Ramses. Nefret schenkte er nicht mehr Aufmerksamkeit als unbedingt nötig, was höchst merkwürdig war; die meisten Männer überschütteten Nefret mit Aufmerksamkeiten.

Ernst und gefasst schüttelte Ramses den beiden Männern die Hand. »Auf Urlaub, was?«, erkundigte er sich.

»Kurzurlaub«, erwiderte Cartright. »Ich bin vor kurzem von der Front in Gaza zurückgekehrt, und nachdem ich dem General Bericht erstattet hatte, war er so freundlich, mir ein paar Tage dienstfrei zu geben.«

»Sie haben es sicher verdient«, sagte ich höflich.

»Ha!«, schnaubte Emerson. »Was zum Teufel macht Ihr Leute da eigentlich? Anfang Januar haben Sie die Türken von der ägyptischen Grenze verdrängt, und seitdem hocken Sie vor Gaza. Was wir brauchen, ist ein Sieg, Gentlemen; die Nachrichten von den anderen Fronten sind schlimm genug. Warum dringt General Murray nicht nach Jerusalem vor?«

»Wie ich sehe, kennen Sie das Territorium, Sir«, sagte Cartright respektvoll. Nach einem Blick zu mir – einer schwachen Frau, die vermutlich nichts von Militärangelegenheiten verstand – erklärte er: »Die Türken sind fest entschlossen, Gaza zu halten; die Stadt ist heftig belagert, genau wie der Gebirgszug, der sich von Gaza nach Beersheba erstreckt – eine natürliche Verteidigungslinie von fünfundzwanzig Meilen Länge. Wasser ist eines unserer Hauptprobleme; wir müssen es aus dem Süßwasserkanal bei Suez gegenüber dem Sinai pumpen, und der Bau der Eisenbahn verzögert sich aufgrund des unwirtlichen Terrains. Die Informationen des Geheimdienstes sind momentan entsetzlich ungenau. Unsere Agenten haben Probleme, zu uns durchzukommen, und ihre Flugzeuge –«

»Ja, ja«, meinte Emerson unwirsch. »Aber je länger Sie zögern, umso mehr Zeit haben die Türken, Verstärkung anzufordern und weitere Schützengräben auszuheben. Sie müssen Beersheba und Gaza zeitgleich angreifen. Dort ist jede Menge Wasser.«

»Ich bin sicher, General Murray würde sich für Ihre Sicht der Dinge interessieren«, sagte Cartright.

Ich räusperte mich geräuschvoll, und Emerson sammelte sich. »Wenn er mich braucht, damit ich ihn auf das Naheliegende stoße, dann besteht sein Stab aus lauter Stümpern. Guten Tag, meine Herren.«

Energisch meinen Arm umschließend, stapfte er davon und ließ die beiden Offiziere stehen, denen nichts anderes übrig blieb, als aufzusitzen und zu verschwinden. »Hölle und Verdammnis«, tobte er.

»Ganz recht«, sagte Ramses, der zu uns aufschloss. »Er war außergewöhnlich mitteilsam, nicht?«

»Zu mitteilsam«, brummte Emerson. »Warum hat er uns so viel erzählt?«

Ramses presste die Lippen aufeinander. Nach einer Weile sagte er: »Du erinnerst dich sicher nicht mehr daran, aber Cartright war einer von den drei Patrioten, mit denen ich vor zwei Jahren diese unangenehme Episode im Turf Club erlebt habe. Seinerzeit war er bei der ägyptischen Armee.«

»Der Mann, der dich ins Gesicht geschlagen hat, während zwei andere dich an den Armen gepackt hielten?«, empörte ich mich. »Gute Güte. Wenn ich das gewusst hätte, wäre ich nicht so höflich gewesen.«

»Nein, er war einer von den beiden, die mich festgehalten haben«, korrigierte Ramses. »Irgendetwas muss ihn völlig verändert haben.«

»Dreimal darfst du raten«, schnaubte Emerson. »Jetzt ist er beim Geheimdienst, und jemand hat ihm von dir erzählt. Geheimdienst, dass ich nicht lache! Sie könnten ihre Aktivitäten genauso gut von den Dächern runterbrüllen.«

Ich sagte: »Die Nachricht von deinen Heldentaten –« Ramses zog eine Grimasse, aber ich fuhr ungerührt fort: »Genau das war es, wir können das Kind ruhig beim Namen nennen! Aber vielleicht hat sich die Information nicht so weit verbreitet, wie wir vermuten.«

»Ich hoffe, dass sie sich verbreitet hat«, versetzte Nefret trotzig. »Hoffentlich wissen es inzwischen alle.«

Wir alle konnten ihr das nachempfinden. Nefret lebte in der ständigen Angst, dass man ihn erneut mit einer Mission betrauen könnte, wie sie ihn zwei Jahre zuvor fast das Leben gekostet hätte. Einen weiteren Auftrag anzunehmen wäre schon gefährlich genug gewesen, selbst wenn seine früheren Aktivitäten nur wenigen bekannt waren – unter diesen wenigen allerdings der Chef des türkischen Geheimdienstes. Es wäre glatter Selbstmord gewesen, wenn jeder Agent in Kairo davon erfahren hätte.

Wie hatte Ramses irgendwann einmal treffend bemerkt: Es macht keinen Sinn, Spion zu sein, wenn alle wissen, dass du einer bist.

»Ich habe dir bereits gesagt«, wandte Ramses sich schroff an seine Frau, die darauf errötete, »dass das Thema für mich erledigt ist. Können wir es fallen lassen, bitte?«

»Sicher«, sagte Emerson rasch. »Wir haben genug Zeit verschwendet mit diesem Blödsinn. Zurück an die Arbeit, was?«

Ramses' schroffer Ton überraschte mich ein wenig. Allerdings nahm ich nicht an, dass seine schlechte Laune anhalten oder Nefret eine Entschuldigung seinerseits ausschlagen würde; und ich behielt Recht. Einige Zeit später waren beide verschwunden; und da das Mittagessen anstand, betrat ich das Vestibül, wo ich mein schattiges Plätzchen eingerichtet hatte. Ich entdeckte sie nicht, aber ich vernahm Stimmengemurmel hinter einer der Säulen, die das Vestibül vom Pronaos trennten. Es war eine sehr hübsche Säule, mit dem Haupt der Göttin Hathor statt eines Kapitells. Ich trat näher, um sie mir genauer anzuschauen.

Ich bewegte mich weder besonders leise noch auf Zehenspitzen, trotzdem bemerkten sie mich erst, als sie mich sahen. »Verflucht!« Ramses ließ sie los und wurde ziemlich rot. »Äh – entschuldige bitte, Mutter.«

»Ich sollte mich entschuldigen, meine Lieben. Ich wusste nicht, dass ihr hier seid. Es ist fast Mittag.«

»Ich werde Vater holen.« Ramses verschwand blitzartig. Nefret, bemüht, ihr gelöstes Haar zu einem Knoten aufzustecken, lachte ihr melodisches Lachen. »Hattest du Angst, wir wären gegangen, um uns unter Ausschluss der Öffentlichkeit zu streiten?«

»Eigentlich nicht. Schätze, ihr habt diese hübschen Häupter der Hathor bewundert. Ich glaube, ich habe gehört, wie Ramses eines ihrer reizenden Epitheta wiederholt hat – ›goldene Göttin‹.«

»Wenn du es schon mit angehört hast«, sagte Nefret, belustigt und kein bisschen verstimmt, »dann sollst du auch wissen, dass er damit mich gemeint hat.«

»Sehr treffend«, bekräftigte ich. Ein Sonnenstrahl schimmerte auf ihren rotgoldenen Locken. »Hathor war die Göttin der Liebe und Schönheit und – äh –«

»Des Glücks.« Sie spähte zu dem in Stein gemeißelten Antlitz. Der eine oder andere mochte es nicht unbedingt für den Inbegriff der Schönheit halten, denn die Ohren waren die einer Kuh, eines der geweihten Tiere der Göttin. Nachdem wir so viele Jahre mit altägyptischen Kunstschätzen zugebracht hatten, schienen uns solche Elemente indes ganz natürlich, und alles andere war sehr detailgetreu nachempfunden – wie beispielsweise das lange Haar, das ihr lockig über die Schultern fiel. *»Wir preisen die Goldene Göttin, Dame der Türkise, Gebieterin des Westens«*, rezitierte Nefret. Sie verneigte sich feierlich und würdevoll.

Ich konnte meine Zunge nicht im Zaum halten. »Worum bittest du sie?«

»Um Glück«, wiederholte Nefret.

»Dann – ist alles in Ordnung, oder? Zwischen euch beiden?«

»Natürlich.« Sie fasste meinen Arm. »Lass uns was essen.«

Emerson hielt uns dermaßen auf Trab, dass ich erst im Verlauf der Woche meine alljährliche Wallfahrt zu Abdullahs Grab machen konnte. Der Besuch war mir nie sonderlich wichtig gewesen, weil ich nicht den Toten in ihm sah. Ich ging nur hin, weil ... Kurzum, ich weiß es selber nicht. *La coeur a ses raisons que la raison ne connait point.*

Diesmal konzentrierte sich mein Hauptanliegen darauf, mir sein neues Grabmal anzuschauen. Ich hatte es noch nie gesehen, da Abdullah erst im letzten Frühjahr, kurz vor unserer Abreise aus Ägypten, damit herausgerückt war. Sein Wunsch hatte mich überrascht; man sollte doch nicht vermuten, dass ein unsterblicher Geist – oder, um Emerson zu zitieren, »eine sentimentale Fantasie meines schlummernden Hirns« – solche Dinge aufgreift. Jedenfalls hatte Emerson keine Einwände, worauf ich Davids Skizzen und Pläne an Selim schickte, mit der Bitte, sich der Sache anzunehmen.

Ich wollte allein hingehen, doch Ramses ertappte mich dabei, wie ich mich aus dem Haus stahl, und baute sich vor mir auf.

»Ich dachte, wir hätten uns darauf geeinigt, dass keiner von uns allein ausgeht, Mutter.«

»Ich versichere dir, wenn ich Jamil sehe, mit der Doppelkrone auf dem Kopf und Kusshändchen werfend, werde ich ihm nicht folgen.«

Ramses fand das weder lustig noch überzeugend. »Wohin willst du?«

»Nur zum Friedhof. Ich habe Abdullahs Grabmal noch nicht gesehen.«

»Oh. Ich auch nicht. Darf ich dich begleiten?«

Zwecklos, ihn abzuwimmeln, also stimmte ich zu. Offen gestanden war er der Einzige, gegen dessen Gesellschaft ich nichts einzuwenden hatte. Er hatte mich am Tag nach Abdullahs Bestattung begleitet und mir geholfen, die kleinen Amulette von Horus und Sechmet, Anubis und Sobek dort zu vergraben – Symbole der alten Gottheiten, die die Seele auf der Straße nach Westen beschützen –, in sträflicher Missachtung von Abdullahs Glaubensansichten und meinen. Gleichwohl hatte ich stets den Verdacht, dass Abdullah heimlich und halb verschämt an die alten Götter glaubte. Ramses' schweigendes Einverständnis spendete mir Trost, den ich an jenem Tag bitter nötig hatte.

Wir gingen zu Fuß, über die felsigen Erhebungen und das Geröll der Wüstenebene, und Ramses passte seine langen Schritte meinem Tempo an. Der Friedhof war auf der Nordseite des Dorfes, unweit der Moschee. Ringsum Wüstenlandschaft, glutheißer Sand und steiniger Boden, kein Baum, keine blühende Pflanze milderten die Tristesse der einsamen Gräber. Die eigentlichen Gruften befanden sich unter der Erde, ihre Lage dokumentiert von niedrigen, rechteckigen Monumenten aus Felsgeröll oder Ziegeln, mit aufrecht stehenden Steinen an Kopf- und Fußende. Das Grab eines Heiligen oder eines bedeutenden Scheichs wäre von ähnlich einfacher Struktur gewesen und von einer kleinen Kuppel gekrönt. Auf diesem kleinen Friedhof waren davon nur wenige zu finden; Abdullahs Grab fiel sogleich ins Auge – wegen der frisch behauenen Steine und der irgendwie ungewöhnlichen Formgebung. Es war das konventionelle, vierseitige Monument, dennoch lag in den Proportionen eine gewisse Anmut, sodass man meinte, die Kuppel schwebe schwerelos über dem Ganzen.

Die Sonne sank bereits. Das rosige Licht erwärmte den weißen Kalksandstein der Wände, und von einer Moschee in einem der Nachbardörfer drangen die ersten melodisch-getragenen Rufe zum Abendgebet.

»Es wird bald dunkel.« Ramses sprach das erste Mal, seit wir das Haus verlassen hatten. »Wir können nicht lange bleiben.«

»Nein, ich will nur eben –«

Ich stockte, schnappte nach Luft. Es war schon irgendwie unheimlich, an diesem einsamen Ort Bewegungen zu bemerken, und die Silhouette, die im Schatten der Kuppel sichtbar wurde, war die eines Menschen. Wir waren noch ein ganzes Stück von der Grabstätte entfernt; ich konnte keine Details ausmachen, nur die lange Galabiya und den weißen Turban, bevor die Gestalt hinter den Mauern der Moschee verschwand.

»Wer war das?«, fragte ich.

»Keine Ahnung. Hast du eine Taschenlampe mitgenommen?«

»Natürlich. Ich habe meine sämtlichen Utensilien dabei. Sollen wir ihm folgen?«

»Das war nicht Jamil. Ich sehe keinen Grund, den Burschen zu verfolgen. Lass uns nur sicherstellen, dass er keinen Schaden angerichtet hat.«

Der aufgewühlte Sand war der einzige Hinweis, dass außer uns noch jemand hier gewesen war. »Da sind eine Reihe von Fußspuren«, murmelte Ramses, den Boden mit der Taschenlampe ausleuchtend. »Sie überschneiden sich. Ist ja merkwürdig.«

»Vielleicht waren Verwandte hier, um ihm die letzte Ehre zu erweisen oder um zu beten«, überlegte ich.

»Mag sein. Bist du bereit zum Aufbruch?«

Ich hatte vorgehabt, ein paar Worte zu sagen – mental natürlich –, aber er fühlte sich ganz offensichtlich unwohl, und was hätte ich noch anbringen sollen, nachdem ich vor kurzem eine lange Unterredung mit Abdullah geführt hatte? Ich schwieg, und Ramses fasste meinen Arm, da es zunehmend dunkler wurde.

»Mir gefällt das Grab«, sagte Ramses, als wir uns mit Hilfe

der Taschenlampe durch die Grabreihen schlängelten. »Ich hoffe, Abdullah ist zufrieden.«

»Oh, ja. Er war nur ärgerlich, weil er darum bitten musste. Er meinte, ich hätte von mir aus darauf kommen müssen.«

»Ah«, sagte Ramses verständnislos.

* * *

Am Donnerstag waren wir mitten in unseren Vorbereitungen für den Aufbruch – phasenweise kompliziert durch Sennia und die Große Katze des Re –, als ein Bote auftauchte. Jumana war nach Deir el-Medina aufgebrochen, Ramses erklärte der Katze, dass sie ihn besser nicht begleiten solle, ich setzte mich mit den üblichen Verzögerungstaktiken von Sennia auseinander, und Emerson trieb uns – nervös auf- und abstapfend – zur Eile an. Er nahm die Notiz von Fatima entgegen.

»Nun, was haltet ihr davon?«, erkundigte er sich. »Yusuf möchte uns sehen.«

»Uns?«, wiederholte ich. »Wen? Sennia, hol deine Bücher und geh.«

»Dich und mich. Er sagt, es ist dringend. Ich frage mich, wer das für ihn geschrieben hat?«

Ramses beendete seine Unterredung mit der Katze und setzte sie auf den Boden. »Ein öffentlicher Briefschreiber, vielleicht. Sollen Nefret und ich mitkommen?«

Emerson kratzte sich sein Kinngrübchen. »Nein, er schreibt, wir sollen allein kommen. Geht schon vor, wir kommen bald nach.«

»Es sei denn, wir erfahren von einer interessanten Entwicklung«, meinte ich einschränkend.

»Irgendwas mit Jamil, vielleicht«, sagte Nefret. »Meinst du, Yusuf weiß, wo er sich versteckt hält?«

»Wir wollen es hoffen. Es wäre eine Erleichterung, wenn die Sache endlich hinter uns läge. Ich hätte Yusuf schon viel eher bedrängen sollen«, räumte ich ein.

»Setz dem armen alten Burschen nicht unnötig zu«, sagte Nefret. »Er muss entsetzlich gelitten haben, hin und her gerissen zwischen der Liebe zu seinem Sohn und seiner Loyalität zu euch.«

»Es könnte ein weiterer Trick sein«, gab Ramses zu bedenken. »Erinnerst du dich an deine Warnung, Vater, den Jungen nicht allein zu verfolgen, selbst wenn er eine Doppelkrone und –«

»Ich bin nicht allein«, versetzte sein Vater. »Deine Mutter begleitet mich.«

Ramses dichte, dunkle Augenbrauen zogen sich zusammen. »Vergiss deinen Schirm nicht, Mutter.«

»Ganz bestimmt nicht. Allerdings will Yusuf vermutlich nur Mitleid und irgendeine Medizin von uns. Es ist das Mindeste, was ich für ihn tun kann, und ich hätte es schon viel eher tun sollen.«

Ich stellte ein Päckchen für Yusuf zusammen, mit seinem Lieblingstabak und einigen von Fatimas frisch gebackenen Honigkuchen, die er so gern aß. Ich nahm auch meine medizinische Ausstattung mit. Die anderen waren bereits aufgebrochen, als ich meine Utensilien beisammen hatte. Emerson und ich machten uns umgehend auf den Weg; doch als wir die Pferde auf den Pfad lenkten, der entlang der Gräber auf der sanfter ansteigenden Seite der Anhöhe von Sheikh Abd el-Gurneh verlief, gewahrte ich etwas, worauf ich meine kleine Stute abrupt zum Halten brachte.

»Emerson! Schau mal!«

Woher sie gekommen war, hätte ich nicht zu sagen vermocht – aus einem der Grabmonumente vielleicht –, doch ihre zierliche Statur war unverkennbar. Kaum eine Frau in Luxor trug Stiefel und Hosenröcke, und nur eine außer mir einen scheppernden Utensiliengürtel.

Emerson, der ebenfalls in die Zügel gegriffen hatte, fluchte unschön. »Ihr nach!«

»Nicht so schnell, mein Guter. Wir müssen ihr mit einigem Abstand folgen und feststellen, wo sie hingeht – und warum. Sie war im Dorf; sollte Yusuf ihr erzählt haben, dass er uns Jamils Versteck verraten wird, will sie ihn möglicherweise warnen.«

»Verflucht«, schnaubte Emerson. »Wie konnte sie ... Na ja, wir werden es bald herausfinden.«

Er hatte bereits abgesessen und hielt einen der Dorfbewohner mit den Worten an: »Gib mir deine Galabiya.«

»Aber, Vater der Flüche«, stammelte der Bursche.

»Tu, was ich dir sage.« Emerson gab ihm ein so üppig bemessenes Bakschisch, dass er sich nicht zweimal bitten ließ. Das Münzengeklirr lockte weitere Männer an. Einer von ihnen war bereit, sich ebenfalls von diesem Kleidungsstück zu trennen. (Ich hatte mir den kleinsten und saubersten von ihnen ausgesucht.)

Jumana war fast außer Sichtweite, sie marschierte mit einem Elan, den ich nur zu gut kannte, trotzdem ließ sich diese Verzögerung nicht vermeiden; sie hätte uns sofort erkannt, wenn wir ihr in unserer gewohnten Kleidung und zu Pferd gefolgt wären. Wir streiften unsere provisorische Tarnung über, ließen die Pferde bei den Männern zurück und eilten ihr nach.

»Sie ist auf dem Rückweg zu unserem Haus«, meinte Emerson gedehnt. »Vielleicht täuschen wir uns, Peabody. Mag sein, dass sie ihrem Vater nur einen Höflichkeitsbesuch abgestattet hat.«

»Sei nicht so sentimental, Emerson. Sie hat eingeräumt, dass sie seit Monaten nicht mehr mit ihm geredet hat – und warum sollte sie uns nichts von ihrem Vorhaben erzählen, wenn es völlig harmlos ist? Sie hat mich vorsätzlich getäuscht, dieses verlogene, kleine Biest.«

Die Wahrheit sollte sich alsbald herausstellen. Geduckt, mit eingezogenen Schultern, um möglichst unauffällig zu erscheinen, huschte Jumana über einen Trampelpfad, der sich vorbei an Häusern und Felsen in Richtung der westlichen Klippen südlich von Deir el-Bahari wand. Ein oder zwei Mal spähte sie über ihre Schulter. Sie musste uns gesehen haben, aber unsere plumpe Verkleidung war wohl Tarnung genug, denn sie blieb nicht stehen, sondern erkletterte leichtfüßig die steil ansteigenden Berghänge. Ich konnte den Tempel sehen, unter uns und zu unserer Rechten, während wir hochkraxelten; die Kolonnaden und Ruinen schimmerten im morgendlichen Licht.

Obwohl das Mädchen flink war, konnte Emerson ohne Schwierigkeiten mithalten, sein Atem ruhig, sein Schritt gemessener als sonst. Da meine unteren Extremitäten nicht viel länger waren als Jumanas, stolperte ich hinter ihm her.

»Wo zum Teufel will sie bloß hin?«, keuchte ich. »Dieses unselige Mädchen –«

»Spar dir den Atem«, riet Emerson und bot mir seine Hand. »Heiliger Strohsack, Peabody, du denkst doch nicht etwa ... Aber sicher, das ist exakt die Richtung!«

Mithilfe seines starken Arms gestaltete sich das Fortkommen einfacher für mich, und ich konnte mich ein wenig umsehen. Ich kannte das Gelände sehr gut. Im Vorjahr hatten wir die goldene Statue des Gottes Amun-Re aus ihrem verborgenen Schrein in einer Felsenhöhle geborgen. Jamil hatte dieses Versteck ursprünglich aufgespürt. Konnte es sein, dass er sich an diesem Ort verbarg? Der Stollen, der zu einer kleinen, in den Fels gehauenen Kammer führte, war kaum drei Meter tief, und es war unwahrscheinlich, dass jemand dort herumstromerte; die Gurnawis wussten, dass sie die Stätte völlig geplündert hatten.

Jumana blieb vor der kleinen Schlucht stehen, mit dem Rücken zu uns. Sie sah sich vorsichtig um. Emerson zog mich hinter einen Felsvorsprung. Wir wollten nicht riskieren, näher heranzugehen; wir waren kaum zehn Meter von Jumana entfernt, und es war sonst niemand in Sicht.

»Jamil, bist du da?«, rief sie, ihre Stimme aufgewühlt.

Ich hörte nichts. Sie rief erneut: »Ich komme.«

»Jetzt haben wir ihn«, flüsterte Emerson. »Komm.«

Als ich mich erhob, war Jumana verschwunden. Emerson rannte zu der Öffnung der Schlucht. Ich ihm dicht auf den Fersen.

Die von der Morgensonne erhellte Senke fiel sanft ab. An ihrem hinteren Ende klaffte der Stollen, ein schwarz gähnendes Loch im Gestein. Keine Spur von Jumana.

»Wo kann sie nur sein?«, sinnierte ich.

»Kümmere dich nicht um das Mädchen. Er kann jedenfalls nicht entkommen sein, dafür blieb ihm keine Zeit.« Auf dem geröllbedeckten Boden kniend, holte Emerson seine Taschenlampe hervor und leuchtete damit in den Schacht.

Er war so leer gefegt, wie wir ihn verlassen hatten, und das allein bestätigte unsere Theorie. Er wäre von Sand und Kieseln verweht gewesen, es sei denn, jemand hatte ihn sauber gehalten. Im Schein der Taschenlampe gewahrte ich einen weiteren Beweis: eine einfache, aber funktionstüchtige Holzleiter.

Bevor ich ihn aufhalten konnte, hatte sich Emerson, die Leiter verschmähend, mit bloßen Händen hinuntergelassen, und seine Stiefel trafen mit einem dumpfen Knall am Boden auf. Das konnte Jamil nicht entgangen sein, selbst wenn er uns nicht hatte kommen hören.

»Zum Teufel, Emerson«, entfuhr es mir. »Warte auf mich!«

Er befand sich bereits in dem engen Durchgang, der zu der Kammer führte. Die Decke war niedrig; er würde sich bücken müssen, was seinen Kopf in eine geradezu ideale Position brächte – ideal für einen gezielten Schlag, meine ich –, sobald dieser auftauchte. Ich warf meinen Schirm in den Stollen und stieg die Leiter hinunter. Meinen Schirm aufhebend, strebte ich eilig in den Gang.

Am Ende war Licht, aber ich hörte nichts, was meine Bedenken keineswegs zerstreute; vielleicht war Emerson bereits verletzt und bewusstlos. Ich fischte meine kleine Pistole aus der Jackentasche.

Sie wurde mir unvermittelt aus der Hand gerissen, als ich das Ende des Durchgangs erreicht hatte.

»Ich hab's doch gewusst, dass du mit dieser verdammten Pistole herumfuchteln würdest«, blökte Emerson und half mir beim Aufstehen. »Er ist nicht hier, Peabody. Aber er war hier.«

Er leuchtete mit seiner Taschenlampe die kleine Kammer aus. Ein Stapel Decken, zu einem provisorischen Bett aufgeschichtet, Konservendosen, Behälter für Wasser und Bier. Er hatte an alles gedacht.

»Er ist uns wieder entwischt«, entrüstete ich mich. »Wie hat sie ihn warnen können?«

»Ganz offensichtlich war der Vogel bereits ausgeflogen«, erwiderte Emerson. »Umso besser, Peabody, dann hat er uns wenigstens nicht bemerkt. Er wird irgendwann wiederkommen – ist doch gemütlich hier, oder? Wir werden zu den anderen zurückgehen und den Ort im Auge behalten. Sobald ich dieses Mädchen zu fassen bekomme, werde ich dafür sorgen, dass sie ihn nicht warnen kann.« Seine weißen, regelmäßigen Zähne, knirschend vor Wut, blitzten im Schein der Taschenlampe auf.

»Lass uns gehen«, sagte ich skeptisch. »Ich finde es überhaupt nicht gemütlich hier, Emerson.«

»Eine deiner berühmten Vorahnungen?« Er schmunzelte, schien aber ebenfalls gewisse Skrupel zu haben, denn er setzte hinzu: »Ich gehe vor.«

Er wartete in dem Schacht, unterdes kroch ich durch den Stollen.

Die Leiter war nicht mehr da.

Bevor ich einschreiten konnte, griff Emerson nach oben und umklammerte den Rand des Schachts mit beiden Händen. Die Muskulatur seiner entblößten Oberarme angespannt, versuchte er sich hochzuziehen.

»Pass auf!«, kreischte ich, Sekundenbruchteile zu spät. Der schwere Stock prallte auf Emersons Arm, worauf er losließ und stürzte. Ich hatte das Knacken in seinem Armknochen gehört.

Leicht entnervt zog ich meine Pistole und schoss zweimal. Die Kugeln pfiffen um das Gestein. Die einzige Reaktion war ein Lachen. Ich hatte dieses Lachen schon einmal gehört, im Gabbanat el-Qirud.

»Verschwendete Munition«, seufzte Emerson, der auf dem Boden saß, den Rücken an die Wand lehnte und seinen linken Arm mit dem rechten umspannte. Auf seinem Gesicht schimmerten Schweißperlen.

»Halt deinen Arm ruhig«, wies ich ihn an, unterdessen hantierte ich mit den Gegenständen an meinem Gürtel. »Verflucht! Von jetzt an werde ich immer ein paar Holzscheite bei mir tragen. Warum haben wir dieses Grab damals nur so gründlich geräumt? Hier ist nichts, was als Schiene dienen könnte. Ich werde gehen und –«

»Vergiss es, Peabody. Ich könnte dich zwar mit einem Arm

hochheben, aber sobald dein Kopf auftaucht, schlägt er wieder zu. Er hat uns in eine hübsche Falle gelockt, mein Schatz.«

»Er kann nicht ewig dort oben hocken bleiben«, sagte ich und duckte den Kopf, da feines Geröll herabrieselte.

»Er scheint andere Pläne zu haben«, meinte Emerson ungerührt. Weitere Steine prasselten auf uns hernieder, darunter auch ein faustgroßer Kiesel. Er landete auf meinem Kopf, was recht schmerzhaft war, da ich meinen Tropenhelm nicht trug. »Wir ziehen uns besser in den Stollen zurück«, versetzte Emerson.

Aus meinem Hemd knotete ich eine provisorische Armschlinge, die ich mit Sicherheitsnadeln aus meinem Nähetui befestigte. Mehr konnte ich in der Eile nicht tun. Wenn wir nicht in Deckung gingen, würde einer von uns letztlich von einem Felsbrocken erschlagen werden. Jamil brauchte eine Weile, bis er seine nächste Ladung Steine eingesammelt hatte; wir konnten uns in die Passage flüchten, bevor ein weiterer Gesteinsregen auf uns niederging.

»So!« Ich atmete tief ein. »Jetzt haben wir Zeit, um uns einen Plan auszudenken.«

»Fang schon mal damit an«, stieß Emerson zwischen zusammengebissenen Zähnen hervor. »Meine Nerven liegen blank.«

»Kein Wunder, mein Schatz. Ich bin sicher, dass du starke Schmerzen hast. Nimm einen kleinen Brandy.«

»Mein Unwohlsein ist eher mentaler als physischer Natur«, brummte Emerson, aber er nahm den Brandy und davon einen tiefen Schluck. »Peabody, es ist wirklich grotesk. Wir haben schon Schlimmeres durchgemacht, mit weitaus gefährlicheren Gegnern als diesem unsäglichen Flegel; und doch hat er es geschafft, uns in dieses enge Loch zu locken. Keiner weiß, wo wir sind ... außer Jumana. Haben wir uns dermaßen getäuscht in ihrem Charakter? Ich kann einfach nicht glauben, dass sie zu einem Mord fähig wäre.«

»Nein.« Ich schüttelte den Kopf. »Das wäre sie nicht.« Die gepresste Stimme, der seltsam gebeugte Gang ... »Das war nicht Jumana, Emerson. Es war Jamil.«

7

Aus Manuskript H

Als die Bewohner von Deir el-Medina ihre Häuser aufgaben, nahmen sie ihren wertvollsten Besitz mit – bis auf das Kostbarste von allem, nämlich die den Toten ehrfürchtig gewidmeten Grabbeigaben. Das Forschen nach Gräbern war ein Spiel, besser gesagt ein Glücksspiel. Die meisten Grabstätten waren leer und geplündert, doch hier und da erzielte ein glücklicher Gewinner einen Preis in Form eines noch unversehrten Grabmals, und der Haupttreffer, die unangetastete Sargkammer eines Königs oder einer Königin, war ein Wunschdenken, das die Fantasie eines jeden Exkavators beflügelte, ob er es wahrhaben wollte oder nicht. Auch wenn die Chancen gering standen, war der Versuchung, nach einem Schatz zu forschen, nur schwer zu widerstehen, vor allem wenn die Alternative eine Ansammlung von unspektakulären Kalksandsteinmauern oder die stupide Aufgabe der Vermessung und Dokumentation war.

Jumana sollte Bertie und Cyrus bei den letzten Übersichten zur Hand gehen, dennoch überraschte es Ramses nicht, als er sie auf halber Höhe der Bergkuppe gewahrte, den Kopf eingezogen, robbte sie auf Händen und Knien hinauf. Er stieß einen Schrei aus, worauf Nefret zusammenfuhr und Jumana aufsprang. Hektisch winkend trat sie den Rückweg an.

»Sie sollte das verflucht noch mal lassen«, erboste er sich. »Sieh sie dir an, grinsend und herumtollend. Dabei weiß sie genau, dass sie Anweisungen verletzt.«

»Sei nicht so hart mit ihr«, beschwichtigte Nefret ihn. »Mutter würde nicht anders handeln. Sie hat irgendwas gefunden.«

Sie hielt eine kleine Stele umklammert. Dies war nichts Ungewöhnliches; frühere Exkavatoren hatten eine Vielzahl davon entdeckt, in oder nahe bei den Grabkapellen. Sie hielt sie Ramses hin und blickte mit leuchtenden Augen zu ihm auf.

»Du hattest Anweisung, Objekte an ihrem Fundort liegen zu lassen«, sagte Ramses streng. Es machte ihn nervös, wie sie ihn ansah.

»Ich habe die Stelle markiert«, protestierte Jumana. »Wie du es mir gezeigt hast. Ich habe die Abmessungen genommen. Ich weiß genau, wo sie laut Plan liegen müsste. Aber da ist keine Kapelle, Ramses, die Stele muss von ihrem ursprünglichen Standort entfernt worden und über den Hügel gerollt sein. Sieh doch – ist sie nicht hübsch?«

Besänftigt und seinen harten Ton bereuend, nahm er die Steinstatue. Das abgerundete Ende und die geraden Seiten, die Hieroglyphenreihen, die die gehuldigten Gottheiten anriefen, waren nichts Besonderes, die Gottheiten dagegen etwas ungewöhnlich – zwei wohlgenährte Katzen, die einander über einen Opfergabentisch hinweg fixierten.

»Ich habe andere Stelen von Deir el-Medina gesehen, auf denen Katzen abgebildet sind«, sagte er. »Sie wurden mit verschiedenen Göttinnen identifiziert, darunter auch Amuns Gemahlin Mut.«

»Nicht mit der Großen Katze des Re?«, erkundigte sich Jumana.

»Diese nicht.« Es waren recht anziehende Tiere, kräftiger und weniger geschmeidig als die schlanke ägyptische Katze. »*So lobpreiset die gute und friedvolle Katze.* Nun, vielleicht sind sie das. Sie sind nicht benannt. Aber die Große Katze des Re war nicht friedfertig, nicht wahr?«

»Sie sind ganz reizend.« Nefret nickte zu Jumana. Keine Reaktion; Jumana beobachtete Ramses, wartete mit angehaltenem Atem auf ein Lob von ihm.

»Das sind sie«, bekräftigte er. »Kommt, wir bringen sie zu Bertie. Sie zu zeichnen, ist eine gute Übung für ihn.«

»Ich würde sie gern der kleinen Taube schenken«, sagte Jumana, als sie zu dem schattigen Unterstand strebten. »Ihre Katze wird kräftig werden, genau wie diese beiden, und wir könnten ihr erzählen, dass eine davon die Große Katze des Re ist.«

»Wir werden warten müssen, bis die Antikenverwaltung entscheidet, welche Stücke wir behalten dürfen«, erklärte Ramses.

Da er meinte, sie ein wenig hart angegangen zu haben, setzte er hinzu: »Lieb von dir, dass du daran gedacht hast, Jumana.«

Sie begrüßten Bertie und händigten ihm die Stele aus, und Ramses sagte: »Ein wirklich reizendes Stück. Warum versuchst du nicht einfach, sie zu zeichnen? Vorausgesetzt natürlich, du hast gerade nichts anderes zu tun.«

»Ich mach's«, erbot sich Jumana. »Ich kann ...«

»Ja, ich weiß, dass du es kannst, aber ich brauche dich woanders.«

* * *

Selim hatte die Männer zur Arbeit eingeteilt. Nachdem er Ramses begrüßt hatte, wollte er wissen, was dieser von der seltsamen Empore in dem Haus hielt, das sie gerade freilegten, und darüber vergaß Ramses die Zeit. Erst als Cyrus sich zu ihnen gesellte und ihnen eine Mittagspause vorschlug, erkannte Ramses, wie spät es war.

»Wo sind denn Ihre Ma und Ihr Pa?«, erkundigte sich Cyrus grinsend.

»Sind sie noch nicht eingetroffen?« Natürlich waren sie das nicht, denn sein Vater tat seine Anwesenheit immer recht geräuschvoll kund. »Sie wollten Yusuf aufsuchen; er hat ihnen eine Nachricht geschickt. Aber sie sollten längst hier sein.«

Nefrets besorgte Miene spiegelte seine eigene Skepsis. »Sollten wir letztlich doch Recht behalten haben – bezüglich Yusuf und Jamil? Ich habe es einfach nicht wahrhaben wollen, weißt du.«

»Ich auch nicht«, gestand Ramses. Er fuhr sich mit den Fingern durch die Haare.

»Wo ist dein Hut?«, drängte Nefret.

»Ich weiß nicht. Kümmere dich nicht um den verfluchten Hut. Verdammt, es geht nicht, dass sie einfach wegbleiben, ohne uns zu informieren. Was sollen wir jetzt tun?«

»Zu Mittag essen«, sagte Nefret nüchtern. »Und noch eine Weile warten.«

Cyrus wollte nähere Einzelheiten erfahren, und während der

Mittagsrast berichtete Ramses allen von der Mitteilung. Cyrus blieb gelassen. »Sie können auf sich selber aufpassen.« Selim blickte finster. »Wenn Yusuf etwas wusste und es mir verschwiegen hat –«

»Das ist reine Theorie, Selim. Wir können uns nicht sicher sein, was Yusuf wirklich wollte. Vielleicht ging es um Mutters viel gefragte medizinische Kenntnisse.«

»In dieser Hinsicht würde er eher ihr als mir vertrauen«, räumte Nefret ein. »Die älteren Männer und Frauen glauben nicht an mein neumodisches Wissen. Trotzdem müssten sie längst zurück sein, selbst wenn Yusuf Vater um einen Exorzismus gebeten hätte.«

Nach dem Essen war Ramses zu einer Entscheidung gelangt. »Wir versuchen besser, sie zu finden. Mit dem Schlimmsten rechnen, wie Mutter sagen würde, und entsprechend reagieren.«

»Wo wollt ihr sie suchen?«, erkundigte sich Cyrus. »Ihr wisst doch gar nicht, wo sie hingegangen sind.«

»Yusuf«, erwiderte Ramses knapp. »Wenn er etwas weiß, kriege ich es aus ihm heraus.«

Selim erhob sich. »Daoud und ich werden mitkommen.«

»Dieser verdammte Fuß!«, platzte Bertie heraus. »Sieh mal, er ist fast verheilt, ich kann euch begleiten.«

»Diesmal nicht.« Ramses' Hand ruhte für Augenblicke auf Berties Schulter. »Wir brauchen nicht noch mehr Verstärkung –«

»Nein«, bekräftigte Daoud, seine muskelbepackten Arme verschränkend.

Ramses nickte zustimmend. »Cyrus, Sie bleiben besser hier. Jumana, du kommst mit.«

Sie fixierte ihn, ihre Augen groß und dunkel. »Du denkst, ich weiß etwas und habe es dir nicht gesagt? Das ist nicht wahr!«

»Ich habe nichts dergleichen behauptet«, versetzte Ramses.

»Lasst uns gehen«, entschied Nefret. »Wir verschwenden nur Zeit mit diesem Gerede!«

Sie nahmen den direkten Weg, vorbei an dem Tempel und über die Hügel, die das Dorf nach Süden hin säumten. Die meisten Bewohner hielten ihr Mittagsschläfchen, doch noch während sie auf Yusufs Haus zustrebten, hatten ein paar aufgeweckte Burschen sie entdeckt und rannten voraus, um Yusuf zu informieren.

Er lag auf dem Diwan im Hauptraum, in eine Decke gehüllt, obschon der Tag warm war. Es war das erste Mal seit ihrer Ankunft, dass Ramses den alten Mann sah. Er hatte sich erschreckend verändert. Die früher prallen Wangen hingen schlaff herunter, seine knochigen Hände hielten den Rand der Decke umklammert. Er fuhr zusammen, als sie alle in den Raum drängten. Ramses konnte ihm das nicht verdenken; sie waren eine Furcht einflößende Horde: er und Nefret, Daoud, gewaltig wie ein Monolith, Selims Miene maskenhaft starr.

Nefret entwich ein leiser Laut, eine Mischung aus Bestürzung und Erstaunen, sie schlüpfte an den anderen vorbei und beugte sich über den alten Mann. »Salam aleikum, Onkel Yusuf. Tut mir Leid, dass wir nicht eher kommen konnten. Aber wir wussten ja nicht, dass du so krank bist.«

Ihre sanfte, einfühlsame Stimme verblüffte die anderen und beruhigte Yusuf. »Mir geht es schon besser, Nur Misur«, keuchte er.

Ramses bedeutete Selim, Ruhe zu bewahren. Er durfte einen schwer gebeutelten Zeitgenossen wie Yusuf nicht drängen. Nefrets Methoden waren vermutlich ohnehin besser, um ihn zu gewinnen. Er blickte sich nach Jumana um. Sie stand hinter Daoud, dessen hünenhafte Statur alles bis auf ihre kleinen Stiefel verdeckte.

»Hat die Sitt Hakim dafür gesorgt, dass du dich besser fühlst, Onkel Yusuf?«, wollte Nefret wissen. »Was hat sie dir gegeben?

»Die Sitt Hakim? Sie war nicht hier. Keiner ist hier gewesen.« Selbstmitleid und Unmut verliehen seiner leidenden Stimme Schärfe. »Keiner von euch war hier, um sich nach mir zu erkundigen.«

»Es tut uns Leid, Onkelchen«, sagte Nefret. »Aber die Sitt Hakim war hier, heute Morgen. Du hast ihr eine Mitteilung geschickt, dass sie kommen soll.«

»Ich habe ihr nichts geschickt«, murrte Yusuf. »Warum sollte ich? Ihr hättet kommen sollen, ohne dass ich darum bitten muss.«

Selim bewegte sich unmerklich, und wieder bedeutete Ramses ihm, Ruhe zu bewahren. Yusufs Verärgerung – seine berechtigte Verärgerung, das musste Ramses zugeben – war echt. Es hatte auch keinen Sinn zu lügen, denn es gab Dutzende von Zeugen, die die älteren Emersons gesehen hätten, wenn sie bei ihm gewesen wären.

Von der Tür her drang eine schroffe Stimme: »Er sagt die Wahrheit, Bruder der Dämonen. Die Sitt ist nicht hier gewesen.«

Es war Yusufs älteste Frau, ihr Ton vorwurfsvoll, ihr Gesicht von Alters- und Zornesfalten gezeichnet. Sie deutete auf Daoud. »Verschwinde, Daoud, und nimm sie mit, dieses schamlose Geschöpf. Warum seid ihr alle gekommen, wie Scharfrichter, um einen kranken, alten Mann zu quälen?«

Daoud drehte sich schwerfällig um, und Jumana kreischte auf. Der Blick ihres Vaters ruhte kurz auf ihr und schweifte dann ab.

»Es tut mir aufrichtig Leid«, räumte Ramses ein. »Wir suchen meinen Vater und meine Mutter, vielleicht sind sie in Schwierigkeiten. Stimmt es, dass Yusuf keine Nachricht geschickt hat – dass sie nicht hier waren?«

»Es stimmt«, versetzte die Alte. »Du kannst jeden fragen.«

»Wollen wir jetzt gehen?«, fragte Daoud nervös. Laut Selim fürchtete sein hünenhafter Onkel nur zwei Dinge: den Unmut des Vaters der Flüche und eine zänkische alte Frau.

»Ja, wir können gehen«, erwiderte Ramses.

Daoud ging als Erster. Jumana folgte ihm, so dicht, dass sie ihm in die Hacken trat. Ramses zögerte noch. Er hatte Yusuf nach Jamil fragen wollen, aber diese Enthüllung änderte natürlich alles. Seine Eltern mussten aufgehalten oder abgelenkt worden sein, bevor sie Yusuf erreichten, provoziert von einer fingierten Mitteilung. Sie durften keine Zeit verschwenden; der Nachmittag war schon fast vorbei.

»Es tut mir Leid«, fing er abermals an.

»Ich komme wieder«, versprach Nefret dem alten Mann. »Sobald ich kann.«

Yusuf antwortete nicht. Er hatte die Augen geschlossen.

Wie nicht anders zu erwarten, hatte sich draußen eine Menschenmenge versammelt. Selim, der mit mehreren Männern geplaudert hatte, wandte sich zu Ramses. »Es stimmt, sie haben sein Haus nicht betreten. Aber Ahmed sagt, dass Mahmud beteuert, sein Cousin Mohammed habe sie heute Morgen gesehen. Sie ließen ihre Pferde bei ihm zurück und gaben ihm Geld.«

»Welcher Mohammed?«, wollte Ramses wissen.

»Sein Haus steht am Fuß des Berges, nahe dem Grab von Ramose.«

»Oh, der Mohammed. In Ordnung, wir suchen ihn auf.«

Sie führten ihre Pferde am Zaumzeug; auf dieser Seite stieg der Pfad steil an. Mohammed, der friedlich schlummernd im Schatten lag, wachte erst auf, als Ramses ihn schüttelte. »Ah«, sagte er und rieb sich die Augen, »ihr kommt, um die Pferde zu holen. Ich habe gut auf sie aufgepasst, seht ihr.«

Sie standen im Innenbereich eines Grabmals, schattig und gut mit Wasser versorgt. Ramses gab ihm ein Bakschisch. »Ja, das hast du. Wann haben der Vater der Flüche und die Sitt Hakim die Pferde hier zurückgelassen?«

»Vor vielen Stunden.« Mohammed gähnte.

»Sie müssen direkt hierher gekommen sein«, schloss Nefret, wusste sie doch genau wie Ramses, dass Mohammeds Zeitverständnis sehr vage war.

»Vermutlich. Dann ist es mindestens sechs Stunden her. Wo sind sie hingegangen, Mohammed?«

»In diese Richtung.« Eine Geste bedeutete die Richtung – nicht den Berg hinauf, zu Yusufs Haus, sondern nach Norden.

»Zu Fuß?«

»Wie hätten sie reiten können, wo sie ihre Pferde doch bei mir gelassen haben?«

Selim verlor die Geduld. »Versuch nicht schlauer zu sein, als du bist, Mohammed. Warum haben sie die Pferde zurückgelassen und sind zu Fuß weitergegangen? Was haben sie miteinander beredet?«

»Wie soll ich das wissen? Sie sprachen Englisch und sehr schnell.« Ein weiteres herzhaftes Gähnen schloss sich an.

Ein jüngerer Mann mit beginnendem Bartwuchs zupfte Selim am Ärmel. »Mein Vater denkt nur an Bakschisch und ans Faulenzen, Selim, aber ich kann euch sagen, was geschah. Der Vater der Flüche hat seine Galabiya genommen und die Sitt meine. Das war, weil sie jemanden gesehen hatten. Sie sagte ›Schau mal‹ und er schaute und fluchte, und dann nahmen sie unsere Sachen und eilten davon, hinter die Gräber und über den Berg.

»Eure Sachen?«, wiederholte Nefret.

»Unsere Galabiyas, die von meinem Vater und meine. Der Vater der Flüche hat gut bezahlt; aber wenn die Sitt Hakim meine nicht mehr braucht, hätte ich sie gern zurück. Ich habe nur –«

»Hast du die Person erkannt, der sie gefolgt sind?«, fiel Ramses ihm ins Wort.

»Oh, ja.« Der Junge zeigte mit dem Finger. »Sie war es.«

Jumana zuckte zusammen, ihr Blick auf den ausgestreckten Finger geheftet. »Er lügt«, stammelte sie.

»Ich lüge nicht. Sie hat dieselben Sachen angehabt, Stiefel und Jacke und einen Rock – er blähte sich auf, als sie lief. Keine Hose, wie Männer sie tragen. Welche andere Frau würde so etwas anziehen?«

»Einige von uns«, sagte Nefret und umklammerte Jumana, die Anstalten machte, sich auf ihren Belastungszeugen zu stürzen. »Wir wissen, dass du es nicht warst, Jumana, du hättest es vor unserer Ankunft nicht von hier nach Deir el-Medina geschafft.«

Ramses entlohnte den aufmerksamen Jugendlichen fürstlich und folgte Selim, der bereits über den Pfad rannte, den der Junge ihnen gezeigt hatte. Er schlängelte sich bergauf, und vor ihnen erstreckten sich die Weiten der Wüstenebene, unterbrochen von Felsen und Bergen, Häusern und Dörfern und Ruinen – fast zwei Meilen von Medinet Habu bis zu den Ausläufern von Dra Abul Nagga im Norden. Die Sonne stand bereits tief über den westlichen Klippen.

»Warte«, rief Ramses. Selim verharrte, und die anderen schlossen zu ihm auf.

»Was können wir tun?«, fragte der Rais, denn eine Verfolgung schien auch ihm zwecklos. »Es liegt Stunden zurück, dass sie hier waren. Selbst wenn sie einer gesehen hätte –«

»Würde der auch nicht mehr hier sein«, schnitt Ramses ihm das Wort ab. »Oder sich nicht mehr erinnern können. Vater und seine verfluchten Verkleidungen!«

»Der Vater der Flüche«, sagte Daoud, seine Ruhe unerschütterlich, »ist unverwechselbar!«

»Das stimmt«, bekräftigte Nefret. »Ganz zu schweigen von Mutter, die, eine geliehene Galabiya hochraffend, neben ihm herstolpert. Ramses – Selim – wir sollten Ruhe bewahren, oder? Wir werden es überall erzählen und jeden fragen, der sie gesehen haben könnte; aber das dürfte eine Weile dauern. Vielleicht finden wir auf diese Weise heraus, wo sie hingegangen sind.« Sie drehte sich zu Jumana. »Du weißt, wem sie gefolgt sind, stimmt's?«

Das Mädchen senkte den Blick. »Jamil?«

»Anders kann es nicht sein«, meinte Nefret. »Er ist zwar größer als du, aber ansonsten seht ihr beide euch sehr ähnlich. Er muss sich Kleidung besorgt haben, wie du sie trägst. Und er muss die Nachricht geschickt haben. Ich glaube nicht, dass euer Vater irgendwas davon wusste.«

Wenn es als Trost gemeint war, so blieb Jumana davon unberührt. »Warum?«, fragte sie. »Warum sollte Jamil das tun?«

»Jedenfalls nicht, um sie zu seinem Grab zu lotsen«, entgegnete Ramses. Er war mittlerweile zu besorgt, um Rücksicht auf ihre Gefühle zu nehmen. »Sieh den Tatsachen ins Auge, Jumana. Er wollte ihnen übel mitspielen – und das ist ihm wohl auch gelungen. Wie auch immer er das angestellt haben mag, andernfalls wären sie längst bei uns eingetroffen. Fällt dir etwas – irgendetwas – ein, das uns die Suche erleichtern könnte?«

»Wie könnte Jamil dem Vater der Flüche übel mitspielen?« Sie wich vor Ramses zurück, und ihre Augen füllten sich mit Tränen. »Nein – warte – sei nicht böse mit mir. Ich versuche nachzudenken, um euch zu helfen. Und ich denke, es gibt wenig, was er machen könnte. Jamil ist nicht sehr stark oder sehr mutig; der Vater der Flüche könnte ihn mit einer Hand zerquetschen, und die Sitt Hakim ist so beherzt wie ein Mann. Er würde sie an einen Ort führen, wo er sie überlisten könnte, ohne sich selber in Gefahr zu bringen.«

Die Sonne sank bereits. In wenigen Stunden würde es stockfinster sein. »Das alles bringt uns nicht weiter«, sagte Ramses, um einen moderaten Ton bemüht. »Es ist, als würde man eine Stecknadel im Heuhaufen suchen müssen. Wenn er die Angewohnheit hat, Leute von Klippen zu katapultieren, wie Mutter sich ausdrückt ...«

»Kannst du dir vorstellen, dass Jamil Vater einen Abhang hinunterstößt?«, gab Nefret zu bedenken. »Er müsste zwanzig Schritte zurückgehen und dann auf Vater lospreschen – und bei Mutter genauso, die ihn mit einem Kugelhagel auf Trab brächte.«

Jumana maß sie vorwurfsvoll-verwundert, doch Ramses wusste, dass die gleichmütige Äußerung seiner Frau nur der tapfere Versuch war, sie bei Laune zu halten. Es half, um Ramses' Bedenken ein wenig zu zerstreuen; Nefret hatte es so treffend umschrieben, dass er sogar halbherzig lachen musste.

»Trotzdem hast du Recht, Jumana«, fuhr sie fort. »Seine Wahl würde auf einen entlegenen Ort fallen. Nicht in der Nähe der Dörfer, sondern eher in Richtung Wüstengebirge, wo er sie hinlocken könnte, ohne dass er sich zu erkennen geben muss.«

»Aber«, wandte Daoud ein, »von dort würden sie fliehen können. Wie sollte er sie daran hindern? Es sei denn ...«

Eine schnelle Auffassungsgabe war nicht unbedingt Daouds Stärke, dennoch hatte er hin und wieder einen seiner seltenen Geistesblitze. Sie warteten darauf, dass er fortfuhr.

»Es sei denn, es wäre irgendeine Felsspalte oder dergleichen«, überlegte Daoud, seine Stirn angestrengt gekraust. »Ohne jede Fluchtmöglichkeit. Sobald sie versuchen würden herauszukommen oder sich hochzustemmen, könnte er sie davon abhalten – er bräuchte nur mit einem ordentlichen Knüppel oben am Rand zu stehen. Wenn er schnell und geschickt ist, reicht schon ein gezielter Schlag.«

Seine schlichte Darstellung suggerierte ein lebhaftes und sehr hässliches Bild. »Du sprichst von einem Grab«, meinte Ramses gedehnt. »Oder einer Höhle. Bestimmt wären sie nicht so töricht, in eine erkennbare Falle zu tappen – nicht beide auf einmal ...« Er erhaschte Nefrets Blick und schlug die Hände über dem Kopf zusammen. »Hölle und Verdammnis! Sie würden es tun, nicht? Vor allem Mutter. Daoud, deine Argumente sind überzeugend, aber es gibt Hunderte solcher Stellen in den Felsen. Wo sollten wir mit unserer Suche anfangen? Ich werde zurückgehen und mit Yusuf reden. Es besteht die winzige Chance –«

»Warte – warte!« Jumana hüpfte auf Zehenspitzen, ihr Gesicht vor Aufregung gerötet. »Jetzt entsinne ich mich – es war, als Jamil und ich uns heimlich in Luxor getroffen haben. Er erzählte von dem Grab der Prinzessinnen und dass man ihn betrogen hat, und dann rückte er damit heraus, dass er zwei riesige Schätze entdeckt hat, ihm aber nichts davon geblieben ist, weil alle anderen ihn um seinen rechtmäßigen Fund gebracht hätten und –«

Sie stockte, holte tief Luft. Ramses wollte ihre dramatische, ausschweifende Schilderung schon unterbrechen, als Nefret sanft einwandte: »Lass sie es auf ihre Weise erzählen.«

»Ich versuche mich genau zu erinnern, was er gesagt hat«, erklärte Jumana. Ramses' Ungeduld war auch ihr nicht entgangen. »Das war sein exakter Wortlaut: ›Sie haben ihn genommen, diese Engländer, aber ich habe ihn zurückgeholt; der Platz einer Gottheit ist auch für mich ein gutes Versteck, dort werden sie mich niemals finden, und eines Tages ...‹ In diesem Zusammenhang drohte er, dich zu töten, Ramses, und ich vergaß, was er zuvor gesagt hatte, weil es keinen Sinn ergab, und ich war sehr besorgt und –«

»Ah ja.« Daoud nickte. Für ihn war die Sache klar. »Der Schrein von Amun-Re. Das hätte ich mir gleich denken müssen.«

»Sicher, die Grotte würde die von dir genannten Voraussetzungen erfüllen«, räumte Ramses ein, sein Optimismus gedämpft. »Vermutlich kann es nicht schaden, einen Blick zu riskieren.«

»Sollen wir die Pferde holen?«, fragte Nefret.

»Sie sind zu Fuß gegangen«, meinte Ramses. »Vielleicht stoßen wir unterwegs auf irgendeine Spur von ihnen.«

Sie nahmen den direkten Weg in das westliche Gebirge, über

Geröllboden und Felsformationen. Bei der Erinnerung an die Schreinkammer, die sie im Jahr zuvor frei geräumt hatten, musste Ramses zugeben, dass sie sich ideal für einen Hinterhalt eignete, immer vorausgesetzt, dass Jamil sie in die Grotte hatte locken können. Und vermutlich war das nicht einmal schwierig gewesen. Sie hatten geglaubt, dass sie Jumana folgten, und falls sie Jamil im Innern der von Menschenhand geschaffenen Höhle vermuteten, hätte Emerson nicht lange gefackelt und sich schnurstracks ins Innere begeben. Und seine Mutter wäre ihm freilich gefolgt. Wenn sie die Stätte verwaist vorgefunden hätten, wären sie zu dem Eingangsstollen zurückgekehrt, der senkrecht angelegt und nicht besonders tief war. Am Boden stehend, würde sich Emersons Kopf kaum einen halben Meter unter der Oberfläche befinden. Das Bild, das Ramses im Geiste vor sich sah, war noch hässlicher als das erste: ein langer, schwerer Knüppel krachte auf den bloßen Schädel seines Vaters.

Ihre ungestüme Eile weckte die Neugier der Leute, denen sie begegneten. Mehrere folgten ihnen, für den Fall, dass etwas Interessantes passierte. Man bombardierte sie mit Fragen. »Ist etwas geschehen? Wo wollt ihr hin?« Ramses antwortete nicht; er wollte sie abschütteln, wie lästige Fliegen. Als sie keine Antwort erhielten, erkundigte sich einer: »Sucht ihr etwa den Vater der Flüche? Er war –«

Der Satz endete mit einem Gurgellaut, da Selim herumschnellte und ihn an der Kehle packte. »Du hast ihn gesehen? Wann? Warum hast du das nicht gesagt?«

An dessen Fingern zerrend, keuchte der Unglückliche: »Du hast nicht danach gefragt, Selim.«

Selim lockerte seinen Griff, und Ramses entschuldigte sich in der üblichen Form. Eine Hand voll Münzen umklammernd und vor Stolz beinahe platzend, weil er im Mittelpunkt der Aufmerksamkeit stand, erklärte ihr Informant, dass er den Vater der Flüche und die Sitt Hakim schon früh am Morgen gesehen habe, als er auf dem Weg zur Arbeit gewesen sei. Die beiden hätten ägyptische Kleidung getragen, trotzdem, so fügte der Bursche hinzu, sei der Vater der Flüche unverwechselbar. Er sei versucht gewesen, ihnen zu folgen, aber dann wäre er zu spät zur Arbeit gekommen, und außerdem gingen sie ihm zu schnell. Ja, in diese Richtung, nach Deir el-Bahari.

Er und einige andere Männer trollten sich, spekulierend und diskutierend. Die Sonne stand tief und die sanfte, ihnen wohl bekannte Senke war in Dämmerschatten gehüllt. Ramses meinte, einen noch dunkleren Schatten zu bemerken, schlank und geschmeidig wie eine Schlange, die sich rasch über den felsigen Grund nach Süden bewegte. Vielleicht bildete er sich das nur ein, aber das war momentan seine geringste Sorge.

Ein Blick in den Stollen bewies ihm, dass ihre Vermutung richtig gewesen war. Der Schacht war etwa einen Meter hoch gefüllt mit Geröll – nicht etwa Sandverwehungen oder natürlicher Steinschlag, sondern frisch abgeschlagene Gesteinsbrocken. Unweit der Öffnung lagen eine grob gezimmerte Holzleiter und ein beschädigter Korb. Selim warf sich auf den Boden, griff in die Tiefe und fing an zu wühlen. »Sie sind darunter! Sie leben noch, sie bewegen sich! Beeilt euch – Daoud –«

»Warte.« Ramses duckte sich, um den Wurfgeschossen zu entgehen, die Selim hektisch über seine Schulter katapultierte. »Da ist der Korb, den Jamil vermutlich benutzt hat. Überlass es Daoud.«

»Ja«, sagte Daoud gelassen. »Es besteht keine Eile. Schau mal.« Ramses sah, was Daoud in seiner unerschütterlichen Besonnenheit erkannt hatte. Jemand grub sich allmählich von unten vor.

Sie konnten nichts weiter tun als Daouds Korb immer wieder zu leeren. Ramses verdrängte die Überlegung, ihm in dem Stollen zur Hand zu gehen, da dort aufgrund der Enge nur einer effektiv arbeiten konnte. Es dauerte nicht lange, auch wenn es den besorgten Beobachtern wie eine Ewigkeit vorkam, bis eine Biegung in dem Schacht sichtbar wurde – der Durchgang zu der Kammer.

Er war bis obenhin mit Geröll gefüllt.

Ramses konnte sich nicht mehr beherrschen. »Vater!«, brüllte er aus Leibeskräften. »Mutter, um Himmels willen –«

Daoud hörte auf zu graben. In der Stille vernahm Ramses die Geräuschkulisse fieberhafter Aktivitäten hinter dieser grässlichen Blockade. Ein gezackter Spalt klaffte auf, ungefähr fünf Zentimeter tief, und eine gespenstisch verzerrte, ausgesprochen erzürnte Stimme meldete sich zu Wort.

»Ramses, bist du das? Ich hoffe, du hast ihn nicht entkommen lassen. Ist Daoud bei dir? Er wird den gesamten Schacht räumen müssen, dieses verfluchte Geröll rieselt ständig in den Durchgang.«

Sobald Ramses den ersten befreiten Atemzug genommen hatte – nach Stunden, wie ihm schien –, überzeugte er seine wortreich argumentierende Mutter, tiefer in den Durchgang zurückzuweichen. Sie fuhr fort, Anweisungen und Fragen hochzubrüllen, und sie brüllten zurück – ein ziemlich sinnloses Unterfangen, da Daoud mit neuer Energie ans Werk ging und das Krachen und Knirschen des Gesteins alles andere übertönte. Ramses brüllte gemeinsam mit den anderen. Er war über die Maßen erleichtert gewesen, als er die Stimme seiner Mutter und ein gedämpftes Fluchen seines Vaters gehört hatte. Sie waren schon häufiger in Schwierigkeiten gewesen, und er hatte sich immer um sie gesorgt, aber aus irgendeinem unerfindlichen Grund war ihm nie recht klar geworden, wie sehr er sie liebte und brauchte. Genau das, was ihn gelegentlich aufbrachte, würde ihm am meisten fehlen: das unerschütterliche Selbstvertrauen seiner Mutter und ihre schauderhaften Aphorismen, die Besserwisserei und Launenhaftigkeit seines Vaters. Nach all den Abenteuern, die sie mit der üblichen Bravur gemeistert hatten, wäre es eine grässliche Ironie des Schicksals, wenn sie an diesem widerwärtigen Bürschchen scheitern würden (Schlimmeres wagte er sich erst gar nicht auszumalen).

Ich werde schon genauso abergläubisch wie Mutter, schalt er sich im Stillen. Es ist nicht eingetreten und es wird nicht eintreten.

Die kaum verständlichen Ausführungen seiner Mutter gaben ihnen entsprechende Informationen, womit sie kostbare Zeit gewannen. Einige ihrer Begleiter verschwanden und kamen mit genug Holz zurück, um eine Trage und eine Schiene für Emersons Arm zu konstruieren. Fackeln erhellten die hereinbrechende Dunkelheit, und ein zu enthusiastischer Helfer bekam einen Korb voll Geröll vors Kinn, als er sich über den Schacht beugte und überflüssige Ratschläge hinunterbrüllte.

Sobald die Fläche freigelegt war, sprang Ramses hinunter und kroch in den Gang. Dieser war etwa halbhoch mit Steinen gefüllt. Seine Mutter hatte nicht tatenlos herumgesessen und ihrer Rettung geharrt; sie hatte von unten hoch geschleudert, was Jamil oben hineinkippte. Sie hatte nicht mit ihm mithalten können. Etwas schnürte Ramses die Kehle zusammen. Er eilte zu der rechteckigen Öffnung am Ende des Ganges, die schwach erleuchtet war.

Mit einem Blick hatte er die Situation erfasst; im Licht der nachlassenden Taschenlampe gewahrte er einen Stapel Decken, auf denen Emerson lag, dic Krüge, die Essensvorräte – und seine Mutter, die, auf dem Boden sitzend, den Rücken an die Wand gelehnt, mit den Fingern Erbsen aus einer Konservendose fischte.

»Ah, da bist du ja, mein Schatz«, sagte sie. »Ist Nefret auch mitgekommen? Wie schön.«

Ihr Gesicht war schmutzig, ihr Haar grau vom Steinstaub. Arme und Schultern waren bloß und so verdreckt wie ihr Gesicht; das Kleidungsstück, das ihren Oberkörper mehr oder weniger verhüllte, wies schmale Rüschenträger, meterweise Spitze und einige rosa Schleifchen auf.

Ramses brachte keinen Ton heraus. Nefret war sogleich an Emersons Seite und untersuchte seinen Arm. Sie lachte gepresst. »Sie hat das Schirmgestänge in eine provisorische Schiene umfunktioniert!«

»Was wieder einmal beweist – sofern ein Beweis erforderlich ist –, es geht nichts über einen guten, stabilen Schirm«, sagte seine Mutter.

Erbsen flogen in sämtliche Richtungen, als Ramses sie hochhob und umarmte.

* * *

»Ende gut, alles gut«, bemerkte ich, an meinem Whisky-Soda nippend.

Zugegeben, eine Plattitüde, trotzdem fand ich das missbilligende Gemurmel überflüssig, das darauf folgte. Sie hatten sich alle auf der Veranda eingefunden, sogar Katherine. Bis zum Abendessen würde es noch eine ganze Weile dauern, denn Fatima war zu aufgeregt gewesen, um dem Koch Anweisung zu geben, als sie erfuhr, dass nicht nur wir, sondern auch Ramses und Nefret und Daoud und Selim sich in Luft aufgelöst hätten – irgendwo zwischen Gurneh und den westlichen Wüstengebirgen. Cyrus und Bertie hatten nicht einmal eine Stunde gewartet, bis sie die Verfolgung aufnahmen; da sie die Pferde noch immer in Mohammeds Obhut vorfanden und keine Vorstellung hatten, wo sie suchen sollten, waren sie zum Haus zurückgekehrt, in der Hoffnung, dass einige von uns oder wir alle dort anzutreffen wären.

Ich kann wahrlich nicht behaupten, dass auch nur ein Einziger überlegt gehandelt hätte. Cyrus hatte seine Frau holen lassen, Sennia bettelte um Erlaubnis, gemeinsam mit der Großen Katze des Re nach Ramses suchen zu dürfen, und Gargery musste gewaltsam zurückgehalten werden, als er, hektisch seine Pistole schwenkend, ins Freie stürmen wollte. Sein monotones Murren »und alles immer ohne mich« war am lautesten.

»Seien Sie still, Gargery«, sagte ich streng. »Und alle anderen auch. Uns blieb keine andere Wahl, als umgehend zu handeln.«

»Genau«, bekräftigte Emerson, der einige Schwierigkeiten hatte, mit nur einem funktionsfähigen Arm seine Pfeife zu rauchen *und* seinen Whisky zu trinken. Nefret hatte sich seiner angenommen; jetzt trug er einen schönen, frischen Gipsverband und eine ordentliche Schlinge. Nefret hatte mir heimlich anvertraut, dass sie den Gips doppelt so dick aufgetragen habe wie sonst üblich, da sie genau wisse, dass er ständig irgendwo anecken werde. Das erschien mir plausibel, wenngleich es einige weitere ruinierte Hemden bedeutete.

»Das mag ja sein«, lenkte Cyrus ein. »Aber ihr vier hättet trotzdem jemanden benachrichtigen sollen. Ihr konntet euch doch denken, dass wir uns Sorgen machen würden.«

Ramses hub an: »Es tut mir aufrichtig –«

»Papperlapapp«, raunzte sein Vater. »Soweit ihr das beurteilen konntet, durftet ihr keine Sekunde verlieren. Ramses, mein Junge – äh – ich danke dir. Nochmals.«

Ramses' schmales, gebräuntes Gesicht verzog sich zu einem Grinsen. »Bedank dich nicht bei mir, Vater, sondern bei Daoud und Jumana. Sherlock Holmes hätte es nicht besser machen können.«

Daoud strahlte. »Wer ist Sherlock Holmes?«, wollte er wissen.

»Der berühmteste Detektiv, der je gelebt hat«, erwiderte Ramses. Keiner von uns lachte, aus Furcht, Daouds Gefühle zu verletzen, doch dann wandte Ramses sich grinsend zu mir. »Mit Ausnahme von Mutter.«

Darauf lachten alle. Ich stimmte fröhlich und aus vollem Herzen mit ein.

»Sennia, es ist längst Schlafenszeit«, mahnte ich. »Husch, husch, ins Bett mit dir.«

Sie musste jedem einen Gutenachtkuss geben und dann natürlich auch noch das letzte Wort haben. »Die Große Katze des Re hätte euch gefunden.«

»Ha«, sagte ich, aber tonlos. Das Kätzchen war fett und faul geworden. Auf Ramses' Schoß zusammengerollt, ähnelte es einem formlosen, grau getigerten Fellknäuel.

Nachdem Sennia sich getrollt hatte, nahm ich ein weiteres Gurken-Sandwich. Ich war ausgehungert, denn die Erbsen und die Gänseleberpastete, die dem vorausgegangen waren, hatten wenig gegen den Appetit ausrichten können, der aus den langen Stunden anstrengender körperlicher Tätigkeit resultierte.

»Und jetzt«, hub ich an, »sollten wir resümieren, was wir daraus gelernt haben. Es war nicht vergebens, wenn Jamil uns auch entwischt ist.«

»Ich habe daraus verflucht noch mal nichts gelernt, außer dass ihr zwei unverbesserlich seid«, schnaubte Cyrus.

»Oh doch, Cyrus. Erstens wäre da die interessante Tatsache, dass Jamil Frauenkleidung getragen hat. Es waren nicht Jumanas Sachen. Die wären ihm viel zu klein gewesen. Er kann sie nicht gekauft haben ... Muss ich meine Gedankengänge näher ausführen?«

»Nein«, warf Katherine ein. »Einmal abgesehen von der Erwägung, wie er sie bezahlen sollte, kann ich mir nicht vorstellen, dass er in ein Geschäft gegangen ist und Blusen und Röcke anprobiert hat.«

»Richtig. Wir wollen diesen Punkt für den Augenblick auf sich beruhen lassen. Ich denke, ich kenne die nahe liegende Antwort. Und zweitens ... Ramses, früher konntest du dich noch nach Stunden an das Inventar eines bis zum Bersten gefüllten Lagerraums erinnern. Weißt du noch, was in Jamils Versteck war?«

»Decken, mehrere Gefäße ... schätze, ich hab nicht darauf geachtet. Tut mir Leid, Mutter.«

»Verständlich, mein Schatz«, sagte ich. Seine impulsive Umarmung hatte mich tief berührt, auch wenn mein Rücken schmerzte. Zu erleben, dass mein unerschütterlicher Sohn aus Freude darüber, seine Eltern lebend und nahezu unversehrt aufzufinden, alles andere vergaß, bestärkte mich in dem Wissen, dass seine Zuneigung tief und aufrichtig war.

»Glücklicherweise hatte ich reichlich Gelegenheit, alles zu inspizieren«, fuhr ich fort. »Er hat sich gut bevorratet, aber das Interessanteste daran ist, dass die Konserven europäischer Herkunft sind – Erbsen und Bohnen und Kohl, Fleisch, sogar eine Dose Gänseleberpastete. Jemand hat ihn mit diesen Delikatessen ausgestattet oder mit der entsprechenden Barschaft. Nein, Jumana, ich weiß, du warst es nicht.«

Ich wusste es, weil ich sorgsam alles Bargeld im Haus unter Verschluss gehalten hatte. Vertrauen ist gut, Kontrolle ist besser.

»Allmählich sieht es so aus, als hätte er tatsächlich ein weiteres Grab aufgespürt«, sagte Ramses nachdenklich. »Die einzige Möglichkeit, an so viel Geld zu kommen, wäre doch, einige der geplünderten Artefakte zu verkaufen. Mutter, was hast du mit dem Kosmetiktiegel gemacht, den du in Kairo erstanden hast? Ich würde ihn mir gern genauer ansehen.«

»Warte bis nach dem Essen.« Ich erhob mich, einen Schmerzenslaut unterdrückend. Diese endlos langen Stunden auf Händen und Knien in dem Durchgang, derweil ich Geröll nach draußen geschippt hatte, hatten ihren körperlichen Tribut gefordert und ein gutes Paar Lederhandschuhe ruiniert.

Die Vandergelts blieben natürlich. Keine zehn Pferde hätten Cyrus zum Gehen bewegen können, und nichts machte Fatima glücklicher als eine große Gästeschar. Einige von uns waren versucht, das Essen hinunterzuschlingen, muss ich leider anmerken; aber ich bemerkte auch, dass Bertie nicht mit seinem normalerweise gesunden Appetit aß. Im Zuge der angeregten Spekulationen über ein weiteres Grab raunte ich ihm leise zu: »Alles in Ordnung, Bertie? Wie geht es Ihrem Knöchel?«

»Danke, bestens. Ich könnte problemlos wandern oder klettern, wenn man nur nicht so viel Aufhebens um mich machen würde.« Seinen anmaßenden Ton augenblicklich bereuend, lächelte er entschuldigend. »Sie haben mir letztes Jahr versprochen, dass ich an Ihrem nächsten Abenteuer teilhaben kann, erinnern Sie sich? Ich habe verfl... verflixt noch mal nichts getan, um Ihnen zu helfen! Das ist ganz allein mein Fehler, ich weiß; ich bin so schrecklich ungeschickt und dumm –«

»Das dürfen Sie nicht sagen, Bertie. Jeder kann einen Unfall haben, und wir sind noch weit von einer Lösung dieses Falles entfernt. Wer weiß, Ihre Chance kann noch kommen.«

Seine Mundwinkel zuckten. »Ja, Madam, das hoffe ich doch sehr. Ich habe lange genug in diesem Sessel gesessen und die Landschaft betrachtet, es macht mich langsam verrückt. Ich schwöre, ich kenne jede Felsspalte und jeden Ziegel in diesem Mauerwerk.«

»Nefret und ich werden Ihren Fuß noch einmal begutachten«, versprach ich. »Vielleicht können Sie mit einem elastischen Verband anfangen, den Fuß wieder mehr zu belasten.«

Nach dem Nachtmahl zogen wir uns umgehend in den Salon zurück, und ich holte den Kosmetiktiegel und die anderen Pretiosen, die ich von Aslimi gekauft hatte. Emerson stellte die Lampen so, dass Ramses möglichst viel Licht hatte.

»Hier war eine Kartusche«, sagte er kurz darauf. »Ich denke, ich kann ein paar Linien erkennen.« Er drehte den Tiegel hin und her, sodass der Lichtstrahl von allen Seiten darauf fiel. »Papier und Bleistift, Nefret, bitte.«

Die von ihm angefertigte Skizze war, das muss ich leider zugeben, eher dürftig. Viel freies Papier und ein paar zufällige Striche, einige waagerecht, einige senkrecht, andere geschwungen. Ramses betrachtete das Ganze für Augenblicke und füllte dann die Lücken aus, kombinierte ein Teil mit dem anderen, wie bei einem Kinderpuzzle. Schließlich ließ er den Stift sinken. »So weit, so gut.«

Nicht für mich, dachte ich, die hypothetischen Hieroglyphen in dem Puzzlespiel betrachtend. Es waren nur wenige: ein langes, schmales, rechteckiges Zeichen, die gezackte Linie für das Wassersymbol und zwei geschwungene Hörner.

»Nicht für mich«, sagte Emerson.

»Es gibt nur eine königliche Kartusche, die diese speziellen Symbole enthält«, sagte Ramses. »Soweit mir bekannt ist, meine ich. Der Rest würde dann so aussehen.« Er vervollständigte den Namen, und Emerson stieß einen verblüfften Pfiff aus.

»Schepenupet. Beim Allmächtigen, der Junge hat eine der Gottesgemahlinnen von Amun aufgespürt!«

8

Wir saßen noch lange zusammen und diskutierten die erstaunliche Enthüllung – denn keiner von uns zweifelte an Ramses' Rekonstruktion der Kartusche. Letztlich jedoch mussten wir uns eingestehen, dass es ein nahezu unmögliches Unterfangen wäre, das von Jamil möglicherweise entdeckte Grab in den Weiten der thebanischen Nekropolis aufzuspüren. Der Kosmetiktiegel allein besagte noch gar nichts, außer dass Jamil nicht so dumm war wie von uns vermutet.

»Es ist ein weit verbreiteter Irrtum«, gestand ich betreten, »anzunehmen, dass jemand dumm sein muss, nur weil er ungebildet und unbelesen ist. Es gibt andere Möglichkeiten, sich Wissen anzueignen. Jamil hat für eine ganze Reihe von Ägyptologen gearbeitet und dabei viel über Grabraub erfahren – mehr als wir vermutlich. Er hat sich immerhin denken können, dass eine solche Kartusche Aufmerksamkeit erregen würde, also hat er sie entfernt, auch wenn er dadurch bares Geld verlor. Bist du sicher, Ramses, dass sie erst vor kurzem beseitigt wurde und nicht in der Frühzeit, von jemandem, der den Tiegel wieder verwenden wollte?«

Ramses war sich ganz sicher. Das kleine Behältnis sei kein wesentlicher Teil der Grabausstattung, wie Opfergefäße oder Sarkophag. Außerdem seien die Kratzspuren frisch. Die Patina –

Emerson hatte ihn an diesem Punkt schnöde unterbrochen und angemerkt, dass er uns rundweg überzeugt habe.

Die anderen Kleinigkeiten, dic ich bei Aslimi erstanden hatte, war noch weniger aufschlussreich. Wie wir alle wussten, hatten die gleichen Techniken und Motive während des gesamten Pharaonen-Zeitalters Anwendung gefunden. Vielleicht stammten sie gar nicht aus demselben Grab; sie waren einfach nicht zuzuordnen.

»Und wo schauen wir uns als Nächstes um?«, fragte Cyrus erwartungsvoll. »Wieder in den Westwadis?«

»Jedenfalls überlassen wir nichts dem Zufall«, erwiderte Emerson, Pfeife und Tabak aus seiner Hemdtasche fischend. »Verflucht«, versetzte er, als er erkannte, wie schwierig sich das Stopfen der Pfeife für ihn gestalten würde.

»Ich werde sehen, was ich für dich tun kann, mein Lieber.« Ich nahm ihm beides ab.

Bertie räusperte sich vernehmbar. »Ich mag mich ja täuschen, aber wenn ich etwas verstecken müsste, würde ich dort nicht wie ein Geist herumspuken und ein solches Spektakel veranstalten.«

»Richtig«, sagte Ramses. »Also können wir dieses Gelände abhaken. Wenn er uns dort hinlocken will, dann nur, weil wir dort absolut *nichts* finden werden.«

Alle Männer nickten. Ich hoffte, dass sie Recht behielten, da ich unsere Exkursionen in dieses entlegene Territorium nicht sonderlich geschätzt hatte, trotzdem war ich nicht gänzlich überzeugt. Ganz offensichtlich gefiel es Jamil, seine Mitmenschen zu provozieren, und die Jugend krankt, neben anderen Schwächen, an einem übersteigerten Selbstvertrauen. Vielleicht hatte dieser unselige Junge seinen Spaß daran, uns exakt in das richtige Gebiet zu führen und dann zu beobachten, wie wir verzweifelt nach einem gut verborgenen Grabeingang forschten.

Ich musste mir eingestehen, dass sein Selbstvertrauen bislang berechtigt gewesen war; er hatte uns in jeder Hinsicht hinters Licht geführt.

Emerson verkündete, dass wir am nächsten Morgen nach Deir el-Medina zurückkehren würden. »Wir werden erst einmal die von Ihnen angelegte Planskizze zu Ende führen, Bertie«, sagte er. »Gute Arbeit, mein Junge. Es müssen nur noch wenige Details ergänzt werden.«

»Morgen ist Freitag«, gab Cyrus zu bedenken. »Meine Männer haben frei, und Sie sollten sich schonen, Emerson.«

»Wir können die Vermessungsarbeiten auch ohne die Männer beenden«, belehrte Emerson die Anwesenden. »Und ich habe nicht die Absicht, mich wegen eines lachhaften Kratzers von meinen gewohnten Aktivitäten abhalten zu lassen – an keiner!«

Ich auch nicht. Ich wünschte nur, Nefret hätte den Gips nicht so dick aufgetragen.

Es glückte uns, am nächsten Morgen ohne Sennia und die Große Katze des Re aufzubrechen. Nefret begleitete uns ebenfalls nicht. Ich hatte vorgeschlagen – taktvoll, wie es meine Art ist –, dass sie vielleicht eine kleine Mittagsparty geben könnte, da sie noch keine Gelegenheit gehabt hatte, unsere Freunde in ihr neues Domizil einzuladen. Unter der Androhung, uns als Kunden zu verlieren, hatte Abdul Hadi tatsächlich einen Esstisch und mehrere Stühle fertig gestellt. Sie pflichtete mir bereitwillig bei, fügte aber mit einem wissenden Lächeln hinzu: »Ich werde nicht fragen, was du vorhast, Mutter, da ich genau weiß, wie sehr du deine kleinen Überraschungen auskostest.«

Der frühe Morgen in Luxor ist – besonders um diese Jahreszeit – herrlich kühl und belebend. An diesem Tag wurde mir das umso bewusster, nach den langen Stunden in der stickigen Finsternis der Grabkammer. Um der Wahrheit die Ehre zu geben: ich hatte mich schon gefragt, ob ich je wieder die hellen Felsen von Westtheben sehen und die morgendliche Brise auf meinem Gesicht spüren würde. Meine Ratio hatte mir suggeriert, dass Jamil nicht ständig Steine in den Schacht werfen könnte, andererseits war das Fassungsvermögen von Durchgang und Kammer begrenzt, genau wie die Atemluft.

Ich hatte diese Bedenken niemandem eingestanden – und würde es auch nicht tun. Schließlich war alles glimpflich verlaufen.

Als wir in Deir el-Medina eintrafen, arbeitete Bertie bereits an seinem Plan, und Selim war ebenfalls aufgetaucht. Er war nicht so gläubig wie sein Onkel Daoud, der den Freitag im Gebet verbrachte.

»Das haben Sie hervorragend gemacht, Bertie«, begeisterte ich mich. »Augenscheinlich haben Sie nicht nur das Panorama angestarrt! Aber wo ist Cyrus? Ist er nicht mitgekommen?«

»Dort oben.« Bertie gestikulierte. »Ich habe ihm angeboten, ihn zu begleiten, aber er meinte –«

»Verflucht!«, tobte Emerson lautstark. Cyrus befand sich

hoch oben in den Bergen, nördlich des Territoriums, wo die meisten Gräber lokalisiert worden waren. Auf Emersons Gebrüll hin straffte er sich und winkte.

»Was macht er da oben?«, erkundigte sich Ramses.

»Er wollte sich die Gräber der saitischen Prinzessinnen ansehen«, erklärte Bertie.

»Warum denn, um Himmels willen?«, entfuhr es mir. »Das sind nicht die Originalgräber der Prinzessinnen – der Gottesgemahlinnen, um genau zu sein. Zwei der Sarkophage waren –«

»Ja, ja, Peabody«, unterbrach Emerson. »Dieser verfluchte alte Narr klettert dort oben rum ...« Schnellen Schrittes folgte er dem steilen Pfad.

Ramses erhaschte meinen Blick, nickte und spurtete ihm hinterher. Wir anderen schlossen uns gemächlich an. Bertie war nicht davon abzubringen, uns zu begleiten, also ging ich mit ihm und gab ihm gelegentlich Tipps, wie er seine Füße setzen sollte.

Die Schächte – Schachtgräber, sollte ich wohl besser sagen – lagen nicht auf dem Hauptfriedhof im Westen, sondern nördlich, näher an dem Tempel, sodass wir es nicht weit hatten. Wir fanden Emerson auf Händen und Knien (eine Hand und beide Knie, wohlgemerkt), wie er in eine dunkel gähnende Öffnung spähte, während Ramses den Strahl seiner Taschenlampe darauf richtete. Sie hatte wenig Ähnlichkeit mit einem Grabeingang; die Ränder waren unregelmäßig und ausgebrochen.

»Bist du sicher, dass es das ist?«, wollte ich wissen. »Es sieht überhaupt nicht nach einem Grabeingang aus!«

»Selbstverständlich bin ich sicher«, lautete die verdrossene Antwort. Ein Stück Felsgestein löste sich unter seiner Hand. »Verdammt«, knurrte Emerson, mühelos sein Gleichgewicht haltend. »Das Ganze stürzt in sich zusammen. Hier war schon eine ganze Weile niemand mehr.«

»Von welcher Prinzessin ist dieses Grab?«, fragte Cyrus aufgeregt.

Emerson erhob sich. »Von keiner, um genau zu sein. In diesem Grab haben sie den wieder benutzten Sarkophag von Anch-nes-nefer-ib-Re gefunden. Und einen anderen irgendwo in der Nähe.«

»Hier«, sagte Ramses, der etwas abseits von uns stand.

Wir haben bestimmt etwas absurd gewirkt, geschart um dieses Loch am Boden, intensiv in ein schwarzes Nichts starrend. Es gab absolut nichts zu sehen, nicht einmal Geröll. Der Schacht war völlig leer, aber so tief, dass der Strahl unserer Taschenlampen nicht den Boden erreichte.

»Und da unten ist auch keiner gewesen«, meinte Ramses. »Jedenfalls nicht mehr seit – 1885, nicht wahr?, als der Sarkophag gehoben wurde?«

Emerson brummte bestätigend. »Ich kann mir nicht vorstellen, was Sie zu diesem Unfug veranlasst hat, Vandergelt«, sagte er streng. »Sie hätten sich das Genick brechen können.«

»Schlichte Neugier.« Cyrus grinste betreten.

»Allein die Aussicht ist die Strapaze wert«, sagte Bertie, seine Augen mit einer Hand überschattend.

Wir befanden uns auf halber Höhe der Hügelkette, die am Fuß einer vorgelagerten Felsformation endete. Diese fiel steil ab; vis-a-vis erhoben sich hohe Berge, und in der Talsenke gewahrten wir die thebanische Ebene, die sich – mattgrün in den aufsteigenden Morgennebeln – bis zu den in weiter Ferne schimmernden Wassermassen erstreckte.

»Wunderschön«, bekräftigte ich. »Wollen wir jetzt gehen, nachdem wir das alles gesehen haben? Nefret erwartet uns zum Mittagessen, und ich möchte nachher noch Yusuf aufsuchen.«

Wir traten den Rückweg über die Anhöhe und in Richtung Tempel an. Emerson, der Ramses' Hilfe abgelehnt hatte, billigte, dass ich seinen Arm nahm, unter dem Vorwand, dass er mich stützte. »Willst du Yusuf weitere Fragen stellen?«, forschte er. »Schätze, das sollten wir tun.«

»Ich werde ihn befragen, ja – behutsam und indirekt –, aber in der Hauptsache will ich dem armen alten Knaben helfen. Ich hätte schon viel früher hingehen sollen.«

»Hmph«, machte Emerson, was Zweifel oder Spott ausdrückte, von daher wusste ich nicht, ob er sarkastisch auf meine Motive reagierte oder auf meine Fähigkeit, eine subtile Befragung durchzuführen. Ich fragte ihn nicht.

»Ich werde dich begleiten und Yusuf einen Besuch machen«, verkündete Selim.

»Ich würde lieber allein gehen, Selim. Offen gestanden«, setzte ich nach einem Blick auf meine Begleiter hinzu, »möchte ich niemanden mitnehmen. Gütiger Himmel, wenn ihr zu fünft bei ihm aufkreuzt, erschreckt ihr ihn ja zu Tode.«

»Schätze, Sie brauchen Bertie und mich nicht«, folgerte Cyrus. »Wir können ebenso gut nach Hause gehen und uns für die Party in Schale werfen.«

»Nefret erwartet gewiss nicht, dass Sie sich noch umziehen, Cyrus«, versicherte ich ihm. »Emerson macht sich bestimmt nicht die Mühe.«

»Aber Selim.« Cyrus grinste den jungen Mann an. »Kann nicht zulassen, dass er uns andere in den Schatten stellt.«

Selim blieb ernst. »Ich tue nur, was recht ist. Der Vater der Flüche tut, was recht ist in seinen Augen.«

»Gut gebrüllt, Löwe.« Cyrus klopfte ihm auf die Schulter. »Lassen Sie Amelia nicht allein gehen, Emerson. Wer weiß, was ihr alles zustoßen könnte.«

»Was für ein Humbug!«, erboste ich mich. »Ich will doch lediglich Yusuf untersuchen und ihm beschreiben –«

»Mein Haus ist nicht weit von Yusufs«, versetzte Selim. »Wir werden im Innenhof sitzen, Ramses und der Vater der Flüche und ich, und Wache halten.«

Allerdings war Yusuf nicht zu Hause. Jene alte Xanthippe von einer Ehefrau informierte mich, dass er die Moschee aufgesucht habe. Sie wisse nicht, wann er zurückkomme.

»Dann kann er nicht so schwach sein, wie ich fürchtete«, bemerkte ich. »Er kann aufstehen und umhergehen?«

»Ja.« Aber das hat er nicht dir zu verdanken, vermittelte ihr feindseliger Blick.

»Gib ihm das hier.« Ich holte eine Flasche aus meiner Arzttasche. Es war ein harmloser Aufguss aus Zuckerwasser und einigen Kräutern, um dem Ganzen Geschmack zu geben. Solche Placebos können in manchen Fällen genauso wirksam sein wie

Medizin – wenn der Kranke daran glaubt. »Er darf nicht alles auf einmal einnehmen«, setzte ich hinzu. »Nur so viel ...« Ich hielt meinen Finger an die Flasche. »Morgens und abends. Ich komme morgen oder übermorgen wieder, um mich nach ihm zu erkundigen.«

Ihr faltiges Gesicht entspannte kaum merklich. »Danke, Sitt Hakim. Ich werde tun, was du sagst.«

Mein Besuch bei Selims Frauen war wesentlich fröhlicher. Sie waren beide jung und hübsch und ich muss gestehen – obwohl ich die Polygamie nicht befürworte –, dass sie eher wie zwei liebevolle Schwestern wirkten und nicht wie Rivalinnen. Selim war ein nachsichtiger Gemahl, der gewisse westliche Lebensmuster übernommen hatte; dank seiner Motivation hatten beide die Schule besucht. Sie boten mir einen Stuhl und brachten Tee und Kaffee, Ramses und Emerson waren bereits versorgt.

»Trink ruhig was«, sagte mein Sohn, der auf einer Bank saß und so tat, als hätte er die ganze Zeit nichts anderes gemacht. (In der Tat hatte er Yusufs Haus beobachtet; ich hatte genau gesehen, wie er sich duckte, als ich näherkam.) »Selim braucht noch eine Weile. Er will sich für das Essen umziehen.«

»Du warst nicht lange weg«, meinte Emerson. »War Yusuf nicht da?«

»Er ist in der Moschee. So wurde mir wenigstens gesagt.«

»Für einen Mann, der kein Gewissen hat, verbringt er viel zu viel Zeit im Gebet«, sagte mein zynischer Gatte.

Selim tauchte schließlich auf, sehr geschmackvoll mit gestreifter Seidenweste und cremeweißer Robe, und wir verabschiedeten uns von den Damen und dankten für ihre Gastfreundschaft.

Nefret nahm uns an der Haustür in Empfang. Ich fand, dass sie ein bisschen entnervt aussähe, und rechnete schon mit einer kleineren Katastrophe. Dann tauchte der Anlass für das Dilemma auf und umarmte Ramses stürmisch.

»Ich konnte es ihr einfach nicht abschlagen«, flüsterte Nefret. »Sie wollte so gern kommen.«

»Das ist auch schwierig, wenn Sennia sich erst einmal etwas

in den Kopf gesetzt hat«, seufzte ich resigniert, unterdes umarmte Sennia, strahlend und gerüscht von Kragen bis Kniekehle, Emerson und Selim. »Schätze, das bedeutet, dass Horus und die Große Katze des Re ebenfalls mit uns speisen?«

»Aber nicht an unserem Tisch.« Nefret lächelte verschmitzt. »Wenigstens hoffe ich das nicht.«

»Und wo ist Gargery?«

Nefret gestikulierte hilflos. »In der Küche bei Fatima. Er hat darauf beharrt, sämtliche Vorbereitungen zu treffen, und er verscheucht jeden, selbst mich! Soll ich ihn zu uns an den Tisch bitten?«

»Das würde er nie tun. Er ist sehr konservativ, was gesellschaftliche Etikette angeht. Trotzdem wird ihm kein Wort entgehen.«

Die Ankunft der Vandergelts unterbrach unser Gespräch. Alle schlenderten in den Salon; aber Nefret zog mich noch kurz beiseite und raunte mir zu: »Heute Morgen habe ich meinen Kleiderschrank inspiziert, Mutter. Es fehlen ein paar Sachen.«

»Aha. Das dachte ich mir. Ich werde mich darum kümmern, mein Kind. Überlass es ruhig mir.«

»Aber gern, Mutter.«

Die Große Katze des Re hatte inzwischen ungefähr die Ausmaße einer Melone und musste von Ramses erst krallenweise entfernt werden, ehe wir ins Esszimmer vordringen konnten. Ich hatte den Raum noch nicht möbliert gesehen. Er wirkte ausgesprochen gediegen – schöne alte Teppiche auf dem Boden, einige antike Truhen, und auch der Tisch, eingedeckt mit einem der feingewebten Tischtücher, die Nefret in Luxor gekauft hatte, und mit dem Chinaporzellan, einem Hochzeitsgeschenk von Cyrus und Katherine.

Unter bewundernden Ahs! und Ohs! setzten wir uns, und Gargery, in voller Butlermontur, kredenzte den Wein. Ich hätte mir denken müssen, dass er die Gelegenheit nutzen würde, bei einem formellen Diner aufzukreuzen; er hielt Emerson und mich für sehr nachlässig, was die Ausübung unserer gesellschaftlichen Pflichten anging. Dann trat er dienstbeflissen zurück, hoch konzentriert, während die beiden jungen Ägypterinnen das Essen servierten.

Die meisten Leute hätte sein kritisch-beschwörender Blick genervt, ganz zu schweigen von dem Vortrag, den er zweifellos vorher gehalten hatte. Ghazela, das kräftige vierzehnjährige Mädchen, schien davon unberührt und kicherte nur gelegentlich, Najia dagegen schlich umher wie ein Geist und überließ Ghazela den Großteil der Arbeit. Das Geburtsmal war nicht mehr ganz so auffällig. Nefret musste ihr irgendeine Kosmetik gegeben haben, die den Fleck kaschierte.

Es ist nahezu unmöglich, in unserem Kreis oberflächlichem Gesellschaftsklatsch zu frönen, überdies waren die interessanten Ereignisse des Vortages noch frisch in der Erinnerung. Ich wusste, dass Sennia das Thema aufbringen würde, sofern Gargery nicht irgendeine Möglichkeit fand, davon anzufangen.

Das Kind hatte sich schnurstracks neben Emerson gesetzt und schnitt ihm das Fleisch, trotz seines schwachen Protests. »Erzähl mir noch einmal, wie du dir den Arm verletzt hast«, bat sie. »Gestern Abend musste ich ins Bett, bevor ich die ganze Geschichte gehört hatte, und es ist sehr wichtig, dass ich alles genau weiß.«

»Und warum?«, erkundigte ich mich, amüsiert über ihre präzisen Formulierungen.

»Damit ich euch helfen kann, natürlich.«

Gargery hüstelte. Sein Hüsteln war überaus vielsagend. Dieses hier drückte begeisterte Zustimmung aus.

Emerson spähte zu mir. Ich zuckte die Schultern. Unmöglich, die Sache jetzt noch geheim zu halten.

»Na weißt du ...«, fing er an.

Gargery kannte die ganze Geschichte auch noch nicht. In seiner Neugier vergaß er sich und trat immer näher an den Tisch, bis er über Emerson kauerte wie ein Aasgeier. Emerson wandte sich stirnrunzelnd um. »Gargery, darf ich Sie bitten, die Gläser nachzufüllen? Sofern es nicht zu viel verlangt ist.«

»Ganz und gar nicht, Sir.« Gargery wich zurück. »Ich muss sagen, Sir und Madam, dass ich an Ihrem Vorgehen nichts zu bemängeln habe.«

»Schön, dass Sie das sagen«, meinte Emerson und entriss ihm die Flasche. Gargery riss sie zurück.

»Vielleicht hätten Sie daran denken sollen«, fuhr er fort, großzügig Wein nachschenkend, »irgendwelche Kleinigkeiten zu verstreuen, um Ihren Weg zu markieren.«

»Wie die armen Kinder in dem Märchen«, versetzte Sennia anerkennend.

»Wir hatten aber keine Kleinigkeiten dabei«, erklärte ich, wohl wissend, dass sich eine solche Auseinandersetzung in unserer Familie unendlich lange hinziehen kann. »Wie dem auch sei, es ist aus und vorbei. Dank der schnellen Auffassungsgabe von Daoud und Jumanas hervorragendem Erinnerungsvermögen hat man uns noch rechtzeitig aufgespürt.«

Wieder bat Sennia um Details, und Nefret tat ihr den Gefallen. Jumana war den ganzen Morgen sehr einsilbig gewesen und steuerte auch jetzt nichts zu den Ausführungen bei, doch als Sennia ihre Geistesgegenwart hervorhob, glitt ein Lächeln über ihre ernsten Züge. »Ich hätte eher darauf kommen müssen«, sagte sie bescheiden. »Aber erst Daoud hat mich darauf gebracht.«

»Die Erinnerung«, hub ich an, »ist trügerisch und launenhaft. Von daher überrascht es mich nicht, dass dir Jamils Bemerkungen erst wieder einfielen, als ein Notfall eingetreten war. Ohne deine Hilfe hätten wir in der Falle umkommen können, die er uns gestellt hatte.«

Ich hatte Najia scharf beobachtet, die zunehmend ungeschickter und fahriger wurde. Als sie aus dem Zimmer schlüpfte, was nur mir auffiel, erhob ich mich unvermittelt.

»Nefret, kommst du kurz mit? Ihr anderen bleibt hier. Das gilt auch für *Sie*, Gargery.«

Sie war durch die Küche geradewegs in den Innenhof gehuscht und versuchte soeben, das hintere Tor zu öffnen. Das bedauernswerte Geschöpf war mit den Nerven am Ende; ihren zitternden Händen gelang es nicht, den Riegel zurückzuschieben. Als ich ihr zurief, sie solle stehen bleiben, sank sie zu Boden und schlug die Hände vors Gesicht, ihr Körper von hemmungslosem Schluchzen geschüttelt.

Wir halfen ihr auf und schleiften sie zu einer Bank, darauf bedeutete mir Nefret zurückzubleiben.

»Sie hat Angst vor dir, Mutter.«

»Angst? Vor mir? Gute Güte, warum denn das?«

»Lass mich mit ihr reden.« Ihre sanftes Zureden beruhigte das Mädchen schließlich. Sie hob ihr tränenfeuchtes Gesicht.

»Ich habe es nicht böse gemeint. Er hat beteuert, ich wäre schön –«

Ich versuchte mein Bestes, nicht furchteinflößend zu wirken, indes, mein Anblick brachte sie erneut aus der Fassung.

»Ich weiß, dass du uns nichts Böses wolltest, Najia«, sagte Nefret. »Und die Sitt Hakim weiß das auch. Was war schon Schlimmes dabei, eine Mitteilung an seine Schwester zu schreiben und sich meine Sachen auszuborgen? Was hast du ihm noch gegeben?«

Sie hatte nicht viel, aber das Wenige hatte sie ihm frohen Herzens gegeben. Er hatte ihr erzählt, dass er sie liebe und dass sie in seinen Augen schön sei, trotz des Geburtsmakels. Sie hätte nie damit gerechnet, einen Mann auf sich aufmerksam zu machen, schon gar nicht einen so jungen, attraktiven Burschen. Als er sie gebeten hatte, ihm einige von Nefrets Sachen auszuleihen, weil er einem seiner Freunde einen Streich spielen wollte, konnte sie darin nichts Verwerfliches sehen. Erst als sie erfuhr, wie er diese Verkleidung eingesetzt hatte, erkannte sie, dass sie ungewollt zu seiner Komplizin geworden war.

Ein weiterer scheußlicher Beweis für menschliches Intrigenspiel! Ad hoc entschied ich, sie dafür nicht auch noch zu strafen. Ich setzte mich neben sie auf die Bank und redete ruhig und bestimmt auf sie ein.

»Außer uns weiß keiner davon, Najia, und wir werden die Wahrheit nie enthüllen. Wisch dir die Augen ...« Ich gab ihr mein Taschentuch. »Und geh nach Hause. Wir werden den anderen sagen, dass dir nicht gut war.«

»Aber wenn meine Schande bekannt wird ...« Sie schwankte. »... kein Mann wird mich je wollen. Mein Vater wird –«

»Er wird gar nichts machen, und auch sonst niemand, es sei

denn, du verplapperst dich aus lauter Dummheit.« Der Kummer lähmte ihren Verstand, der nie besonders scharf gewesen war; ich gab es auf, sie sanft zur Vernunft bringen zu wollen und versuchte es auf die harte Tour. »Verrate niemandem auch nur ein Sterbenswort. Das ist ein Befehl von mir, der Sitt Hakim. Wir werden für dich sorgen – und einen Mann für dich finden, wenn es das ist, was du willst. Du weißt, dass wir unsere Versprechen einhalten.«

»Ja – ja, das ist wahr.« Sie warf sich vor Nefrets Füße. »Wie kannst du mir je verzeihen? Du warst so nett zu mir, und ich habe dich schändlich hintergangen.«

»Um Himmels willen, hör auf zu heulen«, sagte ich unwirsch. Mein Taschentuch war fleckig, nicht nur von ihren Tränen, sondern von einer bräunlichen Substanz; das Geburtsmal, inzwischen sauber gerieben, war so ausgeprägt wie immer. »Troll dich und denk daran: Das Wort der Sitt Hakim ist bindender als der Schwur eines Mannes.«

»Heißt es nicht ›das Wort des Vaters der Flüche‹?«, bemerkte Nefret, sobald das Mädchen, weiterhin ihr Gesicht betupfend, davonhuschte. »Allerdings bin ich nicht sicher, wie wir das alles geheim halten sollen. Irgendeiner kommt bestimmt dahinter, dass es meine Kleidung war, die Jamil getragen hat. Sie war ihm sicherlich knapp, aber nicht zu klein wie Jumanas. Besonders die Stiefel. Ich hoffe nur, dass sie ihn entsetzlich gedrückt haben!«

»Womöglich hat er die Zehen herausgeschnitten oder die Fersen aufgeschlitzt«, sagte ich abwesend. »Einige werden einen Teil der Wahrheit erfahren müssen, gleichwohl sollten wir den Ehrverlust des Mädchens verschleiern. Vielleicht müssen wir einen Ehemann für sie kaufen«, versetzte ich verdrossen. »Das scheint alles zu sein, woran sie denken kann.«

»Sie und viele, viele andere Frauen aller Nationalitäten«, entgegnete Nefret. »Meinst du, sie weiß mehr, als sie uns enthüllt hat?«

»Jamil ist zu gerissen, als dass er nützliche Informationen preisgeben würde. Sogar seine Schwester hat er angelogen. Was mich beunruhigt«, fuhr ich fort, als wir in Richtung Küche zurückschlenderten, »ist, wie viele andere er noch verführt haben mag – psychisch und physisch. Ich fürchte, Nefret, dass der missratene Bengel für einen Riss in seiner Familie gesorgt hat, der sich vielleicht nie wieder kitten lässt.«

* * *

Emerson sah das alles optimistischer. Ich erzählte ihm die ganze, betrübliche Geschichte später, als wir allein waren, mir dessen bewusst, dass sein großes Herz sich zugunsten des Mädchens entscheiden werde. Nachdem er Jamil mit bewundernswerter Eloquenz verflucht hatte, beruhigte er sich wieder und sagte: »Damit wären zwei der Helfershelfer des Jungen bekannt. Wie viele kann er denn noch haben?«

»Einige von den jüngeren Männern, vielleicht. Manche würden nichts Verwerfliches in einer kleinen Grabplünderei sehen. Und er scheint bei Frauen anzukommen.«

»Er hat sich ein Opfer ausgesucht, das besonders empfänglich war für Schmeicheleien.« Angewidert verzog Emerson die Lippen. »Igitt! Was die Männer angeht, so hat Jamil nach dem gestrigen Vorfall bestimmt keinen Einfluss mehr auf sie. Keiner der Gurnawis würde es wagen, sich an einem Mordanschlag gegen uns zu beteiligen.«

»Das ist vermutlich richtig«, sinnierte ich.

»Da ist noch ein Punkt, den wir bislang nicht entsprechend berücksichtigt haben«, fuhr Emerson fort. »Er hatte sich dort häuslich eingerichtet. Ich kann mir nicht vorstellen, dass dieses Bürschchen seine gemütliche kleine Höhle aufgibt – es sei denn, er hätte bereits ein anderes Versteck präpariert.«

»Das ist ebenfalls richtig und hilft uns doch nicht weiter«, versetzte ich.

»Ich dachte, du wärst diejenige, die immer darauf pocht, dass wir die positiven Seiten sehen müssen, Peabody. Wir rücken ihm immer dichter auf den Pelz, und irgendwann wird er einen falschen Zug machen.«

»Wie beispielsweise ein weiterer Mordanschlag auf uns?«

Emerson schüttelte sich vor Lachen und schlang seinen Arm

um mich. »Exakt. Es wird Zeit für den Tee. Lass uns nach unten gehen. Leisten die Kinder uns Gesellschaft?«

»Wenn du Nefret und Ramses meinst, dann lautet die Antwort nein. Ich habe vorgeschlagen, dass sie den Tee zur Abwechslung einmal ohne uns einnehmen.«

»Warum sollten sie?«, fragte Emerson verblüfft.

»Also wirklich, Emerson, von dir hatte ich diese Frage am allerwenigsten erwartet.«

»Oh«, murmelte Emerson.

»Jumana und Sennia werden dich stattdessen unterhalten.«

Die beiden Mädchen saßen auf der Veranda und wirkten sehr selbstzufrieden.

»Seht nur, was Jumana mir gegeben hat«, rief Sennia.

»Es sei denn, das Museum nimmt sie dir wieder weg«, warnte Jumana.

»Ja, das hast du gesagt, aber Mr Quibell wird sie mir ganz bestimmt schenken, er ist ein sehr netter Mann.«

Es war die kleine Stele mit den beiden Katzen, die Bertie kopiert hatte. Ich bewunderte sie erneut, unterdes lächelte Emerson die beiden versunken an. Sennia hatte Jumana nie sonderlich gemocht, vielleicht weil sie um Jumanas Schwärmerei für Ramses wusste. Ich konnte Jumana nachsehen, dass sie Sennias Freundschaft gewinnen wollte. Und ein Geschenk ist der sichere Weg, um ein Kind nachhaltig zu beeinflussen.

Fatima brachte den Tee, Emerson beschäftigte sich mit seiner Pfeife, und ich begann, die Post durchzusehen. Die Briefe und Mitteilungen, die ich sortierte, hatten sich über mehrere Tage angesammelt; ich legte die an Nefret oder Ramses adressierten Umschläge beiseite und öffnete die an Emerson gerichteten, bevor ich sie ihm gab.

»Howard Carter, ver... verflixt und zugenäht«, blökte Emerson und angelte sich einen der Briefe. »Das wurde auch Zeit, dass der sich meldet. Hör dir das an, Peabody, er schreibt, dass er nicht nach Luxor kommt –«

Er stockte mitten im Satz und sah auf. »Peabody? Ist irgendwas?«

»Nein, nichts.« Ich zwang mich zu einem Lächeln. Sennia,

die bei den kleinsten Nuancierungen sogleich aufhorcht, vor allem, wenn sie sie nicht bemerken soll, fragte: »Was ist denn, Tante Amelia?«

»Nichts«, wiederholte ich. »Nimm noch einen Keks, mein Kind.«

Ich reichte Emerson die Depesche, die meinen Stimmungswechsel herbeigeführt hatte. Es war ein Telegramm, adressiert an Ramses, mit dem Stempel des Oberbefehlshabers der ägyptischen Expeditionsstreitkräfte.

* * *

Wir würden bis nach dem Abendessen warten müssen, um herauszufinden, was in diesem verfluchten Telegramm stand. Wenn ich Emerson nicht ständig beobachtet hätte, hätte er es höchstwahrscheinlich aufgerissen – und umgekehrt. Es unverzüglich dem Adressaten auszuhändigen, stand ebenfalls außer Frage; wenn wir spontan aufgebrochen wären, hätte Sennia sich über unsere Hektik gewundert. Wie Emerson später einräumte, hatte es ihm unter den Nägeln gebrannt, den Inhalt des Telegramms zu erfahren. Zum Glück für seine und meine Nerven kamen die Kinder frühzeitig, um Sennia eine gute Nacht zu wünschen, bevor sie zu Bett ging.

»Whisky-Soda, mein Junge?«, erkundigte sich Emerson, seine sonore Stimme seltsam gepresst in dem Bemühen, weder zu brüllen noch zu fluchen.

»Danke, Sir.« Emersons Bestürzung wäre selbst dann aufgefallen, wenn sein Sohn nicht so sensibel gewesen wäre. »Wie ich sehe, haben du und Mutter schon einen intus.«

»Zwei«, berichtigte ich. »Ja, ja, Sennia, du hast schon allen einen Gutenachtkuss gegeben; lauf jetzt.«

Die Dunkelheit war hereingebrochen; der Abendwind spielte mit den Zweigen. Die von Glasschirmen umhüllten Öllampen brannten gleichmäßig ruhig. »Was ist denn, Mutter? Ist Katherine oder Cyrus etwas zugestoßen oder –«

»Nein, mein Schatz, und deine Frage erinnert mich an einen meiner bevorzugten Aphorismen –«

»Sag jetzt nichts, Peabody!«, entsetzte sich Emerson.

»Ganz wie du meinst, Emerson. Dies ist ein so marginales Problem, verglichen mit anderen, dass wir dankbar sein sollten für –«

»Und fang nicht an zu interpretieren. Hier.« Emerson reichte seinem Sohn das Telegramm.

»Hmmm«, sagte Ramses, den Umschlag inspizierend.

»Nun öffne ihn doch schon!«, drängte ich.

Vorher stellte er noch sein Glas ab und bemerkte unbeeindruckt wie stets: »Habt ihr das schon den ganzen Nachmittag? Es überrascht mich, dass ihr euch so aufregt über ...« Er überflog den Inhalt und las dann laut vor: *Ihre Assistenz in dringender Sache erforderlich. Bitte reagieren Sie umgehend.*

»Smith«, stieß Emerson zwischen zusammengebissenen Zähnen hervor.

»Nein. Cartright. Du erinnerst dich an –«

»Mit seinem Besuch wollte er lediglich vorfühlen«, meinte ich. »Kann mir allerdings nicht vorstellen, was ihm das gebracht haben soll.«

»Wirst du ihm antworten?«, wollte Nefret wissen.

»Natürlich, schon aus reiner Höflichkeit.« Er bewaffnete sich mit Papier und Stift. Nefret, die ihm über die Schulter spähte, las den Text, während er schrieb. *Tut mir Leid, bin nicht abkömmlich. Werde hier gebraucht.*

»Ah«, sagte Emerson.

»Ich danke dir, mein Schatz«, murmelte Nefret.

»Wofür? Ich kann Luxor doch nicht verlassen, solange Jamil frei herumläuft?« Seine Stimmlage veränderte sich, als er fortfuhr, klang er exakt wie sein Vater. »Und ich springe nicht gleich, wenn einer wie Cartright die Peitsche knallen lässt.«

»Ich werde Ali umgehend zum Telegrafenamt schicken«, sagte Nefret. Mit spitzen Fingern fasste sie den Papierbogen, zögerte kurz, dann nahm sie den Stift und strich etwas durch.

Ramses lachte. »Stimmt genau. Es tut mir überhaupt nicht Leid.«

* * *

Der folgende Tag wartete mit einer Entdeckung auf, die uns eine ganze Weile intensiv beschäftigte – ein Mumienversteck, einige noch in ihren ursprünglichen Holzsärgen. Zu Cyrus' Ärger fanden wir sie nicht in einem Grabmal, sondern in dem Keller von einem der Häuser.

Das in den Fels gehauene Gewölbe, das als Vorratslager gedient hatte, war gerade so weit vergrößert worden, dass die sterblichen Überreste Platz fanden. Sie lagen so dicht an dicht, dass es unmöglich war, die kleine Kammer zu betreten. Auf den Stufen hockend, ließ Emerson langsam seine Taschenlampe über dem Fund kreisen. Allmählich wurden die Details in der Dunkelheit sichtbar: das Antlitz einer Frau, gekrönt mit einem bemalten Diadem; die farbenprächtige Gestalt einer falkenköpfigen Gottheit; eine Mumie ohne Sarg, dafür aber kunstvoll bandagiert.

»Römisch«, entschied Emerson.

»Woher wissen Sie das?«, erkundigte sich Cyrus vom Treppenabsatz aus. »Lassen Sie mich mal sehen.«

Emerson und ich gingen die Stufen hinauf und überließen Cyrus die Taschenlampe. »Die kartonierten Gesichtsmasken stammen zweifellos aus dem ersten Jahrhundert«, sagte Emerson. Seine Begeisterung hatte sich verflüchtigt, sobald er das erkannte, denn er interessiert sich nicht für das griechische und römische Ägypten. »Kann den Zeitabschnitt erst präzisieren, wenn wir uns die Sache genauer angesehen haben. Kommen Sie rauf, Vandergelt, wir müssen sie wegschaffen. Die hiesigen Diebe werden die Särge und Mumien in ihre Bestandteile zerlegen, wenn wir sie nicht sicherstellen.«

Cyrus stapfte die grob behauenen Stufen hoch und reichte die Taschenlampe an Ramses weiter. »Sehr schöne Särge«, sagte er nicht ohne einen gewissen Neid. »Und in gutem Zustand. Vielleicht gibt es dahinter noch mehr zu ...«

»Ich konnte nichts ausmachen.« Ramses kehrte zu uns zurück. »Sie stammen definitiv aus der Römerzeit oder von den späten Ptolemäern. Die Kernfrage lautet allerdings, wieso sie hier sind. Die Siedlung wurde nach der 21. Dynastie aufgegeben, als die Bedingungen kritischer wurden und die Bewohner die größere Sicherheit von Medinet Habu vorzogen, mit seinen Befestigungsmauern. Diese Entdeckung zwingt uns vielleicht sogar zu einer Revision unserer Hypothesen hinsichtlich –«

»Ganz recht«, sagte sein Vater trocken. Ramses hatte seine früheren langatmigen Monologe nahezu aufgegeben, doch der archäologische Enthusiasmus inspirierte ihn zu einem Vortrag. »Äh – wir werden die historischen Implikationen ein anderes Mal diskutieren, mein Junge. Im Moment müssen wir uns auf das etwas heikle Problem der Exkavation konzentrieren. Was schlägst du vor, wie wir vorgehen sollen?«

Ich gesellte mich zu Cyrus. »Es sind nur römische Mumien, Cyrus«, versuchte ich ihn zu trösten. »Noch dazu von Normalsterblichen.«

»Eine römische Mumie ist besser als gar keine«, maulte Cyrus. »Ich schwöre Ihnen, Amelia, ich habe das Gefühl, unter irgendeinem Bannfluch zu stehen. Ihr wart so freundlich, mir die Grabstätten zu überlassen, und wo finden wir die ersten Särge? In dem Dorf! Solange Emerson mich nicht braucht, bin ich oben auf meinem Hügel.«

Mit gemischten Gefühlen beobachtete ich, wie er, Geröll vor sich hertretend, davonstapfte. Man konnte nur hoffen, dass er sich in seiner Frustration nicht zu irgendeiner Unachtsamkeit hinreißen ließ. Ein weiterer Unfall wäre das Letzte, was wir gebrauchen könnten.

Dank Emersons minutiöser Methodik brauchten wir den ganzen Tag, um den Gewölbekeller freizulegen. Nefret und Jumana machten Fotos von den einzelnen Arbeitsstadien, und Ramses entdeckte eine Inschrift, die das exakte Datum für zumindest eine Bestattung lieferte: das siebte Jahr des Imperators Claudius. Für mich gab es nicht viel zu tun, und ich war geneigt, Cyrus auf der Suche nach Gräbern zu unterstützen, da ich aber wusste, dass Emerson dies nicht gern gesehen hätte, blieb ich, brütend und beobachtend.

Nach wie vor beabsichtigte ich, mit Yusuf zu reden. Er hatte sich nach Kräften bemüht, uns aus dem Weg zu gehen, was an sich schon verdächtig war; seine häufigen Besuche in der Moschee stimmten ebenfalls misstrauisch, wenn auch nicht unbedingt aus den von Emerson genannten Erwägungen. Die Wiederholung der täglichen Gebete ist eine der Fünf Säulen des Islam, gleichwohl darf man beten, wo man gerade ist. Jamil würde nicht wagen, sein Elternhaus aufzusuchen. Sie würden sich anderswo treffen müssen ...

Ich beschloss, bis zum Abend zu warten und ihn nach dem letzten Gebet aufzusuchen. Wenn Jamil bis jetzt noch nicht in der Nähe des Dorfes aufgetaucht war, dann würde er vermutlich bis zum Einbruch der Dunkelheit ausharren, ehe er seinen Vater kontaktierte.

Erst im späteren Verlauf des Tages weihte ich Emerson in mein Vorhaben ein. Bertie und Cyrus, der noch immer ein bisschen schmollte, hatten den Heimweg angetreten, und Emerson war in dem Kellergewölbe, bei den letzten Mumien. Er wollte nicht hochkommen, doch ich bestand darauf.

Anfänglich reagierte er mit Skepsis. »Deine Theorie steht auf tönernen Füßen, Peabody. Kann sein, dass es vertane Zeit ist.«

»Wenn es uns gelingt zu beweisen, dass Yusuf sich nicht der Komplizenschaft schuldig gemacht hat, ist das keine vertane Zeit«, konterte ich. »Wie war das noch gleich, von wegen ›wir rücken Jamil immer dichter auf den Pelz‹?«

»Pah«, entfuhr es Emerson. Er warf einen verträumten Blick zu seinen Mumien, die Selim soeben auf einen Karren lud. »Sei vorsichtig damit, Selim.«

»Emerson, bitte hör mir zu.«

»Was? Oh. Es kann sicher nicht schaden. Morgen.«

»Heute. Man muss das Eisen schmieden, solange es heiß ist.« Den Blick auf Selim geheftet, versuchte Emerson seinen Arm meinem energischen Griff zu entziehen. »Wenn du nicht mitkommen willst, gehe ich allein«, versetzte ich.

Wie erwartet schoss sein Blick zu mir. Seine Miene verdüsterte sich. »Nein, das wirst du nicht. Was war das mit Eisen? Wieder einer deiner scheußlichen Aphorismen?«

»Ein ausgesprochen passender, mein Lieber. Yusuf muss von Jamils letztem und schwerwiegendstem Verbrechen erfahren haben. Wir müssen mit ihm reden und ihm den Ernst der Lage nahe bringen, bevor der Junge die Gelegenheit bekommt, seine

Version zu schildern – also nichts anderes als ein Lügengeflecht, das ein liebender Vater glauben würde.«

»Hmhm.« Emerson befingerte sein Kinngrübchen. »Also gut. Aber erst wenn wir unseren Fund wohlbehalten nach Hause gebracht haben.«

»Selim und Daoud könnten das hervorragend ohne dich bewerkstelligen, und das weißt du auch. Allerdings besteht keine Eile. Es wird frühestens in einer Stunde dunkel.«

Mit ein bisschen Druck meinerseits waren die Karren in Rekordzeit beladen, und wir traten den Weg nach Hause an, wo die Männer unsere Errungenschaften in den Lagerraum transportierten. Die Regale füllten sich mit einer Vielzahl von Artefakten, nichts davon indes so beeindruckend wie die neuen Särge, aber, wie Ramses mir versicherte, von weit größerem Interesse. Emerson betrachtete sie liebevoll.

»Zeit für den Tee, was?«

»Nein, Emerson, wir müssen sofort aufbrechen. Wie ich dir bereits erklärt habe –«

»Du hast es allen erklärt, also wiederhol dich nicht. Lass uns gehen.«

»Sollen wir mitkommen, Mutter?«, erkundigte sich Nefret.

»Ja. Wir werden es mit einer Mischung aus Einschüchterung – Emerson und Ramses – und sanfter Überzeugung versuchen – du und ich und Jumana.«

Emerson schnaubte abfällig – vermutlich bei der Vorstellung, dass ausgerechnet ich mich einer sanften Überzeugungstaktik bedienen könnte. Jumana bedachte mich mit einem skeptischen Blick.

»Aber, Sitt Hakim –«

»Keine Einwände, bitte«, versetzte ich etwas milder. »Gestern hast du uns sehr geholfen. Wenn dein Vater Informationen über Jamil besitzt, kannst du ihm vielleicht die Augen öffnen. Wenn nicht – nun, nach meiner Einschätzung wird es höchste Zeit, dass er seinen Groll auf dich vergisst. Mag sein, dass wir heute noch keine echte Versöhnung bewirken, aber es wäre wenigstens ein Anfang. Du möchtest dich doch wieder mit ihm versöhnen, oder?«

»Er ist mein Vater«, sagte das Mädchen leise. »Ich habe ihn nicht verlassen, sondern er hat gesagt, ich solle gehen.«

»Ich bin sicher, dass er das inzwischen bereut, Jumana. Worte, im Zorn gesagt –«

»Verdammt und zugenäht, Peabody!«, brauste Emerson auf. »Jetzt ist nicht die Zeit, dass du dich in die Gefühlsangelegenheiten anderer Leute einmischst. Lasst es uns hinter uns bringen.«

Ein lauer Abend senkte sich über Oberägypten herab, als wir zu Yusufs Haus marschierten. Die ersten Sterne schimmerten am östlichen Himmel, die Felsen waren in diffuses Licht gehüllt; blassgraue Rauchfäden stiegen von den Kochfeuern hoch, wogten in der sanften Brise.

An der Tür empfing uns Mahira, wie eine mittelalterliche Hexe mit ihrer düsteren Miene.

»Höchste Zeit, dass ihr kommt. Was hast du mit meinem Mann gemacht?«

»Was meinst du damit?«, fragte ich.

Ununterbrochen redend, scheuchte sie uns durch das Haus. »Es war die Medizin, die du ihm gegeben hast. Zuerst ging es ihm besser, aber heute Morgen ...« Sie riss die Tür zu dem Zimmer des alten Mannes auf. »Sieh selber. So ist er schon den ganzen Tag.«

Sie leuchtete mit der mitgebrachten Öllampe auf das Bett. Yusuf wand und wälzte sich und redete mit sich selbst – oder besser mit einem höheren Selbst –, ständig die gleichen Worte wiederholend. »Führe uns auf dem richtigen Weg derjenigen, denen du Gnade erweist ...«

»Er hat Wahnvorstellungen«, wisperte Nefret, ihre Augen voller Mitgefühl. »Was hast du ihm gegeben, Mutter?«

»Zuckerwasser, das ist keine Wahnvorstellung, sondern nervöse Übererregbarkeit. Sprich du mit ihm, Emerson.«

Emerson zögerte nur kurz. Im Gegensatz zu anderen hat er keine Skrupel, die Heilige Schrift für seine eigenen Zwecke auszulegen. Seine sonore Stimme deklamierte die Fatiha, die erste Sure des Korans, aus der Yusuf zitiert hatte. »Im Namen des gnädigen und barmherzigen Gottes. Gelobet sei Gott, der Herr der Welten.«

Yusuf setzte sich ruckartig auf. Seine wirren Augen glänzten wie die eines Tieres. »Soso«, sagte er. »Du bist das, Vater der Flüche. Bist du gekommen, um mich zu bestrafen, weil mein Schweigen deinen und den Tod der Sitt Hakim hätte bedeuten können?«

»Gütiger Himmel, nein«, entfuhr es Emerson, vor lauter Schreck in Englisch.

»Auch der Vater der Flüche ist gnädig und barmherzig«, erklärte ich und hoffte nur, dass es nicht zu blasphemisch klingen würde. »Wir sind hier, um dir zu helfen – dir und Jamil, wenn möglich. Wo ist er?«

»Ist das wahr? Es ist wahr, ihr lügt nicht. Ihr trachtet ihm nicht nach dem Leben?«

So ging es eine ganze Weile weiter, und wir mussten ihm immer wieder versichern, dass wir es nur gut mit Jamil meinten. Unter dem psychologischen Aspekt betrachtet, war es recht heilsam für Yusuf, aber ziemlich ermüdend für uns. Meine Diagnose erwies sich als korrekt; sein Unwohlsein war nicht physischer, sondern mentaler Natur, und durch die Nachricht von Jamils neuerlichem Anschlag auf uns, die er zweifellos an jenem Morgen erfahren hatte, war er hin- und hergerissen zwischen Loyalität und väterlicher Liebe und wusste sich nicht zu entscheiden.

»Ich werde euch zu ihm bringen«, jammerte Yusuf. »Wir treffen uns gelegentlich auf dem Friedhof in der Nähe der Moschee. Er wird heute Abend dort sein, wenn der Mond aufgeht.«

»Abdullahs Grab«, schloss ich. »An diesem friedvollen Ort zu beten, war nur ein Vorwand, um deinen Sohn zu treffen?«

Er musste die Empörung in meiner Stimme gehört haben. Der alte Mann schrak zusammen. »Es war kein Vorwand. Ich habe dort gebetet. Dass mein Cousin Abdullah mir verzeiht und Gott bittet, mir zu vergeben.«

Er hatte Jumana wie Luft behandelt. Gleichwohl schien mir dies nicht der richtige Zeitpunkt, um ihm einen kleinen Denkanstoß zu geben, dass auch er seiner Tochter verzeihen müsse.

Der Friedhof war auf der Nordseite des Hügels, auf einem Felsplateau. Über der Anhöhe schwebte das silberne Rund des

Mondes, tauchte die Landschaft in sein mattes Licht. Abdullahs Grabmonument schimmerte wie Schnee.

Am Rand des Friedhofs, noch immer im Schatten der Felsen, blieb Yusuf stehen. »Lasst mich vorausgehen. Lasst mich mit ihm reden. Ich werde ihm erklären, dass er sich stellen muss.«

»Dann geh«, sagte Emerson.

Er wartete, bis der Alte außer Hörweite war, dann knurrte er: »Ich bin keineswegs überzeugt von Yusufs Überredungskünsten. Peabody, gib mir deine Pistole – ich weiß, dass du sie mitgenommen hast, also her damit.«

Ich ließ mich nicht zweimal bitten. Jahrelang hatte ich mit der verfluchten Waffe geübt, ohne jedoch an Emersons Geschick heranzureichen.

»Nein«, flüsterte Jumana. »Bitte, ihr habt gesagt, dass ihr ihn nicht töten werdet.«

»Könnte nicht mal ein Kaninchen umpusten mit dem Ding«, schnaubte Emerson. »Wenn er aufmuckt, sollten ihn ein paar Warnschüsse eines Besseren belehren. Wenn es hart auf hart geht, schieße ich ihm ins Bein.«

Yusuf verbarg sich nicht. Hoch aufgerichtet im Mondlicht, einige Meter von der Grabstätte entfernt, rief er: »Jamil, ich bin's, dein Vater. Komm raus und rede mit mir.«

Obwohl er leise sprach, verstanden wir jedes Wort. Der Friedhof war totenstill und verlassen. Es kamen ohnedies nur wenige Besucher, und schon gar nicht nach Einbruch der Dunkelheit. Von daher war es einer der sichersten Plätze, die Jamil sich hätte aussuchen können.

Augenblicke später trat der Junge aus dem Grabeingang. »Hast du Angst näher zu kommen, mein Vater? Die Geister der Verstorbenen können den Lebenden nichts anhaben.«

Er trug ägyptische Kleidung, eine dunkle Robe und einen nachlässig gewickelten Turban. Nachdem er inzwischen seinen Bart rasiert hatte, war er seiner Schwester wie aus dem Gesicht geschnitten; er sah sehr jung und sehr harmlos aus. Indes steckte ein Messer in seiner Schärpe, seine Rechte umklammerte einen langen Stock.

»Der Geist meines dahingerafften Cousins Abdullah setzt mir

zu«, konterte der Alte. »Wir haben ihn entehrt, Jamil, aber noch ist es nicht zu spät, um Wiedergutmachung zu üben. Komm mit mir zum Vater der Flüche. Er will dir helfen.«

Jamils hübsches Gesicht verzog sich zu einer hasserfüllten Grimasse. Hektisch drehte er den Kopf nach allen Seiten, seine Augen fixierten jeden Schatten. Ob er uns sah oder lediglich auf unsere Anwesenheit schloss, werde ich nie erfahren; jedenfalls schulterte er den Stock und hielt diesen wie ein Gewehr. Es *war* ein Gewehr – Yusufs antike Waffe, sein kostbarster Besitz.

Yusuf schrie auf. »Nein, Jamil! Du hast gesagt, du würdest nur im Notfall schießen. Nimm die Waffe runter.«

Emerson trat in das helle Mondlicht. »Lass sie fallen, Jamil«, rief er. »Yusuf, aus dem Weg.«

Meine Pistole auf den Boden vor Jamil gerichtet, machte er einen langen Schritt nach vorn. Falls er noch mehr hatte sagen oder tun wollen, so bekam er keine Gelegenheit. Eine laute Explosion ließ die Luft erzittern, durch die Dunkelheit zuckte ein rotglühender Feuerstrahl. Etwas verspätet versuchte ich, mich vor Nefret zu werfen.

»Großer Gott«, flüsterte Ramses. »Das verdammte Gewehr ist explodiert. Ich habe es schon immer befürchtet, er muss –«

Emerson rannte zu der zusammengesackten Gestalt. Über seinen Sohn gebeugt, schrie Yusuf auf und brach zusammen.

Jamil lebte noch. Als ich sah, was von seinem Gesicht übrig geblieben war, konnte ich nur beten, dass er nicht mehr lange zu leben hätte. Sein verbliebenes Auge rollte hin und her und fokussierte. Geräusche zischten durch seine zermalmten Zähne.

»Jumana. Schwester. Ist unser Vater –«

Nach einem entsetzten Blick auf Jamil wusste Nefret, dass sie nichts mehr für ihn tun konnte. Sie kniete sich neben den alten Mann, ihre Hand auf seiner nackten Brust, und sagte: »Es ist sein Herz. Wir müssen ihn zum Haus bringen.«

»Herz«, murmelte Jamil schwach. »Ich habe ihn umgebracht. Meinen Vater. Schwester – höre – das Grab –«

Jumana beugte sich über ihn. Vor Entsetzen konnte sie nicht

einmal weinen. »Möchtest du mir sagen, wo es ist? Dann sprich und geh zu Gott, wenn du uns diese letzte Freundlichkeit erwiesen hast.«

»Freundlichkeit.« Ich glaube, er versuchte zu lachen. Es war ein grässlicher Gurgellaut, vermischt mit Blut. Dann sagte er mit letzter Kraft: »Diese Idioten. Es war da, direkt vor ihren Augen. In der Hand der Gottheit.«

* * *

Yusuf konnte nur noch die Hand seiner Tochter (die ich in die seine legte) fassen und einige wenige, zusammenhanglose Worte murmeln, dann starb er. Ein sentimentaler Zeitgenosse würde vielleicht meinen, dass er an einem gebrochenen Herzen gestorben sei. Aus medizinischer Sicht betrachtet war er dem gleichen Herzleiden erlegen wie Abdullah. Wir ließen Ramses zurück, der bei Jamil Wache hielt, und Emerson trug Yusufs Leichnam zurück in sein Haus. Als wir aufbrachen, drehte ich mich noch einmal um. Abdullahs hübsches Grabmonument zeichnete sich als schemenhafte Silhouette gegen das Mondlicht ab. Im Schatten des Eingangs bewegte sich nichts.

Wir konnten nicht viel tun für die betroffene Familie. Im Gegenteil, die aufgebrachten, uns geltenden Blicke einiger Familienmitglieder bewiesen, dass wir gut daran täten zu verschwinden.

Die ganze grässliche Geschichte hatte viel weniger Zeit beansprucht, als ich dachte – weniger als eine halbe Stunde von Anfang bis Ende –, aber Erklärungen und das Wechseln der Kleidung verzögerten den lang ersehnten Augenblick, da wir uns endlich auf der Veranda niederlassen konnten.

Ramses kam als Letzter. Obwohl seine zusammengepressten Lippen von seinem Schock zeugten, beantwortete er unsere Fragen mit der üblichen Contenance. »Ich habe ihn seinen Cousins überlassen. Sie haben mir deutlich zu verstehen gegeben, dass ich nicht erwünscht sei. Wo ist Sennia?«

»Ich habe sie ins Bett geschickt«, erwiderte ich, unterdessen drückte Emerson seinem Sohn ein Glas Whisky in die Hand.

»Sie hat einen ziemlichen Wirbel veranstaltet, und Horus wollte mich beißen.«

»Jumana?«, lautete Ramses' nächste Frage.

»Sie ist zusammengebrochen, aber erst, als Fatima sie in ihre mütterliche Umarmung schloss. Vielleicht«, sinnierte ich, »habe ich die Tugend der Selbstbeherrschung doch etwas überbetont.«

»Es ist tragisch«, seufzte Nefret. »Die Familie war früher so stark und stolz und in sich ruhend.«

»Wirklich tragisch«, wandte Ramses ein, »ist die Sache mit Jamil. Wenn er sein einzigartiges Talent auf die Archäologie verwendet hätte, wäre er vielleicht glücklich und erfolgreich geworden. Wie soll man sich das erklären?«

»Fang jetzt keine philosophische Diskussion an«, murrte Emerson. »Ich kann es mir nicht erklären und deine Mutter auch nicht, obwohl sie es sicher versuchen wird, wenn du ihr auch nur eine klitzekleine Chance gibst. Die Familie wird darüber hinwegkommen, und Jumana auch. Die Zeit heilt ...« Schlagartig erkennend, dass er beinahe einen Aphorismus verbrochen hätte, fasste er sich und fuhr fort: »Wollte er uns letztendlich anvertrauen, wo sich das Grab befindet, oder hat er uns wieder einmal hochgenommen? ›In der Hand der Gottheit!‹«

* * *

Yusufs Bestattung war am nächsten Tag, nach muslimischer Sitte. Natürlich nahmen wir alle teil. Als wir den zweiten, verstümmelten Leichnam sahen, murmelte Emerson: »Sie werden doch wohl nicht die Stirn haben, ihn in Abdullahs Grab zu legen, oder? Gute Güte, der alte Knabe würde den Aufstand proben.«

Das bezweifelte ich keineswegs. Hatte er nicht gesagt: »Überlasst ihn mir«? War es Schicksal? War es ein Unfall gewesen? Ganz gleich, wie heimtückisch der Junge gewesen sein mochte, ich war froh, dass wir ihn nicht getötet hatten.

Selim hatte sich um die Formalitäten gekümmert, wie er uns später berichtete. Vater und Sohn wurden gemeinsam in einer Familiengruft bestattet – einer unterirdischen Kammer, in der sie aufrecht sitzen konnten, um dem Ruf der Todesengel zu harren. Wir nahmen Abschied, bevor die Öffnung verschlossen wurde.

Cyrus war so aufgebracht, dass er in seinem breiten amerikanischen Akzent Jamils letzte Worte herausplatzte: »Es war da, direkt vor unseren Augen? Auf dem Friedhof der Affen? Welche Hand von welcher Gottheit?«

»Man darf den Worten eines Sterbenden nicht allzu viel Bedeutung beimessen«, riet ich ihm. »Schon gar nicht denen eines Mannes, der sein ganzes Leben lang andere zu betrügen suchte.«

Danach nahmen wir unsere Arbeit in Deir el-Medina wieder auf – alle außer Jumana. Das Entsetzen jener Nacht war zu viel für sie gewesen. Sie suchte Zuflucht im Bett, verweigerte die Nahrungsaufnahme und ließ sich auch von mir nicht zur Vernunft bringen. Die Einzige, die ihr Gesellschaft leisten durfte, war Sennia. Sie wusste, dass Jumana Bruder und Vater verloren hatte, auch wenn wir ihr selbstverständlich die schrecklichen Details erspart hatten, und die gute kleine Seele las ihr stundenlang vor oder plauderte mit ihr.

* * *

Wenn ich mich recht entsinne, erhielten wir an dem darauf folgenden Dienstag eine Mitteilung von Howard Carter, in der er uns bat, das Abendessen gemeinsam mit ihm im Winter Palace einzunehmen.

»Dann ist er also wieder in Luxor«, schloss Emerson. »Wir werden hingehen. Ich habe eine ganze Menge Fragen an ihn.«

Wir alle konnten ein bisschen Zerstreuung vertragen, und ich muss gestehen, dass sich meine Laune hob, als ich meine dunkelrote Lieblingsabendrobe anzog und die Diamantohrringe befestigte. Das Vergnügen, sich hübsch zu kleiden, mag eine weibliche Schwäche sein, aber wenn Sie mich fragen, täte es den Männern auch ganz gut, wenn sie dieser frönen würden.

Keine dunkle Vorahnung trübte meine Stimmung, als das Boot uns sicher über das schimmernde Wasser trug. Es wäre besser so gewesen! Die erste Person, die wir beim Betreten der eleganten Hotelhalle erspähten, war der Mann, den wir als »Smith« kennen gelernt hatten – der ehrenwerte Bracegirdle-Boisdragon, der mehrfach versucht hatte, Ramses wieder für den Geheimdienst anzuwerben.

Es wäre im höchsten Maße unhöflich gewesen, ihn zu schneiden. Diese Erwägung hätte Emerson vermutlich nicht davon abgehalten, doch ebendieser »Smith« befand sich in Begleitung einer attraktiven Dame mittleren Alters, in eleganter Trauerkleidung. Smith stellte sie uns als seine Schwester, Mrs Bayes, vor, die Ägypten zum ersten Mal besuchte, und sie brach sogleich in Begeisterungsstürme aus, über das Land, die Artefakte und die große Ehre, unsere Bekanntschaft zu machen. Sie habe schon so viel über uns gehört.

»Tatsächlich?«, meinte ich gedehnt, Smith mit einem scharfen Blick strafend.

»Sie liest die *Geschichte* von Professor Emerson und ist schon beim dritten Band angelangt«, sagte Smith höflich.

»Algies Begeisterung für Ägypten hat mich zu dieser Reise angeregt«, erklärte Mrs Bayes, ihren Bruder mit widerlich verklärtem Blick anhimmelnd. Sie übertreibt, dachte ich bei mir; dieser kalte Fisch von einem Mann verdient keine solche Bewunderung.

»Mutig von Ihnen, die Seepassage in diesen stürmischen Zeiten zu riskieren«, sagte ich.

Das Gesicht der Dame nahm einen Ausdruck sanfter Melancholie an. »Wenn man das Liebste auf der Welt verloren hat, ergibt man sich klaglos in sein weiteres Schicksal.«

Emerson machte lautstark »Hmpf«, hüstelte und sah zu mir. Er verabscheut meine »bombastischen Aphorismen«, wie er sie nennt, und dies hier passte vermutlich in dieselbe Kategorie. Ich hätte es allerdings anders gewertet.

»Mein Beileid«, sagte ich. »Ein kürzlicher Verlust?«

»Ja, vor recht kurzer Zeit. Aber«, Mrs Bayes lächelte zu ihrem »Bruder«, der mit bekümmerter Miene ihre Hand tätschelte, »ich habe Algie versprochen, dem nicht nachzuhängen. Ich bin fest entschlossen, diese neuen Erfahrungen in vollen Zügen zu genießen, und es ist herrlich. Algie ist ein begnadeter Fremdenführer. Er kennt sich mit den Kunstschätzen sooo gut aus!«

»Meine Schwester übertreibt.« Smith hüstelte bescheiden. »Ich darf allerdings behaupten, dass ich ausgesprochen wissbegierig bin. Mein Interesse wurde bei meinem ersten Besuch in Luxor geweckt – vielleicht erinnern Sie sich noch an unsere damalige Begegnung ...«

Sein Blick glitt zu Ramses und Nefret.

»Sogar sehr gut«, sagte Ramses. Nefret, ihre Lippen zu einer dünnen Linie zusammengepresst, sagte nichts.

»Wir wollen Sie nicht weiter stören«, wandte ich ein. »Es war uns ein Vergnügen, Sie kennen zu lernen, Mrs Bayes. Genießen Sie Ihren weiteren Aufenthalt.«

»Dinieren Sie denn nicht hier?«, fragte die Dame beiläufig.

»Nein«, sagte ich und fasste Emersons Arm. »Gute Nacht.«

Ich führte unsere kleine Schar aus dem Hotel.

»Was ist mit Carter?«, erkundigte sich Ramses.

»Würde mich wundern, wenn Howard hier wäre. Smith hat die Nachricht getürkt.«

»Ich frage mich, was er von uns will«, sinnierte Nefret. Sie hielt Ramses' Arm fest umklammert. »Wenn er denkt, er kann –«

»Nicht jetzt, Nefret«, mahnte ich.

»Wo gehen wir hin?«, drängte Emerson. »Ich will mein Abendessen.«

»Das Luxor ist nicht weit. Wir müssen uns kurz austauschen, bevor er uns erneut austrickst.«

Emerson winkte die Droschkenfahrer weiter, die uns als Kunden witterten. Es ist nur ein kurzer Spaziergang vom Winter Palace zum Luxor, und es war ein schöner Abend, der dunkle Himmel sternenübersät, die Luft frisch. Der Duft des nachtblühenden Jasmins versuchte (vergeblich) die anderen Gerüche von Luxor zu übertünchen, aber selbst diese hatten einen gewissen Charme – die Kochfeuer und der Kameldung; ungewaschene Esel, Kamele und Menschen.

Man begrüßte uns freundlich und führte uns an einen der besten Tische im Speisesaal. Nach eingehender Beratung mit Ramses bestellte Emerson eine Flasche Wein, dann schob er seinen Platzteller beiseite und stützte beide Ellbogen auf, eine Eigenheit, die ich ihm leider nie abgewöhnen konnte.

»Du denkst, er wird uns hierher folgen, was?«, bohrte er.

»Ja. Warum ist er sonst nach Luxor gekommen?«

»Vielleicht ist es ganz harmlos«, gab Ramses zu bedenken. »Meint ihr, die Dame ist wirklich seine Schwester?«

»Schon möglich«, erwiderte ich, den Blick auf die Menükarte fixiert. »Männer wie er schrecken nicht davor zurück, familiäre Beziehungen für ihre eigenen Zwecke zu missbrauchen. Einzig der Gegenwart der Dame hat er zu verdanken, dass dein Vater nicht unhöflich geworden ist. Ich glaube, ich fange mit der Linsensuppe an. Sie ist sehr gut hier. Nefret?«

»Keine Ahnung. Mutter, wie kannst du nur an Essen denken, wo du doch weißt, dass dieser Mist- dieser Mann es wieder einmal auf Ramses abgesehen hat?«

»Er kann mich zu nichts zwingen«, sagte Ramses ein wenig schroff. »Du regst dich nur unnötig auf, Nefret. Ich habe nicht vor, meine Einstellung zu ändern.«

»Verdammt richtig«, tönte Emerson. »Für wen ist er überhaupt tätig? Ich kann diese vielen Abteilungen und Büros und Behörden gar nicht mehr auseinander halten. Ist mir ehrlich gesagt auch schnurzegal.«

»Das kann keiner mehr«, erwiderte Ramses süffisant lächelnd. »Früher waren es vier separate Geheimdienstgruppen und die Polizei. Ich glaube, sie wurden reorganisiert, aber es gibt weiterhin Konflikte zwischen der Zivilabteilung, die dem Hochkommissar Bericht erstattet und dem Auswärtigen Amt, und den Militärabteilungen, die General Murray in Kairo unterstehen. Die Admiralität hat, oder hatte, ihren eigenen Kader. Keine Ahnung, wo Smith eingegliedert ist.«

»Verdammt, es interessiert mich nicht, wo er eingegliedert ist«, brauste Nefret auf. »Solange du nicht mitmachst.«

Ich war versucht mich einzuschalten, denn sie hatte die Stimme erhoben und Ramses' Augen wurden schmal – sichere Anzeichen, in beiden Fällen, für eine gereizte Stimmungslage. In Anbetracht der heiklen Situationen, in die wir des Öfteren hineingerieten – Nefret inbegriffen –, schien mir ihre augenblickliche Hysterie doch etwas übertrieben, dennoch verstand ich sie. In unseren anderen Abenteuern hatten wir als Familie agiert. Na ja ... meistens. In dieser Geheimdienstsache wäre er allein – und jeder gegen ihn. Ich beschloss, es ihnen zu überlassen. Es stand mir nicht zu, mich einzumischen – solange es nicht unbedingt erforderlich würde.

»Zum Henker mit Smith, was?« Emersons väterlich besorgte Miene hatte sich verdüstert. Als hoffnungslos sentimentaler Mensch verabscheut er, wenn die Kinder harte Worte wechseln; ich dagegen verstehe die menschliche Seele besser und weiß, dass kleine Meinungsverschiedenheiten nur natürlich und heilsam sind. Diesmal erzielte seine Bemerkung die gewünschte Wirkung. Nefrets Miene hellte sich auf, und sie strahlte Emerson an.

»Ganz recht, Vater. Darauf wollen wir trinken: Zum Henker mit Mr Smith!«

Wenigstens besaß er die Höflichkeit, uns während des Abendessens nicht zu stören. Der Kellner wartete bereits ungeduldig darauf, unsere Teller abräumen zu dürfen, als er zu unserem Tisch strebte. Besagte Dame war nicht bei ihm.

»Gestatten Sie, dass ich Ihnen einen Likör oder ein Glas Brandy spendiere?«, fragte er.

»Verdammt, ich will keinen Brandy«, knurrte Emerson. »Und auch kein Gespräch mit Ihnen.«

»Da bin ich anderer Ansicht, Professor.«

Emersons Miene hellte sich auf. »Ist das eine Drohung?«, fragte er hoffnungsvoll.

Irgendwann war mir aufgefallen, dass Smith einen rudimentär entwickelten Sinn für Humor hatte. Mit einem belustigten Augenzwinkern schüttelte er ihm kräftig die Hand. »Gute Güte, nein. Sie zu bedrohen, Professor Emerson, liefe darauf hinaus, einen Tiger zu reizen. Trotzdem bin ich sicher, dass Sie interessiert sind zu erfahren, was ich Ihnen zu sagen habe, und wenn ich irre, können Sie – äh – tun und lassen, was Sie wollen. Darf ich mich setzen?«

»Oh, sicher doch«, grummelte Emerson. »Aber machen Sie

es kurz. Sie wollen Ramses für ein weiteres schmutziges Geschäft, nehme ich an. Er hat bereits abgelehnt. Wie kommen Sie darauf, dass er seine Meinung ändern könnte?«

»Man braucht ihn«, sagte Smith unumwunden. »Und ich denke, er wird seine Meinung ändern.«

Nefret fasste Ramses' Hand. Seine Lider gesenkt, warf Ramses ihr einen raschen Seitenblick zu, und obwohl er überaus kontrolliert wirkte, wusste ich, dass er die Geste missverstand und verabscheute. Aber es war nicht Besitzanspruch, sondern Angst – die unbegründete Panik eines Kindes, das in einem dunklen Raum nach einem tröstlichen Halt sucht.

»Er wird es deshalb tun«, fuhr Smith fort, »weil er nicht will, dass ein enger Freund in offenes Geschützfeuer gerät. Enger als ein Freund, um genau zu sein. Ein Verwandter.«

Es bestand kein Zweifel, wen er damit meinte. Nefret wurde blass, Emerson krebsrot im Gesicht. »Sag jetzt nichts, Emerson«, entfuhr es mir. »Keiner redet, bis er dargelegt hat, was er explizit meint.«

»Sie wissen, *wen* ich meine«, sagte Smith mit dem dünnen, selbstzufriedenen Lächeln, das ich zur Genüge kannte. »Er hat sich als Verräter entpuppt. Er ist zum Feind übergelaufen.«

Aus Manuskript H

Nefret redete sich ein, dass ihre Aufregung unbegründet sei. Sie hatte Ramses' Wort, und er würde es nicht brechen. Andererseits wusste sie um die Empfindungen, die er so geschickt vor allen verbarg, außer natürlich vor ihr, und sie spürte seine wachsende Unruhe und die Schuldgefühle bei der Exkavationsarbeit, während Freunde und Verwandte kämpften und fielen. Er würde nicht kämpfen, dennoch könnte er seine einzigartigen Fähigkeiten nutzen, ohne seine pazifistischen Prinzipien zu verletzen, und es gab einen Aspekt, über den er sich niemals hinwegsetzen würde: wenn ihr oder ihren Eltern oder einem Freund Gefahr drohte. Es gestaltete sich schwierig, den exzentrischen Halbbruder seines Vaters einzuschätzen, aber ob Freund oder Feind – über die Jahre hinweg war er beides gewesen – sie schuldeten es ihm.

Emersons braungebranntes Gesicht blieb beinahe so unbewegt wie das seines Sohnes, als er schließlich bedrohlich sanft erwiderte: »Das ist eine Lüge.«

Smith beugte sich vor. »Dann beweisen Sie es.«

»Ich dachte, Sie wollten Ramses«, sagte Emerson, gleichbleibend sanft.

»So ist es. Darf ich das einmal erklären?«

»Ich bitte darum, und zwar dalli«, konterte Emerson. »Peabody, mein Schatz, möchtest du einen Whisky-Soda?«

Nefret hatte nie recht gewusst, was ihre Schwiegermutter von dem Mann hielt, der ihr in all den Jahren hartnäckig nachgestellt hatte; immerhin bedeutete er ihr doch so viel, dass sie die Anschuldigung zurückwies. Ihre grauen Augen hatten einen harten, fast metallischen Glanz angenommen.

»Nein danke«, entgegnete sie. »Mr Smith, wie haben Sie das herausgefunden?«

»Was herausgefunden?«

Sie war klug genug, sich nicht zu einem Eingeständnis provozieren zu lassen. »Nun, was immer Sie wissen.«

Smith betrachtete sie mit einem Ausdruck zähneknirschender Bewunderung. »Wenn Sie auf meine Kenntnis anspielen hinsichtlich – äh – der Verwandtschaft zwischen Ihnen und dem fraglichen Individuum, dann muss ich – ähm – Bitte, Mrs Emerson, darf ich Ihnen nicht doch etwas zu trinken anbieten?«

»Nein. An dem fraglichen Abend, als wir von dieser Verwandtschaft erfuhren, waren ziemlich viele Leute anwesend«, fuhr sie nachdenklich fort. »Leute vom Militär. Hat jemand unser Gespräch mit angehört und Ihnen davon berichtet?«

»Nur ein paar Gesprächsfetzen, aber das genügte, um seine Neugier zu wecken. Irgendwann drang das Ganze zu mir und weckte *meine* Neugier. Mein Mitarbeiter in England brauchte eine ganze Weile, um den Beweis zu erbringen – Geburts- und Sterbeurkunde, Belege von diversen Finanztransaktionen – Sie kennen das Verfahren. Ich habe es sonst niemandem gesagt, Mrs Emerson.«

»Nein, Sie horten Informationen wie bares Geld und rücken lediglich damit heraus, wenn Sie etwas dafür bekommen«, lautete die aufgebrachte Reaktion. »Erwarten Sie für Ihre Diskretion bloß keinen Dank von uns.«

»Beruhige dich, Mutter«, meinte Ramses. »Das ist jetzt nicht das Problem. Die erste Runde geht an ihn. Vielleicht sollte er uns alles Weitere darlegen.«

Es war eine vertrackte Geschichte. Wenige Wochen zuvor war in Konstantinopel ein Mann aufgetaucht, der sich Ismail Pascha nannte. Folgendes Gerücht machte unter den Gläubigen schnell die Runde: er war ein Kafir – ein Ungläubiger – gewesen, ein ranghoher Offizier des britischen Geheimdienstes, der zur wahren Religion und zur gerechten Sache gefunden hatte. Man hatte ihn in der Öffentlichkeit mit deutschen Offizieren und auch mit Enver und den anderen Mitgliedern des regierenden Triumvirats gesehen, teuer gekleidet und mit Schmuck ausstaffiert. Er hatte in den Moscheen gebetet, und bei wenigstens zwei Gelegenheiten hatte er die Menge mit einer solchen Eloquenz beeindruckt, dass sie auf die Knie fiel. Niemand könne so vertraut sein mit den Worten des Propheten, es sei denn, er wäre selber ein heiliger Mann!

Kurz darauf war einer der örtlichen Agenten in englischem Sold aufgegriffen und exekutiert worden. Es war reiner Zufall gewesen, dass die anderen in der Gruppe entkommen konnten. Und Sethos sei einer der wenigen, die dieses spezielle Netzwerk kannten; man habe ihn nach Konstantinopel geschickt, um dessen Mitglieder zu treffen.

»Das beweist gar nichts«, erklärte Emerson.

»Nein«, räumte Smith ein. »Allerdings haben wir seither nichts mehr von ihm gehört. Versuche, ihn über die üblichen Kanäle zu kontaktieren, blieben erfolglos. Sein Pseudonym ist ebenfalls interessant, finden Sie nicht?«

»Ismail ist ein weit verbreiteter Name«, erwiderte Emerson.

»Der Name des Sohnes, den Abraham mit seiner Dienerin Hagar zeugte, er wurde in die Wildnis verbannt, damit er Abrahams legitimem Sohn nicht den Rang streitig machen konnte«, führte Smith aus, seine dünnen Lippen zu einem zynischen Grinsen verzogen. *»Seine Hand wird gegen jeden Mann gerichtet sein, und die Hand eines jeden Mannes gegen ihn.«*

»Ich glaube, mir ist die Heilige Schrift besser geläufig als Ihnen«, sagte Nefrets Schwiegermutter abfällig schnaubend. »Gott hat Ismail gerettet und gesegnet und versprochen, ihn – äh – fruchtbar zu machen.«

»Verflucht, Peabody, willst du wohl aufhören, über die Bibel zu diskutieren?« Emerson versuchte nicht zu brüllen; die Worte pressten sich zwischen seinen Lippen hervor wie entferntes Donnergrollen. »Beweisen Sie es, haben Sie gesagt. Wie?«

»Das liegt doch klar auf der Hand.« Smith wusste, dass er gewonnen hatte. Er lehnte sich auf seinem Stuhl zurück. »Ismail Pascha hält sich derzeit in Gaza auf. Finden Sie ihn. Sie werden wissen, ob er der Mann ist, für den wir ihn halten – oder ob nicht. Wenn er dieser Mann ist, und Sie können beweisen, dass er ein Kriegsgefangener ist, werden wir Schritte einleiten, um ihn zu befreien – wenn Sie es nicht selber schaffen.«

»Das ist ein ziemlich umfassender Auftrag«, gab Emerson zu bedenken. »Selbst für uns.«

»Sie haben mich missverstanden, Professor. Das ist das Problem mit dem Englischen, es ist zu unpräzise mit den Pronomen.«

»So«, sagte Emerson nach einem langen Augenblick. »Sie wollen, dass Ramses den Burschen aufspürt. Allein.«

»Es ist die einzige Möglichkeit, Professor. Sie denken doch nicht etwa, dass Sie zu viert und maskiert die feindlichen Linien durchbrechen können? Einzeln sind Sie schon auffällig genug; als Gruppe sind Sie unverwechselbar. Dies ist eine Mission für einen Einzelnen, und ich kenne nur einen Mann, der lange genug eine überzeugende Tarnung annehmen kann, um die Sache zu erledigen.«

Alle blickten abwartend zu Ramses, um seine Reaktion zu erfahren; Emerson verkniff sich eine wütende Bemerkung und schwieg stattdessen, vermutlich, weil seine Frau ihm unter dem Tisch einen mahnenden Tritt verpasst hatte. Ramses drehte den Kopf und traf auf Nefrets Blick.

Sie hatten das Thema viele Male diskutiert, dabei hatte Nefret ihm immer wieder Versprechen und Zusicherungen abgerungen, und Ramses wurde zunehmend ärgerlicher, dass sie sein Wort nicht akzeptierte. Jetzt erübrigte sich jedes Gespräch; sie wusste, was er tun wollte und nach seiner Einschätzung auch tun sollte, aber sie wusste auch, dass sie seine Entscheidung beeinflussen könnte.

Es lag an ihr, ihn aufzuhalten. Ein paar Sätze, einige wenige Wörter ... Sie ließ seine Hand los. Ihre Finger hatten weiße Male hinterlassen.

»Ich hatte schon immer das Gefühl, dass man Ismail ungerecht behandelt«, sagte sie, ihre Worte sorgsam artikulierend, damit ihre Stimme nicht zitterte. »Und diesmal will Gott sich nicht einschalten, also ... also muss es jemand anders tun.«

TEIL II

Grenzgänger in Gaza

9

An einem diesig-trüben Morgen trafen wir in Kairo ein. Die Stadt war in dichten Nebel gehüllt, kein Lüftchen regte sich. Das beklemmende Gefühl war nicht allein physischer Natur. Wir hatten unsere Freunde zurücklassen müssen – eine bedrückte Jumana und einen frustrierten Cyrus, dem der rätselhafte Hinweis von Jamil nach wie vor Kopfzerbrechen bereitete. Er hatte mir hoch und heilig versprechen müssen, dass er nicht auf eigene Faust die Wildnis durchstreifen und nach Jamils Grab suchen werde. Ich hatte sein Wort darauf; indes waren seine Hände hinter seinem Rücken gewesen, und ich vermutete, er hatte seine Finger gekreuzt. Obwohl Katherine mich nicht kritisierte, fragte sie sich ganz bestimmt, wie wir sie zu einem solchen Zeitpunkt verlassen konnten.

Emerson hatte ausgeführt, dass *ich* sie nicht verlassen müsse. Schließlich gebe es keinen Grund für mich, nach Kairo zu reisen, meine Anwesenheit werde eine ohnehin schwierige Situation nur unnötig verschärfen. Die Aufforderung gelte –

»Ramses«, fiel ich ihm gekonnt ins Wort. »Dich hat auch keiner gefragt.«

»Wenn du denkst«, tönte Emerson stimmgewaltig, »dass ich den Jungen allein mit diesem Halunkenpack aus dem Kriegsministerium verhandeln lasse, dann bist du –«

»Exakt meine Meinung«, unterbrach ich ihn.

Worauf Emerson vor Lachen brüllte und mich stürmisch umarmte. »Peabody, wenn du dein Kinn reckst und mich mit diesem stahlharten Blick musterst, dann weiß ich, ich habe verloren.«

»Du wolltest, dass ich mitkomme. Gib's zu.«

»Mmmh«, murmelte Emerson an meinen Lippen.

Wir nahmen den Nachtzug und fuhren dann umgehend ins Shepheard's. Der Dienst habende Sufragi begrüßte uns wie gute alte Bekannte und fragte nach unseren Wünschen.

»Frühstück«, sagte ich wie aus der Pistole geschossen, unterdessen entledigte Emerson sich diverser Kleidungsstücke, indem er sie schlicht durch das Zimmer katapultierte. Emerson war gegen einen Hotelaufenthalt gewesen und hatte den ersten erreichbaren Zug zurück nach Luxor nehmen wollen, doch selbst er musste einräumen, dass wir dieses Gesuch des Kriegsministeriums nicht so brüsk ablehnen durften wie die vorangegangenen Bestrebungen, Ramses wieder in dessen Dienste zu stellen.

»Ganz entschieden nicht«, betonte Ramses. »Smith hat uns praktisch nichts enthüllt, aber sie hätten mich nicht hergebeten, es sei denn, sie haben gewisse Vorstellungen, wie man ihn lokalisieren kann. Wir müssen ihn finden, Vater. Falls er in Kriegsgefangenschaft ist –«

»Falls?«, schnaubte sein Vater. »Glaubst du, er ist ein Überläufer und ein Verräter?«

Früher hätte Emersons grimmige Miene Ramses eingeschüchtert. Jetzt hielt er dem Blick jener zu Schlitzen verengten blauen Augen stand und lächelte. »Merkwürdig zu hören, wie du ihn verteidigst, Vater. Gute Güte, ich will es genauso wenig glauben wie du! Aber der Mann ist ein Mysterium – verbittert, zynisch und unkalkulierbar.«

»Hmph«, knurrte Emerson. »Na schön. Je eher wir erfahren, was Murray uns zu sagen hat, umso besser. Sollen wir aufbrechen?«

»General Murray?«, wiederholte ich. »Was hat er damit zu tun? Ihr habt ja nicht einmal einen Termin mit ihm.«

»Du kennst meine Taktik, Peabody – direkt zur Führungsspitze vordringen und Subalterne übergehen. Er wird mich empfangen, wenn *ich* ihn sehen will. Bist du fertig, Ramses?«

Ich hätte darauf gedrängt, sie zu begleiten, wenn ich auch nur die kleinste Chance gewittert hätte, dass der General mir oder Nefret gestatten würde, an der Diskussion teilzunehmen. Männer sind sehr subjektiv in ihrer Sichtweise der Frau – und Militärbeamte sogar noch katastrophaler.

Ich reichte Emerson seinen Mantel – er wäre in Hemdsärmeln aus dem Zimmer gestapft, wenn ich nicht darauf geachtet hätte – und half ihm hinein. »Kommt umgehend wieder her«, befahl ich.

»Mph«, antwortete Emerson.

»Ja, natürlich«, sagte Ramses mit einem Lächeln zu Nefret.

Aus Manuskript H

Murray ließ sie eine halbe Stunde warten. Es war nicht lange, gemessen an seinem vollen Terminkalender und an der Tatsache, dass er sie nicht erwartet hatte, dennoch nahm Emerson es als persönlichen Affront. Als man sie schließlich in das Büro des Generals bat, war Emerson extrem ärgerlich und machte daraus auch keinen Hehl.

»Was zum Teufel wollen Sie damit bezwecken, dass Sie uns hier ewig warten lassen? Es kam mir verflucht ungelegen, hier so plötzlich erscheinen zu müssen. Sie nennen mir besser einen guten Grund, warum Sie mich von der Arbeit abhalten.«

Murrays Haar lichtete sich. Die fliehende Stirn betonte sein langes Gesicht, das in ernste Falten gelegt war, und der Mund unter dem sorgsam gestutzten, ergrauten Bart zuckte, als Emerson sprach. Ramses hatte gehört, dass Murray 1915 einen Nervenzusammenbruch erlitten habe, nachdem er als Stabschef der britischen Expeditionsstreitkräfte gedient hatte. Eine Begegnung mit Emerson würde seinem Nervenleiden nicht unbedingt förderlich sein.

»Ich habe Sie nicht hergebeten, Professor Emerson«, sagte er steif.

Das Büro war gediegen, beinahe luxuriös eingerichtet, mit dicken Lederfauteuils und Orientteppichen. Die großen Fenster hinter dem Schreibtisch boten einen Blick auf Palmengärten. Der Nebel hatte sich gelichtet; es würde ein schöner Tag werden.

»Nein?« Emerson setzte sich und holte seine Pfeife heraus. »Nun, wenn Sie es nicht waren, dann war es einer Ihrer Speichellecker, und dann müssten Sie es eigentlich wissen. Sie sind mir ein schöner Befehlshaber.«

Murray begann, die Papiere auf seinem Schreibtisch zu durchwühlen. Emersons Taktiken waren brutal, aber wirkungsvoll; die Hände des Generals bebten vor Zorn. Er durfte einen Zivilisten – schon gar nicht jemanden von Emersons Reputation – nicht zurechtweisen, wenngleich er das nur zu gern getan hätte! Nachdem er mehrmals tief Luft geholt hatte, fischte er ein Dokument aus dem Stapel, starrte darauf und läutete einem Assistenten. Eine leise geführte Unterhaltung schloss sich an. Ramses, dessen Gehör hervorragend war, schnappte nur ein paar Brocken auf: »... Teufel noch, was denkt er, was er machen ...«

»Hat Ihre Mutter Ihnen nicht beigebracht, dass es unhöflich ist, in Gegenwart Dritter zu flüstern?«, erkundigte sich Emerson, ein glimmendes Streichholz auf den Boden werfend.

Murray hatte die Gesichtsfarbe eines Mannes, der sich die meiste Zeit in Räumen aufhält. Jetzt liefen seine teigigen Wangen rot an. »Professor Emerson, ich habe nicht um ein Gespräch mit Ihnen gebeten, aber da Sie einmal hier sind, kann ich ein paar Minuten erübrigen, um Ihnen den Ernst der Lage zu schildern. Von nun an werden Sie von jemand anderem Befehl erhalten.«

Oh Gott, dachte Ramses, ist der Mann von Sinnen oder hat er noch nie von Vater gehört? Der letzte Satz hatte die von ihm erwartete Wirkung. Emersons Augen wurden schmal, und er sprach mit der gefährlich schnurrenden Stimme, die seine Mitmenschen fürchten gelernt hatten.

»Der Einzige, von dem mein Sohn Befehle entgegennimmt, bin ich, General. Und ich akzeptiere sie von niemandem – außer von ihm.«

Ramses' Kinnladen klappte auf. Sein Vater hatte sich bei einigen Gelegenheiten auf ihn berufen – zu seiner größten Verblüffung –, aber dies war das erste Mal, dass er ihm ein solches Kompliment machte.

»Wenn die Situation es erfordert«, fügte Emerson hinzu. »Wir können ebenso gut gehen, Ramses.«

Die Tür sprang auf. Murray richtete seine vorwurfsvollen Augen auf den Neuankömmling. Nicht Smith, sondern Cartright. »Warum haben Sie mir nicht berichtet, dass die Emersons kommen?«, erkundigte sich der General.

»Ich wusste nichts davon, Sir. Das Letzte, was ich von ihnen gehört habe, stand in einem kurzen Telegramm, in dem sie meine Bitte um ihre Unterstützung abschlägig beschieden. Ich hatte vor, in den nächsten Tagen persönlich nach Luxor zu reisen.«

Ramses fing den fragenden Blick seines Vaters auf. Offensichtlich kamen Emerson dieselben Zweifel wie ihm. Wenn diese Bande nichts von Smiths Besuch wusste, würde er das Thema ganz bestimmt nicht aufbringen. Ramses schüttelte kaum merklich den Kopf, und Emerson sank wieder in seinen Sessel. »Dann«, schnurrte er, »ist das also die Person, von der mein Sohn Befehle entgegennehmen soll?«

»Sie täuschen sich, Professor«, sagte Cartright unumwunden. »Wir bitten um seine Hilfe, wir befehlen ihm nichts.«

»Er hat ›bitte‹ gesagt«, erinnerte Ramses seinen Vater. »Vielleicht sollten wir uns doch anhören, was er zu sagen hat.«

* * *

Emerson stapfte in den Raum, warf sich in einen Sessel und nahm seine Pfeife heraus. Nefret hatte seinen Daumen und seine Finger nicht mit eingegipst, und inzwischen benutzte er wieder beide Hände, gegen ihren Rat und meine Anordnung. Der Gips schien ihn nicht im Geringsten zu stören. Er stopfte Tabak in die Pfeife, krümelte dabei noch mehr als sonst. Ramses folgte ihm, seine Miene undeutbar. »Und?«, forschte ich. »Wie war's?«

Ramses' Züge entspannten sich zu einem Grinsen. »Vater hat General Murray mit einem Kinnhaken gedroht.«

»Ach so«, sagte ich. »Nun, das war zu erwarten, nachdem der General deinen – äh – Sethos des Verrats beschuldigt hat.«

»Widerling«, zischte Emerson, das Pfeifenmundstück zwischen den Zähnen. Mir war klar, dass er damit nicht seinen Bruder meinte.

»Hör auf zu fluchen und erzähl mir, was passiert ist.«

»Ich fluche, wann ich will«, murrte Emerson. »Murray könnte eine Nonne zur Blasphemie anstiften.«

Nefret hielt Ramses ihre Hand hin. Er ging sofort zu ihr und fasste diese.

»Du hättest besser mich erzählen lassen. Hier scheint ein Missverständnis vorzuliegen. Murray hatte uns nicht erwartet, und er war auch keineswegs erfreut über unser Auftauchen. Er wusste von der Sache, aber wenn wir um einen offiziellen Gesprächstermin gebeten hätten, wäre die Bitte an seinen Stabschef gegangen, der hätte sie weitergeleitet an den Leiter des militärischen Abschirmdienstes in Kairo, und der ist –«

»Boisdragon-Bracegirdle«, entfuhr es mir.

»Nein, Mutter. Mein alter Bekannter, Hauptmann – mittlerweile Major – Cartright.«

»Wie seltsam. Es ging um diese Sache, die er dir in knappen Worten telegrafiert hatte? Was hat denn dann Brace- verflucht, Smith – damit zu tun?«

»Ich weiß es nicht, und ich habe auch nicht nachgefragt«, erwiderte Ramses. »Die Geschichte ist höchst merkwürdig, und solange wir nicht mehr wissen, sollten wir uns so wenig wie möglich darüber auslassen. Vielleicht ist es lediglich eine Frage innerbetrieblichen Kompetenzgerangels. Das hat schon mehr Chaos angerichtet als der Feind.«

»Wie viel weiß Murray?«, fragte ich.

Da Emerson ununterbrochen fluchte, beantwortete Ramses meine Frage. »Er hat keinen Bezug auf unsere Verwandtschaft mit Sethos genommen. Vielleicht hat Smith die Wahrheit gesagt. Allerdings wissen sie, dass ich ihn getroffen habe und dass ich reichlich Gelegenheit hatte, ihn zu beobachten. Kein anderer als Cartright hat Murray überzeugt, dass ich der Beste sei, um Sethos zu stellen. Sie haben ihre Probleme damit, Agenten in türkisches Gebiet ein- und wieder herauszuschleusen. Keiner von ihren eigenen Leuten kann als Araber durchgehen, und die rekrutierten Einheimischen sind unzuverlässig und unerfahren.«

Emerson hatte sich wieder im Griff. »Sie sind eine Bande inkompetenter Banausen«, erklärte er. »Manchmal dauert es Wochen, bis Informationen über türkische Truppenbewegungen durchsickern – über die indirekten Kanäle, deren sie sich bedienen. Allerdings haben sie die Nachricht von Sethos relativ bald bekommen. Ich habe Murray dargelegt, dass er auch ein Gefangener sein könnte und kein Verräter, und dieses Schwein Murray –«

»Das war, als Vater handgreiflich werden wollte«, grinste Ramses. »Cartright hat uns blitzschnell aus Murrays Büro expediert.«

»Ich kann nicht glauben, dass Sethos freiwillig hochbrisante Informationen weitergibt«, brauste ich auf.

Hinter einer übel riechenden Rauchwolke murmelte Emerson: »Die Alternativen sind fast genauso unangenehm, mein Schatz.«

»Alternativen? Ich kann mir nur eine vorstellen.« Ich stand auf und trat ans Fenster, wo die Luft nicht gar so stickig war. »Emerson, diese Pfeife –«

»Beruhigt meine Nerven, Peabody. Aber wie du meinst.« Er klopfte das Ding in einem Aschenbecher aus, dass die Funken nur so flogen. »Die Folter ist sicherlich eine Methode, obwohl ich nicht sehe, wie sie ihn öffentlich zur Schau stellen wollen, sollte er verletzt und in Haft sein. Es gibt andere Möglichkeiten, einen Menschen zum Reden zu zwingen. Bist du sicher, dass Margaret Minton in Frankreich ist?«

»Was für eine grässliche Vorstellung!«, schrie ich. »Dass diese Schurken die Frau bedrohen könnten, die er liebt!«

»Eine weit verbreitete Technik, nicht nur beim Geheimdienst, sondern auch in der Unterhaltungsliteratur.«

»Ramses, ich bitte darum, diese indiskutablen Frotzeleien zu unterlassen. Ich werde so bald als möglich Margarets derzeitigen Aufenthaltsort eruieren.«

»Verzeih mir, Mutter«, sagte Ramses. Weiterhin Nefrets Hand haltend, streichelten seine Finger sanft ihr Handgelenk. »Solche Nachforschungen würden zu lange dauern und vermutlich zu nichts führen. Es gibt nur eine Möglichkeit, um die Wahrheit zu erfahren. Ismail Pascha ist derzeit in Gaza. Ich werde dorthin aufbrechen und versuchen, ihn zu finden.«

Mein Magen rotierte. »Schlag dir das aus dem Kopf, Ramses. Der Feind kennt dich viel zu gut. Sollen sie sich doch einen anderen suchen.«

»Ich muss es tun, Mutter. Ich kann es keinem anderen überlassen. Du begreifst das nicht.« Er sah von mir zu Nefret; in ihrer Miene spiegelte sich das gleiche aufkeimende Entsetzen wie in meiner.

»Sie haben dir befohlen, ihn zu töten«, flüsterte sie. »Ist es das?«

»So wird das Spionagespiel eben gespielt«, Ramses' Stimme war hart, seine Miene abwesend. »Attentat, Verrat, Korruption – unter dem Deckmantel des Patriotismus wird vor nichts zurückgeschreckt. Ob er nun schuldig ist oder in Haft, er kann wertvolle Informationen preisgeben. Cartright wollte mir zwar nicht sagen, worum es sich dabei im Einzelnen handelt, aber sie scheinen immerhin brisant genug, um ihn zu einer extremen Gefahr zu machen.«

Ich räusperte mich. »Du hast dich natürlich bereit erklärt.«

Ramses kam mit seinen langen Schritten zu mir, beugte sich vor und küsste meine Wange. Eine seltene Geste von ihm, und ich wertete sie als das Kompliment, als das sie auch gemeint war. »Ich hätte es getan, Mutter, hätte ich davon ausgehen können, dass sie mir glauben. Murray hätte mir das abgenommen; er vermag sich überhaupt nicht vorzustellen, dass man sich seinen Befehlen widersetzen kann, und er weiß auch nicht, dass es mein Onkel ist, auf den ich das Attentat verüben soll. Nicht dass ihm dies auch nur das Geringste ausmachen würde.«

»Wenn deine Hand sich versündigt, hack sie ab«, murmelte ich.

Ich hätte es besser wissen müssen, als die Heilige Schrift zu zitieren, wenn Emerson bereits übellaunig ist. Seine buschigen Brauen zogen sich zusammen, doch bevor er losbrüllen konnte, fuhr Ramses fort. »Cartright kennt mich gut genug, um zu vermuten, dass ich ein Attentat vereiteln würde, also sind wir zu einem Kompromiss gelangt. Ich werde mir Ismail Pascha ansehen und mich vergewissern, ob er Sethos ist und ob die Türken ihn gegen seinen Willen festhalten.«

»Das ist ein ziemlich heikler Auftrag«, sagte ich.

»Der erste Teil dürfte nicht allzu schwierig sein. Er wird sich in der Öffentlichkeit zeigen, genau wie in Konstantinopel. Ich hoffe nur, dass er sein Aussehen nicht so sehr verändert hat, dass ich ihn nicht wiedererkenne.«

»Und dann?«, erkundigte sich Nefret.

Ramses zuckte die Schultern. »Bei einer Gleichung mit so vielen Unbekannten kann man nicht allzu weit vorausplanen. Zunächst einmal konzentriere ich mich auf diese erste Begegnung. Der nächste Schritt hängt davon ab, was ich dabei erfahre oder auch nicht.«

»Kannst du denn unauffällig in der Stadt ein- und ausgehen?«, fragte ich, bemüht, meine Bedenken zu überspielen.

»Oh, ich denke doch. Das Problem ist, Cartright hat darauf bestanden, dass ich jemanden mitnehme.«

»Für zwei ist es sicherer als für einen«, sagte Nefret hoffnungsvoll.

»Nicht, wenn einer von den beiden frisch von der Schulbank kommt«, schnaubte Emerson. »Blond, jung, spricht ein Arabisch wie aus dem Lehrbuch, stammelt vor Aufregung bei der Aussicht, Spion spielen zu ...« Emerson endete mit einem emphatischen »Pfui Teufel!« und widmete sich wieder dem Stopfen seiner Pfeife.

»So inkompetent kann er nun auch nicht sein«, protestierte Nefret.

»Ha! Erinnerst du dich an Leutnant Chetwode?«

»Oha«, seufzte ich. »Doch nicht etwa dieser naive junge Mann mit dem Kinderpopogesicht, der mit Cartright in Deir el-Medina war?«

»Cartright beteuert, er sei sein bester Mann«, warf Ramses ein. »Er muss älter und weniger naiv sein, als er aussieht, da er seit mehr als zwei Jahren beim Geheimdienst ist.«

»Und was macht er da?«, erkundigte sich Nefret. »Hinter einem Schreibtisch sitzen und Berichte schreiben?«

»Was soll's?«, meinte Emerson. »Seine Aufgabe ist nicht, Ramses zu unterstützen, sondern sicherzustellen, dass er seinen Auftrag erfüllt. Dieser Halunke Cartright traut ihm nicht.«

Nefret stieß einen üblen Fluch aus. Ich gab zu bedenken: »Er ist entsetzlich misstrauisch. Offen gestanden würde ein vernünftigerer Mensch als Ramses für ein paar Tage untertauchen und dann berichten, dass Ismail Pascha nicht der von ihnen gesuchte Mann sei. Vielleicht, wenn ich ein kurzes Gespräch mit General Murray führen –«

»Nein, Mutter«, sagte Ramses höflich, aber bestimmt. »Er hätte den Plan verworfen, wenn ich Chetwode nicht akzeptiert hätte. Er ist ein netter Junge und nicht so stümperhaft, wie Vater ihn darstellt. Es wird alles gut werden.«

»Jedes Mal, wenn du das sagst, passiert ein Unglück«, seufzte ich.

»Jetzt übertreib nicht, Mutter. Nicht jedes Mal.« Er war wieder ganz der Alte, sein Grinsen breit und optimistisch, indes suggerierte mir meine mütterliche Besorgnis, dass er irgendetwas vor uns verbarg.

»Welche anderen Befehle hast du?«, bohrte ich.

Emerson, tief in Gedanken, blickte auf. »Oh, kaum der Rede wert«, sagte er sarkastisch. »Die türkischen Verteidigungslinien ausspionieren, Schwachstellen lokalisieren und im Weiteren eruieren, ob der Gouverneur eine Bestechung akzeptieren würde.«

»Reg dich nicht auf, Mutter. Ich habe nicht die Absicht, dergleichen zu tun«, sagte Ramses rasch. »Die verantwortlichen Burschen sind immer noch der Ansicht, ›der Kümmeltürke‹ sei ein unverbesserlicher Feigling. Man sollte doch meinen, dass sie aus Rafa und Gallipoli gelernt haben.«

»Nun, der Verstand eines Offiziers arbeitet eben langsam«, räumte ich ein. »Planen sie einen direkten Angriff auf Gaza?«

»Sie haben mich nicht ins Vertrauen gezogen«, sagte Ramses trocken. »Ich würde den verdammten Gouverneur bestechen, wenn ich könnte. Es würde etliche Leben retten.«

»Du kannst es aber nicht«, bekräftigte Emerson. »Wie dem auch sei, von Kressenstein ist der verantwortliche Kommandeur in Gaza. Er würde dich erschießen, wenn du ihm ein Bestechungsgeld anbieten würdest. Halte dich an dein vorrangiges Ziel, mein Junge, und verschwinde aus Gaza, so schnell du kannst.«

»Ja, Sir«, erwiderte Ramses.

»Wann brichst du auf?«, fragte Nefret gefasst.

»Die entsprechenden Vorkehrungen werden eine Weile in Anspruch nehmen«, entgegnete Ramses. Als sie ihn vorwurfsvoll ansah, fuhr er fort: »Ich bin nicht absichtlich so vage, mein Schatz. Ich muss alles über die derzeitigen Stellungen in Südpalästina erfahren, ehe ich mich für die günstigste Passage in die Stadt entscheide. Dann wäre da noch das kleine Problem des Transports. Die Eisenbahnlinie führt bis nach Rafa, aber es handelt sich größtenteils um Militärverkehr, und wenn ich als britischer Offizier zu reisen versuchte, müsste ich Befehle von Leuten entgegennehmen, die gar nicht wissen, was es mit mir auf sich hat, oder man müsste zu viele von diesen Militärtypen in das Geheimnis einweihen. Ich möchte nicht einmal, dass Cartright von meinen Plänen erfährt: Ich habe höflich mehrere seiner Vorschläge abgelehnt.«

»Du traust ihm nicht?«, fragte ich.

Ramses fing an, hektisch im Raum auf und ab zu gehen. »Ich traue keinem von dieser Bande. Ich weiß immer noch nicht, wie Bracegirdle-Boisdragon in das Ganze hineinpasst; er hat keinen weiteren Versuch unternommen, mit uns zu kommunizieren, und als ich Cartright eine geschickt formulierte Frage gestellt habe, informierte er mich steif, dass ich meine Befehle ausschließlich von ihm bekäme.«

»Wie ich schon sagte, die üblichen Geheimdienst-Rivalitäten.« Emerson verzog spöttisch die Lippen. »Sie halten mehr vor einander geheim als vor dem Feind.«

Ramses zuckte mit den Achseln. Er hatte alles gesagt, was er zu dem Thema beisteuern wollte.

»Wie kommen sie darauf, dass Sethos – wenn er es denn ist – in Gaza bleiben wird?«, wollte ich wissen. »Ramses, du wirst ihm doch nicht etwa nach Konstantinopel oder Jerusalem nachspionieren?«

»Selbst wenn er bei meinem Eintreffen bereits fort ist, wird es Neuigkeiten von ihm geben. Wir werden einfach abwarten und sehen müssen.«

Jetzt war er absichtlich ausweichend, das fiel uns allen auf. Trotzdem hatte er Recht: Es war unmöglich, im Voraus zu planen.

In den folgenden Tagen konzentrierten wir uns auf unsere unterschiedlichen Belange. Auf meinen Vorschlag hin hielten wir den Vorwand aufrecht, dass wir aus persönlichen Gründen in Kairo weilten – ein Kurzurlaub fern der Familie, die Notwendigkeit, kleinere Recherchen im Museum vorzunehmen. Abend für Abend aßen wir auswärts in einem der Hotels, gaben uns so gelassen wie irgend möglich, und falls Emerson die Kellner häufiger als sonst anbrüllte, so dachte sich keiner etwas dabei.

An einen jener Abende erinnere ich mich besonders gut. Nach einem hervorragenden Dinner im Shepheard's verweilten wir bei Kaffee und lauschten dem Orchester, das ein Potpourri aus der *Lustigen Witwe* zum Besten gab. Emerson riss sich aus seinen brütenden Überlegungen, als er die vertrauten Walzerklänge hörte, und fragte, ob ich Lust auf ein Tänzchen hätte. Ich wies ihn darauf hin, dass noch niemand tanzte. Bald darauf betraten mehrere Paare die Tanzfläche. Emerson fragte mich erneut, und ich wies ihn darauf hin, dass dies kein Walzertakt sei. Es handelte sich um eines der neueren, populären Chansons, die Ramses irgendwann einmal als Instrumentarien zur Kriegstreiberei bezeichnet hatte, mit ihren sentimentalen Bezügen zu Liebe, Pflichterfüllung und Selbstaufopferung. Ich kannte dieses Stück sehr gut. Nefret hatte es an jenem Abend gespielt, als wir die Nachricht erhielten, dass Johnny, unser geliebter Neffe, auf dem Schlachtfeld gefallen war.

Ramses erhob sich und bot Nefret seine Hand. Ich weiß nicht, was ihn dazu bewog, zu diesem Lied zu tanzen; vielleicht die Erinnerung an Johnny, der Musik und Geselligkeit und Frohsinn geliebt hatte, vielleicht aber auch das unvermittelte Bedürfnis, sie in seine Arme zu schließen. Nach meinem Dafürhalten waren die neuen Tänze nicht halb so schön wie der Walzer, dafür boten sie aber reichlich Gelegenheit für enge Umarmungen.

Es war immer wieder ein Augenschmaus, die beiden tanzen zu sehen, sie bewegten sich mit einer solchen Anmut, selbst zu dem (nach meiner Ansicht) ungelenken Twostepp. Sie trug ein blassblaues, mit Blümchen bedrucktes Voilékleid, die Kopie eines von Ramses' Lieblingskleidern, das irgendwann zerfetzt und entsorgt worden war. Ihre Röcke flogen, als er sie herumwirbelte.

Mein sentimentaler Gemahl räusperte sich und fasste meine Hand. Wir schwiegen, dachten beide an dasselbe: an Johnny, einen von Millionen liebenswerten jungen Männern, die der Tod hinweggerafft hatte; und an einen anderen jungen Mann, der uns ungleich mehr bedeutete und der sich in die dunklen Abgründe des Kriegsgetümmels stürzen sollte. Würden wir unsere Kinder je wieder zusammen tanzen sehen?

»Ja«, sagte ich entschieden.

Mein geliebter Emerson und ich sind (gelegentlich) derart seelenverwandt, dass es keiner näheren Erklärung bedurfte. Er drückte meine Hand. »Ja«, wiederholte er. »Wie kommst du mit deinen Vorbereitungen zurecht, Peabody?«

»Danke der Nachfrage. Und du?«

»Wenn der Zeitpunkt gekommen ist, bin ich bereit.«

* * *

Ramses kam und ging zu den sonderbarsten Zeiten; von mir darauf angesprochen, sagte er nur, dass er diverse Informationskanäle erforschen müsse. Er verbrachte viel Zeit allein mit Nefret. Ich nahm ihnen das nicht übel, dennoch konnte ich nicht umhin, sie eines Morgens zu fragen – wir waren allein –, ob er ihr etwas erzählt habe, was ich nicht wissen dürfe.

»Wenn ich ihm versprochen hätte, es dir nicht zu sagen, würde ich es auch nicht tun«, erwiderte sie mit einem Lächeln, das ihren Worten die Schärfe nahm. »Aber da ist nichts.«

»Geht es dir gut, Nefret?«

»Ja, natürlich. Warum fragst du?«

»Du bist so gefasst. Mehr noch – so ernst und entrückt.«

»Gütiger Himmel, Mutter!« Sie prustete los. »Du hast eine Ausdrucksweise. Vielleicht habe ich mich zur Fatalistin entwickelt. Ich würde ihn begleiten, wenn ich könnte, aber allmählich begreife ich – endlich! –, dass mein Jammern und Klammern es nur schlimmer für ihn machen. Es gibt Gefahren, die muss man allein bewältigen.«

»Sicher«, sinnierte ich. »Allerdings ist gewiss nichts Verwerfliches daran, wenn man die Gefahr zu minimieren versucht.«

»Du führst doch wieder irgendwas im Schilde, oder?« Sie sah mich alarmiert an. »Mutter, sag jetzt nichts, wenn du nicht willst, dass Ramses es erfährt. Wir haben keine Geheimnisse vor einander.«

»Und das ist auch gut so. Vielleicht hätte ich besser nicht davon angefangen. Er würde sich nur aufregen. Keine Sorge, mein Schatz, ich werde nichts tun, was ihn gefährden könnte.«

Ich hatte nicht erwartet, dass Ramses uns großartig von seiner Abreise in Kenntnis setzen würde, deshalb lief meine eigene Planung auf Hochtouren. Und richtig, mein Sohn tauchte eines Nachmittags um die Teezeit auf, mit der Nachricht, dass er uns umgehend verlassen werde.

»Morgen bricht ein neuer Arbeitstrupp von »Freiwilligen« auf. Ich begleite sie bis Rafa, wo ich Chetwode treffen soll.«

Zu Beginn des Krieges hatte England den Ägyptern zugesagt, dass sie nicht in den Konflikt hineingezogen werden würden. Dieses Versprechen war – wie so viele andere – gebrochen worden. Einige der armen Kerle aus diesen Arbeitstrupps waren Freiwillige, die meisten jedoch von den örtlichen Behörden dazu verdonnert worden. Ich war überzeugt, dass Ramses sich hervorragend in das Bild einpassen würde; für einen Mann, der die Rolle des Bettlers, des Kameltreibers und des verrückten Derwischs verkörpert hatte, wäre die Tarnung als oberägyptischer Bauer ein Kinderspiel. Es klang nach einer ausgesprochen unbequemen Methode der Fortbewegung, aber Ramses ließ sich nichts Genaueres entlocken.

»Ah«, sagte ich. »Wenn das so ist, dann sollten wir mit dem Packen anfangen.«

Ramses musste geahnt haben, dass es hoffnungslos wäre, uns von einem weiteren Aufenthalt in Kairo zu überzeugen, dennoch versuchte er es.

»Mutter, zu viele Leute wissen bereits von dieser vermeintlichen Geheimexpedition. Solltet ihr drei euch nach Gaza aufmachen, ist das ein aussichtsloses Unterfangen. Ihr seid viel zu auffällig, besonders Vater.«

»Pah, wir tarnen uns doch«, brauste Emerson auf.

Emerson liebt Tarnungen und darf dieser Neigung leider nur zu selten frönen; er wirkte hellauf begeistert, seine Lippen zu einem breiten Grinsen verzogen, seine blauen Augen strahlend, dass Ramses es nicht übers Herz brachte, noch irgendetwas einzuwenden. Stattdessen bedachte er mich mit einem kritischen Blick. »Du hast das alles eingefädelt, stimmt's, Mutter? Nefret, warum hast du mir nichts gesagt?«

»Sie wusste nichts davon«, warf ich rasch ein. »Ich konnte sie doch nicht zwingen, Geheimnisse vor dir zu haben, oder?«

»Gütiger Himmel.« Ärger und verhaltene Belustigung spiegelten sich in seinen Zügen, wichen Zerknirschung. Er ging zu Nefret und nahm ihre Hände in seine. »Verzeih mir, Liebling.«

»Deine Entschuldigung ist wie immer gerechtfertigt.« Sie lächelte zu ihm auf. »Ich nehme sie an. Mutter hat nur gesagt, sie hätte die Situation fest im Griff. Ich habe nicht nach Einzelheiten geforscht, sondern ihr vertraut, und ich vermute, du auch.«

»Keine Sorge, mein Schatz«, sagte ich aufgeräumt. »Dein Vater und ich haben alles vorbereitet. Er hat einen guten alten Freund in Khan Yunus –«

»Aber natürlich«, seufzte Ramses. »Mahmud ibn Rafid. Gibt es irgendeinen Ort im östlichen Mittelmeerraum, wo Vater keinen ›guten alten Freund‹ hat?«

»Jedenfalls nicht viele.« Emerson paffte an seiner Pfeife. »Khan Yunus liegt nur zehn Meilen südlich von Gaza, und Mahmud hat dort eine Villa.« Er schmunzelte. »Als er mir erklärte ›Mein Haus ist auch dein Haus‹, hat er das vielleicht nicht wortwörtlich gemeint, trotzdem kann er nichts dagegen haben, wenn ich es als Angebot auffasse. Er amüsiert sich in Damaskus, von daher dürfte dem nichts im Wege stehen. Es ist ein recht komfortables Haus. Selbst deine Mutter wird begeistert sein.«

Das bezweifelte ich doch sehr, gleichwohl hätte ich mich seinerzeit in einer Höhle oder einem Zelt häuslich eingerichtet, um in der Nähe zu sein, wenn Ramses seine heikle Mission ausführte. »Ganz bestimmt«, murmelte ich. »Emerson, ich nehme an, du hast die anderen zwischen uns abgesprochenen Vorkehrungen getroffen? Ich kann mir zwar nichts Grässlicheres vorstellen als einen langen Kamelritt, aber es scheint ja keine Alternative zu geben.«

»Oh doch«, erwiderte Emerson. Selbstzufriedenheit ist gar kein Ausdruck für das, was sein Konterfei spiegelte. Er schlug sich an die Brust. »Dreimal darfst du raten, Peabody.«

Mich überkam eine grässliche Vorahnung. »Oh nein, Emerson. Bitte. Sag jetzt nicht –«

»Doch, mein Schatz. Ich habe ein neues Automobil gekauft.« Meine erschütterte Miene übergehend, wandte er sich an Ramses. »Ein hervorragendes Fahrzeug, mein Junge, eines dieser Ford-T-Modelle, wie sie auch das Militär fährt. Es hat –«

»Wie ist es dir denn gelungen, eins – ähm – zu kaufen?«, erkundigte sich Ramses.

»Na ja, du kennst doch meine Methoden.« Emerson grinste.

»Du hast es gestohlen!«

»Nein. Na ja. Nicht richtig. Es hat –«

»Du kannst dieses Automobil gar nicht selber fahren, weißt du das?«, triumphierte ich. Diese nahe liegende Tatsache war mir eingefallen, nachdem ich meine anfängliche Bestürzung überwunden hatte. Meine Stimmung hob sich merklich. »Denk doch, wie grotesk du am Steuer aussehen würdest – mit Turban und Kaftan.«

»Auch daran habe ich gedacht«, sagte Emerson leutselig. »Du hast gesagt, du würdest das Transportproblem mir überlassen.«

»Hmmmm. Offen gestanden sehe ich nicht, wie wir die ganze Strecke zurücklegen können, ohne in Sanddünen stecken zu bleiben oder mit geplatzten Reifen; aber wenn alles gut geht –«

»Das wird es nicht«, murrte Ramses.

»Aber wenn doch, dann dürften wir kurz nach dir eintreffen. Vergiss nicht, Ramses; du musst uns Bericht erstatten, bevor du nach Gaza aufbrichst. Du weißt, wo wir uns aufhalten. Für deinen eigenen Seelenfrieden und zur Sicherheit müssen wir deine Pläne kennen. Habe ich dein Wort darauf?«

»Ja.« Nach einem kurzen Zögern zuckte er die Schultern. »Ihr werdet der Straße folgen müssen, schlimmstenfalls bleibt ihr mit dem Wagen liegen und seid genötigt, Hilfe vom Militär anzufordern. Was meinen Seelenfrieden angeht, so wüsste ich auch gern um *eure* Pläne. Ist Vater zufällig ein betuchter Scheich – ein betuchter, *bärtiger* Scheich – und Mutter seine Lieblingsfrau?«

»Nein, das ist Nefret«, erklärte ich. »Ich bin die ältere Gattin.«

Ramses tauschte belustigte Blicke mit Nefret aus. Hatte er noch Zweifel, so überzeugte ihn ihre offenkundige Verblüffung, dass sie nicht das Geringste von meinem Plan geahnt hatte. Schmunzelnd schüttelte er den Kopf.

»Mutter, du erstaunst mich doch immer wieder. Ich hoffe, du hast deinen Spaß daran. Als die ältere Ehefrau hast du das Recht, Nefret zu maßregeln – und Vater selbstverständlich auch.«

»Haha«, meinte Emerson vielsagend.

* * *

Am nächsten Morgen war Ramses fort. Als Nefret zum Frühstück bei uns eintraf, schien sie mir ein bisschen hohlwangig und blass, was eine ganz normale Reaktion auf einen so harten Abschied gewesen wäre. Es verstand sich von selbst, dass ich mich nicht danach erkundigte, was sie zueinander gesagt hatten – meine mitfühlende Fantasie suggerierte mir ein Gutteil des Dialoges –, gleichwohl erlaubte ich mir die Frage, ob Ramses verärgert gewesen sei über unser Vorhaben.

»Eher betroffen«, murmelte Nefret, mit ihrem Toast herumspielend.

»Iss was«, riet ich ihr. »Wir brechen in einer Stunde auf, und es wird ein langer, anstrengender Tag. Der erste von vielen, fürchte ich.«

»Überhaupt nicht«, warf Emerson ein. »Das Ford-T-Modell –«

»Ich möchte nichts davon hören, Emerson. Iss dein Frühstück.«

»Ich bin fertig«, versetzte Emerson unwirsch. »Du bist diejenige, die uns aufhält.«

Das Hotel verkleidet oder in dem von Emerson gekauften Vehikel zu verlassen hätte für Spekulationen gesorgt. Also fuhren wir mit der Droschke nach Atiyeh, in das Dorf, wo ein Teil von Abdullahs Familie lebte, und dort erwartete Selim uns bereits. Es enttäuschte ihn, dass ich nicht erstaunt war, ihn zu sehen.

»Das war doch nur logisch«, bemerkte ich, »nachdem ich von dem Automobil erfahren hatte. Ich bin froh, Emerson, dass du nicht selber fahren willst.«

»Eine ganze Reihe von Gründen haben mich dazu bewogen, Selim mitzunehmen – alle stichhaltig und dir sonnenklar, wie du sicherlich beteuern wirst. Lass uns keine Zeit mit überflüssigen Diskussionen verschwenden. Ist das Automobil startklar, Selim?«

»Ja, Vater der Flüche. Es ist«, begeisterte sich Selim, »ein wundervolles Automobil. Es hat –«

»Was ist mit den Vorräten?«, warf ich ein.

»Es ist an alles gedacht, Sitt Hakim«, sagte Selim. Skeptisch beäugte er mein persönliches Gepäck. »Ich denke, wir haben noch Platz.«

Das war hoffnungslos übertrieben. Nefret und ich mussten auf einigen Paketen sitzen und unsere Füße auf weitere stellen. Selbst das Autodach, auf dem Selim mehrere lange Planken befestigt hatte, war beladen.

Das ganze Dorf winkte uns zum Abschied und gab uns Allahs Segen mit auf den Weg. Unmöglich, unsere Expedition geheim zu halten, also hatten wir die Erforschung gewisser Ruinen im Sinai vorgeschoben. Selim hatte seine Verwandten um Stillschweigen gebeten, und da alle um Emersons häufige Differenzen mit der Antikenverwaltung wussten, mutmaßten sie, dass wir eine Exkavation ohne offizielle Genehmigung planten. Früher oder später würde irgendeiner die Geschichte zum Besten geben, als gelungenen Streich gegen die Behörden, doch wie Emerson philosophierte, spielte das kaum eine Rolle; wenn das Gerücht General Murray erreichte, wären wir längst über alle Berge.

Als weitere Vorsichtsmaßnahme warteten wir, bis das Dorf weit hinter uns lag, bevor wir unsere Tarnung anlegten. Emersons bestand aus Hemd und Hose, einer eleganten langen Weste und wehendem Kaftan und – wie könnte es anders sein – einem Bart. Statt Tarbusch oder Turban bedeckte er sein Haupt mit einer Khafije – der wallenden Kopfbedeckung der Wüstenvölker, die das Gesicht mit Stoff umhüllt und von einem umgewickelten Strick gehalten wird. Sie verbarg seine markanten Züge besser als ein Turban und schützte seinen Nacken vor der Sonne.

Nefret und ich schlüpften in die unbequemen Reisegarderoben muslimischer Damen. Ramses beteuerte stets, dass, wenn eine Tarnung erfolgreich sein solle, diese bis ins kleinste Detail stimmen müsse, also waren Nefret und ich von Kopf bis Fuß mit der entsprechenden Kleidung vermummt: ein Hemd und eine Pluderhose, mit einer langen Weste darüber; dem folgten Kaftan und Tob – ein Gesichtsschleier, der fast bis zu den Füßen reicht – gekrönt von einer riesigen Habara aus schwarzer Seide, die Haupt und Hände wie überhaupt alles verbirgt.

Emerson und Selim starrten Nefret an, als diese das Tuch abband, das ihren Kopf bedeckt hatte – ich hatte ihr das Haar im Hotel gefärbt, und sie sah völlig verändert aus.

»Warum hast du das gemacht?«, wollte Emerson wissen. »Sie trägt ihre Haare doch bedeckt.«

»Aber nicht vor den anderen Frauen in dem fraglichen Haushalt«, erwiderte ich, braune Farbe auf Nefrets glatte Wangen auftragend. »Und man muss immer auf den Ernstfall vorbereitet sein. Das rotgoldene Haar ist einfach zu auffällig.«

Selim nickte und grinste. Er fühlte sich geschmeichelt von Emersons Vertrauen und freute sich wie ein Kind auf unser Abenteuer. Er wusste weder von Ramses' Mission noch von unseren wahren Motiven. Doch das spielte keine Rolle. Er hatte vollstes Vertrauen zu Emerson und – ich glaube, das sagen zu dürfen – zu mir und fühlte sich fast wie ein Verschwörer.

Ich kann diese Reise am ehesten mit den Worten umschreiben, dass ein Kamelritt womöglich schlimmer gewesen wäre. Ohne Selims Erfahrung und Emersons eisernen Willen hätten wir es nie geschafft. Der erste Teil war nicht ganz so beschwerlich, denn das Ingenieurskorps hatte die Landstraßen von Kairo zum Kanal ausgebessert. Wir passierten ihn bei Kantara, über eine der Pontonbrücken, und dort mussten wir uns auch das erste und einzige Mal vor dem Militär ausweisen. Zwischen aufgetürmten Kistenstapeln hockend, in voluminöse Trachten gehüllt, die alles bis auf unsere Augen verbargen, warteten Nefret und ich gespannt, während Emerson Papiere hervorkramte und Selim reichte, der diese wiederum einem Offizier aushändigte. Den Blick stur nach vorn gerichtet, die Arme verschränkt, seine Miene finster, war Emerson ein Musterbeispiel gelangweilter Arroganz. Er bewegte sich keinen Zoll, selbst als der Offizier die Papiere zurückgab und salutierte.

»Wie hast du die denn organisiert?«, fragte ich, sotto voce.

»Das erkläre ich euch später«, knurrte Emerson, unterdes lenkte Selim das Fahrzeug über die holprige Brücke.

Die Nacht verbrachten wir in einer kleinen Oase unweit der Landstraße. Es war eine himmlische Wohltat, endlich die verkrampften Gliedmaßen auszustrecken und sich mehrerer Schichten Kleidung zu entledigen.

»Wir sind hervorragend in der Zeit«, verkündete Emerson, als Selim ein Lagerfeuer entfachte und Nefret und ich vor dem kleinen Zelt saßen. Bislang hatte ich nichts an Emersons Reisevorbereitungen zu bemängeln, allerdings war ich geneigt, Selim einiges davon zuzuschreiben. Niemals hätte Emerson an ein Zelt gedacht! In dessen Schutz und etwas entfernt vom flackernden Feuerschein gönnten wir uns den Luxus, uns von Gesichtsschleier und Habara, Tob und Kaftan zu trennen. Die Luft kühlte nach Sonnenuntergang rapide ab in den Wüstengegenden.

Selim bestand darauf zu kochen, und während er mit Töpfen und Pfannen hantierte, reichte mir Emerson die Papiere, die er dem Offizier gezeigt hatte. Ich überflog sie mit unverhohlener Verblüffung. Kein Geringerer als der Hochkommissar, Sir Reginald Wingate, hatte sie unterzeichnet, sie lauteten auf den Namen des ehrenwerten Scheichs Ahmed Mohammed ibn Aziz.

»Woher hast du sie?«, forschte ich. »Doch nicht von Wingate?«

»Großer Gott, nein.« Emerson schickte sich an, im Gepäck herumzuwühlen. »Was hast du mit meiner Pfeife gemacht?«

»Nichts, ich wusste nicht einmal, dass du sie eingepackt hast«, versetzte ich. »Ist Meerschaum nicht mehr en vogue?«

»Zum Teufel damit«, fluchte Emerson, der Pfeife und Tabak gefunden hatte. »Was die Papiere angeht, wirst du nie erraten, wie ich sie bekommen habe.«

»Von einem Fälscher?«, erkundigte sich Nefret, die die Dokumente im flackernden Licht des Feuers überflog. »Ein überaus geschickter Fälscher. Schätze, du kennst etliche.«

Emerson stopfte seelenruhig seine Pfeife. »Alle, die ich kenne, sind auf Antiquitäten spezialisiert«, meinte er gedehnt. »Und da ich eine andere Art der Expertise brauchte, habe ich Ibrahim el-Gharbi einen Besuch abgestattet.«

»Dem Zuhälter?«, stöhnte ich. »Aber Emerson, du hast ihn einen –«

»Einen hinterhältigen Schacherer von Menschenfleisch genannt. Eine treffliche Umschreibung«, kicherte Emerson, Rauch ausblasend. »Laut Ramses ist el-Gharbi recht brauchbar, wenn man seinem Gefasel mit äußerster Skepsis begegnet, überdies hat er einen Draht zu allem, was illegal ist in Kairo. Zurzeit ist er sehr kooperativ. Er will mit Macht diesem Gefangenenlager entkommen.«

»Ich hoffe, du hast ihm nicht versprochen, seine Freilassung zu erwirken, im Gegenzug für diese Papiere«, sagte ich streng. »Das wäre nämlich maßlos übertrieben.«

»Ich habe gar nichts versprochen«, lautete die ausweichende Antwort. »Aber wir schulden es diesem Ganoven, Peabody. Durch el-Gharbi, oder besser gesagt durch eine seiner Quellen, war ich in der glücklichen Lage, das Automobil – äh – zu kaufen. Er nannte mir auch den Mann, der offizielle Dokumente für ihn fälscht, und dann war es nur noch ein Klacks. Gut, nicht?«

»Wir wollen hoffen, dass sich alle Probleme so leicht lösen lassen«, entgegnete ich.

»Sei nicht so pessimistisch, Peabody«, sagte Emerson. »Du bist doch diejenige, die mir ständig erklärt, dass man den Augenblick genießen und nicht darüber nachgrübeln soll, was die Zukunft bringen mag. Was könnte erhebender sein als das hier?«

Ich vermochte mir eine ganze Reihe von Dingen vorzustellen, gleichwohl war es angenehm, am Feuer zu sitzen, umweht von dem frischen, kühlenden Wüstenwind, über uns der funkelnde Sternenhimmel. Die allgegenwärtigen Augen Gottes – und in dieser kargen Wüstenlandschaft weit und breit nichts, um sich ihnen zu entziehen.

Glücklicherweise hatte ich ein reines Gewissen.

Es sollten unsere letzten friedlichen Stunden sein, zumindest für mehrere Tage. Ab Romani wurde die Straße schlechter und der Verkehr lebhafter. Schwere Laster rumpelten an uns vorbei, beladen mit Nachschub; Soldatentrupps robbten durch den Sand. Sie warfen uns neugierige Blicke zu, wagten aber nicht uns anzusprechen. Emersons beeindruckende Erscheinung, seine Nase hervorstechend aus dem schwarzen Rauschebart, war Respekt einflößend, und die Gegenwart von zwei verschleierten Frauen verboten eine Kontaktaufnahme. Die Männer waren gewarnt, Moslemfrauen nicht anzusprechen. In unserer Gepäckfalle eingeklemmt, beneideten Nefret und ich die Kavallerietruppen, die gelegentlich unseren Weg kreuzten. Die meisten waren Australier oder Neuseeländer – und wirklich fabelhaft aussehende Männer.

Erst hinter El-Arisch und mit dem Ende der Landstraße setzten die eigentlichen Probleme ein. Männer besserten die Wege aus, und unsere eigenwillige Gruppe zog allmählich unerwünschte Aufmerksamkeit auf sich. Emerson, der sich für allwissend hält – was irgendwie auch zutrifft –, erklärte, er kenne eine andere Strecke, die uns durch den Wadi el-Arisch von Südwesten her nach Palästina führen werde.

In Maghdaba, ungefähr dreißig Kilometer westlich von El-Arisch, hatten Gefechtshandlungen stattgefunden, und das Schlachtfeld war übersät mit den Hinterlassenschaften des Krieges, darunter auch die sterblichen Überreste von Pferden und Kamelen. Nach dem zweiten geplatzten Reifen fing ich an, mir Sorgen um den Nachschub zu machen. Wir hatten nur noch drei Kanister Benzin, und das Wasser ging zur Neige. Das Wadi war zwar unwegsam, aber nicht unpassierbar; Selim drehte und kurvte, vermutlich, um den schlimmsten Schlaglöchern auszuweichen. Er konnte sie nicht alle umfahren; Nefret fest umklammert haltend, fragte ich mich langsam, wie zum Teufel wir aus dieser verfluchten Schlucht herauskommen sollten. Es war eines der längsten Felstäler in der Region, das sich bis in die Wüste erstreckte. Plötzlich, ein Schrei von Emerson.

»Dort!«, brüllte er und zeigte mit dem Finger. »Nach links, Selim!«

Ich warf einen entgeisterten Blick auf die Böschung, übersät mit Felsbrocken, und kreischte: »Stopp!«

Selim gehorchte natürlich. Mit widersprüchlichen Anweisungen von Emerson und mir konfrontiert, wusste er stets, welche er befolgen musste. Emerson drehte sich um und funkelte mich erbost an. »Was ist denn los mit dir, Peabody? Die nächsten fünf Meilen gibt es keinen einfacheren Weg aus diesem Wadi, und du –«

»Einfacher? Also gut, Emerson, ich nehme dich beim Wort, habe aber nicht das Bedürfnis, mich weiterhin durchschütteln zu lassen. Nefret und ich gehen zu Fuß. Zieh diese Sachen aus, Nefret.«

Während ich sprach, begann ich, meine eigenen Kleidungsstücke abzustreifen. Erhitzt, aber völlig gelassen, sagte Nefret schwach: »Ja, Mutter«, und folgte meinem Beispiel.

Die Männer erhoben alle möglichen Einwände. Emerson erklärte: »In diesen Sachen könnt ihr nicht klettern!«, und Selim versicherte uns tief gekränkt, dass er hervorragend in der Lage sei, das verfluchte Automobil über den Hang zu manövrieren. Natürlich ignorierte ich diese Worte. Nachdem ich ein bisschen herumgewühlt hatte, fand ich eines der mitgenommenen Bündel, worin zwei Paar Stiefel waren.

»Was zum Teufel ...«, hub Emerson an.

»Ich glaube, ich bin für alle Eventualitäten gerüstet«, versetzte ich. »Und wie du siehst, stimmt es! Krempel deine Hosen hoch, Nefret, und stopf den Saum in deine Stiefel. Ja, ich denke, so geht's; bist du bereit, mein Schatz?«

Nefret grinste. »Ramses hat Recht: Du überraschst einen immer wieder, Mutter. Ja, ich bin bereit.«

Es war kein schwieriger Aufstieg – es gab sogar einen Trampelpfad, der über den Steilhang führte. Wir konnten fast die ganze Zeit aufrecht gehen, mussten also nicht auf Händen und Füßen vorwärts kriechen. Als wir die Kuppe erreichten, sahen wir vor uns eine verdorrte, karge Landschaft im gleißenden Sonnenlicht; die heiße Luft indes trocknete unsere verschwitzten Körper, und es war herrlich, dass wir uns aus dieser fürchterlichen Vermummung geschält hatten.

Nefret spähte hinunter in das Wadi. »Selim hat den Wagen gewendet«, sagte sie. »Sie sehen uns – der Professor winkt, dass wir aus dem Weg gehen sollen –, sie kommen ... Oh, Schreck. Ich glaube, das kann ich nicht mit ansehen!«

Gleichwohl wäre es unmöglich gewesen, nicht hinzusehen. Unter dem Krachen und Stottern und Husten des Motors donnerte das Vehikel über den Hang. Noch lauter als die Wagengeräusche waren die Begeisterungsstürme von Emerson, der hochhüpfte wie ein Gummiball und von einem Ohr zum anderen griente. Als Selim anhielt, auf einem relativ ebenen Stück, liefen Nefret und ich zu ihnen.

»Seht ihr!«, prahlte Emerson. »Ich habe ja gleich gesagt, dass es funktionieren wird!«

»Ein Reifen ist platt«, bemerkte ich.

Emerson winkte ab. »Das ist schnell gemacht.«

Selim gelang es, den Reifen zu wechseln, trotz Emersons Versuchen, ihm mit Rat und Tat zur Seite zu stehen. Wir ließen die Wasserflasche kreisen, zwängten uns wieder in unsere Reisekostüme und fuhren weiter.

Über die nun folgenden Stunden will ich den Mantel des Schweigens legen. Ich weiß nicht mehr, wie oft wir in einer Sandverwehung stecken blieben. Mehrfach gelang es Selim, diese geschickt zu umfahren; dann wieder musste er die Planken unterlegen und Emerson den Wagen anschieben. Er hatte seine extravagante Kleidung abgelegt und feuerte Selim an, als die Räder durchdrehten und ihn mit einer Ladung Sand torpedierten. Er war barhäuptig, sein feines Batisthemd zerrissen und mit Öl bekleckert; kurzum, mein Gatte hatte eine herrliche Zeit.

Als die Sonne im Westen unterging, erkannten wir, dass wir

es an diesem Tag nicht mehr bis zur Küstenstraße schaffen würden. Schweißgebadet und völlig vermummt, sann ich bereits auf Methoden, Emerson zu meucheln und Selim vielleicht gleich mit, als ich ein paar spindeldürre Palmen vor uns sah.

»Da ist es«, sagte Emerson ausgelassen. »Ich wusste, ich würde es wiederfinden!«

»Du wusstest es?«, wiederholte ich.

Es eine Oase zu nennen, wäre im höchsten Maße übertrieben gewesen, aber es gab Wasser, abgestanden und trüb, sodass wir uns wenigstens Gesicht und Gliedmaßen erfrischen konnten. »Deine kleine Abkürzung hat uns nur einen Tag gekostet«, schnaubte ich, als wir uns um das kleine Feuer setzten. »Bis jetzt.«

»Morgen sind wir wieder auf der Hauptstraße«, tönte Emerson. »Und gegen Abend in Khan Yunus.«

»Das sagst du.« Ich spähte zu Nefret, die im Schneidersitz auf dem Boden hockte und Sardinen aus einer Konserve verdrückte. »Ich werde deine Haut noch einmal schminken müssen, Nefret. Durch den Sand und das Schwitzen ist das meiste verwischt. Und du, Emerson –«

»Was stimmt denn nicht mit meiner Maske?«, erkundigte sich Emerson, er fuhr sich mit der Hand durch seinen Bart und streute dabei Sand auf seine Sardinen.

»Bekomme ich auch eine Verkleidung, Sitt Hakim?«, fragte Selim hoffnungsvoll.

»Du könntest deinen Bart rasieren«, schlug ich vor.

Selim wurde blass und umklammerte seine kostbare Manneszierde. Ich bereute meinen üblen Scherz sogleich. »Ich habe nur Spaß gemacht, Selim. In dieser Gegend kennt dich keiner; ich glaube nicht, dass du eine Tarnung brauchst.«

* * *

Es ist leicht nachvollziehbar, wie die Israeliten sich fühlten, als sie nach mühevollem Durchqueren der kargen Wildnis die grünen Auen und fruchtbaren Äcker des Gelobten Lands erblickten. (Ich erwähnte diese erhebende Vorstellung nicht gegenüber

Emerson, glaubt er doch nicht an den Exodus und hätte mir allenfalls einen langatmigen Vortrag gehalten.)

Alles sprießend und smaragdgrün, mit den leuchtend roten Tupfern der allgegenwärtigen Mohnblüten. Der Winter war vorbei und der Sommer zog ein; die Luft war frisch und kühl, der Himmel ein wolkenlos blaues Rund; Wildblumen wuchsen im Überfluss: Anemonen und Lilien, wilde Iris und Gartenwicke in allen Farben, von goldgelb bis zartviolett.

Und doch waren die Zeichen des Krieges allgegenwärtig. Dann und wann donnerte ein Flugzeug über uns hinweg, gefolgt von einer Detonation und einer Staubwolke. Keine der Bomben kam in unsere Nähe, dennoch war ich froh über den Gesichtsschleier. Seit jenem Luftangriff in London hatte ich die Angewohnheit, bei Explosionen verschreckt zusammenzufahren.

Da wir nicht noch eine Nacht auf der Straße verbringen wollten, brachen wir früh auf und fuhren mit nur einer kurzen Pause bis zum Spätnachmittag durch. Als die Sonne den westlichen Himmel in ein flammendes Glutrot tauchte, erreichten wir die Randbezirke von Khan Yunus. Diese antike Stadt der Philister, genau wie Gaza, mutete wie ein Garten Eden an, überall Blumen und Feigen- und Orangenbäume voller Früchte. Selim lenkte das Automobil geschickt durch die engen Straßen, und ich stellte fest, dass unsere Ankunft dem Militär nicht verborgen bleiben würde. Dass der Feind sich ohne Kampfhandlung zurückgezogen hatte, hatte die Stadt vor Zerstörung bewahrt, und unsere tapferen Soldaten genossen die Annehmlichkeiten des Souks und die malerischen Gassen. Mitten auf dem Hauptplatz arbeitete eine Gruppe von Feldingenieuren an der Instandsetzung des alten Brunnens. Laut Emerson befand sich Mahmuds Haus auf dieser Seite des Platzes.

Im Gegensatz zu den mir vertrauten Stadthäusern stand dieses nicht direkt an der Straße. Stattdessen gewahrten wir eine hohe, schmucklose Steinfassade mit abbröckelndem Putz und ein zweiflügeliges Tor. Massiv und eisenverstärkt, stand es verschlossen, und nach dem Müll zu urteilen, der dagegen geflogen war, war es vermutlich eine ganze Weile nicht mehr geöffnet worden.

Selim stieg aus und stemmte sich dagegen. Emersons stattliche Erscheinung rührte sich nicht, schaute weder nach links noch nach rechts. Ich beugte mich vor und murmelte leise: »Ein ungewöhnliches Anwesen, Emerson. Eher ein Khan oder eine Karawanserei. Und das Portal ist breit genug für –«

»Kamele«, sagte Emerson tonlos und ohne den Kopf zu wenden. »Einige Karawanen von dem alten Gauner transportieren Waren, die nicht auf offener Straße entladen werden können. Sei still, Peabody, du hast keine Erlaubnis zu reden.«

Nachdem Selim sich mit seiner ganzen Kraft dagegen gestemmt hatte, bewegten sich die rostigen Scharniere. Als die Tore aufkrachten, gewahrten wir einen ungepflasterten Innenhof und eine Gruppe von Männern, Frauen, nackten Babys, Hühnern, Ziegen und eine Schafherde darin versammelt. Alle mit Ausnahme des Federviehs starrten verdutzt zu uns. Ganz offensichtlich hatte man uns nicht erwartet.

Es waren allesamt Angehörige von Mahmud, die sich um seinen Besitz kümmern sollten; sie waren während seiner Abwesenheit dort eingezogen und hatten sich häuslich eingerichtet. Unser Auftauchen versetzte sie in größere Panik. Emersons Fluchen brachte sie alsbald auf Trab, und sie verstreuten sich in alle Richtungen, um seine Anweisungen zu befolgen. Sobald Kinder, Ziegen und Schafe entfernt waren, steuerte Selim das Automobil in den Hof und schloss die Tore. Ich zweifelte nicht daran, dass man die Militärbehörden umgehend von unserem Eintreffen unterrichten würde, und konnte nur hoffen, dass Emersons gefälschte Papiere sie von unseren guten Absichten überzeugten. Zwecklos, sich deshalb graue Haare wachsen zu lassen. Wie stets würden wir unerwartete Rückschläge mit Bravour meistern.

Direkt vor uns schloss sich das Haus an, das eine Seite des Hofes einfriedete. Die Wohnräume waren im Parterre, Vorrats- und Küchentrakt im Untergeschoss. Die mit kunstvoll geschnitzten Maschrabija-Blenden verschlossenen Fenster auf einer Seite der Fassade mussten zu den Frauengemächern gehören; auf der anderen Seite führten Steinstufen zu den Säulenarkaden des Empfangsraums, der zum Hof hin offen war, sodass der Hausherr ankommende Besucher in Augenschein nehmen konnte – männliche Besucher. Frauen durften diesen nicht betreten.

Einer schroffen Geste Emersons folgend, der in seiner Rolle förmlich aufging, rafften Nefret und ich unsere weiten Gewänder und huschten durch eine Seitentür und über eine enge Stiege in den Harem.

Uns folgten mehrere Frauen, die uns gackernd wie Hühner ihre Hilfe andienten. Ich erkannte mit einem Blick, dass eine umfassende Aufgabe vor mir lag, wollte ich dieses Haus in Ordnung bringen. Der Grundriss war praktisch, wenn auch etwas altmodisch, mit einem Bad und einer Reihe kleinerer Räume, die einen gemütlichen Salon – ein geräumiges Zimmer mit gewölbter Decke und Fliesenboden – umgaben. Am Ende befand sich eine Empore, mit Teppichen und zwei Diwanen. Ich vermag ästhetischen Gemütern (und das sind meine Leser gewiss) den Zustand des Ganzen nicht zu beschreiben. Ich konnte nur noch die Augen verdrehen und mir einen Besen schnappen. Da dies unmöglich war, besann ich mich auf meine Rolle als Ehedrachen und brüllte Anweisungen. Ich bezweifle, dass sich diese aufgescheuchten Frauen schon jemals so flink bewegt hatten. Teppiche und Kissen wurden entfernt, um ausgeklopft und gesäubert zu werden, der Boden gewischt und gefegt, Staub und Spinnweben beseitigt. Als der Raum bewohnbar schien und man uns einen Krug warmes Wasser gebracht hatte, schickte ich die ganze Bande ins Bad und betonte, ich würde persönlich nachschauen, ob sie anständig sauber gemacht hätten.

Nefret hatte geflissentlich geschwiegen; sie sprach nicht so gut Arabisch wie ich. Ich fragte mich, was Ramses von ihrem veränderten Äußeren halten würde. Sie hatte ihre Haut ein, zwei Nuancen dunkler geschminkt, und ihr Haar schimmerte jetzt in einem aparten Braunton. Die kornblumenblauen Augen ließen sich zwar nicht verleugnen, aber vermuten, dass sie von den hellhäutigen Tscherkessen oder Berbern abstammte. In türkischen Harems gab es viele solcher Mädchen.

»Du siehst wirklich aus wie die Lieblingsgespielin eines in die Jahre gekommenen Scheichs«, bemerkte ich in Französisch.

Wir hatten entschieden, dass diese Sprache sicherer sei, auch unter vier Augen, falls man uns belauschte.

Nefret zog eine Grimasse und zupfte an dem bestickten Überwurf, der diverse andere Stoffschichten bedeckte. »Ich rieche aber nicht wie eine. Ich würde alles geben für ein Bad.«

»Ich auch. Aber das wird warten müssen. Du kannst den Überwurf ablegen und dich ein bisschen frisch machen. Verflucht, ein paar von den Frauen kommen zurück.«

Sie brachten unsere Sachen, darunter auch die Matten, auf denen wir sitzen und schlafen wollten. Emerson hatte gestöhnt beim Anblick der Gepäckberge, die ich für notwendig befunden hatte – er wäre nach Timbuktu aufgebrochen, mit nichts als den Kleidern, die er am Leib trug –, aber ich weigerte mich entschieden, mein Bett mit der interessanten Artenvielfalt an Insekten zu teilen, die ich hier sicherlich vermuten durfte. Die Frauen breiteten die Matten über die Diwane und packten einiges aus, auch mein Reise-Teeservice mit silbernem Kessel und Spirituskocher. (Das hatte zu einigen besonders sarkastischen Bemerkungen seitens Emersons geführt.)

Ich wollte die Damen gerade wortreich entlassen, als Emersons Auftauchen mir diese Mühe ersparte. Die Frauen flüchteten unversehens, verbargen ihre Gesichter in den Stofffalten und schlossen die Türen hinter sich.

Breitbeinig, die Hände in die Hüften gestemmt, inspizierte Emerson, gebieterisch schnaubend, den Raum und uns. Er sah großartig aus! Ich verdrängte das faszinierte Prickeln, das meinen Körper durchflutete – unwahrscheinlich, dass ich darauf in der nächsten Zeit reagieren könnte.

»Sieht doch sehr gut aus hier«, bemerkte er.

»Französisch, Emerson, s'il vous plait«, mahnte ich.

»Merde«, sagte Emerson, dessen französischer Wortschatz begrenzt ist. Allerdings kennt er die meisten Flüche.

»Ich habe angeordnet, dass das Abendessen hierher gebracht wird«, fuhr er fort. »Es ist ein Zugeständnis meinerseits, aber ich bin ein treu ergebener, nachsichtiger Gemahl. Du wirst mir selbstverständlich auf Knien servieren.«

»Treib es nicht zu weit, Emerson«, warnte ich.

»En francais, ma chérie, s'il vous plait.« Emerson grinste breit. Er fuhr in seiner Version dieser Sprache fort, mit gelegentlichen Rückfällen ins Englische, wenn ihm die Vokabeln fehlten. »Selim ist schlechter Stimmung, wegen des Automobils. Er hat die – äh – Haube beschädigt, als er durch das Tor gebrettert ist.«

Durch das Fenster vernahm ich Selims aufgebrachte Stimme und verstand, dass er sich nach den Personalbefugnissen erkundigte. Ich schloss daraus, dass das Nachtmahl sich verspäten werde.

»Nun, wir sind hier«, bemerkte ich, »und obschon die Bediensteten zweifellos einige unserer Gepflogenheiten merkwürdig finden, werden sie sich nicht viel dabei denken. Aber wie soll Ramses uns erreichen? Er kann doch nicht ungetarnt hier erscheinen.«

»Das weiß er«, sagte Emerson. »Lass dem Jungen doch Zeit.«

»Wir müssen irgendwas mit den Blenden unternehmen, Emerson. Ich kann draußen verflucht nichts erkennen.«

»Vous etes en la harem, ma chérie«, schmunzelte Emerson. »Les dames non pouvait – pourraint – (Potztausend!) voir dans le aperture.«

Trotz seiner grauenvollen Grammatik verstand ich, was er meinte. Einige unserer Fenster gingen in den Innenhof; es hätte Anstoß erregt, wenn Fremde eine Frau am Fenster bemerkt hätten.

Nach seinem kleinen Geistesblitz räumte Emerson ein, dass es ratsam sei, die kunstfertig geschnitzten Gitter zu lösen, um vor ungebetenen Besuchern gewarnt zu sein. Zu dritt machten wir uns an diese Aufgabe, da wir sie nicht ganz abmontieren wollten. Mithilfe von Stoffstreifen, die wir aus den Portieren schnitten, gelang es uns, sie so zu befestigen, dass sie sich nicht bewegten, aber leicht zu öffnen waren.

Schließlich kam das Abendessen. Es war hundsmiserabel, vermutlich hatte Selim noch keinen kompetenten Koch gefunden. Wir saßen im Schneidersitz um die Platte mit Reis und Hammelfleisch. Obwohl unsere Matten in den angeschlossenen

Zimmerchen lagen, beschlossen wir, die Nacht in diesem Salon zu verbringen. Was die Diener davon hielten, weiß ich nicht (oder, besser: ich wollte es gar nicht wissen). Emerson hielt es jedenfalls für das Beste, dass wir uns nicht trennten.

Am nächsten Morgen expedierte Selim, inzwischen unumstrittener Haushofmeister, die zahlreichen Familienmitglieder in das Haus, das sie ursprünglich bewohnt hatten, und verschwand, um weiteres Personal anzuwerben, inklusive Koch. Den Patriarchen des kleinen Clans behielten wir als Torwächter.

Nach dem Frühstück (aufgewärmter Reis mit Hammelfleisch) brach Emerson auf, um die Kaffeehäuser zu besuchen und den örtlichen Klatsch zu erfahren. Ich sah keinen Grund, warum wir nicht den Souk aufsuchen sollten, angemessen verschleiert und in Begleitung, aber Emerson hielt das für ein unnötiges Risiko, und Nefret hatte ein noch überzeugenderes Argument.

»Was ist, wenn er während unserer Abwesenheit hier auftaucht?«

Sie hatte Recht, doch der Vormittag zog sich hin und wir vermochten nichts anderes zu tun, als die Dienstboten herumzuscheuchen und uns mit den Räumlichkeiten des Harems vertraut zu machen. Schließlich konnten wir das erste Mal seit unserer Abreise aus Kairo baden, und das war eine wahre Wohltat.

Im Zuge meiner Erkundungen entdeckte ich mehrere Geheimgänge mit Gucklöchern in den Wänden, die der Hausherr benutzte, um seinen Damen nachzuspionieren. Viele der älteren Anwesen in der Gegend hatten solche Einrichtungen, überdies Fluchtwege und Verstecke. Von Letzteren gab es drei in besagtem Harem, zwei weitere Löcher in der Wand und das dritte war ein großes Geheimfach unter den Bodendielen. Die Falltür darüber war unter einer Matte verborgen. Es schien als ein Versteck für Gegenstände gedacht und nicht für Menschen, denn es war nur etwas über einen Meter hoch und ohne jede Luftzufuhr und – wie von mir erwartet – leer. Mahmud hätte gewiss nichts Wertvolles zurückgelassen.

Bei seiner Rückkehr hatte Emerson nichts zu berichten, außer dass die Stadt voller Soldaten sei, was wir bereits wussten. Wir verweilten beim Mittagessen, als von draußen eine Auseinandersetzung zu uns drang. Emerson eilte zur Tür; als er öffnete, hörte ich, wie jemand etwas in Arabisch sagte: »Hier ist eine Person, Herr – sie ließ sich nicht abwimmeln –«

Emerson hüstelte gepresst, und eine mir vertraute Stimme murmelte unterwürfig: »Herr, Euer Sklave bittet um Eure Gnade, es ist nicht seine Schuld, dass er nicht eher gekommen ist, er wurde von den verfluchten Engländern aufgegriffen und musste Löcher graben – seht, seht, wie seine Hände bluten!«

Ein Poltern schloss sich an, vergleichbar einem Kniefall.

Meine Neugier ließ sich nicht mehr zügeln. Nefret war bereits an der Tür und spähte hinaus.

Emerson stand da und starrte mit offenem Mund auf die vor ihm kniende Gestalt. Ramses' lockiger schwarzer Schopf war unbedeckt, und was ich von seiner Haut sah, war fast so dunkel wie sein Haar. Ich konnte eine ganze Menge davon sehen.

Wehklagend hob er die Stimme. »Sie haben mir meine Kleider gestohlen, Herr, die feinen Sachen, die Ihr mir gegeben habt, meinen Kaftan und meine Dschellaba und meinen Tarbusch und meine Schuhe, und meinen –«

»Zum Henker mit ihnen«, blaffte Emerson, wieder ganz der Alte. »Tritt ein und berichte mir alles.«

Ramses straffte sich, feixend wie ein zufriedener Diener, der sich um eine Tracht Prügel geredet hat; doch der alte Mann, der ihn begleitet hatte, krächzte: »In den Harem, Effendi?«

Emerson richtete sich zu seiner vollen Länge auf und maß den vermessenen Burschen mit einem strafenden Blick. »Hat nicht der Prophet, als er seiner Tochter das Geschenk eines Sklaven machte, gesagt, dass sie sich nicht verschleiern müsse, denn es sei niemand anwesend außer ihrem Vater und einem Sklaven?«

Dieser interessante theologische Exkurs mochte für den Diener zu abstrus geklungen haben, Emersons Drohblick dagegen brachte es auf den Punkt. »Komm«, setzte er für Ramses hinzu.

Nefret und ich traten blitzschnell von der Tür zurück, durch die Emerson Ramses bugsierte. »Und jetzt«, sagte er laut in Arabisch, »entschuldige dich bei deiner Herrin.«

Er knallte die Tür zu und Ramses blickte fragend von mir zu Nefret. »Bei welcher?«

»Bei mir«, sagte Nefret atemlos. »Ich bin doch die neue Favoritin, oder?«

»Red Französisch«, mahnte ich.

Ich glaube, dass mich keiner von beiden hörte. Nefret bestaunte ihn, als hätte sie ihn noch nie zuvor gesehen – was gewissermaßen auch zutraf, da es nach meinem Ermessen eine neue Rolle für Ramses war, die er wie stets bis ins kleinste Detail umsetzte. Er trug lediglich eine schmutzige Baumwollhose, und er hatte seinen Körper tiefbraun eingefärbt. Einige frische Wundmale auf seinem nackten Rücken erinnerten mich daran, was ein Offizier irgendwann einmal erwähnt hatte, dass ein paar Peitschenhiebe ratsam seien im Umgang mit aufsässigen Mitgliedern des Arbeitskorps'.

Nefret hatte sie ebenfalls bemerkt. Sie stieß einen spitzen Schrei aus und warf sich in seine Arme.

Sie waren ein malerisches Paar, eng umschlungen, umrahmt von der Bogensäule des Alkovens – sein dunkler, muskulöser Körper und ihre schlanke, biegsame Gestalt in dem goldgestickten blauen Samtkaftan. Sittengemälde waren in einer bestimmten Schule der Malerei populär gewesen, und es wäre mir nicht schwer gefallen, einen Titel für dieses zu finden. »Der Sklave und die Geliebte des Sultans« oder »Rendezvous mit dem Tod« oder –«

Emerson entfuhr ein Schnauben, vergleichbar dem eines Sultans, der in eine solche Szene hereinplatzt, und die beiden stoben auseinander.

»Unachtsam«, krittelte ich sanft. »Ich habe etliche Gucklöcher in den Wänden zugestopft, bezweifle aber, dass ich alle entdeckt habe.«

Ramses fiel vor mir auf die Knie und rang die Hände. »Verzeiht mir, geschätzte Herrin.«

»Ja, ja, schon gut, macht es nicht noch mal«, versetzte ich gleichermaßen sanft. »Ich bin froh, dich zu sehen, mein Schatz. Und was nun?«

»Ich kann nicht bleiben. Ihr gebt mir besser einen Auftrag –

und ein paar frische Sachen«, grinste er. Sein schmales, dunkles Gesicht, das triumphierende Grinsen und die wilden Locken weckten den unbändigen Wunsch in mir, ihn zu schütteln. In der Tat genießen Männer derartige Situationen! Ich offen gestanden auch, aber nur, wenn ich aktiv teilhaben kann. Ich finde das Warten nervenaufreibend, besonders, wenn man auf Nachricht von einem geliebten Menschen hofft.

»Wann sehen wir dich wieder?«, erkundigte ich mich.

»Keine Ahnung. Ich habe heute Abend eine Verabredung mit Chetwode und begleite ihn nach Gaza. In zwei Tagen, vielleicht auch drei. Ich komme zurück, sobald wir die Sache erledigt haben, versprochen.«

Er küsste meine Hände und Füße und erhob sich. »Gibt es einen Babsir?«, fragte er Emerson. »Vielleicht benutze ich ihn nächstes Mal.«

»Eine Geheimtür? Oh ja. Mahmud hat zu viele Feinde, um ohne auszukommen. Ich zeige sie dir und hole dir ein paar Sachen.«

Ramses nickte und wandte sich zu seiner Frau. Sie verharrte reglos wie eine hübsch gekleidete Puppe, ihre Lippen leicht geöffnet, die mit Goldreifen geschmückten Arme vor der Brust verschränkt. Ramses kniete sich und senkte den Kopf.

»Mach dir keine Sorgen«, flüsterte er. »Es wird alles gut werden.«

Sie streckte ihre Hand aus, als wollte sie sein Haar berühren, und hielt abrupt inne. »Komm sofort her, wenn du ...«

»Sobald ich kann.« Er fasste ihre Hände und führte sie an seine Lippen.

Aus Manuskript H

Ramses hatte ihr nicht erzählt, was ihn am meisten bedrückte. Er teilte es seinem Vater mit, als sie Kleidungsstücke für ihn auswählten.

»Wie vereinbart habe ich Chetwode in Rafa getroffen. Er ist nicht besonders gut in solchen Dingen; seine Kinnlade sank ihm bis auf die Brust, als ein verdreckter ›Bettler‹ auf ihn zusteuerte und ihm das verabredete Codewort zuraunte.«

»Verflucht«, schnaubte Emerson. »Kannst du nicht auf eigene Faust weitermachen – ohne ihn?«

»Sie würden mich aufgreifen, noch bevor ich Khan Yunus verlassen hätte. Du weißt das Schlimmste noch nicht. General Chetwode, der Kommandeur der Wüstenschwadron, ist der Onkel dieses Bürschchens. Man hat mich in sein Büro beordert, und ich musste ihm und seinem Stabsoffizier von der Feldberichterstattung rapportieren.«

»Hölle und Verdammnis! Wer weiß eigentlich noch von deiner ›geheimen‹ Mission?«

»Keine Ahnung.« Ramses nahm ein Hemd, grinste, und legte es beiseite. »Wenn die Geschichte die Befehlshierarchien durchläuft, dann hat Chetwodes Vorgesetzter, Dobell, auch davon erfahren. Hiervon kann ich nichts gebrauchen, Vater.«

»Was ist mit dem Päckchen, das ich für dich mitbringen sollte?«

»Ich nehme es mit, aber solche Sachen kann ich in Khan Yunus nicht tragen. Selim muss mir irgendwas leihen.«

»Heißt das, du willst ihn einweihen?«, erkundigte sich Emerson.

»Wie viel weiß er?«

»Nur, dass wir offenbar wieder in irgendwelchen Kalamitäten stecken. Selim stellt keine Fragen.«

»Er verdient es, darüber aufgeklärt zu werden – zumindest ansatzweise. Es wäre ein armseliger Freundschaftsbeweis, wenn wir ihn für nicht vertrauenswürdig hielten. Besonders«, fügte Ramses bitter hinzu, »wenn jeder Idiot und selbst sein verdammter Onkel davon weiß. Ich denke, Selim hat mich bei meinem Eintreffen erkannt; er musterte mich verdächtig genau, als er mit dem Torwächter argumentierte.«

Selim hatte ihn erkannt, aber nicht, wie er später betonte, wegen irgendwelcher Auffälligkeiten an Ramses' Tarnung. »Wer hätte es sonst sein können?«, konstatierte er. »Ich stelle dem Vater der Flüche keine Fragen, denn ich habe damit gerechnet, dass man mich früher oder später einweiht.«

»Du musst dich doch gewundert haben, worum es hier eigentlich geht?« Die Sachen, die Selim ihm geborgt hatte, passten recht gut; arabische Kleidung war nun einmal weit und wallend.

Selim verschränkte die Arme und sagte steif: »Es ist nicht meine Aufgabe, mich zu wundern.«

Grinsend klopfte Ramses ihm auf den Rücken. »Du klingst genau wie dein Vater. Ich und ein weiterer Mann brechen nach Gaza auf, Selim. Dort kursieren Gerüchte über einen gewissen Ismail Pascha – dass er ein britischer Agent sei, der zum Feind übergelaufen ist. Da ich – ähm – ein Bekannter von besagtem Gentleman bin, schicken sie mich hin, damit ich mir Ismail einmal genauer anschaue und herausfinde, ob die Gerüchte stimmen.«

»Ein Bekannter«, wiederholte Selim. »Aha. Kann es sein, Ramses, dass ich den fraglichen Herrn ebenfalls – äh – kenne?«

»Du kannst nicht mitkommen.« Ramses ließ seine Frage unbeantwortet. Selim quittierte dies schulterzuckend und nickte, als Ramses fortfuhr: »Danke für die Sachen. Ich werde versuchen, sie dir in gutem Zustand zurückzugeben.«

»Dann ist es also heute Abend so weit«, schloss Emerson.

»Ja. Chetwode – unser Chetwode – und ich treffen uns nach Einbruch der Dunkelheit in einem verlassenen Haus in Dir el-Balah, etwas nördlich von hier. Ich hoffe inständig, dass er es findet. Ich werde eine Weile brauchen, um über Umwege dorthin zu gelangen, denn ich will mich nicht von irgendeinem Burschen aufgreifen lassen, der Arbeiter sucht. Ich gehe jetzt besser. Möchtest du mir noch ein paar Flüche und Tritte mit auf den Weg geben, Selim?«

Selim erwiderte sein Lächeln nicht. »Wie du meinst. Sei vorsichtig. Geh kein unnötiges Risiko ein.«

»Dein Vater hätte es nicht anders formuliert. Ich werde es versuchen. Pass auf sie auf, Selim.«

* * *

Chetwode verspätete sich. Er stand blinzelnd im Schutz des halb verfallenen Gebäudes, seine Statur schemenhaft vor dem sternenklaren Himmel. Ramses wartete nur so lange, bis er sich vergewissert hatte, dass der Mann allein war, dann trat er aus der Dunkelheit.

»Hat man dir denn nicht beigebracht, dass du dich unter gar keinen Umständen zur Zielscheibe machen darfst?«, kritisierte Ramses.

»Da du es warst –«

»Du hast erwartet, dass ich es bin. Zieh diese Uniform aus und das hier an.«

Er schminkte Chetwode Gesicht, Hals, Hände und Unterarme mit der dunklen Farbe und stopfte dessen Haare unter den Turban. An den blauen Augen, die ihn so vertrauensselig anschauten, ließ sich nun einmal nichts ändern, und als der Junge wie ein Honigkuchenpferd grinste, waren seine gesunden weißen Zähne ein weiterer Grund, ihn daran zu erinnern, dass er den Mund halten sollte. Geduldig ging Ramses noch einmal alles durch.

»Wenn dich jemand anspricht, dann giggelst du und brabbelst und nickst heftig mit dem Kopf. Idioten stehen unter Allahs Schutz. Bleib dicht bei mir ...« Er zögerte, übermannt von einer jener hanebüchenen Vorahnungen – vielleicht war sie das auch nicht, unter den gegebenen Umständen. »Bleib in meiner Nähe, bis du etwas anderes von mir hörst. Wenn ich sage, du sollst rennen, dann tu es, ohne jeden Einwand und Hals über Kopf. Das ist ein Befehl. Wenn du ihn verweigerst, sorge ich dafür, dass man dich vor ein Kriegsgericht stellt.«

»Aber wenn wir getrennt werden –«

»Ich werde dich schon finden. Wenn nicht, musst du dich allein zurück zu unseren Gefechtslinien durchschlagen. Warte nicht auf mich und such mich um Himmels willen nicht.«

Chetwodes Gesicht las sich wie ein Buch. Einige Sätze besagten: »Man verlässt einen Kameraden nicht.« »Du kannst auf mich zählen, alter Junge, bis in den Tod.« Oder etwas ähnlich Triviales. Ramses seufzte und griff ein weiteres Klischee auf. »Einer von uns muss den Rückweg schaffen, mit den gesammelten Informationen. Wir wissen, dass wir unser Leben in die Waagschale werfen; das ist Teil unserer Mission.«

Chetwodes fest zusammengepresste Lippen teilten sich. »Oh. Ja, das stimmt. Du kannst auf mich zählen, alter Junge –«

»Gut. Noch eins. Gib mir die Pistole.«

Ramses hatte sich fest vorgenommen, ihn zu durchsuchen, falls er den Besitz einer Waffe leugnete, doch der jugendliche Wirrkopf versuchte es nicht einmal. Seine Hand schoss zu seiner Taille.

»Was ist, wenn wir schießen müssen?«, fragte er.

»Sollte es so weit kommen, werden Hunderte Männer zurückschießen. Gib sie mir, sonst lasse ich dich hier.«

Chetwode sah von seinem entschlossenen Gesicht zu den geballten Fäusten und begriff. Widerstrebend löste er den Gewehrgürtel unter seinem Hemd und reichte diesen Ramses.

Ramses entfernte die Munition und legte die geleerte Waffe zu dem Kleiderstapel, den er mit einigen Steinen bedeckte. »Und jetzt halt den Mund und pass auf, wo du hintrittst.«

Der Junge wollte den Mund nicht halten. Er wiederholte die Richtungsdaten, die Ramses ignoriert hatte, da er sie nicht brauchte, und führte einen kurzatmigen, geraunten Monolog: »In Richtung Norden halten, bis zur Moschee, Peilung 132, Position 266 befindet sich am Rande eines Sumpfgebiets ... ist das hier ... Oh, Mist.«

Ramses zerrte ihn heraus. »Noch ein Wort und ich stoße dich wieder in den Morast. Wir sind kaum dreißig Meter von den türkischen Schützengräben entfernt. Und jetzt halt endlich die Klappe.«

»Tut mir echt Leid.« Er schwieg und nickte heftig. In seinen Augen spiegelte sich das Sternenlicht.

Ramses führte sie am Rand des Sumpfes entlang. Der Junge folgte ihm so dicht, dass er ihm in die Hacken trat. Ich hätte dies nicht billigen dürfen, dachte Ramses in stillem Zorn. Zum Teufel mit Murray und Cartright und allen anderen; der Junge gibt sein Bestes, aber ich würde ihn auf eine Meile erkennen, selbst wenn er sich nicht rührte und den Mund hielte. Es war diese Herren-der-Schöpfung-Attitüde – Schultern straff und Kinn hoch –, auf die sie von Kindheit an gedrillt wurden und die sich kaum noch ausmerzen ließ.

Die Türken hatten die Stadt mit Schützengräben und Brustwehren umfriedet. Ein weit verzweigtes Netzwerk aus Kaktushecken bot zusätzlichen Schutz. Die Bergkämme, die von Gaza ostwärts nach Beersheba führten, standen ebenfalls unter Bewachung, doch sie hatten keinerlei Probleme, diese zu durchqueren. Die Verteidiger wussten, dass kein Angriff bevorstand; Aufklärungsflugzeuge hätten sie vor solchen Vorhaben gewarnt, selbst wenn sie nicht ihre emsigen kleinen Spione gehabt hätten. Das Gebiet zwischen Gaza und Khan Yunus war ruhig. Leute kamen und gingen, bestellten ihre Felder, brachten Nachschub in die englischen Feldquartiere und frönten den Geschäftsaktivitäten, die sich durch neue Kunden ergeben. Unmöglich, sie alle im Auge zu behalten.

Nachdem sie den Bergkamm überwunden hatten, lotste Ramses seinen Gefährten in einem weiten Bogen, der sie bei Sonnenaufgang zu einem Wachposten führte. Chetwode hatte protestiert; er wollte romantisch durch Stacheldraht und Kaktushecken robben.

»Es ist zu anstrengend in diesen Sachen«, sagte Ramses knapp. Er wusste aus Erfahrung – und von jenem Meisterverbrecher, seinem Onkel –, dass man einen Zielort am besten erreichte, indem man aufrechten Ganges um Einlass bat. Er hatte sich eine plausible Geschichte zurecht gelegt – eine kranke, betagte Mutter erwartete ihn, er hatte genug Geld dabei, um Neid hervorzurufen, aber keinen Verdacht, und ein paar Beutel mit einer Substanz, die vermutlich besser wirkte als bare Münze. Haschisch war nicht schwer zu bekommen auf türkischem Territorium, die besten Qualitäten allerdings teuer.

Der Dienst habende Offizier nahm ihm die überzogene Geschichte mit der todkranken Mutter nicht ab. Das hatte Ramses auch nicht erwartet; er wechselte zum nächsten Verhandlungspunkt über, worauf man ihm eine gewisse Geldsumme abknöpfte und die Naturalien. Kein sonderlich hoher Prozentsatz; der Wachposten wusste, dass, wenn sein Opfer lautstark protestiert hätte, ein weiterer Offizier auf den Plan getreten wäre – und seinen Anteil verlangt hätte.

Ramses war nur einmal in Gaza gewesen, im Sommer 1912, trotzdem kannte er sich ziemlich gut aus; er war mehrere Tage umhergestreift, hatte die Annehmlichkeiten des Souks genossen und die schönen alten Moscheen bewundert, und er hatte einen kurzen Bericht über die antiken Ruinen verfasst, weil er wusste, dass sein Vater dies erwartete. Es gab nicht viele. Fast viertausend Jahre lang war das Gebiet zwischen dem Sinai und dem Euphrat umkämpft worden, erobert und zurückerobert, zerstört und wieder aufgebaut. Ägypter, Assyrer, Phönizier, Griechen, Römer, Sarazenen und Kreuzritter hatten Gaza nacheinander besetzt. Es war eine der fünf Städte der Philister, Stätte des berühmten Dagontempels, von Samson in seinem letzten und heftigsten Kampf zum Einsturz gebracht. (Diese Information hatte er von seiner Mutter; sein Vater hielt nicht allzu viel von der Heiligen Schrift, es sei denn, archäologische Quellen vermochten den Wahrheitsgehalt zu belegen.) Die letzte Schlacht war im 16. Jahrhundert von dem osmanischen Sultan Selim I. angeführt worden; um sich für den hartnäckigen Widerstand der Bewohner zu rächen, hatte er große Teile der Stadt plündern und zerstören lassen. Trotzdem war Gaza 1912 eine aufstrebende Stadt mit fast vierzigtausend Einwohnern gewesen. Die Bevölkerung hatte sich auch außerhalb der Stadtmauern angesiedelt, nach Norden, Süden und Osten. Der Stadtkern, wieder aufgebaut auf den Ruinen, umfasste Verwaltungsgebäude und Handelsniederlassungen sowie die Häuser der wohlhabenderen Bürger.

Auf dem Berg, der sich im Zentrum erhob, stand die Große Moschee, ehedem eine christliche Kirche aus dem 12. Jahrhundert. Damals hatte er einen angenehmen Nachmittag damit zugebracht, das Schnitzwerk und die prachtvollen grauen Marmorsäulen zu bewundern. Jetzt wurde sie als Waffenmagazin benutzt.

So viel zur Großen Moschee, dachte Ramses bei sich. So viel zu den anderen architektonischen Schätzen von Gaza – die kleine Kirche von St. Porphyr, ein faszinierendes Beispiel für die frühe christliche Architektur, die hübsche alte Moschee von Hashim wie auch die Ruinen der alten Stadtmauern und ihrer sieben Tore. Moderne Waffen waren wesentlich effizienter als ihre frühen Vorläufer. Eine gut platzierte Bombe und die Große Moschee mit ihren acht schlanken Minaretten würde in Schutt und Asche liegen.

Und mit ihr Hunderte, wenn nicht Tausende von Menschen.

Der Souk schien wie immer zu prosperieren, mit seinen Ständen, an denen so ziemlich alles feilgeboten wurde – von handgeklöppelter Spitze über die schöne schwarze Keramik der Region bis hin zu köstlichen Früchten, Nüssen und Gemüsen, deren Schalen und Abfälle den Boden bedeckten. Ramses fand ein belebtes Café, hockte sich gemütlich hin und bestellte Pfefferminztee. Die Stammgäste waren überaus neugierig; sie unterzogen ihn einem gnadenlosen, wenn auch freundlichen Verhör und ließen nicht locker, bis sie seinen Namen, Geburtsort, Beruf und Herkunft erfuhren und sich mit ihm über seinen »bedauernswerten« jüngeren Bruder ausgetauscht hatten. »Er hat blaue Augen«, meinte ein aufmerksamer Zeitgenosse.

»Seine Mutter war Tscherkessin«, erklärte Ramses. »Die Lieblingsfrau von meinem Vater, bis sie bei der Geburt meines Bruders starb. Meine Mutter ...«

Es währte nicht lange, bis Ramses ihnen seine ehrlichen Absichten als Händler begehrenswerter Waren vermittelt hatte. Die Stadt war voller Uniformierter, die mit der Arroganz der Europäer gegenüber Einheimischen durch die Straßen flanierten. Der Gesprächigste unter ihren neuen Freunden, ein Mann im mittleren Alter mit nur einem Auge und einem Stumpf, wo seine rechte Hand gewesen war, wagte ein paar sarkastische Bemerkungen über die Deutschen. »Aber«, setzte er hinzu, »sie sind auch nicht schlimmer als die Türken. Zum Teufel mit diesem Krieg! Egal wer gewinnt, wir sind immer die Verlierer. Wenn Gaza verteidigt wird, werden unsere Häuser und Lebensräume zerstört.«

Es war ein guter Einstieg, den Ramses für seine Zwecke nutzte. Seine Fragen und Kommentare generierten eine Fülle an Informationen, das meiste ausgesprochen ungenau, aber auch einige zuverlässige Beschreibungen diverser öffentlicher Personen. Von Kressenstein, der deutsche Befehlshaber, wurde gefürchtet, aber respektiert; der Gouverneur war gefürchtet und verhasst; der türkische General war ein fettes Schwein, saß nur in seinem schönen Haus herum und schlug sich den Bauch voll. Und so ging es in einem fort, bis die Abenddämmerung hereinbrach und sich die Gruppe zerstreute.

Ramses und Chetwode verbrachten die Nacht in den malerischen Ruinen, die bei den Einheimischen als Samsons Grabmal bekannt waren – die aber eigentlich auf das Mittelalter datierten. Das Mondlicht sickerte durch die verfallenen Wände und das Dach, zeichnete bizarre Muster auf den Boden, und das Blattwerk der alten Olivenbäume raschelte im Nachtwind. Während sie das im Basar gekaufte Essen vertilgten, stand Chetwodes Mundwerk nicht still. Er hatte den ganzen Tag schweigen müssen, und das zehrte an ihm.

»Du hast gar nicht nach Ismail Pascha gefragt«, meinte er vorwurfsvoll.

»Man versucht direkte Fragen zu vermeiden.« Ramses schob eine Hand voll Orangenschalen beiseite und streckte sich auf dem Boden aus. »In diesem Fall war es gar nicht erforderlich; du warst doch dabei; hast du nicht gehört, was sie über ihn gesagt haben?«

»Alle redeten so schnell«, maulte Chetwode. »Wie dem auch sei, es ist deine Aufgabe, und du wirst den Burschen bestimmt aufspüren.«

Die Heldenverehrung ging ihm allmählich auf die Nerven. Ramses hätte nicht zu sagen vermocht, warum er diese Information nur ungern teilte; eine alte Gewohnheit, vielleicht, oder einer der Grundsätze beim Geheimdienst: Gib nie mehr preis, als dein Gegenüber unbedingt wissen muss. Vielleicht sollte Chetwode es wissen, schon allein, um ihn vor einer impulsiven Handlung zu bewahren.

»Der heilige Ungläubige, wie sie ihn nennen, wird morgen gegen Mittag in der Moschee von Hashim beten«, führte Ramses aus. »Ich denke, es wird ziemlich voll werden. Wir brechen zeitig auf und suchen uns einen Platz, von wo aus wir einen guten Blick auf ihn haben.«

»Und dann?«

»Dann machen wir einen schnellen und – hoffentlich – unauffälligen Abflug von Gaza.«

»Nach nur zwei Tagen? Und ohne – ohne irgendwas zu bewerkstelligen?«

Ramses versuchte sich zu beherrschen. Die Verantwortung

für diesen Kindskopf war schon nervenaufreibend genug, auch ohne ihm Vorträge zur Spionagetätigkeit halten zu müssen. »Du hast dich doch nicht etwa auf einen längeren Aufenthalt eingerichtet? Wir müssen mutmaßen, dass gewisse Leute hier Neuankömmlinge bespitzeln. Eine unserer reizenden Bekanntschaften im Kaffeehaus könnte ein Agent des Gouverneurs oder Militärs sein.«

»Tatsächlich?«

»Exakt so operieren die Türken. Sie trauen keinem, und das aus gutem Grund. Sie sind hier nicht gern gesehen. Früher oder später spricht sich unsere Anwesenheit herum, und irgendein heller Kopf kommt auf die Idee, uns Fragen zu stellen. Dann wären da noch diese Presspatrouillen. Sie sind immer auf der Suche nach neuen Rekruten. Einen weiteren Tag können wir nicht riskieren!« Er gähnte und fragte sich, wieso er sich überhaupt aufregte. »Ruh dich ein bisschen aus.«

»Sobald ich das hier fertig habe.«

Ramses setzte sich abrupt auf. In dem verfallenen Eingangsbogen hockend, kritzelte Chetwode eifrig im Mondlicht – offenbar auf ein gefaltetes Stück Papier. »Was zum Henker machst du da?«

»Notizen. Ich konnte nicht alle Abzeichen von den Männern zuordnen, aber wenn ich sie beschreibe, bekommen unsere Leute brauchbare Anhaltspunkte über die Einheiten –«

»Iss es.«

»Was?«

»Vernichte dieses verdammte Papier!« Chetwode starrte ihn verständnislos an. Ramses erhob sich. »Wenn man dich aufgreift und dies bei dir findet, bist du ein toter Mann. Wenigstens wünschst du dir dann nichts sehnlicher. Welche anderen belastenden Dinge trägst du bei dir?«

Er entriss Chetwode das Papier. Hastig, seine Augen schreckgeweitet, fischte der Junge einen Brustbeutel aus seiner Dschellaba. Dieser enthielt Papier, Bleistifte, eine kleine Taschenlampe und einen winzigen Flakon mit zwei weißen Kapseln.

»Herrgott, ich hätte dich vor unserem Aufbruch filzen sollen«, knurrte Ramses, als er das Papier zerriss und auf den frisch gespitzten Bleistiften herumtrampelte. »Was ist in der Flasche? Zyankali, zweifelsohne. Der Geheimdienst liebt Zyankali.«

»Aber wenn man uns schnappt –«

»Dann reden wir uns besser mit einer glaubhaften Geschichte heraus, aber das ist illusorisch, wenn wir britische Schreibutensilien spazieren führen. Was diese ...« Er zerquetschte die harmlos anmutenden Kapseln unter seiner Ferse. »Wie hast du dir das eigentlich vorgestellt? Wolltest du den Foltermeister des Gouverneurs bitten, für eine Minute aufzuhören, unterdes wühlst du in deinem Brustbeutel nach dem Fläschchen, öffnest es und stopfst dir die Pillen in den Mund?«

Chetwode ließ den Kopf hängen. »Es klingt grotesk, wie du es formulierst. Sie haben mir gesagt –«

»Ja, ja, schon gut. Sieh mal, es gibt mehrere Methoden, wie wir die Sache hätten angehen können, einschließlich des idiotischen Vorschlags von deinem Onkel, dass wir türkische Uniformen anziehen und in ihr Hauptquartier marschieren sollen, um Informationen einzufordern.«

»Ich sehe nicht, warum –«

»Dann werde ich dir erklären, warum.« Ramses riss der Geduldsfaden. »Es ist ein Wunder, dass man dich noch nicht aufgegriffen hat. Wenn ich geschnappt und verhört würde, würden sie vermutlich nichts Schlimmeres mit mir anstellen, als mich in die Schützengräben zu stecken, von wo aus ich rasch entkommen könnte. Schnappen sie dich, braucht ein erfahrener Offizier nicht mehr als zehn Sekunden, um dich als Engländer zu identifizieren. Es ist nicht nur dein Akzent, sondern auch deine Haltung, deine Bewegungen und ... einfach alles an dir!«

Chetwode senkte den Kopf. »Ich wusste nicht, dass ich so schlimm bin.«

»Das seid ihr alle. Du kannst nichts dafür«, fügte er beschwichtigend hinzu. »Um als Einheimischer durchzugehen, muss man hier leben und über Jahre in ihrer Sprache denken. Das ist der sicherste Weg, und ich versuche, die Risiken zu minimieren. Du hast deine Sache bisher gut gemacht, aber du wirst meine Anweisungen befolgen und dir deine Notizen aus dem Kopf schlagen müssen.«

»Wie du? All das« – er deutete auf die Papierfetzen – »war reine Zeitverschwendung, nicht wahr? Du hast alles mental gespeichert.«

Wieder diese Heldenverehrung. Sie war fast noch schlimmer als seine Blitzversuche in konstruktivem Denken. Aber nicht so gefährlich. Ramses zuckte die Schultern. »Reine Übungssache.«

»Ein bisschen spät für mich, jetzt damit anzufangen, schätze ich.« Zerknirscht grinsend sah er auf. »Tut mir echt Leid. Ab jetzt mache ich alles, was du sagst.«

»Dann schlaf jetzt.«

Chetwode vermochte selbst im Schlaf keine Ruhe zu geben. Er schnarchte. Seine Hände unter dem Kopf verschränkt, lag Ramses wach und war versucht, ihn zu schütteln, doch seine Gutmütigkeit siegte. Sollte der Bursche doch schlafen. Er wünschte, er könnte es auch. Die nächtlichen Geräusche waren anders als daheim; seine Nerven rotierten bei jedem Rascheln im Gebüsch. Da Schlafen unmöglich war, ging er wieder und wieder die Gespräche durch, die er an jenem Tag geführt hatte, zerpflückte sie auf der Suche nach Hinweisen, die ihm vielleicht entgangen waren.

Er döste kurz ein, aber nicht lange, wegen Chetwodes Schnarchen und der ungewohnten Geräusche. Bei Tagesanbruch weckte er seinen Gefährten. Chetwode war ungewöhnlich schweigsam – er grübelte oder schmollte, vielleicht hatte er auch kalte Füße bekommen, was Ramses ihm nicht hätte verdenken können.

Unvermittelt sagte Chetwode: »Und wenn irgendwas schief läuft?«

»Hab ich dir doch gesagt. Dann rennst du.«

»Kein sonderlich konstruktiver Plan«, murmelte Chetwode. Seine Mundwinkel zuckten – vielleicht der Versuch eines Lächelns.

Ramses fasste einen Entschluss. Eines von vielen Problemen, das ihm den Schlaf geraubt hatte, war der Gedanke an seine besorgte Familie, die in Khan Yunus wartete.

»Wenn du entkommen kannst und ich werde gefasst oder getötet«, sagte er, »geh zum Haus von Ibn Rafid in Khan Yunus.

Es ist auf dem Hauptplatz, das größte Haus in der Stadt – jeder kann dir zeigen, welches es ist. Hinterlasse eine schriftliche Mitteilung für ...« Ihm dämmerte schlagartig, dass er nicht wusste, welchen Decknamen Emerson zurzeit benutzte. »Für den derzeitigen Hausherrn. Darin schilderst du, was mir zugestoßen ist.«

»Ist er einer von uns?«, erkundigte sich Chetwode.

»Nein.« Die Neugier des Jungen stellte ihn vor die Frage, ob er das Richtige getan hatte. Die Alternative wäre allerdings schlimmer gewesen – sie womöglich Tage lang im Ungewissen über sein Schicksal zu lassen. Vielleicht würden sie sogar in Gaza eindringen, um ihn zu suchen. Geduld war keine ihrer Tugenden; und im schlimmsten Fall wäre sicheres Wissen besser als falsche Hoffnung.

Chetwode stellte keine weiteren Fragen.

Nachdem sie das restliche Brot und Obst vom Nachtmahl vertilgt hatten, führte Ramses seinen Begleiter auf Umwegen zurück in den Stadtkern. Die Moschee war in der Nähe des Askalon-Tors. Ramses fand ein Kaffeehaus – ein anderes als das vom Vortag – und sie richteten sich auf eine längere Wartezeit ein.

Im Verlauf des Vormittags füllten sich die Cafés, man traf sich und plauderte. Etwa eine halbe Stunde vor Mittag tauchte die Prozession auf. Sie war klein, aber beeindruckend, angeführt von einem halben Dutzend berittener Männer, in weiten Hosen und goldbetressten Jacken, seidene Schärpen um ihre Taillen gebunden. Sie trugen Langschwerter und Pistolen. Die Pferde waren prachtvolle Tiere, Zaumzeug und Steigbügel mit Silber beschlagen. Kein regulärer türkischer Trupp, sondern die Leibwache irgendeines bedeutenden Offiziers. Sie machten sich brutal und effektiv den Weg frei, indem sie die Breitseiten ihrer Schwerter einsetzten. Da er die meisten Zuschauer um einen Kopf überragte, vermochte Ramses das Schauspiel recht gut zu verfolgen; das Ende der Prozession schien eine weitere Garde zu bilden. Zwischen den Leibgarden waren mehrere Reiter: der Gouverneur, glänzend im Goldstaat, sein feistes Gesicht feierlich ernst; und, neben ihm, flankiert von zwei Offizieren in türkischen Uniformen ...

Ramses erhaschte nur einen Blick auf das bärtige Profil und die auffällige Hakennase, als ein Schuss losging, so nah an seinem Ohr, dass er für Augenblicke wie taub war. Er wirbelte herum und schlug Chetwode die Waffe aus der Hand. Der zweite Schuss detonierte.

»Du gottverfluchter Idiot!«

Chetwodes Lippen bewegten sich. Ramses verstand nicht, was er sagte; die Leute um sie herum schrieen und schoben, einige versuchten den Möchtegern-Attentäter einzukreisen, andere versuchten sich in Sicherheit zu bringen. In den Augen der osmanischen Offiziere waren alle verdächtig.

»Renn!«, schrie Ramses und unterstrich den Befehl mit einem ordentlichen Schubs. Chetwode funkelte ihn verständnislos an und gab Fersengeld. Ramses stellte einem seiner Häscher ein Bein, schlug einen weiteren nieder, duckte sich unter dem ausgestreckten Arm eines Dritten hindurch und stürmte in Richtung Moschee.

»Das ist der Mann! Haltet ihn!«, brüllte jemand in Türkisch. Er vernahm den Hufschlag hinter sich und warf sich gerade noch rechtzeitig zur Seite, um nicht niedergetrampelt zu werden, doch die kurze Verzögerung war fatal. Als er sich aufrappelte, war er umzingelt von der operettenhaft uniformierten Garde, samt und sonders mit heroisch gezückten Waffen.

»Keine Waffengewalt«, befahl der Offizier. »Wir wollen ihn lebend.«

Ramses erwog seine Optionen. Ihm fielen nur zwei ein, beide wenig reizvoll. Er könnte sich winden und winseln und alles abstreiten – oder es gegen sechs Männer aufnehmen. Beides liefe auf das Gleiche hinaus, also beschloss er, sich wenigstens eine kleine Prügelei zu gönnen.

Er hatte zwei von ihnen am Boden und einen Dritten auf den Knien, als ein Wurfgeschoss empfindlich seine Schläfe traf und er für einen entscheidenden Augenblick das Gleichgewicht verlor. Flach auf dem Rücken – vier von ihnen hielten ihn an Armen und Beinen fest – rekapitulierte er seine Optionen. Jetzt sah er keine Chance mehr.

Der Offizier maß seine Männer mit zornigem Blick. »Sechs

gegen einen, und dann noch ein Glückstreffer, um ihn in die Knie zu zwingen. Fesselt seine Hände, meine mutigen Mitstreiter, sonst entkommt er euch noch.«

Eher unwahrscheinlich, dachte Ramses im Stillen. Durch den Treffer am Kopf war ihm leicht schwindlig, Blut rann über sein Gesicht. Nachdem sie ihm die Hände auf den Rücken gebunden hatten, schlang einer der Soldaten ein Seil um seinen Hals und befestigte dieses am Sattel ihres Anführers. Fabelhaft. Ein Ausgleiten auf den Obstschalen, die die Straße verunreinigten, und er würde stranguliert, gewürgt, bis der Offizier der Sache ein Ende machte. Das einzig Positive an dieser ansonsten makabren Situation war, dass Chetwode nirgends in Sicht war.

Die glutheiße Sonne brannte unbarmherzig auf den verlassenen Platz. Nein – nicht ganz verlassen. Die Zuschauer waren geflüchtet, und die Leibgarde hatte die Würdenträger wohl in Sicherheit gebracht, doch von der anderen Seite des Platzes näherte sich gemächlich ein Reiter. Ramses blinzelte, in der Hoffnung, dass seine Augen ihn trogen, und wusste doch, dass dies nicht der Fall war. Er hatte geglaubt, dass seine Situation verfahrener nicht sein könne. Er hatte sich getäuscht.

Der Reiter hatte nur einen Begleiter, ein Diener, der ihm in respektvollem Abstand folgte. Sein Pferd war fantastisch – ein Vollbluthengst, Schweif und Mähne mit leuchtenden Bändern geschmückt. Auch er eine beeindruckende Erscheinung: ein großer, stattlicher Mann mit markanten Zügen und gepflegtem grauem Bart. Seine Gewänder waren aus Seide und vorn auf seinem Turban schimmerten Rubine und Smaragde, gekrönt von einer Pfauenfeder. Sogar seine Peitsche hatte einen juwelenbesetzten, emaillierten Knauf. Er schloss zu Ramses auf und erwiderte das respektvolle Salutieren des Offiziers mit einer beiläufigen Geste seiner Hand.

»Was ist das?«, fragte er auf Türkisch.

»Wie Sie sehen, Sahin Pascha, haben wir den Attentäter gestellt.«

Aha, jetzt ist er also ein Pascha, überlegte Ramses. Was machte der Chef des türkischen Geheimdienstes in Gaza? Seine erste und – wie er gehofft hatte – letzte Begegnung mit diesem ehrenwerten Herrn hatte zum Scheitern von Sahins Mission geführt; kaum verwunderlich, wenn dieser einen Groll gegen den Mann hegte, der dafür maßgeblich verantwortlich zeichnete. Ramses konnte nur hoffen, dass der Türke ihn nicht wiedererkannte. Er war barhäuptig, seine Kopfbedeckung hatte er während der Handgreiflichkeiten verloren, und in seinen schmutzigen, zerrissenen Sachen, bärtig und abgekämpft, hatte er wenig Ähnlichkeit mit dem Mann, den Sahin kannte – zugegeben abgekämpft, aber glatt rasiert und in europäischer Kleidung. Er krümmte sich, senkte den Kopf.

»Wir bringen ihn zu Seiner Exzellenz, dem Kaimakam«, fuhr der Offizier fort.

»Zum Gouverneur? Wieso?«

»Wieso? Nun, weil – nun, weil er ein Attentäter ist! Einer dieser Fanatiker, die gegen unsere hervorragende Gesetzgebung rebellieren würden, die –«

»Nein«, erwiderte Sahin. Der Knauf seiner Peitsche bohrte sich unter Ramses' Kinn und zwang dessen Kopf hoch. Sekundenlang maß der Türke ihn nachdenklich. Dann beugte er sich vor und riss ihm mit einer gezielten Handbewegung den Bart herunter, einschließlich diverser Zentimeter Haut. Ramses straffte sich und traf auf den forschenden Blick des Türken. Jetzt gab es kein Vertun mehr.

»Nun«, sagte Sahin Pascha gönnerhaft lächelnd. »Ich werde Ihren Gefangenen übernehmen, Bimbashi.«

»Aber, Eure Exzellenz –«

»Er ist ein englischer Spion. Und die Spionage ist mein Gebiet, Bimbashi. Wollen Sie meine Autorität in Frage stellen?« Er winkte seinem Diener, der absaß und das Seil vom Sattel des Offiziers losband.

Dem Offizier behagte das gar nicht. Eine schroffe Dienstverweigerung wollte er nicht riskieren, stattdessen wagte er schwachen Protest. »Sie werden einen Begleiter benötigen, Eure Exzellenz. Er kämpft wie ein Dämon. Es bedurfte sechs meiner Männer, um ihn –«

»Nicht nötig«, sagte Sahin leichthin. Er hob den Arm und ließ die Peitsche durch die Luft surren.

10

Aus Manuskript H (Fortsetzung)

Es war ein überaus angenehmer Traum. Er lag auf einem weichen, zart duftenden Untergrund. Über ihm ein goldener Baldachin – gelbe Seide, golden schimmernd im flirrenden Sonnenlicht. Er hörte Vogelgezwitscher und das Plätschern von Wasser.

Das einzig Störende waren seine höllischen Kopfschmerzen. Als er sich an die Schläfe fasste, murmelte eine ihm vertraute Stimme: »Versuchen Sie das. Ich schätze es wahrlich nicht, möchte es meinen Gästen indes nicht vorenthalten.«

Es war kein Traum. Ramses setzte sich auf. Nicht weit von ihm, im Schneidersitz auf einem Stapel gestickter Kissen hockend, hielt Sahin ihm ein Glas hin, halb gefüllt mit einer bernsteinfarbenen Flüssigkeit.

Ramses wollte nicken, überlegte es sich dann aber anders. »Nein, danke«, murmelte er in Türkisch – dieselbe Sprache, die sein Gegenüber benutzt hatte.

»Es ist nicht vergiftet. Aber, wie Sie meinen.« Der andere stellte das Glas auf einen Messingtisch und griff nach dem Mundstück seiner Wasserpfeife. Schweigend rauchte er für eine Weile, wie ein höflicher Gastgeber, der auf eine Reaktion seines Gastes wartet.

Es dauerte eine Weile. Als der Türke ihn bewusstlos geschlagen hatte, rechnete Ramses damit, in einer dunklen, verwanzten Zelle aufzuwachen, umringt von diversen Individuen mit gewichtigen oder glühenden Folterwerkzeugen. Dieser Raum war hell und luftig, vermutlich die Empfangshalle für Gäste. Der zentrale Teil lag etwas tiefer als der Rest, geschmackvoll gefliest in rot, schwarz und weiß, mit einem kleinen Springbrunnen an einem Ende. Der Alkoven, in dem er jetzt saß, war mit Seide ausgekleidet, Kissen bedeckten den Boden. Er trug lediglich ein Hemd und eine Hose; sie hatten seine zerrissene Robe und die schmutzigen Sandalen entfernt und ihn so gut wie möglich gesäubert. Vermutlich wollte man Schalenreste und Eseldung auf den Seidenkissen vermeiden.

»Ich bedaure die Notwendigkeit dieser Maßnahme«, sagte Sahin, als Ramses vorsichtig die Beule an seinem Kopf betastete. »Ich wusste, Sie würden nicht aus freien Stücken mitkommen, und Widerstand hätte Sie um Kopf und Kragen bringen können.«

»Wie kann ich Ihnen jemals danken?«, murmelte Ramses, ins Englische überwechselnd. Der Türke lachte laut auf.

»Ihr Humor ist doch immer wieder erhebend für mich, mein junger Freund. Hat mich gefreut zu hören, dass Sie entgegen meinen Erwartungen diese interessante Mission vor den Toren Kairos überlebt haben. Allerdings kenne ich die Einzelheiten nicht. Wie ist es Ihnen gelungen?«

Ramses erwog die Frage. Sie war mit potenziellen Stolperfallen gespickt, und der freundliche Plauderton, die anheimelnde Umgebung, sollten ihn aus der Reserve locken. Eine neue Vernehmungstechnik? Er zog sie den Methoden, die die Türken normalhin anwendeten, bei weitem vor, dennoch würde er seine Worte mit Bedacht formulieren müssen.

»Meine geschätzte Familie kam zu meiner Rettung.« Er war sich ganz sicher, dass Sahin diese Information zu Ohren gekommen sein musste. »Sie kennen meinen Vater.«

»Nur dem Namen nach. Er hat einen hervorragenden Ruf. Ich hoffe, ich habe irgendwann die Ehre, ihn kennen zu lernen. Also, er hat von Ihrem – äh – Dilemma erfahren – von Ihrem Freund, den ich letztlich nicht töten konnte? Ich hätte es getan, wären Sie mir nicht in die Quere gekommen.«

»Möglich.«

Sahin zog den Rauch tief in seine Lungen. »Sie haben auch eine andere hübsche kleine Sache durchkreuzt, die lange geplant war. Was wollen Sie jetzt wieder? Warum sind Sie hier?«

»Mich einfach nur umsehen.«

»Ich bewundere die Ungenauigkeit der englischen Sprache«, sagte Sahin. »Sehr zweckmäßig, wenn man die Beantwortung einer Frage umgehen will.«

»Ziehen Sie das Türkische vor? Ich jedenfalls finde es gar nicht so leicht, in dieser Sprache zweideutig zu reden.«

Sahins Bart teilte sich, gab seine Zähne frei. »Ich glaube, das könnten Sie in jeder Sprache, mein Junge. In diesem Fall ist es vertane Zeit. Sie wurden auf frischer Tat ertappt. Eine ziemlich aussichtslose Tat, darf ich hinzufügen. In diesem Geschiebe und Gedränge hatten Sie kaum eine Chance, ihn zu töten.«

»Es ist mir also nicht gelungen, oder?«

»Sie haben den Gouverneur getroffen.« Sahin grinste breit. »Eine Fleischwunde an einer besonders unangenehmen Stelle. Er ist nicht gut auf Sie zu sprechen.«

Von einigen anderen ganz zu schweigen. Hieß das, dass Chetwode entkommen war? Viel Glück, Kindskopf, dachte Ramses säuerlich. Er hatte nur seine Befehle befolgt. Er legte seinen Kopf in seine Hände. Der Gedanke an Chetwode verschlimmerte sein Kopfweh.

»Was kann ich Ihnen anbieten?«, fragte Sahin eifrig. »Wenn Sie keinen Brandy wollen, was ist mit Kaffee oder Tee?«

Er klatschte in die Hände. Der eintretende Diener katzbuckelte so ehrerbietig, dass sein Gesicht fast das Tablett streifte. Einer schroffen Geste Sahins folgend, stellte er es auf einen Tisch neben Ramses und trat, seinen Kopf weiterhin tief gesenkt, den Rückweg an. Die schweren Vorhänge schlossen sich hinter ihm. »Bitte, bedienen Sie sich«, meinte Sahin. »Sie sind nicht vergiftet.«

Ramses' Kehle war schmerzhaft trocken, und er entschied, dass er etwas trinken müsse. Gastfreundschaft zurückzuweisen war ein Affront, und es war unwahrscheinlich, dass Sahin den Getränken irgendein Betäubungsmittel hatte beimischen lassen. Und was hätte es schon ausgemacht?

Also nahm er einen Tee und schlürfte genüsslich, das heiße Glas am Rand haltend, während der Türke in brütendem Schweigen rauchte. Unvermittelt sagte er: »Ich habe eine Tochter.«

»Meinen Glückwunsch«, erwiderte Ramses, sich heimlich fragend, was zum Teufel das mit der ganzen Sache zu tun habe. »Wann ist das glückliche Ereignis eingetreten?«

»Vor achtzehn Jahren.«

»Achtzehn ...«

»Ja, sie sollte längst verheiratet sein. Es herrscht kein Mangel an Angeboten. Sie ist hübsch, wohlhabend und gebildet. Sie spricht und schreibt Englisch. Sie ist ein bisschen eigenwillig, aber ich glaube, Ihnen gefallen solche Frauen.« Forschend spähte er zu Ramses, der sich allmählich wie Alice fühlte. In welches Kaninchenloch war er da gefallen? Bestimmt meinte Sahin Pascha nicht ... Schweigen schien ihm die sicherste Taktik.

»Der Krieg kann nicht ewig dauern«, fuhr der Türke fort. »Wir werden nicht immer Feinde sein. Sie haben die Eigenschaften, die ich mir von einem Sohn wünschen würde.«

»Aber ...« Ramses suchte sich auf taktvolle Weise diesem schmeichelhaften und zugleich schockierenden Vorschlag zu entziehen. Er platzte heraus: »Ich bin bereits verheiratet!«

»Das weiß ich. Aber wenn Sie zum Islam übertreten, können Sie eine weitere Ehefrau haben. Mehr würde ich Ihnen nicht empfehlen. Es bedarf schon einer starken Hand, zwei Frauen zu bändigen, drei machen sechsmal so viel Ärger wie zwei, und vier –«

»Sie machen Witze.«

Sahin grinste noch breiter. »Tue ich das? Es ist eine hervorragende Tradition in meinem Volk. Denken Sie darüber nach. Die Alternative ist weit weniger attraktiv.«

»Was wäre die Alternative?«

»Die Frage erübrigt sich für Sie. Gefängnis, eine Menge Unannehmlichkeiten und letztlich eine Reise nach Konstantinopel, wo Sie etliche Personen treffen müssten, die Sie für einen unserer gefährlichsten Widersacher halten.« Er beugte sich vor, seine Miene bedenklich. »Man wird Sie exekutieren, mein junger Freund, öffentlich und qualvoll, als englischer Spion, aber vor Ihrem Tod werden sie Ihnen alles abpressen, was Sie wissen. Ich selber finde die Folter unannehmbar zur Informationsgewinnung, fürchte aber, dass meine Kollegen vom Geheimdienst meine fortschrittliche Sichtweise nicht teilen. Ich gebe Ihnen die Chance, einem solchen Schicksal zu entgehen. Sie sind kein Attentäter. Ihre Motive sind andere. Ich kann Ihnen einen Tod ersparen, der Ihrer Gattin und Ihren Eltern viel Leid zufügen wird, wenn Sie mir vertrauen und Ihren guten Willen beweisen, indem Sie die von mir vorgeschlagene Verbindung eingehen. Ich versichere Ihnen, das Mädchen ist recht vorzeigbar.«

Zunehmend bestürzter, sich aber dennoch auf seine guten Manieren besinnend, erwiderte Ramses: »Ich bin sicher, sie ist ein Kleinod von seltener Schönheit und ein rechtes Kind ihres Vaters. Indes würden Sie mich verachten, wenn ich meine Grundsätze und mein Vaterland für eine Frau aufgäbe, mag sie auch noch so begehrenswert sein.«

»Sie wären nicht der erste Engländer, der das täte.«

Er fixierte Ramses unablässig, und dieser sann fieberhaft auf eine Reaktion. Er fand sich nicht besonders geistreich; die dämlichsten Fragen schwirrten ihm im Kopf herum, und er musste sich beherrschen, nicht laut herauszuplatzen: »Ist es jemand, den ich kenne?« oder »Sie meinen doch nicht etwa meinen Onkel, oder?« Er überlegte, ob dem Tee nicht vielleicht doch irgendein Mittel beigemischt war, oder ob es an dem Hieb auf den Kopf lag, dass er so benebelt war. Dies konnte nicht Sahins Ernst sein. Er spielte irgendein Spiel mit ihm, und Ramses hatte keinen blassen Schimmer, was er tatsächlich von ihm wollte.

»Das mag ja sein«, setzte Ramses an. Seine Stimme klang seltsam hohl in seinen Ohren. Er versuchte das Teeglas abzustellen. Es kippte um, der restliche Tee ergoss sich auf dem Boden. »War das wirklich nötig?«, lallte er.

»Eine Lektion, die Sie wohl noch nicht gelernt haben«, erwiderte Sahin gönnerhaft. »Vertrauen Sie nie auf das Wort eines anderen. Und jetzt seien Sie ein guter Junge. Ich möchte Ihnen nur ungern wehtun.«

Er klatschte in die Hände. Zwei Männer betraten den Raum. »Sachte, sachte«, beschwichtigte Sahin, als sie Ramses auf die Füße stellten und untergehakt aus dem Raum schleiften, ein paar Stufen hinauf und wieder hinunter, durch ein Gewirr von Zimmern und Gängen, typisch für solche Bauten. Undeutlich gewahrte er starrende Gesichter, schemenhaft wie Geister, und leises Gemurmel. Irgendwann führten sie ihn über eine lange

Treppenflucht, und ihm schlug der Geruch von feuchtem Gestein, Schimmel und süßlicher Verwesungsgestank entgegen.

Drei massive, eisenbeschlagene Holztüren säumten den kurzen Gang. Zwei waren geschlossen. Sie brachten ihn in den dritten Raum, ein gemauertes Loch, kaum vier Quadratmeter groß. Die Knochen irgendwelcher Nager und eine dünne, modrige Strohschicht bedeckten den Boden. In der Zelle befanden sich eine grob gezimmerte Holzbank, einige Tonkrüge und mehrere in Wand und Boden getriebene Ketten. In einvernehmlichem Schweigen, so als hätten sie diese Prozedur schon viele Male vollzogen, drückten die beiden Wachen Ramses auf die an einer Wand stehende Bank. Zu benommen, um aufrecht zu sitzen, kippte er vornüber; einer von ihnen musste ihn festhalten, während der andere Ramses' Arme hob und die Ketten um seine Handgelenke legte. Sie ketteten auch seine Füße an, dann gingen sie.

»Puh.« Sahin Pascha rümpfte die Nase. »Es ist noch übler als in meiner Erinnerung. Dieses Haus ist nur vorübergehend gemietet, von einem meiner Kollegen; meine eigenen Kerker sind wesentlich zivilisierter. Ich komme morgen Früh wieder, vielleicht ändern Sie Ihre Meinung.«

Er schlang seine eleganten Gewänder fester um sich, damit sie nicht die bemoosten Wände berührten, und entfernte sich. Die Tür fiel ins Schloss. Die Scharniere knarrten entsetzlich. Wie sollte es auch anders sein.

Ramses saß mit gesenktem Kopf, atmete langsam und gleichmäßig, um eine drohende Übelkeit abzuwenden. Allmählich bekam er seinen Magen unter Kontrolle und fühlte sich wieder besser. Vorsichtig testete er die Ketten. Die Eisenmanschetten waren schlicht zugeschnappt, vermutlich ließen sie sich ohne Schlüssel öffnen, aber seine Hände waren einen Meter voneinander entfernt, und jede Kette nicht einmal zwanzig Zentimeter lang. Eine Weile beschäftigte er sich damit, mit den Ketten gegen die Steinmauer zu schlagen und zu schaben, rieb sich dabei indes nur seine Fingerknöchel wund.

Er lehnte sich zurück, übermannt von einem plötzlichen Abscheu, das glitschige Gestein zu berühren. Seine Mutter hätte noch einige andere Adjektive hinzugefügt – hart, kalt, feucht, modrig, voller neugieriger Insekten, die nur darauf warteten, eine neue Nahrungsquelle aufzuspüren. Einige von ihnen umlagerten bereits seine Füße. Er grinste bitter. Seine Mutter würde ihn in ihrer schroffen Art auch darauf hinweisen, dass er diesmal ganz schön in der Klemme steckte. Keine Waffen, keine nützlichen Werkzeuge, versteckt in seinen Stiefeln oder Kleidungsstücken. Sie hatten sogar das Stilett gefunden, das er unter einem schmutzigen Unterarmverband versteckt hatte. Und das alles für nichts und wieder nichts. Er war nicht klüger als zuvor, was die Identität des »heiligen Ungläubigen« betraf.

Er schloss die Augen und stellte sich erneut das bärtige Gesicht mit der aristokratischen Nase vor. Sein visuelles Erinnerungsvermögen war hervorragend, für eine eindeutige Identifikation hatte er indes nicht genug gesehen. Die ungezählten Male, wo er seinen umtriebigen Onkel nicht erkannt hatte, bewiesen ihm, dass ein kurzer Blick nicht genügte. Er war davon ausgegangen, Ismail länger beobachten zu können, irgendeine vertraute Geste oder Bewegung wahrzunehmen, seine Stimme zu hören. Der Mann hatte unter strenger Bewachung gestanden, aber vielleicht war es auch nur eine Ehrengarde gewesen. Sahin hatte eigentlich nichts bestätigt oder dementiert, sondern sich nur höchst vage über Überläufer ausgelassen.

Ramses hatte eine schlaflose Nacht und einen anstrengenden Tag hinter sich. Er fiel in eine Art Dämmerschlaf und schrak von dem Druck der Eisenbügel gegen seine aufgeschürften Hände hoch, sobald der Tiefschlaf seine Muskulatur löste. Traumbilder schwirrten ihm durch den Kopf: Nefret, immer und immer wieder, ihre blauen Augen zärtlich besorgt oder zornesfunkelnd – auf ihn gerichtet, weil er dumm genug gewesen war, in diese Falle zu tappen. Es war eine Falle gewesen; man hatte ihn belogen und kaltblütig benutzt, nur um diesen völlig harmlos wirkenden Attentäter in Gaza einzuschleusen. Cartright und seine Vorgesetzten mussten gewusst haben, dass die Chancen gut standen, dass sie beide gefasst oder getötet werden würden, wenn Chetwode seine Befehle ausführte ... Die Falle, ein Käfig so groß wie ein Salon, ausgeschlagen mit goldener Damastseide, welche die rostigen Riegel nicht kaschieren konnte; weiche Kissen unter ihm, und ein Mädchen in seinen Armen, ein Mädchen mit langen schwarzen Haaren, die sich um seine Hände schlangen und sich in Ketten verwandelten.

Als er die Augen öffnete, dachte er einen Moment lang, dass er weiterhin träumte. Das Gesicht – dicht vor dem seinen – war eine frappierende Mischung aus Sahins markanter Physiognomie und den ebenmäßigen Zügen einer betörend schönen Frau. Aber der Schmerz in seinen Händen war real, genau wie die Taschenlampe, deren Lichtkegel wild hin und her schwankte, bis sie diese neben ihn auf die Bank legte. Er straffte sich, wollte etwas sagen. Sie presste ihre Hand auf seine Lippen.

»Schweig und schrei nicht«, flüsterte sie auf Englisch. »Ich werde dir helfen zu fliehen.«

Ihre Hand war weich und warm und duftend, ihr schwarzes Haar zu einem Knoten hoch gesteckt, aus dem sich einzelne Strähnen gelöst hatten, die ihr in die Stirn fielen. Ihre Nase war ein Erbe ihres Vaters, groß und geschwungen, genau wie ihre Lippen, die jetzt indes bebten und, wie er feststellte, sorgfältig geschminkt waren. An ihrer Identität bestand kein Zweifel. War das wieder ein Trick von Sahin – eine Version des Katz-und-Maus-Spiels, das Hoffnung auf eine Flucht nährte, bevor sie verpuffte, mit seiner Tochter als sichtbarer Alternative zu einer weiteren Gefangenschaft?

Ihre Handfläche und ihre Finger glitten langsam über seinen Mund. »Warum?«, fragte er leise.

»Stell keine Fragen!« Aus ihrer Stimme klang die Anspannung. Sie straffte sich, und er sah, dass sie einen alles verhüllenden schwarzen Tob über einem recht gewagten rosa Kleid im europäischen Stil trug.

Sie brauchte eine Weile, um die Handschellen zu öffnen. Unter ihrer Parfümwolke erahnte Ramses die Furcht, die ihre Hände zittern ließ und ihr Schweißperlen auf die Stirn trieb.

Schließlich lösten sich die Eisenklemmen. In der Dunkelheit hatte er jedes Zeitgefühl verloren, doch er musste schon seit Stunden hier sein. Langsam senkte er seine schmerzenden Arme und dehnte seine Hände. Sie kniete, bearbeitete seine Fußschellen. Er beugte sich vor und schob ihre Hände fort. »Ich mach das schon. Leuchte mir mit der Taschenlampe. Wie funktioniert es?«

»Du musst ziehen ... hier ...« Ein zitternder Finger deutete auf die Stelle. »Und gleichzeitig schieben. Sie sind eingerostet ...«

Die Ketten klirrten, und er fluchte leise. Sie machten einfach zu viel Lärm und stahlen ihm die Zeit. Es war so verflucht still hier unten. Hatte Sahin keine Wache zurückgelassen? Vielleicht war es letztlich doch kein Trick. Falls ihr Vater dies in Szene gesetzt hatte, so spielte sie ihre Furcht überzeugend. Sobald er sich befreit hatte, drückte sie ihm ein Bündel in den Arm.

»Zieh das an. Beeil dich!«

Vermutlich stammte der Kaftan aus Sahins Besitz. Er war aus feinster Wolle und bei weitem zu kostspielig für jemanden, der nicht auffallen wollte, aber da ihm keine Wahl blieb, zog er ihn an und wickelte den Wollschal um Kopf und Gesicht. Der letzte Gegenstand in dem Bündel war ein Messer. Sie hatte an alles gedacht – außer an einen Gürtel. Er riss einen Streifen aus dem Kaftansaum, band diesen um seine Taille und steckte das Messer in die provisorische Schärpe.

Sie ließ ihn zur Tür vorausgehen, blieb aber so dicht hinter ihm, dass er ihren aufgewühlten Atem hörte. Die Tür war nur angelehnt. Ramses ließ rasch die Taschenlampe kreisen – er rechnete schon fast damit, Sahins grinsende Visage oder einen schwer bewaffneten Wächter zu sehen –, doch der Gang war leer.

»In diese Richtung.« Ihr zitternder Arm deutete über seine Schulter.

»Ich weiß. Ist noch jemand in den anderen Zellen?«

»Was weiß ich! Beeil dich!«

Sie schubste ihn an, doch er rührte sich nicht vom Fleck. »Ja oder nein?«

»Nein!«

Im Lichtschein der Taschenlampe sah er, dass die Türen weder verschlossen noch verriegelt waren, dennoch musste er sich vergewissern. Er drückte sie nacheinander auf, nur einen winzigen Spalt, um einen Blick hineinzuwerfen. Trotz seiner behutsamen Vorgehensweise ächzten die Scharniere, untermalt von dem spitzen Aufschrei des Mädchens. Sie zerrte an seinem Arm.

Ramses ließ sich fortziehen. Die Zellen waren leer, bis auf eine Rattenfamilie, die in einem modrigen Strohhaufen ein Zuhause gefunden hatte. Sie ging voran, auf Zehenspitzen, ihre schwarzen Röcke angehoben. Ramses folgte ihr über die Steintreppe und durch ein Gewirr von engen Gängen und kleinen Lagerräumen. Sicher kannte sie sich in diesem Kellergewölbe aus. Allerdings bezweifelte er, dass sie es selber ausgekundschaftet hatte.

Schließlich gelangten sie an eine Holztür, und sie drückte auf die Klinke. Ramses war nicht im Mindesten überrascht, als die Tür geräuschlos aufsprang. Sterne funkelten am Himmel, erhellten einen ummauerten Wirtschaftshof. Dieser war völlig schmucklos: kein Springbrunnen, keine Blumen, nur Gestrüpp und Müllhaufen. Sie befanden sich im hinteren Teil der Villa, in der Nähe des Küchentrakts. Er sah auf, musterte den Nachthimmel, entdeckte den Großen Bären und den Polarstern. In wenigen Stunden würde es dämmern. Die Zeit war ein wesentlicher Faktor, dennoch brannte ihm eine Frage auf der Seele.

Er wandte sich zu dem Mädchen. »Wer hat dir geholfen?«

»Niemand! Ich habe alles allein gemacht. Ich habe dich heute gesehen, als sie dich herbrachten, und ich ... Dafür ist jetzt keine Zeit. Du musst dich beeilen.«

»Aber woher wusstest du –«

»Keine Fragen! Es wird nicht einfach für dich werden, den Weg aus der Stadt zu finden. Ich muss dir zeigen, wo –«

»Nein, geh zurück in dein Zimmer, bevor man dich vermisst. Ich weiß jetzt, wo ich bin.«

Sie legte ihre Hände auf seine Arme. »Ein Pferd. Ich werde dir eins besorgen.«

»Warum malst du mir nicht gleich eine Zielscheibe auf den Rücken?«, fragte Ramses und war schlagartig beschämt, da ihre Mundwinkel heftig bebten. Ihr Gesicht war so nah, dass er den Kajalstrich um ihre Augen gewahrte. Sie hatte sich zurechtgemacht wie für ein heimliches Rendezvous, und das groteske, rosafarbene Kleid war wirklich die Krönung.

»Es tut mir Leid«, murmelte er, und obschon jede Sekunde zählte, zermarterte er sich das Hirn nach einigen anerkennenden Floskeln. »Du hast mir das Leben gerettet. Das werde ich dir nie vergessen –«

Abrupt stieß er den Atem aus, da sie sich an ihn warf. »Eines Tages werden wir uns wiedersehen«, hauchte sie. »Du kannst niemals mein sein, aber dein Bild ist für immer in meinem Herzen eingemeißelt!«

Sie war ein properes Persönchen, weich und warm und üppig, und er sah nur eine Möglichkeit, sie zum Schweigen zu bringen.

Also küsste er sie, intensiv, aber abwesend, dann löste er sich aus ihrer Umarmung und schob sie durch die offene Tür.

»Durch dieses Tor«, wisperte sie. »Und dann nach links –«

»Ja, richtig. Hmmm – Gott schütze dich.«

Er schloss die Tür und strebte nicht zum Tor, sondern zu der Wand rechts von ihm. Wann würden sie sein Verschwinden bemerken und die Meldung herausgeben, dass ein englischer Spion geflüchtet sei? Vielleicht erst in einigen Stunden. Vielleicht auch viel früher. Er durfte es nicht riskieren, bis zum Morgen zu warten und den Weg zu nehmen, den er gekommen war.

Einmal über die Mauer, fand er sich in einer typisch arabischen Gasse wieder, eng, staubig und extrem dunkel. Sein Verdacht war unbegründet gewesen; niemand wachte vor dem Portal.

Er hatte ein bisschen übertrieben, als er dem Mädchen sagte, er wisse, wo er sei, gleichwohl orientierte er sich rasch. Die filigranen Minarette der Großen Moschee ragten im Südwesten in den sternenklaren Himmel. Dann war er also in der Nähe vom Serail, dem Gouverneurspalast, und der schnellste Weg stadtauswärts verlief in westliche Richtung.

Er brauchte länger als erwartet. Er musste die ost-westliche Hauptstraße meiden, die gut beleuchtet war; Wachen standen vor den Behördeneingängen. Die unvorteilhaft angelegten Parks boten ihm nicht immer Schutz, zweimal musste er eine Mauer überwinden, um Patrouillen zu umgehen. Zum Glück machten die Männer so viel Lärm, dass er früh genug gewarnt war.

Drei Meilen Sanddünen trennten Gaza vom Mittelmeer. Dort

gab es genug Deckung – die Ruinen des alten Seehafens von Gaza –, und die Wachposten waren weit versprengt, da ihr vorrangiges Ziel darin bestand, vom Meer eingeschleuste Agenten zu sondieren. Als im Osten fahlgraues Dämmerlicht sichtbar wurde, watete Ramses ins Wasser. Er hatte gehofft, im Schutz der Dunkelheit ein Boot nehmen zu können, aber dafür war es jetzt zu spät; ein Boot würde auffallen und beschossen werden. Inbrünstig seufzend trennte er sich von Sahins Kaftan und schwamm los.

* * *

»Es geht ihm gut«, sagte Nefret. »Glaubt es mir. Ich weiß immer, wenn dem nicht so ist.«

Ich wollte ihr gern glauben. Das Band zwischen ihnen war so stark, dass sie stets fühlte, wenn sein Leben unmittelbar bedroht war. Allerdings sah sie nicht so aus, als hätte sie gut geschlafen. Das hatte keiner von uns. Es lag ungefähr vierundzwanzig Stunden zurück, dass wir von Ramses Festnahme erfahren hatten, und wir hatten die meiste Zeit diskutiert, was wir diesbezüglich unternehmen sollten. Emerson kann sich nur schwer in Geduld fassen. Am Spätnachmittag hatte er gut und gern zehn Meilen zurückgelegt – so oft hatte er den Fliesenboden im Harem abgeschritten.

»Wir dürfen noch nicht handeln«, beteuerte ich zum x-ten Mal. »Lass ihm noch etwas Zeit. Er hat sich schon aus schlimmeren Situationen befreit, und wir wissen zumindest, dass er lebte, als man ihn zuletzt gesehen hat. Emerson, um Himmels willen, hör mit diesem ständigen Hin-und-her-Gelaufe auf. Was du brauchst, ist ein schöner heißer Tee. Komm, hilf mir, Nefret.«

Emerson sagte, er brauche den verfluchten Tee nicht, aber ich musste irgendwas tun und Nefret meiner Ansicht nach auch. Trotz all ihrer Zuversicht war sie tief besorgt um den geliebten Menschen, der ihr mehr bedeutete als ihr Leben; sie atmete rasch und flach, und ihre Hände zitterten so stark, dass ich den Tee allein vorbereitete.

Unvermittelt sprang sie auf. Es war eine Vorahnung und nicht etwa Furcht, weshalb sie zitterte – die unerträglichen, letzten Augenblicke des Wartens auf die Erfüllung eines glühenden Wunsches. Als sie sich zur Tür drehte, sprang diese auf, und er stand da. Daran bestand kein Zweifel, obwohl er eine englische Uniform trug und sein Gesicht von einem Helm überschattet wurde.

Ich war nicht wirklich in Sorge gewesen. Nefrets Instinkte hatten sie noch nie getrogen. Trotzdem fiel eine zentnerschwere Last von mir ab.

»Aha«, sagte Emerson, um Gleichmut bemüht. »Ich habe mich schon mit dem Gedanken getragen, dich suchen zu müssen.«

»Ich auch.« Ramses legte den Helm ab und den Gürtel mit dem Holster. »Ihr werdet es nicht glauben ... Nefret!«

Sie war leichenblass geworden. Ramses fing sie geistesgegenwärtig auf, als sie in sich zusammensackte. Er hielt sie eng umschlungen, ihren Kopf an seine Schulter geschmiegt. »Nefret – Liebling – mein Schatz, sag doch was!«

»Kein Grund zur Aufregung«, beruhigte ich ihn. »Es ist nur eine kleine Ohnmacht. Lass sie runter.«

»Sie ist in ihrem ganzen Leben noch nicht in Ohnmacht gefallen!« Meinen vernunftgeprägten Vorschlag ignorierend, sank er auf den Diwan und hielt sie fest. Emerson fasste eine ihrer schlaffen Hände und fing an, sanft darauf herumzuklopfen. Ich nahm eine frische Tasse, schenkte Tee ein und gab mehrere gehäufte Löffel Zucker hinzu.

Kurz darauf regte sich Nefret. »Was ist passiert?«, fragte sie schwach.

»Du bist in Ohnmacht gefallen«, sagte Emerson rau.

»Ich bin in meinem ganzen Leben noch nicht in Ohnmacht gefallen!« Ihre Gesichtsfarbe normalisierte sich, ihre blauen Augen blitzten ärgerlich auf. »Lass mich runter.«

»Es war mein Fehler«, sagte Ramses zerknirscht. »Ich hätte nicht so einfach reinplatzen dürfen. Vermutlich hast du gedacht ... Bist du sicher, dass mit dir alles in Ordnung ist?«

Sie lächelte zu seinem besorgten Gesicht auf. »Ich weiß etwas, das die Genesung beschleunigen würde.«

Ich habe nichts gegen öffentliche Zuneigungsbeweise zwischen verheirateten Personen oder zukünftigen Paaren, aber ich wollte Ramses nicht abgelenkt wissen. »Ein schöner heißer Tee«, entschied ich und brachte ihr die Tasse.

Nefret schob sie weg. »Gib ihn Ramses. Er sieht aus, als hätte er ihn dringender nötig als ich.«

»Mir geht es prächtig. Bin nur ein bisschen müde. Hatte wenig Schlaf in den letzten achtundvierzig Stunden.«

»Bist du durch die Geheimtür hereingekommen?«, erkundigte sich Emerson.

Ramses schüttelte den Kopf. Er hatte sich einige weitere Kratzer und Prellungen zugezogen, einschließlich einer ordentlichen Beule an der Schläfe. »Kein Grund mehr zur Geheimhaltung, Vater. Die Sache wurde vermasselt. Von Anfang bis Ende ein völliger Fehlschlag.«

Nefret maß ihn kritisch. »Es wäre schön, wenn du von deinen Expeditionen wenigstens einmal unversehrt zurückkehren könntest.«

»War nicht meine Schuld«, verteidigte sich Ramses.

»Laut Chetwode hast du es heroisch mit zehn Männern aufgenommen, damit er fliehen konnte«, warf Emerson ein.

»Dann ist er also hier gewesen. Es waren nur sechs«, versetzte Ramses.

»Hmph«, brummte Emerson. »Ja, er war hier, und unsere Deckung ist ebenfalls aufgeflogen. Er bestand darauf, seine Nachricht ungetarnt zu überbringen, und falls er mich noch nicht kannte, so hat er mich jetzt kennen gelernt. Ich – äh – ich vergaß mich, als er mit der Neuigkeit herausrückte, dass man dich gefangen genommen habe und du in ›der gnadenlosen Gewalt des gefährlichsten Mannes des gesamten osmanischen Weltreiches wärst‹, wie er sich ausdrückte. Der Bursche hat eine melodramatische Ader.«

»Hmmm«, bemerkte Ramses. »Dann hat er das also noch gesehen, oder?«

»Er behauptete, er wollte dir zu Hilfe kommen, aber das Risiko sei zu groß gewesen und er genötigt, deine Anweisungen zu befolgen. An diesem Punkt rauschten deine Mutter und Nefret herein –«

»Wir waren in einem der Geheimgänge«, erklärte ich. »Überaus nützliche Verstecke. Die Nachricht, dass ein englischer Offizier mit Neuigkeiten bei uns eingetroffen sei, interessierte uns natürlich, deshalb haben wir uns –«

»Ebenfalls vergessen«, beendete Emerson den Satz.

»Mein Schatz, was machte das noch aus? Leutnant Chetwode schien nicht sonderlich überrascht, als wir aus diesem Schrank sprangen.«

»Er wird dich für einen Orden vorschlagen«, kicherte Nefret.

»Wie nett«, sagte Ramses süffisant. »Also habt ihr hier abgewartet und Tee getrunken, in dem Bewusstsein, dass ich die grässlichsten Folterungen durchstehen muss?«

»Wir haben diskutiert, welche Schritte wir zu deiner Rettung einleiten«, korrigierte ich. »Und wie wir möglichst effektiv vorgehen können.«

»Ich weiß, Mutter. War nur ein Scherz.«

»Ich wäre die Letzte, die etwas gegen eine Prise Humor einzuwenden hätte«, sagte ich. »Allerdings ... Leutnant Chetwode hat uns geschildert, was bis zu seiner Flucht passiert ist. Diesen Teil brauchst du wahrlich nicht zu wiederholen.«

»Hat er auch erwähnt, dass wir es problemlos geschafft hätten, wenn er nicht versucht hätte, Ismail Pascha zu erschießen?«

Nefret schnappte nach Luft und Emerson fluchte, und ich sagte gleichmütig: »Ich nehme an, dass ihm dies nicht gelungen ist?«

»Nein. Er hatte nicht die geringste Chance. Die Leibgarde des Gouverneurs war ihm im Weg, und es herrschte reges Gedränge. Eigentlich war es meine Schuld«, gestand Ramses. »Ich vermutete, dass er bewaffnet sei, und nahm ihm vor unserem Aufbruch eine Pistole ab. Ich hätte einkalkulieren müssen, dass Cartright damit rechnete und ihn mit einer weiteren Waffe ausstaffierte. Ich habe ihn nicht durchsucht. Leider.«

»Hör mit diesen Selbstvorwürfen auf und erzähl uns, was passiert ist«, sagte ich. »Von Anfang an, bitte, und den exakten Verlauf.«

Sein Bericht stimmte größtenteils mit dem Chetwodes überein, bis zu dem Punkt, als Chetwode auf den Verdächtigen geschossen hatte. Dann war er geflüchtet – er hatte Ramses' Anweisung befolgt, wie er betonte.

»Ich habe gesagt, er soll rennen«, räumte Ramses ein. »Das Schlimmste war nun einmal eingetreten, und in der Hektik des Augenblicks hätte niemand zu sagen gewusst, wer von uns beiden geschossen hat. Die Garde des Gouverneurs verfolgte mich, und so nahm die Sache ihren Lauf. Ich habe mich tapfer geschlagen, bis jemand einen Stein warf. Sie wollten mich gerade zum Gouverneur schleifen, als jemand aufkreuzte ... Ihr werdet es nicht glauben ...«

In seiner Jugend war Ramses entsetzlich redselig gewesen und hatte seine Monologe übermäßig mit Adverbien, Adjektiven und anderen verbalen Ausdrucksmitteln ausgeschmückt. Das hatte mich schier verzweifeln lassen, doch der knappe, uninformative Erzählstil, auf den er inzwischen gelegentlich zurückgriff, brachte mich noch mehr auf. Zugegeben, das dramatische Geschehen fesselte uns auch so; keiner äußerte ein Wort, bis er geendet hatte.

»Aha«, sagte ich. »Zunächst hat er also versucht, dich mit Gastfreundschaft und Schmeicheleien herumzukriegen. Als du dich geweigert hast, Informationen auszuplaudern, hat er dich an einer Zellenwand angekettet und dich deinem Schicksal überlassen. Du hast dich befreien können, die Wache war gerade nicht auf Posten, und du konntest fliehen. Nichts einfacher als das.«

»Du hast mich oft genug darauf hingewiesen«, meinte Ramses, »dass man bei den Fakten bleibt, blumige Rhetorik vermeidet und –«

»Verflucht«, zischte ich.

»Äh-hm«, räusperte sich Emerson lautstark, worauf Nefret losprustete und Ramses mich mit seinem charmantesten Lächeln beglückte. »Wie wär's mit einer weiteren hübschen Tasse Tee, Peabody? Und nun zu dir, mein Junge. Vielleicht noch einige weitere, erklärende Worte –«

»Dahinter steckt eine Frau«, schloss ich. »Stimmt's? Wer?«

Ramses' Lächeln erstarb abrupt. »Du wärst im 17. Jahrhundert auf dem Scheiterhaufen verbrannt worden.«

»Gut möglich.« Ich nahm die mir von Emerson gereichte Tasse in Empfang. »Noch einmal, Ramses, von Anfang an, wenn ich bitten darf.«

Darauf rückte er mit einer Beschreibung von Sahin Paschas bezaubernder, begehrenswerter Tochter heraus und mit dem denkwürdigen Angebot ihres Vaters. Einmal genötigt, alles zu berichten, machte Ramses eine unterhaltsame Geschichte daraus, und selbst Emerson grinste widerwillig, als Ramses den Kommentar des Türken hinsichtlich der Vielehe zitierte.

»Ein hervorragender Ratschlag, mein Junge. Trotzdem, verflucht merkwürdig. Vielleicht war ihm gar nicht ernst damit.«

»Wieso?«, erkundigte sich Nefret. Sie sprach zum ersten Mal, seit Ramses angefangen hatte zu berichten. Er warf ihr einen raschen Seitenblick zu und schüttelte den Kopf.

»Er konnte nicht davon ausgehen, dass ich zusagen würde – oder mein Wort halten.«

»Oh, du hättest Wort gehalten«, murmelte Nefret.

»Ich hab es ihm nicht mal gegeben. Ich finde eher«, brauste Ramses auf, »dass man es mir hoch anrechnen sollte, dass ich Folter und Tod der Untreue vorgezogen habe. Überdies war es ein verteufelt attraktives Mädchen.«

»Na, na, zankt euch nicht«, warf ich ein. »Und dieses Mädchen hat dir zur Flucht verholfen?«

Ramses nickte. »Allein hätte ich die Ketten nie öffnen können. Sie ist ein umtriebiges, kleines Persönchen«, fügte er nachdenklich hinzu. »Sie hat mir einen Kaftan, eine Kopfbedeckung und sogar ein Messer gebracht. Dann wollte sie noch ein Pferd für mich stehlen, aber ich wandte ein – zugegeben, etwas unwirsch, wenn ich es mir recht überlege –, dass ich damit nur verdächtiger wirken würde.«

Nefret sah aus, als wollte sie etwas sagen – ich wusste auch, was –, doch sie beherrschte sich. Emerson äußerte schließlich den gleichen Gedanken, der mir – natürlich – auch schon gekommen war.

»Er hat dich gehen lassen. Das Mädchen hat nach seinen Anweisungen oder mit seinem Einverständnis gehandelt.«

»Dieser Gedanke ist mir natürlich auch schon gekommen«,

erwiderte ich. »Aber es macht keinen Sinn. Er könnte interveniert haben, um dich von den Männern des Gouverneurs loszueisen, aber warum sollte er dann so bald darauf deine Flucht einleiten?«

»Verflucht, wenn ich das wüsste«, seufzte Ramses. »Zweifellos bist du bereit zur Spekulation, Mutter. Ein bisweilen sinnvoller Prozess, um das Unterholz im Dickicht der Logik zu lichten.«

Es machte mir überhaupt nichts aus, dass er mich foppte. Ich war so froh, dass er wieder bei uns war, gesund und relativ unbeschadet. »Gewiss«, sagte ich. »Lass uns davon ausgehen, dass er dir das Leben retten wollte. Hätte er dich nicht aus den Fängen des Gouverneurs befreit, wärst du weit weniger glimpflich davongekommen.«

»Es würde mich doch sehr überraschen, wenn ich entdecken müsste, dass Sahin Bey – pardon, Pascha – aus reiner Menschenfreundlichkeit gehandelt hat«, erwiderte Ramses. »Er hatte einen tieferen Beweggrund, und ich bezweifle doch sehr, dass es die Suche nach einem Ehemann für seine Tochter war.«

»Was dann?«, blaffte Emerson. »Wenn er zu uns überlaufen will – was eher unwahrscheinlich ist –, braucht er dich gewiss nicht, damit du ein gutes Wort für ihn einlegst. Die Offiziere im Kriegsministerium würden ihre Seelen und die ihrer Mütter und Großmütter an den Teufel verkaufen, um den Kopf des türkischen Geheimdienstes auf unsere Seite zu bringen.«

Ramses kratzte sich nachdenklich seine aufgeschürfte Wange. »Da bin ich mit dir einer Meinung, Vater.«

»Wie dem auch sei, das Hauptquartier muss informiert werden.«

»Das habe ich bereits getan. Was meinst du, warum ich diese verfluchte Uniform trage? Ich war lange genug im Wasser, um mir die Farbe von der Haut zu waschen, aber ich hatte keine Kleidung, außer meinem Unterzeug, und in diesem Aufzug hätte man mich niemals zu General Chetwode vorgelassen. Schätze, der Offizier, dem ich aufgelauert habe, ist ziemlich sauer auf mich; ich musste mir die Uniform ohne seine Zustimmung ausleihen. Was muss er sich auch so weit von seinem Lager entfernen!«

Emerson kannte seinen Sohn zu gut, um diese beiläufige Äußerung zu missverstehen. »Was hat General Chetwode gesagt?«

Ramses zuckte mit den Achseln. »Was sollte er anderes sagen als ›Pech gehabt, mein Junge, zum Glück sind Sie noch heil herausgekommen‹? Unser Chetwode war bereits auf dem Weg nach Kairo zum Rapport.«

»Er hatte es ziemlich eilig, aus der Stadt zu kommen, was?«, sinnierte Emerson. »Was hast du dem General berichtet?«

»Nicht mehr als nötig«, meinte Ramses gedehnt. »*Mich* klärt auch keiner auf. Verflucht, ich wüsste zu gern, wer für dieses Kabinettstückchen verantwortlich zeichnet. Offenbar wusste General Chetwode nicht, was sein Neffe vorhatte, er hatte lediglich die Information, dass wir auskundschaften und beobachten würden. Ich habe weder das Mädchen noch Sahins Vorschlag erwähnt. Der General hat den Eindruck, dass mein kluges Köpfchen von ganz allein auf eine Fluchtmöglichkeit gestoßen ist. Tut mir Leid, ich hätte direkt herkommen sollen, aber –«

»Pah«, meinte Emerson mit Grabesstimme. »Du hast getan, was du tun musstest. Trotzdem bin ich nach wie vor der Ansicht, dass das Mädchen es nicht allein initiiert haben kann. Die junge, verwöhnte Tochter eines Aristokraten, aufgewachsen in einem Harem –«

»Sie hat sich mit westlichen Vorstellungen und Lehren befasst«, unterbrach Ramses. »Aber grundsätzlich hast du Recht. Jemand hat ihr geholfen, aber es muss nicht ihr Vater gewesen sein.«

»Was du nicht sagst«, schnaubte Emerson.

»Verzeih mir, Vater. Ich hätte mich intensiver bemühen sollen, ihn zu finden.«

»Das ist ja völlig absurd«, schalt ich. »Du hättest einer erneuten Gefangennahme nicht lange entgehen können, und wenn du nicht hier aufgetaucht wärst, hätte dein Vater sich in Gaza auf die Suche nach dir gemacht.«

»Vielleicht hätte ich ihn an meiner Stelle gehen lassen sollen.« Ramses lehnte sich zurück in die Kissen und schloss die

Lider. Dunkle Augenschatten zeugten von seiner Erschöpfung. »Ich habe die ganze Geschichte verpfuscht. Es tut mir aufrichtig Leid ...«

Nefret saß im Schneidersitz neben ihm auf dem Diwan. Sie sprang auf, die Goldreifen an ihren Fußknöcheln und Handgelenken klirrten melodisch. »Entschuldige dich nicht ständig!«

»Genau«, entfuhr es Emerson. »Ich bin derjenige, der sich entschuldigen muss, mein Junge, weil ich dich bedränge. Geh und ruh dich aus.«

Ramses setzte sich auf und hielt sich seinen Brummschädel. »Er könnte es gewesen sein. Mir blieb nicht die Zeit, um mir ein genaueres Bild zu machen. Ich hätte nicht sagen können, ob die Soldaten einen Gefangenen bewachten oder einen heiligen Mann beschützten. Gleichwohl deutet die bloße Tatsache, dass ich hier bin und nicht in Sahins Zelle, sehr stark darauf hin, dass Sethos in Gaza ist. Es sei denn, wir *sollen* das glauben ... Entschuldigung. Ich scheine Unterholz hinzuzufügen, statt es abzutragen.«

»Dir blieb keine Zeit, dem Mädchen Fragen zu stellen, vermute ich«, sagte ich. »Und sag jetzt nicht wieder, dass dir das Leid tut!«

Ramses gelang ein schwaches Grinsen. »Doch, Mutter. Ich habe sie gefragt, wer ihr geholfen hat. Sie beteuerte, dass sie alles allein gemacht hätte.«

»Sie hat gelogen«, erwiderte ich. »Durchaus verständlich; sie wollte die Anerkennung und deine – äh – Dankbarkeit.«

Ramses schüttelte den Kopf. »Ich denke nicht. Ihre Angst war echt. Ihr wisst, wie Sethos vorgeht. Wenn er meine Flucht geplant hat, dann hat er Mittel und Wege gefunden, sie mit dem Notwendigen auszustatten und ihr trotzdem den Eindruck zu vermitteln, dass das Ganze ihre Idee gewesen ist.«

»Aber wie ist ihm das gelungen?«, wollte ich wissen. »Er hatte weniger als zwölf Stunden Zeit, um einen Plan zu entwickeln und umzusetzen. Er muss um die Identität von Sahins Gefangenem gewusst haben, da er dergleichen bestimmt nicht für einen Fremden riskiert hätte. Woher wusste er, dass du es warst?«

»Diese Frage habe ich mir noch gar nicht gestellt.« Ramses

straffte sich. »Und genau das könnte von Bedeutung sein. Ob es damit zusammenhängt, dass Sahin mich nicht umgehend in diese kleine Zelle geworfen hat? Verflucht noch mal, ja! Er hat mich zur Schau gestellt – bartlos und barhäuptig, leicht erkennbar – und als sie mich nach unten führten, haben sie mich durch nahezu das ganze Haus geschleift. Wenn Sethos sich irgendwo in diesen Räumlichkeiten aufhielt ...« Sein spontaner Elan währte nur kurz. »Das beantwortet aber immer noch nicht die entscheidenden Fragen.«

»Ja, ja«, sagte Emerson unwirsch. »Darüber reden wir später. Bring ihn fort, Nefret.«

Ramses erhob sich träge. »Fortbringen, wohin?«

»In meine kleine Privatzelle«, giggelte Nefret, seinen Arm über ihre Schultern legend.

»Irgendwelche Gucklöcher in den Wänden?«

»Vermutlich. Spielt das eine Rolle?«

»Kommt drauf an.« Er lächelte in ihr hoch gerecktes Gesicht und streichelte mit seinen Fingerspitzen ihre Wange.

»Vermutlich spielt es keine Rolle«, räumte ich ein. »Mittlerweile weiß jeder in der Stadt, dass wir mit britischen Offizieren in Kontakt stehen und vielleicht anders sind, als wir scheinen. Trotzdem empfehle ich dir wärmstens, dich auszuruhen statt – äh –«

»Selbstverständlich, Mutter.« Nefret drehte den Kopf und schenkte mir ein bezauberndes Lächeln.

»Das war ein äußerst unverfrorener und aufdringlicher Rat«, krittelte Emerson, nachdem sie gegangen waren. »Sie wird sich um ihn kümmern. Und ihn – äh – aufheitern. Der Junge ist zu hart gegen sich selbst.«

»Das ist er immer schon gewesen«, gab ich zurück, seine Kritik übergehend. »Es war nicht sein Fehler – dieses vermaledeite Kriegsministerium hat versagt. Soll ich anfangen zu packen?«

»Nein, mein Schatz. Warum diese Eile?«

»Ich bin davon ausgegangen«, erklärte ich nicht ohne einen gewissen Sarkasmus, »dass du dem gewissenlosen Halunken zu Leibe rücken willst, der deinen Sohn dem Risiko von Folter und Tod ausgesetzt hat.«

»Alles zu seiner Zeit, Peabody. Wir haben nicht unerhebliche Probleme auf uns genommen, um so dicht an Gaza heranzukommen. Teufel noch, ich reise nicht eher ab, bis ich weiß, was ich wissen muss!«

»Und wie willst du das anstellen?«

»Wir könnten warten, bis er zu uns kommt. Das ist doch deine bevorzugte Recherchemethode, glaube ich.«

»Damit meinst du vermutlich Sethos.«

»Sethos oder irgendwer, der davon ausgeht, dass wir eine Bedrohung für seine Pläne sind.« Er sank auf den Diwan und winkte mir. »Komm und setz dich zu mir, mein Schatz. Wir hatten in den letzten Tagen so wenig voneinander.«

Ich ließ mich nicht zweimal bitten, doch als sein starker Arm mich umschlang und fest an sich schmiegte, sah ich mich genötigt, ihn an die Gucklöcher zu erinnern. Emerson kicherte nur. »Es wird Zeit, dass ich meiner älteren Gattin ein wenig Aufmerksamkeit schenke. Gib mir einen Kuss.«

»Auf Englisch?«, ereiferte ich mich.

»Küsse sind international«, schmunzelte Emerson.

Ich war so gerührt von seiner spröden Poesie, dass ich den kratzigen Bart widerspruchslos hinnahm. Als ich wieder zu Atem kam, argwöhnte ich: »Ich muss doch sagen, du bist überaus guter Stimmung. Also, was verbirgst du vor mir?«

»Aber gar nichts, mein Schatz. Ich wollte Ramses nicht länger sein Bett – äh – seine Nachtruhe verwehren; aber er hat einen interessanten Punkt ins Spiel gebracht. Wenn Sethos sich im selben Haus aufgehalten hat ... So muss es gewesen sein, stimmt's? Er wusste nicht nur um Ramses' Identität, er hatte auch Zugang zu dem Mädchen. Jetzt hör mir genau zu, Peabody ...«

»Ja, mein Schatz.« Ich rieb mir meine schmerzende Wange.

»Er wäre bestimmt nicht als Ismail Pascha an sie herangetreten. Damit hätte er nur unnötig Risiken auf sich genommen. Er hat sich getarnt ... und ich weiß auch, welche Identität er angenommen hat.«

»Ich auch.«

»Zum Teufel«, brüllte Emerson; er löste sich aus unserer Umarmung und funkelte mich bitterböse an. »Du machst es schon wieder! Du behauptest jedes Mal, du –«

»Aber, mein Schatz, es ist eindeutig.«

»So? Dann sag's mir. Oder sollen wir unser altes Spiel spielen, jeder von uns schreibt die Antwort auf, steckt sie in einen Umschlag und klebt ihn zu?«

Wir hatten uns des Öfteren dieses Spielchens bedient, und auf den Seiten meines privaten Tagebuchs werde ich einräumen, dass ich Emerson bei mehreren Gelegenheiten dazu brachte, sich zuerst zu erklären, weil ich mir nicht hundertprozentig schlüssig war. In diesem Fall zögerte ich nicht.

»Aber, mein Schatz, ich denke, wir haben dieses kindische Wetteifern nicht nötig. Ich verrate es dir gern. Er hat sich als Sahin Pascha verkleidet.«

Emerson gab eine Lachsalve von sich, wurde aber sogleich wieder ernst und strich sich über seinen Bart. »Also wirklich, Peabody, das ist teuflisch genial. Aber ... Nein, es ist unmöglich. Was hat dich zu dieser bemerkenswerten Logik veranlasst?«

»Du bist dran«, scherzte ich. »Wen meinst du denn?«

»Ich brauche meine Pfeife«, brummte Emerson. »Was hast du damit gemacht?«

Ich hatte gar nichts damit gemacht. Leise vor sich hin schimpfend, durchwühlte Emerson seine wallenden Gewänder, bis er besagtes Objekt und seinen Tabaksbeutel aufspürte. Ich half ihm, die Pfeife anzustecken, dabei peinlich genau auf Funken in seinem Bart achtend.

»Also gut.« Emerson lehnte sich auf dem Diwan zurück und paffte zufrieden. »Wo waren wir stehen geblieben?«

»Du wolltest mir verraten, wen Sethos verkörpert hat.«

Der Genuss seiner geliebten Pfeife gab Emerson neuen Mumm. »Den Diener«, entschied er.

»Der Bursche, der den Tee brachte? Er war mit einem Betäubungsmittel versetzt, Emerson.«

»Ja, sicher. Wäre auch todsicher seine Enttarnung gewesen, wenn er die Anweisungen seines Dienstherrn ignoriert hätte. Die Leute beachten Diener nicht«, führte Emerson aus. »Und

Sahin hatte das Haus gemietet und, so muss man annehmen, auch das Personal.«

»Eine dermaßen unspektakuläre Rolle zu verkörpern passt gar nicht zu Sethos.«

»Nein, er zieht den großen Auftritt vor. Wäre eher nach seinem Geschmack, in die Rolle einer bekannten Persönlichkeit zu schlüpfen.«

Er wirkte so geknickt, dass ich mich genötigt sah, seiner Eitelkeit ein bisschen Aufwind zu geben. Ehemänner schätzen solche Gesten.

»Trotzdem, einige Dinge begreife ich nicht«, wandte ich ein. »Wie konnte Sethos Sahins Männer und dessen Personal und sogar die Tochter überlisten?«

»Ach das.« Emerson winkte wegwerfend ab. »Sethos hat schon andere und aufmerksamere Zeitgenossen an der Nase herumgeführt als eine Hand voll schwachköpfiger Gardeoffiziere. Das Mädchen sieht ihren Vater vielleicht nur selten; Sahin scheint mir nicht unbedingt der Papa, der mit seinen Kindern spielt.«

»Na ja, vielleicht täusche ich mich«, sagte ich einlenkend. »Solange wir nicht mehr über diese Villa wissen, können wir nicht mit Sicherheit sagen, wie es ihm gelungen ist.«

»Ich weiß jedenfalls nicht, wie es ihm gelungen ist«, räumte Emerson ein. »Oder was hinter diesem ganzen Manöver steckt. Aber ich habe ein Gefühl – ja, mein Schatz, nenn es ruhig eine Vorahnung –, ich habe ein Gefühl, dass wir über kurz oder lang von meiner exzentrischen – äh – Bekanntschaft hören werden. Und da vermutlich schon viel zu viele Leute um unsere wahre Identität wissen, können wir ebenso gut damit aufhören, uns wie streng gläubige Moslems zu gebärden. Was meinst du, soll ich uns eine Flasche Whisky von einem unserer Burschen organisieren?«

»Ich habe die Vor- und Nachteile erwogen, ob wir unsere Maskerade aufgeben sollen, und nach meinem Ermessen überwiegen die Vorteile. Diejenigen, die wir im Ungewissen lassen wollten, kennen die Wahrheit ohnehin, und allen anderen wird die Anwesenheit des berühmten Vaters der Flüche nur Respekt einflößen. Trotzdem brauchst du nichts zu organisieren.« Ich griff hinter die Kissen und zog das Paket heraus, das ich während der langen, beschwerlichen Reise nicht aus den Händen gegeben hatte. Es war ein ziemlich sperriges Paket, muss ich zu meinem Leidwesen gestehen, da ich die meiste Zeit darauf gesessen hatte.

»Gütiger Himmel!«, seufzte Emerson, als ich die Flasche hervorzauberte, die ich in diverse Kleidungsstücke eingewickelt hatte.

»Wir werden ihn mit normalem Wasser oder pur trinken müssen, wie Cyrus. Das Sodasiphon war zu schwer und überdies zerbrechlich.«

Emersons Lächeln schwand. »Was hast du denn da noch alles?«, fragte er misstrauisch.

»Hosen, Hemden und Stiefel für Nefret und mich – du hast sie doch neulich gesehen – mein Messer und ihres – meinen Utensiliengürtel – und –«

»Nein!« Emerson fielen fast die Augen aus dem Kopf.

»Du denkst doch nicht etwa, dass ich mich ohne ihn in Gefahr stürzen würde.« Ich hatte die Gegenstände auf dem Diwan ausgebreitet und legte meinen Schirm dazu.

Emersons grinste verzerrt, doch in seinem verzweifelten Blick lag ein letzter Hoffnungsschimmer. »Bitte. Sag jetzt nicht ...«

Ich fasste den Griff, drehte und zog. »Mein Degenschirm, ganz recht. Der, den du mir liebenswürdigerweise geschenkt hast.«

Emerson griff nach der Flasche.

* * *

An diesem Abend sahen wir die Kinder nicht mehr. Als sie zum Frühstück auftauchten, gewahrte ich mit Erleichterung, dass Ramses etwas erholter aussah. Er trug Uniformhose und -hemd, dieses jedoch weit offen, und er war barfuß, von daher fiel der verhasste Militärcharakter kaum noch auf. Er stimmte mir voll und ganz zu, dass wir unsere Tarnung aufgeben sollten.

»Ich habe ohnehin nicht angenommen, dass Mutter es lange in einem Harem aushalten würde«, merkte er an und nahm sich ein Stück Obst vom Tablett.

»Es ist auch unerquicklich«, wandte ich ein. »Uns fallen keine Ausreden mehr ein, warum wir fremde Männer in unsere Gemächer lassen. Ich habe seit Tagen nicht mehr mit Selim gesprochen, und ich finde, ein kleiner Kriegsrat ist unerlässlich. Wir müssen unser weiteres Vorgehen planen.«

»Unser weiteres Vorgehen?« Ramses hob fragend die Brauen. »Das liegt doch klar auf der Hand. Es hat keinen Sinn, dass ihr noch länger hier bleibt.«

Das Pronomen entging mir nicht, doch ich sagte nur: »Auch das müssen wir diskutieren. Wir sollten Selim hinzubitten. Vielleicht hat er noch ein paar andere Sachen für dich, Ramses. Für uns habe ich Wechselgarderobe mitgebracht, aber leider nicht für dich.«

»Ach, ich weiß nicht«, meinte Nefret gedehnt. »Mir gefallen diese kurzen Hosen. Du solltest sie immer tragen. Vater auch.«

Emerson hat wohlgeformte Waden, war indes ziemlich unsicher. Er hüstelte und sah weg. Ramses, weniger gehemmt als sein Vater, sagte lachend: »Ich sollte sie ihrem Besitzer zurückbringen, genau wie seine anderen Habseligkeiten. Aber lassen wir das jetzt; ich hole Selim.«

Selim nahm die Einladung hocherfreut an. Nachdem er sich gemütlich auf einem Sitzkissen niedergelassen hatte, sah er erwartungsvoll in die Runde. »Das ist gut. Wir hatten noch keine Gelegenheit, miteinander zu reden. Und jetzt erzähl mir alles. Was ist in Gaza passiert, Ramses?«

Er wusste, dass Ramses heil zurückgekehrt war – in der Tat erfuhr er es als Erster, da er ihn auf Anhieb erkannt hatte. Ramses hatte sich nicht mit ihm ausgetauscht, sondern umgehend uns aufgesucht, deshalb musste er für Selim das Ganze noch einmal aufrollen.

»Ah«, meinte der junge Mann interessiert. »Ist sie hübsch?«

Alle lachten, und Ramses wiederholte, was Sahin über die Vielehe gesagt hatte.

»Das habe ich nie so empfunden«, sagte Selim ein wenig

selbstgefällig. »Das Mädchen hat Mut, dass sie das Risiko auf sich genommen hat, dich zu befreien. Ich hoffe, sie muss nicht dafür büßen.«

»Ich auch«, sagte Ramses knapp.

Da wusste ich, was ich zuvor nur vermutet hatte. Er beabsichtigte, sich erneut nach Gaza vorzuwagen. Seine Mission war nicht abgeschlossen, und das Schicksal des Mädchens würde ihn verfolgen, bis er sich vergewissert hätte, dass sie in Sicherheit war.

Selim vermochte unseren logischen Schlussfolgerungen nichts hinzuzufügen, war aber der festen Überzeugung, dass Ismail Pascha Sethos sei. »Und was sollen wir jetzt machen?«, erkundigte er sich.

»Wir warten noch ein oder zwei Tage, bis sich die Nachricht von unserer Anwesenheit herumgesprochen hat«, erwiderte Emerson. »Wenn Sethos bis dahin nicht mit uns Kontakt aufgenommen hat, werden wir uns auf die Suche nach ihm machen.«

»Vater!«, entfuhr es Ramses.

»Aber, aber, mein Junge, spar dir den Atem. Du willst es doch auch, streite es nicht ab. Falls mein – äh – falls er gegen seinen Willen festgehalten wird, muss er befreit werden. Falls er ein Verräter ist – was«, sagte Emerson grimmig, »zunehmend plausibler scheint –, müssen wir ihn gefangen nehmen.«

»Wieso hältst du dies für zunehmend plausibler?«, entrüstete ich mich. »Du hast gesagt –«

»Er könnte Ramses' Flucht nicht initiiert haben, wenn er ein streng bewachter Gefangener wäre«, erwiderte Emerson ebenso aufgebracht. »Versuch nicht, ihn zu verteidigen, Peabody, oder ich muss annehmen, dass du –«

»Bitte, Emerson!«

»Vater hat Recht!« Nefrets ruhige Stimme suggerierte uns, dass wir beide im Begriff standen, vom Thema abzuschweifen. »Ob Verräter oder Gefangener, wir müssen ihn aus Gaza hinausschleusen.«

Ramses sah sie scharf an. »Was meinst du mit *wir*? Ich gebe zu, ich habe versagt, aber nur, weil Chetwode die ganze Sache vermasselt hat. Einer hat bessere Chancen als drei ... vier ... fünf ... Gute Güte, Vater, du kannst doch nicht –«

»Ich kann«, beharrte Emerson. »Sicherer als du, Ramses. Meinst du nicht, dass Sahin ganz Gaza auf einen Mann von deiner Beschreibung hetzen wird?«

»Aber wie –«

Emerson hielt gebieterisch eine Hand hoch, worauf alle verstummten, und griff mit der anderen in seine Jackentasche. »Ich habe noch einen weiteren Satz Ausweispapiere«, verkündete er stolz.

Sie waren noch beeindruckender als die ersten – mit einem leuchtendroten Wachssiegel, kunstvoll verschnörkelt und mit viel Gold. Die Schrift war gleichermaßen kunstvoll; sie sah arabisch aus, indes konnte ich nichts entziffern. Ich reichte sie an Ramses weiter.

»Türkisch«, murmelte er. »Vater, hast du eine Vorstellung, was dieses Dokument besagt?«

»Nein«, sagte Emerson leichthin. »Gibt es noch Kaffee?«

»Aber – aber –« Ramses fuhr sich mit der Hand durch die zerzausten Locken und hielt Emerson die Blätter unter die Nase. »Wolltest du diese benutzen, um in Gaza einzureisen? Du weißt doch gar nicht, ob es sich um eine Denunzierung deiner Person handelt oder – oder um irgendeine Wäscheliste!«

»Ist dem so?«, erkundigte sich Emerson.

Nefret goss ihm und Ramses frischen türkischen Mokka ein, den sie hervorragend zubereitete, und Ramses inspizierte die Papiere genauer.

»Nein«, gestand er. »Sie scheinen in Ordnung – soweit ich das beurteilen kann. Ich hatte noch nie das Privileg, eine direkte Order von der Regierung des osmanischen Reiches zu sehen, vom Sultan höchstpersönlich unterzeichnet.«

»Das haben nur wenige.« Emerson nippte an seinem Mokka. »Ah – köstlich. Danke, Nefret. Ich bin zwar nicht davon ausgegangen, dass el-Gharbi ein falsches Spiel mit mir treiben könnte, schließlich genügt allein die Aufmachung dieser Dokumente, um die meisten Leute in Ehrfurcht erstarren zu lassen, und da das Analphabetentum ohnehin weit verbreitet –«

»El-Gharbi«, fiel Ramses ihm ins Wort. »Ich hätte es wissen müssen. Was hast du ihm im Gegenzug versprochen?«

»Mein Wohlwollen.« Emerson grinste scheinheilig.

Ramses war außer sich. »So«, versetzte er, und es gelang ihm nicht recht, seine Stimme zu kontrollieren, »wenn ich nicht zurückgekommen wäre, wärst du zu den türkischen Linien vormarschiert, mit einem Stoß Papieren, die du nicht lesen kannst, und einem gebrochenen Arm und –«

»Und deiner Mutter«, sagte Emerson.

Ich glaube, er wollte die emotionsgeladene Atmosphäre mit einer Prise Humor entspannen. Seine Äußerung hatte nicht den gewünschten Effekt. Ramses wurde blass, und ich sagte entschieden: »Ganz recht. Einer für alle und alle für einen – so lautet doch unser Motto, oder? Du wärst ähnliche oder noch größere Risiken für uns eingegangen, Ramses. So, das wäre geklärt und nun zurück zum Geschäftlichen. Sind diese Papiere ausreichend für das, was dein Vater vorhat?«

»Steht mein Name darin?«, wollte Selim wissen.

»Nein, nur meiner«, erwiderte Emerson. »Wenn ein ehrenwerter Scheich, ein Freund des Sultans, beschließt, seine Diener mitzunehmen –«

»Und seine Gattinnen«, versetzte ich.

»Pah«, sagte Emerson. »Er kann mitnehmen, wen er will, vermute ich. Seid jetzt still, alle. Ich habe noch keinen Plan, wie wir vorgehen wollen. Vielleicht ist es besser, wenn ich mich im Schutz der Dunkelheit durch die feindlichen Linien stehle.«

»Mit einem Arm in Gips?«, schnaubte Ramses.

Ungehalten inspizierte Emerson den Gipsverband. »Weiß gar nicht, wozu der gut sein soll. Mein Arm juckt höllisch. Nefret –«

»Nein, Vater. Keinesfalls.« Sie neigte sich näher zu Ramses, ihre Schultern berührten sich. »Wir müssen uns ja nicht sofort entscheiden. In der Tat wäre es eine Riesendummheit zu handeln, ehe wir nicht mehr wissen. Ist ja alles gut und schön, dass Sethos in Gaza sein muss, weil nur er Ramses befreien konnte, aber sicher sind wir uns da nicht, oder? Ich halte es für das Vernünftigste, ihm eine Chance zur Kontaktaufnahme mit uns zu geben, genau wie Vater vorgeschlagen hat.«

»Genau«, bekräftigte ich. »Und währenddessen können wir

auf uns aufmerksam machen. Sollen wir ein bisschen in den Souks herumstreifen, Nefret? Es wird uns gut tun, aus diesem Haus herauszukommen.«

Ramses' wenige Garderobe und der Umstand, dass er – wie er anmerkte – genug von dem verdammten Khan Yunus gesehen habe, machten ihn empfänglich für meinen Vorschlag, im Haus zu bleiben. Selim leistete ihm Gesellschaft. Angeregt plaudernd – unser Gespräch kreiste in weiten Teilen um Sahins bemerkenswerte Tochter – brachen wir auf.

Eingequetscht in den Fond des Automobils und halb erschlagen von Gepäckstücken, hatte ich bei unserer Ankunft nicht viel von der Stadt gesehen. Sie besaß nur ein architektonisch interessantes Bauwerk: eine schöne Moschee aus dem 13. Jahrhundert. Mit nur wenigen Ausnahmen waren die Häuser klein und schmutzig, und auch der Souk hatte nicht viel zu bieten. Gleichwohl entschädigten die Gärten für die allgemeine Trostlosigkeit. Manche waren von den gleichen dichten Kaktushecken umgeben wie die Stadt, ein überaus gewöhnungsbedürftiges Erscheinungsbild und wesentlich wirkungsvoller als Zäune oder Mauern. Es waren richtige Nutzgärten, in denen eine Vielfalt an Obst- und Gemüsesorten angebaut wurde. Feigen- und Mandelbäume, Orange und Granatapfel winkten mit ihren belaubten Zweigen.

Wir schlenderten etwa eine Stunde, bewunderten die üppige Vegetation und kauften ein paar Kleidungsstücke für Ramses im Basar. Als wir zum Haus zurückkehrten, war ich sicher, dass ganz Khan Yunus von unserer Anwesenheit wusste. Nefret und ich trugen unsere europäische Garderobe. Emerson war barhäuptig, aber er hatte sich geweigert, sich von seinem bequemen Kaftan – und von dem Bart – zu trennen. (Auf den Bart komme ich noch zu sprechen.) Unsere Gegenwart sorgte für erhebliche Aufmerksamkeit, aber für weniger Verblüffung, als ich angenommen hatte; und als wir den Marktplatz überquerten, schoss ein zerlumptes Individuum auf Emerson zu, nannte ihn mit Namen und verlangte Bakschisch.

Der Bursche war groß für einen Araber und von kräftiger Statur; für Augenblicke glaubte ich, er wolle Emerson an seinem

Bart packen. Aber dann sah mein Gatte genau wie ich, dass einer der ausgestreckten Arme keine Hand hatte und dass der Ärmel vom Ellbogen an schlaff herunterhing.

»Es ist noch zu früh für eine Reaktion von ihm, Emerson«, sagte ich, als wir weitergingen, begleitet von den segensreichen Dankesworten des Bettlers.

»Nein, das ist es nicht. Wir hätten uns diesen kleinen Spaziergang sparen können; die Neuigkeit von unserer Anwesenheit hat ohnedies bereits die Runde gemacht. Sonst«, versetzte Emerson, liebevoll seinen Bart streichelnd, »hätte dieser Bursche mich nicht erkannt.«

»Aber wie denn?«, erkundigte sich Nefret und beschleunigte ihre Schritte.

»Auf alle nur möglichen Arten«, erwiderte ich. »Seit unserer Ankunft tratschen und tuscheln die Diener über uns. In Khan Yunus gibt es zweifellos Informanten, die den Türken oder den Engländern Bericht erstatten; einige verkaufen dieselbe Information vermutlich an beide Seiten. Leutnant Chetwode ... Was hast du es denn so eilig, mein Schatz; Selim ist bei Ramses, er wird niemanden in seine Nähe lassen.«

Ramses schlief, zusammengerollt wie eine Katze, auf den Diwanpolstern. Neben der Tür hockend, sein Messer gezückt, schien Selim offenbar enttäuscht, uns zu sehen – und nicht den erhofften Attentäter.

»Es war niemand hier«, sagte er mit Bedauern.

»Aber es hätte jemand kommen können.« Ich klopfte ihm auf die Schulter. »Danke, Selim, dass du ihn bewacht hast.«

»Es ist mir ein Vergnügen und meine Pflicht«, erwiderte Selim. »Und jetzt gehe ich nachsehen, was dieser Volltrottel von einem Koch mit unserem Mittagessen anstellt.«

* * *

An besagtem Nachmittag hatten wir mehrere Besucher. Alle wollten uns irgendetwas verkaufen.

Unser Besuch im Souk hatte die Händlerinstinkte sämtlicher Kleinunternehmer im Umkreis von dreißig Kilometern geweckt.

Es war nichts Ungewöhnliches, dass Händler ausgesuchte Waren zu den Häusern betuchter Bewohner brachten, vor allem für die Damen des Harems. Zu diesem Zweck wird weibliches Personal angeheuert, da wir jedoch ungläubige Engländerinnen waren, traten die Händler direkt an uns heran, breiteten ihre Seidenstoffe und Edelsteine, Teppiche und Kupferwaren zu unserer gefälligen Prüfung vor uns aus. Einer von ihnen, gerissener als seine Mitstreiter, bot etliche Artefakte feil, darunter auch einen hübschen Skarabäus von Seth I. Das Gebiet war über Epochen hinweg in ägyptischer Hand gewesen, und Gaza eine der Städte, die bereits im 14. Jahrhundert schriftlich erwähnt werden. Die Arme vor der Brust verschränkt, seine Miene verdrossen, weigerte sich Emerson, seinen Grundsatz aufzugeben, niemals von Händlern zu kaufen, doch ich sah das frohlockende Leuchten in seinen Augen und erstand den Skarabäus und ein gut erhaltenes, phönizisches Gefäß.

Im Anschluss daran erklärte ich Selim, dass wir eine Zeit lang keine weiteren Besucher mehr empfangen würden, und Emerson holte den Whisky. Wir saßen im Salon des Harems, der inzwischen relativ sauber war, was man von anderen Trakten des Hauses nicht sagen konnte. Ramses hatte soeben die Flasche geöffnet, als Selim in den Raum stürmte.

»Da ist ein Mann«, drängte er. »Ein Offizier. Er fragt –«

»Ich stelle meine Fragen selber. Aus dem Weg.« Der Offizier war ihm gefolgt. Ich erkannte die Stimme und das breite, gerötete Gesicht, dass über Selims Schulter spähte. Selim wich keinen Zoll.

Emerson nahm die Pfeife aus dem Mund. »Ah, Major Cartright, wie er leibt und lebt. Darf ich Sie daran erinnern, dass Sie hier nicht die Befehle geben. Ein bisschen höflicher, wenn ich bitten darf.«

Cartright bekam das Wort heraus, obschon er fast daran erstickte. »Bitte!«

Selim trat beiseite, verschränkte die Arme. Cartright trat ein. Emerson wies mit derselben nachsichtigen Stimme darauf hin, dass Damen anwesend seien, und Cartright zog mit einer leise gemurmelten Entschuldigung seinen Hut.

»Das gefällt mir schon besser«, sagte Emerson. Er nippte genüsslich an seinem Whisky. »Nun? Stehen Sie nicht gaffend rum, Sie müssen doch irgendwas auf dem Herzen haben.«

Emerson versuchte sich als Widerling, und das gelingt ihm hervorragend. Cartright verkniff sich gewisse Äußerungen und atmete stattdessen tief ein. »Schicken Sie – ich meine – bitte schicken Sie diesen Mann weg.«

»Nein«, entgegnete Emerson. »Aber ich werde mein Bestes tun, dass er sein Messer bei sich behält. Sie sind entweder sehr vermessen oder sehr mutig, dass Sie sich nach Ihrem schmutzigen Trick noch hier blicken lassen.«

Weiterhin stehend – keiner hatte ihm einen Sitzplatz angeboten – zog Cartright ein Taschentuch hervor und wischte sich die Schweißperlen von der Stirn. »Mrs Emerson – ich bitte Sie. Darf ich jetzt endlich reden?«

Er sah zu mir und nicht zu Nefret, deren schmale Lippen und hochrote Wangen ihm gewiss vermittelten, dass er ein Einlenken ihrerseits nicht erwarten durfte. Ich nickte. »Wollen Sie etwa behaupten, nichts von Chetwodes Plan gewusst zu haben?«

»Chetwode ist ein ver- ein kindischer Idiot!«, erboste sich sein Vorgesetzter. »Ich wusste nichts davon, Mrs Emerson, und das ist die Wahrheit.«

Ramses ergriff zum ersten Mal das Wort. »Ihr Ehrenwort darauf, als Offizier und Gentleman?«

Die Ironie entging Cartright. »Ja! Ich war schockiert, als ich von Chetwodes Tat erfuhr. Er ist vom Dienst suspendiert und wird seiner gerechten Strafe zugeführt werden. Glauben Sie mir das?«

»Da Sie Ihr Wort gegeben haben, bleibt uns keine andere Wahl«, sagte Ramses, seine Stirn in Falten gelegt. »War das der einzige Grund für Ihr Kommen – uns Ihr Bedauern auszudrücken?«

»Bedauern!«, entfuhr es Nefret. »Das ist ein bisschen wenig, Major. Wissen Sie überhaupt, was mit meinem Mann passiert ist, nachdem –«

»Nein, das weiß er nicht.« Ramses warf ihr einen warnenden

Blick zu. »Ich schätze, er ist hier, um es in Erfahrung zu bringen. Cartright, ich habe General Chetwode Bericht erstattet.«

»Ich weiß, er hat ihn mir umgehend geschickt, und ich ...« Sehnsüchtig musterte er die Whiskyflasche. »Meine Erleichterung, glauben Sie mir, war unvorstellbar. Er hat mir nur wenige Einzelheiten genannt – was ganz in Ordnung war –, war völlig korrekt von Ihnen, ihm nicht mehr als nötig zu enthüllen.«

»Ein eherner Grundsatz beim Geheimdienst«, sagte Ramses mit seiner ruhigen, angenehmen Stimme. »Sie haben vermutlich ein Recht, mehr zu erfahren. Trotzdem weiß ich nicht, ob Ismail Pascha der von Ihnen gesuchte Mann ist. Chetwode ließ mir nicht genügend Zeit, um mich sachkundig zu machen. Man nahm mich gefangen, was Chetwode meiner Familie freundlicherweise mitgeteilt hat, doch es gelang mir im Verlauf der Nacht, mich zu befreien.« Um weiteren Fragen vorzugreifen, setzte er hinzu: »Das ist alles, was ich Ihnen berichten kann. Chetwodes sinnlose Tat macht es praktisch unmöglich, an Ismail Pascha heranzukommen. Sie bewachen ihn jetzt noch schärfer.«

Cartright nickte bitter. »Auf diese Weise können wir es nicht noch einmal versuchen. In absehbarer Zeit jedenfalls nicht. Schätze, Sie wollen umgehend nach Kairo zurückkehren. Ich werde die nötigen Reisevorkehrungen treffen.«

»Das erledigen wir schon selber«, schaltete sich Emerson ein. »Wenn wir so weit sind.«

Die Endgültigkeit seines Tons und die feindseligen Blicke, mit denen sämtliche Anwesenden Cartright maßen, hätten ihn eines Besseren belehren müssen. Keiner hatte ihm einen Whisky angeboten, geschweige denn einen Stuhl. Und doch blieb er, nervös von einem Fuß auf den anderen tretend.

»Sehen Sie, alter Junge«, tönte er. »Dies hier ist außerdienstlich, wissen Sie – also, Sie haben Ihre Sache wirklich gut gemacht! Chetwode war klug genug einzuräumen, dass Sie Ihr Leben riskiert haben, um ihm die Flucht zu ermöglichen – und sich dann aus türkischer Gefangenschaft zu befreien und ihre Linien zu durchbrechen ... Es war – es war verflucht phänomenal!«

»Na ja, Sie kennen die Türken«, versetzte Ramses. »Nachlässiges Lumpenpack.«

»Trotzdem, ich – äh –« Militärdisziplin oder ein verbaler Fauxpas ließen ihn schlagartig verstummen. Er straffte sich und salutierte zackig. Ramses nickte nur, seine Mundwinkel verkniffen.

»Wie absurd diese Militäroffiziere sind«, seufzte ich, nachdem Cartright steif hinausmarschiert war und Selim die Tür zugeknallt hatte.

»Unterschätz ihn nicht«, meinte Ramses leise.

»Ich bestimmt nicht«, sagte Emerson. »Er wollte auskundschaften, wie lange wir noch hier bleiben wollen. Vielleicht hätte ich einen Vorwand für einen weiteren Aufenthalt nennen sollen, aber mir ist spontan keiner eingefallen; hier würde man nicht unbedingt seinen Urlaub verbringen wollen, und die archäologischen Relikte reißen einen auch nicht vom Hocker.«

»Gute Güte«, schnaubte ich ärgerlich. »Meinst du, er misstraut uns noch immer? Was für eine Beleidigung!«

Lachend erhob sich Ramses und nahm mir mein leeres Glas aus der Hand. »Du solltest es als Kompliment werten, Mutter. ›Misstrauen‹ ist vielleicht übertrieben, aber ein guter Geheimdienstoffizier geht kein Risiko ein bei Leuten, deren Verhalten – wie soll ich sagen? – unberechenbar ist. Das stellt uns vor ein kleines Problem. Wenn wir nicht in ein oder zwei Tagen abreisen, wird er mutmaßen, dass wir heimlich etwas planen, und uns beobachten lassen. Ich jedenfalls würde so vorgehen.«

»Ganz recht«, bekräftigte Emerson. »Hölle und Verdammnis! Dann bleibt uns nicht mehr viel Zeit. Wir können nur hoffen, dass mein – äh – Sethos bald reagiert. Da du gerade stehst, Ramses, gieß mir doch bitte noch einen Whisky ein. Wann gibt es Abendessen, Selim? Dieses herzerfrischende kleine Intermezzo hat mich hungrig gemacht.«

»Ich weiß nicht. Ich habe den ganzen Nachmittag neben der Tür gewacht, und der Koch –«

»Ja, ja, mein Junge, ist schon recht. Sieh mal nach, was du für uns tun kannst, hm? Du brauchst nicht Wache zu halten, wir werden heute Abend keine weiteren Besucher haben.«

Darin täuschte er sich. Kurz nachdem Selim sich getrollt hatte, schlurfte der betagte Portier herein, um einen weiteren Händler anzukündigen. Er wolle einen Teppich verkaufen, einen sehr schönen Teppich, einen Seidenteppich, einen –

»Sag ihm, er soll verschwinden«, knurrte Emerson. »Wir brauchen keinen Teppich.«

Der Mann verbeugte sich und huschte hinaus. Indes war er zu langsam und unfähig, den Teppichverkäufer abzuwimmeln. Der Bursche war ihm bereits gefolgt.

Er war ein stattlicher Mann mit ergrautem Bart und zusammengekniffenen Augen. Die Teppichrolle hatte er geschultert. Er packte die Tür, warf sie dem Portier vor der Nase zu, legte den Teppich auf den Boden, fasste ein Ende und zog.

Ein prächtiges Muster in Burgunderrot und Azurblau und Gold bot sich unseren Blicken, gefolgt von einer herausrollenden menschlichen Gestalt – einer weiblichen Gestalt, in einem ziemlich geschmacklosen und sehr zerknitterten Kleid aus bonbonrosafarbener Seide. Hustend und japsend rieb sie sich mit schmutzigen Fingern die Augen.

»Beim Allmächtigen«, entfuhr es meinem Sohn gepresst.

Ich war zu perplex, um darauf zu reagieren, und die anderen nicht minder. Freilich fasste ich mich als Erste. Ich spähte von der jungen Frau, die bis auf die Ausdünstungen eines nach Kamel stinkenden Teppichs unversehrt schien, zu dem Händler, der mich herausfordernd maß.

»Du bist zurückgekehrt, was?«, erkundigte ich mich überflüssigerweise.

»Ja, aber diesmal nicht von den Toten«, erwiderte Sethos. »Ich habe euch ein kleines Geschenk mitgebracht.«

»In einem Teppich?«

»Bei Kleopatra hat es auch funktioniert«, versetzte mein Schwager. Die arme Frau nieste heftig. Unwillkürlich reichte ich ihr ein Taschentuch.

»Ich lasse sie für ein paar Tage in eurer Obhut«, fuhr Sethos fort. »Passt auf sie auf.«

Ohne jede weitere Erklärung drehte er sich um und strebte zur Tür. Emerson machte einen Satz, packte seinen Arm und riss ihn so energisch herum, dass er schwankte.

»Nicht so hastig. Du musst uns noch einiges erklären.«

Statt sich loszureißen, starrte Sethos auf Emersons linken Ärmel, der zurückgerutscht war und den Gipsverband enthüllte.

»Wie ist das passiert?«, wollte er wissen.

»Ein Zusammenstoß mit einem Grabräuber in Luxor«, erklärte Emerson. »Einer von deinen Leuten?«

»Derzeit pflege ich keine Geschäftsbeziehungen in Luxor. Das sieht dir wieder einmal ähnlich«, entrüstete er sich, »mit gebrochenem Arm in ein Krisengebiet vorzudringen. Unternehmt noch ein paar Tage lang nichts, das gilt für euch alle. Ich kann jetzt nicht reden; einfache Kaufleute schwatzen nicht mit Kunden.«

»Dann treffen wir dich eben woanders«, entschied ich rigoros. »Heute, am späten Abend. Wo und wann?«

»Um Himmels willen, Amelia, sei doch vernünftig! Mein Hals steckt bereits in einer Schlinge, die mit jeder Minute enger wird. Wenn mein Verschwinden auffällt ... Oh, na gut. Ich versuche, euch morgen Abend zu treffen. Um Mitternacht – romantisch, nicht? – in dem verfallenen Haus in Dir el-Balah. Ramses kennt es.«

»Was?« Ramses riss seinen entsetzten Blick von dem Mädchen. »Ja, ich kenne es. Was zum Teufel –«

»Später. Die nächsten ein, zwei Tage dürftet ihr keine Probleme haben. Oh – fast hätte ich's vergessen. Ihr schuldet mir vierhundertzwanzig Piaster. Das sind viereinhalb türkische Pfund«, fügte er hilfsbereit hinzu. »Ein Bombengeschäft.«

Nachdem er unter diversen Verbeugungen den Raum verlassen hatte, konnte ich mich endlich der jungen Frau widmen. Nefret hatte sie bereits zum Diwan geführt und half ihr, das lange, zerzauste Haar zu richten.

»Möchten Sie sich ein wenig erfrischen, bevor wir miteinander plaudern?«, erkundigte ich mich.

»Aber Mutter, dies ist doch kein gesellschaftliches Ereignis!«, platzte Ramses heraus. »Du lässt ihn gehen, ohne dass er irgendwelche Fragen beantwortet, vielleicht sollten wir uns anhören, was sie zu sagen hat.«

Zerknirscht sah sie mit ihren schwarzen Augen zu ihm auf. »Bist du mir böse? Ich dachte, du würdest dich freuen, mich zu sehen.«

»Das tut er«, versetzte Nefret. Ein Grübchen bildete sich in ihrem Mundwinkel. »Er kann es nur nicht so richtig zeigen. Mutter, besorg ihr etwas zu trinken.«

»Danke, das wäre schön. Und etwas, womit ich mir Gesicht und Hände säubern kann.«

Jedenfalls hatte sie die Umgangsformen einer Dame. Nachdem das Erbetene gebracht worden war, reinigte sie ihr Gesicht und nahm einen tiefen Schluck kalten Tee. Ich musste Ramses dazu anhalten, Ruhe zu bewahren; er war übernervös und ärgerlich, gleichwohl mussten wir dem Mädchen ein wenig Erholung gönnen.

»Und jetzt«, hub ich an, nachdem sie mir etwas gefasster schien, »können Sie uns vielleicht sagen, Miss ... Wie heißen Sie? Ramses hat Ihren Namen nicht erwähnt.«

»Wir sind uns nicht explizit vorgestellt worden«, presste Ramses zwischen zusammengebissenen Zähnen hervor.

»Esin.«

»Angenehm.«

»Angenehm«, wiederholte sie. »Sind Sie *seine* Mutter?«

Noch eine, dachte ich im Stillen. Ramses hatte diese Wirkung auf schwärmerische junge Frauen. Ich hatte selbiges vermutet, nach Ramses' entschärfter Version ihrer Begegnung; und so, wie sie das maskuline Pronomen betonte, war mir alles klar.

»Ja«, sagte ich. »Und das ist *sein* Vater, Professor Emerson. Und dies *seine* Frau.«

»Angenehm«, murmelte das Mädchen mit einem knappen Nicken zu Emerson. Sie maß Nefret von Kopf bis Fuß, und ihr Gesicht nahm einen verdrießlichen Ausdruck an.

»Einerlei, ich bin froh, dass ich hier bin«, seufzte sie. »Mein Vater war außer sich nach deiner Flucht.«

»Hat er dich beschuldigt?«, fragte Ramses.

»Nein, er denkt, dass ich zu dumm bin und zu viel Angst vor

ihm habe.« Sie nahm einen weiteren Schluck Tee. »Er wollte Ismail Pascha die Schuld geben, aber das konnte er nicht, da sie den ganzen Abend zusammen waren, und als Ismail Pascha sich in seine Gemächer zurückzog, postierte mein Vater Wachen vor der Tür. Um ihn vor Attentätern zu schützen, wie er meinte.«

»Aber wie hat er denn –«

Nefret bedeutete Ramses zu schweigen. »Wie gut kennst du Ismail Pascha?«, erkundigte sie sich.

»Ich habe oft mit ihm geredet. Er ist Engländer, müsst ihr wissen. Ich habe gern mit ihm geplaudert; er hat mich wie einen Menschen behandelt und nicht wie eine Frau, und ich konnte mein Englisch verbessern. Er hat gesagt, ich sei ein kluges Mädchen.« Sie trank ihren Tee aus und lehnte sich zurück.

»Es überrascht mich, dass dein Vater gebilligt hat, dass du mit anderen Männern sprichst«, meinte Nefret gedehnt.

»Er konnte gar nicht anders.« Ihre dunklen Augen blitzten auf. »In Konstantinopel arbeiten inzwischen viele Frauen – wegen des Krieges. Ich habe beim Roten Kreuz ausgeholfen und Verbandpäckchen gewickelt. Es war herrlich! Wir haben über vernünftige Dinge geredet, über Bücher und was in den Zeitungen stand, und viele neue Ideen diskutiert. Und wir trugen Mieder und kurze Kleider!«

»Ich habe davon gehört«, bekräftigte Nefret. »Hat die Regierung nicht ein Dekret erlassen, dass die muslimischen Frauen längere Röcke tragen, auf Mieder verzichten und dichtere Schleier anlegen sollten?«

»Sie mussten alles zurücknehmen«, sagte diese junge Amazone selbstgefällig. »Wir haben dafür gesorgt. Die Mädchen bei der Telefongesellschaft und bei der Post drohten mit Streik, und die Damen sagten, sie würden nicht mehr für das Rote Kreuz arbeiten. Und mein Vater befand, ich würde mich in schlechter Gesellschaft bewegen, und deshalb musste ich mit ihm nach Gaza reisen, und dort war es sterbenslangweilig. Er versuchte, mich in den Harem zu sperren, aber von dort bin ich ständig ausgerückt; es war lustig, mich vor den Männern zu verbergen und Plätze zu erkunden, wo mich keiner vermutete.«

»Die Keller«, murmelte Ramses, sichtlich gerührt. Er hatte sie unterschätzt, wie wir alle.

Emerson hatte sprachlos gelauscht. Jetzt räusperte er sich und fragte: »Was ist mit Ihrem Vater, Kindchen? Er wird sich Sorgen machen. Haben Sie ihm eine Nachricht hinterlassen?«

»Nein, warum sollte ich? Er kümmert sich nicht um mich, ich bin nicht mehr als sein Eigentum. Ich habe in England gelebt; ich kehre nicht zurück zu Schleier und Harem und zu der Unmündigkeit der Frau. Als Ismail Pascha mir erzählte, dass mein Vater einen englischen Spion aufgegriffen habe, wollte ich ihn sehen, deshalb habe ich mich in der Empfangshalle versteckt, in der Hoffnung, sie würden ihn dorthin bringen – und so war es auch! Mein Vater wies sie an, seine schmutzige Kleidung zu entfernen, damit die Sitzkissen keine Flecken bekämen, und als sie ihn entkleideten, sah ich, dass du sehr wohlgeraten bist.«

Nefret bekam einen Hustenkrampf. »Freut mich, dass du das lustig findest«, meinte Ramses säuerlich.

»Es ist nicht lustig«, widersprach das Mädchen. »Es ist tragisch und sehr romantisch. Ich wusste nicht, wer du bist, und als mein Vater sagte, er würde mich dir zur Frau geben, war ich glücklich, weil du so männlich und so mutig bist, und dann – dann hast du gesagt, dass du schon verheiratet bist, und mir brach es das Herz, weil ich wusste, dass ein englischer Gentleman nie untreu sein würde –«

»Jetzt ist es aber genug«, sagte Ramses zu seiner Frau, die mit beiden Händen ihren Mund bedeckte, um nicht laut loszuprusten.

»Ganz recht«, sagte ich, um Fassung bemüht. Die Konversation war doch sehr eigenwillig gewesen. »Nefret, zeig der – äh – jungen Dame das Bad und gib ihr ein paar frische Sachen. Dieser Teppich ist ja völlig verdreckt.«

»Besprecht nichts Wichtiges, solange ich nicht zurück bin«, bemerkte Nefret.

Das Mädchen stand auf. »Bist du immer noch böse mit mir?«, fragte sie Ramses.

»Gütiger Himmel, nein. Ich – äh – ich verdanke dir sehr viel.

Mehr als mir selber bewusst war.« Strahlend erwiderte sie sein Lächeln.

»Du schuldest mir nichts. Ich werde die Erinnerung an diesen Kuss wie einen Schatz hüten, auch wenn ich dich nie ganz für mich haben kann.«

Nachdem Nefret das Mädchen hinausbegleitet hatte, verweilten wir anderen in brütendem Schweigen über unsere neuerlichen Eindrücke. Ich konnte mich des Eindrucks nicht erwehren, dass wir allmählich mit zu vielen eigenwilligen jungen Frauen konfrontiert wurden. Kritisch fixierte ich meinen Sohn.

»Der Kuss war vielleicht ein Fehler.«

»Er schien mir das kleinere Übel, Mutter.«

Ich denke, er wollte mich foppen. Bei Ramses kann man sich da nie sicher sein. Vermutlich würde er Nefrets Kommentare genauso amüsant finden.

»Ein verzeihlicher Irrtum, jedenfalls«, schloss ich. »Wir wollen nicht mehr davon anfangen.«

»Eine bemerkenswerte junge Frau«, befand Emerson. Düster setzte er hinzu: »Schätze, die werden wir nicht mehr los.«

»Bis auf Weiteres nicht«, bekräftigte ich. »Und wir können uns nicht einmal beklagen, schließlich verdanken wir ihr sehr viel. Wir haben uns gehörig in ihr getäuscht. Sie hat die ganze Sache allein initiiert.«

»Mit ein paar Ratschlägen von Ismail Pascha«, versetzte Ramses. »Sieh mich nicht so durchdringend an, Mutter. Ich will ihre Intelligenz und ihren Mut ja gar nicht leugnen, aber ich möchte wetten, dass sie umgehend zu ihrem Busenfreund gerannt ist, nachdem sie mich – äh – meine wohlgeratene Wenigkeit in die Zelle gesperrt hatten, und ihm ihr Herz ausgeschüttet hat. Das war das Startsignal für ihn, ihr irgendwelche Flöhe in den Kopf zu setzen, denn das kann keiner so gut wie er. Ich höre seinen Sermon schon fast, ihr nicht? ›Die Grausamkeiten des Krieges ... zu jung zu sterben ... dein Vater wurde gegen seinen Willen gezwungen, einen galanten Widersacher auszulöschen ... im Grunde seines Herzens wäre er dankbar, wenn ihm diese grausige Pflicht erspart bliebe ...‹«

»Sie scheint mir eine romantische junge Person zu sein«,

wandte ich ein. »Und klug genug, um an alles zu denken, mit, das mag ja sein, ein paar gedanklichen Anstößen von Sethos. Vermutlich hatte er das Haus ausgekundschaftet, einschließlich der Zellen – ›nur für den Fall‹. Genau wie ich glaubt er, potenzielle Gefahren zu ahnen. Sonst hätte er sich nicht die Mühe gemacht, sie zu überzeugen, mit ihm zu fliehen, um die Person aufzusuchen, die solchen Eindruck auf ihr schwärmerisches Herz gemacht hat.«

»Aber Mutter«, protestierte Ramses. »Sie war gelangweilt und nervös und sauer auf ihren Vater, weil er sie nach Gaza geschleift hat, und fasziniert von Sethos. Mehr bedurfte es gewiss nicht.«

»Hhm«, murmelte ich. »Zugegeben, *ihre* Motive interessieren mich weniger als seine. Warum hat er es getan? Bestimmt nicht, um eine in Bedrängnis geratene Halbwüchsige zu retten.«

»Nicht Sethos«, grummelte Emerson – der töricht genug gewesen wäre, um genau das zu tun. »Irgendwie will er sie gegen ihren Vater ausspielen. Es wäre verflucht peinlich für Sahin Bey – pardon, Sahin Pascha – zuzugeben, dass die eigene Tochter zum Feind übergelaufen ist. Was würde er nicht alles dafür geben, sie zurückzubekommen?«

»Einen solchen Plan kann ich nicht befürworten«, erklärte ich. »Ich werde keine junge Frau gegen ihren Willen zu irgendetwas zwingen, egal, was man mir im Gegenzug dafür anbietet.«

»Nicht einmal für Sethos?« Ramses' Blick war auf die Zigarette gerichtet, die er soeben anzündete.

»Ach du gute Güte«, seufzte ich.

11

Die Nacht verstrich ohne Zwischenfall, aber dennoch etwas problematisch. Ich war darauf bedacht, das Mädchen in meiner Nähe zu wissen. Man hatte sie Hals über Kopf aus ihrer vertrauten Umgebung gerissen, und wir waren Fremde für sie; eine mütterliche Vertrauensperson würde sie trösten – und am Fortlaufen hindern, falls sie ihre Einstellung änderte. Emerson versuchte mich zu überzeugen, *ich* solle *meine* Einstellung ändern; er fand meine Neigung, Schwierigkeiten zu wittern, die nie eintraten, verflucht unangenehm (Originalton Emerson). Da er sich nicht durchsetzen konnte, stapfte er ziemlich aufgebracht in eines der angrenzenden kleinen Schlafzimmer.

Esin entpuppte sich als unruhige Zimmernachbarin, sie atmete geräuschvoll durch die Nase und wälzte sich unaufhörlich im Bett. Gleichwohl sah ich den Silberstreif am Horizont: Das Wachliegen ließ mir reichlich Zeit für meine Überlegungen. Die Situation war noch konfuser als zuvor, die Irrungen und Wirrungen mannigfaltig. Wenn wir nicht Vorkehrungen für unsere Abreise trafen, könnte Cartright uns unter Hausarrest stellen oder uns zum Aufbruch nötigen – zu unserem eigenen Besten, wie er beteuern würde. Ich traute ihm nicht über den Weg und glaubte ihm auch kein Wort. Weiß der Himmel, was Sethos als Nächstes vorhatte. Ich jedenfalls hatte ihn nie als Verräter eingestuft, und ich glaubte es auch jetzt nicht, obwohl mir seine wahren Motive ein Rätsel waren. Indes hatte er nicht übertrieben, als er von der Schlinge um seinen Hals sprach; ein Überläufer ist automatisch verdächtig, und Sahin, ein alter Hase in diesem Spiel, verfolgte womöglich jeden seiner Schachzüge. Ramses' Theorie, Sethos könne das Mädchen als Geisel genommen haben, für den Fall, dass er verhaftet werde, klang ausgesprochen überzeugend; in der Tat vermochte ich mir keinen anderen Grund vorzustellen, warum er dieses Risiko eingegangen sein sollte. Sahin Pascha war ein weiterer

Unsicherheitsfaktor. Was würde er tun, wenn er das Verschwinden seiner Tochter bemerkte?

Gegen Morgen hatte ich meine Pläne umrissen. Ich erklärte sie den anderen beim Frühstück.

»Ich bezweifle ernsthaft, ob es ratsam ist hier zu bleiben. Lasst uns wenigstens so tun, als würden wir umgehend abreisen.«

»Du meinst Koffer packen und so«, erkundigte sich Nefret nachdenklich.

»Es wäre gewiss nicht verkehrt, wenn wir das Nötigste zusammenpacken würden. Was ich damit eigentlich sagen wollte, ist, dass wir bummeln gehen und Artikel besorgen sollten, wie man sie für eine Reise braucht, und dass das Automobil gewartet werden muss, damit es auch in Ordnung ist.«

»Es ist in Ordnung«, entrüstete sich Selim.

»Da bin ich sicher, Selim. Aber du könntest doch bestimmt so tun, als wäre es das nicht – und einige Reparaturen durchführen? Das würde uns einen plausiblen Vorwand liefern, um noch einen weiteren Tag zu bleiben.«

»Ja, das könnte ich.« Selim nickte. Seine Augen glänzten bei dem Gedanken an eine interessante Herausforderung in Sachen Automobil. »Diese Leute haben keine Ahnung von Autos. Entfernen könnte ich beispielsweise die –«

»Nein, nein, du darfst um Himmels willen nichts entfernen! Wenn es erforderlich wird, möchte ich in Windeseile startklar sein.«

»Du hast doch nicht etwa eine deiner berühmten Vorahnungen, oder?«, erkundigte sich Emerson, seine Augen wurden schmal. »Wenn dem so wäre –«

»Wolltest du ohnehin nicht, dass ich sie dir enthülle, Ich versuche nur, jede Eventualität einzukalkulieren, Emerson. Das ist nicht Aberglaube, sondern schlicht gesunder Menschenverstand. Wir müssen auf jeden Fall bis morgen hier bleiben, um uns mit Sethos austauschen zu können, und wir wollen doch nicht, dass irgendein hilfsbereiter Militäroffizier bei uns hereinschneit und uns auf den Zahn fühlt, oder?«

»Wie weit wollt ihr fahren?«, warf Selim ein. »Wenn es mehr als fünf Meilen sind, brauchen wir Benzin.«

»Was brauchen wir noch?«

Ich machte eine kleine Liste. Unser Gast, der außer einem Morgengruß nichts gesagt hatte, murmelte: »Werde ich euch begleiten?«

Ich wandte mich ihr zu. Ein Bad und frische Garderobe – ein Seidenkaftan von der »Lieblingsfrau« – hatten sie sehr zum Vorteil verändert, und ich hatte ihr persönlich das Haar geflochten. Sie war keine Schönheit, dafür waren ihre Züge zu herb, aber auf ihre Art ein anziehendes Geschöpf. Selim warf ihr ständig verstohlene Blicke zu.

»Noch sind wir hier«, erwiderte ich. »Und ob wir Sie mit nach Kairo nehmen, hängt von einer Reihe Faktoren ab, die noch unbestimmt sind.«

»Wir können gar nicht anders«, warf Emerson ein. »Sie hat sich in unsere Obhut begeben und steht unter unserem Schutz – wir schulden es ihr.«

Mit einem schmachtenden Blick kommentierte Esin seine noble Haltung, die – das darf ich hinzufügen – völlig aufrichtig war. Ganz so einfach war es allerdings nicht; Männer sind auf Begriffe wie Ehre und Anstand und noblesse oblige fixiert und verlieren schnell den Blick für das Wesentliche. Mein ritterlicher Gatte würde einem Austausch niemals zustimmen, selbst wenn das Leben seines eigenen Bruders auf dem Spiel stünde. Ich hatte noch nicht entschieden, was ich in einem solchen Fall tun würde. Auf keinen Fall würden wir das Mädchen in die Sklaverei verkaufen, sondern sie höchstens an ihren Vater herausgeben, der sie immer nachsichtig behandelt hatte ...

Einmal ist immer das erste Mal, sinnierte ich. Wir konnten nur hoffen, dass der Ernstfall nicht eintrat. Die Wahrscheinlichkeit, dass Sahin irgendeinem Austausch zustimmen könnte, war gering, dachte ich bei mir. Stolz und Pflichterfüllung – zwei weitere Schlagwörter des starken Geschlechts – würden es mithin verbieten, und er würde nicht um ihre Sicherheit fürchten, solange sie in unserer Obhut wäre.

»Wo wir gerade davon sprechen – ich meine die Äußerung meines Mannes, dass Sie sich in unsere Obhut begeben haben«, führte ich aus. »Stimmt das? Wussten Sie, dass man Sie zu uns bringen würde?«

»Oh ja.« Ihr bewundernder Blick galt Ramses. »Hast du nicht gesagt, dass du in meiner Schuld stehst – dass du mich vor dem Zorn meines Vaters beschützen würdest?«

»Hast du?«, fragte Nefret zuckersüß.

Ramses' verstörter Blick glitt von dem Mädchen zu Nefret und vice versa. »Ich – ähm – um ehrlich zu sein, ich weiß verflucht nicht mehr, was ich gesagt habe!«

»Du hast es zumindest so gemeint«, beteuerte Esin. »Kein Engländer würde eine Frau dafür büßen lassen, dass sie ihm geholfen hat.«

»Aber du sagtest doch, dass dein Vater dich nicht verdächtigt«, protestierte Ramses.

»Er fing allmählich an, mir zu misstrauen. So hat es Ismail Pascha mir wenigstens gesagt.«

»Aha«, seufzte ich. »Und dann hat er Ihnen seine Hilfe angeboten.«

Sie krauste die Stirn. »Ich denke, so war es. Aber das meiste habe ich ganz allein geschafft. Ich musste mich auf eigene Faust aus dem Haus stehlen. Das war nicht weiter schwierig, da ich alle Geheimgänge und Keller kenne, aber dann musste ich den vereinbarten Treffpunkt finden, das Grabmal eines Heiligen außerhalb der Stadtmauern. Es ist nicht weit, aber ich hatte große Angst, und ich musste lange warten, bis der Teppichhändler mit seinem Karren kam, und dann hielt ihn ein wachhabender Offizier an, und ich hörte sie reden und lachen, und ich fürchtete schon, man würde den Karren durchsuchen. Das taten sie zum Glück nicht. Es war eine lange, holprige Fahrt, und ich konnte kaum atmen, und –«

»Sie waren sehr mutig«, unterbrach ich, denn ich hatte genug gehört. Das Wesentliche war erzählt. Es klang, als habe Ramses hinsichtlich Sethos' abwegiger Methoden Recht behalten.

Meine Planung hielt uns alle den ganzen Tag auf Trab. Selim verbrachte die meiste Zeit unter dem Automobil, umzingelt von einem faszinierten Publikum, einschließlich der Babys und Ziegen. Gelegentlich tauchte er darunter auf, verschwitzt und ölbeschmiert, um seine Fortschritte kundzutun und sich in der Bewunderung der Menge zu sonnen. Wir hätten das Benzin von einem Hehler beziehen können – es gab einen florierenden Schwarzmarkt für alle Militärartikel –, aber Emerson entschied, dass wir genauso gut die Behörden darum bitten könnten. Es dauerte nur vier Stunden, bis seinem Gesuch stattgegeben wurde. Ganz eindeutig waren sie darauf bedacht, uns loszuwerden.

Gegen Abend liefen unsere Vorbereitungen auf Hochtouren. Ich hatte Stunden damit zugebracht, den Rest des Hauses auszukundschaften. Es war wie viele andere, die ich kannte, und nur deshalb interessanter, weil es mehr Geheimgänge und Verstecke hatte als sonst üblich. Mahmud oder einer seiner Vorfahren schien seiner Regierung, seinen Geschäftspartnern und seinen Ehefrauen wenig vertraut zu haben.

Laut Ramses würden wir wenigstens eine Stunde einkalkulieren müssen, um den von Sethos vorgeschlagenen Treffpunkt zu erreichen. Während wir in dem arabischen Salon ein leichtes Nachtmahl zu uns nahmen, diskutierten wir, wer gehen sollte. Selbstverständlich beabsichtigte ich, mit von der Partie zu sein, und Emerson wollte seinen nervenzermürbenden Bruder natürlich auch konfrontieren. Einer würde bei dem Mädchen bleiben müssen, entschieden wir unisono – Nefret mit einem frustrierten »immer ich« –, doch Selim und Ramses konnten sich nicht einigen, wer von ihnen beiden gehen und wer wiederum bei den jungen Frauen bleiben sollte. Eine halbe Stunde vor unserem Aufbruch – wir diskutierten noch immer – durchbrach ein entsetzliches, lang gezogenes Heulen die nächtliche Stille. Die Maschrabija-Blenden waren nur angelehnt, und ich vernahm die Worte recht deutlich:

»Oh Ungläubige, bereitet euch auf den Tod vor! Oh ihr Ungerechten, wer durch die Finsternis schreitet, wird von Dämonen verfolgt und ...« Die Tirade endete mit einem unangebrachten Kreischen.

Gemeinsam stürmten wir zum Fenster und rissen die Blenden auf. Im Mondlicht erspähte ich einige dunkle Gestalten vor dem Portal, und Selim, der sich gegen selbiges stemmte. Nachdem man sie entdeckt hatte, trommelten die Eindringlinge gewaltsam auf das Tor ein.

Ich versuchte, Ramses festzuhalten, aber leider zu spät, denn er war bereits über den Fenstersims geklettert. Er sprang zu Boden und erreichte Selim, als gerade das Tor nachgab. Selims Messer blitzte auf. Ramses hatte im Vorbeilaufen einen Wagenheber oder einen Schraubenschlüssel vor dem Automobil aufgehoben; er schwang seinen Arm, und ein Schrei von einem der Angreifer durchtrennte die Stille.

»Schnell!«, rief Emerson. »Alle durch die Geheimtür.«

»Zum Teufel noch mal nein!«, versetzte ich hitzig.

»Doch«, beharrte Emerson. »Verflucht, Peabody, du weißt, was zu tun ist. Schaff die Mädchen hier raus.«

Er setzte bereits über den Fenstersims und ließ sich mit einer Hand hinunter.

Die Kampfinstinkte der Peabodys waren nicht so leicht zu kontrollieren; doch sein in mich gesetztes Vertrauen belehrte mich eines Besseren. Ich rechnete mit Einwänden von Nefret, aber sie hielt sich bedeckt. Wir schnappten uns die zuvor gepackten Notfallbündel, stürmten die Treppe hinunter und durch die Räume des Erdgeschosses in die kleine Kammer mit der Geheimtür. Esin fragte nur ein einziges Mal: »Ist es mein Vater?«

»Ich weiß nicht. Seien Sie still und beeilen Sie sich.«

Das Haus war menschenleer. Die Dienstboten, die dort lebten, hatten Reißaus genommen oder sich versteckt. Man konnte ihnen schwerlich verübeln, dass sie sich nicht in die Angelegenheiten von Fremden hineinziehen lassen wollten. Zweifellos dachten die örtlichen Behörden, so es sie denn gab, ähnlich. Ich hoffte, der Tumult am Tor würde die Militärpolizei auf den Plan rufen, aber wenn sie endlich kämen, wäre es vielleicht zu spät.

Nefret hatte die ganze Zeit geschwiegen. Wir beide hatten Taschenlampen; sie leuchtete mir, während ich den Hebel suchte, den Emerson mir gezeigt hatte. Er klemmte, weil er so lange nicht benutzt worden war, bewegte sich aber schließlich doch. Das Paneel schwang auf, und wir schlüpften hindurch. Der Gang war in das dicke Mauerwerk des Hauses getrieben. Er war drei Meter lang und kaum einen halben Meter breit; wir mussten ihn einzeln passieren, wobei unsere Bündel gegen den Stein schabten. Am Ende befand sich eine Holztür. Sie war weder verriegelt noch verschlossen; man drückte lediglich eine Klinke, und sie sprang auf, was von der anderen Seite vermutlich nicht erkennbar war.

Ich wusste nicht, was hinter dieser Tür lag. Weiter war ich mit Emerson noch nie vorgedrungen.

»Geh voraus«, flüsterte Nefret. »Worauf wartest du noch?«

Ihr Gesicht glänzte vom Schweiß. Esins Augen waren schreckgeweitet, ihr Atem aufgewühlt. Ich war genauso darauf versessen wie sie, dieser Enge zu entkommen; es war, als stünde man aufrecht in einem Sarg, Staub und ein widerlich beißender Gestank peinigten unsere Nasen. Viele Generationen von Nagern mussten in diesem Gang ihr Leben gelassen haben; ihre Gerippe knackten unter unseren Füßen.

»Ich warte darauf, dass die Männer zu uns stoßen«, erwiderte ich. »Wir dürfen nicht riskieren, dass wir getrennt werden. Da ich nicht weiß, ob sie uns durch die Geheimtür folgen oder zu dem Hinterausgang kommen werden, bleiben wir besser, wo wir sind. Mach die Taschenlampe aus, Nefret. Ich rechne jede Minute mit ihnen.«

Darauf vertraute ich wirklich. Mit Emersons tatkräftiger Unterstützung würden sie das Tor schließen und verbarrikadieren und strategisch den Rückzug antreten. Indes ist es schwierig, im Dunkeln die Zeit einzuschätzen; wir warteten – stundenlang, wie wir meinten, und atmeten gepresst, bevor die Angeln knirschten und sich ein schemenhaftes Rechteck in der Finsternis abzeichnete.

»Nicht schießen«, sagte eine wohlvertraute Stimme.

Ich stopfte meine Pistole zurück in die Jackentasche. »Ich war mir nicht sicher, ob du es bist«, erklärte ich. »Sind Ramses und Selim –«

»Es sind alle da«, sagte Ramses mit angehaltenem Atem. »Hier können wir nicht bleiben, sie suchen uns. Lasst uns verschwinden.«

»Wohin?«, wollte ich wissen, während ich mich durch eine schmale Öffnung und dorniges Gesträuch quetschte.

»Wenn ich nicht irre, haben wir um Mitternacht eine Verabredung. Mittlerweile bin ich noch erpichter darauf zu erfahren, was der ... Bursche zu sagen hat. Diese verdammten Kakteen«, blökte Emerson.

Ein paar Schritte entfernt von uns bildeten sie eine Hecke. Hinter uns die schroffe, fensterlose Hausfassade. Nefret und Esin folgten mir hinaus, und Emerson schloss das Paneel aus angestrichenem Holz, das sich hervorragend in das Ziegelmauerwerk einpasste und nicht weiter auffiel.

»Geh du voraus«, sagte ich.

Die enge Gasse, in die wir gelangt waren, führte zurück zu dem Platz, aber diesen Weg durften wir freilich nicht nehmen; nach der Geräuschkulisse zu urteilen, war ein Mordswirbel im Gange. Eine Feuersalve erhellte die Nacht. Zum Glück kannten wir uns in der Stadt aus. Kaktushecken und hohe Mauern mussten überwunden werden, zwei Mal zwang uns das Auftauchen von Männern mit Fackeln, schleunigst das Weite zu suchen. Es war ziemlich aufregend. Zu guter Letzt jedoch hatten wir die offene Ebene erreicht. Der Mond schien hell auf Getreidefelder und Orangen- und Feigenbäume.

Das Mondlicht ist großartig für Liebespaare, aber verflucht hinderlich für Flüchtige. Wir blieben so gut wie eben möglich in Deckung, einmal zwang uns herannahender Hufschlag, in einem Abwassergraben Schutz zu suchen. Nachdem der kleine Tross vorübergaloppiert war, sagte ich zu Emerson: »Das waren unsere Jungs, Australier und Neuseeländer. Vielleicht hätten wir sie anhalten sollen.«

»Hast du unbedingt das Bedürfnis, General Chetwode die Ereignisse des heutigen Abends – und ihre Gegenwart – darzulegen?«, wollte Emerson wissen.

Es war eine rhetorische Frage, soll heißen, er erwartete keine Antwort.

Die Strecke war kürzer als zwei Meilen, aber ohne einen Führer hätte ich den Treffpunkt nie gefunden. Das kleine Dorf war seit Urzeiten verlassen, die meisten Häuser zu formlosen Geröllhaufen verfallen. Bei einem oder zweien standen noch die Wände und ein Teil des Dachs.

»Wir sind ein bisschen spät dran«, flüsterte ich. »Vielleicht ist er fort.«

»Wenn er nicht da ist, werde ich Gaza stürmen und ihn am Schlafittchen herauszerren«, knurrte Emerson.

Er war nicht da. Ramses, der das Haus vor unserem Betreten gründlich inspiziert hatte, wartete mit dieser Tatsache auf. »Es ist noch nicht so spät«, setzte er hinzu. »Lassen wir ihm noch Zeit.«

»Schätze, unter diesen Umständen können wir keine Pünktlichkeit erwarten«, räumte Emerson ein. »Dieser Ort ist zum Ausruhen so geeignet wie jeder andere; wir können es uns ebenso gut bequem machen. Was hast du in diesem Bündel, Peabody?«

»Nur das Nötigste, fürchte ich. Wasser natürlich, und mein Erste-Hilfe-Set. Hat einer von euch eine Verletzung, die behandelt werden muss?«

»Nichts Nennenswertes«, meinte Emerson. Er kicherte leise. »Diese verdammten Idioten versuchten mit Macht, das Tor zu erstürmen. Wir drängten sie zurück, sperrten das Tor zu und schoben einen Karren davor. Darauf zogen wir uns guten Mutes zurück. Selim wollte bleiben und weiter kämpfen, aber wir haben ihn mit uns gezerrt.«

»Es war ein guter Kampf«, meinte Selim versunken.

Er griff nach der Wasserflasche, die die Runde machte, und ich seufzte empört: »In Ordnung, Selim, zeig mir deine Hand. Warum hast du mir nicht gesagt, dass du verletzt bist?«

»Es ist nichts«, meinte Selim. »Das heilt wieder. Ich brauche nichts darauf.«

Er meinte ein Antiseptikum. Männer sind eigentümliche Geschöpfe; er hatte eine Schnittwunde am Handgelenk, die ordentlich geblutet hatte und wohl auch ziemlich schmerzte, dennoch musste ich beschwörend auf ihn einreden, bevor er zuließ, dass ich diese desinfizierte.

Es war erholsam, unsere müden Glieder auszustrecken. Esin schlief schon halb, sie streckte sich auf einem Fleckchen am Boden aus, das Selim fürsorglich von Kieseln freigekehrt hatte, und bettete ihren Kopf auf eines der Bündel. »Noch ein Keks gefällig?«, fragte ich in die Runde, eine Schachtel aus meinem Gepäck hervorzaubernd.

Emerson schmunzelte. »Was, keinen Whisky? Mein liebes Mädchen, ich muss doch sagen, ich hätte mehr von dir erwartet.« Wir saßen nebeneinander in einer dunklen Ecke, sodass er mir einen raschen Beweis seiner Zuneigung gab.

»Wie lange können wir bleiben, ohne entdeckt zu werden?«, erkundigte ich mich.

»Hier sind wir recht sicher«, erwiderte Ramses. »Die Einheimischen denken, dass dieser Ort heimgesucht wird.«

»Von dir?«, giggelte Nefret.

»Na ja, ich fördere die Idee. Ich frage mich ...« Er ging in den dunkelsten Winkel der Ruine und hob ein paar Steine auf. Augenblicke später murmelte er: »Nein, sie ist nicht hier – die Pistole, die ich Chetwode weggenommen habe. Er muss sie auf dem Rückweg eingesammelt haben.«

»Schade«, sagte Emerson. »Mag sein, dass wir eine Waffe gebrauchen können, bevor die Nacht vorbei ist. Aber gut, wir schaffen es auch ohne.«

»Ja, Sir«, bekräftigte Ramses. Er ließ sich neben Nefret nieder. Sie lehnte ihren Kopf an seine Schulter, und er nahm sie in seine Arme. »Schätzchen, warum legst du dich nicht hin und schläfst ein bisschen? Allmählich habe ich den Eindruck, dass er ...«

Er stockte abrupt, horchte auf und legte einen Finger an seine Lippen. Ramses' hervorragendes Gehör hatte Daoud irgendwann einmal zu dem unvergesslichen Kommentar veranlasst: »Er hört die Wasserflöhe im Nil husten.« Wir erstarrten, hielten den Atem an. Ramses erhob sich und glitt zur Tür, lautlos wie ein Schatten in seiner dunklen Galabiya.

Jemand kam näher. Er ging leise, aber nicht völlig geräuschlos. Ich vernahm Blätterrascheln, dann tauchte eine Gestalt in der mondbeschienenen Türöffnung auf. Die Silhouette war die eines hoch aufgeschossenen Mannes mit Turban und langem Gewand. Er beugte sich vor, spähte in die Dunkelheit, seine Arme grüßend oder schützend gehoben. Ein Ärmel hing ab dem Ellbogen schlaff herunter.

Ramses packte den Burschen brutal und presste ihm eine Hand auf den Mund. »Hölle und Verdammnis«, schnaubte Emerson und schoss hoch. »Bring ihn herein. Halt ihn ruhig. Das muss der Halunke sein, der Verwünschungen gegen die Ungläubigen ausgestoßen hat; die Stimme kam mir doch gleich bekannt vor! Wenn er dieses Lumpenpack hergeführt hat ... Wir brauchen einen Knebel, Peabody. Zerreiß irgendeins von deinen überflüssigen Kleidungsstücken.«

»Ich besitze keine überflüssigen Kleidungsstücke, Emerson. Brat ihm eins über den Schädel.«

Der Überwältigte, bis dahin lammfromm, wurde schlagartig hektisch. Es gelang ihm, Ramses' Hand von seinem Gesicht zu lösen.

»Um Gottes willen, keine überstürzten Handlungen!«

Er sprach Englisch. Mit einem vornehmen Akzent. Die Stimme war nicht die von Sethos.

Ramses ließ seine Hand sinken, lockerte indes nicht seinen Griff. »Wer zum Teufel sind Sie?«, wollte er wissen.

»Ein Freund. Das ist eine gängige Antwort, ich weiß. Aber ich bin es wirklich.«

Es war lange her, aber seine gedehnte, leicht süffisante Artikulation ließ mich hellhörig werden.

»Lass ihn los, Ramses«, sagte ich. »Du erinnerst dich an Sir Edward Washington, Sethos' Helfershelfer und Verbündeten?«

»Ich fühle mich geschmeichelt, Mrs Emerson.« Sir Edward befreite sich aus Ramses' gelockerter Umklammerung und verbeugte sich höflich vor mir. »Wie schön, Sie wiederzusehen. Und den Professor ...« Eine weitere Verbeugung. »Nefret – ich bitte um Verzeihung für meine Aufrichtigkeit – schön wie eh und je – Selim, mein Freund ... Und wie ich sehe, ist die junge Dame in Sicherheit. Gut gemacht.«

Ramses schaltete seine Taschenlampe ein und starrte die ramponierte Gestalt ungläubig an. Sir Edward verbeugte sich abermals, in der ihm eigenen, spöttischen Art.

»Bei Gott, er ist es«, murmelte Ramses. »Wie zum Teufel –«

»Das ist jetzt unwichtig, Ramses«, unterbrach ich. »Sir Edward, sind Sie im Auftrag Ihres Chefs hier?«

»Gerade heraus wie immer, Mrs Emerson. Aber Sie haben Recht, wir dürfen keine Zeit verlieren. Die Antwort auf Ihre Frage lautet nein. Ich habe auf ihn gewartet.«

»Verflucht noch mal«, wetterte Emerson, der sich von seiner verständlichen Verblüffung erholt hatte. »Ich hatte nicht damit gerechnet, Sie je wiederzusehen, Sir Edward; zuletzt hieß es, Sie wären in ...« Er stockte, den Blick auf den schlaff herabhängenden Ärmel geheftet.

»Frankreich«, erwiderte Sir Edward frostig. »Wie Sie sehen, habe ich mich ins Privatleben zurückgezogen.«

»Sind Sie uns gefolgt?«, erkundigte ich mich.

»Erst nachdem Sie den Stadtkern unbehelligt verlassen hatten. Haben Sie nicht gehört, wie ich die Leute aufgewiegelt habe? Ich habe alle bei Laune gehalten und Ihnen aus dem Weg.«

»Oh«, entfuhr es Emerson.

»Darauf bin ich Ihnen umgehend gefolgt«, fuhr Sir Edward ungerührt fort. »Ich bin davon ausgegangen, dass Sie die Verabredung einhalten würden.«

»Aber *er* nicht«, knurrte Emerson. »Warum nicht?«

Mit einer leise gemurmelten Entschuldigung kratzte Sir Edward sich die Seite und sagte dann: »Vielleicht konnte er nicht weg. Sahin lässt ihn nicht aus den Augen, vor allem seit Ramses' Flucht. Sinnlos, hier noch länger zu warten.«

»Wo sollen wir denn hingehen?«, wollte ich wissen. »Nach meinem Empfinden wäre es nicht ratsam für uns, nach Khan Yunus zurückzukehren, solange wir nicht wissen, ob die Luft rein ist. Einige von Sahins Männern könnten uns auflauern. Oder waren diese Schreckgespenster nicht seine Leute?«

»Ich vermute es. Sagen Sie jetzt nicht, dass Ihnen wieder einmal eine Horde Widersacher im Nacken sitzt!«

»Das wäre doch nichts Neues«, seufzte Ramses. »Haben Sie einen Vorschlag, Sir Edward?«

Sir Edward zögerte. Unter dem sorgfältig aufgetragenen Make-up und Schmutz und den Bartstoppeln gewahrte ich seine sorgenvolle, unentschlossene Miene. Dann zuckte er gewohnt lässig die Schultern. »Ich weiß einen Ort, ja. Er ist gut zehn

Meilen von hier entfernt, zu weit, als dass die Damen dorthin laufen könnten. Wir brauchen ein Transportmittel.«

»Ich mache kehrt und hole das Automobil«, schlug Selim vor.

»Zu riskant«, wandte Emerson abrupt ein.

»Und zu auffällig«, versetzte Sir Edward. »Wir werden uns ein paar Vierbeiner ausborgen müssen. Ramses, mein Junge, haben Sie schon jemals ein Pferd gestohlen?«

»Das hat er in der Tat«, erwiderte ich.

»Schwachsinn, dass ich überhaupt gefragt habe«, murmelte Sir Edward. »Eine Meile südlich von hier ist eine Feldwache. Ramses und Selim – nein, Professor, nicht Sie. Einer muss bei den Damen bleiben.«

»Diese Dame hier geht auf jeden Fall mit«, konterte Nefret.

Aus Manuskript H

Es gab nur einen Wachposten. Der Feind hatte nicht die Angewohnheit, Plündertrupps loszuschicken, und die heimischen Pferdediebe wussten aus Erfahrung, dass man sich mit den Männern der Wüstenschwadron besser nicht anlegte. Bäume und hohes Getreide boten reichlich Deckung, und der Mond hatte sich verdunkelt. Sie krochen so nahe heran, dass sie das Schnarchen der Männer hörten, die, in ihre Decken gewickelt, hinter den angebundenen Pferden lagen.

Sir Edward raunte Ramses ins Ohr: »Allmählich finde ich, dass es keine gute Idee war.«

Ramses hatte dies von Anfang an gedacht. Einige der zugeknöpften englischen Offiziere hielten die Australier und Neuseeländer für einen undisziplinierten Haufen, der nicht einmal anständig reiten konnte. Er persönlich hätte es indes vorgezogen, wenn ein ganzer Trupp Engländer ihn verfolgt hätte, statt eine Hand voll von diesen hartgesottenen Kolonialsoldaten.

Ob die Idee nun gut oder schlecht war, sie musste umgesetzt werden. Das Mädchen konnte keine zehn Meilen laufen, und er war besorgt um seine Mutter, die eher zusammenbrechen würde als zuzugeben, dass sie der Aufgabe nicht gewachsen sei. Wie auch immer, noch vor dem Morgengrauen musste die Sache unter Dach und Fach sein. Für die behäbigeren Teilnehmer war die Strecke einfach zu lang.

Sie hatten alles genau geplant, und er glaubte, dass sie es schaffen könnten, mit ein bisschen Glück – und Nefrets Unterstützung. Er hatte Sir Edward und seine eigenen Instinkte schnöde überfahren müssen, als sie unbedingt mitkommen wollte; sein gesunder Menschenverstand hatte ihm suggeriert, dass sie ihnen eine wertvolle Hilfe wäre. Sie war eine hervorragende Reiterin, und sie hatte ein Händchen für Tiere.

Seine Aufgabe war es, mit dem Wachposten fertig zu werden. Das war einfach; der arme Teufel war müde und rechnete nicht mit einer nächtlichen Ruhestörung. Ramses nahm ihn von hinten in den Würgegriff, boxte ihm in die Magengrube und versetzte ihm einen Handkantenschlag ins Genick, als er vornüber taumelte. Während er die reglose Gestalt unter einen Baum schleifte, huschte Nefret über die Pferdekoppel, flüsterte den Tieren besänftigend ins Ohr und streichelte ihre Nüstern. Als sie das letzte erreicht hatte, löste sie das Seil, das ihre Zügel miteinander verband.

Bislang hatte es kein Geräusch gegeben, mit Ausnahme des leisen Schnaubens der neugierigen Vierbeiner. Jetzt mussten sie schnell agieren. Nefret sprang auf eines der Pferde, während Selim Sir Edward behilflich war und dann selber aufsaß. Alle außer Nefrets Pferd stampften nervös auf. Einer der schlafenden Männer schrak hoch. Ramses warf die losen Zügel über den Kopf des Leitpferdes und schwang sich auf dessen Rücken. Es wandte den Kopf, sah ihn erstaunt an.

»Ich weiß, ich bin der Falsche«, meinte Ramses einlenkend. »Sieh es als vorübergehendes Problem.«

Ihm blieb keine Zeit, die Steigbügel anzupassen. Er presste seine nackten Fersen in die Flanken des Tieres und spornte es zum Trab an. Es reagierte auf die Berührung oder das englische Kommando, oder auch auf beides. Das gesamte Lager war inzwischen hellwach; Schreie und Verwünschungen hallten durch die Nacht, irgendjemand feuerte eine Flinte ab. Ein anderer traktierte den idiotischen Schützen mit einem Donnerwetter. Zu diesem Zeitpunkt waren sämtliche Pferde in Bewegung, sie folgten dem Leittier, angespornt von Nefret, die brüllend und mit leichten Gertenschlägen auf diverse Pferderümpfe das Schlusslicht bildete. Ihr Haar hatte sich unter dem Tuch gelöst; es wehte hinter ihr, schimmernd im Sternenlicht. Sir Edward hielt sich tapfer, obschon er nicht sonderlich glücklich schien. Selim schien überaus glücklich. Das war die Art von Abenteuer, die ihm vorschwebte, ein wilder Ritt, den Feind auf den Fersen.

Die Verfolgung bestand aus einem Soldaten, der so schnell rannte, wie es seine langen Beine zuließen, mit den Armen ruderte und laut rief. Die Pferde verfielen in einen Galopp, und die flehentlichen Schreie: »Mary! Mary, Liebste, komm zurück!«, verhallten im Dunkel der Nacht.

Eine echte und heikle Verfolgungsjagd würde indes nicht lange auf sich warten lassen. Sie wurden erst langsamer, als sie die Ruinen erreichten, wo die anderen bereit standen. Keiner von ihnen machte viel Aufhebens, gleichwohl gewahrte Ramses die frustrierte Miene seiner Mutter. Sie war keine begnadete Reiterin und ihre sanften, fügsamen Araber gewohnt.

»Tut mir Leid, Mutter.« Er half ihr beim Aufsitzen. »Wird es gehen?«

»Aber selbstverständlich.« Mit dieser Antwort hatte er gerechnet.

Esin hatte Schwierigkeiten. Sie war lediglich in England geritten, noch dazu in einem sittsamen Damensattel. Selims eifriges Hilfsangebot ablehnend, hob Nefret das Mädchen vor sich in den Sattel.

»Wir hinterlassen eine Spur, der selbst ein Blinder folgen könnte«, monierte Sir Edward, als sie immer zu zweit nebeneinander losritten. »Und jetzt haben wir die Australier im Nacken.«

»Es war Ihre Idee«, bemerkte Ramses.

»Sicher. Ich hoffe nur, dass ich lange genug lebe, um sie zu bereuen.«

Die gewählte Ausdrucksweise passte so gar nicht zu der zerlumpten Gestalt. Ramses hatte noch keine Gelegenheit gehabt, über Sir Edwards unvermitteltes Wiederauftauchen nachzusinnen, und er hatte unzählige Fragen.

»Was machen Sie überhaupt hier? Ich hatte den Eindruck, dass Sie das Kriminellendasein aufgeben wollten.«

»Kann mir nicht vorstellen, wie Sie darauf gekommen sind«, entgegnete Sir Edward schroff. »Aber mein derzeitiger Auftrag ist nicht kriminell. Menschen verleihen dafür anderen Menschen einen Orden.«

»Für gewöhnlich, wenn die ›anderen Menschen‹ tot sind.«

Sir Edward ging darüber hinweg. Ramses versuchte es mit einer anderen Taktik.

»Warum ist Sethos in Gaza? Er ist kein Verräter, das ist mir jetzt klar, aber hinter was zum Teufel ist er her?«

»Das müssen Sie ihn schon selber fragen.«

* * *

Kurz vor Tagesanbruch erreichten sie ihr Ziel. Ramses hatte mit einer verfallenen Ruine oder einer heruntergekommenen, kleinen Hütte gerechnet; stattdessen jedoch ragten hohe Mauern in den bleichen Morgenhimmel, wie die einer Burg oder Festung. Die schweren Tore waren verschlossen. Sir Edward rief laut, und nach einer Weile wurde ein Torflügel geöffnet, und ein Mann spähte hinaus. Er stieß einen spitzen Schrei aus, als er die Gruppe sah.

»Es sind Freunde«, erklärte Sir Edward. »Freunde des Meisters.«

Er führte sie in einen offenen Innenhof mit einem Springbrunnen in der Mitte und einem Arkadengang auf der rechten Seite. Es *war* eine Festung, noch dazu eine starke. Die Mauern waren vier Meter hoch und über zwei Meter dick. Ein kleines, zweigeschossiges Gebäude schien das Wohnhaus zu sein.

»Gehen Sie ins Haus«, sagte ihr Gastgeber, auf ebendieses Gebäude deutend. »Geradeaus, die Treppe hoch und in den Salon. Tut mir Leid, dass wir auf Gäste nicht vorbereitet sind, aber Mustafa und ich werden sehen, was sich machen lässt.«

Er zog den anderen Mann beiseite. Ramses überließ seine

Mutter, seine Frau und das Mädchen dem Professor und Selim und trat zu den beiden. Er schnappte nur zwei Wörter auf: »Keine Nachricht?«, und sah, wie Mustafa den Kopf schüttelte.

Mustafa war genau der Typ Mann, den Sethos beschäftigen würde – stämmig, mit einem schwarzen Bart wie ein Pirat und wachsam. Er maß Ramses misstrauisch, worauf Sir Edward sich zu ihm umdrehte.

»Dies ist der berüchtigte – äh – berühmte Bruder der Dämonen, Mustafa«, sagte er auf Arabisch. »Du hast sicher von ihm gehört.«

»Ach so!« Mustafa hielt ihm die Hand hin. »Wir werden uns die Hand geben wie die Engländer, was? Es ist mir eine Ehre, dich kennen zu lernen. Und die anderen sind ...?«

»Der noch berüchtigtere Vater der Flüche und seine Familie«, führte Ramses aus. »Entschuldige, wenn ich unhöflich bin, aber es sind noch ein paar wichtige Dinge zu klären. Wie beispielsweise die Sache mit den Pferden. Ihre Besitzer wollen sie bestimmt zurückhaben.«

Mustafa warf den Kopf zurück und brüllte vor Lachen. »Du hast sie gestohlen? Hervorragend. Sie werden einen guten Preis erzielen.«

»Halte deine merkantilen Instinkte im Zaum, Mustafa«, mahnte Sir Edward. »Sie müssen zurückgebracht werden. Wir haben sie uns von den Australiern – äh – geliehen.«

»Hmmm.« Mustafa strich über seinen Bart. »Wie schade. Aber du hast Recht, die Australier sind brutale Kämpfer, und sie lieben ihre Pferde.«

Ramses streichelte die samtweichen Nüstern, die ihn neugierig anstupsten. »Kümmere dich um sie, ja, Mustafa? Reib sie trocken und gib ihnen Wasser.«

»Da das zur allgemeinen Zufriedenheit geregelt ist«, hub Sir Edward an, »sollen wir jetzt hineingehen? Ihre Mutter wird im Salon schon auf uns warten.«

»Nein, das wird sie nicht«, erwiderte Ramses.

* * *

Der Salon war ein elegant ausgestatteter Raum im vorderen Teil des Hauses. Sethos' exquisiter Geschmack spiegelte sich in der Möblierung – gepolsterte Sitzgruppen, geschnitzte Paravents und niedrige Tischchen aus Kupfer und Messing –, trotzdem war es eine Junggesellenbude. In einer der Fensternischen nistete ein Vogel, überall lag Staub.

»Meine Güte«, entfuhr es mir. »Das ist ja schlimm. Mal sehen, wie es um die übrigen Räume bestellt ist.«

»Er hat gesagt, wir sollen hier warten«, wandte Nefret ein. Sie hatte Esin untergehakt, die am Ende ihrer Kräfte schien.

»Ich habe nicht die Absicht zu warten, bis sich jemand unserer annimmt«, erwiderte ich. »Das Mädchen muss ins Bett. Wir werden schon eins finden.«

Zwei der kleinen Räume hinter dem Salon waren offenbar als Schlafzimmer benutzt worden. Einige männliche Kleidungsstücke hingen über Stühlen und Truhen. Die Betten waren aus Messing, im europäischen Stil, anders als der Rest des Mobiliars, aber mit bequemen Matratzen und Laken und Kissen. Selim und ich schüttelten das zerknüllte Bettzeug auf und legten Esin ins Bett. Ich ließ sie ihre Sachen anbehalten, da mir schwante, dass die Laken seit Wochen nicht mehr gewechselt worden waren.

Bei unserer Rückkehr fanden wir Sir Edward und Ramses im Salon.

»Haben Sie gefunden, was Sie suchten?«, erkundigte sich Ersterer höflich.

»Ich habe ein Bett gefunden – Ihres, nehme ich an – und Miss Sahin hineingesteckt. Das arme Kind war völlig fertig. Und wo ist die Küche? Eine schöne heiße Tasse Tee wäre jetzt genau das Richtige.«

»Mustafa macht Tee«, versetzte Sir Edward.

»Lässt er das Wasser auch lange genug kochen? Vielleicht sollte ich besser nachsehen und –«

Sir Edward war so frei, meinen Arm zu fassen. »Ganz bestimmt, Mrs Emerson! Bitte, nehmen Sie doch Platz. Erst dann kann ich mich setzen, und ich kann mich kaum noch auf den Beinen halten.«

»Aber sicher.« Ich entschied mich für einen der Diwans, der mir nicht allzu verdreckt aussah. Sir Edward sank mit einem tiefen Seufzer auf einen weiteren, und Ramses setzte sich neben Nefret.

Emerson stapfte weiterhin im Zimmer auf und ab. »Ha!« Grinsend öffnete er eine Vitrine. »Mein – äh – alter Bekannter hat einen guten Geschmack. Donnerwetter, der Rotwein stammt aus einem hervorragenden Keller. Ist zwar kein Whisky, Peabody, aber was hältst du von einem Schluck?«

»Nicht um diese Tageszeit«, erwiderte ich. »Ah – da kommt Mustafa mit dem Tee. Stell ihn bitte hierher. Ich werde ihn servieren.«

Er hatte ihn natürlich über das ganze Tablett verschüttet. Als er zurücktrat und mich mit unverhohlener Neugier maß, war ich für Augenblicke völlig desorientiert: das Teetablett im klassisch-englischen Stil, das gewiss auf Sir Edward zurückzuführen war; das schwarzbärtige Raubein von einem Diener; der schmutzige, zerlumpte Bettler alias Sir Edward; und wir anderen in unserer bunt zusammengewürfelten Kleidung, von Nefrets hübscher, aber zerknitterter Hose und Jacke bis hin zu Emersons zerrissenem Seidenkaftan.

Allerdings war die Situation auch nicht bizarrer als bei vielen anderen Gelegenheiten.

Mustafa sagte unvermittelt: »Du bist die Sitt Hakim? Ich habe eine kleine Verletzung, hier an meiner –«

»Später, mein Freund«, sagte ich huldvoll lächelnd. Nefret verbarg ihr Gesicht an Ramses' Schulter, und Emerson brüllte: »Gütiger Himmel! Sogar hier! Zum Teufel, Peabody!«

Mustafa zog sich zurück, sichtlich beeindruckt von Emersons Stimmvolumen. Ich überzeugte Emerson, dass er sich hinsetzte und zu seiner Pfeife griff. Für gewöhnlich beruhigte ihn das.

»Ich weiß nicht, wo Sie alle schlafen sollen«, murmelte Sir Edward.

»Im Augenblick sind meine kleinen grauen Zellen zu beschäftigt, um mich Ruhe finden zu lassen, Sir Edward«, informierte ich ihn. »Wir müssen wissen, wo wir stehen. Zunächst und am allerwichtigsten: Wo ist Sethos? Haben Sie ihn hier erwartet?«

»Ich habe zumindest auf eine Nachricht von ihm gehofft. Für gewöhnlich findet er eine Möglichkeit, mir mitzuteilen, ob sich seine Pläne geändert haben. Als ich ihn gestern Morgen sah –«

»Sie waren in Gaza? Gute Güte, Sie scheinen dort ein und aus zu gehen, ganz nach Lust und Laune.«

Ob er sich unter anderen Umständen erklärt hätte, vermag ich nicht zu sagen. Vielleicht war es die Erschöpfung, die seine Zunge löste.

»Für einen Einzelnen sind die Befestigungen wie ein Sieb, er muss die Schlupflöcher nur kennen. Ich – und unsere anderen Kuriere – sind Teil der faszinierten Menschenmenge, die sich um den heiligen Mann geschart hat.«

»Dann kann er Ihnen Nachrichten zustecken und Sie ihm«, kombinierte ich.

»In etwa«, meinte Sir Edward ausweichend. »Ich wusste um seinen Plan, dass er Sahins Tochter fortschaffen wollte. Ich hätte ihm das ausgeredet oder ihn wenigstens zu überzeugen versucht, nicht nach Gaza zurückzukehren. Sahin musste ihn schließlich verdächtigen, um ihn dann noch intensiver zu bewachen. Ich denke, dass ist letztlich auch passiert.«

»Können Sie nicht jemanden hinschicken, um dies zu eruieren?«, erkundigte ich mich.

Emerson räusperte sich. »Meine Papiere –«

»Nein«, sagten Ramses und ich in einem Atemzug.

»Welche Papiere?« Sir Edward musterte ihn verblüfft.

Stolz brachte Emerson ebendiese zum Vorschein. Die Goldapplikationen glänzten beeindruckend im Licht der Morgensonne.

»Ich kann kein Türkisch«, sagte Sir Edward beiläufig.

»Aber Ramses.« Emersons Pfeife war ausgegangen. Er zündete ein Streichholz an. »Er sagt, sie sind völlig in Ordnung.«

»Ja, sicher, aber Sie können doch nicht – Sie können doch nicht einfach zu den Schützengräben marschieren und –«

»Nein, es bedarf einiger Vorbereitung«, räumte Emerson ein.

»Da hast du Recht«, seufzte ich. Im Geiste konnte ich mir seine Planung schon lebhaft vorstellen. Kamele, Diener, goldbetresste Roben und ein gewaltiger Krummsäbel ... Er würde es in vollen Zügen genießen, und jeder Widerspruch wäre zwecklos.

»Bewundernswert«, murmelte Sir Edward. Er klang eher entsetzt als angetan. »Sir, räumen Sie mir die Gelegenheit ein, es zunächst über unsere normalen Kanäle zu versuchen.«

»Hervorragende Idee«, sagte ich, bevor Emerson etwas einwenden konnte. »Sir Edward, ich bin neugierig zu erfahren –«

»Verzeihen Sie, Mrs Emerson, aber können wir das Verhör nicht um einige Stunden verschieben?« Sir Edward rieb sich die Augen. »Ich brauche ein bisschen Schlaf – im Gegensatz zu Ihnen, wie mir scheint – und ich muss mich auch noch um gewisse Haushaltsangelegenheiten kümmern.«

»Aber gewiss doch. Sagen Sie mir nur, wo Sie die frischen Laken aufheben.«

Das gab dem bedauernswerten Sir Edward den Rest. »Ich – oh Gott. Ich weiß gar nicht, ob es hier welche gibt, Mrs Emerson.«

»Und wenn es welche gäbe, wo wären sie dann? Kommen Sie«, sagte ich aufmunternd, »wir schauen uns kurz um. Es dauert nicht lange.«

Die anderen erklärten, dass sie sich auf den Sitzmöbeln ausruhen wollten, und Sir Edward und ich machten uns auf die Suche, was er eindeutig für ein aussichtsloses Unterfangen hielt. Schließlich fanden wir einen Schrank voller Leinentücher. Ich nahm einen Stapel heraus. Sir Edward, jeder Zoll ein Gentleman, trug diesen für mich. Das war mir nur recht, obschon er Schwierigkeiten hatte, ihn festzuhalten.

»Tut mir aufrichtig Leid für Sie«, sagte ich, seinen Arm kurz berührend. »Es ist in Frankreich passiert, nehme ich an?«

»Ypres«, erwiderte er schroff, meinem Blick ausweichend. Mitleid würde er ablehnen; er hatte sich geopfert, und das musste ich akzeptieren.

»Es muss schrecklich gewesen sein. Es tut mir so Leid.«

»Was, weibliches Mitgefühl von Ihnen, Mrs Emerson? Das passt doch gar nicht zu Ihnen, oder?«

»Es ist aufrichtig gemeint.«

»Ich weiß.« Seine starre Miene entspannte. »Mir tut es auch

Leid, dass ich Sie so angefahren habe. Wissen Sie, es ist halb so schlimm. Ich konnte aus der Armee ausscheiden, was nur gut war. Irgendwie war ich ziemlich demotiviert.«

»Gibt es denn dafür keine Prothese?«

»Oh doch. Ich habe sogar eine recht gute. Sie erweitert mein Tarnungsrepertoire erheblich. Ich überlege bereits, ob ich ein Bajonett anbringen soll oder vielleicht einen Piratenhaken.«

Lachend klopfte ich ihm auf die Schulter. »Großartige Idee.«

»Oder einen Schirm«, versetzte Sir Edward. Sein Lächeln war wieder das des weltmännischen Charmeurs, als den ich ihn kennen gelernt hatte.

An dieses Lächeln sollte ich mich noch lange Zeit erinnern. Als ich nach einem kurzen, aber erholsamen Nickerchen aufwachte, war er fort – aus dem Haus und über alle Berge und, wie ich fürchtete, erneut in dem Pulverfass Gaza.

Um ebendies zu begreifen, brauchte ich eine ganze Weile. Ich hatte mich für einen der Diwane entschieden, statt mir die Mühe zu machen, ein Bett zu beziehen, das ich, sollten sich die Ereignisse überstürzen, vielleicht gar nicht würde benutzen können. Als ich kurz bei Esin vorbeischaute, fiel ich fast über Selim, der auf ihrer Schwelle ausgestreckt lag. Ich ließ ihn dort liegen und ging zurück in den Salon. Ramses und Nefret schlummerten Seite an Seite, eng umschlungen, ihr Kopf an seiner Schulter. Für Augenblicke betrachtete ich die beiden. Schließlich blinzelte Ramses und sah mich fragend an.

»Alles in Ordnung«, berichtete ich, auf Zehenspitzen zu Emersons Schlafstätte strebend.

Ich wollte nicht länger als eine Stunde schlafen, doch während ich mich ausruhte, verdüsterte sich der Himmel, und das gleichförmige Plätschern des Regens muss mich eingelullt haben. Es war das Geräusch schwerer Schritte, das mich aufweckte – das hastige Hin- und Herlaufen eines nervösen Individuums. Ich setzte mich ruckartig auf und griff in die erstbeste Jackentasche. Es war die falsche. Ich wühlte in der anderen, bemüht, meine kleine Pistole zu lokalisieren, als ein Mann hereinplatzte und abrupt stoppte. Er atmete schwer, Wasser tropfte aus seiner durchnässten Kleidung.

Emerson schlug maulend um sich, wie stets, wenn er plötzlich geweckt wird, aber Ramses war auf den Beinen, hellwach und kampfbereit. Der Ankömmling, zu atemlos, um zu reden, hielt seine leeren Hände hoch. Ich konnte ihn nicht genau erkennen, im Zimmer war es ziemlich dunkel. Trotzdem kannte ich ihn.

»Na endlich«, entfuhr es mir. »Es ist alles in Ordnung, Ramses.«

»Nein – ist – es – nicht«, erwiderte Sethos stockend. »Wo – ist – Edward?«

»Ist er denn nicht hier?«, fragte ich.

»Nein.«

Emerson hatte seine fünf Sinne endlich wieder beisammen. »Du bist es, nicht wahr?« Er blinzelte in die Dunkelheit. »Wurde auch verdammt höchste Zeit.«

»Könnte verdammt schon zu spät sein«, keuchte Sethos. »Hat Edward gesagt, wohin er –«

»Wir haben nicht einmal mitbekommen, wann er gegangen ist«, erwiderte ich. »Bitte beruhige dich, damit wir gezielt nachdenken können.«

»Und zieh diese nassen Sachen aus«, warf Nefret ein.

»Was, hier und jetzt?«

Ramses hatte mehrere Lampen angezündet. Die Schultern gestrafft, versuchte Sethos den Eindruck zu erwecken, dass er Herr der Lage wäre, indes gab er eine erbärmliche Figur ab, in seiner klatschnassen Kleidung und mit tropfendem Bart.

»Eine Erkältung kann die Malaria verschlimmern«, sagte Nefret ruhig. »Zieh dich sofort aus. Ich werde Mustafa bitten, Tee zu bringen.«

»Und etwas zu essen«, rief ich ihr nach, als sie aus dem Zimmer hastete.

»Und etwas zum Anziehen«, seufzte mein Schwager resigniert. Er nahm das nasse Turbantuch und den Fez ab, um den er Ersteres gewickelt hatte. »Weiter gehe ich nicht, Amelia, solange du im Raum bist.«

Auch wenn ich gespannt war auf die längst fällige Diskussion – etliche Fragen harrten ihrer Antworten –, hatten die physischen Bedürfnisse doch Vorrang. Sethos hatte Malaria gehabt, und ein weiterer Anfall wäre extrem unangenehm.

»Komm mit«, wies ich ihn an und ging voraus.

Selim, der noch immer wie hingegossen auf der Schwelle des Mädchens lag, wachte bei unserem Auftauchen auf – kein Wunder bei dem harten Boden. Er sprang auf, nestelte nach seinem Messer.

»Er ist ein Freund, Selim«, erklärte ich. »Vielleicht bist du so freundlich, ihm beim Umziehen zu helfen.«

»Verdammt, ich brauche keinen Kammerdiener«, schnaubte Sethos.

»Selim ist kein Kammerdiener. Du brauchst Hilfe, und die sollst du bekommen. Folgt mir, beide.«

Ein riesiger Schrank in dem anderen Schlafzimmer enthielt reichlich Garderobe, von Abas und Galabiyas bis hin zu einem gefälligen Tweedanzug, den Sethos sich im Vorjahr von Ramses geliehen hatte. Ich überließ sie sich selbst und kehrte in den Salon zurück. Mustafa hatte ein ziemlich extravagantes Essen gezaubert – Dosenzunge und Brot und Früchte, und natürlich Tee. Nach einer Weile gesellten sich Selim und Sethos zu uns, Letzterer in frischen Sachen, sein zerzaustes Haar noch feucht.

»Das nenne ich Gemütlichkeit«, frotzelte Sethos. »Eine hübsche kleine Familienzusammenkunft. Ich bin euch die ganze Nacht hinterhergehetzt.«

»Warst du an dem verabredeten Treffpunkt?«, erkundigte ich mich.

»Erst nachdem ihr fort wart. Möchtet ihr wissen, was passiert ist?«

»Mit dem größten Vergnügen«, knirschte Emerson.

»Ich musste fliehen«, erklärte Sethos. »Ich habe mich – ähm – ein bisschen verkalkuliert. Hatte nicht damit gerechnet, dass Sahin so rasch und so entschlossen handeln würde. Er ist ein überaus kompetenter Zeitgenosse, mit einem hervorragend organisierten Netzwerk von Anhängern. Er brauchte nicht lange, um herauszufinden, dass ihr in Khan Yunus seid. Ihr wart nicht unbedingt diskret, wisst ihr das?«

»Die Enthüllung unserer wahren Identität ließ sich nicht vermeiden«, erklärte ich. »Und, wenn ich das einmal so sagen darf, deine Kritik ist ungerechtfertigt, unter den gegebenen Umständen.«

»Mag sein«, lenkte Sethos ein. »Kann ich jetzt fortfahren?«

»Ich bitte darum«, versetzte ich.

»Wie ich eben anmerken wollte, hat ihn das Verschwinden seiner Tochter schwer getroffen, und er reagierte prompt. Er gab Anweisung, euer Haus anzugreifen. Immerhin bestand eine Chance, dass das Mädchen bei euch sein könnte. Wenn nicht, hoffte er auf eine Geiselnahme – einen von euch oder auch alle.«

»Woher weißt du das alles?«, warf ich ein.

»Er hat es mir erzählt.« Sethos hatte heißhungrig geschlungen zwischen seinen Ausführungen. Er schluckte einen Bissen Obst und fuhr fort: »Wir hatten eine jener freundlichen kleinen Plaudereien – du kennst sie aus eigener Erfahrung, Ramses. Er erklärte mir explizit, was er vorhatte, und fügte eher verdrossen als verärgert hinzu, dass er mich einsperren werde, weil er mich für unaufrichtig hielte.«

Er biss in ein Stück Brot. Die Pause war reine Effekthascherei, da bin ich sicher; der Mann konnte es einfach nicht lassen, alles zu dramatisieren.

»Darauf hast du ihn geschlagen?« Ramses war ebenso fasziniert wie wir anderen. »Womit?«

»Zunächst einmal nicht, mein Wort darauf. Er wartete nur darauf. Ich knabberte genüsslich an einem Pfirsich. Den habe ich ihm an den Kopf geworfen. Während er sich Fruchtfleisch aus den Augen wischte und angewidert spuckte, zertrümmerte ich die Wasserpfeife auf seinem Schädel. Das war eine Mordssauerei und machte einen solchen Riesenradau, dass ich ihn gar nicht erst zu fesseln versuchte. Ich schätzte, dass mir etwa eine Minute bliebe, bis sich ein beherzter Diener einschalten würde, also nahm ich die Beine in die Hand – und rannte aus dem Haus und vorbei an den Wachen. Wenn keine Zeit zur Umsicht bleibt, sind Schnelligkeit und Spontaneität die letzte Hoffnung. Es war ein so grässliches Schauspiel, dass ich die meisten damit in die Flucht geschlagen habe«, grinste er. »Der heilige Ungläubige, der mit rudernden Armen Suren aus dem Koran brüllt. Keiner versuchte mich aufzuhalten. Religiöser Wahn ist gefährlich. Ich lief weiter, entledigte mich währenddem meines kostbaren Schmucks und warf diesen auf die Straße, was zur allgemeinen Verwirrung lediglich beitrug. Ich schenkte das letzte Stück – eine sehr hübsche Smaragdbrosche, die ich nur ungern hergab – einem der wachhabenden Offiziere. Mit meinem Segen. Kann ich noch etwas Tee bekommen?«

Ramses brach als Erster das andächtige Schweigen. »Ich bin ein verfluchter Amateur«, murmelte er. »Verzeihung, Mutter.«

»Du warst gar nicht so übel«, entschied sein Onkel. »Diese letzte Eskapade war allerdings nicht gut durchdacht. Du hättest dir einen Fluchtweg überlegen müssen, bevor du auf mich geschossen hast.«

»Du glaubst doch nicht, dass Ramses so etwas tun würde?«, echauffierte sich Nefret.

»Aber, aber, beruhige dich. Ich habe nicht angenommen, dass mein reizender Neffe mich wirklich umbringen wollte. Ich gehe davon aus, er hat erkannt, dass ein Attentat auf mich, womöglich noch durch meine früheren Auftraggeber, mich als einen Verräter allererster Güte abstempeln würde. Allerdings habe ich nicht damit gerechnet, dass er es auf die Spitze treiben und sich überwältigen lassen würde. Eine derartige Komplikation hatte mir gerade noch gefehlt.«

»Ich bitte vielmals um Entschuldigung.« Ramses funkelte seinen Onkel an. Sethos hatte die Gabe, Menschen gegen sich aufzubringen.

»Wenn du es nicht warst, wer war es dann?«

»Ein Bursche namens Chetwode. Er ist der Neffe vom General. Sein Vorgesetzter heißt Cartright.«

»Ach, diese Bande. Wie kamst du –«

»Das ist jetzt unwichtig«, schaltete ich mich ein. »Wenn wir immerzu vom Thema abweichen, werden wir aus dieser Geschichte nie schlau.«

»Ich beschloss, nach Khan Yunus zu kommen und euch zu warnen.«

»Daran hättest du früher denken müssen«, blaffte Emerson.

»Wie schon gesagt, ich hatte keine Ahnung von Sahins Plänen, bis er mich schließlich einweihte. Ich konnte gerade noch aus der Stadt flüchten, bevor seine Männer die Verfolgung aufnahmen; ich musste mich im Gebirge verstecken, bis sie die Suche aufgaben.« Er nahm eine Zigarette aus dem Etui, das Ramses ihm anbot, und zündete diese an. »Als ich Khan Yunus endlich erreichte, war die Hölle los. Die Armee war angerückt und mühte sich, den Aufstand niederzuwerfen, ohne die geringste Vorstellung zu haben, wer ihn angezettelt hatte und warum. Man hat in euer Domizil eingebrochen, und einige der Dorfbewohner haben in der allgemeinen Verwirrung alles mitgenommen, was ihnen in die Finger kam.«

»Das Automobil!«, kreischte Selim, »haben sie es beschädigt?«

»Mir bot sich nicht die Gelegenheit, es zu inspizieren«, sagte Sethos trocken. »Ich versuchte harmlos und unbeteiligt zu wirken, bis das Militär die Sache halbwegs unter Kontrolle gebracht hatte. Ihr seid nicht aufgetaucht, also konnte ich nur hoffen, dass Edwards Fluchtwarnung euch noch rechtzeitig erreicht hatte. Da war es schon nach Mitternacht. Teufel noch, ich hatte Mordsprobleme, aus der Stadt zu kommen, schließlich musste ich nicht nur einen Riesenbogen um Soldaten machen, die Aufständische suchten, sondern auch um Aufständische, die Sahins Leute hätten sein können. Alles war auf den Beinen – auf der Suche nach einer Bande Pferdediebe, wie ein Offizier, der mich aufgegriffen hatte, mir erklärte. Da ich kein Pferd hatte, ließ er mich laufen. Ihr seid wirklich unübertroffen im Heraufbeschwören von Problemen! Ich lief weiter und fand natürlich das verfallene Haus. Ihr wart dort gewesen – ihr hattet eine leere Keksdose zurückgelassen –, genau wie mehrere Pferde. Also bin ich hergekommen. Mir ist nichts anderes eingefallen, wo ihr sein könntet. Ich habe eine Weile gebraucht, da ich auf Schusters Rappen unterwegs war.«

Ich gewahrte das kaum merkliche Zittern seiner Hand, als er die Zigarette ausdrückte. Es war nicht der einzige Hinweis auf seine Erschöpfung; seine Stimme war flach und sein Gesicht angespannt.

»Du legst dich besser hin«, schlug ich vor. »Wir werden unser Gespräch auf später vertagen.«

»Dein Wunsch ist mir Befehl, Sitt Hakim.« Er erhob sich zögernd. »Schläft schon jemand in meinem Bett?«

»Miss Sahin liegt in einem der Betten. Ich werde das andere für dich beziehen.«

»Das ist nicht nötig.«

»Verständlicherweise bist du solchen Luxus nicht gewöhnt. Ich mache es trotzdem. Komm mit.«

Wie der werte Leser bereits ahnt, sann ich auf einen Plausch unter vier Augen. Selbst Emerson sah die Notwendigkeit ein, obwohl ihm dies wenig behagte. Er hatte seine Eifersucht auf seinen Bruder nie ganz abgelegt, so grundlos sie auch sein mochte – jedenfalls was mich betraf.

»Ich hoffe, du bist damit einverstanden, wenn ich dir ein wenig Laudanum gebe«, sagte ich. »Sonst kannst du nicht schlafen, du bist zu übermüdet und übernervös.«

»Hast du Bedenken, dass ich mich aus dem Haus stehlen könnte?« Er sah zu, wie ich ein Laken ausbreitete, und half mir, indem er die beiden anderen Enden festhielt. »Ich bin doch nicht lebensmüde. Wenn Edward gegen Abend noch nicht zurück ist, werde ich allerdings etwas unternehmen müssen, aber erst einmal brauche ich eine Mütze Schlaf.«

Er hatte das Laken irgendwie festgestopft. Ich machte diese Seite des Betts neu. Unsere Blicke trafen sich, und er grinste unmerklich; wir reflektierten vermutlich beide, was für eine seltsam häusliche Szene dies war. »Ich brauche dein Laudanum nicht«, fuhr er fort, ein Fläschchen von einem der Regale nehmend.

»Wie lange nimmst du das schon?«, wollte ich wissen, als er eine kleine weiße Tablette schluckte.

»Wochen. Monate.« Er streckte sich auf dem Bett aus. »Es wirkt rasch, falls du also noch Fragen hast – was zweifellos der Fall ist –, leg los.«

»Ich wollte mich lediglich nach Margaret erkundigen. Hast du von ihr gehört?«

Mit dieser harmlosen Frage hatte er nicht gerechnet. »Margaret? Nein, seit Monaten schon nicht mehr. Ich konnte schließlich schlecht einen regen Briefwechsel in Gang halten, oder?«

»Weiß sie, was du machst?«

»Sie weiß alles über mich.« Er schloss die Lider.

»Einschließlich –«

»Alles.«

»Dann hast du absolutes Vertrauen zu ihr. Wirst du sie heiraten?«

Sethos schlug die Augen auf und verschränkte die Hände hinter seinem Kopf. »Du lässt mir keinen Frieden, bis ich dir mein Herz ausgeschüttet habe, was? Die Frage ist nicht, ob ich sie heiraten werde, sondern ob sie mich überhaupt will. Ich habe sie gefragt. Es war nicht geplant, es war eine – äh – spontane Idee in einem – äh – schwachen Moment. Sie hat nein gesagt.«

»Ein schnödes, unbegründetes Nein?«

»Sie hatte ihre Gründe. Dreimal darfst du raten. Und sie hatte Recht. Ich habe ihr erklärt – ja sogar hoch und heilig versprochen –, dass dies mein letzter Auftrag sein würde. Was ganz gut sein kann.«

»So nicht«, sagte ich entschieden. »Wir sind hier und in vollster Einsatzbereitschaft! Allerdings könnten wir effizienter sein, wenn du mir den Zweck deiner Mission nennen würdest. Hinter was bist du her?«

»Sahin.« Seine Lider erschlafften. Das Schlafmittel hatte seine Zunge gelöst. »Er ist ihr bester Mann. Ihr einzig guter. Sobald er aus dem Weg geräumt ist, können wir fortsetzen, was wir ... Er liebt das Mädchen. Das wusste ich nicht. Ich rechnete damit, dass er etwas unternehmen würde, um sie zurückzuholen, aber mir war nicht klar ... Väterliche Zuneigung ist nicht unbedingt meine starke Seite. Ich habe dir doch von Maryam erzählt, oder?«

»Von wem?« Ich musste die Frage wiederholen. Er schlief schon halb und war in Gedanken weit fort.

»Maryam, Molly. Du hast sie unter diesem Namen gekannt ... Sie ist nicht mehr da.«

»Tot?« Ich schnappte nach Luft. »Deine Tochter?«

»Nein. Sie ist fort. Verschwunden. Ausgerissen. Sie hasst mich. Wegen ihrer Mutter. Sie ist der lebende Beweis ihrer Gene. Hat das Schlimmste von beiden Elternteilen geerbt. Der arme kleine Satansbraten ... Weißt du, Amelia, sie ist ...«

»Ist schon in Ordnung«, sagte ich sanft und drückte seine Hand, die nach meiner tastete. »Alles wird gut werden. Schlaf jetzt.«

Ich saß bei ihm, bis seine Hand erschlaffte und sein Gesicht entspannte. Ich hatte mir fest vorgenommen – ja, ich gebe es zu –, seinen Dämmerzustand auszunutzen und ihm Informationen abzupressen, hatte aber nicht mit Enthüllungen so intimer, so persönlicher, so schmerzvoller Natur gerechnet.

Seine Tochter war vierzehn gewesen, als ich sie kennen lernte. Sie müsste jetzt sechzehn sein. Ihre Mutter war Sethos' Geliebte und Komplizin gewesen; ihre raubtierhafte Liebe war in Eifersucht und Hass umgeschlagen, als sie erkannte, dass sein Herz einer anderen gehörte. (Mir, wie er in der Tat beteuerte.) Sie versuchte mehrfach, mich umzubringen, und tötete stattdessen einen meiner liebsten Freunde, ehe sie den Tod aus der Hand derjenigen fand, die Sekunden zu spät zu dessen Rettung kamen.

Wie viel von dieser grässlichen Geschichte hatte das Kind erfahren? Wenn sie ihrem Vater die Schuld am Tod der Mutter gab, konnte sie nicht die ganze Wahrheit wissen. Als diese starb, war er nicht einmal in der Nähe gewesen, und sie hatte ein kriminelles, lasterhaftes Leben geführt, bevor sie Sethos kennen lernte. Ein Moralist könnte ihm ankreiden, dass er sie nicht zu läutern vermochte, aber nach meinem Dafürhalten wäre selbst ein Heiliger, was Sethos nicht war, an Bertha gescheitert.

Ich glaube nicht, dass die Erbanlagen einzig ausschlaggebend für den Charakter sind. Ich stellte mir Molly vor, wie ich sie zuletzt gesehen hatte, sie wirkte jünger, als sie tatsächlich war, das Bild sommersprossiger, kindlicher Unschuld ... Indes hatte sie alles andere als unschuldig gewirkt an dem Tag, als ich sie in Ramses' Zimmer fand, halb entkleidet. Wenn ich nicht zufällig vorbeigekommen wäre und Ramses mich nicht geistesgegenwärtig hereingebeten hätte – oder wenn er ein anderer Typ

Mann gewesen wäre, der Typus, den sie hinter ihm vermutete –, hätte er in eine überaus prekäre Situation geraten können.

Das besagte gar nichts. Sie hatte es nicht vorsätzlich darauf angelegt, ihn zu verführen oder zu kompromittieren; sie war jung gewesen und töricht und gelangweilt. Mein Herz quoll über vor Mitgefühl, für sie und für den Mann, der schlafend auf dem Bett lag, sein Gesicht bleich und ausgezehrt vor Erschöpfung. Erst als er sie verloren hatte, wusste er, wie sehr er sie liebte, und jetzt machte er sich Vorwürfe. Wie schön es doch wäre, wenn ich Vater und Kind wieder zusammenbringen könnte!

Es war ein erhebender Gedanke, aber kein zweckmäßiger – für den Augenblick jedenfalls. Zunächst einmal mussten wir unsere aktuellen Probleme lösen. Seufzend ließ ich seine Hand los und schlich mich auf Zehenspitzen aus dem Zimmer.

»Und?«, bohrte Emerson. »Du warst verdammt lange weg. Wie viel hast du aus ihm herausbekommen?«

»Unsere Einschätzung stimmt natürlich«, erwiderte ich. Seiner einladenden Geste folgend, setzte ich mich neben ihn. »Er ist kein Verräter. Seine Mission bestand darin, Sahin Bey – pardon, Pascha – zu entfernen.«

»Ihn töten, meinst du?«, wollte Ramses wissen.

»Das hat er nicht gesagt. Bestimmt würde Sethos nicht –«

»Sahin ist ein gefährlicher Gegner, und wir befinden uns im Krieg. Allerdings«, überlegte Ramses, »reichte es allein schon, wenn man Sahin Pascha denunzieren und degradieren würde. In der letzten Woche hat er mich und seine Tochter eingebüßt, und jetzt auch noch Ismail Pascha, dessen Flucht beweist, dass er ein britischer Spion war. Unachtsam, gelinde gesagt!«

»Mehr als das!«, wieherte Emerson. »Im höchsten Maße verdächtig, gelinde gesagt! Bei dieser Bande ist man schuldig, solange die Unschuld nicht bewiesen ist. Donnerwetter, mein Junge, ich glaube, du hast Recht. Es passt zu Sethos, einen so ausgetüftelten Plan zu ersinnen. Wenn die Türken glauben – was gut möglich ist –, dass Sahin Pascha die ganze Zeit als Doppelagent agiert hat, werden sie ihren gesamten Geheimdienst neu strukturieren müssen. Das kann Monate dauern.«

»Und in der Zwischenzeit sind sie ohne ihren besten und fähigsten Mann«, versetzte ich. »Sethos hat gesagt, dass, wenn Sahin aus dem Weg geräumt ist, sie ... irgendwas fortsetzen können.«

»Und was?«

»Das hat er nicht gesagt.«

»Und wer sind ›sie‹?«, drängte Nefret. »Für wen arbeitet er? Doch nicht für Cartright und ›diese Bande‹?«

»Das hat er– äh – auch nicht gesagt.«

Emerson schlug mit der Faust auf den Tisch, dass das Geschirr schepperte. »Was hat er denn gesagt? Himmel, du warst fast eine Dreiviertelstunde mit ihm zusammen.«

»Woher weißt du das?«, erkundigte ich mich. »Du hast keine Uhr.«

Diesmal funktionierte mein Ablenkungsmanöver nicht. »Beantworte meine Frage, Peabody. Worüber habt ihr so lange geredet?«

»Über persönliche Dinge. Oh, Emerson, knirsch um Himmels willen nicht mit den Zähnen. Ich wollte sicherstellen, dass er eingeschlafen ist, bevor ich gehe. Der Mann steht kurz vor einem Nervenzusammenbruch. Er lebt seit Monaten in unsäglicher Anspannung. Er darf nicht nach Gaza zurückkehren.«

»So blöd würde er nicht sein«, knurrte Emerson.

»Er würde, wenn er annehmen müsste, dass Sir Edward ihn dort sucht.«

»*Er* ist schließlich kein Idiot«, schnaubte mein Gatte.

»Doch, wenn er seinen Mitstreiter in Gefahr wähnt. Sie sind seit langem Freunde. Ich werde mit Mustafa reden; vielleicht hat Sir Edward ihm irgendwas enthüllt. Und ich habe versprochen, mich um seine Verletzung zu kümmern ... Ah, da sind Sie ja, Esin. Haben Sie gut geschlafen?«

»Ja.« Sie rieb sich ihre verschlafenen Augen und setzte sich neben Ramses. »Was ist passiert? Hat mein Vater –«

»Nichts ist passiert. Hier sind Sie absolut sicher. Haben Sie Hunger? Es muss noch etwas übrig sein. Bitte, entschuldigen Sie mich. Es dauert nicht lange.«

Ramses begleitete mich. Ich war davon ausgegangen, dass

er oder sein Vater mitkommen würden, aber grundsätzlich zog ich Ramses vor. Seine Fragen waren bei weitem nicht so provokant.

»Ich dachte, ich komme besser mit, für den Fall, dass Mustafas Verletzung an einer Stelle ist, die eine Dame besser nicht inspizieren sollte«, erklärte er.

»Höchst unwahrscheinlich.«

»War nur ein Scherz, Mutter.«

»Ich weiß, mein Schatz.«

Der Himmel war immer noch verhangen, aber es hatte aufgehört zu regnen. Es tröpfelte monoton von den Arkadenbögen rings um den Innenhof. Ich billigte, dass Ramses meinen Arm fasste.

»Nach meiner Ansicht hast du hinsichtlich Sethos' Vorhaben Recht«, sagte ich. »Ganz schön gewieft von dir.«

»Zu gewieft vielleicht? Ich verabscheue den Gedanken, dass mein Hirn so arbeiten könnte wie seins.«

»Wie auch immer sein ursprüngliches Vorhaben ausgesehen haben mag, es hatte das von dir angekündigte Resultat. Gute Güte, ist das hier schauderhaft. Scheinbar niemand da. Mustafa?«

»Vermutlich ist er bei den Pferden.«

Mustafa hörte uns und trat aus dem Stall. »Ich habe mir die Pferde angesehen«, sagte er. »Prachtvolle Tiere. Brauchst du irgendetwas, Sitt Hakim?«

»Nein, im Moment nicht. Ich möchte mit dir reden, Mustafa. Und deine Verletzung behandeln ... Wo ist sie denn?«

Mustafa setzte sich auf eine Bank und streckte mir seinen Fuß entgegen. Er war nackt und schwielig und sehr schmutzig.

»Du musst ihn erst einmal waschen«, riet ich.

»Waschen?«, wiederholte Mustafa verblüfft.

Ramses, der sich köstlich zu amüsieren schien, holte einen Kübel Wasser, und wir überredeten Mustafa, seinen Fuß hineinzutauchen. Ich hatte ein Stück Pear's Seife mitgebracht, da ich wusste, dass ein solcher Luxus in dieser Gegend nicht üblich ist. Nach heftigem Schrubben wurde die Verletzung sichtbar – eine entzündete dicke Zehe, die er sich gestoßen und dann nicht weiter beachtet hatte. Als ich diese mit Alkohol desinfizierte, fielen Mustafa fast die Augen aus dem Kopf.

»Ich werde deinen Fuß verbinden«, sagte ich, Gaze und Pflaster auftragend. »Aber du musst ihn sauber halten. Wechsle jeden Tag den Verband und wasch den Fuß.«

»Ist das alles?«, erkundigte sich Mustafa.

»Das sollte –«

Ramses hustete geräuschvoll. »Willst du die passenden Beschwörungen sagen, Mutter, oder soll ich?«

»Das ist eher dein Gebiet«, erwiderte ich in Englisch. »Na, mach schon.«

Sobald dieser entscheidende Teil der Behandlung abgeschlossen war, war Mustafa zufrieden, und ich ging zum Geschäftlichen über.

»Hat Sir Edward dir gesagt, wohin er geht?«

»Nein.« Mustafa hielt seinen Fuß hoch und betrachtete den Verband. »Er hat das Maultier genommen.«

»Ihr habt ein Maultier?«

»Zwei. Eins hat er genommen.«

»Hat er gesagt, wann er zurück sein will?«

»Nein.« Die Stirn gerunzelt, überlegte Mustafa scharf. »Er hat gesagt ... was war es noch gleich? Irgendwas über Whisky. Dass er ihn für den Vater der Flüche holen will.«

»Dann ist er nach Khan Yunus geritten«, meinte Ramses, als wir Mustafa verließen, der sich nicht satt sehen konnte an seinem verbundenen Fuß.

»Nicht nach Gaza?«

»Vater hat Recht, so blöd würde er nicht sein. Nur wenn er definitiv wüsste, dass Sethos noch dort ist.« Er fasste meinen Arm und hielt mich zurück. »Ich glaube, wir sollten im Beisein des Mädchens nicht über Sahin Pascha diskutieren, oder?«

»Es wäre gewiss ratsamer. Die Empfindungen junger Menschen sind sehr wankelmütig. Noch ist sie wütend auf ihn, doch wenn sie ihn in Gefahr wüsste ...«

»Ja, Mutter, genau das dachte ich auch.«

Als wir den Salon betraten, sah Nefret von dem Papierbogen auf, auf dem sie gerade zeichnete. »Esin wollte wissen, wie die neueste Mode aussieht«, führte sie aus. »Wie geht es Mustafas ... was hat er eigentlich?«

»Sein Zeh«, erwiderte ich. »Eine leichte Entzündung. Wo ist Emerson?«

»Er hat gesagt, dass er zu Sethos will.« Sie kicherte. »Vermutlich sucht er nach Tabak. Er hat keinen mehr.«

Und er fand auch keinen. Er kehrte aufgelöster zurück, als es der Entzug dieses Suchtmittels gerechtfertigt hätte.

»Schläft er noch?«, erkundigte ich mich.

»Ja. Er – ähm – er sieht gar nicht gut aus.«

»Es geht ihm auch nicht gut.«

»Ist jemand krank?«, wollte Esin wissen.

Mir fiel ein, dass sie davon noch nicht wusste. »Hmmm, ein Freund von uns. Sie kennen ihn als Ismail Pascha.«

»Ist er hier?« Sie sprang auf und schlug die Hände vors Gesicht. »Warum? Hat mein Vater ihn hergeschickt? Soll er mich zurückholen?«

»Gute Güte, was sind Sie verbohrt«, krittelte ich. »Er ist genauso geflohen wie Sie. Als Ihr Vater misstrauisch wurde, hat er sich verdünnisiert.«

»Oh.« Sie dachte darüber nach, und ihr Gesicht hellte sich auf. »Dann muss ich ihm danken. Er hat viel für mich riskiert!«

»Schließlich ist er ein höflicher Engländer«, meinte Ramses gedehnt. »Viel mutiger und galanter als ich.«

»Aber du bist jünger und viel attraktiver«, seufzte Esin.

Das genügte. Ramses verstummte.

Wir anderen hielten ein oberflächliches Gespräch in Gang, und die Minuten schleppten sich dahin. In Esins Beisein konnten wir nicht viel sagen, und ich wusste auch keinen plausiblen Vorwand, um sie loszuwerden. Sie ins Bett zu schicken würde nicht funktionieren; sie hatte fast den ganzen Tag geschlafen.

Wir anderen nicht – mit Ausnahme von Selim. Ich überredete Nefret sich hinzulegen, und setzte mich mit Esin in eine Ecke, um sie nicht zu stören. Wir fanden ein gemeinsames Interessengebiet in der Gleichberechtigung der Frau, und ich erzählte ihr alles über die Frauenbewegung und dass ich mit den Suffragetten marschiert und von einem bulligen Wachtmeister fest genommen worden sei. Sie erklärte, sie hätte genauso gehandelt wie ich, nämlich den Wachtmeister getreten.

Emerson verharrte in brütendem Schweigen, rauchte Ramses' Zigaretten und verschwand gelegentlich, um nach seinem Bruder zu sehen. Ramses schwieg ebenfalls, er saß neben Nefret, den Blick auf ihr Gesicht geheftet. Nach einer Weile nahm ich Esin mit in die Küche und zeigte ihr, wie man Tee zubereitet. Ich glaube, es war das erste Mal, dass sie in einer Küche herumhantierte. Sie stellte sich jedenfalls ziemlich ungeschickt an. Trotzdem gelangte das Tablett ohne größere Katastrophe in den Salon.

Am Spätnachmittag tauchte endlich die Sonne auf und kurz darauf Sethos. Er war übellaunig, was ich erwartet hatte, und er hatte den Bart wegrasiert, womit ich nicht gerechnet hatte. Die undefinierbaren graugrünen Augen schweiften argwöhnisch und aufmerksam durch den Raum. »Sind wir komplett?«, erkundigte er sich in seinem provokantesten Tonfall. »Wie nett.«

Ich wusste, was ihm auf der Seele brannte, und teilte ihm rasch unsere neueren Überlegungen mit. »Wir glauben, dass Sir Edward nicht in Gaza, sondern in Khan Yunus ist.«

»Ach?« Er rieb sich sein Kinn. »Hoffentlich behaltet ihr Recht.«

»Da bin ich mir ganz sicher«, versetzte ich. »Tee?«

»Nein.« Er warf sich auf den Diwan.

»Du musst etwas trinken. Esin, bringen Sie ihm die.« Ich reichte ihr die Tasse. »Zitrone, kein Zucker, stimmt's?«

Unsere Blicke trafen sich, und seine Mundwinkel zuckten bei der Erinnerung an das letzte Mal, da wir zusammen Tee getrunken hatten. Unseligerweise erinnerte Emerson sich ebenfalls daran. Er wusste, was bei jener Zusammenkunft passiert war, denn ich hatte ihm natürlich alles gebeichtet. Sein Kommentar beschränkte sich auf ein unverständliches Knurren.

»Bist du wirklich Ismail Pascha?«, fragte das Mädchen unsicher. Sie stand neben ihm, die Tasse vorsichtshalber mit beiden Händen umklammernd.

Sethos erhob sich und nahm sie ihr ab. Ein Lächeln glitt über sein erschöpftes Gesicht, und er sprühte wieder vor Charme.

»Bist du verunsichert, weil ich den Bart rasiert habe? Ich bin nach wie vor derselbe und froh, dass du sicher und wohlauf bist. Meine Freunde haben sich um dich gekümmert?«

Zugegeben, sein Charme war ein bisschen spröde, aber das merkte Esin nicht. »Oh ja, aber anfangs hatte ich Angst; es gab einen Tumult, und wir mussten schleunigst das Weite suchen.«

»Erzähl mir davon«, murmelte Sethos.

Obschon zu einer abenteuerlichen Geschichte aufgebauscht, war ihre Schilderung im Großen und Ganzen zutreffend. Sethos lauschte interessiert, seine lebhafte Mimik demonstrierte trefflich Bewunderung, Erstaunen und Empörung, gleichwohl war mir bewusst, dass er ihr nicht seine volle Aufmerksamkeit widmete. Er horchte und harrte – wie wir alle.

Das Sonnenlicht nahm einen tiefen Goldton an, um dann im tristen Grau zu verwischen, und immer noch kein Lebenszeichen von Sir Edward. Ramses zündete die Öllampen an. Ich wollte gerade ein kleines Nachtessen vorschlagen, als die lang erwarteten Schritte vernehmbar wurden und Sir Edward den Raum betrat. In jenem ersten Moment hatte er nur Augen für seinen Chef. Hatte ich noch Zweifel an ihrer engen Freundschaft, so hätten ihre erleichterten Mienen diese ausgeräumt. Als Engländer gaben sie sich eben reserviert.

»Gut, dich zu sehen, Sir«, sagte Sir Edward kühl. »Mustafa hat mir erzählt, dass du hier bist.«

»Ich hatte *dich* hier erwartet«, lautete die ebenso unterkühlte Reaktion. »Setz dich und nimm einen Tee.«

»Er ist kalt«, sagte ich, mit Blick auf den kümmerlichen Rest.

»Ich nehme ihn trotzdem.« Schwerfällig sank Sir Edward neben Emerson auf den Diwan. »Tut mir Leid, Professor, ist mir nicht geglückt, Ihren Whisky zu organisieren. Das Haus –«

»Dann werden wir mit Rotwein vorlieb nehmen müssen.« Sethos strebte zu dem Weinregal. »Meine Vorräte erschöpfen sich allmählich. Amelia?«

»Ja, gern«, erwiderte ich. »Esin, ich schlage vor, Sie – äh – gehen auf Ihr Zimmer und ruhen sich aus.«

»Ich möchte nicht ausruhen«, sagte die junge Person. »Ich bin nicht müde.«

»Dann helfen Sie Selim, etwas Essbares aufzutreiben.«

Ich machte Selim ein Zeichen und nickte. Für gewöhnlich reichte das völlig aus, aber diesmal musste ich ihn anstupsen, da er mich keines Blickes würdigte. Seine aufmerksamen dunklen Augen hingen wie gebannt an Sethos.

»Verzeih mir, Sitt Hakim.« Er schrak zusammen.

Ich wiederholte meinen Vorschlag. Er nickte gehorsam und brachte Esin dazu, ihn zu begleiten, indem er sie um die Einzelheiten ihrer gewagten Flucht aus dem väterlichen Haus bat. »So mutig«, hörte ich noch, als sie den Raum verließen. »So klug!«

Sethos wandte sich zu uns, in einer Hand die Flasche, in der anderen den Korkenzieher. »Berichte uns«, sagte er knapp.

»In der Stadt ist es ruhig«, hub Sir Edward an. »Sie haben weniger Schaden angerichtet, als ich dachte. Das Haus ist von mehreren Soldaten umstellt, und sie durchkämmen die Gegend, auf der Suche nach euch. Augenzeugenberichten zufolge habt ihr euch einfach in Luft aufgelöst, wie die Dämonen, für die man euch hält. Das Militär glaubt das allerdings nicht.« Er nahm das ihm von Sethos gereichte Glas und fuhr fort: »Sie sind sich noch nicht sicher, ob man euch gewaltsam entführt hat oder ob ihr aus freien Stücken flüchten konntet. Wie auch immer, sie wollen euch.«

Ramses nahm die Flasche von Sethos, der uns aus lauter Rücksichtnahme auf seinen Gefährten schlichtweg vergessen hatte, und schenkte Nefret und mir Wein ein.

»Was ist mit Gaza?«, drängte Sethos.

»Die Stadt ist bewachter als ein Gefängnis.« Sir Edward nippte genüsslich an seinem Wein. »Ich habe Kontakt zu einem unserer Burschen aufgenommen – Hassan. Er hatte kurz zuvor versucht, auf dem gewohnten Weg in die Stadt zu gelangen, und dann unverrichteter Dinge kehrtgemacht. Sie halten jeden an.«

»Das Scheunentor verriegeln, nachdem der Gaul bereits geklaut ist«, grinste ich.

»Haha.« Emerson bedeutete Ramses, sein Glas zu füllen. »Irgendwas Neues von Sahin Pascha?«

Sir Edward schüttelte den Kopf, worauf Sethos zu bedenken

gab: »Sie werden eine Weile brauchen, bis sie entschieden haben, wie sie mit ihm verfahren sollen. Das Vernünftigste wäre, ihn zu exekutieren und öffentlich zu verlautbaren, die brutalen Briten hätten ein Attentat auf ihn verübt.«

»Dann war das also dein Plan«, versetzte ich. »Du wolltest, dass es so aussieht, als hätte er sich des Verrats schuldig gemacht.«

»Anfangs hatte ich keinen Plan«, konterte Sethos. »Mein Befehl lautete, ihn zu entfernen – ein hübscher kleiner Euphemismus, nicht wahr? Man lernt, sich unerwartete Entwicklungen zu Nutze zu machen. Wir hatten verdammt Glück. Alle miteinander.«

»Dazu gehörte mehr als bloß Glück«, meinte Ramses zähneknirschend. Sein Onkel verbeugte sich spöttisch vor ihm.

»Selim wird das Mädchen nicht lange ablenken können«, wandte ich ein. »Und ich möchte auf gar keinen Fall, dass sie erfährt, dass ihr Vater womöglich in Haft ist und ihm die Todesstrafe droht. Wir müssen uns überlegen, was mit ihr geschehen soll.«

»Ganz recht, Amelia«, sagte mein Schwager. »Du wirst sie mit nach Kairo nehmen müssen, und je eher, je besser. Je eher ihr alle wieder in Kairo seid, desto besser.«

»Was ist mit dir?«, forschte ich. »Und Sir Edward?«

»Zerbrich dir wegen uns nicht den Kopf. Sobald es hell wird, möchte ich, dass ihr alle nach Khan Yunus zurückkehrt. Dann suchen sie nicht mehr hier in der Gegend nach euch und stoßen auf dieses Dorf, was mir verdammt ungelegen käme. Bereitet euch auf eure Abreise vor, und dann verschwindet aus Khan Yunus. Für das Mädchen müsst ihr euch irgendeine Geschichte einfallen lassen. Das Militär braucht nicht zu erfahren, wer sie ist, sonst behält man sie noch hier.«

»Als wenn ich eine Achtzehnjährige einem Trupp Soldaten überließe!«, entrüstete ich mich. »Was machen wir mit ihr, wenn wir in Kairo sind?«

»Ich nenne euch eine Adresse, wo ihr sie hinbringt.« Er spähte zu Ramses. »Merk sie dir und schreib sie um Gottes willen nicht auf.«

»Das war's dann«, seufzte Emerson, der Selims und Esins Schritte vernahm. »Du hast uns alles gesagt?«

Sethos ließ uns keine Gelegenheit für weitere Fragen. Nach einem kärglichen Abendimbiss verschwand er mit Sir Edward, uns wies er an, unsere Siebensachen zu packen und uns auf einen zeitigen Aufbruch einzustellen. Wir sahen ihn erst am nächsten Morgen wieder.

Es war noch dunkel, als wir uns im Innenhof versammelten. Die Pferde warteten bereits.

»Lebt wohl«, sagte Sethos. »Gute Reise.«

Er schüttelte Emerson und mir die Hand. »Wann sehen wir dich wieder?«, forschte ich.

»Wenn du am allerwenigsten damit rechnest, meine liebe Amelia. Das ist mein Markenzeichen.« Er lächelte. »Ihr werdet bald von mir hören, versprochen. Auf Wiedersehen, Nefret. Gib auf Ramses Acht und versuche, ihn von Gefahren fernzuhalten.«

»Tu ich doch immer.« Sie stellte sich auf Zehenspitzen und küsste ihn auf die Wange. »Passen Sie auf sich auf, Sir Edward, und versuchen Sie, *ihn* von Gefahren fernzuhalten.«

»Bekomme ich denn keinen Kuss?«, erkundigte sich besagter Gentleman.

Lächelnd reichte sie ihm ihre Hand. »Viel Glück. Und vielen Dank.«

Wir erreichten Khan Yunus am Vormittag und strebten sofort zum Haus, gefolgt von einer Schar Müßiggänger. Das Tor war verschlossen, zwei Soldaten wachten davor. Als sie uns bemerkten, nahmen sie Haltung an, schulterten die Gewehre, und einer rief: »Es sind sie!«

»Ts, ts, Ihre Grammatik, junger Mann«, tadelte ich. »Wir sind es in der Tat. Lassen Sie uns bitte passieren.«

Selim strebte als Erstes zu seinem heiß geliebten Automobil. »Sie haben zwei Reifen gestohlen!«, empörte er sich.

»Der Schaden ist schnell behoben«, beschwichtigte Emerson und half mir vom Pferd. »Komm, Selim, du kannst später noch an dem Wagen herumbasteln.«

Nach einer raschen Überprüfung des Hauses wussten wir, dass es menschenleer war und dass eine ganze Menge fehlte, unter anderem auch fast die gesamte elegante Garderobe von »der Lieblingsfrau«. »Daran lässt sich nun mal nichts ändern«, meinte Emerson. »Zum Glück hatten wir das Wichtigste mitgenommen. Kommt, wir setzen uns in den Salon. Vermutlich werden wir bald Besuch bekommen.«

»Ja, die Nachricht von unserer Ankunft hat sicher die Runde gemacht«, bekräftigte ich. »Esin, ich möchte, dass Sie hier im Harem bleiben.«

»Aber warum denn?«, maulte sie.

»Du stehst auf der Seite des Feindes«, erklärte Nefret. »Wenn die Soldaten dich hier finden, nehmen sie dich mit.«

Ich hätte es nicht so schonungslos formuliert, gleichwohl zeigte ihre Warnung die beabsichtigte Wirkung. Esin wurde blass.

»Das werden wir natürlich nicht zulassen«, sagte Ramses rasch. »Trotzdem, halte dich von ihnen fern und sei leise.«

»Ich würde zu gern ein Bad nehmen«, seufzte ich. »Aber das wird warten müssen, bis wir ein paar von den Dienern zusammengetrommelt haben. Wie wäre es in der Zwischenzeit mit einer schönen heißen Tasse Tee?«

* * *

Die Ineffizienz des Militärs war frustrierend. Sie brauchten eine Stunde, um auf die Nachricht von unserer Rückkehr zu reagieren. Die geöffneten Portale des arabischen Salons waren ein hervorragender Aussichtsposten; wir waren bei unserer zweiten Tasse Tee, als er in den Hof stürmte und ein bedauernswertes Huhn aus dem Weg trat, bevor er abrupt stehen blieb und sich suchend umschaute. Emerson beugte sich über den Sims und rief ihn.

»Hier oben, Cartright. Gesellen Sie sich doch zu uns.«

»Wir hätten damit rechnen müssen, dass er kommt«, entfuhr es mir. »Er scheint sich ziemlich unwohl in seiner Haut zu fühlen.«

Cartright hechtete die Treppe hinauf. Sein Gesicht war gerötet, sein Schnurrbart sah aus, als hätte er daran geknabbert.

»Sie sind hier«, keuchte er. »Allesamt.«

»Wie man sieht«, gab ich zurück. »Nefret, haben wir noch heißes Wasser? Major Cartright könnte eine Tasse Tee vertragen. Setzen Sie sich doch, Major.«

Der junge Mann sank auf einen Stuhl und fuhr sich mit einem Taschentuch über sein Gesicht. »Wo sind Sie gewesen? Wir suchen Sie schon seit Tagen.«

»So lange bestimmt nicht«, wandte ich ein. »Trinken Sie einen Tee. Wir haben beschlossen, Ihr freundliches Hilfsangebot anzunehmen und nach Kairo zurückzukehren. Wir werden Benzin, Wasser, Proviant und zwei neue Reifen benötigen. War da sonst noch was, Emerson?«

An der Wand lehnend, die Arme verschränkt, schüttelte Emerson den Kopf, seine Lippen zuckten verräterisch. »Nicht dass ich wüsste. Fahre fort, Peabody, du scheinst die Situation sehr gut im Griff zu haben.«

»Wir würden gern morgen Früh aufbrechen«, führte ich aus. »Allem Anschein nach haben Sie unser Personal in die Flucht geschlagen. Überreden – überreden wohlgemerkt! – Sie sie zur Rückkehr. Unsere Sachen müssen gewaschen, Mahlzeiten müssen gekocht werden.«

»Mrs Emerson ... bitte.« Cartright wies die Tasse zurück, die ich ihm reichen wollte. »Hören Sie auf, bitte! Professor, ich will wissen, wo zum Teufel –«

»Ihre Ausdrucksweise, Ihre Ausdrucksweise«, tadelte Emerson. »Es sind Damen zugegen. Was Ihre Fragen angeht, Sir, so unterstehe ich nicht Ihrem Befehl.«

»General Chetwode –«

»Und seinem auch nicht. Ich werde Bericht erstatten, wann und wo ich es für richtig halte. In Kairo, um genau zu sein. Besorgen Sie uns nun die nötigen Dinge, oder muss ich das über Ihren Kopf hinweg tun?«

»Ich ... ja. Selbstverständlich besorge ich sie. Und ich begleite Sie auch.«

»Im Automobil ist kein Platz mehr«, sagte Emerson entschieden. »Oh – fast hätte ich's vergessen. Die Pferde. Schöne Tiere. Sie stehen im Stall.«

Cartright setzte sich ruckartig auf. »Dann waren Sie diejenigen, die ... Einer der Soldaten schwor, er habe eine Frau gesehen, aber –«

»Mich«, grinste Nefret. »Vermutlich will der arme Junge seine Mary zurück. Sagen Sie ihm, dass gut für sie gesorgt worden ist und dass ich ihm für die Leihgabe danke.«

»Ist das alles, was Sie dazu zu sagen haben?« Stirnrunzelnd spähte er von Nefret zu Emerson.

»Das ist alles«, versicherte Emerson. »Wann dürfen wir mit diesen – ähm – Reiseartikeln rechnen?«

Major Cartrights Züge nahmen einen gequälten Ausdruck an. Emerson hatte ihn gehörig provoziert, gleichwohl war ihm klar, dass es in eine Katastrophe münden würde, wenn er meinen Gatten gegen seinen Willen festzuhalten versuchte.

»Ich bin nicht sicher, ob ich Ihnen das alles heute noch besorgen kann«, murmelte er.

»Oh, ich denke, das können Sie«, sagte Emerson, seine weißen Zähne entblößend.

»Gut, Sir. Dann ... dann sehen wir uns in Kairo?« Fragend sah er zu Ramses, der geschwiegen hatte.

»Ganz sicher«, sagte Ramses.

»Er hätte dir gern ein paar Fragen gestellt«, kombinierte ich, sobald Cartright weg war. »Ich schätze, er wird General Chetwode hartnäckig bedrängen, dass wir weiterhin hier bleiben sollen.«

»Chetwode ist nicht befugt, uns zurückzuhalten«, wandte Emerson ein. Er rieb wütend über den Gipsverband, der irgendwie unappetitlich wirkte. »Nefret, kann ich das verfluchte Ding nicht abmachen?«

»Noch nicht, Vater. Sobald wir in Kairo sind, werde ich mir deinen Arm anschauen.«

Selim kehrte von seiner Inspektion des Wagens zurück und berichtete, dass wohl alles in Ordnung sei, dann machte er sich auf die Suche nach Haushaltshilfen, da ich nicht annahm, dass Major Cartright diesem Anliegen sonderlich viel Bedeutung beimessen würde. Es hatte angefangen zu regnen, deshalb zogen wir uns in den Raum hinter dem offenen Salon zurück, wo unser Gepäck stand.

»Vielleicht sollten wir unsere Bündel kurz auspacken«, schlug ich vor. »Ich weiß gar nicht mehr recht, was wir noch alles haben. Mustafa habe ich meine Seife geschenkt, aber hier sind meine medizinische Ausrüstung und mein Schirm –«

»Die brauchen Sie nicht, Mrs Emerson. Sie werden das Haus nicht verlassen.«

Ich hatte eines der Geheimverstecke übersehen. Anders als der Hohlraum unter dem Fußboden des Harems war diese winzige Kammer mit einer Tür getarnt, die einer Schranktür ähnelte. Er sah kaum anders aus als bei unserer ersten Begegnung: ein stattlicher Mann mit einem ergrauten Bart und Schultern, fast so beeindruckend wie die meines Gatten. Er hatte eine Pistole in der einen Hand, ein Messer in der anderen.

»Sahin Pascha, vermute ich«, sagte ich etwas gepresst. »Wir hätten bedenken müssen, dass ein intelligenter Mensch die Schwere seiner Verfehlungen erkennt und entkommt, bevor man ihn zur Rechenschaft zieht. Auf der Flucht, nicht wahr?«

»So könnte man es nennen. Wenn Sie jetzt bitte –«

»Herzukommen war ein ebenso gewiefter Schachzug«, sinnierte ich. »Nicht von ungefähr heißt es doch, dass ein Verbrecher in polizeilichem Gewahrsam am besten aufgehoben sei.«

»Tatsächlich? Nein, mein junger Freund, bleiben Sie stehen. Ich will euch alle dicht beisammen wissen.«

Ramses verharrte. »Sie wollen doch nicht etwa riskieren, von der Waffe Gebrauch zu machen? Das Geräusch eines Schusses würde sämtliche Diener und ein Dutzend Soldaten auf den Plan rufen.«

»Wenn ich mich dazu gezwungen sehe, werde ich mehr als einen Schuss abfeuern, und bis eure Retter eintreffen, ist es für einige von Ihnen schon zu spät. Aber das muss nicht sein. Ich will lediglich meine Tochter.«

»Lassen Sie uns das in aller Ruhe diskutieren«, schlug ich vor. »Wie wollen Sie sie von hier fortbringen, gegen ihren Willen und ohne uns alle umzubringen, was – wie Sie gewiss einsehen – unklug wäre?«

Ihm entwich eine beinahe herzerfrischende Lachsalve. »Mrs

Emerson, es ist mir ein Vergnügen, Sie endlich kennen zu lernen. Ich weiß, Sie hoffen, mich mit Ihrer faszinierenden Konversation abzulenken. Es wird Ihnen nicht gelingen. Aber da Sie danach fragen: Um Esin habe ich mich bereits gekümmert. Sie liegt gefesselt und geknebelt auf dem Diwan im Salon. Ich habe dieses Versteck bereits gestern Abend entdeckt. Sobald ich Sie sicher darin aufgehoben weiß, hole ich sie und verschwinde mit ihr.«

»Wohin?«, platzte ich heraus. »Zurück in die Höhle des Löwen? Sie sind unrealistisch, wenn Sie glauben, dass Ihre früheren Freunde Ihnen jetzt noch vertrauen.«

Die markanten Züge des Mannes verhärteten sich. »Ich werde meine Glaubwürdigkeit beweisen, indem ich zurückkehre – mit meiner Tochter.«

Dazu würde es schon mehr bedürfen. Das wusste er ebenso wie ich. Indes, wenn er den Mann erneut gefangen nähme, den er hatte entkommen lassen ... Wenn er uns, einen nach dem anderen, in den geheimen Raum lotsen könnte und Ramses bis zuletzt aufsparte ...

»Nun gehen Sie schon.« Sahin gestikulierte mit seiner Pistole. »Sie zuerst, Mrs Emerson.«

»Nein«, schnaubte ich. »Emerson, merkst du denn nicht, was er –«

»Ist schon in Ordnung, Mutter«, sagte Ramses gelassen. »Ich denke, er blufft. Ich frage mich, wie viele Kugeln überhaupt noch in dieser Pistole sind? Genug, um uns alle niederzustrecken?«

»Ein gutes Argument.« Emerson nickte. »Sie bluffen, Sir. Wir sind keine Schafe, die sich in einen Pferch treiben lassen. Das Mädchen bleibt bei uns, aber wir geben Ihnen ... nun, sagen wir eine Stunde ... um zu verschwinden.«

Sie maßen einander, zwei beeindruckende, willensstarke Erscheinungen. Der Türke meinte gedehnt: »Das würden Sie tun?«

»Als kleineres von zwei Übeln. Für Ihre Regierung sind Sie bedeutungslos geworden. Auf diese Weise käme niemand zu Schaden. Sie dürfen uns ruhig vertrauen, wir werden uns um das Kind kümmern, und nach dem Krieg können Sie sie wiederhaben.«

»Das Wort eines Engländers?«, murmelte Sahin Pascha.

»Seien Sie kein Narr«, drängte Ramses. »Wir sind zu viert. Geben Sie mir die Waffe.«

Sahin grinste ironisch. »Vier? Na ja, dann habe ich wohl keine Chance. Ihr habt Recht. Die Waffe ist nicht geladen. Ich musste mir den Weg aus Gaza freischießen.«

»Dann lassen Sie sie fallen«, sagte Ramses. Er trat einen Schritt vor, streckte seine Hand aus. »Oder geben Sie sie mir.«

Seine Augen fixierten die Pistole. Es hätte ein doppelter Bluff sein können; bei einem so ausgefuchsten Mann wie ihm musste man auf alles gefasst sein. Sahin hielt sie ihm hin – und dann blitzte das Messer auf, und Ramses taumelte zurück und stürzte, Blut sprudelte aus seiner Seite. Nefret sprang zu ihm.

»Sie werden es nie lernen, was?« Sahin schüttelte bedauernd den Kopf. »Sie sollten dieses Gewerbe an den Nagel hängen, mein Junge.«

Emerson hatte sich nicht gerührt. »Nefret?«, fragte er leise.

Ihre flinken Chirurgenhände hatten den Blutfluss rasch gestoppt. »Es ... es ist nicht so schlimm«, stammelte sie.

»Sehen Sie, und jetzt sind Sie nur noch zu dritt«, bemerkte Sahin. »Überdies habe ich gelogen, als ich sagte, die Waffe sei nicht geladen. Und nun zu den Damen.«

»Ja«, schnaubte ich und schwang meinen Schirm. Es war eine meiner gekonnteren Einlagen, wenn ich das einmal so sagen darf. Die Pistole flog Sahin aus der Hand und fiel klirrend auf den Fliesenboden.

»Ah«, ächzte Emerson. »Gut gemacht, Peabody. Nimm die Pistole.«

»Und du den Schirm.« Ich zog den kurzen Degen und drückte ihn in Emersons Hand. Sahin Pascha lachte schallend. Emerson fluchte, übernahm die Waffe aber noch rechtzeitig genug, um einen gezielten Messerstich auf seinen gesunden Arm zu parieren.

»Ich habe wieder gelogen.« Der Türke grinste. »Das Magazin ist doch leer.«

»Das werden wir ja sehen«, keifte ich, hielt die Waffe aus dem Fenster und betätigte den Abzug. Es gab keine Detonation, nur ein kurzes Klicken. »Verflucht«, zischte ich.

»Dieses Spektakel ist so unterhaltsam, dass ich es nur ungern beende«, meinte Sahin Pascha. »Professor, ich bewundere, ja, ich respektiere Sie und möchte Sie nicht verletzen. Überdies würde es meiner Reputation schaden, wenn ich einen Gegner überwältigen würde, der lediglich mit einem Schirm bewaffnet ist und nur einen funktionsfähigen Arm hat. Ich akzeptiere Ihr Angebot. Legen Sie bloß den ...«, er grölte vor Lachen, »Schirm weg.«

»Aber, aber, beleidigen Sie nur ja nicht meine Intelligenz«, entrüstete sich Emerson. »Sie haben gar nicht vor, sich zu ergeben, und ich habe keineswegs die Absicht, meinen Sohn Ihrem Gewahrsam zu überstellen. Ich kann mir zwar nicht vorstellen, wie Ihnen dies gelingen sollte, dennoch unterschätze ich Sie nicht. En garde.«

Ramses richtete sich in Sitzhaltung auf. »Vater, pass auf. Er ...«

»Kämpft nicht wie ein Gentleman? Na ja, ich auch nicht.«

Er machte einen Ausfallschritt und stieß zu. Ein Entsetzensschrei entwich meiner Kehle. Es war mit ziemlicher Sicherheit die ungeschickteste Bewegung, die er machen konnte. Die Degenklinge war höchstens zehn Zentimeter länger als Sahins Dolch. Der Türke bemühte sich nicht einmal zu parieren. Ein flinker Schritt nach hinten brachte ihn aus der Gefahrenzone, und als Emerson sich leicht schwankend straffte, sauste der Dolch des Türken herab.

Er bohrte sich knirschend in Emersons Gipsverband und blieb stecken. Emerson ließ den Schirm fallen und verpasste seinem Gegenüber einen Schwinger in den Magen. Etwas unterhalb der Magengegend, um exakt zu sein.

»Oh, Emerson«, seufzte ich. »Oh, mein Schatz! Das war fabelhaft!«

»Und alles andere als ehrenvoll«, brummelte mein Gatte, den Blick auf die gekrümmte Gestalt seines stöhnenden Gegners geheftet. »Aber ich war noch nie besonders gut mit einem Schirm.«

* * *

Die Festnahme des Chefs des Türkischen Geheimdienstes zerstreute auch die letzten Bedenken, die das Militär bezüglich unserer Abreise hätte haben können. General Chetwode dankte uns höchstpersönlich, begleitet von mehreren Stabsoffizieren. Wir hatten ganz schön zu kämpfen, sie loszuwerden.

»Schon wieder eine Medaille«, blaffte Emerson. »Vermutlich denken die, dass wir es nur darauf abgesehen haben.«

»Du hast sie in diesem Glauben bestärkt«, räumte Ramses ein. Auf Nefrets Anraten hatte er sich auf eines der Sofas gelegt. Sie hatte die Wunde, die fürchterlich geblutet hatte, mit ein paar Stichen genäht. »Du hast bewusst gelogen, Vater.«

»Wenigstens haben wir ihnen eine Flasche Whisky rausgekitzelt«, sagte Emerson selbstgefällig. »Wesentlich zweckmäßiger als Medaillen. Hier, mein Junge, damit dein Gesicht wieder Farbe bekommt.«

»Ich möchte auch einen«, sagte Esin.

»Alkohol ist schädlich für junge Damen«, sagte ich, genüsslich an meinem eigenen nippend. Alles in allem war der Tag ziemlich hektisch gewesen und ich nicht gut zu sprechen auf das Mädchen. Nachdem wir sie befreit hatten, war sie ziemlich schnippisch und nahm die Nachricht von der Festnahme ihres Vaters ungewöhnlich gefasst auf.

»Sind Sie denn nicht in Sorge um Ihren Vater?«, erkundigte ich mich.

»Was wird mit ihm passieren?«

»Er ist ein Kriegsverbrecher«, erklärte Emerson. »Möchten Sie ihn noch sehen vor unserer Abreise? Vermutlich kann ich das arrangieren.«

»Nein.« Sie erschauerte. »Er hat versucht, mich von hier wegzuholen. Er sagt, dass er mich liebt, trotzdem darf ich nicht tun, was ich will. Ist das etwa Liebe?«

»Manchmal«, murmelte Nefret.

Das darauf folgende Schweigen wurde von anhaltendem Gezeter beendet, das von draußen zu uns drang. Ich konnte nicht alle Worte ausmachen, aber es handelte sich um eine Anrufung Allahs und diverser Propheten, bis hin zu dem berühmtesten, Mohammed. Wann Sir Edward den Schauplatz des Geschehens betreten hatte, war mir schleierhaft, jedenfalls musste er das Militär gesehen haben, das den Gefangenen abführte. Er kam zum Abschiednehmen, und wir alle zweifelten nicht daran, dass sein Freund bald von der Neuigkeit erfahren würde.

Emerson grinste. »Ein kluger Bettler, was?«

Selim, der die ganze Aufregung verpasst hatte und sich heimlich ärgerte, zischelte: »Bettler. Ja. Er ist ein kluger Mann. Genau wie –« Mit einem verstohlenen Seitenblick zu mir brach er ab.

»Wir reden später darüber, Selim«, sagte ich so leise wie er.

»Wie du willst, Sitt. Dann – dann ist es also vorbei?«

»Ja, es ist vorbei.«

TEIL III

Die Hand der Gottheit

12

Mit Unterstützung des Militärs erreichten wir Kairo in weniger als zwei Tagen. Selim lud uns im Shepheard's ab, rechtzeitig zum Tee. Er sollte das Automobil zu einem verabredeten Treffpunkt chauffieren und dort abstellen. Keine Ahnung, was damit geschehen sollte, und ich fragte auch nicht. Ich war nur glücklich, dieses Vehikel loszuwerden, denn ich hatte befürchtet, dass Emerson – und Selim – es behalten wollten. Das hätten sie auch leidenschaftlich gern, aber Emerson musste einräumen, dass es doch schwierig sei zu erklären, wie wir in seinen Besitz gelangt waren.

Die Terrasse war wie üblich gut gefüllt, und unser Auftauchen erregte eine ungebührliche Aufmerksamkeit, selbst bei Zeitgenossen, die unsere Aktivitäten wahrlich nichts angingen. Ich vernahm Mrs Pettigrews triumphierendes, an ihren Gatten gerichtetes Stimmorgan: »Da sind wieder diese Emersons, Hector, sie sehen noch schlimmer aus als sonst. Grauenvoll, solche Menschen kennen zu müssen.« Ich winkte ihr demonstrativ mit meinem Schirm.

Ihre Kritik war nicht ganz aus der Luft gegriffen: eine zweitägige Fahrt über Militärpisten ist nicht gerade förderlich für das äußere Erscheinungsbild, und unsere Garderobe wirkte zugegeben etwas fehl am Platz. Obwohl Ramses und Emerson arabisch gewandet, Nefret und ich in fürchterlich zerknitterter europäischer Kleidung und Esin in Schleier gehüllt als Nefrets Zofe das Hotel betraten, enthielten sich die hervorragend geschulten Mitarbeiter des Hotels jedes Kommentars, und es erstaunte mich auch nicht, dass unsere früheren Zimmer für uns reserviert waren. Man brachte uns das zurückgelassene Gepäck, sodass wir uns das erste Mal seit Tagen erfrischen und korrekt kleiden konnten. Wir fanden eine Reihe von Mitteilungen vor, die meisten von Cyrus oder Katherine, die sich erkundigten, wann wir nach Luxor zurückkehren würden. Sie wussten nichts Neues zu berichten, außer dass Jumana noch immer schmollte (Katherines Umschreibung) beziehungsweise trauerte (Cyrus').

»Das Beste wird sein, wir nehmen den Zug morgen Abend«, schlug ich vor.

Emerson murrte. Er hatte nicht die erhoffte Nachricht vorgefunden.

»Warum diese Eile, Peabody? Ich dachte, du wolltest bummeln gehen und deinen üblichen gesellschaftlichen Exkurs unternehmen.«

»Einige Dinge müssen wir sicherlich besorgen«, räumte ich ein. »Aber das kann ich morgen erledigen. Was meinst du, Nefret? Möchtest du einen Abstecher ins Krankenhaus machen?«

Nefrets Blick war auf Ramses geheftet, der die letzte Ausgabe der *Egyptian Gazette* durchblätterte. »Vielleicht für eine Stunde oder so, Mutter, aber am liebsten würde ich umgehend nach Luxor zurückkehren. Ramses?«

»Mir ist alles recht«, lautete die Antwort.

»Verheimlicht Ramses uns irgendwas?«, erkundigte sich sein Vater, als wir allein waren. »Ich dachte, er wäre froh, zu seiner Arbeit zurückzukehren, aber er klang fast gleichgültig.«

»Ich bin froh, dass du sensibler gegenüber den Empfindungen deines Sohnes geworden bist, Emerson. In diesem Fall kann ich sie dir erklären.«

»Ich bitte darum«, meinte Emerson kühl.

»Er wollte nur Rücksicht auf die Belange anderer nehmen, in diesem Fall auf Nefret. Grundsätzlich glaube ich, dass er diese ganze Geschichte gern hinter sich lassen würde. Du weißt«, fuhr ich fort, während ich Kleidungsstücke für die Wäscherei aussortierte, »dass, wenn er in Aktion tritt, er Gefahr genießt. Er hat keine Zeit darüber nachzudenken, was er tut. Im Nachhinein, wenn er die Muße zur Reflexion hat, belastet ihn sein feinfühliges Gewissen, dass er die Anwendung von Gewalt befürwortet hat. Er ist –«

»Tut mir Leid, dass ich gefragt habe«, schnaubte Emerson. »Ich hätte wissen müssen, dass du ins Psychologische abdriftest. Wann willst du das Mädchen fortbringen? Bin mir nicht sicher, ob mir dieser Teil der Geschichte gefällt. Woher wissen wir, dass diese Halunken sie nicht schikanieren oder misshandeln?«

»Auch das bedrückt Ramses«, gestand ich. »Und wirf mir bitte nicht vor, dass ich mich der Psychologie bediene – du bist genauso sentimental wie Ramses, wenn es um das Mädchen geht. Ich jedenfalls bin froh, die Verantwortung loszuwerden. Allerdings darfst du sicher sein, dass ich sie nicht im Stich lasse, solange ich nicht weiß, ob sie in guten Händen ist. Morgen früh bringe ich Sie als Erstes nach Ismailija.«

Emerson begleitete uns nicht. Er fürchtete, dass Esin jammern und betteln werde. Ich auch, von daher unternahm ich nicht den Versuch, ihn umzustimmen. Ramses konnte ich allerdings nicht am Mitkommen hindern. Er hatte diesen eigensinnigen Zug um den Mund.

Esin trug eins von Nefrets Kleidern. Sie war etwas kräftiger als Nefret, doch selbiges Kleid hatte einen legeren Schnitt und einen verstellbaren Gürtel. Es stand ihr nicht. Ich hatte ihr nicht gesagt, was auf sie zukommen würde, zum einen, weil ich keine unnötigen Probleme heraufbeschwören wollte, zum anderen, weil ich es selber nicht wusste. Es hing alles davon ab, wer und was sich hinter jener Adresse in Ismailija verbarg.

Jedenfalls sah es herrschaftlich aus – ein Haus in einem eigenen Park, im europäischen Stil des letzten Jahrhunderts gebaut. Esin ließ sich von Ramses aus der Kutsche helfen und betrachtete bewundernd das Anwesen.

»Es ist sehr modern. Besuchen wir jemanden?«

»Ja«, sagte ich nur.

Die Tür wurde von einem Diener geöffnet, der uns in einen gefällig möblierten Salon führte. Wir wurden erwartet, wie es schien; er hatte nicht nach unseren Namen gefragt, und wir mussten nicht lange warten, bis eine Dame den Raum betrat – dieselbe Dame, die Smith als seine Schwester vorgestellt hatte.

»Mrs Bayes!«, entfuhr es mir. »Dann sind Sie also –«

»Sehr erfreut, Sie wiederzusehen«, unterbrach besagte Dame mich sanft. »Mrs Emerson, es ist mir ein Vergnügen. Und dies ist Miss Sahin? Willkommen, meine Liebe. Hat Mrs Emerson Ihnen erzählt, dass Sie für eine Weile bei mir bleiben werden?«

»Werde ich das? Muss ich das?« Sie sah Ramses beschwörend an. »Bin ich auch eine Kriegsgefangene?«

»Aber nein«, versicherte Mrs Bayes ihr sogleich. »Sie sind ein geschätzter Gast. Kommen Sie, ich zeige Ihnen Ihr Zimmer. Ich denke, es wird Ihnen gefallen. Ich weiß, Sie mussten überstürzt aufbrechen, vielleicht können wir Ihnen später neue Sachen besorgen. In der Muski gibt es viele schöne Geschäfte.«

»Die habe ich gesehen«, meinte Esin gedehnt. Sie blickte von Mrs Bayes, die freundlich lächelnd ihre Hand ausstreckte, zu mir – ich entblößte lediglich meine Zähne, aber nicht besonders freundlich – und dann zu Ramses. »Ich muss bei ihr bleiben? Werde ich dich wiedersehen?«

Er hatte geahnt, dass es leichter für sie werden würde – und auch für mich –, wenn er mitkäme, um ihr gut zuzureden. Ich sah förmlich, wie er fieberhaft nach tröstlichen Allgemeinplätzen suchte.

»Du musst doch gewusst haben, dass du nicht bei uns bleiben kannst, Esin. Mrs Bayes wird sich freundlicherweise um dich kümmern, und eines Tages ... eines Tages ... ähm ...«

»Wir werden uns wiedersehen? Du vergisst mich nicht?«

»Niemals«, versicherte er ihr.

»Ich vergesse dich auch nicht.« Seltsam angewinkelt hielt sie ihm ihre Hand hin. Widerstrebend küsste Ramses diese. »Man weiß nie, was die Zukunft bringen wird, Esin«, sagte er. »Wir werden oft an dich denken, und wenn du jemals Hilfe brauchst, melde dich ruhig.«

Ihre schwarzen Augen nahmen einen verträumten Ausdruck an. »Ich habe ein Buch gelesen, ein englisches Buch, in dem die Dame dem Mann ihres Herzens eine rote Rose schickt. Wenn ich dir eine Rose schicke, wirst du dann kommen?«

Ramses gab sich einen letzten Ruck. »Vom Ende der Welt, Esin.«

Mrs Bayes hatte das Gespräch mit kaum verhohlener Belustigung verfolgt. »Schön, schön«, murmelte sie und legte freundschaftlich einen Arm um Esins Schultern. »Machen Sie den Abschied nicht noch schmerzvoller, mein Kind. Würden Sie beide bitte hier warten? Jemand möchte Sie sprechen.«

Sie führte das Mädchen hinaus. Ramses atmete geräuschvoll aus. »Was meinst du, ist das hier in Ordnung? Mrs Bayes scheint mir eine nette Person.«

»Und sie hat Humor. Das ist ein gutes Zeichen. Das hast du brillant gemeistert, Ramses.«

Der Diener kam mit einem Tablett und servierte Kaffee. »Ganz konventionell«, sagte ich, als er mir die Tasse reichte. »Und nun rate doch mal, wer uns sprechen will.«

»Da brauche ich nicht zu raten«, erwiderte Ramses. »Er steckt hinter dieser ganzen Geschichte.«

Es war in der Tat der ehrenwerte Algernon Bracegirdle-Boisdragon, den der Diener in den Salon geleitete. Er strebte direkt zu mir, die Hände ausgestreckt, seine dünnen Lippen zu einem Grinsen verzogen. »Mrs Emerson. Was soll ich nur sagen?«

»Eine ganze Menge, schätze ich. Ich weiß nicht, ob ich Ihnen die Hand geben soll.«

»Das kann ich Ihnen nicht verübeln.« Er wandte sich zu Ramses, der aufgestanden war, und sein Lächeln verschwand. »Bitte setzen Sie sich. Ich habe von Ihrer Verletzung gehört. Vielleicht lehnen auch Sie es ab, mir die Hand zu geben, gleichwohl will ich meinen Dank und meine Bewunderung ausdrücken. Sie haben alles zu unserer Zufriedenheit erfüllt, und mehr noch.«

»Das war nicht ich, wie Sie sehr wohl wissen«, entgegnete Ramses. »Ihnen war von Anfang an klar, dass Ismail Pascha kein Verräter ist. Er hat mit Ihrem Wissen und unter Ihrem Befehl gehandelt.«

»Die ihm drohende Gefahr war real«, erwiderte sein Gegenüber ernst. »Der Geheimdienst wusste nichts von unseren Plänen. Nennen Sie es innermilitärische Rivalität, wenn Sie wollen, aber man kann denen nicht trauen, und sie wiederum lehnen unsere unorthodoxen Methoden ab.«

»Soso«, sagte ich, »Ihre Einheit unterscheidet sich von all jenen Abteilungen mit ihren verwirrenden Kürzeln und den bedeutungslosen Ziffern?«

»Sie sind verwirrend, nicht wahr?« Smith lächelte süffisant. »MO, EMSIB, MIa, b und c ... Auf Derartiges lassen wir uns nicht ein, Mrs Emerson. Wir haben eine lange und honorige Genesis, die bis ins 16. Jahrhundert zurückdatiert. Cardinal Wolsey und Thomas Cromwell –«

»Nicht zu vergessen die Tudors«, sagte ich naserümpfend. »Sie *würden* Spionage und Intrige befürworten. Ersparen Sie uns bitte den historischen Exkurs.«

»Wie Sie wünschen. Sie haben Recht mit der Vermutung, dass unser gemeinsamer Freund nach unseren Anweisungen gehandelt hat. Er hatte mehrere Vorgaben; Sahin Pascha zu liquidieren war nur eine davon. Überdies sollte er das Netzwerk in Konstantinopel ausspionieren. Wir hatten M1 gewarnt, dass der Mann, der die dortige Gruppe befehligte, ein Doppelagent sei. Sie haben uns nicht geglaubt. Sethos hat den Burschen ausgeschaltet, indem er die Türken überzeugte, dass dieser sie hintergangen habe – was ja auch zutraf. Das Problem mit ihm ist, dass er seine Rollen zu perfekt spielt! Ich erfuhr, dass meine schwachköpfigen Kollegen beim Geheimdienst ein Attentat auf ihn planten. Und die einzige Chance, dies zu vereiteln, bestand darin, Sie auf ihn anzusetzen. Wenn ich denen gesagt hätte, wer er ist und was er macht, wäre es dem Feind früher oder später zu Ohren gekommen.«

Ramses wiegte zweifelnd den Kopf. »Ihre Vorgehensweise war ziemlich riskant. Was, wenn sie mich nicht akzeptiert hätten?«

Smith beugte sich vor, seine Hände gefaltet. »Sie verblüffen mich immer wieder. Sicher wissen Sie, dass Ihre Reputation nur der Ihres – der von Sethos nachsteht. Es gibt in ganz Ägypten keinen Geheimdienstoffizier, der nicht seine Hand für Sie ins Feuer legen würde. Cartright ist durch und durch ein Militärschwein, und er hegt einen Groll gegen Sie, seit Sie ihn vor ein paar Jahren ausgebootet haben, aber er wusste auch, dass Sie der Einzige sind, der unbehelligt nach Gaza vordringen könnte.«

»Und Leutnant Chetwode gleich mit einschleust. Ich habe mich doch tatsächlich gefragt«, meinte Ramses, »ob der ganze Sinn der Operation darin bestand, die Türken zu überzeugen, dass Ismail wirklich zum Feind übergelaufen ist.«

Unter seinem stechenden Blick rutschte Smith ungemütlich hin und her. »Sie trauen uns nicht, nicht wahr? Dieser Plan konnte nur funktionieren, wenn die Türken Sie und/oder Chetwode als britische Agenten enttarnten. Sie können es mir glauben oder nicht, wir setzen nicht kaltblütig unsere Leute aufs Spiel.«

»Nicht, wenn sie so wertvoll sind wie mein Sohn«, versetzte ich.

»Touché, Mrs Emerson. Sie haben selbstverständlich Recht. Cartrights Gruppe ist nicht eben zimperlich; sie wollten Ismail tot und waren bereit, dafür zwei Männer zu opfern. Allerdings haben sie auch nicht die geringste Ahnung, was es heißt, hinter den feindlichen Linien zu agieren; sie halten die Türken noch immer für inkompetent und feige.«

»Aber *Sie* hatten Ahnung«, konterte ich. »Und haben es trotzdem gebilligt, dass sie Ramses dorthin schickten –«

»Ich hatte vollstes Vertrauen in seine Fähigkeiten, unentdeckt hinein- und wieder hinauszukommen.«

»Ich fühle mich geschmeichelt«, sagte Ramses verkniffen.

»Sie meinen, ich habe leicht Reden? Es ist Ihr gutes Recht, so zu denken. Aber nach meinem letzten Informationsstand hatte Cartright Ihrem Vorschlag einer Gegenüberstellung zugestimmt und sonst nichts. Mir ist nie der Gedanke gekommen, dass Cartright so dumm sein könnte, sein kleines Attentat durchzusetzen. Und ich nahm natürlich an, dass Sie mit der Information zurückkommen würden, dass Ismail nicht Sethos sei, selbst wenn es eine Lüge gewesen wäre. Das Letzte, was wir wollten, war, dass Sie den Türken in die Hände fallen – vor allem in die Sahins. Er beargwöhnte Ismail von Anfang an und hoffte, dass Ismail sich verraten würde, indem er Ihnen zur Flucht verhalf.«

Ramses' verkniffene Lippen entspannten zu einem schwachen Grinsen. »Er ist ein kluger Bursche, aber Sethos immer einen Schritt voraus zu sein ist ein hoffnungsloses Unterfangen. Die Sache mit dem Mädchen war übrigens brillant.«

»Wenn es nicht funktioniert hätte, hätte er Sie auf andere Weise da herausgeholt«, sagte Smith brüsk. »Mit allen Mitteln.«

»Hat er Ihnen das erzählt?«, fragte ich.

»Das musste er mir nicht erzählen. Ich kenne ihn recht gut. Nun, lassen wir das. Gibt es noch etwas, das Sie interessiert?«

Er hatte schon mehr enthüllt, als von ihm beabsichtigt, und Ramses wirkte ziemlich betreten. Ich erhob mich. »Nur Ihre Zusicherung, dass die junge Frau gut behandelt wird.«

»Wir führen keinen Krieg gegen Frauen, Mrs Emerson. Man wird ihr höflich und detailliert Fragen stellen, und ich rechne damit, dass wir eine Menge von ihr erfahren werden; sie ist ein aufmerksames Geschöpf. Vermutlich wird es ihr gefallen, im Mittelpunkt des Interesses zu stehen.« Augenblicke später setzte er hinzu: »Ich kann Sie nicht daran hindern, sie gegenüber M1 zu erwähnen – oder irgendeiner der anderen verwirrenden Ziffern –, aber ich versichere Ihnen, bei uns geht es ihr besser als bei den anderen.«

»Sie werden es doch letztlich herausfinden, oder? Ihr Vater weiß, dass sie bei uns ist.«

»Wenn Sahin Pascha so intelligent ist, wie ich ihn einschätze, wird er nicht mehr Informationen preisgeben als nötig, um seine Exekution zu verhindern.« Mit einem beinahe anziehenden Grinsen fuhr er fort: »Mit ein bisschen Glück gelingt es ihm vielleicht, sie bis Kriegsende hinzuhalten.«

»Möge dieser Tag nur recht bald kommen«, seufzte ich.

»Amen«, sagte Mr Smith.

»Noch eine Sache«, sagte ich, meine Handschuhe überstreifend.

»Ach ja. Er hat mich gebeten, Sie zu grüßen und Ihnen mitzuteilen, dass er über kurz oder lang ›auftauchen‹ wird, wie er sich ausdrückte.«

»Danke.«

»Keine Ursache.« Er brachte uns persönlich zur Tür. »Wenn ich irgendetwas für Sie tun kann oder für ein Mitglied Ihrer Familie –«

»Es wäre überaus freundlich von Ihnen, wenn Sie uns in Ruhe ließen.« Elegant schlüpfte ich an ihm vorbei.

»Wie dem auch sei«, sagte ich zu Ramses, als wir in der Droschke saßen, »ich finde ihn nicht so schlimm wie einige von den anderen. Cartright hat uns belogen. Chetwode hat keineswegs ohne seine Einwilligung gehandelt, richtig?«

»Chetwode ist auch einer von diesen militärischen Pedanten; er würde niemals ohne Befehl agieren. Aber sie werten dies nicht als Lüge, musst du wissen. Dienstpflicht, Notwendigkeit, ›was immer erforderlich ist, um der Sache willen‹. Trotzdem hat Chetwode mich getäuscht«, fügte Ramses bitter hinzu. »Seine Naivität war schlicht und einfach aufgesetzt. Wenn er wirklich so inkompetent gewesen wäre, hätte er niemals so leicht aus Gaza entkommen können.«

»Er hat auf deine Contenance und Loyalität gesetzt«, murmelte ich.

»Eher auf meine Naivität. Sahin hatte Recht, ich werde dieses Gewerbe nie begreifen.«

Ich fasste seine Hand und drückte sie sanft. »Contenance und Loyalität haben deinen Erfolg nicht verhindert.«

Mit einer unwirschen Geste tat Ramses das Kompliment ab. »Jedenfalls ist es vorbei, Gott sei Dank. Ich freue mich darauf, die Familie wiederzusehen.«

»Da ist noch eine Sache, die ich ihn nicht gefragt habe.«

»Nur eine? Und die wäre?«

»Sethos' richtiger Name. Bracegirdle-Boisdragon muss ihn wissen.«

Ramses' nachdenklich gerunzelte Stirn glättete sich. »Ich schätze ja, er hat eingeräumt, diverse Dokumente inspiziert zu haben, darunter vermutlich auch eine Geburtsurkunde. Daran hatte ich noch gar nicht gedacht.«

»Interessiert dich das denn nicht? Mich schon. Thomas kann es nicht sein, oder? Nach seinem Vater?«

»Der Name würde nicht zu ihm passen.«

»Nun, wenn man einem Neugeborenen einen Namen gibt, weiß man schließlich noch nicht, wie es sich entwickelt.«

Ramses sah mich forschend an.

»Wie in meinem Fall?«, erkundigte er sich.

»Walter passt nicht zu dir«, gestand ich. »Aber so nennt dich ja auch keiner. William? Frederick? Albert?«

»Robert«, sagte Ramses aufgeräumt. »Nein, etwas Ausgefalleneres. Vielleicht liebte seine Mutter Dichtung und Literatur? Byron? Wordsworth?«

Das Thema beschäftigte uns für den Rest der Fahrt. Ich war froh, Ramses von jenem letzten Dilemma abgelenkt zu haben. Er hatte seine Pflicht gegenüber Esin erfüllt und keine Miene verzogen bei dem übertriebenen Versprechen – »vom Ende der Welt« also wirklich! – und jetzt fühlte er sich besser. Die Rückkehr nach Luxor und zur Exkavation würde ihm neuen Schwung geben.

Als wir im Hotel eintrafen, waren Nefret und Emerson ausgeflogen. Sie hatte eine Nachricht für Ramses hinterlassen, dass sie ins Hospital gefahren und spätestens zum Mittagessen zurück sei. Emerson hatte nichts hinterlassen.

»Was meinst du, wo er hingegangen ist?«, fragte ich, ziemlich ungehalten.

»Zum Bahnhof, vielleicht«, schlug Ramses vor. »Ich glaube, er will den Zug heute Abend nehmen.«

»Ich setze voraus, dass du und Nefret einverstanden seid. Hat er euch überhaupt gefragt?«

»Was mich betrifft: Je eher wir Kairo verlassen, umso besser.«

Getreu ihrem Wort tauchte Nefret zeitig auf und berichtete uns, dass im Krankenhaus alles zum Besten stünde und dass sie mit dem Nachtzug einverstanden sei. Ich mutmaßte, dass sie dieselben Motive verfolgte wie ich; ich hatte keine Lust auf weitere Begegnungen mit General Murray oder seiner Bande. Wir hatten unsere Mission erfüllt, mehr noch, wir hatten dem Militär einen sehr wichtigen Gefangenen überstellt, und wir hatten General Chetwode unsere Aktivitäten (teilweise) dargelegt. Mehr konnten sie nicht verlangen; obwohl sie das womöglich tun würden, wenn wir in Kairo blieben.

»Ist Vater noch nicht zurück?«, erkundigte sie sich. »Ich habe ihn gebeten, mich ins Krankenhaus zu begleiten, weil ich seinen Arm röntgen und den Gips erneuern wollte, aber das war vor Stunden.«

Eine weitere Stunde verstrich ohne ein Lebenszeichen von Emerson. Nefret schlug vor, Kaffee und Gebäck zu bestellen, und setzte mit einem entschuldigenden Lächeln hinzu: »Seit Gaza habe ich einen enormen Appetit entwickelt. Das liegt vermutlich daran, dass wir diese seltsamen Sachen essen mussten.«

»Zweifellos«, sagte ich.

Die Minuten zogen sich hin. Schließlich vernahm ich das untrügliche Poltern von Emersons schweren Schritten, und die Tür sprang auf. Ein Aufschrei des Entsetzens entwich meinen Lippen.

»Emerson, wie oft muss ich dir noch sagen, dass dieser Gipsverband keine Brechstange ist? Und warum trägst du keinen Mantel? Und deine Krawatte? Und –«

Leicht verblüfft spähte Emerson auf seinen Arm. »Hab ich vergessen«, murmelte er, seinen zerknüllten Mantel auf den Boden werfend. »Kaffee? Fabelhaft. Wie ist es denn gelaufen?«

»Wie ist was ...? Oh, mit Esin. Alles in Ordnung, sie ist in guten Händen. Wo zum Teufel hast du gesteckt?«

Emerson schlürfte einen Kaffee. Ramses beugte sich vor, seine Unterarme auf den Knien aufgestützt. »Soll ich raten?«

»Wie du willst«, meinte Emerson mit einem schiefen Seitenblick in meine Richtung.

»Hilmija.«

»Oh, Emerson, wie konntest du!«, kreischte ich.

»Musste ich doch, oder? Zum Teufel, dieser gewiefte Gauner hat mir einen Gefallen getan – sogar zwei, wenn man's genau nimmt.«

»Wie bist du ins Lager gelangt?«, erkundigte sich Ramses interessiert.

»Durch das Tor, nachdem ich meinen Namen genannt hatte«, sagte sein Vater und hielt mir seine Tasse zum Nachschenken hin. »El-Gharbi war keineswegs überrascht, mich zu sehen – er hatte von unserer Rückkehr erfahren. Er scheint alles zu erfahren. Er wollte, dass ich ihm den Schaden an dem Automobil bezahle.«

»Und, hast du?«, erkundigte sich Nefret, zwischen Erheiterung und Entrüstung schwankend.

»Nein. Seine Leute hatten den Wagen doch gestohlen, oder etwa nicht? Ich habe ihm zugesichert«, fuhr Emerson mit einem weiteren verstohlenen Blick zu mir fort, »dass ich mich für ihn einsetzen werde. Ein Exil in seinem Heimatdorf in Oberägypten würde ihm genügen, und dann wären wir quitt.«

»Meine Güte«, seufzte ich. »Nun, Emerson, vermutlich hast du nach bestem Wissen und Gewissen gehandelt. Geh und mach dich frisch, es wird höchste Zeit für das Mittagessen.«

Ich folgte ihm in unser Zimmer, denn ich wusste, dass er, wenn ich ihm bei seiner Reinigungsaktion nicht assistierte, den Gipsverband nass machen würde.

»Ich nehme an, dass el-Gharbi entsprechend einlenkend war«, sagte ich, während ich ihm half, sein Hemd auszuziehen.

»Auf seine Weise. Er hat etwas ziemlich Komisches gesagt.«

»Was? Lass mich das machen, Emerson.«

Ich entriss ihm den tropfnassen Waschlappen.

»›Auch die junge Schlange hat Giftzähne.‹«

»Wie bitte, Emerson?«

»Das waren exakt seine Worte, Peabody. Ich habe nicht die geringste Ahnung, was sie bedeuten, aber es klingt nach einer Warnung, was meinst du?«

»Mmh. Vielleicht bezog er sich auf Jamil.« Ich legte den Waschlappen beiseite und griff nach einem Handtuch.

»Die Warnung kommt ein bisschen spät«, sinnierte Emerson. »Aber genauso machen Kaffeesatzleser und Wahrsager und solche Scharlatane Karriere – indem sie prophezeien, was bereits eingetreten ist. Zum Henker damit und mit el-Gharbi. Ach übrigens, ich war am Bahnhof und habe Plätze reserviert. Wir nehmen den heutigen Nachtzug.«

* * *

Ich telegrafierte nicht vorab, da wir vermutlich eher als das Telegramm eintreffen würden, und überdies hielt Fatima das Haus stets hervorragend in Ordnung. Die schöne Überraschung, die ich für sie und die anderen geplant hatte, wurde allerdings durch die brodelnde Gerüchteküche von Luxor vermasselt. Als wir das Haus erreichten, erwartete uns die gesamte Familie bereits auf der Veranda. Sennia stürmte zu Ramses und prahlte: »Sieh nur, wie groß und stark ich geworden bin!«

Bevor wir sie aufhalten konnten, umschlang sie ihn und drückte ihn fest. Wir taten immer so, als würde sie uns mit ihrer Kraft die Luft abschnüren, doch diesmal wusste sie sofort, dass sein Stöhnen echt war, und entschuldigte sich überschwänglich. Sie drängte darauf, dass er sich setzte und die Füße hochlegte.

»Sie haben schon wieder in Schwierigkeiten gesteckt«, bemerkte Gargery streng. »Was ist mit diesem Burschen, dem Meisterverbrecher? Ich denke doch, Sir und Madam, dass er nicht hier auftauchen wird. Wir haben schon genug Probleme, auch ohne ihn.«

»Was für Probleme?«, erkundigte ich mich.

»Kein Grund zur Besorgnis, Sitt«, beschwichtigte Fatima mit einem tadelnden Blick zu Gargery. »Ruht euch aus, ich werde den Tee holen.«

Gargery ließ sich nicht den Mund verbieten. »Im Großen und Ganzen sind es diese jungen Frauen, Madam. Das Mädchen, das für Miss Nefret gearbeitet hat, erzählt jedem, dass Sie ihr versprochen haben, einen Ehemann für sie zu finden. Sie hat ein Auge auf einen Burschen geworfen und möchte, dass Sie ihn festnageln, bevor er das Weite sucht.«

Wir alle lachten, außer Sennia, die weiterhin Ramses umsorgte. »So hat sie es bestimmt nicht umschrieben«, schmunzelte Nefret.

»Sie fängt immer wieder davon an«, meinte Gargery düster. »Und dann dieses Mädchen Jumana. Will nicht essen, will nicht reden, will nicht arbeiten. Es macht einen fertig, Madam, ständig dieses miesepetrige Gesicht zu sehen. Und Mrs Vandergelt –«

»Genug jetzt, Gargery«, blaffte Emerson. »Können wir nicht einen einzigen Tag lang Ruhe und Frieden haben? Es ist doch keiner ernsthaft krank oder tot oder verschwunden? Hervorragend. Mrs Emerson wird sich später um diese anderen Petitessen kümmern.«

»Danke, mein Schatz«, hauchte ich.

Der Sarkasmus war bei Emerson verfehlt. »Schön, wieder

hier zu sein«, erklärte er im Brustton der Überzeugung. »Zwecklos, Gargery nach den Fortschritten in Deir el-Medina zu fragen, aber ich schätze, Vandergelt wird in Kürze auftauchen, mit seiner eigenen Beschwerdeliste. Wird einem doch nie langweilig hier, was? Sennia, du hast mir noch keinen Kuss gegeben. Mein Arm macht mir ganz schön zu schaffen.«

Cyrus war immerhin so höflich, uns erst gegen Abend aufzusuchen. Wir saßen auf der Veranda, bewunderten den farbenprächtigen Sonnenuntergang, untermalt von dem melodischen Singsang der Muezzins, der durch die Wüstenlandschaft zu uns drang, als er auf Queenie zu uns geritten kam.

»Dachte, ich komme noch rechtzeitig zum Aperitif«, bemerkte er, während er dem Stallburschen die Zügel zuwarf. »Schön, dass ihr wieder da seid. Wie ich höre, hat Ramses wieder einen kleinen – äh – Unfall gehabt. Vermutlich sollte ich mich erst gar nicht danach erkundigen, wo Sie gewesen sind und was Sie gemacht haben.«

»Nein«, erwiderte Emerson. Er reichte Cyrus ein Glas.

Mit dieser Antwort hatte Cyrus gerechnet. Er akzeptierte sie und den Whisky mit einem Grinsen. »Sie haben uns wirklich gefehlt. Vielleicht können Sie irgendwas mit Jumana anstellen. Sie wird von Tag zu Tag weniger, das arme kleine Mädchen.«

»Das täuscht«, versicherte ich ihm. »Nefret und ich haben sie heute Nachmittag untersucht. Sie ist ein bisschen blass, weil sie das Haus seit Tagen nicht verlassen hat, aber sie hat kein Gramm verloren.«

»Fatima hat doch gesagt –«

»Dass sie nur in ihrem Essen herumstochert. Das bedeutet, dass sie heimlich isst. Ich habe ihr eine besonders übel schmeckende Medizin verordnet.«

»Und die nimmt sie?«, erkundigte sich Cyrus.

»So einfach ist das nicht, Cyrus«, meinte Nefret nachdenklich. »Sie ist wirklich unglücklich. Sie hintergeht uns nicht vorsätzlich, aber ich denke – und ich bin weiß Gott keine Fachfrau auf diesem Gebiet –, dass ihr natürlicher jugendlicher Optimismus im mentalen Widerstreit mit ihrem Schuldbewusstsein liegt. Ich weiß ehrlich gesagt nicht, ob ich sie verprügeln oder in den Arm nehmen soll.«

»Sie soll arbeiten«, riet Emerson. »Das ist die beste Medizin. Wie stehen die Dinge in Deir el-Medina, Vandergelt?«

»Unverändert. Habe zwei weitere Gräber entdeckt. Leer.«

»Ich hoffe, Sie haben Wort gehalten«, warf ich ein.

»Ich war nicht in den Südwestwadis, wenn Sie das meinen. Aber wenn Sie denken, ich hätte die Worte dieses jungen Missetäters vergessen, dann irren Sie. Ich finde keinen Schlaf mehr, weil ich ständig darüber nachsinne. ›Die Hand der Gottheit‹. Welcher Gottheit? Wo?« Cyrus hielt sein leeres Glas hin. In stummem Mitgefühl füllte Emerson selbiges. Er hatte zwar keinen Hang zur Psychologie, dennoch konnte er diese Seelenqualen nachvollziehen.

Zunehmend leidenschaftlicher fuhr Cyrus fort: »Ich bin sogar noch einmal in diesen verflixten Schrein geklettert – der, in dem wir letztes Jahr die Amun-Statue gefunden haben. Nun, er ist ein Gott, nicht wahr? Bertie und ich haben jeden Zentimeter dieser vermaledeiten Kammer untersucht. Die Wände und der Boden sind massiv.«

»Pah«, blaffte Emerson. »Vertrödeln Sie Ihre Zeit nicht mit irgendwelchen Hirngespinsten, Vandergelt.«

»Tu nicht so scheinheilig, Emerson«, wies ich ihn zurecht. »Wir haben alle spekuliert und fabuliert und theoretisiert. Es ist ein hübsches kleines Problem. Angenommen, Jamil hätte uns nicht irreführen oder foppen wollen, was durchaus der Fall sein kann, dann gibt es eine Vielzahl von Gottheiten auf unzähligen Wandfresken in Theben, Deir el-Medina, Medinet Habu, in den Gräbern am Westufer – Was ist denn, Cyrus?«

»Verzeihen Sie, Amelia, ich wollte Sie nicht unterbrechen. Sie haben mich nur eben an etwas erinnert. Diese kleine Neuigkeit müsste Sie interessieren, Emerson«, versetzte er. »Drei Mal dürfen Sie raten, wer im Tal der Könige seine Exkavation aufgenommen hat.« Er zog eine Grimasse.

Emersons leicht gelangweilte Miene verdüsterte sich. »Ohne offizielle Genehmigung? Verflucht, Vandergelt –«

»Doch nicht etwa die Albions?«, entrüstete ich mich.

»Wusst ich's doch, dass Sie gleich den Nagel auf den Kopf treffen würden«, sagte Cyrus. »Sie haben beide Recht. Es ist Joe mit seiner Familie, und sie haben keinen offiziellen Firman.«

»Und Sie haben dies geduldet?«, wetterte Emerson.

»Ich habe Kairo informiert. Mehr konnte ich nicht tun, wie dieser Schleimbeutel Joe mir auf den Kopf zugesagt hat. Ich besitze nicht die Autorität, sie daran zu hindern.«

»Wo im Tal?«, wollte Ramses wissen.

»In dem südlichen Ausläufer des Wadis nahe Hatschepsuts Grabanlage.«

»Wieso ausgerechnet dort, frage ich mich?«, sinnierte Ramses.

»Keine Ahnung. Es liegt abseits des Touristenrundwegs, vielleicht haben sie gehofft, dass man sie nicht so schnell entdeckt. Kann mir keinen anderen Grund vorstellen, warum sie sich dieses Fleckchen ausgesucht haben.«

»Hölle und Verdammnis«, grummelte Emerson. »Ich wollte gleich morgen Früh mit der Arbeit beginnen. Jetzt muss ich erst einmal diese Albions vertreiben.«

»Wie willst du das machen?«, forschte ich. »Du besitzt auch nicht die entsprechende Befugnis, und wenn du gewaltsam Hand an sie legst – vor allem an Mrs Albion –«

»Heiliges Kanonenrohr, Peabody, habe ich jemals gewaltsam Hand an eine Frau gelegt? Es gibt andere Möglichkeiten.« Emerson rieb sich sein Kinn. »Ja, ja, die gibt es.«

»Nun, das möchte ich mir nicht entgehen lassen«, erklärte Cyrus. »Ich erwarte Sie in der Frühe. Und ich hoffe doch sehr, dass Sie morgen Abend alle mit uns dinieren. Katherine freut sich, Sie wiederzusehen.«

Ramses und Nefret entschieden, dass sie das Spektakel ebenfalls nicht verpassen wollten. Ich begleitete sie, um ein Auge auf Emerson zu haben. Jumana ging mit, weil ich darauf bestand. Nefrets Diagnose war gar nicht so abwegig – diese stimmte mit den von mir bevorzugten psychologischen Kriterien überein –, gleichwohl wusste sie keine geeignete Therapie. Ich machte mir meine eigenen Gedanken zu diesem Problem. Wenn meine Methoden versagen sollten, so konnten sie zumindest keinen Schaden anrichten.

Jumana aß sehr wenig zum Frühstück, indes hatte ich die Speisekammer vor dem Zubettgehen und nach dem Aufstehen inspiziert, und es überraschte mich nicht, dass über Nacht ein halber Laib Brot und eine Hühnerbrust verschwunden waren. Kein Wunder, dass Fatima nichts gemerkt hatte. Die Speisekammer war allen zugänglich, und Sennia hatte einen Appetit, der so gar nicht zu diesem winzigen Persönchen passen wollte.

Cyrus und Bertie hatten nach uns Ausschau gehalten; sie stießen am Ende des Weges zu uns, der zum Schloss führte. Es war ein strahlend schöner Morgen mit einem wolkenlosen Himmel.

»Wie gut Sie ausschauen, Bertie«, sagte ich. »Der Fuß ist völlig verheilt?«

»Ja, Madam, danke, Madam. Ich brauche sicher nicht zu fragen, wie es um Ihre Gesundheit bestellt ist, Sie sind wie stets das blühende Leben. Wir haben erfahren, dass Ramses –«

»Die Berichte waren übertrieben«, grinste Ramses. »Wie du siehst.«

»Und Ihr Arm, Professor?«, erkundigte sich Bertie.

»Ist verflucht lästig«, maulte mein Gatte. »Können wir jetzt weiter? Ich möchte diese kleine Aufgabe hinter mich bringen, damit ich mit meiner eigentlichen Arbeit anfangen kann.«

Bertie bekam keine Gelegenheit, mit der Person zu plaudern, die ihn am meisten interessierte. Jumana hatte weder mit ihm noch mit Cyrus gesprochen. Sie saß zusammengesunken im Sattel, mit gesenktem Kopf, ihr hübscher Mund verkniffen. Vermutlich hatte sie noch den Geschmack der Medizin auf der Zunge, die ich ihr aufgenötigt hatte.

Wir ließen die Pferde bei den Eselverleihern und gingen zu Fuß weiter, über uns seit langem vertraute Pfade. Ich sollte vielleicht erklärend hinzufügen, dass es sich bei dem Tal der Könige nicht nur um ein lang gestrecktes Tal handelt. Von oben ähnelt es einem geäderten Eichen- oder Ahornblatt, mit Seitenwadis, die nach links und rechts abzweigen. Das Grab der Hatschepsut befand sich am Ende einer solchen Gabelung. Wir hatten früher in diesem Gebiet gearbeitet und kannten es sehr gut.

Die Touristen hatten das Tal in aller Frühe besucht, um die Mittagshitze zu meiden. Wir waren nicht so zeitig, wie Emerson es sich gewünscht hätte, aber das war teilweise seine eigene Schuld; er hatte nämlich eine Weile mit der Großen Katze des Re gespielt, die mit Ramses und Nefret zum Frühstück gekommen war. Sie war recht dick geworden, durch Überfütterung (von Sennia – sie beteuerte, ihr Kunststücke beigebracht zu haben, was ich mir nicht vorstellen konnte). Sennia hatte sie auch jeden Tag gestriegelt, sodass ihr Fell lang und seidig war. Emerson amüsierte sich köstlich über ihre Späßchen. Als sie sich auf das Stückchen Huhn stürzte, dass er vor ihrer Nase baumeln ließ, erinnerte sie an ein flauschiges Wollknäuel. (Der missmutige Blick, mit dem Horus diese entwürdigende Vorstellung verfolgte, war nicht minder amüsant.) Gleichwohl, als wir das Haus verließen, weigerte sie sich, auf Emersons Schulter mitzukommen, und sprang stattdessen auf Ramses'.

»Müssen wir sie mitnehmen?«, fragte er. »Du hast es mit der Pflege ein wenig übertrieben, Sennia. Überall habe ich ihre Haare.«

»Seine«, korrigierte Sennia. »Ja, du musst ihn mitnehmen. Was, wenn dich eine Schlange angreift? Ich komme auch mit.«

Das sorgte für weitere Verzögerung. Ich wollte nicht, dass sie sah – oder hörte –, wie Emerson sich die Albions vorknöpfte. Er neigte dazu, die Beherrschung zu verlieren und sich einer indiskutablen Ausdrucksweise zu bedienen. Wir versprachen ihr, später zum Haus zurückzukehren und sie nach Deir el-Medina mitzunehmen. In der Zwischenzeit lenkte sie sich ab, indem sie Fatima bei der Zusammenstellung eines wahrhaft erlesenen Picknickkorbes half.

Über Ramses' Schulter drapiert, ähnelte die Große Katze des Re einer eleganten Fellboa. Etliche Damen wollten ihn streicheln; einige Herren blieben stehen und schmunzelten. Unter Letztgenannten war auch Mr Lubancic, den ich auf Cyrus' Soiree kennen gelernt hatte. »Immer noch hier?«, rief ich im Vorbeigehen.

»Ja, Ma'am. Was in aller Welt –«

»Ein anderes Mal.« Ich winkte. Emerson hatte sein Tempo nicht verlangsamt.

Die Vorboten hektischer Betriebsamkeit ließen nicht lange auf sich warten; eine Staubwolke verdüsterte das strahlende Blau des Himmels, Stimmen erhoben sich zu einem der Lieder, mit denen die Ägypter ihre Arbeit untermalen. Als wir die Stelle erreichten, bot sich uns ein dermaßen grotesker Anblick, dass wir abrupt stehen blieben.

Im Hintergrund grub eine Gruppe von Männern und schaffte Geröll fort. Im Vordergrund, etwas abseits von Staub und Schutt, war ein kleiner Verschlag aus einem kräftigen Holzgestänge mit einem Dach und Seitenteilen aus Segeltuch aufgebaut. Zwei der Seitenteile waren hochgerollt, und unter dem Baldachin thronten in bequemen Armlehnsesseln die drei Albions. Orientteppiche bedeckten den Boden; auf einem Tisch standen diverse Speisen und Getränke, die ein Diener mit Turban und Fliegenklatsche bewachte. Ein weiterer Diener schwenkte einen Fächer über Mrs Albion. Sie trug ein Ensemble, angemessen für eine Teeparty im Buckingham Palast, und einen Hut mit Chiffonschleier. Mr Albions Wahl war auf das gefallen, was er für die typische Archäologenkleidung hielt: Reithose und Stiefel, Tweedsakko und riesiger Sonnenhut. Sein Sohn hatte sich ähnlich ausstaffiert, indes – um einiges größer als Albion senior – war die Ähnlichkeit mit einem Pilz nicht gar so verblüffend.

Einer der Arbeiter trottete zu Mr Albion, einen Gesteinsbrocken in der Hand. Albion nahm ihn, starrte darauf und warf ihn weg. Erst darauf geruhte er, uns zu bemerken.

»Morgen, Leute. In aller Herrgottsfrühe unterwegs, was?«

»Nicht so zeitig wie Sie«, versetzte Emerson, der mit gestrafften Schultern und unheilvoller Miene näher trat. »Ich glaube, Sie wissen, dass Sie Lord Carnarvons Firman verletzen. Beenden Sie sofort Ihre Exkavation.«

»Wer sagt das?«, erkundigte sich Mr Albion. Er wirkte wie ein Cherub mit seinen zwinkernden Augen, die Backen aufgeblasen. »Sie?«

»Jawohl.« Emerson nickte bekräftigend. »Oh, ja.«

»Vater, darf ich?« Sebastian Albion hatte sich erhoben. »Nicht jeder schätzt deinen Sinn für Humor. Wollen wir uns nicht setzen, Ladies und Gentlemen, und die Sachlage diskutieren? Mrs Emerson, bitte, nehmen Sie meinen Stuhl. Tut mir Leid, aber alle anderen werden sich – äh –«

»Hinhocken müssen«, sagte Nefret und ging mit gutem Beispiel voran. »Wollen mal hören, was sie uns zu sagen haben, Vater. Es dauert nicht lange und könnte ganz amüsant sein.«

»Einverstanden«, sagte Ramses und sank geschmeidig neben Nefret auf dem Teppich in den Schneidersitz.

»Amüsant«, wiederholte Mr Albion. »Ja, Sir, das ist unser Lebensmotto, immer guter Dinge und freundlich zu sein. Hier, junge Dame, nehmen Sie meinen Stuhl. Wie ich höre, hatten Sie eine schwere Zeit.«

Jumana schien genauso verblüfft wie wir alle. So viel Höflichkeit war nicht nur ungewöhnlich, sondern im höchsten Maße verdächtig.

»Nein, danke«, stammelte sie. »Sir.«

»Ich bestehe darauf.« Er sprang auf, sein Gesicht in unzählige Lachfältchen gelegt. »Sebastian, überrede du sie.«

»Mit Vergnügen.« Der junge Mann bot ihr seine Hand. Errötend senkte Jumana den Kopf.

»Setz dich, Jumana«, befahl ich. »Wenn Mr Albion schon so nett ist, dir seinen Platz anzubieten.«

Mrs Albion ignorierte dieses kleine Zwischenspiel. Sie beugte sich vor, und zum ersten Mal gewahrte ich einen freundlich-interessierten Zug an ihr. »Was für eine schöne Katze. Wie heißt sie denn?«

»Die Große Katze des Re«, erwiderte ich. »Aber Sie würden sie vermutlich Fluffy nennen.«

Mr Albion kicherte. »Nein, sie gibt ihren Katzen eher Namen wie Großherzogin Olga von Albion. Ist verrückt auf diese Tiere. Ich kann damit leben, wenn sie ihren Spaß daran hat.«

»Und jetzt zur Sache«, tönte Emerson. »Verflucht, ich habe keine Lust, den ganzen Morgen über Katzenviecher zu diskutieren. Was denken Sie eigentlich, was Sie hier machen?«

Sebastian Albion nahm seine Brille ab, wischte sie an einem Taschentuch und setzte sie wieder auf. »Wie Sie zweifellos bemerkt haben, Sir, legen wir das Grab von Prinz Mentuschepseskaf frei. Es wurde von Belzoni entdeckt und 1905 von –«

»Erzählen Sie mir keine Fakten, die ich besser kenne als Sie«, unterbrach Emerson ärgerlich. Allmählich wurde er hellhörig; die Albions waren so überfreundlich, dass sein Zorn nachließ. Überdies hatte Sebastian den Namen des Prinzen korrekt betont. Er hatte mehr Ahnung von der Ägyptologie, als Emerson ihm zugetraut hätte.

»Was hoffen Sie hier zu finden?«, fuhr Emerson fort. »Das Grab ist leer. Ayrton, der 1905 hier war, fand lediglich ein paar Tonscherben. Die Wandfresken ... heiliges Kanonenrohr!«

Er schnellte herum und strebte zu den Arbeitern. Ein ohrenbetäubendes Brüllen stoppte Ausgräber und Korbträger, und als die Staubwolke sich senkte, verschwand Emerson in der dunkel klaffenden Graböffnung. Keine zehn Sekunden später war er wieder oben, seine Fäuste geballt. »Jemand hat die Wände aufgestemmt. Dort war ein Gemälde, eine Opferszene mit dem Prinzen, der Khonsu –«

»Beschädigt oder entfernt?«

»Entfernt. Komplett herausgehauen, jetzt klafft dort ein Riesenloch. Vermutlich in Einzelteilen. Hölle und Verdammnis!«

»Wir waren es nicht«, sagte Sebastian rasch. »Wir haben die Gemälde nicht angerührt.«

»Sie tun ihnen nichts Gutes«, versetzte Emerson aufgebracht. »Der ganze Staub und Schutt, der hier aufgewühlt wird ... Ich bin mit meiner Geduld am Ende. Stellen Sie sofort die Arbeit ein.«

»Was haben Sie vor, wollen Sie uns einzeln forttragen?«, erkundigte sich Mr Albion. »Das wird uns nicht davon abhalten zurückzukommen.«

»Aber Ihre Arbeiter werden nicht zurückkehren. Ich beabsichtige, diese Stätte mit einem Bannfluch zu belegen. Danach werden sie es nicht mehr wagen, auch nur in die Nähe zu kommen, genauso wenig wie alle anderen Männer am Westufer.«

»Sie hören besser auf ihn, Joe«, riet Cyrus. »Die Flüche des Professors sind hier bereits Legende.«

»Stimmt das?« Mr Albions Augen wurden schmal, bis sie fast verschwanden. Dann riss er sie wieder auf und grinste breit. »Nun, schätze, der Klügere gibt nach, was, Sebastian? Jammerschade für diese Burschen, die die Arbeit wirklich brauchen.«

Diesen Aspekt hatte Emerson nicht bedacht. Er blieb bei seiner Entscheidung, dennoch schien er sich plötzlich unschlüssig. Für Augenblicke stand er gedankenverloren da und fingerte an seinem Kinngrübchen. »Sie suchen ein noch unentdecktes Grab, nehme ich an? Das will jeder Anfänger. Es gibt ein oder zwei Gebiete, die ich schon seit einiger Zeit erforschen will. Wirklich vielversprechendes Gelände!«

Mrs Albion hatte die Große Katze des Re gestreichelt, die sich das höflich gefallen ließ. (Ich hatte gehofft, sie würde fauchen oder kratzen.) Sie sah zu Emerson auf. »Wo ist dieses Gelände, Professor?«

Wir verweilten so lange, bis die Männer das Zelt abgebaut hatten und Mrs Albion samt Sessel von zwei Domestiken geschultert wurde. Sie war überfreundlich, allerdings nicht zu mir; sie dankte Emerson für seinen Tipp, rang sich ein frostiges Lächeln für Jumana ab und drohte Ramses scherzhaft mit dem Finger, als dieser sich erhob und die Große Katze des Re hochnahm. »Sie sollten diesem reizenden Geschöpf einen wohlklingenderen Namen geben, Mr Emerson. Den Namen einer bezaubernden ägyptischen Göttin vielleicht? Wie Hathor oder Isis.«

»Ich fürchte, das würde nicht passen«, erwiderte Ramses. »Die Katze ist nicht weiblichen – äh – Geschlechts.«

»Vielleicht habe ich mich in Mrs Albion getäuscht«, räumte ich ein, als wir aufbrachen. »Katzen sind für gewöhnlich gute Menschenkenner. Was hast du dir eigentlich dabei gedacht, Emerson, ihnen andere Ausgrabungsgebiete vorzuschlagen? Dazu fehlt dir jede Befugnis.«

»Gütiger Himmel, Peabody, ich dachte, du wüsstest meine sanften Methoden zu schätzen.« Die Hände in den Hosentaschen vergraben, schritt Emerson aus und maß mich mit gespieltem Erstaunen. »Ich kenne solche Typen wie Albion; wenn ich ihnen keine Alternativen angeboten hätte, würden sie schlichtweg in ein anderes, unautorisiertes Gelände überwechseln. Ich kann doch nicht das gesamte Westufer mit einem Bannfluch belegen.«

»Aber die Südwestwadis? Das Tal der Königinnen?«

»Der Eingang zum Tal der Königinnen«, korrigierte Emerson. »Da ist nichts von Bedeutung. Wenn sie eine Expedition in die Südwestwadis unternehmen, sollte mich das wundern; es wäre zu weit und zu unwirtlich. Außerdem hast du meine Bedingungen gehört. Sie werden Soleiman Hassan als Rais anheuern. Ich werde dafür sorgen, dass er mich umgehend informiert, wenn sie etwas finden – was nach meiner Einschätzung unwahrscheinlich ist. Warum schauen Sie so betreten drein, Vandergelt?«

»Ich hatte auf einen längeren Schlagabtausch gehofft«, gestand Cyrus. »Rechnen Sie nicht damit, dass Joe Ihre Anweisungen befolgt, Emerson. Er hat einen Groll auf alle, die ihn herumkommandieren wollen.«

»Pah«, schnaubte Emerson.

»Sie waren sehr höflich«, murmelte Jumana.

»Ja«, sagte ich nachdenklich.

Wir sammelten Sennia und den Picknickkorb – und einen widerstrebenden, aber ergebenen Gargery – ein und machten uns auf den Weg nach Deir el-Medina, wo wir uns weitere Kritik anhören mussten, diesmal von Daoud. Selim hatte ihn und ein ausgewähltes Publikum mit einer überarbeiteten Version unserer letzten Abenteuer erfreut, und Daoud schäumte vor Zorn.

Wir mussten uns entschuldigen, dass wir ihn zurückgelassen hatten, und versprechen, so etwas nie wieder zu tun.

»Dann weiß Daoud also alles«, bemerkte Cyrus beiläufig, doch mit bitterer Miene. Auf Berties Gesicht spiegelte sich der gleiche, vorwurfsvolle Zug.

»Sie haben es mir versprochen, Madam«, fing er an.

»Mein lieber Junge, das dürfen Sie nicht persönlich nehmen. Wir planen Derartiges nicht, müssen Sie wissen; das meiste – nun ja, es passiert eben einfach so.«

»Dies hier nicht«, wandte Cyrus ein. »Sie waren auf Kriegsgebiet, wenn ich Daoud richtig verstanden habe. Vertrauen Sie uns weniger als ihm?«

»Das muss man fast annehmen«, murmelte Bertie.

»Aber nein«, sagte ich aufrichtig. »Wir werden Ihnen heute Abend alles berichten, einverstanden?«

»Und was genau willst du ihnen berichten?«, bohrte Emerson, nachdem er mich schließlich beiseite gezogen hatte.

Bevor wir Kairo verließen, hatte ich Selim ein wenig auf den Zahn gefühlt. Ich wusste, dass Ramses ihm die Geschichte in Teilen erzählt hatte, und war mir ziemlich sicher, dass er sich den Rest selber zusammengereimt hatte. Er hatte Sir Edward Washington kennen gelernt; er wusste eine Menge über Sethos; er war mehrfach dabei gewesen, wenn wir Dinge diskutiert hatten, die ein intelligenter Mensch wie Selim zu kombinieren wusste. Also zog ich ihn ins Vertrauen und verschwieg ihm nichts. Wenn jemand dieses Vertrauen verdiente, dann er.

»Ah«, sagte Selim, nicht im Mindesten erstaunt. »Als ich ihn rasiert sah, wusste ich, dass er ein Verwandter vom Vater der Flüche sein muss. Sie sind sich sehr ähnlich. Wir werden das gegenüber Dritten nicht erwähnen, nicht wahr, Sitt?«

»Einmal abgesehen von Ramses und Nefret bist du der Einzige, der es weiß. Wir reden nicht darüber, auch nicht im Beisein von Effendi Vandergelt.«

Er strahlte voll Stolz und Dankbarkeit. »Du kannst mir vertrauen, Sitt Hakim.«

»Da bin ich ganz sicher. Aber jetzt müssen wir uns überlegen, was wir den anderen berichten sollen, auch Daoud.«

In kurzen Zügen wiederholte ich dieses Gespräch für Emerson und setzte hinzu: »Du kannst sicher sein, dass Selim eine abenteuerliche Geschichte daraus gemacht hat, ohne irgendetwas Wesentliches preiszugeben. Wie dem auch sei, ich habe dieses verdammte geheimnisvolle Gehabe so satt. Je verschlossener und rätselhafter wir uns geben, umso argwöhnischer werden die anderen. Eine Teilwahrheit wird sie wesentlich besser ablenken als beharrliches Schweigen.«

»Vielleicht hast du Recht«, räumte Emerson ein. »Ich überlasse es dir, mein Schatz. Was hast du mit meinen Feldaufzeichnungen gemacht?«

Ich fand sein Notizbuch in einem Stapel Papier, den er mitgeschleppt hatte, und machte mich daran, meinen kleinen Sonnenschutz aufzustellen.

»Ich muss sagen, er sieht ziemlich mickrig aus, verglichen mit der Luxusausführung der Albions«, bemerkte ich gegenüber Nefret, die mir half.

Nefret kiekste. »Hast du schon jemals etwas Lächerlicheres gesehen als Mrs Albion in ihrem Armlehnstuhl, geschultert von zwei bedauernswerten Burschen? Gott stehe ihnen bei, sollte einer von ihnen stolpern und seine kostbare Fracht fallen lassen. Mr Albion würde ihn vermutlich enthaupten lassen.«

»Was sagst du zu ihrer Überfreundlichkeit gegenüber Jumana? Dieser junge Mann denkt doch sicher nicht, dass er sie – äh – für sich gewinnen kann?«

»Bestimmt nicht«, erwiderte Nefret. »Sie haben nur versucht, sich bei uns einzuschmeicheln, Mutter. Und hatten Erfolg. Ich bin wie Cyrus; ich hatte so gehofft, dass Vater ihnen gehörig den Marsch blasen und eine seiner berühmt-berüchtigten Geisterbeschwörungen vornehmen würde.«

»Ach, tatsächlich?« Emerson erschien auf der Bildfläche. »Ich habe nicht die leiseste Ahnung, wieso diese Familie dem falschen Eindruck erliegt, dass ich gewalttätig und unbeherrscht sein soll. Hol die Kamera, Nefret; wir beginnen mit einem neuen Grabungsabschnitt.«

Aus Manuskript H

Mit einer Hand seine Augen beschattend, fixierte Emerson die Anhöhe. Er trug, wie üblich, keine Kopfbedeckung.

»Kann ich dich kurz sprechen, Vater«, rief Ramses.

»Was zum Henker treibt Bertie da oben?«

»Seine Beobachtungen fortsetzen, nehme ich an. Kann ich –«

»Aber sicher, mein Junge, aber sicher. Hat es mit dieser neuen Sektion zu tun?«

»Nein, Sir, mit den Albions. Ich würde deine Pläne ja liebend gern unterstützen, wenn du mich freundlicherweise einweihen würdest.«

Emersons Blick schweifte vorsichtig von einer Seite zur anderen, ringsum und hinter sich. »Versprichst du mir, dass du deiner Mutter nichts davon erzählen wirst?«

»Ich werde es versuchen. Aber du weißt, wie sie –«

»Ja, ja, ist mir schon klar. Aber beim Zeus, diesmal denke ich, bin ich ihr wirklich einen Schritt voraus. Komm, hier entlang, wo sie uns nicht belauschen kann.«

Seine Mutter stand ungefähr sechzig Meter von ihnen entfernt, dennoch ließ Ramses sich von seinem Vater mitzerren. »Also, Sir?«

Emerson nahm seine Pfeife aus der Tasche. »Ich fand es merkwürdig, dass die Albions sich ausgerechnet für diesen Abschnitt des Tals entschieden haben. Es besteht absolut keine Veranlassung, dort oder sonst wo mit einem bedeutenden Fund zu rechnen. Es sei denn, irgendjemand hätte ihnen einen Tipp gegeben.«

Er entzündete ein Streichholz und paffte. »Einen Hinweis, wie beispielsweise das Fragment eines Wandgemäldes?«, fragte Ramses. »Khonsu, er ist ein Gott und hat menschliche Hände.«

»Wie viele andere Gottheiten auch«, wandte Emerson ein. »Aber die Albions haben – mit Ausnahme von Sebastians angelesenem, theoretischem Wissen – kaum Erfahrung, und im Moment wissen sie nicht einmal, wo sie suchen sollen.«

»Nach Jamils Grab?«

»Ich sehe, der Gedanke ist dir nicht neu. Wie bist du darauf gekommen?«

»Ich mag die Albions nicht«, gestand Ramses. »Keinen von ihnen.«

»Freut mich zu sehen, dass du so ganz allmählich deinen Instinkten vertraust«, meinte sein Vater anerkennend.

»Wie Mutter sagen würde –« Er stockte, da Emerson die Stirn runzelte. »Ich mag ihr Verhalten gegenüber Jumana nicht«, führte Ramses aus. »Ihre Haltung gegenüber den Ägyptern ist typisch für ihre gesellschaftliche Stellung und Herkunft – mit anderen Worten: intolerant und voreingenommen. Nach seinem Anfangsfiasko bemüht sich Sebastian, besonders höflich zu Jumana zu sein. Nefret glaubt, dass sie sich bei uns beliebt machen wollen, aber es könnte auch einen anderen Grund haben.«

Sein Vater nickte. »Weiter, mein Junge.«

»Man sollte es einmal unter einem anderen Aspekt betrachten. Jamil bekam von irgendwem finanzielle Unterstützung. Wir tippten auf Yusuf, aber da waren interessanterweise diese Lebensmittel europäischen Ursprungs unter seinen Vorräten. Die Albions haben dich gebeten, sie mit ein paar Grabräubern bekannt zu machen. Ich glaube nicht, dass das ein Scherz war. Sie hatten in Gurneh herumgefragt, und Albion erwähnte, dass ›Mohammed‹ sie an jemanden verwiesen habe. Was, wenn dieser Jemand Jamil war?«

»Mohassibs Vorname ist Mohammed«, warf Emerson ein.

»Es hätte Mohassib oder Mohammed Hassan gewesen sein können – oder einer von den vielen anderen Mohammeds. Allerdings sind die beiden am wahrscheinlichsten. Beide haben mit Jamil gesprochen, beide hatten Angst vor ihm. Und ihn mit einem reichen Gönner bekannt zu machen, war der beste Weg, ihn versöhnlich zu stimmen. Leider fand Jamil den Tod, bevor er den Fundort des Grabes preisgeben konnte. Die Albions wittern die Chance, dass er sich Jumana anvertraut haben könnte. Eine abwegige Chance, aber immerhin.«

»Und Jamil versprach ihnen im Gegenzug für ihre Unterstützung, dass er ihnen die Artefakte aus dem Grab verkaufen würde, sobald er es freigelegt hätte. Exakt meine Überlegungen.«

»Wie ich Albion kenne, wollte er mehr als bloße Versprechungen«, gab Ramses zu bedenken.

»Der Punkt geht an dich«, lobte Emerson. »Ja, er wollte einen Beweis für den Fund und – vielleicht einen kleinen Vorschuss? Etwas so Hübsches wie den Kosmetiktiegel?«

»Möglich. Das ist alles hypothetisch, und wir können nicht ... Vater, nein!«

»Was können wir nicht?« Emerson machte sich an seiner Pfeife zu schaffen. Zu spät, sein Mienenspiel hatte ihn verraten.

»Ihre Zimmer durchsuchen. Gib's zu, Vater, daran hattest du doch gedacht, oder?«

»Du doch auch, sonst hättest du mich nicht so rasch durchschaut.«

Seine Logik war messerscharf, sein Grinsen verschwörerisch,

Ramses indes bemühte sich, ernst zu bleiben. »So etwas ist mehr nach Mutters Geschmack.«

»Das können wir nicht von ihr verlangen«, wandte Emerson ein. »Es ist gesetzwidrig.«

Das Grinsen seines Vaters war ansteckend. Ramses fing an zu lachen. »Die Idee ist verführerisch, aber nicht sonderlich praktikabel. Selbst wenn wir illegale Kunstgegenstände fänden, könnten wir sie nicht beschlagnahmen oder beweisen, woher sie stammen. Jamil hat gegenüber den Albions vielleicht verlockende Andeutungen gemacht, trotzdem scheinen sie nicht mehr zu wissen als wir.«

Die abwesende Miene seines Vaters zeigte ihm, dass er nicht deutlich genug geworden war. »Reine Theorie«, betonte er. »Logisch und plausibel, aber ohne konkrete Beweise. Wir können uns nicht einmal sicher sein, dass Jamil den Albions von der Hand der Gottheit erzählt hat. Vielleicht war es reiner Zufall, dass sie sich ausgerechnet diese Stätte ausgesucht haben.«

»Nun, wir werden es bald herausfinden.«

»Ah. Jene alternativen Gelände, die du ihnen vorgeschlagen hast?«

»Mmmmh.« Emerson zog an seiner Pfeife. »Keines davon wird mit einer Gottheit in Verbindung gebracht. Wenn die Albions einzig und allein an Exkavationen interessiert sind –«

»Ramses!« Die Stimme seiner Mutter war von enormer Tragweite. Emerson zuckte schuldbewusst zusammen, Ramses schnellte herum. Sie war aufgestanden und winkte ihm mit irgendeinem Gegenstand. Es schien sich um ein größeres Tongebilde zu handeln – ein Ostrakon.

Ramses winkte zurück. »Wir können ebenso gut die Mittagspause einlegen«, murmelte er. »Sennia hat mich schon zweimal darauf hingewiesen, dass sie fast verhungert.«

»Wo ist sie?« Suchend maß Emerson das Gelände.

»Vermutlich unter dem Sonnenschutz, bei der Bestandsaufnahme des Picknickkorbs, das würde auch erklären, wieso die Große Katze des Re uns schnöde verlassen hat. Ich muss ein ernstes Wort mit ihr reden, sie überfüttert die Katze, sie wird faul und träge.«

»Er«, korrigierte Emerson.

Sennia – und die Katze – waren dort, wo er sie vermutete. Die anderen kamen noch rechtzeitig hinzu, um einen Großteil des Hühnchens sicherzustellen. Ramses' Gardinenpredigt war weniger heftig als von ihm geplant; die beleidigten Blicke aus zwei Augenpaaren, eines riesig und dunkel, das andere rund und malachitgrün, nahmen ihm jeden Wind aus den Segeln. Zerknirscht spendierte er der Katze ein Stück Huhn.

Sennia hatte ebenfalls mehrere Tonscherben gesammelt, aber die von seiner Mutter war außergewöhnlich – größer als die meisten, der Text hervorragend erhalten. Er fand es rührend, wie sie strahlte, als er ihren Fund lobte.

»War das in dem Geröll?«, erkundigte er sich, das Täfelchen behutsam an den Rändern haltend. »Erstaunlich, dass einer unserer Burschen so etwas Sperriges übersehen hat.«

»Verflucht, Peabody«, blaffte Emerson durch einen Bissen Käse, »hast du etwa illegal gegraben?«

»Wie kannst du so etwas von mir denken, Emerson? Ali hat es mir gebracht. Es ist ordnungsgemäß verzeichnet worden.«

»Oh. Dann ist es in Ordnung.«

»Was steht darauf?«, erkundigte sich Nefret, über Ramses' Schulter gebeugt. Eine Locke streifte seine Wange. Er wickelte diese um seinen Finger und lächelte ihr zu. »Scheint sich um ein Gebet zu handeln – an Hathor, die Göttliche Mutter, Spenderin der Wohlgerüche.«

»Du kannst es später übersetzen«, erklärte Emerson, seine Finger an seiner Hose wischend. »Ich möchte diese Sektion heute abschließen.«

»Du hast doch hoffentlich nicht vergessen, dass wir heute Abend mit Cyrus speisen werden?«, erinnerte ihn seine Frau.

Emerson stöhnte. Cyrus grinste. »Selim habe ich ebenfalls eingeladen«, sagte er bedeutungsschwanger.

»Hmmm«, seufzte Ramses' Mutter.

»Hmph«, räusperte sich Emerson. »Bertie, Sie haben mir noch gar nicht erzählt, wie Sie vorankommen. Nicht dass mich das etwas anginge.«

»Nun tu doch nicht so«, warf seine Frau ein.

»Aber natürlich, Sir«, sagte Bertie höflich. »Ich denke, wir kommen gut voran. Die meisten bekannten Gräber habe ich inzwischen lokalisiert. Dies hier ist selbstverständlich eine Aufzeichnungskopie; ich bewahre das Original der Dokumentation zu Hause auf und ergänze es jeden Abend.«

»Sehr gut.« Emerson klopfte ihm auf den Rücken. »Und jetzt – wieder an die Arbeit, was?«

Erst im Laufe des Nachmittags gelang es Ramses, seine Mutter unter vier Augen zu sprechen.

»Hast du allen Ernstes vor, Cyrus von Khan Yunus zu erzählen? Mutter, du kennst die offiziellen Bestimmungen für den Geheimdienst –«

»Ich sehe mich nicht an ein Dokument gebunden, das ich nicht beeidet habe«, sagte seine Mutter, ihr Kinn noch energischer vorgeschoben als sonst. »Wir müssen Cyrus irgendwas sagen. Es wäre nicht fair, ihn weiterhin völlig im Dunkeln tappen zu lassen. Ramses ... mein Lieber ...« Sie legte ihre Hand auf seine Schulter. »Ich weiß, du möchtest lieber nicht über die Sache reden oder daran denken, aber wenn du dich überwinden könntest, noch ein Mal ... Du hast mein Wort: Selims Geschichte wird mich nicht in Schwierigkeiten mit dem Kriegsministerium bringen!«

»In Ordnung, Mutter. Meine Liebe«, versetzte er mit einem Lächeln, worauf eine leichte Röte in ihre Wangen stieg.

Katherine Vandergelt hatte eine Weile gebraucht, bis sie die ägyptischen Freunde der Emersons akzeptierte. Sie hatte ihre Vorurteile ablegen oder diese zumindest überspielen müssen – seine Mutter hatte ihr keine Wahl gelassen! Nur ein Ignorant hätte Selim mit seinen hervorragenden Manieren und seiner natürlichen Würde unhöflich behandelt; Katherines Begrüßung war jedenfalls warm und herzlich. Um Jumana, deren bleiches, teilnahmsloses Gesicht sie offensichtlich schockierte, kümmerte sie sich besonders liebevoll und drängte ihr ständig irgendwelche Leckerbissen auf. Jumana, die nicht hatte mitkommen wollen und dazu genötigt worden war, schob die Speisen missgelaunt auf ihrem Teller hin und her. Cyrus' Majordomo hatte sich selbst übertroffen.

Nach dem Essen zogen sie sich zum Kaffee in den Salon zurück. Selim wusste, was auf der Tagesordnung stand. Bisher war er die Ruhe selbst gewesen; jetzt raufte er sich nervös den Bart. Lampenfieber? Oder Bedenken, dass er die Passagen auslassen könnte, die ihm die berühmte Sitt Hakim aufgetragen hatte?

»Also, Amelia, wir sind bereit«, sagte Cyrus, der es sich in einem Polstersessel bequem machte. »Darauf habe ich mich schon den ganzen Tag gefreut.«

Sie lächelte geschmeichelt und nippte an ihrem Kaffee. »Selim wird berichten. Selim, fang an.«

Alle Augen blickten zu Selim, was sein Unbehagen noch verstärkte. Wie er Ramses später gestand, hätte er sich lieber einer Horde Angreifer gestellt, bewaffnet bis an die Zähne, als diesen starrenden Blicken. Er räusperte sich.

»Ich bin kein Geschichtenerzähler«, hub er mit einer Stimme an, die um einiges höher war als sein gewohnter Brummbass. »Anders als Daoud.«

»Umso besser«, grinste Cyrus. »Wir kennen Daouds Talent zur – äh – Ausschmückung.«

»Fang mit dem Automobil an«, schlug Emerson vor, als er merkte, dass Selim einen kleinen Motivationsschub benötigte. »Es war ein fantastisches Automobil, und du bist großartig gefahren.«

Daraufhin beschrieb Selim die Vorzüge dieses Vehikels bis ins kleinste Detail und ließ sich lang und breit über die Gefahren der beschwerlichen Reise aus und über seine Fahrkünste. »Khan Yunus ist ein hässlicher Ort, anders als Luxor«, erklärte er. »Dort waren viele Soldaten. Das Haus, in dem wir gewohnt haben, gehört einem Freund vom Vater der Flüche; es war sehr schmutzig. Und dort begann das eigentliche Abenteuer!«

»Das hat Zeit«, murmelte Cyrus. »Khan Yunus, soso? Was habt ihr denn dort gewollt?«

Selim spähte zu Ramses' Mutter, die ihm aufmunternd zunickte. Er hatte seine Unsicherheit überwunden und war in seinem Element – na wenn schon, dachte Ramses bei sich. Weder seine Mutter noch Daoud hatten ihm bislang jemals so eine wilde Geschichte aufgetischt.

Man hatte sie nach Khan Yunus gebeten, um eine bildhübsche Jungfrau – die Tochter eines Beduinenscheichs, ein Freund und Verbündeter der Emersons – aus den Klauen des hinterhältigen alten Mannes zu befreien, der sie entführt hatte, weil er es auf ihren Reichtum und ihre Unschuld abgesehen hatte. Ramses hatte sich auf die Suche begeben und die Jungfrau unter Einsatz seines Lebens gerettet. Selim beschrieb einige der prekären Situationen, unter anderem auch ein gefährliches Duell mit orientalischen Krummsäbeln. Ramses bedeckte sein Gesicht mit seinen Händen.

»Er mag es nicht, wenn man seinen Heldenmut hervorhebt«, erklärte Selim. »Aber damit war es längst nicht vorbei. Der heimtückische Alte schickte Männer, die sie zurückholen sollten, und wir mussten sie abwehren und im Dunkel der Nacht fliehen, den Feind im Nacken und die Stadt in Flammen! Vor den Augen der Australier haben wir ihre eigenen Pferde gestohlen! Aber ich habe euch noch nicht von dem zerlumpten Bettler erzählt, der eigentlich ein verkleideter Polizist war – übrigens eine hervorragende Tarnung; er hatte Flöhe und stank entsetzlich. Der heimtückische Alte war ein Dieb, müsst ihr wissen, der von vielen reichen Damen Schmuck gestohlen hatte und auch kostbare Artefakte aus dem Museum in Kairo. Der Bettler wollte ihn stellen und vor Gericht bringen, aber letztlich gelang es nicht ihm, sondern Ramses.«

»Stimmt nicht«, warf Ramses ein, der es nicht mehr ertragen konnte. »Es war Vater mit –«

»Hmph«, räusperte sich Emerson geräuschvoll. »Sehr gut wiedergegeben, Selim. Sehen Sie, Vandergelt, es war nichts weiter als der Versuch, der Polizei unter die Arme zu greifen. Das ist die Pflicht eines jeden Bürgers.«

»Was ist mit der Jungfrau?«, bohrte Cyrus. »Sie haben sie nicht mitgebracht?«

Seufzend verdrehte Selim die Augen.

»Der – äh – Polizist hat sie mitgenommen«, sagte Ramses. Ihm reichte es allmählich.

»Er war ihr Geliebter, denke ich«, setzte Selim hinzu.

»Ah, verstehe. Du hast doch nichts dagegen, wenn ich dir noch ein paar Fragen stelle, Selim?«

Selim hatte seinen Auftritt genossen, verspürte aber nicht das Bedürfnis, sich einem abschließenden Verhör mit Cyrus Vandergelt zu stellen. Hastig sprang er auf. »Ich muss gehen. Es ist spät geworden. Vielen Dank für die reizende Gastfreundschaft.«

»Da sehen Sie es, Amelia!«, entrüstete sich Cyrus.

»Wir dürfen ihn nicht unnötig aufhalten, Cyrus, er hat andere Verpflichtungen. Jumana, du bist ebenfalls entschuldigt. Selim wird dich nach Hause bringen.«

»Aber ich möchte –«

»Du warst krank und brauchst Ruhe.«

»Ich fühle mich schon viel besser!«

Sie schien wieder quicklebendig, mit rosigen Wangen und strahlenden Augen. Diese waren auf Ramses geheftet, mit einem Ausdruck, vor dem er am liebsten davongelaufen wäre. Seine Mutter wies sie zurecht: »Tu, was man dir sagt.«

Ramses begleitete Selim zur Tür, unterdessen holte Jumana ihren Umhang. »Ich schulde dir etwas, Selim«, murmelte er.

»Ich habe nur gesagt, was die Sitt Hakim mir aufgetragen hat. Und warum bist du ärgerlich? Ich weiß, was du getan hast. An deiner Stelle würde ich es jedem erzählen. Aber«, fuhr Selim fort, fasziniert von einer neuen Idee, »wir machen das, damit die Männer uns fürchten und die Frauen uns bewundern, stimmt's? Alle Männer haben Respekt vor dem Bruder der Dämonen, und du hast das Herz der von dir geliebten Frau gewonnen. Wenn Nur Misur dich anschaut, ist es, als erstrahlte die Sonne in ihren Augen.«

»Ich bin nicht ärgerlich, Selim.« Ramses umarmte ihn, wie unter Ägyptern üblich. »Du bist ein guter Freund – und ein unverbesserlicher Romantiker.«

»Und was ist daran falsch?«

Selims strahlende Miene verfinsterte sich, als Jumana aus dem Haus trat. Er schwang sich auf sein Pferd und hob sie so unsanft vor sich, als wäre sie ein Sack Getreide. Ramses hörte noch, wie sie sich beschimpften, als sie fortritten. Geschieht ihnen beiden ganz recht, dachte er bei sich.

Bei seiner Rückkehr hatte seine Mutter die Gesprächsführung im Salon übernommen. »Unglaublich oder nicht, diese Geschichte hat Selim Daoud aufgetischt. Wenn Daoud sie entsprechend ausschmückt, wird sie kaum noch Ähnlichkeit mit den Fakten haben.«

»Und ich werde von Mal zu Mal mehr zum Hanswurst«, meinte Ramses säuerlich.

»Beschwer dich nicht«, sagte seine Mutter. »Gute Güte, ich habe mein Bestes getan! Wir mussten unsere Abwesenheit doch irgendwie belegen. Unsere Freunde in Atiyeh haben das Automobil gesehen und erkannt, dass wir uns auf einen längeren Ausflug in die Wüste vorbereiteten. Als wir Khan Yunus verließen, wusste jeder, wer wir sind; sie werden diese Geschichte verbreiten, und früher oder später wird das Gerücht von Ägypten nach Palästina überschwappen.«

»Eine tolle Geschichte«, räumte Cyrus ein. Er zündete sich ein Zigarillo an und lehnte sich zurück. »Und keinesfalls abstruser als etliche Ihrer anderen Abenteuer. Trotzdem, tut mir Leid, aber das mit der bildhübschen Jungfrau nehme ich euch nicht ab. Khan Yunus liegt nur zehn Meilen von Gaza entfernt. Muss ich mich deutlicher ausdrücken?«

Auf sein wissendes Grinsen blinzelte sie verschämt. »Seltsamerweise, Cyrus, entspricht die bildhübsche Jungfrau den Tatsachen. Allerdings wäre es zwecklos zu leugnen, dass unsere Mission nicht auch heiklere Aspekte umfasste. Sie wissen schon seit längerem, dass wir für den Geheimdienst tätig sind, nicht wahr?«

»Man müsste schon ziemlich ignorant sein, Derartiges nicht wenigstens zu vermuten, Amelia. Mitten in einem Krieg, und wie Sie ständig auftauchen und ohne jede Erklärung wieder verschwinden, und Ihre Kenntnis von gewissen Gebieten ...« Sein Blick glitt zu Ramses. »Nun, ich erkundige mich nicht nach Details. Ich hoffe nur, dass diese heikle Sache bald vorüber ist. Sie können nicht ständig Risiken eingehen, ohne mit dem Schlimmsten rechnen zu müssen, und im Ernstfall könnten wir nichts für Sie tun. Für keinen von euch.«

»Amen«, sagte Katherine.

»Äh-hm, richtig«, versetzte Bertie.

»Es ist vorbei«, erklärte Emerson, berührt von so viel freundschaftlicher Anteilnahme. »War verd- verzeihen Sie, Katherine – war verflixt unangenehm. Aber jetzt können wir wieder –«

»Nur noch eine Frage«, unterbrach Cyrus. »Sie müssen sie nicht beantworten, aber neugierig bin ich schon. War dieser so genannte Bettler jemand, den ich kenne?«

Völlig perplex wandte Emerson sich Hilfe suchend an seine Frau. »Sie haben den Gentleman kennen gelernt, ja«, sagte sie beiläufig.

»Und er steht jetzt auf unserer Seite?«

»Aber ja. Cyrus, würden Sie mich für unhöflich halten, wenn ich gern einen Whisky-Soda hätte?«

Sie wirkte so selbstbewusst, dass ihr Sohn sich das Lachen verkneifen musste. Auf seine Mutter war Verlass – sie schwindelte »nur wenn es absolut nötig war«, und diesmal hatte sie eigentlich die Wahrheit gesagt. Cyrus kannte Sir Edward Washington sehr gut, nur hatte er ebendiesen Gentleman nicht gemeint.

* * *

Natürlich meinte Emerson, mich kritisieren zu müssen, weil ich Selim dazu aufgefordert hatte, einen Haufen Lügen zu verbreiten, und Cyrus inkonsequenterweise mehr enthüllt hatte, als er für ratsam hielt. Während der Heimfahrt hatten wir deswegen einen herzerfrischenden kleinen Disput. Ich fühlte mich immer ein bisschen schuldig, wenn wir Cyrus im Unklaren ließen – falls dem so war. Er war ein intelligenter Mensch und kannte uns zu gut, um gewisse Impulse zu übersehen. Ich hatte ihm nicht mehr berichtet, als er ohnehin mutmaßte, und er war glücklich, dass wir ihn ins Vertrauen zogen.

Am nächsten Tag war er noch glücklicher, als er ein neues Grab entdeckte. Man konnte es kaum noch so nennen; die Opferkapelle war völlig zerstört und die Grabkammer leer – bis auf mehrere gut erhaltene Wandfresken.

»Das lenkt ihn für eine Weile vom Grübeln ab«, meinte Emerson zu mir. »Ein paar Tage wird er wohl brauchen, um es freizulegen und Pläne zu skizzieren. Jumana kann ihm assistieren.«

»Wie großzügig von dir«, bemerkte ich. »Sie geht dir auf die Nerven, was?«

»Sie quasselt zu viel. Als Trübsalbläserin hat sie mir fast besser gefallen. Was hast du mit ihr angestellt?«

»Nichts – bis auf diese übel schmeckende Medizin. Ich hoffe, da ist kein ernst zu nehmender –«

»Ernst zu nehmend, pah! Typisch, du schwörst wieder einmal Probleme herauf, wo gar keine sind.«

»Du hast Recht, Emerson«, gestand ich. »Ich bin diese ständige Besorgnis so gewöhnt, dass ich einfach nicht wahrhaben will, dass unsere Feinde gestellt und unsere Probleme gelöst sind.«

»Bis auf eins«, grummelte Emerson. »›Die Hand der Gottheit.‹ Welche Gottheit? Und wo?«

Sennia nahm an jenem Nachmittag den Tee mit uns ein und wusste so viel Aufregendes zu berichten, dass sie darüber die Kekse verschmähte. »Die Große Katze des Re hat eine Schlange gefangen!«

Wir alle schauten zu der Katze, die eine dieser unbequemen Yogapositionen eingenommen hatte, um ihr Fell zu putzen. Sie sah so grotesk aus, ein Bein in der Luft und das andere hinter dem Ohr, dass wir alle losprusteten.

»Eine sehr große Schlange?«, erkundigte sich Emerson.

»Nicht größer als so«, sagte Fatima und zeigte mit Daumen und Zeigefinger ungefähr zehn Zentimeter. »Aber sie lebt noch, Vater der Flüche, und ich weiß nicht, ob es heute Abend etwas zu essen geben wird, denn sie ist irgendwo in der Küche, und Maaman sagt –«

»Vermutlich ist sie längst geflüchtet«, beschwichtigte Emerson.

»Dann sag *du* es Maaman.« Unsanft stellte sie die Teekanne auf den Tisch. »Er sagt, er will nicht kochen.«

»Ach verflucht«, seufzte Emerson. »Schätze, ich muss was unternehmen, sonst kriegen wir kein Abendessen.«

»Nimm die Große Katze des Re mit«, schlug Sennia vor.

»Keine schlechte Idee«, sagte Emerson und hob die Katze auf. Sennia stopfte sich zwei Kekse in den Mund und ging mit ihnen.

»Kommt, wir sehen ihnen zu«, schlug Nefret vor. »Jumana, hast du schon einmal zugeschaut, wenn der Vater der Flüche einen Exorzismus vornimmt? Es wird sicher noch unterhaltsamer, wenn er die Katze mit einbaut.«

Jumana erschauerte. »Ich habe Angst vor Schlangen. Ich hoffe, sie kommt nicht in mein Zimmer.«

Ich verzichtete ebenfalls. Ich fürchte mich zwar nicht vor Schlangen, muss sie aber nicht unbedingt haben.

Einer unserer Männer war am Morgen zur Post gegangen, von daher stapelten sich Briefe und Mitteilungen und Zeitungen. Als die anderen zurückkehrten, hatte ich es mir gemütlich gemacht, die Post sortiert und die interessanteren Depeschen gelesen.

»Hast du sie gefunden?«, erkundigte ich mich.

»In der Tat, das habe ich«, lautete Emersons Antwort. Er setzte die Katze zu Boden, wo sie ihre schnöde unterbrochene Reinigungsaktion wieder aufnahm. »Ich hatte nicht damit gerechnet und wollte schon einen speziellen Exorzismus für Schlangen durchführen, aber die Katze fischte sie in null Komma nichts hinter einem der Wasserkrüge hervor. Eine harmlose Blindschleiche! Ramses hat sie draußen frei gelassen.«

»Ich habe euch doch gesagt, dass ich die Große Katze des Re trainiere«, trumpfte Sennia auf. »Eines Tages wird sie noch größere Schlangen fangen und Ramses in letzter Sekunde das Leben retten.«

»Reiner Zufall«, murmelte Emerson in seinen nicht vorhandenen Bart. »Irgendwas Interessantes in der Post, Peabody?«

»Ein schöner, langer Brief von Evelyn und einer für Nefret von Lia, und einer für Ramses von David ...« Während ich sprach, verteilte ich sie.

»Was ist mit mir?«, drängte Sennia.

»Drei für dich.« Sie waren von der Familie. Sie wussten, dass sie sich wahnsinnig freute, Post zu bekommen.

»Ist das alles?«

Ich gab Emerson die restlichen Briefe. »Zwei Telegramme aus Kairo. Ich habe mir erlaubt –«

»Ja, Papperlapapp, das war mir klar«, grummelte Emerson.

»Na, was hältst du davon? Wingate und General Murray bitten um meinen Besuch – so bald es mir genehm ist.«

»Schätze, es wird dir weder früher noch später genehm sein«, konterte ich.

Emerson kicherte verschlagen. »Was meinst du, warum ich Kairo schleunigst den Rücken gekehrt habe? Wir haben General Chetwode Bericht erstattet, ihm unseren Gefangenen überstellt und ihm und seinem Geheimdienststab zugesichert, dass sie Ismail Pascha nie wiedersehen werden – was ja auch stimmt, denn Sethos wird besagte Tarnung nicht wieder benutzen. Wenn sie noch Fragen haben, können sie sich an uns wenden, aber sie werden verflucht wenig Antworten bekommen. Nichts von Carter oder – äh –«

Ich schüttelte den Kopf. »Hier ist allerdings eine interessante Einladung. Die Albions geben am Dienstag eine Dinnerparty mit Tanz. Man bittet um die Ehre unseres Besuches. Mrs Albion hat handschriftlich eine kurze Notiz hinzugefügt; sie hofft, dass Jumana mitkommt.«

»Ich?« Jumanas Augen weiteten sich verblüfft.

»Sie?«, polterte Emerson. »Zum Teufel, wieso das denn?«

»Sie gehört zu unserer Familie«, lenkte Nefret ein. »Vermutlich wollen sie Wiedergutmachung üben ... weil sie in der Vergangenheit häufiger unhöflich zu ihr waren.«

»Sie sind nicht unhöflich gewesen«, wandte Jumana ein. »Sie haben mir Blumen geschickt, als ich krank war.«

»So? Das hast du mir gar nicht erzählt.«

»Viele Leute haben mir Geschenke geschickt«, sagte Jumana stolz. »Bertie und Mr Vandergelt und Daoud und ein amerikanischer Gentleman, den ich auf Mr Vandergelts Abendgesellschaft kennen gelernt habe. Werden wir hingehen? Es ist mit Tanz. Ich tanze so gern.«

»Ich glaube nicht«, erwiderte ich.

»Warum denn nicht?«, wollte Emerson wissen. »Es könnte doch ein – äh – amüsanter Ausflug werden.«

»Emerson!«, empörte ich mich. »Was hast du jetzt wieder vor?«

Emersons saphirblaue Augen blickten mich scheinheilig an.

»Ich möchte doch nur, dass du dich amüsierst, mein Schatz. Dir gefallen solche Feste. Also ist es doch das Mindeste, was ein alter Knacker wie ich tun kann.«

Aus Manuskript H

Ramses wusste sehr wohl, was sein Vater »vorhatte«. Er mochte es noch so vehement abstreiten, trotzdem war er nicht minder versessen auf Jamils Grab als Cyrus. Und Ramses konnte ihm das nicht einmal verübeln. Auch ihm schwirrten die Worte unaufhörlich im Kopf: Die Hand der Gottheit. Welche Gottheit? Und wo? Dieser Gedanke ließ ihn nicht mehr los. Nefret rüttelte ihn in der Nacht wach und beschwerte sich, dass er die Worte im Schlaf gemurmelt habe. »Wenn du schon im Schlaf reden musst, dann wenigstens von mir!«

Nachdem er sich entschuldigt hatte, indem er die Epitheta der Hathor rezitierte – *Goldene Göttin, Muse der Düfte, Gebieterin über alle Götter* –, und seinen Worten Taten folgen ließ, schmiegte sie ihren Kopf an seine Schulter und räumte ein, dass auch ihr dieser rätselhafte Hinweis nicht aus dem Kopf gehe.

»Ich frage mich, ob wir Jumana nicht noch einmal danach fragen sollten«, meinte sie. »Sie hat ein fantastisches Gedächtnis und eine hervorragende Wahrnehmung, sogar für Stimmen. War es nicht faszinierend, wie sie Cyrus imitiert hat?«

»Es war regelrecht unheimlich, als sie Jamil an dem Tag imitiert hat, an dem wir Mutter und Vater gefunden haben«, erwiderte Ramses. »Glaubst du, wenn wir ihr die richtigen Fragen stellen, erinnert sie sich vielleicht an das, was Jamil über das Grab gesagt hat?«

»Jedenfalls scheint ihr Erinnerungsvermögen so zu funktionieren.«

»Vermutlich ist es einen Versuch wert. Auf diese Weise können wir Vater womöglich sogar davon abbringen, in die Suite der Albions einzubrechen.«

»Du machst Witze. Nein, Mist, es ist dein Ernst!«

Er hatte ihr von seinem Gespräch mit Emerson berichtet. Und sie hatte nur gelacht, aber jetzt ...

»Also deshalb will er zu ihrer Party gehen!«, stöhnte sie. »Was sollen wir bloß tun?«

»Dafür sorgen, dass sie ihn nicht auf frischer Tat ertappen. Er ist fest entschlossen, Nefret. Ich habe darüber nachgedacht und glaube nicht, dass es sonderlich problematisch wird.«

Sie entspannte sich und lachte leise. »Na ja, mag sein. Und selbst im Ernstfall – wenn jemand ihn in ihren Räumen entdeckte – würde er sich irgendwie herausreden.«

»Brüllen, nicht reden«, korrigierte Ramses. »Was können sie ihm schließlich anhaben? In Luxor gibt es niemanden, der sich mit ihm anlegen würde.«

Trotzdem war er am Abend der Party ein bisschen nervös. Sein Vater hatte bereits eingeräumt, dass er die Suite der Albions durchsuchen wolle; er hatte das Thema selber aufgebracht, Ramses' halbherzigen Protest abgeschmettert und ihn stattdessen um Hilfe gebeten.

»Ich signalisiere dir, wenn ich bereit bin. Behalt die Albions im Auge. Wenn einer von ihnen den Ballsaal verlassen will – nun, dann weißt du, was zu tun ist.«

»Eine Prügelei mit Sebastian anzetteln, zum Beispiel? Nichts für ungut, Vater, ich werde mir schon was ausdenken. Du wirst dich tarnen, vermute ich?«

Sein Vater grinste breit. »Nur das Übliche, mein Junge, nur das Übliche. Ähm – könntest du mir einen Bart ausleihen? Deine Mutter muss irgendwas mit meinem angestellt haben, ich kann ihn nicht finden. Oh, und wenn sie fragt, wo ich bin, lenk sie irgendwie ab.«

Es würde nicht einfach werden, drei Leute im Auge zu behalten und seine Mutter zu zerstreuen, aber Ramses glaubte, es mit Nefrets Hilfe schaffen zu können. Er hoffte nur, dass seine Mutter keine eigenen Ideen entwickelt hätte. Sie sah sehr gut aus an jenem Abend, in einer dunkelroten Robe – ihrer Lieblingsfarbe –, an ihren Ohren funkelten Diamanten. Nefret war umwerfend in bernsteinfarbener Seide, und Jumana wirkte wie jedes junge Mädchen auf ihrem Weg zum Ball – mit leuchtenden Augen und rosigen Wangen.

Die Albions hatten das gesamte Hotel angemietet, oder zumindest die öffentlichen Räumlichkeiten, darunter auch den Speisesaal. Dies stellte kein Problem dar für das Management, da die verwundeten Offiziere, die einen Teil des Hotels belegt hatten, alle eingeladen waren. Ganz Luxor schien dort zu sein, so auch die Vandergelts. Mr Albions Geld und der gute Geschmack seiner Frau bürgten für ein glanzvolles Ereignis; der Wein floss in Strömen und das Essen war exzellent. Nach dem Diner, als der Tanz begann, trat Ramses zu seinem Vater.

»Habe ich noch eine Chance, dich von deinem Plan abzubringen?«

»Aber, aber, mein Junge, wird schon schief gehen.« Emerson zupfte betreten an seiner Krawatte. Sie war schon leicht gewellt. »Ich werde mit deiner Mutter und Katherine tanzen und dann mit unserer Gastgeberin das Tanzbein schwingen, und danach stehle ich mich klammheimlich davon.«

»Hast du Mrs Albion gefragt? Die Damen haben Tanzkarten. Du musst deinen Namen für einen bestimmten Tanz eintragen.«

»Völlig absurd. Tanzen sollte spontan sein. Joie de vivre und so weiter.«

Er trollte sich, seine Hände in den Taschen vergraben.

Auch Ramses schätzte das joie de vivre, aber seine Mutter und seine Frau hatten ihm die Feinheiten beigebracht. Er hatte den Sinn dieser kleinen Karten nie verstanden – man hätte sie auch Terminplaner nennen können –, es sei denn, um begehrten Damen eine gewisse Macht zu geben und die Mauerblümchen zu brüskieren, die leere Zeilen hinnehmen mussten.

Jumana genoss jeden Augenblick – die Blumen, die schönen Kleider, das Heftchen und den Stift, die mit einem goldenen Band an ihrer schlanken Taille befestigt waren. Als Ramses sie um einen Tanz bat, demonstrierte sie ihm wichtigtuerisch und verhalten kichernd das kleine Buch. Er brauchte keine Bedenken zu haben, dass man sie vernachlässigte; Bertie und Cyrus hatten sich eingetragen, genau wie die beiden Albions. Einige andere Namen waren Ramses nicht geläufig. Sie zog die Blicke vieler Männer auf sich, mit ihrem exotischen Äußeren und der aparten Figur.

Er gönnte sich das Vergnügen, seine Frau zum zweiten Tanz

aufzufordern; während sie über das Tanzparkett wirbelten, weihte er sie in das Vorhaben seines Vaters ein. Emerson wiegte sich im Walzerschritt mit Katherine, er sah aus, als könnte er kein Wässerchen trüben.

»Wie sollen wir denn drei Leute auf einmal beschatten?«, jammerte Nefret. »In diesem Trubel? Außerdem habe ich Mutter versprochen, dafür zu sorgen, dass Jumana sich amüsiert.«

»Das tut sie ganz offensichtlich.« Die weißen Röcke flatternd, schwebte Jumana leicht wie eine Feder in der respektvollen Umklammerung eines stattlichen Amerikaners, den Ramses von Cyrus' Soiree her kannte.

»Mr Lubancic«, murmelte Nefret, seinem Blick folgend. »Er ist sehr nett. Ich habe Mr Albion den dritten Tanz versprochen und dir den vierten; was hältst du davon, wenn ich stattdessen Sebastian bitte, und du forderst Mrs Albion auf?«

»Ich kann schwerlich mit Mr Albion tanzen. Wir müssen auf den Ernstfall vorbereitet sein. Wenn ich dir ein entsprechendes Signal gebe, dann fall in Ohnmacht oder tu so, als hättest du eine Maus gesehen.«

Lachend schmiegte sie sich an ihn.

Der dritte Tanz endete viel zu rasch. Wie angekündigt hatte Emerson seine Gastgeberin aufgefordert, deren starre Miene qualvoll zuckte, als er sie im Walzertakt herumwirbelte. (Die Kapelle spielte einen Foxtrott.) Als die Musik verklang, führte er sie – hinkend – zu einem Stuhl, dann nickte er Ramses verschwörerisch zu und verschwand.

Mrs Albion lehnte Ramses' Aufforderung zum Tanz ab. Es erweckte den Anschein, als wolle sie für einige Zeit keinen Fuß mehr vor den anderen setzen. Nefret fesselte Sebastian mit ihrem Charme, sodass Ramses sich auf die Suche nach Albion senior machte.

Er fand ihn in einer Nische, im Gespräch mit Jumana. »Bitten Sie sie nicht zum Tanz, denn dieser hier gehört eigentlich mir«, sagte Albion mit einem seiner glucksenden Lacher. »Ich kann nicht mehr mithalten mit den jungen Leuten, deshalb unterhalten wir uns angeregt über die Ägyptologie. Sie ist ein kluges Mädchen.«

»Das ist sie«, bekräftigte Ramses mit einem Blick auf das Glas in ihrer Hand. »Das ist doch nicht etwa Champagner, oder?«

»Sodawasser«, erwiderte Albion. »Sie glauben doch wohl nicht, dass ich einer jungen Dame Alkohol aufdrängen würde?«

Die Antwort wäre ein überzeugtes »Ja, wenn Sie sich davon etwas versprechen« gewesen. Da die Gesetze der Höflichkeit dergleichen untersagten, erwiderte Ramses rasch: »Ich darf mich doch zu Ihnen gesellen, oder? Über was haben Sie denn geplaudert?«

»Diese Gebiete, von denen Ihr Pa mir erzählt hat«, war die prompte Antwort. »Wir haben soeben beschlossen, die Ausgrabung einzustellen. Die junge Dame stimmt mit mir überein, dass es reine Zeitverschwendung ist.«

»Die Westwadis sind zu weit entfernt und zu gefährlich«, erklärte Jumana. »Und in diesem Teil vom Tal der Königinnen ist absolut nichts.«

»Vater wird erfreut sein, das zu hören«, bemerkte Ramses trocken.

Die Musik verklang. Jumana schaute auf ihre Tanzkarte. »Der nächste Tanz ist für Bertie reserviert«, verkündete sie geschäftig. »Würden Sie mich bitte entschuldigen, Sir?«

»Aber sicher. Gehen Sie nur.«

Die drei Albions im Auge zu behalten und seine gesellschaftlichen Verpflichtungen zu erfüllen, beschäftigte Ramses für eine Weile voll und ganz. Mr Albion wollte einfach nicht an einer Stelle verweilen; er schlenderte im Saal umher, redete mit seiner Frau und verschiedenen anderen Gästen. Als Mrs Albion entschlossen zur Saaltür strebte, erhaschte Ramses Nefrets Blick, gab ihr ein Zeichen und trat Katherine auf den Fuß. Nefret verließ ihren Tanzpartner und nahm die Verfolgung auf.

»Verzeihen Sie vielmals, Katherine«, sagte Ramses.

»Keine Ursache, mein Lieber. Schmerzt Ihre Verletzung? Vielleicht sollten wir uns besser setzen.«

»Wie bitte? Ach so. Hmm, ja, ein bisschen. Nicht der Rede wert. Das wird schon wieder.«

Er hatte Sebastian aus den Augen verloren. Was machte sein Vater nur so lange?

Mrs Albion kehrte zurück, Nefret folgte ihr. Ihr Nicken und Lächeln beruhigten ihn; vermutlich hatten sie die Damentoilette aufgesucht.

Er maß weiterhin den Raum, auf der Suche nach Sebastian, als er seinen Vater erspähte. Ramses' spontaner, tiefer Seufzer zauste Katherines Haar.

»Kommen Sie, wir setzen uns, Ramses«, schlug sie vor.

»Habe ich Ihren Fuß schon wieder erwischt?«

»Nein, mein Lieber, aber die Musik hat geendet.«

Ihr Gatte beanspruchte sie für den nächsten Tanz, worauf Ramses schnurstracks zu seinem Vater strebte. Emersons Erscheinungsbild hätte dessen bessere Hälfte im höchsten Maße misstrauisch gestimmt: Ihm standen die Haare zu Berge, seine Krawatte hatte sich gelöst, und sein Grinsen erinnerte an die Große Katze des Re nach einem schmackhaften Mahl. Ramses zog ihn beiseite.

»Hier, lass mich deine Krawatte binden, bevor Mutter dich so sieht.«

»Was ist denn? Ach das.« Emerson blickte an sich hinunter. »Danke, mein Junge.«

»Und?«, drängte Ramses.

»Ist alles glatt gelaufen. Was hattest du erwartet?«

»Hast du irgendwas gefunden?«

»Oh ja.«

»Spann mich nicht auf die Folter, Vater.« Er zog den Knoten fest.

»Ich kann jetzt nicht darüber reden«, sagte Emerson vorwurfsvoll. »Aber kurz gesagt – Teufel noch. Hallo, Bertie. Haben Sie mich gesucht? Ich war nur kurz im Park, um –«

»Nein, Sir. Ich meine – haben Sie Jumana gesehen?«

»Im Hotelpark? Äh – nein.«

»Ist irgendwas, Bertie?«, erkundigte sich Ramses.

Bertie fuhr sich mit der Hand durchs Haar. »Es ist nur, dies ist mein Tanz, und ich kann sie nicht finden. Sie war mit Sebastian zusammen, aber er scheint auch nicht im Saal zu sein.«

»Irgendwo müssen sie ja sein«, meinte Emerson gedehnt. »Teufel noch! Da ist deine Mutter. *Deine* Mutter, meine ich, Ramses. Habe ich den nächsten Tanz etwa mit ihr?«

»Keine Ahnung«, sagte Ramses. Seine Mutter steuerte im Eilschritt auf sie zu, und ihr Blick verhieß nichts Gutes für Emerson. »Du erzählst es ihr besser gleich, vermutlich hat deine Abwesenheit sie misstrauisch gemacht.«

»Jumana –«, fing Bertie an.

»Ja, richtig. Schätze, sie ist im Damenwaschraum. Komm, wir fragen Nefret.«

Nefret kehrte eben von dort zurück. »Mrs Albion war jetzt schon dreimal da! Sie zieht ständig ihre Handschuhe aus und wäscht sich die Finger. Ich mag gar nicht daran denken warum. Ist Vater –«

»Er tanzt mit Mutter«, erwiderte Ramses.

»Gott sei Dank!«

»Ja, aber Jumana ist verschwunden. Sie war nicht zufällig im Waschraum?«

»Sebastian kann ich auch nirgends entdecken«, warf Bertie ein.

»Oha. Tut mir Leid, ich habe sie aus den Augen verloren ... bei dem ganzen Hin und Her. Vielleicht ist sie im Park, um ein bisschen frische Luft zu schnappen.«

»Der Professor ist eben aus dem Park zurückgekehrt. Er meint, er habe sie nicht gesehen. Aber das könnte er auch nicht, wenn sie in irgendeiner dunklen Ecke sitzen würden.«

»Es ist doch gar nicht gesagt, dass sie zusammen sind, Bertie«, beschwichtigte Nefret. »Trotzdem werden wir uns ein wenig umsehen.«

Der Park mit seinen exotischen Gewächsen war eine der Attraktionen von Luxor. Bunte Lampions hingen in den Zweigen, ringsum standen Bänke und Stühle. Einige Gäste genossen die kühle Luft und den nächtlichen Blütenduft. Verschlungene Pfade führten zu lauschigen Plätzchen.

»Ihr geht in diese Richtung«, meinte Bertie. »Und ich nehme die andere.«

Zugegeben, Nefret hatte ihre Aufsichtspflicht vernachlässigt, indes wollte sie einfach nicht glauben, dass Jumana ernsthaft in Gefahr sein könnte. Nicht hier, in einem öffentlichen Park voller Menschen. Wenn das Mädchen gebilligt hatte, dass Sebastian sie hierher führte, dann hatte sie lediglich unbedacht gehandelt. Nefret wurde das unangenehme Gefühl nicht los, dass Bertie ihr dies nicht abnehmen würde. Seine Miene war grimmig-entschlossen.

»Ich komme mit dir«, rief sie. »Warte auf mich.«

Er steuerte bereits auf den nächstbesten Pfad zu. Sie raffte ihre Röcke und lief hinter ihm her.

Sie hatte das Ende des Weges, der im weiten Bogen zum Hotel zurückführte, fast erreicht, als Nefret eine Männerstimme hörte, gedämpft und eindringlich, die Worte unverständlich, und Jumanas schrille, gestammelte Antwort. »Nein, ich habe keine Angst, aber ich möchte jetzt wieder reingehen.«

Sebastian lachte leise. »Noch nicht.«

Nefret holte tief Luft und brüllte: »Jumana!«

Jumana schoss aus der Dunkelheit hervor. Bertie stürzte sich auf Sebastian. Er zerrte den jungen Mann ins Licht und drohte ihm mit der Faust.

»Halt sie auf«, rief Nefret. »Sie werden sich prügeln!«

»Sieht ganz danach aus«, sagte Ramses hinter ihr. »Los, Bertie, verpass ihm einen ordentlichen Schwinger.«

Bertie ließ Sebastians Revers los und trat zurück. »Er trägt eine Brille. Ich kann doch keinen schlagen, der eine –«

Sebastians Faust landete zielsicher unter Berties Kinn, worauf dieser rücklings zu Boden fiel.

13

Also wirklich«, entrüstete ich mich, »ich weiß gar nicht, welche unserer skandalösen Abendaktivitäten wir zuerst diskutieren sollen.«

»Aber ich«, entgegnete Emerson. »Beim Allmächtigen, Bertie, mussten Sie unbedingt wie ein Gentleman kämpfen?«

Wir hatten die Party etwas überstürzt verlassen. Sobald ich Emerson entdeckt hatte, wusste ich, dass er irgendetwas im Schilde führte, doch bevor ich ihm auf den Zahn fühlen konnte, kam Nefret hereingelaufen und berichtete mir, dass Jumana hysterisch geworden sei und dass Bertie einen Bluterguss am Kinn und eine Beule an der Stirn kühlen müsse und dass Ramses Sebastian Albion durch den Park jage und dass wir – langer Rede kurzer Sinn – am besten sofort aufbrechen sollten. Wir sammelten die anderen ein, einschließlich Ramses, der sich wieder gefasst hatte, und traten den Heimweg an. Da unser Haus näher war als das Schloss, gingen wir alle zu uns. Nachdem er Jackett, Weste und Krawatte abgelegt und sich mit einem Glas Whisky-Soda bewaffnet hatte, schien Emerson in der richtigen Stimmung für einen Vortrag.

»Denken Sie immer daran, mein Junge, es ist sinnlos zu kämpfen, wenn man nicht gewinnen will. Vergessen Sie diesen ganzen Kram von wegen Fair Play und so.«

»Das nächste Mal werde ich Ihre Worte beherzigen, Sir«, murmelte Bertie.

»Ich hoffe doch sehr, dass es kein nächstes Mal geben wird«, seufzte Katherine. »Nefret, sind Sie sicher, dass er keine Gehirnerschütterung hat, oder einen Schädelbruch oder –«

»Er ist nicht sehr schlimm gestürzt«, sagte Jumana.

Wir schauten alle zu ihr. Sie hatte sich den ganzen Rückweg an Nefrets Schulter ausgeweint – Ramses hatte ihr seine verweigert –, aber ob vor Zerknirschung oder schlichtweg Aufregung hätte ich nicht einzuschätzen gewusst.

»Es tut mir so Leid«, stammelte sie. »Ich wollte doch nicht ... Aber warum seid ihr alle böse auf mich? Wieso wollte Bertie sich unbedingt mit Sebastian prügeln? Er war sehr höflich, er hat doch nur –«

»Er hat dich zurückgehalten, obwohl du gehen wolltest«, fiel Nefret ihr scharf ins Wort. »Was meinst du, wäre er weiterhin so höflich geblieben, wenn wir nicht gekommen wären?«

Jumanas Lippen bebten.

»Sie trifft keine Schuld«, murmelte Bertie. »Sie war völlig ahnungslos.«

»Nun, vielleicht war sie das wirklich«, lenkte ich ein. »Ich nahm an ... Also habe ich es versäumt, ihr meinen kleinen Vortrag mit auf den Weg zu geben. Du erinnerst dich, Nefret?«

»Und ob.« Nefrets zusammengekniffene Lippen entspannten sich. »Noch vor weniger als einer Stunde habe ich ihr ins Gewissen geredet. Offenbar hat es keinen bleibenden Eindruck hinterlassen.«

Sie trat zu Jumana, fasste sie an den Schultern und hob sie aus ihrem Sessel. »Wirst du mir jetzt einmal aufmerksam zuhören, Jumana? Bertie hat sich heute Abend wie jeder anständige junge Mann verhalten, der einem unerfahrenen Mädchen zu Hilfe kommt, das im Begriff steht ...« Sie spähte zu mir und fuhr fort: »... von einem skrupellosen Halunken ausgenutzt zu werden. Er hätte es für jede junge Frau getan, Jumana, also bilde dir nichts ein! Er hat lediglich den Fehler gemacht, dass er die Spielregeln einhielt und das Gleiche auch von Sebastian erwartete. Geh jetzt auf dein Zimmer und denke darüber nach, was ich gesagt habe, es sei denn, du willst dich bei Bertie entschuldigen und ihm danken.«

Puterrot im Gesicht stotterte Bertie: »Oh, ich sage doch, sie braucht sich nicht zu entschuldigen. Es war – ähm, es war – was man so macht, ihr wisst schon. Es ist nur ... ich habe es nicht sonderlich gut gemacht. Ich meine –«

Jumana brach in Tränen aus und stürzte aus dem Zimmer. Bertie lächelte zerknirscht. »Ich scheine wieder alles verpatzt zu haben, wie üblich. Hätte nicht die Beherrschung verlieren dürfen.«

»Da warst du nicht der Einzige«, räumte Ramses ein. Er hatte sich ebenfalls seiner formellen Abendgarderobe entledigt und hockte neben Nefrets Sessel am Boden. »Ich habe mich noch grotesker aufgeführt – hinter ihm durchs Gebüsch zu preschen! Vermutlich bekomme ich morgen eine Rechnung vom Hotel, für zertretenes Grünzeug.«

»Ein Gutes hat das Ganze«, erklärte ich. »Jetzt wissen wir, warum die Albions so freundlich zu Jumana waren. Dieser widerwärtige Schnösel hatte doch tatsächlich – äh – ein Auge auf sie geworfen. Deine Warnung, Ramses, hat ihn nur noch mehr angespornt. Manche Männer, glaube ich, halten ein unschuldiges Mädchen für eine Trophäe.«

»Und für sicherer als Bordelle«, murmelte Ramses.

»Also bitte, Ramses.«

»Verzeihung, Mutter. Ich würde niemals abstreiten, dass Sebastian sie verführen wollte, aber ist es nicht merkwürdig, dass sein Vater *und* seine Mutter ihn dabei unterstützen? Vor allem seine Mutter.«

»Pah«, schnaubte Emerson. »Sie findet, dass den Albions – Vater und Sohn – jedes Mittel recht sein sollte, um ihr Ziel zu erreichen. Sie wollen Jamils Grab. Sie glauben, dass Jumana ihnen helfen kann, es zu finden. Ist doch logisch, warum sie so versessen darauf sind. Jamil hat ihnen ein paar Appetithäppchen serviert!«

Provozierend grinste er mich an.

»Jetzt weiß ich auch, wo du heute Abend gewesen bist«, entfuhr es mir. »Hab ich's mir doch gedacht.«

»Nein, Peabody, hast du nicht, sonst hättest du mich unter allen Umständen begleiten wollen, und man hätte dich auf frischer Tat ertappt – wie mich beinahe.«

»Das musst du uns erzählen.« Nefret lächelte schelmisch.

»Mach ich, sobald alle still sind. Konnte nichts dafür, dass sie mich um ein Haar erwischt hätten«, führte Emerson aus. »Einer dieser verdammten Sufragis tauchte auf, während ich meine Dietriche im Zimmerschloss ausprobierte. Natürlich hat er mich erkannt, also gab ich ihm eine Handvoll Münzen und ein paar Beschwörungen mit auf den Weg. Einmal im Zimmer, legte ich meine Tarnung an.«

Er brach ab – um genüsslich einen Schluck Whisky zu nehmen. Ich fragte erst gar nicht nach, warum er sich die Mühe mit der Verkleidung gemacht habe. Diese gehört für Emerson einfach dazu.

»Du magst mich jetzt fragen«, grinste Emerson, »warum ich mir die Mühe mit der Verkleidung gemacht habe. Diese Vorsichtsmaßnahme war unumgänglich. Wenn ich in der Suite entdeckt worden wäre, von einem der Albions oder einem Bediensteten, hätte derjenige lediglich einen bärtigen Ägypter wahrgenommen, bevor ich durch das Fenster oder die Tür geflüchtet wäre. Aber offen gestanden hat mich niemand gestört. Ich hatte reichlich Zeit, sämtliche Räume zu inspizieren. Die Beute, wenn ich sie einmal so nennen darf, befand sich in Albions Zimmer. Er und seine Frau haben getrennte Schlafzimmer.«

»Das ist nebensächlich, Emerson«, krittelte ich. »Und geht dich nichts an.«

»Man weiß nie, was relevant sein kann, Peabody. Es ist zwar unwahrscheinlich, aber vielleicht hat sie gar keine Ahnung von Albions Machenschaften mit Jamil. Er hatte eine Kiste Artefakte, darunter auch Fragmente von dem Wandfresko mit Khonsu. Jamil muss ihm diese Stücke verkauft und darauf gepocht haben, dass es sich um aussagekräftige Kostproben handelt. Der Flegel hatte richtig Sinn für Humor. Was den Rest angeht ... Ich rekapituliere so gut wie möglich: Als Erstes ein weiterer Kosmetiktiegel wie der, den du erstanden hast, mit intakter Kartusche. Er gehörte, wie Ramses richtig erkannt hat, der Gottesgemahlin Schepenupet. Zweitens und drittens zwei Uschebtis mit Inschrift für dieselbe Frau, ungefähr fünfundzwanzig Zentimeter hoch, aus türkisfarbener Fayence. Viertens und besonders hervorzuheben, ein Sistrum aus Bronze mit goldenen Intarsien.« Er nahm ein Stück Papier von dem neben ihm stehenden Tischchen. »Das habe ich gemacht, während ihr diesen ganzen Wirbel um Bertie veranstaltet habt«, führte er aus. »Mein künstlerisches Geschick ist nicht so gut wie Davids, aber ich wollte die Details einfangen, solange ich mich noch daran erinnere.«

Wir scharten uns um ihn und inspizierten die Zeichnung. Das Sistrum ist ein Musikinstrument, vergleichbar einer Rassel, das vor vielen Gottheiten gespielt wird. Es war Hathor geweiht, der Göttin der Musik, deren Antlitz hier als Frauenkopf mit langen Locken und den charakteristischen Kuhohren dargestellt war. An diesem stilisierten Kopf war eine lange Schlinge aus Kupferdraht befestigt, verflochten mit Holzstäbchen, auf denen Perlen steckten, und wenn man das Sistrum an seinem Griff hielt – dieser hier hatte die Form einer Lotussäule –, erzeugte es ein angenehmes, aber irgendwie monotones Geräusch. Alle zuvor beschriebenen Details fanden sich auf Emersons Skizze wieder, was darauf schließen ließ, dass dieses Artefakt wirklich ungewöhnlich, unbeschädigt und vollständig erhalten war.

»Konnte das Gesicht nicht richtig wiedergeben«, räumte Emerson ein. »Es ist sehr schön. Offensichtlich aus einer königlichen Manufaktur.«

»Und für eine adlige Dame hergestellt«, versetzte Ramses. »Ich bewundere deine Zurückhaltung, Vater, ich wäre sicher versucht gewesen, es mitzunehmen. Es gehört in ein Museum.«

»Dort wird es auch hinkommen«, stieß Emerson zwischen zusammengebissenen Zähnen hervor. »Wir werden die Albions an der langen Leine halten, bis wir die Schlinge zuziehen. Es besteht absolut kein Zweifel; Jamils Grab ist das einer der Gottesgemahlinnen von Amun, und wenn diese kleinen Kunstobjekte repräsentativ sind für den Inhalt, dann weiß der Himmel, was dort noch alles verborgen ist.«

Cyrus stöhnte leise auf. »Meine Seele würde ich für einen solchen Fund verkaufen. Und wenn Joe Albion ihn zuerst aufspürt, werde ich ihn eigenhändig erwürgen.«

* * *

Tags darauf verfasste ich ein höfliches Briefchen an Mrs Albion, worin ich ihr für ihre vergnügliche Party dankte. Es klang ein wenig scheinheilig, wie Emerson geflissentlich feststellte, doch in meinen Augen gehörte dies dazu, um die gesellschaftlichen

Konventionen zu wahren. Wenn jeder exakt das aussprechen würde, was er oder sie von Dritten hält, dann wäre es vorbei mit der Etikette.

»Einerlei«, versetzte ich, den Umschlag zuklebend, »den Kontakt mit den Albions abzubrechen wäre ein großer Fehler, solange wir nichts gegen sie in der Hand haben.«

Wie gewöhnlich nahmen wir unsere Arbeit auf, brachten aber nicht viel zuwege. Emersons Entdeckung der Artefakte hatte ihm den Mund wässrig gemacht und seine Fantasie beflügelt. Er versuchte sich auf seine augenblickliche Arbeit zu konzentrieren, hörte jedoch immer wieder auf und starrte, leise vor sich hinmurmelnd, ins Leere. Wie gut ich das nachvollziehen konnte! Das verfallene Lehmziegelmauerwerk von Deir el-Medina war so schäbig, verglichen mit den kühnen Träumen von einem prachtvollen Königsgrab.

Jumana kam verspätet zum Frühstück und wirkte ziemlich mitgenommen, mit rot geäderten Augen, worauf Sennia wissen wollte, wo es denn weh täte und wie sie helfen könne. Nefret lenkte das Kind ab, indem sie die Dekoration des Ballsaals beschrieb und das reichhaltige Menü, und die Große Katze des Re sorgte für zusätzliche Ablenkung, indem er mit einer zappelnden Maus im Maul auftauchte. Mit Sennias Unterstützung gelang es Ramses, das Katzengebiss zu öffnen und die Maus zu entfernen, die er nach draußen trug und freiließ, zum größten Missfallen von Horus. Ich hoffte nur, dass die verrückte Katze es sich nicht zur Gewohnheit machen würde, unverletzte, lebende Beute anzuschleppen. Horus hatte jedenfalls immer so viel Anstand besessen, sich ihrer diskret zu entledigen.

Ich beschloss, Jumana nicht länger zurechtzuweisen. Sie war genug gestraft mit unserer Kollektivkritik und Nefrets Standpauke, und überdies hatte sie keinen gravierenden Fehltritt begangen, sondern sich nur in ihrer Beurteilung getäuscht, verständlich für ein junges Mädchen. Nachdem sie in einer Gesellschaft aufgewachsen war, musste sie nun die Sitten und Gebräuche einer anderen kennen lernen; und da sie ausschließlich Männer mit ausgeprägten und unerschütterlichen Moralvorstellungen kannte, überraschte es nicht, wenn sie die abscheulichen Absichten eines Sebastian Albion missinterpretiert hätte.

Klaglos akzeptierte sie die zermürbende Aufgabe des Geröllsiebens und arbeitete zügig den ganzen Morgen. Als wir unsere Mittagsrast einlegten, setzte sie sich etwas abseits, ihr Blick gesenkt, worauf Cyrus in seiner ganzen Gutherzigkeit den Versuch machte, sie aufzuheitern.

»Wie wäre es, wenn du mir heute Nachmittag hilfst?«, schlug er vor. »Du hast den ganzen Morgen Geröll gesiebt. Es ist Ihnen doch recht, Emerson?«

»Gewiss, gewiss«, murmelte mein ebenso weichherziger Gatte.

»Du hast dich neulich nach dem Theodolit erkundigt«, meinte Bertie. »Wenn du magst, zeige ich dir, wie man ihn verwendet.«

Er hatte sie zum ersten Mal direkt angesprochen, war sie ihm doch geflissentlich aus dem Weg gegangen. Ihre brütende Miene hellte sich auf.

»Danke. Das ist sehr nett von dir.«

Gegen Abend war ihre gute Laune wiederhergestellt. Ob sie so viel Anstand besessen hatte, sich bei Bertie zu entschuldigen, vermochte ich nicht zu sagen, aber sie war ausgesprochen höflich zu ihm, und der nette Junge schien ihr nichts nachzutragen.

Mehrere Tage vergingen, ohne dass wir etwas von den Albions hörten – sehr zu Emersons Verdruss, der inständig hoffte, sie würden bemerken, dass sich jemand an den gestohlenen Gegenständen zu schaffen gemacht hatte. Wenn sie den Sufragi fragten, der ihn bei dem Versuch erwischt hatte, das Schloss zu öffnen, würden sie die Identität des Eindringlings erfahren.

»Der Sufragi würde den Vater der Flüche nicht verraten«, sagte Ramses. »Du hättest deine Visitenkarte hinterlassen sollen.«

Bei dieser Anwandlung von Humor grinste Emerson bärbeißig.

»Wozu sie noch mehr provozieren?«, warf Nefret ein. Sie haben ihre Exkavationspläne an den Nagel gehängt. Vielleicht haben sie es auch aufgegeben, das Grab zu finden.«

»Nein, das haben sie nicht«, knurrte Emerson. »Selim sagt, sie haben diesen Halunken Mohammed Hammad als Dragomanen angeheuert. Sobald er von Jamils Tod erfahren hatte, ist er urplötzlich wieder aus der Versenkung aufgetaucht. Er ist genauso wenig ein Dragomane wie ich ein Heldentenor.«

»Er ist ein Dieb«, bekräftigte ich. »Aber du darfst sicher sein, dass er nicht mehr über Jamils Grab weiß als wir. Sonst hätte er es längst geplündert.«

Das Wetter war ungewöhnlich heiß für die Jahreszeit. Selbst die Nächte waren windstill und warm. Das bereitete uns allen ein wenig Probleme, ausgenommen Emerson, dem die Hitze nichts ausmacht und der selbst ein Erdbeben verschlafen würde. Ich würde die tröstliche Nähe meines Gatten niemals missen wollen, dennoch muss ich gestehen, dass mich nächtens das Gefühl beschlich, neben einem Heizöfchen zu liegen. Nach mehreren schlaflosen Nächten – ich war gerade eingenickt oder meinte es zumindest – raunte er mir geräuschvoll etwas ins Ohr. Es war wieder die alte Leier: »Hand der Gottheit ... was ... wo?«

Ich stieß ihn ziemlich unsanft an. Er rollte herum, schob mich zum Bettrand.

Hellwach und leicht gereizt gab ich jede Hoffnung auf einen erholsamen Nachtschlaf auf. Ich ging zum Fenster und lehnte mich hinaus. Im Zimmer war es noch dunkel, doch eine frische Brise kündigte bereits die Morgendämmerung an. Sie kühlte meine Wangen und mein Mützchen. Einige Minuten lang hatte ich so verweilt, als ich das Knarren einer aufspringenden Tür vernahm. Es war die Pforte am hinteren Ende des Innenhofes. Ich hatte Ali noch bitten wollen, die Scharniere zu ölen.

Inzwischen war es hell genug, um Konturen wahrzunehmen. Es waren zwei, die auf der Schwelle standen, dicht aneinander geschmiegt. Ein Flüstern drang an meine Ohren; eine Gestalt verschwand, die andere bewegte sich flink und lautlos in Richtung Haus.

Ich sah keine Notwendigkeit, Emerson zu wecken; bestenfalls ist dies ein langwieriger Prozess, und ich zog es vor, die Sache allein zu regeln. Ich wartete, bis sie ihr Fenster fast erreicht hatte, bevor ich aus meinem kletterte. Sie stieß einen unterdrückten Schrei aus und schickte sich an zu fliehen, doch ich war zu schnell für sie.

»Wo bist du gewesen?« Ich packte sie unerbittlich.

»Ich ... ich ...« Da ihr keine Ausrede einfiel, hauchte sie nur: »Oh, Sitt Hakim, du machst mir Angst!«

»Wo bist du gewesen, Jumana?«

»Nur ein bisschen spazieren gegangen. Es war heiß. Ich konnte nicht schlafen.«

»Du warst mit einem Mann zusammen. Lüg mich nicht an, ich habe ihn gesehen.«

»Ich habe nichts Unrechtes getan. Bitte, glaube mir!«

»Das hast du schon einmal gesagt. Was war es denn genau, was du gemacht hast?«

»Ich ... ich habe versprochen, es niemandem zu erzählen. Ich habe mein Wort gegeben!«

Vor Entrüstung hatte ich die Stimme gehoben – Jumana wohl eher aus Trotz. Ein Schnauben und ein Trommeln auf die Laken dokumentierten mir, dass wir Emerson geweckt hatten. Dem folgte ein Brüllen: »Peabody!« Er brüllt immer, wenn er die Hand ausstreckt und mich nicht ertastet.

»Hier«, rief ich.

Emerson stolperte zum Fenster und blickte hinaus. »Ist das ... Teufel noch!«

Nur sein Oberkörper war sichtbar, aber Emerson ist ein schamhafter Mensch; fluchend zog er sich zurück und fing an, seine Sachen zu suchen. Da ich wusste, dass er damit eine Weile beschäftigt sein würde, schob ich Jumana kurzerhand zu ihrem Fenster.

»Klettere hinein. Du bleibst in deinem Zimmer. Wenn du ohne meine Erlaubnis das Haus verlässt, brauchst du nie wieder herzukommen.«

Sie gehorchte widerspruchslos. Ich dachte, ich hätte ein leises Schluchzen gehört, indes hatte ich kein Mitgefühl.

Als ich durch unser Fenster kletterte, suchte Emerson noch

immer nach seiner Hose. »Lass das jetzt, Emerson«, rief ich. »Du kannst ebenso gut baden und dich vernünftig anziehen, es ist fast hell. Wir haben ein ernstes Problem zu klären. Jumana schleicht sich nachts davon – womöglich schon seit längerem –, und sie war mit einem Mann zusammen. Ich fürchte, es war Sebastian Albion.«

»Verdammt«, murmelte Emerson. Er fuhr sich mit den Fingern durch sein zerzaustes Haar, strich es sich aus der Stirn. »Bist du sicher?«

»Wer könnte es sonst sein? Es sei denn«, versetzte ich bitter, »sie hat einen ganzen Schwarm von Verehrern. Wie konnte ich mich nur so täuschen in ihrem Charakter? Ich fühle mich tief getroffen, Emerson.«

»Aber, Peabody, nun zieh keine voreiligen Schlüsse.« Er setzte sich auf den Bettrand und zog mich neben sich. »Vielleicht gibt es dafür eine ganz harmlose Erklärung. Hast du ihr Gelegenheit dazu gegeben?«

»Sie wollte mir nicht antworten. Sie hat gesagt, dass sie ihr Wort gegeben hat. Ihr Wort! Einem heimtückischen Betrüger wie ihm!«

»Gib ihr noch eine Chance.« Ihm kam eine haarsträubende Idee. »Du willst doch nicht etwa, dass *ich* ihr auf den Zahn fühle, oder?«, stammelte er.

»Nein, Emerson, du bist keine große Hilfe in solchen Dingen. Natürlich werde ich ihr eine weitere Chance zu einem Geständnis geben. Sie bekommt Zimmerarrest, und wenn sie heute Abend Einsicht zeigt, werde ich sie noch einmal ins Gebet nehmen.«

»Dann bist du auch wieder gefasster.« Emerson legte einen Arm um meine Schultern. »Mein Schatz, ich kann verstehen, dass du verletzt und enttäuscht bist, aber – äh – du wirst sie doch nicht verhungern lassen, hoffe ich?«

»Gewiss nicht. Ich werde ihr persönlich das Frühstück bringen. Später.«

Nach einem schönen, ausgedehnten Bad fühlte ich mich zwar besser, aber noch nicht in der Lage, mich mit Jumana auseinander zu setzen. Ich gebe unumwunden zu, dass meine mütterlichen Instinkte nicht sonderlich entwickelt sind – ich glaube, die Aufzucht von Ramses hat ihnen arg zugesetzt –, trotzdem hing ich inzwischen an Jumana. Ich hatte große Hoffnungen in sie gesetzt. Von daher enttäuschte, ja verletzte es mich umso mehr, herausfinden zu müssen, dass sie eine Heimlichtuerin und Lügnerin und vielleicht sogar Schlimmeres war. Emerson hatte Recht. Ich hatte wirklich geglaubt, sie würde genauso für uns empfinden.

Als ich zum Frühstück herunterkam, saß die Große Katze des Re auf meinem Stuhl, ihr Köpfchen auf dem Tisch, ihre großen grünen Augen auf die Platte mit Eiern und Speck geheftet. »Allmählich wird das hier zum Tollhaus«, mäkelte ich. »Er sitzt auf unseren Stühlen, er schläft in unseren Betten und jetzt isst er auch noch mein Frühstück.«

Sennia fand das sehr witzig, alle anderen nicht, der Kater eingeschlossen. Sie war auch diejenige, die sich nach Jumana erkundigte. Ich erklärte ihr, dass sie sich nicht wohl fühle und den Tag im Bett verbringen werde. »Du darfst sie nicht besuchen«, setzte ich hinzu. »Sie braucht Ruhe. Hast du mich verstanden?«

»Soll ich ihr das Frühstück bringen«, erkundigte sich Fatima.

»Ich werde mich darum kümmern«, erwiderte ich. »Später. Danke, Fatima. Wo ist Gargery? Es wird Zeit, dass Sennia zum Unterricht geht.«

In diesem Augenblick trat Gargery ein und kündigte Gäste an. »Mr Bertie und Mr Cyrus. Sie haben uns gar nicht gesagt, dass Sie die Herren zum Frühstück erwarten, Madam.«

»Gargery, hören Sie auf, mich zu kritisieren«, sagte ich etwas schnippisch. »Ich habe sie nicht erwartet.«

»Aber wir sind immer froh, sie zu sehen«, sagte Fatima, die noch Teller, Tassen und Besteck hinzustellte und dann in die Küche stürmte, um weitere Speisen aufzutragen.

»Entschuldigt die Störung, Leute«, meinte Cyrus. Er wirkte kein bisschen schuldbewusst. Entseelt – begeistert – glücklich ... Die Begriffe sind zu schwach für die Emotionen, die sich auf seinen Zügen spiegelten. So freudestrahlend hatte ich ihn bislang nur am Tag seiner Hochzeit mit Katherine erlebt.

»Was ist denn passiert, Cyrus?« Ich sprang auf.

»Bertie soll euch die freudige Nachricht verkünden«, erwiderte Cyrus. Er quoll über vor Stolz.

Bertie spähte in die Runde. »Wo ist Jumana? Sie müsste doch hier sein.«

»Ach du meine Güte«, seufzte ich. »Ihr ... ihr beide habt euch doch nicht etwa verlobt?«

Berties jungenhaftes Lachen erfüllte den Raum. »Noch besser, Mrs Emerson. Wir haben es gefunden, Jumana und ich. Jamils Grab.«

* * *

Ein Mordsspektakel schloss sich an. Sogar Gargery, der nicht die geringste Ahnung hatte, was Bertie damit meinte, klatschte in die Hände und fiel in das aufgeregte Brüllen und Beglückwünschen mit ein. Als die anderen sich lautstark debattierend um Bertie versammelten, schlüpfte ich klammheimlich aus dem Zimmer.

Jumana saß auf ihrem Bett, die Hände gefaltet, auf ihrem Gesicht Tränenspuren. Jetzt, bei näherem Hinsehen, stellte ich fest, dass sie wahrlich nicht für ein romantisches Rendezvous gekleidet war. Bluse und Hose waren zerrissen und staubig, ihre Stiefel schmutzverkrustet, die Haare hingen ihr strähnig ins Gesicht.

»Bertie ist hier«, sagte ich.

Sie sprang auf. »Dann ist alles in Ordnung? Er hat es dir erzählt? Ich habe versprochen, ich würde nichts verraten, es war ein Geheimnis, sein Geheimnis. Darf ich jetzt gehen?« Sie lachte verschämt. »Ich hab solchen Hunger!«

Ach ja, der unverwüstliche Elan der Jugend! Von Verzweiflung zu Verzückung mit einem Wimpernschlag! Ich hätte sie direkt gehen lassen können; ich war auch versucht, dies zu tun, doch mein Gewissen nötigte mich zu einer Erklärung.

»Als Erstes muss ich mich entschuldigen«, hub ich an.

»Entschuldigen? Bei mir? Wieso?«

»Weil ich dich falsch eingeschätzt habe. Ich habe mich geirrt, und es war richtig von dir, gegenüber Bertie Wort zu halten. Es tut mir aufrichtig Leid und ich hoffe, dass du mir vergibst.« Ich hielt ihr meine Hand hin. Wenn ich sie stattdessen umarmt hätte, wäre sie vor Verblüffung in Ohnmacht gefallen, und außerdem war sie ganz schön verdreckt.

»Vergeben? Dir?« Fassungslos starrte sie auf meine Hand.

»Ich habe dir Unrecht getan«, betonte ich. »Gib mir die Hand, wenn du magst, und dann geh zu den anderen.«

Sie schüttelte mir nicht die Hand, sondern küsste sie, stürmisch und feucht, dann strahlte sie mich an und rannte aus dem Zimmer.

Ich wäre ihr nicht böse gewesen, wenn sie sich in ihrer Rolle als Heldin gesonnt hätte – eine falsch eingeschätzte, irrtümlich beschuldigte Heldin noch dazu! Stattdessen beharrte sie darauf, dass Bertie sämtliche Anerkennung gebühre. Er und nur er allein hatte lokalisiert, wo das Grab sein müsste.

»Aber wo ist es denn?«, brüllte Emerson, Haare raufend. »Bertie will es uns nicht sagen. Jumana, wo –«

»Wir wollen es euch zeigen«, erklärte Bertie. »Sonst würdet ihr es niemals glauben.«

»Nur zu«, grinste Ramses. »Zeig uns den Weg, Bertie.«

* * *

Er führte uns nach Deir el-Medina.

Unsere Männer warteten bereits dort, um mit ihrem Tagwerk zu beginnen. Ramses rief sie zusammen und erklärte ihnen, dass Bertie eine wichtige Ankündigung zu machen habe. Mittlerweile dämmerten auch Emerson die Fakten. »Es kann nicht sein«, murmelte er. »Ich glaub es einfach nicht. Verfluchter Mist!«

»Vater, bitte«, wies Ramses ihn zurecht. »Bertie, du hast das Wort.« Grinsend setzte er hinzu: »Mach das Beste daraus.«

»Nun ja.« Bertie errötete. »Eigentlich war es purer Zufall, müsst ihr wissen. Ich saß tagelang mit hoch gelegtem Fuß herum und konnte nichts weiter tun, als in die Gegend zu gucken. Schließlich kannte ich sie wie meine Westentasche. Seht mal da oben.«

Er zeigte mit dem Finger.

Genau vor uns säumten die Tempelmauern die Öffnung des kleinen Tals mit seinen Feldern und dem Fluss und den Felsen, die sich zu beiden Seiten erhoben. Die Grabruinen der Arbeiter lagen verstreut in der westlichen Ebene. Berties ausgestreckter Arm wies auf den höchsten Punkt, linkerhand des Tempels. In stummer Faszination verharrten wir für eine Weile. Wir alle hielten nach einer Skulptur Ausschau – der Gestalt einer Gottheit, verwittert über die Jahrtausende, geschaffen von menschlicher Hand.

Eine göttliche Kraft hatte sie geschaffen – die Natur selber. Wie ich zuvor bereits erwähnte, nehmen die Felsformationen der westlichen Bergketten bizarre Formen an. Diese hier hätte eine Riesenfaust sein können, die den Kamm eines Berges gepackt hält – vier gleichmäßige, gerundete Gebilde nebeneinander, mit einem kleinen Felsausläufer, vergleichbar einer Daumenspitze. Es war eine auffällige Erhebung, die dort aufragte, und sobald man sie visualisiert hatte, war die Ähnlichkeit frappierend.

»Da!«, entfuhr es mir verblüfft. »Emerson, siehst du es?«

Emerson nahm seinen Tropenhelm ab und warf ihn zu Boden. Mit einem mahnenden Stirnrunzeln stieß ich ihn kurz in die Seite. Das genügte; seine Gutmütigkeit siegte über seinen Neid. »Schön, schön«, sagte er rau. »Mmmh. Das ist – meinen Glückwunsch, Vandergelt.«

Cyrus klopfte ihm auf den Rücken. »Es gehört uns beiden, alter Knabe. Uns allen, sollte ich besser sagen.«

»Nein, nein.« Emerson gab sich einen Ruck. »Wir haben eine Übereinkunft getroffen, Vandergelt. Die Gräber von Deir el-Medina sind Ihre, und Bertie hat dieses hier entdeckt. Meinen Glückwunsch, kann ich da nur wiederholen.«

Noch nie hatte ich meinen geliebten Emerson mehr bewundert. Er wirkte so edelmütig, seine Schultern gestrafft, sein wettergegerbtes Gesicht tapfer grinsend, und ich hätte ihn um ein Haar umarmt. Cyrus war genauso gerührt. Er nahm ein Taschentuch und schnäuzte sich geräuschvoll.

»Unheimlich anständig von Ihnen, Emerson. Aber ich hatte auch nichts anderes erwartet.«

»Und Sie haben es sich wirklich verdient«, sagte Emerson mit Grabesstimme. »Also, wo ist jetzt dieses verfluchte Grab?«

»In dem Spalt zwischen Zeige- und Mittelfinger«, führte Bertie aus. »Wir haben mehrere Tage – Nächte, sollte ich wohl eher sagen – gebraucht, um es aufzuspüren. Zum Glück war Vollmond. Wir waren noch nicht im Innern. Wir wollten Cyrus das Privileg gönnen«, setzte er hinzu und stöhnte auf, da Cyrus ihm kraftvoll die Hand schüttelte.

»Sind Sie sicher, dass der Durchgang offen ist?«, erkundigte ich mich. »Ich kann mir denken, dass Jamil dort ein- und ausgegangen ist, aber er ist – war – schmächtig und geschmeidig und waghalsig.«

Natürlich gingen die Männer über dieses einleuchtende Argument hinweg. Emersons Augen funkelten wie Saphire. »Worauf warten wir noch? Lasst uns gehen!«

Wir hielten Emerson zurück, unterdessen diskutierten wir über die beste Vorgehensweise. Bertie erklärte, dass er und Jumana es geschafft hatten, indem sie, mit einem Seil gesichert, den Fels erklettert hätten. Emerson war Feuer und Flamme und hätte am liebsten sogleich den steilsten Hügel in Angriff genommen.

Wir gingen selbstverständlich alle, auch Selim und Daoud. Auf ihre Unterstützung hätte ich nicht verzichten mögen, denn es war ein riskanter Aufstieg. Als wir alle auf dem gerundeten »Finger« standen und in die Tiefe schauten, wandte ich mich an Jumana, die wie ein Mühlstein an mir hing.

»Und das hast du nachts gemacht? Also wirklich, mein liebes Kind, war das so klug? Du hättest dem Professor oder Cyrus von deiner Vermutung berichten sollen.«

Bertie hatte das mit angehört. »Es war meine Schuld, Mrs Emerson. Ich wollte ganz sicher sein, bevor ich es jemandem erzählte. Eigentlich hatte ich auch nicht vor, Jumana einzuweihen, aber ich habe zu viele Fragen gestellt – über das Gelände hier und ob Jamil diese Gegend erforscht habe –, und dann hat sie es mir abgerungen.«

Als er sich zu Emerson umdrehte, raunte Jumana mir zu: »Er hätte ganz allein gesucht. Das war viel zu gefährlich.«

»Wie wahr.« Ich nickte. »Erstaunlich, dass du überhaupt mitkommen durftest.«

»Zunächst war er strikt dagegen«, sagte Jumana sachlich. »Darauf habe ich ihm erklärt, dass du und Nefret euch auch nicht von Ramses und dem Professor in eure Pläne hineinreden lasst und dass ich euch so gern nacheifern würde. Verstehst du jetzt, warum ich nicht eher darüber reden durfte? Er hat mir vertraut, obwohl ich ... ich so unhöflich und unfair zu ihm gewesen bin.«

»Aha«, sagte ich mit gemischten Gefühlen. »Dann denkst du also sehr positiv von ihm, nicht wahr?«

Völlig unbefangen erwiderte sie meinen Blick. »Er ist ein guter Mensch. Wir sind Freunde, hoffe ich.«

Das hoffte ich auch.

* * *

Während ich zusah, wie Daoud das Seil um Cyrus' Taille knotete, erteilte ich meine letzten Ratschläge. »Cyrus, halten Sie sofort an und kommen Sie zurück, falls die Passage zu schmal wird oder die Decke instabil aussieht oder –«

»Aber sicher, Amelia. Lass mich hinunter, Daoud.«

»Du hättest nicht billigen dürfen, dass er als Erster geht, Emerson«, schalt ich, als Cyrus' Gestalt in der Felsspalte verschwand.

»Meine liebe Peabody, wie könnte ich ihm den Augenblick nehmen, auf den er sein ganzes Leben lang gewartet hat? Wenn er jetzt sterben würde, dann würde er glücklich sterben. Das«, fuhr Emerson rasch fort, »war nur so eine Redensart. Es wird schon nichts passieren. Aber – äh – nun ja, vielleicht sollte ich ihm folgen.«

»Aber nicht mit deiner Armverletzung, Emerson!«

»Sie werden mich lediglich absenken müssen, mehr nicht«, entgegnete Emerson, sein Kinn trotzig vorgeschoben, sodass jeder Widerspruch zwecklos schien. »Wir haben doch noch ein zweites Seil mit, oder?«

»Es wird sehr eng werden«, warnte Bertie. »Dort unten ist

eine unebene Plattform, kaum zwei Quadratmeter groß, mit dem Durchgang, der im rechten Winkel in den Stollen führt. Er ist teilweise gefüllt mit –«

»Platz satt«, sagte Emerson, schlang ein Ende des Taus um Selim und versuchte das andere um seine Taille zu knoten.

Ich seufzte: »Verflixt und zugenäht!«, und band ihm den Knoten. Dann legte ich mich flach auf den Boden und spähte in den Spalt, als Emerson hinabgelassen wurde.

Da sowohl Selim als auch Ramses das Seil sicherten, hatte ich keinerlei Bedenken, dass Emerson abstürzen könnte. Ich befürchtete eher, dass er in den engen Gang kriechen und dort stecken bleiben würde wie ein Korken in einer Flasche. Es war sehr dunkel dort unten, einmal abgesehen von dem schwachen Lichtkegel von Emersons Taschenlampe. Ich konnte nur wenig erkennen, und mein Gehör war mir auch keine große Hilfe, wegen des Nachhalls, der jedes Geräusch verzerrte. Das Seil erschlaffte und Emerson brüllte irgendetwas, worauf ich einen unterdrückten Schrei ausstieß.

»Es ist alles in Ordnung, Mutter«, beruhigte Ramses. »Er hat die Plattform erreicht.«

»Er wird nicht durch den Gang passen«, seufzte ich. »Er ist doppelt so breit wie Jamil.«

»Er wird es schaffen«, sagte Ramses und fuhr sich mit dem Hemdsärmel über sein verschwitztes Gesicht. »Und wenn er das Geröll mit bloßen Händen wegschaufeln muss. Mit *einer* bloßen Hand.«

Ich konnte hören, dass er exakt das tat. Loses Gestein prasselte vom Rand der Felsspalte den Abhang hinunter. Irgendwann wurde es still, bis Cyrus' Rufen uns alle aufschreckte. Daoud packte das Seil und zog mit aller Kraft daran. Sobald Cyrus' Kopf auftauchte, bückten wir uns und zerrten ihn heraus.

»Und?«, kreischte ich.

Cyrus schüttelte den Kopf. Seine Lippen bewegten sich, aber es kam kein Laut. Tränen liefen über sein Gesicht.

»Staub«, sagte mein praktisch veranlagter Sohn. Er reichte Cyrus die Wasserflasche und schoss gleich darauf zu dem anderen Seil, da es sich straffte. Mit Daouds Hilfe bugsierten sie

Emerson rasch nach oben; er hatte sich nicht einmal die Mühe gemacht, das Seil um seinen Körper zu schlingen, sondern hielt es mit einer Hand fest. Wir zerrten ihn über den Rand, und er stolperte auf die Füße, blinzelte aus blutunterlaufenen Augen.

»Da unten sind vier Sarkophage«, keuchte er. »Vier. Es gibt alles vier Mal, die Grabkammer platzt aus allen Nähten: vier Sätze Opfergefäße, vier Truhen mit Goldintarsien, vier Begräbnispapyri, vierhundert Uschebtis, viertausend –«

Nervös trat Cyrus von einem Fuß auf den anderen und rieb sich die Hände. »Die Gottesgemahlinnen«, ereiferte er sich. »Vier! Ich hätte nie gedacht, dass ich diesen Tag noch erleben würde! Wenn ich heute Nacht tot umfiele, wäre ich der glücklichste Mann auf Erden.«

»Nein, das wären Sie nicht.« Ich packte ihn. »Sie wären tot. Und das werden Sie auch sein, wenn Sie von diesem Felsvorsprung stürzen.«

Ich hätte Emerson gern nach Hause gebracht; er hatte ein weiteres Hemd ruiniert, weil er sich durch diese engen Windungen gequetscht hatte, überdies hatte er Beulen am Kopf, seine Hände waren rohes Fleisch und der Gipsverband aufgeplatzt. Cyrus sah kaum besser aus, aber beide hörten mir nicht zu; sie schwelgten in ihrer grenzenlosen Begeisterung und schüttelten einander die Hände. Ich wünschte beide zum Teufel (auch das überhörten sie) und entschied, dass ich ein Recht darauf hätte, meine eigene Neugier zu befriedigen.

Man ließ uns abwechselnd hinunter, aus Sicherheitserwägungen immer zwei auf einmal: Jumana und Bertie, Ramses und ich, Selim und Daoud. Emerson bot Nefret an, sie zu begleiten, doch sie verzichtete dankend. Das Ganze war ein wenig strapaziös – auf Händen und Knien über spitzes Geröll robben, der Staub schnürte einem die Luft ab, gelegentlich kreiste eine Fledermaus über uns, doch letztlich wurden wir mit einem unbeschreiblichen Anblick belohnt.

Der Zugang zu der Kammer war mit Steinquadern vermauert worden. Jamil hatte die oberen Schichten entfernt und die Steine entlang des Ganges gestapelt, was die letzten Schritte zu einem Hindernisparcours werden ließ. Als ich in den Eingang spähte, erhaschte ich zunächst nur einen Goldschimmer. Es war das Ende eines Sarkophags, mit Einlegearbeiten aus Glas- und Halbedelsteinen. Ringsherum standen kleinere Objekte: Weidenkörbe, Truhen aus Eben- und Zedernholz, die zerrissenen Überreste von Papyrus und Leinen. Jamil hatte die kleineren Truhen durchwühlt und alles herausgezerrt, was er gebrauchen konnte.

Cyrus' langes, geduldiges Warten war letztlich belohnt worden. Dies war ein weiteres Versteck, vergleichbar dem der Königsmumien: getreue Anhänger der Gottheit hatten Sarkophage und Grabbeigaben vor Grabräubern gerettet und sie an diesem entlegenen Ort versteckt. Der Zahn der Zeit und der achtlose Umgang hatten einige der Artefakte zerstört, trotzdem handelte es sich um einen der reichsten in Ägypten jemals gemachten Funde.

Allerdings konnten wir an jenem Tag noch nicht mit der Exkavation der Grabkammer beginnen. Die Passage und die Plattform mussten zuerst völlig freigelegt sein, und wir würden uns auf eine sichere Transportmethode für die Artefakte verständigen müssen. Kurzum: Die Arbeit kam zum Stillstand; die Männer tanzten und sangen und lachten, und Daoud erzählte ihnen hanebüchene Unwahrheiten über die Schätze in der Grabkammer.

»Wir könnten einen Zwischenstopp in Gurneh einlegen und ein ernstes Wort mit Mohammed Hassan reden«, schlug ich vor. »Eine Beschwörung oder auch zwei, was meinst du?«

Emerson schmunzelte. »Vermutlich wird er heulen wie ein Schlosshund. Ja, ich werde die moralischen Vorzüge der Aufrichtigkeit herausstreichen. Hätte er Jamil nicht hinters Licht geführt, hätte er eine Chance auf dieses Grab gehabt.«

»Es wäre allerdings riskant gewesen«, gab Ramses zu bedenken. »Selbst wenn sie nur in der Nacht gearbeitet hätten, hätten ihre Aktivitäten Spuren hinterlassen, die uns womöglich aufgefallen wären. Das war auch der Grund, warum Jamil uns in die Westwadis locken wollte. Er wollte alle von Deir el-Medina fernhalten.«

Da das Grab nicht eine Minute unbewacht bleiben durfte, wollten Daoud und einige andere Männer freiwillig bis zum Abend bleiben, wenn die Wachablösung käme.

»Vermutlich planen Sie, ab jetzt jede Nacht hier zu verbringen«, sagte ich zu Cyrus.

»Jede Nacht und jeden Tag, bis wir eine Stahltür angebracht haben. Amelia, Sie wissen nicht, was das für mich bedeutet! Katherine! Ich muss es Katherine erzählen. Sie wird so verdammt stolz sein auf diesen Burschen hier! Und dann«, fuhr Cyrus hämisch grinsend fort, »reite ich vielleicht kurz nach Luxor rüber und erzähle Joe Albion die Neuigkeit. Ich möchte sein Gesicht sehen, wenn er das hört!«

Wir schickten Selim mit einer Liste der von uns benötigten Ausrüstungsgegenstände los und entließen die Männer für den Rest des Tages. Ein Fest war völlig in Ordnung; Cyrus kündigte die größte Fantasia an, die Luxor je gesehen habe, doch das würde warten müssen. Die Aufregung und Anspannung hatten alle Beteiligten sehr mitgenommen, und auch an Bertie und Jumana waren die diversen schlaflosen Nächte nicht spurlos vorüber gegangen. Ich riet Bertie, nach Hause zu gehen und sich auszuruhen.

Auch wir gingen früh schlafen. Tee und Kekse und Sennias aufgeregte Fragerei machten Jumana kurzzeitig wieder munter, dennoch schickte ich sie gleich nach dem Abendessen ins Bett. Sennia weigerte sich, bis Emerson ihr versprach, sie mit in das Grab zu nehmen.

»Emerson, das verbiete ich dir ganz ausdrücklich«, schimpfte ich, nachdem sie mit Horus in den Armen davongetänzelt war.

»Ach komm, Peabody, sei kein Spielverderber. In ihrem Alter hatte Ramses schon ganz anderes gesehen. Ich nehme sie ja auch erst mit, wenn alles abgesichert ist.« Er warf seine Serviette auf den Tisch und erhob sich. »Ich bin spät dran. Vandergelt ist bestimmt schon dort.«

»Emerson«, mahnte ich. »Dies ist Cyrus' Grab. Er ist dafür verantwortlich und nicht du.«

Emerson blickte skeptisch. »Aber ich kann ihm doch meinen fachmännischen Rat geben?«

»Nur, wenn er darum bittet. Ausgesprochen großzügig von ihm, dich daran teilhaben zu lassen, das ist mehr, als du je für ihn getan hast!«

»Hmph«, knurrte Emerson und strich sich über sein Kinn.

»Vielleicht kannst du ihm ganz offiziell die Unterstützung deines Stabes anbieten«, schlug Ramses vor.

»Oh. Hmmmm. Sicher. Einschließlich meiner Wenigkeit?« Er sah mich fragend an.

Ich gab vor, scharf nachzudenken. Emerson hatte sich wirklich gut gehalten für seine Begriffe. »Wenn er dich darum bittet«, entschied ich.

»Er hat mich gebeten, heute Nacht mit ihm Wache zu schieben.«

»Dann darfst du hingehen.«

Emerson lachte schallend und umarmte mich schmerzhaft-stürmisch. »Vielen Dank für deine Erlaubnis, mein Schatz. Ramses, kommst du mit?«

»Nein«, sagte ich, bevor Ramses antworten konnte. »Er wird nicht gebraucht. Nefret, du solltest dir noch einmal seine Verletzung anschauen. Ich finde, er hat sich heute übernommen.«

Aus Manuskript H

Auch Nefret hatte gemerkt, dass ihr Mann abwesend wirkte. Er ließ sich widerspruchslos untersuchen, indes entdeckte sie nichts Beunruhigendes. Die Wunde verheilte gut.

»Schön, dass wir einen Abend für uns haben«, meinte sie.

»Ja.« Er stapfte nervös durch den Salon, nahm sich ein Buch, legte es wieder weg, schob einen Stapel Papier zusammen. Die Hände im Schoß gefaltet, beobachtete sie ihn eine Zeit lang, ehe sie sich ein Herz fasste.

»Ich muss dir etwas sagen«, fing sie an.

Er kam sogleich zu ihr, sank vor ihren Sessel und fasste ihre Hand.

»Ich habe mich schon gewundert.« Sanft legte er seine andere Hand auf ihre Taille. »Aber ich wollte nicht fragen.«

»Warum nicht? Es ist doch dein gutes Recht.«

»Hmmm, keine Ahnung. Seit wann weißt du es? Nefret, sieh mich an. Noch vor Gaza?«

Sie hätte ausweichend antworten und die vielen Faktoren aufzeigen können, die eine einwandfreie Diagnose erschwerten. Stattdessen sah sie ihn fest an. »Ja.«

»Und du hast es riskiert? Diese grässliche Fahrt, die Gefahren, die –«

Sie nahm sein Gesicht in ihre beiden Hände. »Ich wusste, es würde alles gut gehen. Keine Ahnung, wieso ich das wusste, es war einfach so. Ich hätte es auf jeden Fall riskiert. Ich möchte es so sehr, trotzdem bist du das Liebste auf der Welt für mich. Ich hätte dich gehen lassen – aber ich wäre vor Aufregung gestorben in Kairo. Oh, mein Schatz, bist du denn nicht auch froh?«

»Meinst du, ich empfinde nicht genauso wie du? Allmählich begreife ich, was du jedes Mal durchgemacht haben musst, wenn ich ohne dich in irgendeiner vertrackten Mission unterwegs war. Froh? Ich denke, das bin ich. Oder werde es noch. Momentan bin ich ... eher besorgt, glaube ich. Ich kann dir dieses Risiko nicht abnehmen. Ich kann es nicht einmal mit dir teilen.«

Noch nie hatte sie ihn mit Tränen in den Augen erlebt. Ihr Herz krampfte sich zusammen. Er vergrub seinen Kopf in ihrer Halsbeuge, und sie umschlang seine eingesackten Schultern.

»Jetzt können wir nichts mehr daran ändern«, murmelte sie.

Er seufzte tief, und als er den Kopf hob, sah sie wieder den Jungen in ihm, den sie so lange geliebt hatte, ohne es überhaupt zu wissen. Seine Augen strahlten vor verhaltener Freude. »Bist du sicher, dass du darauf eingestellt bist, Nefret? Du kennst Mutters Geschichten. Was, wenn sich entpuppt, dass es so ist wie ich?«

* * *

Im Haus war es sehr ruhig. Ich war allein, nicht einmal eine der Katzen leistete mir Gesellschaft. Viele Aufgaben lagen noch vor mir, aber aus irgendeinem unerfindlichen Grund hatte ich keine Lust, irgendeine davon anzugehen. Stattdessen setzte ich mich auf das Sofa, kramte mein Nähkästchen hervor und zog den zerknitterten Leinenstoff heraus.

Die Tür zum Salon sprang auf. Ein Blick in ihre Gesichter sagte mir alles. Händchen haltend traten sie vor mich.

»Wir wollten, dass du es als Erste erfährst, Mutter«, sagte Nefret.

Ich musste mich räuspern, bevor ich etwas erwidern konnte. Vier Worte brachte ich heraus, dann versagte mir die Stimme. »Schön! Natürlich bin ich ...«

»Oh, Mutter, nicht weinen.« Nefret setzte sich neben mich und nahm mich in den Arm. »Du weinst doch sonst nie.«

»Und ich will auch nicht das Glück des Augenblicks trüben, indem ich es jetzt tue«, versicherte ich ihr etwas rau. Ich hielt Ramses meine Hand hin, worauf er sich auf meine andere Seite sinken ließ, einen Schrei tat und hochschoss. Er hatte auf meinem Stickzeug gesessen.

Wir lachten Tränen, die ohnedies locker saßen. Ramses spähte auf seinen Platz und hob das Corpus delicti auf.

»Jetzt wird sie beteuern, dass sie es schon seit Wochen weiß. Was ist dies hier, Mutter?«

Ich wischte mir die Augen. »Ein – äh – ein Lätzchen. Babys kleckern viel. Das Blaue sollen Veilchen sein, und das hier ... Es sieht ziemlich scheußlich aus, findet ihr nicht? Ich denke, die Blutspritzer lassen sich auswaschen.«

»Es ist das schönste Lätzchen, das ich je gesehen habe«, schniefte Nefret. »Und ich hoffe, die Blutspritzer lassen sich nicht auswaschen. Du hast es gewusst!«

»Nicht bis zu diesem Augenblick«, sagte ich entschieden. Es wäre der Gipfel der Unhöflichkeit gewesen, eine so schöne Überraschung zu zerstören. »Ich habe es für Lias kleines Mädchen gestickt.«

»Ein Mädchen?« Ramses zog die Brauen hoch.

»Ich nehme an, Abdullah hat es dir erzählt.« Nefret kicherte. »Hat er zufällig auch unser Kind erwähnt?«

»Das Wichtigste enthält er mir immer vor«, maulte ich. Nefret lachte, und ich sah, wie Ramses' Lippen die Worte formten: »Unser Kind.« Er konnte es noch immer nicht fassen.

Ich ahnte es natürlich schon eine geraume Weile. Für das geschulte Auge sind die Symptome unverkennbar.

»Wann?«, wollte ich wissen.

»September«, erwiderte Nefret.

»Ah. Dann ist das Schlimmste also vorbei, und du erfreust dich offensichtlich bester Gesundheit. Nachdem das Geruckel durch die Wüste und der Pferdediebstahl keine Fehlgeburt herbeigeführt haben, wird schon nichts mehr passieren.«

In meine Worte legte ich meine ganze Überzeugungskraft, die, wenn ich das einmal so sagen darf, erheblich ist, und die leise Furcht in Ramses' Zügen verschwand. »Wenn du meinst, Mutter.«

»Das meine ich. Und«, versetzte ich, »wenn ich Abdullah das nächste Mal sehe, wird er mir das bestätigen.«

Aus Manuskript H

Am nächsten Morgen erzählten sie es Emerson. Es dauerte eine Weile, bis sie seine volle Aufmerksamkeit hatten; er und Cyrus und die anderen waren bereits in die Planung der Tagesaktivitäten vertieft, als sie in Deir el-Medina eintrafen. Nachdem seine Frau ihn ein oder zwei Mal mit ihrem Schirm angestupst hatte, hatte er sich freundlich, aber auch irgendwie perplex auf ein kurzes privates Gespräch in einer Ecke des Vestibüls eingelassen. Sie hatten hin und her diskutiert, wie sie ihm die Neuigkeit vermitteln sollten.

»Wenn ich sage, dass wir ihm etwas erzählen müssen, wird er verständnislos dreinblicken und uns fragen, was«, schmunzelte Nefret. »Und zu verkünden, dass er Opa wird, ist einfach affig.«

Also platzte sie letztlich heraus: »Ich bekomme ein Baby, Vater.«

Emerson blieb der Mund offen stehen. »Ein ... ein was?«

»Wir wissen es noch nicht«, erwiderte Ramses. »Aber wir sind ziemlich sicher, dass es entweder ein Junge oder ein Mädchen wird.«

Emerson verschluckte sich fast. »Junge? Mädchen? Großer ... großer Gott!«

»Nimm mein Taschentuch«, sagte seine Frau.

Ärgerlich wies Emerson das Taschentuch zurück; falls er Tränen in den Augen hatte, so tropften sie auf Nefrets Haar, da er sie ungestüm in seine Arme riss. Dann wandte er sich zu Ramses, hielt ihm seine Hand hin und umarmte ihn ebenfalls – zu dessen größter Verblüffung.

Er war kaum davon abzubringen, es lautstark allen Anwesenden mitzuteilen. »Bitte, ein bisschen weniger Rummel«, flehte Nefret. »Wir haben es Fatima noch nicht gesagt, oder Kadija, Sennia und Gargery und –«

»Oh, selbstverständlich ist Gargerys Befindlichkeit von allergrößter Bedeutung«, sagte Emerson überaus sarkastisch, von einem Ohr zum anderen grienend. »Meine Lieben, natürlich beuge ich mich euren Wünschen. Gute Güte!«

Darauf strebte Emerson zu Cyrus und flüsterte ihm etwas ins Ohr. Innerhalb von fünf Minuten wusste es jeder auf dem Ausgrabungsgelände. Dass sich das Gerücht wie ein Lauffeuer verbreitete, konnte man anhand der Männer verfolgen, die Nefret sukzessive zulächelten.

Sie nahm Cyrus' gute Wünsche entgegen und das Versprechen auf ein Fest der Superlative, dann widmeten sie sich wieder ihrer Arbeit. »Irgendwas gewesen heute Nacht?«

»Donnerwetter«, murmelte Emerson weiterhin feixend. »Donnerwetter! Äh – was haben Sie gesagt? Ach so. Na ja, wir haben ein paar schemenhafte Gestalten wahrgenommen, aber die sind wieder verschwunden, als ich meine – unsere – Gegenwart kundgetan habe.«

»Du hast keinen von ihnen erkannt?«, erkundigte sich Ramses.

»Ich weiß genau, wer sie sind«, konterte sein Vater. »Die Mitglieder unserer geschätzten Grabräuberfamilien haben einen Blick riskiert – nur für den Fall.«

»Sie könnten es wieder versuchen«, sagte Ramses.

»Pah«, schnaubte Emerson. »Es liegt fünfzig Jahre zurück, dass die Gurnawis einen Archäologen tätlich angegriffen haben.« Dann fügte er verdrießlich hinzu: »Die größte Plage sind die Touristen. Sie werden ausschwärmen, sobald sie davon erfahren.«

Da hatte er Recht. Den Bestimmungen folgend, hatte Cyrus den Fund umgehend der Antikenverwaltung gemeldet. Einem überschwänglichen Glückwunschtelegramm von Daressy folgte zwei Tage darauf ebendieser Herr. Es war seine Dienstpflicht, die Ausgrabung zu inspizieren und zu verifizieren, dass die Vorschriften eingehalten wurden, denn ein Fund von dieser Größenordnung war äußerst selten. Holzgerüste und Leitern waren aufgestellt worden, sodass man das Grab inzwischen auch von unten erreichen konnte. Sie mussten Daressy mit einem Netz absichern. Das gefiel ihm zwar gar nicht, aber wie er sie später informierte, hätte er Schlimmeres auf sich genommen, um das Wahnsinnsschauspiel zu erleben.

»Meinen Glückwunsch«, erklärte er, sein verschwitztes Gesicht abwischend. »Zum ersten Mal sind wir unseren umtriebigen Freunden aus Gurneh zuvorgekommen! Hervorragend zu wissen, dass ich die Freilegung getrost in Ihre geschulten Hände legen kann, mes amis.«

Er nahm dankend eine Tasse Tee an und wischte sich erneut sein Gesicht. »Ach übrigens, wie kommt es, dass Monsieur Vandergelt mit von der Partie ist? Ich bin davon ausgegangen, dass er den Firman für Medinet Habu hat.«

»Sie wissen doch, wie das ist, Monsieur«, schmeichelte Emerson. »Wegen diesem unsäglichen Krieg leiden wir alle unter Arbeitskräftemangel. Wir helfen einander aus, so gut es eben geht. In der Tat war es der junge Monsieur Vandergelt, der das Versteck entdeckt hat.«

»Ah, je comprends bien, ich verstehe«, sagte Daressy amüsiert. »C'est admirable, messieurs. Fabelhaft, dann machen Sie mal weiter so. Ich komme von Zeit zu Zeit vorbei, wenn Sie erlauben, nicht, um mich in Ihre Arbeit einzumischen, sondern um die von Ihnen entdeckten Wunderwerke zu bestaunen.«

»Ich habe dir doch gesagt, er wird keine Einwände haben«, sagte Emerson zu seiner Gattin, nachdem sie Daressy losgeworden waren.

»Du hast ihm auch keine Wahl gelassen«, erwiderte selbige Dame.

Sämtliche Touristen in Luxor wollten sich das Grab ansehen.

Die meisten machten schleunigst kehrt, abgeschreckt von Emersons Tiraden und von dem Umstand, dass es noch nicht viel zu sehen gab. Auf Cyrus' Anordnung hin durfte aus der Grabkammer nichts entfernt werden, bis er für entsprechende Beleuchtung gesorgt hatte und genau wusste, dass Objekte wie die Sarkophage unbeschadet transportiert werden konnten.

Eine Gruppe von Besuchern war hartnäckiger. Die Albions tauchten einen Tag nach der Entdeckung auf – en famille, versteht sich. Jumana flüchtete bei ihrem Auftauchen und zerrte Bertie mit sich. Keiner bot ihnen einen Sitzplatz oder ein Glas Tee an. Sensiblere Zeitgenossen hätte dieser unfreundliche Empfang gewiss verunsichert – nicht so die Albions.

»Auf diese Weise bewerkstelligen Sie das also«, bemerkte Mr Albion nach eingehender Musterung des Gerüstes. »Für mich ist es zu anstrengend, aber mein Sebastian würde gern einen Blick riskieren.«

»Da kann Ihr Sebastian lange warten«, gab Emerson zurück. »Herrgott, für so was habe ich nicht die Zeit.«

Er stapfte zu Jumana und Bertie, die am Fuß des Gerüsts standen. Ramses blieb bei den Albions und bewunderte deren Dickfelligkeit. Cyrus konnte der Versuchung nicht widerstehen, seinen Sohn in den höchsten Tönen zu loben und haarklein über den Inhalt der Grabkammer zu berichten. Mr Albions Grinsen gefror.

»Klingt nach einer großen Sache«, sagte er. »Was denken Sie, wie lange es dauern wird?«

»Schwer zu sagen«, meinte Cyrus. »Wir werden sehen, was zu tun ist.«

»Faszinierend«, bemerkte Sebastian, der sich selbstgefällig grinsend umsah. »Habe noch nie einer Exkavation beigewohnt, die in vollem Gange war. Hoffe, es macht Ihnen nichts aus, wenn wir ab und zu auf einen Blick vorbeischauen.«

Ramses hatte genug. »Offenbar ist es Ihrer werten Aufmerksamkeit entgangen, dass Sie hier nicht willkommen sind«, erwiderte er. »Nach den Vorfällen an besagtem Abend –«

»Ach das. Ein bedauerliches Missverständnis.«

»Richtig«, sagte Mrs Albion, die sich erstmalig zu Wort meldete. »Ich meine wirklich, Mr Emerson, dass Sie sich bei meinem Sohn entschuldigen sollten.«

Ramses erhaschte den Blick seiner Mutter. Er holte tief Luft. »Ich bin in der Tat untröstlich. Untröstlich, dass ich meinen Gefühlen nicht freien Lauf gelassen habe.«

»Ungeheuerlich!« Mrs Albion fasste den Arm ihres Gatten. »Das müssen wir uns nicht bieten lassen, Mrs Emerson. Komm, wir gehen, Mr Albion.«

Der Nächste war Howard Carter, der sich ein Donnerwetter von Emerson anhören musste, weil er sich in den Westwadis herumgetrieben hatte. »Seit Wochen versuche ich, Kontakt zu Ihnen aufzunehmen«, erklärte Emerson ungehalten. »Wo haben Sie gesteckt? Was haben Sie in Gabbanat el-Qirud getrieben? Warum zum Teufel haben Sie uns Ihre Aufzeichnungen nicht zugänglich gemacht?«

Carter bewunderte Emerson zu sehr, als dass er gegen die ungerechtfertigten Anschuldigungen protestiert hätte. »Meine Aufzeichnungen stehen wie immer zu Ihrer Verfügung, Sir«, sagte er kleinlaut. »Tut mir Leid, wenn ich Ihnen Unannehmlichkeiten bereitet habe.«

»Pah«, schnaubte Emerson. »Also, hören Sie zu, Carter –«

»Vater, ich bin sicher, Mr Carter würde lieber etwas über das neue Grab erfahren«, unterbrach Nefret. »Setzen Sie sich doch, Mr Carter, und nehmen Sie eine Tasse Tee.«

»Sehr gern, Ma'am«, murmelte Carter mit einem dankbaren Blick zu ihr. »Ich werde für einige Zeit in Luxor arbeiten – mein nächstes Projekt ist die Übertragung der Prozessionsreliefs im Luxor Tempel – aber wenn ich Ihnen natürlich helfen kann ...«

»Sie können gelegentlich vorbeischauen«, grummelte Emerson. »Dann lernen Sie auch, wie man ein Grab vernünftig freilegt.«

Gleichwohl, die Nachricht, mit der wir am allerwenigsten gerechnet hätten, erhielten wir in Form eines Telegramms.

Freue mich darauf, euch bald wiederzusehen.
Herzliche Grüße, Cousin Ismail.

* * *

»Hätte mir klar sein müssen, dass die Neuigkeit mit dem Grab ihn magnetisch anziehen wird«, knurrte Emerson. »Er schreibt nicht, wann er kommt. Verdammt unbesonnen.«

»Noch unbesonnener ist diese unsägliche Unterschrift«, entrüstete ich mich. »Wie sollen wir ihn vorstellen? Die Vandergelts kennen ihn als Sethos, aber so dürfen wir ihn nicht nennen. Wie heißt er eigentlich richtig?«

»Teufel noch, wenn ich das wüsste«, räumte Emerson ein. »War mir nie besonders wichtig.«

»Wie dem auch sei, mein Schatz, er wird irgendwann und irgendwie hier aufkreuzen, daran lässt sich nun einmal nichts ändern.«

Zwei Tage später tauchte er in Deir el-Medina auf. Wir hatten an jenem Morgen noch einige andere Besucher abgefertigt, darunter auch die unsäglichen Albions; sie kamen fast jeden Tag, allerdings waren sie nicht mehr so dreist, sich zu uns vorzuwagen. Emerson lief Sturm, konnte aber nichts gegen sie unternehmen, solange sie friedlich in ihrer Kutsche saßen und unser Treiben von fern beobachteten. Das Gerüst war inzwischen fertig und die Eisentür in Auftrag gegeben; da wir nun würden warten müssen, bis ein Generator und elektrisches Licht installiert waren, schickte Emerson uns wieder in unser sterbenslangweiliges Dorf. Als ich irgendwann frustriert von meinem Schutthaufen aufsah, bemerkte ich einen herannahenden Reiter.

Er ritt direkt auf mich zu und lüftete seinen Hut. »Guten Morgen, Amelia. Wie ich sehe, gehst du wieder einmal deiner Lieblingsbeschäftigung nach, dem Sieben von Geröll.«

Er sah gut aus – das fiel mir als Erstes auf: eine gesunde Gesichtsfarbe, eine stattliche, sportliche Erscheinung. Ein ordentlich gewickelter Turban bedeckte sein Haar, ein prächtiger, pechschwarzer Bart seine untere Gesichtshälfte. Das Tweedjackett war nicht das, was er sich von Ramses ausgeborgt hatte; es war neu und maßgeschneidert. Kurzum, er bot das Bild eines vornehmen arabischen Gentlemans, schätzungsweise ein hoher Beamter, der, wie sein Akzent offenbarte, an einer englischen Universität studiert hatte. Möglich, dass Cyrus ihn als den zurückhaltenden, schweigsamen Zeitgenossen identifizieren würde, der im letzten Jahr sein Gast gewesen war, alle anderen jedoch nicht, da war ich mir ziemlich sicher.

»Das Faible für Bärte muss in der Familie liegen«, bemerkte ich.

»Du erwartest doch wohl kaum, dass ich in Luxor ohne auftauche, meine Liebe. Ein scharfsichtiger Mensch würde womöglich erkennen, dass ich eine gewisse Ähnlichkeit mit einem weithin bekannten Ägyptologen habe.«

»Wie soll ich dich vorstellen?«

»Als Cousin Ismail natürlich. Mir gefällt der Name.«

Er drehte sich um und reichte Emerson die Hand, der soeben zu uns spurtete.

Der herzliche Empfang schien ihn ein bisschen zu überraschen. Nefret begrüßte ihn mit einem Kuss, Cyrus mit einem kräftigen Händedruck, einem wissenden Lächeln und einer Einladung zu einer Stippvisite in das Grab. Sethos musste sich zunächst alles über die Entdeckung anhören; er beglückwünschte Bertie und Jumana, die beide nicht recht wussten, was sie mit ihm anfangen sollten, sich aber dennoch geschmeichelt fühlten. Nach dem Mittagessen gingen wir alle zu der Plattform außerhalb des Grabmals. Sethos kroch durch den Gang, tauchte wieder auf und erklärte: »Sie haben noch eine Menge vor sich, Vandergelt. Darf ich mich als kompetenten Restaurator empfehlen? Vermute, Sie werden einen benötigen, einige der organischen Materialien befinden sich in einem heiklen Zustand.«

»Sind Sie Archäologe, Sir«, erkundigte sich Jumana.

»Jedenfalls habe ich eine ganze Menge Erfahrung auf dem Gebiet«, sagte Sethos ausweichend. Wie zufällig spähte er zu der Felswand oberhalb des Eingangs. Schlagartig bemerkte ich das Symbol – ein grob eingemeißelter Kreis, durchbrochen von einer Wellenlinie.

Ramses wartete, bis Bertie, Jumana und Cyrus über die Leiter hinunterstiegen, ehe er sprach. »Ich hoffe, es macht dir nichts aus, Sir. Ich habe mir erlaubt –«

Sethos grinste. »Ich wollte es schon selber vorschlagen. Das

Symbol des Meisters mag nicht alle Diebe in Gurneh abschrecken, trotzdem ist es von Nutzen. Ach übrigens, kennt ihr diese Leute?«

Von unserem erhöhten Standort aus war die Kutsche der Albions gut sichtbar. Sie stand schon seit etlichen Stunden dort unten.

»Eher oberflächlich«, erwiderte ich. »Und du?«

»Albion war einer meiner besten Kunden. Vor ein paar Jahren habe ich die Geschäftsbeziehungen mit ihm eingestellt, weil er mich auszutricksen versuchte.«

»Dich austricksen?«, wiederholte Emerson. »Ich dachte, das schafft keiner.«

»Meine Güte, Radcliffe, versprühst du wieder deinen Sarkasmus? Er hat es auch nicht geschafft. Ich kann nur sagen, hüte dich vor ihm.«

Als wir uns an diesem Tag trennten, entschuldigte sich Cyrus, dass er »Cousin Ismail« nicht zum Dinner eingeladen habe. »Muss heute Nacht Wache schieben«, erklärte er. »Aber wir rechnen damit, dass die Tür in ein bis zwei Tagen geliefert wird; wenn diese Schutzmaßnahme installiert ist, Sir, dann hoffe ich doch, dass wir uns häufiger sehen. Freue mich schon darauf, mit Ihnen plaudern zu können.«

»Ganz meinerseits«, erwiderte mein Schwager.

Ich hatte angenommen, er würde bei uns logieren. Er sagte, er habe andere Pläne, werde aber natürlich gern den Tee und ein vorgezogenes Abendessen mit uns einnehmen. Jumanas Gegenwart machte ein vertrauliches Gespräch unmöglich, und als wir das Haus erreichten, wartete Sennia bereits auf der Veranda.

»Also das ist Sennia«, sagte Sethos und reichte ihr die Hand. »Ich habe schon viel von dir gehört – nur Gutes natürlich.«

Er war charmant zu Frauen jeden Alters, und Sennia bildete da keine Ausnahme. Überaus geschmeichelt von der Aufmerksamkeit und Zuwendung dieses Erwachsenen schüttelte sie ihm feierlich die Hand. »Danke, Sir. Bedauerlicherweise habe ich noch nie von Ihnen gehört. Sind Sie ein Freund der Familie?«

»Ein sehr alter Freund«, lautete die Antwort. »Ist es nicht so, Radcliffe?«

»Sie nennen ihn Radcliffe?« Damenhaft strich Sennia ihre Röcke glatt und nahm den ihr angebotenen Stuhl. »Er mag diesen Namen nicht, müssen Sie wissen.«

»Ich hatte ja keine Ahnung!«, entfuhr es Sethos. »Wie soll ich ihn denn dann nennen?«

»Nun, ich nenne ihn Professor«, führte Sennia aus. »Tante Amelia sagt Emerson oder ›mein Schatz‹ und Nefret Vater, was ja auch stimmt, und Ramses redet ihn mit ›Sir‹ an und manche Leute mit ›Vater der Flüche‹.«

»Vielleicht ist ›Sir‹ am besten«, sinnierte Sethos stirnrunzelnd. »Was meinst du, Sennia?«

Ich beschloss mich einzuschalten. Emerson biss sich leise fluchend auf die Unterlippe. »Da wir gerade von Namen sprechen«, wandte ich ein, »vielleicht erlaubst du uns – deinen alten Freunden – dich mit deinem Vornamen anzureden.«

»Nenn mich, wie du willst, werte Amelia«, lautete die lächelnde und uninformative Reaktion.

Wenigstens lenkte uns dies von dem Thema Anreden ab, auch wenn Sethos seinen Bruder weiterhin hartnäckig mit ›Sir‹ titulierte, was diesen auf die Palme brachte.

»Kennen Sie Mr Vandergelt denn auch?«, erkundigte sich Sennia.

»Oh ja. Man könnte fast sagen, ich kenne ihn so gut, wie er sich selber kennt.« Er ließ Sennia im Dunkel über diese rätselhafte Bemerkung, die wir anderen sehr wohl verstanden. »Allerdings habe ich Mrs Vandergelt und ihren Sohn noch nicht kennen gelernt.«

»Können wir eine Party geben?«, fragte Sennia hoffnungsvoll.

»Natürlich müssen wir etwas arrangieren«, bemerkte ich. »Aber das wird warten müssen, bis das Grab verschlossen ist.«

»Eine weitsichtige Sicherheitsvorkehrung«, meinte Sethos betont ernst. »Man kann nie wissen, was?«

»Schön, dass du hier bist, Sir.« Nefret lächelte. »Du wirst doch hoffentlich zu Cyrus' Fest bleiben?«

»Er hat allen Grund zu feiern«, meinte Sethos. »Wie ich höre, haben du und dein Mann ebenfalls Grund zur Freude.«

»Woher weißt du – wie hast du –?«, stammelte Nefret.

»Ich habe meine Quellen«, schmunzelte Sethos. Er hielt ihr seine Hand hin, und als er sprach, war seine Mimik, seine Stimme ohne jede Ironie: »Ich wünsche dir alles Gute, Nefret. Und auch dir, Ramses. Vermutlich werdet ihr bald nach England zurückkehren?«

»Unser Kind wird in Ägypten geboren werden, so viel steht fest«, erwiderte Nefret. »Meinst du, ich würde mich einem wichtigtuerischen englischen Arzt anvertrauen, wo ich hier in meinem Krankenhaus zwei ausgebildete Gynäkologinnen beschäftige?«

»Wie steht es mit dir?«, wandte Emerson sich an Sethos.

»Oh, ich habe keine Eile. England hat mir nicht viel zu bieten.« Durchtrieben grinsend maß er seinen Bruder.

Emersons Gesicht lief rot an. »Luxor auch nicht.«

»Mein Guter, ich würde nicht im Traum daran denken, dir bei deinen Aktivitäten in die Quere zu kommen. Im Gegenteil, ich würde mich freuen, dich in jedweder Hinsicht zu unterstützen.«

»Haha«, feixte Emerson.

Nefrets Kichern verwandelte sich in ein Hüsteln.

Nach dem Essen brachen die Männer auf, um Wache zu halten. Emerson lehnte dankend ab, als Sethos sie begleiten wollte.

»Meint ihr, er wird sich jemals dazu durchringen können, mir und meinen Plänen nicht ständig zu misstrauen?«, erkundigte sich mein Schwager, nachdem wir uns in den Salon zurückgezogen hatten.

»Vielleicht«, räumte Nefret ein, »wenn du dich nicht ständig dazu hinreißen ließest, ihn zu foppen ...«

»Ich kann nicht anders, Nefret. Er ist so leicht zu durchschauen. Es war ein Scherz, als ich sagte, ich hätte keine Eile. Ich muss morgen abreisen.«

»So bald schon?«, entfuhr es Nefret. Impulsiv legte sie ihm eine Hand auf die Schulter. »Du wirst Cyrus' Party verpassen. Warum bleibst du nicht noch ein Weilchen?«

»Es ist dir ernst, nicht wahr, Nefret?« Die seltsam graugrünen

Augen wirkten auf einmal sehr sanft. »Ich würde ja gern, aber ich kann nicht.«

»Dich zieht es wieder in den Krieg, stimmt's?«, erkundigte ich mich gefasst. »Ich dachte, du hättest Margaret versprochen, dass dies dein letzter Auftrag sei.«

»Die Mission ist noch nicht abgeschlossen, liebste Amelia. Ich habe mich für diesen Kurzbesuch bei euch entschieden, weil – mmmh-tja, aus zwei Gründen. Ich glaube, ich werde alt; ich wollte euch noch mal sehen. Der andere Grund ist um einiges ... diffiziler.«

»Möchtest du, dass ich euch allein lasse?«, erkundigte sich Nefret.

»Nein, nein. Bitte bleib. Hat Amelia dir von dem Gespräch erzählt, das wir neulich über meine Tochter hatten?«

Nefrets Augen weiteten sich verblüfft, und ich warf ein: »Ich habe es geheim gehalten und nicht einmal Emerson erzählt.«

»Danke, Amelia. Ich war nicht ganz bei mir, was habe ich eigentlich gesagt?«

»Du hast gesagt, dass sie dich für den Tod ihrer Mutter verantwortlich macht und dass sie von zu Hause ausgerissen ist. Damals hast du versucht, sie zu finden, glaube ich. Ein Mädchen von fünfzehn oder sechzehn Jahren müsste bei einer gezielten Suche eigentlich aufzuspüren sein.«

»Sie war sechzehn. Aber sehr frühreif in gewissen Dingen. Wie ihre Mutter. Ich habe nach ihr gesucht, lange und intensiv, aber ohne Erfolg. Ich glaube, sie hatte Unterstützung durch einen von Berthas früheren Bekannten – derselbe, der Maryam – Molly – auch vom Tod ihrer Mutter informierte. Vor kurzem ist mir zu Ohren gekommen, dass sie einen ... einen Beschützer gefunden hat und sich in Ägypten aufhalten soll. Schon seit langem spiele ich dieses Doppelspiel mit den Türken; ich hatte nicht die Zeit, hier nach ihr zu suchen.«

»Das tut mir aufrichtig Leid«, sagte Nefret sanft. »Kann man denn gar nichts zu ihrer Läuterung tun?«

»Sie will nicht geläutert werden. Und schon gar nicht von mir.«

Er hätte es nie zugegeben, aber mir schwante, dass er sehr an dem Mädchen hing und dass Schuldgefühle *und* Zuneigung ihn zu dieser Suchaktion bewegten. Also setzte ich an: »Es besteht die Chance, dass wir –«

»Vielleicht begegnet sie dir; Ägypten ist eine kleine Welt für sich, sozusagen. Deshalb habe ich das Thema aufgebracht. Aber, liebste Amelia, denk nur ja nicht, dass du das gesamte Universum läutern kannst, nur weil dir das – bis zu einem gewissen Punkt – bei mir gelungen ist. Wenn Maryam mich für den Tod ihrer Mutter verantwortlich macht, was meinst du, wie sie dann dir gegenüber empfindet?«

Er erhob sich recht schwerfällig. »Ich wünsche euch eine angenehme Nachtruhe, lebt wohl. Grüßt Ramses und – äh – Emerson von mir.«

»Werden wir uns nicht noch einmal sehen?«, fragte Nefret.

»Nein, diesmal nicht. Bevor ich morgen Früh abreise, habe ich in Luxor noch etwas zu erledigen. Solltet ihr irgendwas über Molly erfahren, so wird eine Nachricht an unseren gemeinsamen Freund letztlich auch mich erreichen. Er wird euch benachrichtigen, was mich angeht.«

»Über deinen Tod, meinst du?«, erkundigte ich mich unverblümt.

»Aber, Amelia, wie untypisch für dich, nur das Negative zu sehen. Wer weiß, vielleicht ist es eine Einladung zu meiner Hochzeit!« Sein spöttisches Lächeln verblasste, und er setzte zögernd hinzu: »Wenn ihr von Margaret hört ...«

»Ich werde ihr morgen schreiben«, versprach ich. »Irgendeiner muss doch ihre gegenwärtige Adresse kennen!«

»Danke.« Er fasste meine Hand. »Dreh dich um, Nefret.«

Sie seufzte – genau wie ich. Sethos lachte, riss mich in seine Arme und küsste mich – auf die Stirn.

»Ich werde dich immer lieben«, murmelte er. »Das hält mich aber nicht davon ab, Margaret genauso zu lieben. Ich denke, du verstehst das.«

»Ja«, sagte ich. »Dreh dich um, Nefret.«

* * *

Cyrus war bitter enttäuscht, als er von Sethos' Abreise erfuhr, allerdings lenkte ihn die Lieferung der Stahltür, einen Tag vor dem festgesetzten Termin, vorübergehend ab. Selim versicherte ihm, dass die Männer diese tags darauf einsetzen würden.

»Dann kann ich also getrost meine Einladungen zu der Fantasia verschicken«, strahlte Cyrus. »Wirklich schade, dass Ismail so bald abreisen musste, ich hätte mich gern länger mit ihm unterhalten.«

»Typisch«, blaffte Emerson. »Kommt und geht, wie er Lust und Laune hat.«

»Er hat andere Verantwortlichkeiten«, wies ich ihn zurecht. »Wie du sehr wohl weißt.«

Allerdings hörten wir noch einmal von ihm. Ein Brief, per Boten zugestellt, erwartete uns, als wir an jenem Nachmittag heimkamen. Er enthielt nur zwei Sätze: *In Luxor sind Fremde. Und mein früherer Kunde tummelt sich noch immer im Markt.*

»Kann mir schon denken, wer das ist, aber was zum Kuckuck hat das zu bedeuten?«, fragte Cyrus, der mit uns den Tee einnahm.

Emerson vergewisserte sich, dass Sennia nicht in der Nähe war. Er senkte die Stimme.

»Das bestätigt nur meinen Verdacht, Vandergelt. Heute Nacht ist das Grab zum letzten Mal unversperrt. Ich habe so ein Gefühl, dass Albion nichts unversucht lassen wird. Die Gurnawis werden ihm nicht helfen, aber Fremde, angeheuerte Ganoven, erklären sich möglicherweise bereit, uns anzugreifen, wenn es sich für sie auszahlt.«

»Gütiger Himmel!«, rief Cyrus. »Dann brechen wir besser umgehend nach Luxor auf. Wir lassen die Burschen festnehmen und lehren Joe Albion Gottesfurcht.«

»Sie überraschen mich, Vandergelt. Ohne stichhaltige Beweise für ein Verbrechen kann man niemanden verhaften.« Emerson grinste. Es war kein anziehendes Grinsen. »Allmählich habe ich Mr Albion und seine Familie satt. Wir werden einen kleinen Hinterhalt präparieren und sie auf frischer Tat ertappen.«

»Hmmmm.« Cyrus zwirbelte seinen Spitzbart. »Mir gefällt die Idee, Emerson. Solange keiner zu Schaden kommt.«

»Und wie wollt ihr das garantieren?«, erkundigte ich mich. »Was, wenn sie bewaffnet sind?«

»Wir haben doch deine kleine Pistole, Peabody«, meinte Emerson grinsend.

»Wir nehmen besser noch mehr mit«, schlug Cyrus vor. »Ich habe ein paar Flinten und eine Pistole, die neueste Mauser. Ich hoffe nur, dass ich sie aus dem Haus schmuggeln kann, ohne dass Katherine etwas merkt«, seufzte er.

Wir mussten Sennia zu Bett schicken, bevor wir die letzten Vorkehrungen trafen. Emerson hatte Selim seine Verdachtsmomente geschildert und ihm Anweisungen gegeben, und Cyrus gelang es tatsächlich, die Waffen ohne Katherines Wissen aus dem Schloss zu schmuggeln. Sie wäre außer sich gewesen, hätte sie von unseren Plänen erfahren.

Eine kleine Panne passierte in letzter Minute, da die Männer erkannten, dass Nefret und ich und Jumana sie begleiten wollten. Allerdings gelang es mir, ihre Bedenken kurzerhand auszuräumen.

»Solange du nicht diesen verfluchten Degenschirm anschleppst!« Diese Worte signalisierten Emersons Kapitulation.

Es war Neumond, doch die funkelnden Sterne am Wüstenhimmel spendeten uns genug Licht, um auf dem altvertrauten Pfad über den Gebel zu gelangen. Als wir Deir el-Medina erreichten, war alles ruhig. Ein Holzkohlenfeuer brannte unweit der Stelle, wo unsere Männer kampierten; sie waren nur zu viert, Selim eingeschlossen. Sie hatten den Befehl, so zu tun, als würden sie ihren Wachdienst vernachlässigen, in Wahrheit jedoch sollten sie sich auf einen Überfall vorbereiten. Einer nach dem anderen kletterten wir in die Schlucht und verbargen uns im Schatten der Grabruinen.

Wir warteten über eine Stunde, bis sie kamen – von Süden her schlichen sie am Fuß der Bergkette entlang. Ich zählte die schemenhaften Silhouetten durch: zwölf insgesamt. Der letzte trug zwei Gewehre. Alle waren maskiert, indes fiel es mir nicht schwer, die korpulente Physiognomie von Mr Albion auszumachen und die hoch aufgeschossene Gestalt seines Sohnes. Man hätte einkalkulieren müssen, dass sie ihre Truppen von hinten ins Feld führen würden! Als Selim aufsprang, trat Sebastian mit angelegter Waffe vor, während einer seiner Subalternen auf Arabisch rief: »Keine Bewegung oder wir schießen!«

Für Sekundenbruchteile fürchtete ich, dass Daoud jeden Befehl in den Wind schreiben könnte. Es passt nicht zu ihm, sich feige zu ergeben. Er blieb jedoch sitzen, und innerhalb weniger Minuten waren unsere Leute gefesselt, geknebelt und mit Augenbinde versehen.

»Und jetzt?«, raunte Cyrus.

Emerson schüttelte den Kopf.

Sebastian legte seine Flinte ab und schickte sich an, die Leiter hochzusteigen. Fünf von den anderen folgten auf Handzeichen seinem Beispiel. Weder er noch sein Vater hatten auch nur einen Ton gesagt; unsere Leute konnten hören, wenn auch nichts sehen, und der Gebrauch der englischen Sprache hätte die beiden verraten. Mr Albion setzte sich schnaufend hin, und seine Begleiter wichen nicht von seiner Seite.

Emerson wartete, bis Sebastian die Außenplattform erreicht hatte. Seine sonore Stimme hallte zwischen den Klippen wider. »Bleiben Sie, wo Sie sind, alle miteinander. Sie sind von bewaffneten Männern umzingelt.« In Englisch fügte er hinzu: »Lassen Sie das Gewehr fallen, Albion.«

»Feuern Sie besser einen Warnschuss ab«, riet Cyrus. »Für den Fall, dass sie unsere Waffen nicht bemerkt haben.«

Wir waren alle auf den Beinen, außer Nefret, die mir versprochen hatte, sich aus der Schusslinie zu halten. Emerson legte seine Flinte an und betätigte den Abzug.

Die Männer um Albion zerstreuten sich wie ein Tropfen Quecksilber und flüchteten in sämtliche Richtungen. »Lasst sie laufen«, rief Emerson und setzte den Abhang hinunter. »Ich will Albion.«

Bedauerlicherweise kam er zu spät. Ich hätte nie vermutet, dass ein beleibter, älterer Herr so flink sein könnte. Die Kugel, die Emerson auf seine Fersen zielte, spornte ihn nur mehr an.

»Emerson«, ich zerrte an seinem Arm. »Wir kümmern uns besser um Sebastian, findest du nicht?«

Emerson sah auf und wetterte einen Schwall Verwünschungen.

Die Männer, die Sebastian auf die Plattform folgen wollten, sprangen zu Boden, nur Sebastian war noch dort oben – an den Rand der Plattform geklammert, schrie er aus Leibeskräften. Eine ganze Reihe von Leuten brüllte, überstimmte ihn in dem Tumult. Er musste das Gleichgewicht verloren haben, als das Gewehr losging.

»Ich gehe zu ihm«, sagte Ramses.

»Helfen Sie ihm, Bertie«, befahl Emerson. »Ihr müsst diesem verdammten Idioten ein Seil umbinden. Im Vorratsschuppen liegen genug davon. Ich frage mich nur, wie lange er sich noch halten kann«, versetzte er gewissermaßen fasziniert.

Nefret und ich schickten uns an, unsere Männer zu befreien, worauf diese die gestürzten Grabräuber einsammelten. Einige davon waren aus ziemlicher Höhe gesprungen, Verstauchungen und einige Beinbrüche waren die Folge. Nefret kümmerte sich fachmännisch darum.

»Haben sie ihn?« Damit meinte sie Sebastian. Er schrie noch immer. »Ich kann es von hier aus nicht sehen.«

»Bertie hat ein Seil um ihn geschlungen«, berichtete Cyrus. »Aber sie scheinen es nicht sonderlich eilig zu haben, ihn hochzuziehen.«

* * *

Wir ließen die Grabräuber in Selims Obhut und brachten einen kleinlauten, zähneklappernden Sebastian zurück zu seiner Ma und seinem Pa. Wie Emerson darlegte, hatte er mit Mr Albion verflucht noch mal nicht abgeschlossen. Wir gingen natürlich alle mit. Keiner wollte das Spektakel verpassen.

Auf Emersons lautstarkes Klopfen an der Salontür der Albions erfolgte keine Reaktion. Aus Furcht, dass er die armen, kriegsversehrten Offiziere aufwecken könnte, sagte ich in leisem, aber eindringlichem Ton: »Wir haben Ihren Sohn. Wenn Sie ihn wiederhaben wollen, müssen Sie uns hereinlassen.«

Darauf riss Mrs Albion die Tür auf. Trotz der vorgerückten

Stunde war sie adrett gekleidet und mit Schmuck ausstaffiert. »Was haben Sie ihm angetan?«, kreischte sie, den jungen Mann umklammernd.

»Das hat er sich selber angetan«, erwiderte ich, Mutter und Sohn beiseite schiebend. Mr Albion thronte auf dem Sofa. Er musste kurz vor uns eingetroffen sein, denn er war atemlos, aufgelöst und puterrot im Gesicht.

»Sie haben ihn zurückgebracht und jetzt verschwinden Sie«, knurrte er.

»Es handelt sich hier nicht um eine kleine Morgengabe, sondern um einen Austausch«, versetzte Emerson. »Peabody, meine Liebe, darf ich dir einen Stuhl anbieten, da sonst keiner die Höflichkeit besitzt? Albion, ich will die Artefakte, die Sie von Jamil bekommen haben.«

»Einen Teufel werden Sie!«, schnaubte Albion.

Nachdem sie sich vergewissert hatte, dass ihrem Sohn nichts fehlte, wandte Mrs Albion sich aufgebracht an Emerson. »Mr Albion hat diese Objekte bezahlt, Sir. Sind Sie ein gewöhnlicher Dieb?«

»Nein, Madam, bestimmt kein gewöhnlicher.« Emersons Grinsen erinnerte mich an seinen Bruder. »Ich schlage vor, wir lassen den bewaffneten Überfall und den Erwerb illegaler Antiquitäten außer Acht, im Gegenzug für die gestohlenen Artefakte – und für Ihre feste Zusicherung, dass Sie Luxor umgehend verlassen werden. Ihr Gatte und Ihr Sohn sind ausgesprochen stümperhafte Verbrecher, trotzdem stören sie mich bei der Arbeit. Kommen Sie schon, Albion, Sie sind doch ein Pragmatiker. Geben Sie zu, dass Sie verloren haben.«

»Verloren?« Mrs Albion schnappte nach Luft. »Mr Albion verliert nicht. Mr Albion –«

»Ist ein Pragmatiker«, versetzte Ihr Gatte zögernd. »In Ordnung. Ich werde sie holen.«

»Und ich werde mitkommen«, betonte Emerson. »Um sicherzustellen, dass Sie nichts übersehen.«

Sie kamen mit einer schweren Truhe zurück, die Emerson Cyrus übergab. »Alles drin. Alles Ihrs. Sollen wir gehen, meine Lieben?«

Mrs Albion schien unter Schock zu stehen. Ihre Augen schreckgeweitet, murmelte sie immer wieder: »Mr Albion verliert nicht. Mr Albion ...«

Sah mir ganz nach einem Ehedrama aus, wenn Sie mich fragen. Jedenfalls hoffte ich es inständig.

»Nur noch eine Sache«, meinte Bertie betont sachlich. »Sebastian, nehmen Sie Ihre Brille ab und die Hände hoch.«

»Hoffnungslos, unverbesserlich wohlerzogen«, seufzte Emerson kopfschüttelnd, als Bertie Sebastian mit einem Fausthieb niederstreckte.

* * *

An Cyrus' Fantasia würde man sich noch jahrelang als das prachtvollste, erlesenste Ereignis weit und breit erinnern. Park und Schloss standen allen offen: Touristen, Offiziere, ägyptische Arbeiter und Bewohner von Luxor mischten sich in das fröhliche Treiben, aßen und tranken, tanzten und sangen. Es herrschte eine so ausgelassene Stimmung, dass ich alsbald meine gesellschaftlichen Pflichten vergaß und mich stattdessen über Selim und Nefret amüsierte, die einen Walzer zu den Klängen einer ägyptischen Trommel versuchten. Irgendwann tippte mir jemand auf die Schulter, und als ich mich umdrehte, stand Marjorie Fisher vor mir, eine langjährige Freundin, die in Luxor lebte.

»Es muss Jahre her sein, Amelia«, sagte sie. »Was machst du denn so?«

»Ach, nichts Besonderes«, erwiderte ich. »Und du?«

Sie lachte. »Nichts Besonderes. Essenseinladungen, Teevisiten, Gäste ... Das erinnert mich an etwas. Neulich bin ich zufällig jemandem begegnet, von dem ich dich grüßen soll. Ein hübsches kleines Ding mit Sommersprossen auf der Nase. Ihr Name ist Molly Throgmorton.«

Ich verschluckte mich fast. »Molly *wie*?«

»Sie hat vor kurzem geheiratet«, erklärte Marjorie. »Ihr Gatte war bei ihr – ein sehr netter, aber ziemlich raubeiniger Amerikaner, der aussah, als wäre er mindestens fünfzig Jahre älter als sie –, und sie trug einen Diamanten von der Größe einer Limabohne, meine Liebe, also muss er außerordentlich betucht sein. Sie sagte, du kennst sie mit ihrem Mädchennamen, aber der ist mir leider entfallen. Weißt du, wen ich meine?«

»Ja, ja. Wo ist sie – ich meine, wo logieren sie?«

»Sie haben Luxor am Dienstag verlassen. Ist irgendwas, Amelia?«

»Nein. Es ist nur, ich finde es ... schade, dass ich sie verpasst habe. Vermutlich hat sie nicht erwähnt, wohin sie reisen?«

Marjorie schüttelte den Kopf. »Sie sagte, sie hofft, dich ein andermal wiederzusehen. Ihr exakter Wortlaut war: ›Sagen Sie ihr, sie hat mich nicht zum letzten Mal gesehen.‹ Komische Ausdrucksweise, aber es sollte sicher witzig klingen.«

»Zweifellos«, bekräftigte ich.

»Ich werde sämtliche Anstandsregeln brechen und Selim bitten, mit mir zu tanzen«, verkündete Marjorie mit einem entwaffnenden Lächeln. »Er tanzt hervorragend Walzer! Kommst du am Freitag zum Tee, Amelia?«

»Danke. Das wird sicher nett.«

Das Fest war noch in vollem Gange, als wir aufbrachen und Jumana »beim Ringelpiez mit dem Jungvolk« zurückließen, wie Emerson es nannte. Der ausgelassene Lärm verklang, als die Kutsche in die gewundene Straße bog, und die stumme, sternenklare ägyptische Nacht hüllte uns ein.

»Vandergelt hat mir berichtet, dass die Albions gestern abgereist sind«, bemerkte Emerson. Nachdenklich setzte er hinzu: »Ich muss sagen, dass die Kriminellen auch nicht mehr das sind, was sie früher einmal waren. Nicht dass ich dem nachhänge – schon gar nicht in unserer Situation. Wie fühlst du dich, mein Schatz?«

Er legte seinen Arm um Nefret, und sie schmiegte sich an seine Schulter. »Ein bisschen erschöpft vielleicht. Aber es war ein herrlicher Abend.«

»Das Leben«, erklärte Emerson so überschwänglich, dass er sich doch tatsächlich zu einem Aphorismus hinreißen ließ, »könnte nicht schöner sein. Was, Peabody?«

»In der Tat, Emerson.«

Um nichts in der Welt hätte ich seine gute Laune dämpfen

mögen. Dazu bestand auch kein Anlass; meine Fantasie spielte mir einmal mehr einen Streich. Und doch wiederholte ich im Geiste immer wieder dieselben Worte, wie eine gesprungene Schallplatte.

»Wenn sie mich für den Tod ihrer Mutter verantwortlich macht, was meinst du, wie sie dann dir gegenüber empfindet?«

»Sagen Sie ihr, sie hat mich nicht zum letzten Mal gesehen ...«

»Auch die junge Schlange hat Giftzähne.«

Danksagung

Irren ist menschlich, dies gilt auch für mich, trotz der Tatsache, dass ich alles daransetze, selbst kleinste Details korrekt wiederzugeben. In diesem Zusammenhang habe ich keine Skrupel, meine Freunde mit einzubeziehen; einige von ihnen haben das ganze oder Teile des Manuskriptes gelesen und mich maßgeblich unterstützt. Besonders dankbar bin ich Tim Hardman und Ann Crispin, die mir Aufschlüsse über die (für mich) esoterischen Themen Pferde und Kavallerie vermittelten. Catharine Roehrig, eine der wenigen Ägyptologinnen, die das Gebiet der Südwestwadis besucht haben, hat mich liebenswürdigerweise auf Unstimmigkeiten in meiner anfänglichen Beschreibung hingewiesen. Auch Donald Ryan hat in der für ihn charakteristischen, taktvollen Art Fehler ausgemerzt. Dennis Forbes, George Johnson und Kristen Whitbread haben das gesamte Manuskript gelesen und mir mit Rat und Tat zur Seite gestanden. Sollten Ungereimtheiten auftauchen, so sind diese mir zuzuschreiben und niemand anderem.

»Amelias Charme ist unwiderstehlich.«
New York Times

Ägypten, Herbst 1915: Amelia Peabody, ihr Mann Emerson und Sohn Ramses bereiten sich auf die neue Ausgrabungssaison vor. Da merkt Amelia, wie sich ein britischer Offizier bemüht, Ramses als Spion anzuwerben. Um dies zu verhindern, schickt sie ihn nach Luxor, wo Grabungsfunde gestohlen wurden. Doch damit nicht genug: Bald scheint es, als ob Amelias Erzfeind Sethos wieder hinter ihr her ist ...

Elizabeth Peters

Der Herr der Schweigenden

Roman

Deutsche Erstausgabe

ULLSTEIN TASCHENBUCH